手腕

肖仁福 著

江苏凤凰文艺出版社
JIANGSU PHOENIX LITERATURE AND
ART PUBLISHING, LTD

图书在版编目（CIP）数据

手腕 / 肖仁福著. -- 南京：江苏凤凰文艺出版社，2018.2

ISBN 978-7-5594-1314-7

Ⅰ. ①手… Ⅱ. ①肖… Ⅲ. ①长篇小说 – 中国 – 当代 Ⅳ. ①I247.5

中国版本图书馆CIP数据核字(2017)第265668号

书　　名	手　腕
著　　者	肖仁福
责任编辑	黄孝阳　王　青
文字编辑	宋丹丹
出版发行	江苏凤凰文艺出版社
出版社地址	南京市中央路165号，邮编：210009
出版社网址	http://www.jswenyi.com
印　　刷	山东临沂新华印刷物流集团
开　　本	720mm × 960mm　1/16
印　　张	22.5
字　　数	389千字
版　　次	2018年2月第1版　2018年2月第1次印刷
标准书号	ISBN 978-7-5594-1314-7
定　　价	45.00元

目录

第一章
丽舍与蜗居

“你想拥有一个叫作爱丽舍的梦想吗？赶快行动吧！”爱丽舍楼盘即将火热开盘，临街楼王上挂着这么一幅又宽又长的红绸条幅。爱丽舍是什么？是法国总统官邸，代表着权势和富有，谁不想拥有这样的梦想？亏开发商想得出如此眩目的广告语。

不知是广告语眩目，还是爱丽舍品质确实好，池小燕有空没空都会拉着李见好，屁颠屁颠跑去看楼，指着条幅说：“你想不想拥有这个梦想？”

李见好回答得很干脆：“不想。”

李见好哪是不想？是不敢想。动不动就上百万的房价，凭他和池小燕那点工资，不吃不喝也得熬上十年二十年，哪敢轻易做这样的美梦？

其实池小燕也不敢想，可亲朋好友同事同学都住上了好房子大房子，唯独自家还龟缩在德南大学潮湿阴暗的蜗居里，她憋屈心酸，不平不甘，不敢想也得想，一直盘算着说服李见好，哪怕砸锅卖铁，哪怕天天萝卜白菜，哪怕新三年旧三年缝缝补补又三年，也要趁爱丽舍开盘之日有一定优惠，赶来购上一套。

李见好又好笑又好气，想不到开发商一句狗屁不通的广告词，竟惹得池小燕横下一条心，非买房不可。买房自然没错，反正要买的，只是不一定现在就买呀，缓一缓又不会死人。不过这话已说过不止一次两次，每次都被池小燕顶回去：你还没缓够？从均价三千缓到四千，再从四千缓到五千，又从五千缓到六千，现已缓到七八千，还要缓到什么时候？缓到跟北京上海广州一样五六万，你才痛快！

李见好意识到，这个坎迈得过得迈，迈不过也得迈。他深爱着这个女人，不愿因房子的事一再让她失望，甚至弄不好会失去这个温暖的家。两人曾是德南大学校友，李见好高池小燕两个年级，所学专业也不同，一个土木，一个财会，是缘分将他们捆到一起的。那时年轻浪漫，李见好信誓旦旦，要为池小燕上九天揽月，下五洋捉鳖。可浪漫总那么短暂，如今池小燕没再稀罕九天之月、五洋之鳖，只盼着拥有一套属于自家的房子，好在里面相夫教子，过平常人的生活。为此李见好辞去德南大学副教授的职位，毅然走进安平建设监理公司，做了监理工程师，想多赚点钱，早日搬出当年学校安排的三十平方米的两居室。德南大学是百年老牌大学，名教授多得数不过来，李见好这类普通副教授想熬出头，享受好待遇，谋套好房子，没十年二十年别去指望。不想走出校门后，才发现外面的世界真精彩，可外面的世界也更无奈，做监理并没比做副教授多赚多少，池小燕几次提出买房，李见好都支支吾吾，敷衍过去。这次池小燕被开发商的广告扎到痛处，忍耐达到极限，李见好还想玩虚的，看来已经不灵了。没办法，李见好只得跟池小燕商量："爱丽舍的房子太贵，可否另外考虑其他楼盘？"

池小燕已认定爱丽舍，毫无余地地说："我就看中爱丽舍，非它不可。"李见好说："爱丽舍均价比别处贵了上千元，一套中等户型的房子相差十多万，你算过账没有？"池小燕说："怎么没算过？便宜不是货，贵有贵的理。不说爱丽舍的品质，单说周边环境，要山有山，要水有水，要超市有超市，要医院有医院，要学校有学校，转个弯就可上机场高速，离新建的高铁站也不远，你拍脑袋想想，整个省城哪还有第二个这么好的楼盘？"

池小燕所说句句属实，李见好无可否认，只得硬着头皮，随她走进爱丽舍。售楼小姐小杨见两位这阵子来得勤，知道他们有心买房，越发热情，提出先参观一下小区，买不买房都没关系。两人跟着出了售楼中心。整个小区不下六百亩，数十栋高楼错落有致，竖立在高高低低的坡地上。满眼都是绿色：绿色的树木，绿色的草地，绿色的水系。路不宽，是给人走的，车子有专用道直通地下车库，所谓人车分流，各得其所。

参观完小区，再看样板房。有百平方米以下的小户型，两房两厅，结构合理，精致实用。李见好说："就这种小户型吧，主卧归咱俩，次卧归炎炎。"池小燕说："你岳母住哪儿？难道像现在一样，仍跟炎炎睡上下铺？没什么可犹豫的，至少得三房两厅。"

听池小燕如此说，小杨带两位走进三房两厅的样板房。这种户型更理想，客厅和卧室都方方正正的，好装修，好利用。见池小燕还满意，小杨说："一百三十多平方米的面积，总价小百万的样子，不交全款的话，首付只三十来万，压力不大。”

闻此言，李见好紧张起来。虽说夫妻俩已工作十余年，可都出身农村，要资助双方家庭和弟妹，还要供儿子炎炎读书，家里几乎没啥积蓄，五六十万的按揭暂且不说，三十万的首付是怎么也凑不拢来的。可池小燕却态度坚决，拍板说：“就这种中户型，上售楼中心去。”

知道拦不住池小燕，李见好干脆闭嘴不出声。

三人走出中户型样板房，小杨随便说了句：“还有两种户型的样板房，一是四房两厅三卫一百九十平方米的大户型，一是上下两层三百平方米的空中别墅，要不要也去看看？”李见好说：“有什么可看的？看也白看。”不想池小燕却止住脚步说：“咱买不起，总看得起吧？空中别墅就免了，这辈子别指望，看看大户型，以后也有个奋斗目标。”

大户型自然比中户型强得多，客厅大，房间大，卫生间大，还有南北两个大阳台。池小燕双眼顿时放出绿光来，对李见好说：“咱们还是买这种大户型吧，三间做卧室，另留一间做书房，咱们的书也好有个归属，免得到处乱堆。还可在南面阳台上摆张小桌子，一边晒太阳，一边喝咖啡，回味咱们初恋的日子。”

池小燕不只说说，还真动了心，来到售楼中心后，拿着中户型资料随便翻了翻，便扔到一边，要过大户型资料后，让小杨估价给她看。估价结果，房价加上各项税费，怎么也得一百五十万，好楼层还不止这个数。

对于工薪阶层来说，这无疑是个天文数字，池小燕也不得不放弃，重新拿起一百三十多平方米的中户型资料，跟小杨算起细账来。算来算去，抵掉优惠，首付加税费三十万有余，另六十万的按揭，若以二十年为还款期，月均四千多元。

算完细账，小杨说：“池姐如果定得下来，最好先出定金，过几天来交首付和办按揭也不迟，不然房子售罄，再来就买不到了。”池小燕掉头问李见好：“带卡没？”李见好说：“你是家里财政大臣，我哪儿来的卡？”池小燕说：“好好好，刷我的卡。”

交上两万元定金，走出爱丽舍大门时，池小燕回过头，深情地望望小区，自言自语道：“从今天开始，咱们就是爱丽舍的业主了。”李见好忍不住哼哼道：“两万元就想做业主，没这么容易吧？”

池小燕瞪了李见好一眼，说：“你就知道说这种酸话。”李见好说：“不是我说酸话，我看你怎么出首付，怎么交按揭。”池小燕不满道：“我出首付？我交按揭？莫非是我一个人的事，跟你没关系？”李见好说：“我不知道首付和按揭的钱从哪里来。”

回到家里，炎炎刚放学进屋，岳母已做好晚饭，打开折叠桌，摆碗放筷。这是真正的蜗居，里外两间小屋，厨房是走廊改建的，另拼了一格仅容一人的卫生间，全部加一起也就三十平方米的样子。夫妻俩住里屋，岳母和炎炎睡外屋的架子床，饭桌没地方摆，吃饭时将折叠桌打开，支到架子床前的过道上，饭后再折好，塞到床下。架子床共两层，池小燕见母亲年事已高，爬上爬下不方便，要她睡下铺，老人担心炎炎睡觉不安稳，万一从上铺跌下来，可不是闹着玩儿的，无论如何要炎炎睡下铺。母女俩相持不下，最后李见好多了句嘴，攀攀爬爬，还可活动筋骨，强身健体，就随妈的意思吧。池小燕才没再坚持，让老人睡了上铺。

家虽小，池小燕却很持家，饭后要李见好辅导炎炎作业，自己挽了袖子，开始抹家具，拖地板，冲刷卫生间。十点左右，炎炎作业完成得差不多，池小燕也做好卫生，给炎炎洗过澡，把他安顿到床上睡下。回头再忙自己的事儿，直到十一点多才消停下来。打着哈欠，跟已躺到架子床上铺的母亲说声晚安，轻轻推开里屋门，钻进被窝。

李见好还没睡，靠在床头上看书。池小燕往他怀里偎偎，说：“我算过一笔账，今年我兼了两家外企的财务，有五六万薪酬即将进账，加上家里现有存款，可凑到二十多万，还差十来万，咱俩分头行动，各负责找人借五万，先把首付拿下。至于四千多元一月的按揭款，更不是问题，只要开源节流，还是对付得了的。”

李见好没这么乐观，放下书本，没好气道：“找谁借？谁借你？一帮穷亲戚，泥菩萨过河，自身难保，指望得上吗？同事朋友呢，肯借你的没钱，有钱的不肯借你，难道拿把枪，点着人家脑袋掏钱给你！”

“骂架是吧！”池小燕捅了一下李见好，轻声道，“说话打雷一样，全世界都听得见。老妈忙了一天，你就不能让她老人家睡个安稳觉？”

李见好也意识到嗓门粗了点，压低声音道：“你要我上哪儿借去？”池小燕说：“你爱上哪儿借上哪儿借，我管不着。”李见好说：“你又不是不知道，如今借钱比抢钱还难。”池小燕说：“谁不知道借钱难？不难我一起借了，还劳你大驾？”李见好说：“我要有力气，真的蒙了面直接上银行抢去。”池小燕说：“抢银行要力气，还要胆子，不敢指望你。可以找找李见文和李见革呀，一个借你两万五，不就解决了大问题？”

李见好三姐弟，李见文是姐，李见革是哥，都是老家高林市下面区里的农民，靠几亩薄田供养孩子读书，日子紧巴巴的，平时还需李见好接济，哪儿有余钱倒借给你？李见好知道池小燕故意这么说说，不会真对他们寄予希望，说：“要找李见文和李见革借钱，你自己借去。”

池小燕下了硬指标，李见好不得不麻着头皮去找人。人到无求品自高，开口借钱，简直比挨刀还痛苦。可妻命难违，该挨刀还得挨。找过朋友，再找同事，果然没一个肯借钱。客气点的，说这阵子手头紧，缓几天再说。不客气的，反过来教育李见好，什么都在增值，就钱在贬值，上半年一百元能买两袋米，下半年就只能买一袋了，你说谁有钱不赶紧花掉，留在家里傻等贬值？除非脑袋进了水。

现在的人都是聪明人，没谁脑袋进水，李见好只得识趣点，去了正做监理的工地。工地在城东即将完工的高铁线上，有趟城际客车从旁经过，半个多小时就能到达。李见好现为安平监理公司经营部副主任，经营部属务虚部门，事情不多，被在高铁上当监理处处长的熟人拉去做了兼职监理员，赚点小外快。

来到工地，跑几处施工现场，想跟工程老板借钱，却犹豫着没这个勇气。监理员是监督施工的，整个施工过程都要守在工地上，对工程质量和进度负责。换句话说，没经监理员审理签字，施工队进不了场，进了场施不了工，施完工无法验收结账。工程老板也就特别乐意巴结监理员，塞红包给好处不是啥稀罕事。可这是要以工程质量为代价的，弄不好出了事，会有牢狱之灾，甚至掉脑袋都有可能。李见好胆小，不敢拿人身自由和身家性命做赌注，除正常工作关系外，轻易不与工程老板搞在一起，这下主动找他们借钱，还真开不了这个口。

在工地上转一大圈，李见好只得垂着头，打道回府。见郎崽（德南人对女婿的叫法）一脸愁容，死了爹娘一般，岳母问道：“是不是借钱没借着？”

李见好不想让岳母为买房的事操心，掩饰道：“借什么钱？没谁说要借钱呀。是工作上的事棘手，有些伤脑筋。”岳母说：“别瞒我，那晚你和小燕的话我都听到了。小燕也是的，现在的房子又不是不能住，非要买大房干什么？看把你给逼的。”

要是池小燕也像岳母这么想，就阿弥陀佛了。李见好感慨着，岳母走到架子床前，从床头下搜出一张存折，往他面前递。

李见好没伸手，说：“妈您这是干啥？”岳母说：“你拿着吧，里面有五万元钱，密码是小燕生日。”李见好说：“这是你的养老钱，我怎么能拿？”岳母说：“是我多年的积蓄，不少还是你和小燕平时给的，怕万一有急用，才存着不敢花。

反正我吃住跟你们，没什么用钱的地方，你拿去应完急再说。也不用告诉小燕，难得跟她解释。”

李见好接住存折，感动得眼泪都快下来了。都说“孩子爱糖，岳母爱郎”，这话确实不假。李见好给岳母鞠上一躬，说：“妈，谢谢您！见好一定想法子赚钱，早日还您。”岳母说：“要你还什么！只要你和小燕和和睦睦，妈就开心。”

李见好嗯嗯着，下楼走进附近银行，将存折里的钱转到自己卡上。晚上池小燕下班回来，再把卡交给她，说：“卡归你，里面有五万元钱。”

“真的假的？”池小燕喜出望外，顾不得老妈和炎炎在场，捧过李见好的脸，在上面啪的一个热吻，“看不出来嘛，这么快你就把钱借到手了，还说借钱比抢钱难。看来人都是逼出来的，不逼你，你的能量哪发挥得出？”

说得李见好无地自容，偷偷望眼岳母，去了卫生间。松下裤子，却无尿意，又窸窸窣窣，把裤子扯上。池小燕哪知内情？晚饭都顾不上吃，飞快出门，到银行柜员机里刷过卡，见里面确有五万元钱，这才放下一颗心。

也是兴奋，夜里池小燕主动撩拨李见好，两人难得地亲热了一回。只是担心隔墙有耳，不怎么放得开。池小燕却很满足，事后还缠着李见好的脖子，表扬说：“老公，你真行。”李见好说：“哪方面行？”池小燕说：“白天的事行，夜里的事也行。”李见好说：“别表扬我，年纪来了，不行了。”池小燕说：“什么年纪来了，你才三十六七，正是如狼似虎的时候。”李见好说：“还如狼似虎，没成太监已属万幸。”

玩笑几句，池小燕又说：“你还没说，是谁这么哥们儿义气，肯借钱给你？”李见好心里发虚，掩饰道：“只要是钱，你管谁借的？反正不是上银行抢的，也不是当鸭子赚的。”池小燕说：“抢得了银行，当得了鸭子，你还做什么监理师？”李见好说：“你是量死虾子无血出，知道我没胆量，也没力量，才说这话。”

池小燕在李见好脸上亲亲，说：“我也只是随便问问。如今的钱贬值得快，一次借五万给你，可是个不小的人情。人家有情，咱们也不能薄义，要记得人家的好，是不是？”李见好说：“是是是，夫人教夫有方。”

“讨厌！”池小燕拧一把李见好，一脸神往，“我那五万也基本搞定，有位闺密已明确答复，就给我打钱，账号都给了她。”李见好说：“还是女人好，关键时刻有闺密可找。”池小燕说：“男人有哥们儿呀，你没哥们儿，谁借你钱？”

第二章
吃了两次闭门羹

池小燕闺蜜说话算话，两天后钱就打了过来。

事不宜迟，池小燕拉着李见好，直奔爱丽舍，去定房子。是套六楼的房子，见过图纸还不够，又让小杨陪着，去实地察看，直到基本满意，才重又回售楼部付款。

刷完卡，开发票时，小杨问：“定金收据上是池姐的名字，首付发票也用同样名字吗？”池小燕说：“当然用同样名字。”小杨继续提醒道：“购房手续多，上面都有业主姓名，应与发票上的名字保持一致。”

池小燕明白过来，说：“你是说发票应该写上业主名字，以后办手续免得彼此矛盾？”小杨点头说：“是的。这套房子业主归谁呢？是您还是您先生？”池小燕说：“可以写两个人名字吗？房子是我们的共同财产，两人名字都应该写上。”

小杨答应一声，正要动笔，李见好制止道：“且慢，还是写炎炎名字吧。”池小燕想想，觉得也是，说：“写炎炎更好，省得以后咱们离婚，分割起财产来麻烦。”李见好说：“你是不是早就有了离婚念头？”池小燕说：“难说啊，婚久必昏，说不定哪天发昏，说离就离。”李见好说：“离了婚，谁给炎炎还按揭？”池小燕说：“那就还完按揭再离。”

说得小杨直笑，说：“李哥池姐真会开玩笑。说离婚的人都不会离，要离的人嘴里不说，想离不声不响就离了。”池小燕说：“小杨年纪不大，好像蛮懂事似的。”小杨说：“我是过来人。”池小燕说：“你是过来人？你才多大，也就二十出头吧？”小杨点头说：“差不多。”池小燕说：“二十出头，还是个小孩，冒充什么过来人咯。”小杨笑道：“咱们搞的闪婚闪离。”

池小燕哦了一声，说：“听说如今年轻人就喜欢这个‘闪’字。看来咱们这个年纪，不离婚都不好意思，太对不起这个开放浪漫的好时代。”小杨说：“你们恩恩爱爱的，离什么呀。现在又买了这么优质的房产，正好享受幸福甜美的家庭生活。”

说话间，小杨已按要求开好发票，递给池小燕。

接着办理按揭。正值国家放宽货币政策，银行很主动，按揭办得也顺利。银行的钱打到爱丽舍账上后，其他手续陆续办齐，这才到了正式收房的时候。接过房钥匙那一刻，池小燕激动得热泪盈眶，说话声音都变了调。又怕人前失态，赶紧掉头走开。

出得售楼部，池小燕兴犹未尽，拉着李见好去看房。李见好说：“已看过一万次，还有什么可看的？”池小燕说：“过去看房，都是小杨开的锁，像进人家家门，现在钥匙在自己手里，咱们已是真正的房主，意义大不一样。”

池小燕说得不错，来到六楼，拿着钥匙打开门时，李见好还真有了一种“我的房子我做主”的感觉，比平时看房底气足得多。

池小燕更是孩子般满脸兴奋，一蹦三尺高，大喊道：“到家啦，到家啦，到咱们自己的家啦！”然后一弹一弹的，在客厅、厨房和三个卧室间穿来穿去，一边嚷嚷着哪儿摆沙发，哪儿搁电视，哪儿装空调，哪儿放电脑，书柜怎么竖，床位怎么安，窗帘怎么挂，墙壁刷什么漆，地板铺什么料，嚷个没完。

嚷得李见好烦起来，忍不住泼冷水道：“别高兴得太早，如今建筑材料贵得要死，工人工资越来越高，家具也在一天天看涨，没有个四五十万，别想住进来。天上又不可能掉钱下来，看你怎么了这个难。”

池小燕有些扫兴，脸色一跌，立住脚跟，说：“天上不掉钱下来，你就不花钱啦？”李见好说：“每月四千多元的按揭，一家子要吃要喝要穿，炎炎还得上学，还愁没地方花钱？”池小燕说：“有地方花钱没错，发狠去赚呀！”李见好说：“谁不知道发狠赚？问题是钱那么容易赚吗？你真是吃了灯草，说得轻巧。”

池小燕伸长指头，在李见好鼻子上一戳，说：“看把你吓的，你就这么点出息？”

男人最怕女人拿“出息”二字喷自己，李见好愤然道：“好好好，我没出息。你这么出息，装房子购家具别问我要钱就是。”

惹得池小燕火起，破开嗓门，大声吼道：“不找你要，找谁要去？找外面的野男人要！别以为你前面的女人成了明日黄花，已没男人看得上眼，我老娘真有这个想法，随便出去转上两圈，愿为我掏钱的男人有的是。”

李见好只好缄嘴不声，听任池小燕数落。数落够了，池小燕才软下口气，转而鼓励起李见好来："你一个大男人，有才干，有技术，又是工程监理师，现在到处大兴土木，你们安平公司业务做都做不过来，还怕你找不来钱？"

这就是池小燕，火气来得快，去得也快。李见好不好再较劲，叹道："安平公司确实不愁业务，监理师也有事干，可不是每个干事的都赚得到大钱。你又不是不知道，我是公司前任老总周克祥调来的人，现任老总孙再坚一向对我抱有成见，有啥好事能轮得到我头上？"

池小燕偏着头，望定李见好，说："我不知孙再坚是什么货色，不过你可以设法走近他，让他别老把你放公司捂着，也给个项目监理处处长什么的干干，赚他一笔。"李见好摇头说："你以为这么容易走近他？"池小燕说："你尝试尝试呀。"李见好说："我不是没做过尝试，无奈孙再坚那里水都泼不进去，我总不能耍赖，硬往他身上蹭吧？"池小燕说："就要敢耍赖，往他身上蹭。你要知道，世上只有下属往上司身上蹭，不可能倒过来，等着上司往你下属身上蹭吧？你这就打孙再坚电话，看他晚上在不在家，我陪你见他去。"

还真的说蹭孙再坚就蹭？李见好犹豫着掏出手机，调出孙再坚的号码。要按"通话"键时，又面呈难色道："十有八九，他是不会见咱的。"池小燕恶声道："看你男子汉一个，这么婆婆妈妈的！电话都没打，怎么知道他不会见你？"李见好说："他这人立场坚定，不是他的人，连办公室都不让你进，更别说上他家去了。"池小燕说："你先打过电话再说嘛。"

人家不想见你，直接打电话，他借口晚上没在家，你也拿他没法。李见好想起孙再坚司机小吴平时待在公司没出车，喜欢喊他下象棋，彼此还算谈得来，何不先问问他孙再坚的去向。拨通小吴号码，他还爽快，说："最近孙总岳母身体不好，周末和夫人待在岳母家。"李见好说："谢谢啦，哪天有空咱们再好好杀几局。"小吴说："杀几局没问题。不过李工别出卖我，说是我告诉你孙总岳母家地址的，不然我只好天天陪你下棋了。"

李见好是正儿八经的工程监理师，公司的人都叫他李工。这不正好借口看望老人家，去见孙再坚吗？池小燕也觉得机会难得，赶紧关上门，打好倒锁，扯住李见好，兴冲冲直奔爱丽舍附近大型超市。

面对超市里琳琅满目的商品，池小燕看花了眼，不知从何处下手，问李见好道："你觉得购些啥好呢？"李见好说："周克祥时代，孙再坚就是安平公司副总，做老大也已三四年，不缺钱，不缺物，送什么恐怕都显得多余。"

池小燕可没这么看，说：“你见谁给缺钱缺物的人送过礼？要送也不叫送礼，叫送春风，送温暖，是上往下送，属白天干的事，还要上电视，登报纸，恨不得让全世界人民都知道。求人送礼才真叫送礼，是下往上送，属晚上干的事，神不知鬼不觉，只求人的人和被求的人知道。被求之人自然都是能人贵人，不可能缺钱缺物。可你还得送，他是他的，你是你的，不能因他不缺你就不送。道理简单，你不送就没法接近人家，一辈子别想有出路。”

想不到池小燕几句平常话，不经意间道破了国人司空见惯的礼俗文化背后的奥妙。李见好朝她竖竖拇指，说：“看不出来啊，你还是个哲学家。”池小燕打他一下，说：“你才是哲学家，你全家都是哲学家。别闲扯了，快睁大你的狗眼，看选啥好。”

选来选去，还是烟呀酒呀合适，人家自己用不上，还可送人，或处理变现。看看街上生意火爆的烟酒回收店，不就是为这些收礼人开的吗？考虑借口是看孙再坚岳母，又购了几罐进口奶粉，一起扔进架子车，推到收银处。收银员一打账，四千只差几十元。李见好倒吸一口冷气，说：“要这么多？没算错吧？”收银员面无表情道：“错不了！”

倒是池小燕满不在乎的样子，二话不说，从包里掏出银联卡，递给收银员。结完账，出得超市，李见好心疼道：“有必要买这么贵的东西吗？下个月的按揭从哪里出？”池小燕说：“礼轻不送人，东西太便宜，人家不入眼，更不入心，送了也等于白送。投入与产出是相匹配的，没高投入哪来大产出？只有今天舍得把钱花在该花的地方，明天你才有机会，待遇才上得去，才不会为花钱心疼。”

池小燕身为女人，这么想得开，李见好自惭形秽，觉得白做了一回男人。也不再啰唆，夜里乖乖随池小燕出门，照小吴提供的地址，打的来到孙再坚岳母住地。这是一个高档小区，保安很负责，进门不仅要验明身份证，还得在单子上填写业主名字。李见好只好又打小吴电话，问孙再坚岳母叫什么。好在前日小吴开车送老人家上医院看病时，帮着跑挂号，交医药费，上面有老人家的名字，现在还记得。

办完手续，进入小区，的士左弯右拐，来到孙再坚岳母楼下。楼道口还有门禁，按过号码，好一阵才听到回应。好像是孙再坚老婆林慧华的声音，李见好有些耳熟。也许是来看望自己母亲的，林慧华觉得有面子，也不征求孙再坚意见，直接按开门禁。

上楼进屋，林慧华还算客气，吩咐保姆倒茶上果。有位老人坐在沙发上，想必就是孙再坚岳母。对面背景墙上挂了部超大豪华的电视机，正在放一档健康节目，老人好像看得很专注，其实眼皮垂着，正在打瞌睡。池小燕放下礼品，上前问候老人。老人嘴里嗯嗯两声，眼睛仍然合着。林慧华过去拍拍老人，说："妈，再坚同事看您来了。"

老人这才一个激灵，睁开眼睛，看看池小燕，又看看李见好，说："你们是再坚同事？"池小燕说："是孙总部下。伯母还好吧？"老人摇头说："已这把年纪，土埋半截了，还好得到哪里去咯？"池小燕笑道："伯母真会开玩笑。"林慧华也笑道："老妈最喜欢说土埋半截。现在城里只能火葬，哪还有土给你埋咯，想得真美。"

一直不见孙再坚，问林慧华，她说："在后面阳台上接手机呢。一到家电话就追了过来，好像比省长的事还多。"李见好说："做老总不容易，公司两百号人的生存系于一身，搁谁都不轻松。"池小燕说："确实是。好在孙总是个大能人，办法多，人脉广，公司事业做得风生水起，别说全省，就是放在全国同行里，都是响当当的。"

正鼓吹得起劲，孙再坚接完电话，回到客厅。两人霍地立起身，同时喊了声孙总，仿佛事前做过排练似的。孙再坚嗯一声，脸上阴了阴。好在林慧华发话道："小李夫妇来半天了，你才现身。"池小燕反应快，说："没事没事，我们主要来看望伯母。"

可能是在岳母家，孙再坚不好端架子，松松脸上肌肉，说："你们怎么找到这里的？"

池小燕正要开口，忽觉得不能抢了李见好的风头，悄悄拉了拉他衣角。李见好会意，忙说道："打听到的。南京问出无姓人嘛。"

孙再坚生硬地笑笑，说："这里可不是南京，是德都。"

送过礼，又见着孙再坚，今晚目的已然达到，两人起身，准备出门。孙再坚说声等一会儿，在林慧华耳边说句什么。林慧华点头走进卧室，出来时手上多了个小提袋。莫非主人还要回礼不成？两人换好鞋，就要开溜。林慧华拦在门上，说："怎么好让你们空手回去呢？拿着拿着，一本集邮册，又不是什么贵重东西。"

推让好一阵，林慧华都快生气了，池小燕才不得不接住提袋，告辞出门。下楼出得楼道，就着顶灯瞧瞧，果然是本集邮册，封面上印着某工程开工纪念字样。估计也不值几个钱，两人才略觉心安，不然送礼和回礼价值对等，彼此扯平，今晚就白跑这一趟了。

集邮册不像来时礼品沉，又不用赶时间，出了小区，两人舍不得打的，上了公共汽车。夜车人不多，有挨着的空位置，两人坐到一起，像谈恋爱似的。话题却不浪漫，也不风雅。池小燕说："刚才留意了一下孙再坚岳母家，面积和房型与爱丽舍的大户型差不多。不知何年何月，咱们也能住上这样的大房子。"李见好说："你真有超前意识，咱们的中户型不知何年何月才装修得起，就想着大户型了。"池小燕说："咱们好好努力，将来一定住上大户型。"李见好说："将来的事将来再说，现在是想办法如何赚钱养家交按揭。"

池小燕点点头，偎进李见好怀里，好一会儿不再吱声。公共汽车走走停停，停停走走，加上距离也不近，没个把小时到不了家，李见好也趁机放松身子，准备打个盹，养养神。才合上眼睛，池小燕忽又抬起头来，推推他，说："你说说，孙再坚岳母都住这么大的房子，他自己家至少是复式结构吧？说不定还是独栋大别墅呢。"李见好说："随他孙再坚是复式还是独栋，你又不是太平洋的警察，管这么宽干什么？"

池小燕嘟嘟嘴巴，说："我就要管。凭什么他孙再坚住复式住别墅，咱们却只能住中户型？老公，你要争口气，好好干，狠狠干，先设法离开现在的经营部，当个工程监理部经理之类，去外面接些监理项目，以后有机会再升公司副总，直到像孙再坚一样，也弄个一把手什么的干干。到了那一天，咱们就有足够实力，想购什么房子就购什么房子。"

"好好干，狠狠干，就可做处长，升副总，当一把手，我还不好好干，狠狠干？问题是要有好好干狠狠干的机会呀。"李见好无奈道，"你又不是不知道，周克祥时代，我还到工地上做过两次项目监理处副处长，孙再坚一上来，就把我安排在不温不火的经营部，天天守着一堆可有可无的资料，好事再没沾过边，最多自己悄悄去外面兼点职。"

池小燕比李见好乐观，说："你现在不是已迈出第一步，正向孙再坚靠拢吗？你比我更清楚，德都绕城高速公路已经立项，全线过百亿的工程，安平公司肯定会去竞标，只要搞定孙再坚，还怕你没有项目监理处处长干？"

一路说着话，公共汽车不知不觉到了家门口。在孙再坚岳母家多喝了几口茶水，下车一进家门，李见好就忍不住边松腰间皮带边往卫生间奔。哗啦啦爽快完，刚从卫生间出来，就听池小燕在卧室喊道："见好，你进来一下。"

李见好走进卧室，池小燕递上正摊开着的集邮册，说："你看看，你看看。"李见好没有集邮爱好，说："有什么看头啰？"池小燕说："你看都没看，怎么知道没有看头？"

李见好只得把脑袋凑过去，发现集邮册里除面值不小的邮票外，每页都夹着张话费充值卡。共有十来张，金额大小不等，一两百的，三五百的，加一起不下三千元。

集邮册里夹话费卡，又不是什么新鲜事，也值得大惊小怪吗？李见好颇不以为然。池小燕却说："三千元的话费卡可不是个小数。"李见好说："这算什么咯？又不是孙再坚自己掏钱买的卡。"池小燕说："不是孙再坚自己买的卡，也是实实在在的钱，往手机里充一百抵一百，充一千抵一千。"

李见好不耐烦起来，说："几张话费充值卡就把你吓住了！你也太没量了吧？"池小燕说："你知道个屁！你送出四千元左右的礼物，孙再坚回三千元话费充值卡，外加几百元的邮票，彼此互不相欠，你还巴望人家今后回报你？"

照这么说，好像也有些道理。

"早知这样，就不该接这本集邮册。"池小燕望着集邮册，像犯错的小孩，后悔莫及的样子，"原以为就几张邮票，谁知里面还有话费充值卡？"李见好说："事情没你想象的这么严重。明天上班时，我到孙再坚面前露露脸，看他是个什么姿态。"

隔日李见好早早赶往公司，先去经营部打一转，便上楼到总经理室门口晃了晃。门是关着的，也不晓得孙再坚在不在里面。想上前敲门，又不知跟人家说啥好。总不能问昨晚的烟好不好抽，酒好不好喝，奶粉可不可口吧？没事跟领导见面，还是自然点好，别显得太在意。又想起小吴是领导司机，孙再坚在他就在，李见好转头下了楼。

小吴没在司机室。再瞧楼前坪里，也没见孙再坚的奥迪。看来人还没到，或许在外开会办事，或许被堵在了路上。德都已成堵城，尤其是上下班高峰期，经常堵得一塌糊涂。这些年德都天天扩路修路，还先后建了二环三环，依然治不了堵。最近又准备修绕城高速，好将比蚂蚁还多的车子分流到城外去。为此交通部门不惜一切代价，跑立项，跑融资，预计年内可动工。政府不可能自己动手修路，得交给施工方，同时还须监理部门同步监理，各有关企业和单位纷纷削尖脑袋，去贴交通部门屁股，都想从这块大蛋糕上挖几块出来，放进自己碗里。孙再坚如果不来单位上班，八成是跑这事去了。

这么揣度着，李见好低头回了经营部。经营部主任廖至善到没多久，正捂着话筒在打电话，见李见好进门，赶紧放低声音，变成耳语。好像是打小吴电话，问孙总在哪儿。其实廖至善也不是孙再坚的人，不然不会来经营部做主任。平时也就老在李见好面前发牢骚，说孙再坚不是人。最近好像态度大变，口里的孙再坚又成了人，跟小吴也黏得有些紧，似乎突然做上了亲戚，走动频繁起来。

不便影响廖至善打电话，李见好识趣地出了门。正不知上哪儿好，池小燕打来电话，说："没见到孙再坚吧？"李见好说："你怎么知道？"池小燕说："上午我去省政府办事，在停车坪碰着小吴，他说孙总在追交通厅领导。要么你赶到政府大院来，说不定能候着孙再坚。"李见好说："安平公司离省政府不近，路上又堵，等我赶过去，孙再坚早走掉了。反正他又不会死在省政府，总会回公司的，你急什么急？"

这天孙再坚没死在省政府，也没回安平公司。李见好心里不安，只得学廖至善，直接打小吴电话。没等李见好开口，小吴就说："也是找孙总的吧？"李见好说："谁说我找孙总？"小吴笑道："今天我已接过不下十个电话，都是找孙总的。"李见好说："我不找孙总，找你下棋。"小吴说："我不信，你明明知道我不在单位，还找我下棋。今天省领导召集交通等有关部门研究德都绕城高速的事，孙总在堵他们，看来回不了单位，要找改日再说吧。"

改日还是没能见着孙再坚。直到一周后，李见好才在公司楼前与孙再坚照上一面。

这天上班时间还没到，李见好就赶往公司，在楼前碰上正往外驶的奥迪。孙再坚没在车上，小吴停住车子，说："你等着，洗完车回来，咱俩杀两局。"李见好说："孙总在公司？"小吴说："废话，孙总没在公司，我怎么跟你杀？"

李见好笑笑，撇下小吴，进了公司。上楼来到总经理室前，门是虚掩着的。李见好抬手要敲门，又垂下手臂，心里莫名其妙有些慌乱。又不是没跟孙再坚打过交道，平时多少有些接触，都很坦然，怎么今天变得这么不中用？看来还是私心作祟，有求于人，才自觉不自觉自矮半截，卑怯起来。

犹豫间，门开了，廖至善从里面走出来。想不到这小子捷足先登，抢了头彩。李见好侧侧身，让过廖至善。廖至善意味深长地朝李见好笑笑，扬长而去。望着廖至善背影，李见好失去了再进门的兴致，转身准备走开。

"你找谁？"孙再坚突然出现在门口，见李见好鬼鬼祟祟的，冷冷地问了句，仿佛遇着不认识的上访民工似的。

站在总经理门口，不找你孙再坚，又找谁呢？李见好心上像压了块石头，直往下沉。看来池小燕分析得没错，你的礼品与人家的集邮册含金量差不多，一送一回，两不相欠，孙再坚也就没必要对你另眼相看。

李见好正嗫嚅着，不知说啥好，孙再坚偏偏脑袋，对着斜对面的公司办公室叫了声：“侯忠民你到我这里来一下。”

侯忠民是办公室主任，也已提前上班，闻得孙再坚召唤，应声而出。李见好不好挡人家的道，往旁一躲，下了楼。廖至善没在经营部，李见好枯坐一会儿，甚觉无聊，打开电脑，看有没有 NBA 球赛。只见热火正对阵小牛，场面很是火爆。可惜没两下就到了中场休息，李见好关掉电脑，去拨小吴手机。洗车要不了多长时间，也该回公司了。手机拨通，铃声响得清脆，对方却没接听。

说好杀几盘的，怎么不理你了呢？见面再教训他。李见好放下话筒，出了经营部。却听三楼起了高腔，好像是女人的声音。正值上班打扫办公室的时间，楼道里人来人往的，闻得吵闹声，一个个驻足倾听，有的还好奇地往楼上登，去看热闹。

反正没要紧事，李见好也上到三楼，见有位女人正对着总经理室门又踢又拍又喊，侯忠民和小吴几位劝的劝，拉的拉，也没能把女人弄开。还惹得她越发来劲，声音也更高：“孙再坚，你的卵还在不在裤裆里？在裤裆里就开门，让我瞧瞧你屋里的婊子婆！”

这下李见好才看清楚，这女人不是别人，正是孙再坚老婆林慧华。女人的可塑性真强，平时林慧华还算温和，想不到耍起泼来，几个男人都拉不住。不用说是孙再坚的风流韵事败露，她才变得这么歇斯底里。孙再坚好色是出了名的，据说最近又在外养了个年轻女人，公司尽人皆知，唯独林慧华蒙在鼓里。到底纸包不住火，还是被林慧华知道了，跑到公司来捉双。德都宾馆多的是，哪里都可幽会，想必孙再坚再蠢，也不会蠢到把野女人带到公司里来。

外面正热闹着呢，门忽然开了，孙再坚出现在门口。他恶狠狠地瞪林慧华一眼，咬牙切齿道：“你瞧瞧，你瞧瞧，到底有什么可瞧的！”

林慧华脸上肌肉僵了僵，伸手抚抚乱发，又扯扯衣袖衣脚，昂首挺胸走进门去。先奔休息室，不见人影，再进卫生间，人影不见。连书柜门和书桌抽屉都拉开了，还是什么蛛丝马迹都没发现。林慧华不甘心，气哼哼站在屋中间，指着孙再坚鼻子，厉声逼问道：“你少耍滑头，到底把婊子婆藏到哪里去了？”

孙再坚很不耐烦，皱眉道：“里里外外都被你翻了个遍，还来问我。你到底听谁说我屋里有女人？”林慧华说：“还要听谁说？婊子婆亲自给我打的电话，说昨晚和你在这里过的夜，要我来见一面，三人一起商量个解决办法。”

林慧华嘴里的婊子婆，就是孙再坚的情妇贾也臻。孙再坚最不缺的就是女人，可从来没当回事过，玩厌了就拿钱打发掉，不留任何后顾之忧。独贾也臻不同，让他动了真情。贾也臻年轻漂亮不说，还有一股其他女孩没有的特殊的黏劲，让孙再坚欲罢不能。渐渐的贾也臻也放不下孙再坚，逼他先离婚，后娶她。这下孙再坚急了。他和林慧华结婚二十多年，血浓于水，没有爱情，也有亲情，还有共同的已成年的儿子，可不是一个“离”字就能了结的。再说孙再坚是靠林家起的家，没有林家就没有他的今天。孙再坚来自乡下，在建设厅混迹多年，毫无作为，后娶了林慧华，才在她叔父扶持下咸鱼翻身，混出模样来。林叔是建设厅老厅长，孙再坚能做上厅里处级干部，又接任安平公司总经理，都是他背后起的作用。虽说林厅长如今已经卸任，但余威还在，不少一手起用的各路亲信仍占据着要害位置，孙再坚一旦与林慧华离婚，就会失去这方面的宝贵资源。贾也臻可管不了这么多，她的目的只有一个，就是光明正大地跟孙再坚生活在一起。话早已挑明，孙再坚却老打马虎眼，顾左右而言他。昨晚两人还吵了一架，贾也臻气愤不过，早上孙再坚刚起身离去，就给林慧华打电话，要她到安平公司总经理室来，三人一起把事情说清楚。林慧华气昏了头，扔下吃到一半的早餐，匆匆赶过来，要与贾也臻过招。贾也臻也开车到了公司，可一见正气急败坏往楼上冲的林慧华，顿时失去勇气，掉转车头走开了。

没见到贾也臻，林慧华有些泄气，咒孙再坚几句，噔噔噔下了楼。孙再坚像没事人一样，问仍站在旁边的侯忠民道：“通知发了没？”侯忠民点头说：“已发得差不多，只二楼几个部室还没通知到。”孙再坚说：“赶快通知。”进屋端只大口杯，去了会议室。

侯忠民赶紧下楼，通知各部室中层干部开会。李见好也属中层干部，得到通知，拿个本子去了三楼会议室。与会人员陆续到齐，孙再坚喝口水，开始讲话，一副气定神闲的样子，好像刚才什么都没发生。讲话内容简单，就是德都绕城高速公路已正式立项，开始进入融资阶段，有关部室尤其是经营部，务必做好相关准备工作，踊跃参加竞标。

孙再坚说完，又让几位副总做了补充，宣布会议结束。大家起身，纷纷往门外走去。李见好还抱着一丝幻想，赶紧绕出后门，追上孙再坚。在后跟了几步，想说句什么，孙再坚却不理不睬，高昂着脑袋，进了总经理室。

李见好只得收住步子，低头下了楼。回到经营部，望望正翻找资料的廖至善，也不知该干些啥好。经营部不直接参与监理业务，主要负责竞标之类工作，工程竞标成功后，交给工程监理部去做，经营部站在岸上看热闹。竞标工作多少有些咸味，廖至善一般不让副主任插手，李见好几乎就是聋子耳朵，不过做做摆设，清闲得很。

在地上呆立一会儿，李见好甚觉无聊，干脆箍着双手出了门。想去找小吴下棋，手机忽然响起，一看是德南大学旧时同事易居白，问李见好有没有空去坐坐。说同事也不准，易居白是传媒学院副院长，本来互不相干，是经常在体育馆打羽毛球，才成了熟人。易居白业余弄点篆刻和书法，有了满意作品，喜欢叫李见好去鉴赏。

赶到传媒学院副院长室，李见好屁股还没坐隐，易居白就拿出一枚印章，要他指正。李见好说："我岂敢指正老兄妙品！学习学习。"

"妙品谈不上，应该还过得去。"易居白自信地笑笑，开始煮水，准备泡茶。李见好双手摩挲着印章，觉得质感不错，说："什么印石？"易居白说："寿山石。"李见好说："这可是四大著名印石之一。"易居白说："要刻当然刻好石，石头太差，浪费时间，还会坏了手感。"

李见好点着头，去瞧印字。属典型的篆体，不怎么好认。李见好随口恭维几句，说刀法如何高超，刀功如何到位，然后外行地问道："为啥一定要刻篆体，为难咱们这些没文化的粗人？"易居白说："篆刻篆刻，当然得刻篆文。"李见好说："倒也是。这上面什么字？"

易居白淡淡一笑，递过泡好的茶水，说："允执厥中。"李见好不明不白，追问道："什么执，什么中？"

易居白放慢语速，又重复一遍。李见好还是一脸疑惑。易居白只好用正楷写到纸上，解释说："这是十六字心传里的句子，源自《古文尚书·大禹谟》，被儒家看作尧舜禹心心相传的个人修养和治理国家的根本原则。"

李见好大摇其头，说："太深奥，太深奥。"易居白笑道："其实也没你说的这么深奥。说白了就是修身养性也好，经世致用也罢，至关重要的还是真诚公允地坚持中庸正道，不偏不倚，不歪不斜，调和折中，无不过，也无不及。"李见好似懂非懂道："哦，原来就是常说的中庸之道。"易居白说："正是的，在儒家传统里，中庸是至理，也是大境界。"

李见好不想讨论什么儒家传统，说："印章自留，还是送人？"易居白说："当然送人。"李见好说："什么人？"易居白说："自然是高人，一般人也不配。"

印章出自易居白之手，谁配谁不配，李见好管不着，也不好刨根究底。又赏玩一遍，将印章还给易居白，端杯于手，喝起茶来。

老说自己饭碗里的饭菜没意思，身为主人，也该关心关心客人，易居白问道：

“最近忙些啥？”李见好说：“没忙啥呀，清闲得很。”易居白说：“德都绕城高速投建在即，正用得着你们做监理的，你还没事人样，清闲得起来？”

绕城高速的事也知道，看来易居白人在墙里，心在墙外。也怪不得，大学已不是净土，院长教授们没谁再肯青灯黄卷，死守清静，一个个都走出高墙，成为社会活动家。早听说易居白凭传媒学院副院长身份，以自刻作品开道，行走于官场商界之间，游刃有余，得心应手。不过这是易居白的自由，李见好作为朋友，也不便置喙。

见李见好沉默不语，易居白又说：“绕城高速可是上百亿的大工程，你的专业这么棒，应该好好显回身手。”李见好无奈道：“你也清楚，这么个世道，光专业棒又有啥用呢？”

听出李见好话里的无奈，易居白关切地说：“是不是遇到什么坎儿，一时迈不过去？说来听听，也许老哥能助你一臂之力。”

烦心事挂在嘴边，只能添烦，李见好本不想多嘴，禁不住易居白一再追问，还是把这阵子热脸去贴孙再坚冷屁股的经过简单说了说。说得易居白笑起来，指指李见好，说：“看看你，三四千元的礼品就想把孙再坚买通，你和你老婆是不是也太天真了点？再怎么孙再坚也是安平公司老总，经的风浪大，见的世面广，这么点小恩小惠，不仅不会赢得他的芳心，恐怕还会惹他不高兴，觉得你们小瞧了他。”

好像还真是这么回事，要不送过礼后，孙再坚怎么态度如此冷淡呢？李见好敲一下自己脑袋，说：“怪只怪我没量，出手小气，还寄予厚望。”

易居白忍不住教育起李见好来：“讨好人，巴结人，听上去很庸俗，其实也是门学问，且是非常深奥的学问。如今高墙内的教授光做死学问都已行不通，何况你已经翻出高墙，到了外面的大千世界，更要放下臭架子，洗心革面，重新做人，好好学一学。学通了，学透了，再运用于实践，你才要风有风，要雨有雨，否则一辈子无作为，没出息。”

说得李见好乐起来，说：“老哥批评得对，还请指点迷津，怎样才能把革命道理学通学透。”易居白说：“要想得到青睐，关键的关键还在于投其所好，先弄清对方喜欢什么。比如说孙再坚，他是爱权，还是爱钱，或是爱色？他爱什么，你投什么，这样没有搞不定他的。”

李见好笑笑，说：“我看孙再坚什么都爱，权钱色一样都不能少。”易居白认可道：“如今的人都这个德性，没有不爱权的，弄得权在手，钱和色不请自来，想不爱都难啊。这样吧，给权你不是组织部长，给色又有些麻烦，还是给钱来得干脆。

小钱都不行，要给就给大钱。”李见好为难道：“家里刚交过房子首付，每月还得按揭，已身无分文，哪还有大钱给孙再坚？”

闻得此言，易居白二话不说，掉头进了书房。旋即出门，手上多了个礼品袋。李见好说：“你这是干什么？”易居白把礼品袋搁到李见好前面茶几上，说：“里面有八万元人民币，是定购‘允执厥中’印章的人送的，你拿去砸孙再坚，保证能砸出点效果来。”

这易居白真牛啊，一枚印章，轻轻松松就是八万。不过来得再轻松，也是人家的钱，李见好不敢随便接，将礼品袋往易居白身边推推，说：“八万元可不是小钱，我怕烫手啊。”易居白说：“你出息点好不好？这点钱就烫手。”李见好说：“你知道我穷光蛋一个，拿钱好说，还钱难呢。”易居白说：“还不还无所谓，只要你拿下孙再坚，混出模样来，给我牵线搭桥，联系些业务干干，就可两清。”李见好说：“我自己都没业务，能给你联系什么业务？”

“我这不是帮你弄业务吗？”易居白将礼品袋强行塞进李见好怀里，起身道，“待会儿有人要来取印章，就不留你了。有好消息，告知我。”

还有这么仗义的哥们儿，不用你开口，出手就是八万元，算你祖上积德。李见好千恩万谢，提着礼品袋，告辞出门。又觉得不能就这么拿钱走人，转过身，踱回去。易居白说：“是不是要我安排押钞车送你？”李见好说：“我得留张借条。”易居白挥着手道：“去你的吧，说好不用你还，还留什么借条咯。”

人家如此仁义，你更得像个人样，哪能说不还就真不还？李见好拿起易居白刚写过“允执厥中”四字的纸，翻到背面，唰唰唰写个借据，然后才心安理得出了门。

到底是八万元现金，带在身上不安全，得赶快送出去。掏出手机，打小吴电话，探听孙再坚去向，说是要上北京，刚送他去的机场。没办法，李见好只得往银行跑，准备将钱存起来，择机送孙再坚卡也方便。到得银行门口，想起日后领导持卡上银行，会留下痕迹，不是给人家添乱吗？看来还是直接送现金稳妥。

只是孙再坚回德南要几天，这一袋子现金搁哪里好呢？李见好抱紧礼品袋，打的回了公司。正好廖至善没在，李见好打开办公桌抽屉，将钱塞进去，打上锁。又觉得锁不结实，拿出来，放进资料柜。还是不放心。资料柜是木板制的，若小偷光顾，岂不几下就可撬开？

没办法，只得将钱带回家里。家里狭窄，本来没几件像样家具，不大的衣柜装满被子和衣物，再塞不进其他东西。一个小小书柜，早已不够用，容不下的书刊都打包堆在墙角。连床下也充斥着各类生活用品，老鼠做窝都没余地。

在屋里转上几圈，李见好提着钱到了阳台上。阳台才屁眼宽，堆得乱七八糟，像个没人收拾的垃圾站。不过垃圾站也会有好东西，李见好眼前一亮，发现墙边还有台单缸洗衣机。洗衣机不大，好像是结婚时亲戚送的。开洗衣机费电耗水，池小燕和岳母几乎没用过，洗衣甚至洗被子什么的，宁肯用手，弄得手掌比搓衣板还粗。李见好看着心疼，特意买过几双手套，还被池小燕一顿臭骂，说他是败家子，乱花钱。李见好心酸不已，才下定决心，离开德南大学，到外面去打拼，发誓要为池小燕赚回买手套的钱。

洗衣机闲着也是闲着，正好派上用场。李见好掀开盖子，里面有几袋奶粉和茶叶。奶粉是专为炎炎买的，再苦不能苦孩子。茶叶则是池小燕会计师事务发的福利，说是喝茶可清肠解毒，延年益寿。谁知媒体报道，奶粉含三聚氰氨，茶叶有农药残留物，池小燕再不敢动奶粉和茶叶。扔掉又可惜，只得扔进洗衣机。

李见好先掏出洗衣机的奶粉和茶叶，将礼品袋塞到下面，用手压压，压落实了，再将奶粉和茶叶罩在上面，合上盖子。

八万元大钱适得其所，李见好终于可以松口气了。吹着口哨才进屋，池小燕就下班回来，问李见好在阳台上干啥。李见好说到阳台上透透气，支吾过去。他怕池小燕知道底细后，会有什么想法。堂堂男子汉成事不足，拿人大钱，到底不是什么有面子的事。

谁知大钱塞进洗衣机，也同时塞进李见好心里，叫他怎么也舍不下。夜里睡不踏实，老鼠从床下经过，都会惊醒过来。老鼠嘴馋，会不会爬进洗衣机，拿钞票当宵夜？李见好轻轻起床，推开阳台门，将耳朵贴到洗衣机上，里面什么动静都没有。这才稍稍安心，转身准备回屋。又想起小时候奶奶说过，老鼠不比人傻，人动过的东西，它们也会光顾。你的动作可能已引起老鼠注意，说不定你才离身，它们就钻进洗衣机，有滋有味嚼起钞票来。

老鼠不傻，人也足够聪明，对付老鼠的办法还是有的。窗台上摆了只搓衣板，李见好拿来压到洗衣机上。觉得搓衣板分量不够，又低头四下瞄瞄，发现洗衣机脚下垫着几块砖头，忙抽出来，踏到搓衣板上。如此一来，应该万无一失了，李见好才落心进屋，回到床上。

可依然没有一点睡意。老鼠搬不动砖头和搓衣板，并不说明人也没这能耐，如果小偷进了屋，不是轻而易举的事吗？李见好重又翻身下床，回到阳台上，用力摇摇防盗窗上的铁条，感觉挺扎实的，照理应该没人动得了。

几番折腾，李见好几乎一夜没怎么合眼，第二天早上眼眶都是黑的。池小燕睡眠质量向来不错，却还是多少受些影响，训李见好道：“昨晚你发什么神经，在床上烙饼烙得不够，还几次下床乱窜。”李见好说：“喝多了水，成了起夜家。”池小燕说：“起夜去卫生间呀，怎么老往阳台上跑？”李见好说：“阳台下面不是有个小花坛吗？我浇花。”

逗得池小燕直笑，说：“香花都被你浇出臊味来，等着晨练的老头骂你朝天娘。”

匆匆吃完早餐，送炎炎到学校，李见好上公司转了转。孙再坚不在，公司的人一个个懒懒散散，聊天的聊天，上网的上网，几乎没谁做正经事。公司主要靠几个工程监理部承接外面业务赚钱，本部多为财务、后勤和杂务性工作，多干少干，先干后干，关系都不大。

第三章
时间里的旧情人

接下来几天都差不多，直到孙再坚回到公司，大家才又正经起来。李见好忙回家，把洗衣机里的人民币掏出来，拿到公司，准备伺机出手。终于候准孙再坚待在办公室，恰好又没别人，李见好拎着礼品袋，大着胆子走进去，结结巴巴道："昨天岳母去了趟乡下老家，带回些土特产，家里吃不了，请孙总也尝尝。"

嘴里这么说着，李见好将礼品袋搁到孙再坚老板桌旁，没等对方搭腔，转头走掉。

孙再坚正在审阅廖至善交上去的绕城高速建设项目监理竞标初步方案，不太在意李见好，只瞥他一眼，又低头继续忙自己的。忙到下班，收拣好资料，离开座位来到门边，转身准备关灯时，习惯性地扫眼办公室，发现桌旁有只礼品袋，才想起李见好来过。

这小子真难缠，不久前送过烟酒奶粉，这下又带什么土特产，到底想干啥？孙再坚哼一声，扯上门，咚咚咚下了楼。

直到第二天上班，孙再坚走进办公室，见礼品袋还在原处，才抓到手上，塞进身后铁皮文件柜里。办公室人来人往的，桌旁搁只礼品袋，总不太好看。

关上铁皮柜，忽又感觉袋子里好像不是普通土特产。复又打开柜门，伸手往礼品袋里一摸，发觉是一扎扎人民币。整整八扎，不用说就是八万元。八万元不多，也不少，就是孙再坚这种见过大钱的人，也不可能一点不心动。原以为李见好不通世故，只知拿小礼小品哄你开心，这下终于开窍，舍得出血了。时代在进步，不开窍不行啊，不开窍能成得了何事？过去没重用李见好，就是嫌他书生气，无所作为。

不过孙再坚不会收李见好这钱。八扎人民币就想买下绕城高速监理处处长位置，哪有这么美的事？要知道能胜任这个位置的，公司里就有好几位，且背景深，后台硬，交通、建设甚至省政府大佬的招呼早已打下来。与这些大佬比较，八扎人民币的分量显然轻得多。孙再坚不想因小失大，拿起话筒，拨通李见好号码。

一看是孙再坚电话，李见好心里就悠了一下。还是人民币起效，不然太阳从西边出来，也别痴想孙再坚主动打你电话。都说有钱能使鬼推磨，有钱开路，要孙再坚推磨并不难嘛。李见好拔腿就往楼上跑，嘴里轻轻哼道：今夜咱老百姓，真呀嘛真高兴。哼上两句，又觉不对，送了钱还真高兴，当老百姓的是不是贱了点？

上得楼来，李见好意识到这么心急火燎的，也太不老成了，有意慢下步子。到得总经理室门外，又立住，做个深呼吸，缓缓心跳，稳定一下情绪。生怕领导接见时电话干扰，要抬腿时，又拿出手机，按了静音。这才昂昂头，扩扩胸，从容迈进门里，同时不高不低地唤了声：“孙总好，您叫我？”

孙再坚眼睛盯着桌上材料，手往桌旁一指，说：“拿走！”

李见好顺他手指往下瞧去，见礼品袋还在原处，仿佛没动过似的。难道孙再坚没发现里面是八扎人民币，并非什么土特产？李见好说：“孙总您……”

“拿走！”没等李见好说完，孙再坚又喝道，语气更冷峻。

李见好心有不甘，张张嘴，还想提醒对方一下，孙再坚紧着嗓眼道：“你不拿走也行，我让侯忠民来拿，交给纪检部门。”

土特产送纪检部门，好像还没这个先例，看来孙再坚已知道礼品袋里装着什么。李见好意识到说啥都无用，只得悻然上前，提过礼品袋，耷拉着脑袋，转身往外走去。

来到门边，发现有人挡在前面。李见好抬起头，见是一个年轻女人，虽说目含愠怒，依然不失美艳和华丽。让李见好更没想到的是，漂亮女人还是他在德南大学做副教授时教过的学生曾亦嘉。

曾亦嘉也认出李见好，眼光顿时变得柔和起来，说：“是李老师？你怎么在这里？”

李见好一半惊喜，一半张皇，说：“我在这里上班。”曾亦嘉说：“在这里上班？不可能吧？”李见好说：“真在这里上班，不骗你。”曾亦嘉几分不解道：“德南大学可是全国知名学府，你学问又这么好，离开那里不可惜吗？”

不用说曾亦嘉是来找孙再坚的，说不定彼此关系还不同一般，你俩竟旁若无人叙起旧来，岂不惹人家不乐？李见好说：“你找孙总吧？我还有事，少陪啦。”侧身出了门。

回到经营部，将礼品袋往抽屉里一扔，李见好歪在椅子上发起痴来。却不是为送不掉人民币，是与曾亦嘉不期而遇，感到意外而又怅然。

曾亦嘉是当年班上最美丽也最有气质的女孩，李见好第一次上他们的课，就注意到了她。曾亦嘉老喜欢坐在靠窗位置上，晨光自窗外投进来，洒在她棱角分明的脸上，像幅淡淡的水彩画。这幅画有意无意吸引着李见好，让他怦然心动，讲课的声音也不自觉高扬起来。曾亦嘉也喜欢听他的课，神情格外专注，全心捕捉着他一句句精妙的讲解，一个个优雅的手势。李见好讲到得意处，会走下讲台，在教室里绕上半圈，来到曾亦嘉旁边。曾亦嘉双肩圆润，却一点不显臃肿，透着青春的气息。李见好的目光像只无形的手，从曾亦嘉好看的肩膀往下滑去，贪婪地停在她胸脯前。那是两座拔地而起的山峰，就像李见好老家门前那两座浑圆高挺的羞女峰，别名又叫奶头峰。热天曾亦嘉衣服穿得少，偏偏领口又宽，还能瞥见两峰间深深的沟谷，神奇性感，充满诱惑。李见好心跳如兔，声音都变了调，仿佛不小心失控，跌进神秘深谷。只得赶紧移开目光，往曾亦嘉抚着教材的双手漂移。那是双温润如玉的手，十指尖尖，修长而清奇，仿佛只要轻轻一弹，缓缓一拨，就会有妙曼如天籁的乐音从指间潺然流出。李见好心下暗暗寻思，这么纤细的手指，不去演奏动听感人的乐曲，却来写枯燥无味的算式，画中规中矩的图纸，真是个天大的浪费啊。

好在曾亦嘉的算式写得精准，图纸画得漂亮，李见好有理由指定她做课代表，借故与她单独接触。曾亦嘉也乐意走近李见好，觉得他温和宽厚，像大哥哥一样足可依靠。她喜欢听他讲课，觉得以课代表身份到他办公室讨论教学是莫大的殊荣。论过正事，还不想走，又说些同学间的趣闻。说得开心，错过开餐时间，就缠着他请客。这正中李见好下怀，带她出门找酒店。可到得酒店门口，曾亦嘉又说酒店的饭不好吃，想吃街边米粉。吃得几次米粉，李见好意识到曾亦嘉在为他省钱，心里感动不已。有本书上说，只有真心爱你的女人，才会为你省钱，不爱你的女人是不怕吃穷你的，吃得你当掉短裤，都不会心疼。

可惜李见好不敢爱曾亦嘉。他与池小燕早成了家，炎炎也已两岁。曾亦嘉不知李见好底细，以为他还没结婚，心里充满期待，往他办公室走得越来越勤，有时还拉着他到教学楼前的梨子湖边散步，一边给他背诵《春江花月夜》，说是她最喜欢的唐诗。李见好特别爱听她的声音，觉得她不是在念诗，是在唱诗，特有旋律感，好不迷人。心里却很矛盾，不知要不要告诉她实情，几次话到嘴边又咽了回去。他不知道话出口后，曾亦嘉还会不会来找他，还会不会给他背诵《春江花月夜》。他实在不愿失去这个可爱的女孩，甚至动过与池小燕分手的念头——他想待曾亦嘉毕业后娶她为妻。

这天李见好上的是下午课，课后同学们陆续走掉，曾亦嘉兴犹未了，不肯离去，两人就课堂内容聊起来。聊到天断黑，才出门去外面解决肚皮问题。曾亦嘉又要吃米粉，李见好坚决不干，强行把她拉进一家饭店，还要了个小包间。上午李见好收到北京某核心学术期刊寄来的样刊，他的大名和长篇论文赫然印在上面。这是权威刊物里的权威刊物，能在上面露一小脸儿，足可奠定作者在本学术领域里的崇高地位，许多知名教授终其一生都上不了只言片语，李见好能登载长篇论文，自然是件非常牛逼的事。一牛逼就变得豪爽，再吃米粉太没意思。李见好点了几个好菜，还要瓶红酒，让曾亦嘉与他分享快乐。曾亦嘉真心为他高兴，喝得很主动，很踊跃。可她不胜酒力，一瓶红酒下来，就眼发红，脸发烧。李见好略微强些，结过账，走出酒店，还辨得清东南西北。曾亦嘉醉眼迷离，路都走不稳，只好靠在李见好身上。嘴里还嚷嚷，要瞧李见好的论文，倒要看有多高水平。李见好说："瞧就瞧，刊物就在办公室，还怕我拿不出来？"

回到学校，打开办公室，李见好正要开灯，曾亦嘉忽然身子一歪，朝墙角撞去。还是李见好眼明脚快，闪身上前，接住曾亦嘉。看来是路上被风一吹，酒劲发作，曾亦嘉确实醉了。醉得全身发软，变成无筋无骨的泥人，好像要化在李见好身上。李见好拥着曾亦嘉，朝墙边沙发挪去。沙发上胡乱堆着些书刊，李见好想扒拉个空处，刚一弯腰，曾亦嘉便失去平衡，又往地上瘫去。李见好只得缩回手，抄住她的细腰，往上托托。一下子触着那对饱满的乳房，李见好像被电击着样，浑身一抖，情不自禁捂住双乳。捂得紧紧的，生怕它们临阵脱逃，永不回来。这一捂太具杀伤力，曾亦嘉一阵战栗，嗷的一声尖唤，要死要活地掰过李见好脑袋，递上滚烫的双唇。李见好深吸一口气，憋足劲，低头吻向那两片热烈的湿红。吻着吻着，两个身子无法自控，歪倒在旁边的沙发上。沙发太窄，还堆着书刊，随即又滑到地上。两人太忘情，地上又铺着木板，一点不知疼，相反觉得天宽地阔，更好疯狂。两双手更加放肆，相互撕扯着对方衣服。李见好力大，几下拉开曾亦嘉内衣，捧住那对汹涌的坚挺的美乳，贪婪地在上面吮吸起来。吮得曾亦嘉全身发酥，不由自主骑到李见好上面，双手抱住他脖子，鲤鱼样疯狂地扭摆着，荡漾着。

偏偏此时头上掉下一样东西，砸向两人。砸得虽不重，还是让他俩吃了一惊。李见好下意识松开手上美乳，回头瞟了瞟，是一团白色的东西，不用说是天花板上脱落的石膏。这是老式苏联风格建筑，年久失修，当教室已不适用，才用作教师办公室。李见好早已发现天花板上有块石膏脱了壳，随时有掉下来的可能，给后勤处反映过几次，也没来人维修，想不到不早不迟，不偏不倚，将自己和曾亦嘉砸个正着。

更恼火的是手机铃声骤然响起来。李见好双手刚回到那对美乳上，不想分散注意力，不予理睬。谁知铃声响得顽强，闹得曾亦嘉心里不安，说："先接电话吧。"李见好没法，只得去掏手机。慌乱之际，忘记塞在哪里，半天也没能掏到手。还是曾亦嘉手快，一下从他裤兜里捞出来。铃声戛然而止。曾亦嘉要将手机扔一边去，瞥见屏幕上"池小燕"三个字，就问李见好，池小燕是谁。李见好有些心虚，说一个朋友，一个普通朋友。女人都是敏感的，曾亦嘉意识到李见好在说谎，池小燕绝对不可能是什么普通朋友。曾亦嘉心头的春潮开始回落，轻轻推开李见好，从地上爬起来，整理一下衣服，摸黑走出办公室。

曾亦嘉很快了解到，池小燕就是李见好老婆，两人都有了儿子。曾亦嘉又失落，又伤心，觉得自己受了骗，上了当。想找李见好讨个说法，转念一想，人家没承诺过你什么，也没将你怎么样，这个说法怎么讨？从此曾亦嘉很少出现在李见好面前，几乎不再上他的课。李见好也自觉辜负了曾亦嘉，几次想找她解释，也不知该如何解释好。最要命的是上课时见不到曾亦嘉，李见好连说话的力气都小了许多，感觉这个老师当得好没意思，不如离开学校到外面去干点什么。加上一家人蜗居在三十平方米的破屋里，连像样的房子都买不起，李见好终于咬咬牙，辞职去了安平公司。也是世界太小，几年后竟在公司遇上曾亦嘉，李见好惊喜之余，暗自企盼，也许还能与这个一直念念于心的女人重续旧缘。

正痴想着，有人敲敲门，说："李工，在干吗呢？"

李见好一个激灵，回过神，见是小吴，说："没干什么，进来坐坐？"小吴说："坐就免了。刚到财务室报账回来，见你门开着，顺便来看看。没事的话，到司机室去杀两盘？"

来到司机室，摆好棋子，两人开始对弈。李见好心里没法放下曾亦嘉，集中不了注意力，被小吴抓住破绽，杀个人仰马翻。小吴就乐，说："平时李工好像不是这个水平，今天一定干了什么坏事，手气这么臭。"李见好说："有坏事干，还在这里陪你下棋？干坏事得有条件和手段，不是谁想干就干得了的。"

"这倒也是。你看公司的人，有本事的到处跑，没本事的才在公司闲着。"小吴嘴里说着话，手上没放空，架了个当头炮。忽又意识到话有不妥，又补充一句："当然李工例外，李工有的是本事，只是一时没发挥的机会。"李见好说："那就靠老弟帮扶了。老弟可是领导近臣，在领导面前给我美言几句，我就前途无量了。”

小吴摇摇头，轻声说：“李工别抬举我，我一个车夫，哪是什么近臣咯？”李见好说：“不是近臣，也是领导身边人，说得上话。”

不觉到了中午，两人上食堂吃完饭，回来继续杀。又一连杀了好几局，李见好仍然胜少输多。想起平时没下两局，孙再坚就电话召走小吴，难得像今天这么自在，李见好有些奇怪，说：“你手机半天没动静，是不是已欠费？”小吴说：“昨天才续的费。”李见好说：“要么是没了电。”小吴说：“早上才充的电。”

李见好不便多嘴，眼睛盯住棋子，琢磨着怎么将小吴的进攻挡回去。倒是小吴咬不住自己舌头，主动说道：“你又不是不知道，领导还有部大奔，驾驶技术比我还好，犯不着每次出去，非得我给他掌握方向盘。”

小吴意思很明白，领导要会形形色色的人，要办林林总总的事，有些人不便让你见到，有些事不想让你知道，你当然得躲开点，不可能每次都让你掺和。今天将小吴闲置在公司，是不是跟曾亦嘉的贸然出现有关？

也不知小吴见没见过曾亦嘉，李见好想套套他口气，侯忠民忽然跑过来，嚷嚷道：“李工倒好，你老婆满世界寻你，你却躲在这里下棋。”

李见好感到奇怪，说：“我老婆寻我，怎么寻到你那里去了？”侯忠民说：“你不理老婆电话，经营部也没人，你老婆才把电话打到办公室，要我帮忙找找。别下棋了，赶快联系你老婆，估计你家里出了什么事。”

李见好掏出手机一看，里面有十多个未接电话，都是池小燕打来的。原来去见孙再坚时，调成静音，后遇着曾亦嘉，弄得神不守舍，忘了调回去。李见好忙拨通池小燕，池小燕在那头大发雷霆，骂李见好死哪儿去了，手机打烂了，也没接听。没容李见好解释，又说：“妈摔了一跤，摔折了胯骨，你快给我到医院来。”

“好好好，我马上过去。”李见好一边啄着脑袋，一边往门外走。小吴追上来，说：“是不是蛮急？我送送你。”李见好说：“免了吧，领导找不到你，会不高兴的。”小吴说：“领导早开着奔驰走了，一时半会儿用不着我。”

两人下楼，来到车上。赶往医院，池小燕已将老人送进重症病房。见着李见好，一脸冰霜，一把将他扯到门外，质问道：“你知道妈是怎么摔的吗？”李见好说：“我又不是神仙，哪知道妈是怎么摔的？”池小燕指着他鼻子说：“都是你给惹的。”

李见好莫名其妙，说：“我又没跟妈在一起，难道会隔空施法，用气功推了妈一跤？”池小燕耐着性子说：“中午妈有些困，想上床躺会儿，爬到一半，身子失重，一下摔到了地上，摔成骨折。你记性没被狗吃掉的话，应该还记得，本来我要妈睡下铺的，你说什么攀攀爬爬可活动筋骨，我只好听了你的。现在可好，将妈活动进了医院，你心满意足了吧？”

哪个又愿老人进医院？也太冤枉人了。再说不睡上铺，就不会摔跤了？李见好想争辩几句，考虑在医院里，不好高声大叫，只得小声赔不是：“好好好，都是我的错，我是凶手，我是主谋，我马上去公安局自首，坦白从宽，抗拒从严，行不行？”

逗得池小燕扑哧一笑，说：“你去公安局自首，谁帮我照顾老妈？”转身走进重症病房。李见好跟过去，老人正躺在床上输液，双眼合着，好像睡了过去。池小燕轻声说：“全靠熟人帮忙，住院手续来不及办，医生就让妈住了进来。我这就去补办相关手续，你在这里替我守着，妈有什么情况，及时告诉医生。”

池小燕出去没几分钟，医生进房查看病人。李见好问严不严重，医生说：“骨折可不是轻松事，特别到了一定年纪，恢复起来慢。何况老人摔跤原因复杂，往往是中风前兆。如果真是中风，就有些麻烦，家属恐怕得准备一笔不小的钱。”

说到钱，李见好头皮就发麻。要交按揭，要拿钱去铺路，谋来钱的差事，偏偏岳母这里又出意外，还得花钱，也不知哪里有钱捡。但愿岳母大人仅仅是骨折，没别的问题。

池小燕有一姐一妹，姐叫池大燕，妹叫池苇燕。池苇燕原叫池尾燕，嫌“尾”字不好，自己改成“苇”字。接到池小燕电话，两个也赶了过来。正一左一右夹住李见好，质问怎么回事，池小燕办完住院手续回来，上前把两位拉到走廊上，简单说了妈摔跤经过。池大燕责怪道：“妈这个年纪，还让她睡上铺，亏你们做得出来。”池小燕解释说：“不是我们让妈睡上铺，是她坚持，才依了她。”池大燕说：“到底是妈坚持，还是你们有什么用心？”池苇燕也冷言冷语道：“嫌弃老妈，就放她回去，我们还养得起。”

两人不看场合，上来就说这些气话，目的很明确，就是要池小燕和李见好责任自负，别找她们出医药费。其实池小燕对她俩毫无指望，指望也指望不上。池大燕夫妇在镇上开豆腐店，生意一般般，勉强糊住嘴巴。池苇燕下岗后开发廊，小钱有赚，可老公天天打牌赌博，两人正在闹离婚。加上两个打小一个倔，一个疯，不读书，不上进，母亲只喜欢又听话又爱读书的池小燕，在她身上花的钱和时间也最多，现在住院，想让两个出血，绝对不可能。何况老妈是在自己家里摔的，池小燕自然责无旁贷，不会偏肩膀，撂担子。可两人的话也难听了点，池小燕火气直冒，说：

“听你们话里意思，是我和见好想害妈不成？”

李见好忙上前扯开池小燕，说：“少说两句好不好？妈的病要紧。”池小燕只好忍住脾气，对李见好说：“我在这里看护老妈，你去学校接炎炎回家，招呼他吃晚饭，做作业，明天送他上学后，再到医院来接我的手。交的住院费肯定花不了几天，还得设法去弄些钱。妈是我的妈，别人可以不管，我非管不可，一管到底。”

池小燕话里的别人指谁，李见好自然明白。嘴上逞强，解决不了任何问题，还得设法弄钱，钱才是硬道理。人一进医院，有两样东西谁也回避不掉，一是要钱，二是要命。有时既要钱，又要命，人财两空。李见好想问池小燕钱从何来，话到嘴边又咽了回去。问也白问，反正你没辙，拿不出钱，还是先看池小燕有啥手段。她说了，妈是她妈，她比你更着急。

钱这么当紧，李见好连的都不敢打，看看时间还早，快步赶往学校。学校离家不近，炎炎不可能走路回去，两人只得上了公交车。德南大学门口有个菜市场，下车后顺便称几两肉，又买些小菜，赶紧回家忙饭忙菜。饭后招呼炎炎做完作业，洗过澡，请上床，终于消停下来。还不忘打通池小燕电话，问几句老人病情，才进里屋躺下。

第四章
竟然遇到她

第二天吃过早餐，把炎炎送到学校，李见好脚打莲花落，直奔医院。

老人跟昨天一样，静静躺在床上，手腕插着针头，床头上方的吊瓶无声滴着液。一旁的池小燕脸色蜡黄，眼眶发黑，一看就知夜里没休息好。李见好张张嘴，想说句什么，池小燕示意他别出声，把他拉进卫生间，说："妈刚刚睡着。早上医生送来检查结果，骨折得可不轻，必须马上动手术。还有轻度中风，也要用药。重症病房一天好几百开支，得赶快做手术，转移到普通病房去。到了医院，钱不当钱花，你陪妈，我先找人弄些钱回来。妈也是你妈，你也想想办法，尽尽做女婿的责任。"

没尽责任，怎么会往医院跑？李见好心里嘀咕，也不吱声，知道这个时候还是少说为佳。走出卫生间，池小燕给老人掖掖被子，出门而去。老人一动不动躺在病床上，倒也不用操太多心，只用吊瓶里药水快尽时，出去叫护士来换药瓶。

一个上午很快过去，看着护士抽走老人手腕上的针头，李见好才拿着饭盒，起身去食堂打饭。打好饭，手提饭盒走出食堂，正巧池小燕从大门外走进来，李见好收住脚步等待她。池小燕来到跟前，一见李见好，顿时气不打一处来，从包里抽出一个红壳小本子，朝他脸上狠狠一甩，大声吼道："你说说，你说说，这到底怎么回事？"

李见好下意识偏偏头，往旁一躲，小本子划一道弧线，轻轻掉落地上。池小燕继续叫嚣道："骗到老娘头上来了，你还是个男人吗你！"

李见好弯下腰，拣起地上的小本子，原来是本银行存折。不用打开，就知存折是岳母的。想必池小燕弄不到钱，回家找到老人存折，发现少了五万元，知是怎么回事，忍不住怒火中烧。李见好做贼心虚，却还要给自己壮胆，说："你发什么飙！

这存折关我何事？”

池小燕火气更甚，上前夺过存折，打开来，放李见好眼皮下猛晃几下，嚷嚷道：“睁开你狗眼瞧瞧，上面五万元钱去了哪里？自己蒸发的？”李见好说：“你问我，我问谁去？”

气得池小燕脸色发白，眼睛发绿，半天说不出话来。重症病房里已躺倒一个，池小燕再有个三长两短的，就够惨了。李见好不敢再犟嘴，缓缓语气，说：“有话不可慢慢说？我纵使千不是，万不是，你也犯不着如此气愤嘛。”

好一阵，池小燕脸色才渐渐恢复过来，满眼是泪道：“五万元钱的转账日期，存折上记得清清楚楚，正是咱们交房子预付款的头一天，这还不能说明问题吗？当时我还问你钱是找谁借的，你支支吾吾，不肯实说，我也懒得刨你根子，谁知你不要脸，老妈的钱也敢接。接了就接了，钱确实不容易借，不能完全怪你。可你不能骗我啊。我怎么也是你老婆，五万元的大事你都瞒着我，叫我能不伤心吗！”

李见好也意识到这事做得不聪明，说：“都怪我，妈说不让告诉你，我也怕你生气，就没敢跟你说。好好好，下不为例，以后有什么，一定先向你请示汇报。”

见李见好软下语气，池小燕不好再揪住不放，说：“我不是在乎这五万元钱，是这钱性质不同，给妈养老应急的，你拿走了，现在碰着妈得病住院，咱们到哪儿弄钱去？虽说人在世上，多少总认识些人，可关键时刻肯借你钱，尤其是上万大钱的，不可能有几人。上午找了好些所谓的朋友，察觉我有借钱的意思，没等我说出钱字，就婉转回绝了。实在没法，我才回家去翻妈的存折，谁知钱已被取走，你叫我拿什么给妈救命？”

这世道就是这么不公平，有人救命的钱都拿不出，有人钱多得没地方花。还有人送钱上门都不接，钱在他们眼里根本不值钱。李见好这么不平着，想起那八扎亮花花的人民币，你不是为孙再坚不收发愁吗？这下岂不正好派上用场？

李见好沉吟一会儿，说：“我想想办法吧。”池小燕问：“你想什么办法？”

李见好懒得编故事，编故事难得自圆其说，干脆实话实说道：“易居白得知我有意谋工程监理处处长位置，主动借我八万元去攻孙再坚的关，谁知孙再坚不放在眼里，退给了我，我还没来得及还易居白呢，先拿来治好妈的病再说。”

池小燕眼睛瞪得牛卵大，说：“李见好，你量不小啊，轻轻一个‘借’字，就是八万元。你今天给我兜个底，除易居白这八万元外，到底还在外面借了多少钱？”

李见好也来了毛毛火，说：“我在外借了一个亿！”

也许急昏了头，也许女人天生不懂夸张，这话池小燕也听不出来，好像李见好真借了一个亿似的，惊讶道："一个亿？一个亿你也借？"

李见好觉得好笑，不想理池小燕，别过头，去瞧不远处的冬青树。树上有只不知名的小鸟，叽叽喳喳叫得特别烦人。池小燕又追问道："你说的到底是真是假？"李见好说："你说是真就是真，你说是假就是假，这是你的权利。"

池小燕这才转过弯来，狐疑地望着李见好，说："我知道你们这些男人，胆子天大，没有不敢做的事。你说说，借易居白的八万元，以后拿什么还人家？"

李见好说："这蛮好理解嘛，攻下孙再坚，谋到监理处处长位置，做个一两千万的监理项目，钱不就在里面了吗？"池小燕说："要是孙再坚不给你监理处处长位置，不让你做监理项目呢？你上哪儿去赚回这八万元？"李见好说："钱不是没送成，还在我手上吗？孙再坚就是不想给我监理处处长位置，不愿让我插手监理项目，才将这八万元退还给了我。"

绕来绕去，绕的全是废话。池小燕说："钱在你手上，你还给易居白，不就不再欠他了？"李见好说："钱是否还易居白，你可先想清楚，我照你说的办。"

池小燕这才想起说偏了题，将给老妈治病的事扔到了脑后，说："我是说钱治了妈的病，以后怎么还易居白？"李见好说："以后怎么还，是以后的事，咱一个大活人，总会找到赚钱的机会，可妈的病没治好，人说没就没了，以后拿钱也换不回妈。"

几句话感动得池小燕跟什么似的，一边点着头，一边哽咽道："我们三姐妹里，妈最疼我，炎炎也是她一手带大的，妈在我家摔了跤，生了病，咱们不负责治好她，上哪儿都说不过去。可你我收入都不高，要维持基本生活，要负担炎炎上学，还要交银行按揭，八万元又不是个小数，花起来容易，赚回来好难啰。"

"另外找人借钱都得借，何况还没人借给你，现在有八万元在手上，还瞻前顾后什么？别再多想，我这就提钱去。"李见好将饭盒塞给池小燕，掉头要走人。池小燕扯住他，说："也不争在这几分钟，先吃过饭再说。"

这一说，李见好才觉得有些饿了，重新拿过饭盒，就近蹲到路旁，随便扒拉几口，匆匆走出医院大门。打的上公司提了钱，立即返回医院，交到池小燕手上。

还真亏这八万元，老人及时上了手术台。由医院最好的医生主刀，手术做得非常成功。中风病也用药及时，得到有效控制，最大限度降低了风险，很快进入康复阶段。

见老人恢复得不错，李见好夫妇感到莫大欣慰。只是想起那快花光的八万元，难免暗暗发愁。八万元在有钱人那里，无非就是八字后面加四个零，不过一夜小赌的事，在李见好这里，可是一笔实实在在的巨款，压在心里就是一座大山。

白天愁，晚上愁，在家愁，出门到得单位还愁。周五这天正愁着呢，易居白路过安平公司，顺便上楼来看李见好，问他怎么样？李见好一脸茫然，说：“什么怎么样？”

也不知这李见好是真糊涂还是假糊涂，明明是自己的事，还反问起人家来了。易居白只好直接道：“我是问你，孙总被砸晕没？”

李见好这才反应过来，易居白在关心那八扎人民币的效果。可隔墙有耳，李见好吱声不得，答非所问道：“开车来没？我搭你便车回家。”

易居白明白办公室不是说话的地方，说：“行啊，一起走吧。”

来到易居白车上，李见好叹口气，说：“事情可没像咱们预想的这么简单。”易居白疑惑道：“炸药包没砸出去？”李见好说：“砸不出去。”易居白问：“姓孙的嫌少？”李见好说：“不知他何意，反正不肯接，我想解释都不听。”易居白说：“一定是分量太轻，没有足够的杀伤力。要不这样，我再给你八扎，不信就砸不晕他。”

李见好苦着一张脸，说：“八扎人民币已花光，哪还好意思再要你的钱？”易居白说：“你不是说砸不出去吗？”李见好只好如实道：“孙再坚那里砸不出去，可钱已花到别处。”易居白说：“花到了哪里？”李见好说：“不久前我岳母患病住院，都送进了医院。”易居白说：“你岳母得病，怎么不通报一句，我也好上医院去看看她老人家。”

李见好摇摇头，说：“钱花在了不该花的地方，还怎么好惊动你？”易居白说：“你这是什么话嘛？钱给老人治了钱，怎么说是花在了不该花的地方？这比花在姓孙的身上更值。”李见好心存感激道：“倒也是的，这次不是那八万元，岳母恐怕早没老命了。兄弟的大恩大德，见好永世难忘，这辈子还不了，下辈子给你当牛做马，也要还你。”

易居白笑笑，说：“言重啦，言重啦，这算什么咯。要么我另给你二十万，一定把姓孙的拿下来。”李见好连连摆手，说：“不不不，我宁肯做一辈子的普通工程师，再也不低三下四给人送钱。”易居白说：“低三下四就低三下四，你不先低三下四，以后别想抬起头来。”李见好说：“理是这理，可并非任何事都是钱能摆平的。也许姓孙的不缺钱，钱打动不了他。”

这话确实不无道理，易居白说：“我给你分析分析，姓孙的不接钱，只有两种可能，一种是嫌钱少，另一种是钱非他至爱，或者说目前他最需要的不是钱，是别的东西。你现在要做的是摸摸他的底，看是第一种原因，还是第二种原因，再投其所好，把他攻下。”

李见好无力道：“随便什么原因，反正我再也不会去下求他孙再坚。”易居白说：“哪有遇到点挫折就打退堂鼓的？照我说的去做，有啥难题我帮你一起解。”

说着话，不觉已到德南大学。李见好谢过易居白，下车回家。上楼进得家门，手机响起来。一看是小吴，李见好说：“想下棋不早点叫，我已到家，还打什么电话咯？”小吴说：“我上你家接你去。”李见好说：“你发神经！公司出油钱，你不心疼是吧？我都换好衣服，要上桌吃饭了，还来接个鸟。”小吴说：“到外面来吃。”

李见好觉得奇怪，说：“你到底叫我吃饭，还是叫我下棋？”小吴说：“叫你吃饭。”李见好说：“我又不是家里没饭吃。”小吴说：“叫你吃饭就是家里没饭吃，那当领导的天天吃请，都是家里没饭吃咯？什么逻辑嘛。”李见好说：“那还吃什么饭呢？”小吴说：“我也不知道吃什么饭，又不是我叫你吃饭。”李见好说：“你这人真有意思，不是你叫我吃饭，你打什么电话？”小吴说：“老板叫你吃饭，让我打你电话，我能不打吗？”

小吴嘴里的老板不是别人，就是孙再坚。孙再坚叫你吃饭？鬼才相信呢。李见好说：“小吴开这种玩笑，就没意思啦。咱们不是朋友，也是棋友，不是棋友，也是同事吧？开这种玩笑捉弄我，你不够同事，也不够棋友，更不够朋友。”

小吴说：“我没开玩笑，真是老板叫你吃饭。”

不可能，这绝对不可能。李见好不出声道。到安平公司好几年，李见好还从没吃过孙再坚的请。当然年头岁尾，公司同事会一起吃个饭什么的，那也只能算聚餐，算不上孙再坚请你。就算请，也不是请你一个人，是集体活动。今天孙再坚忽然要请你吃饭，这不是破天荒吗，不是太阳从西边出来吗？李见好还是不敢相信自己耳朵，对着手机重复问道：“小吴你说清楚，到底谁叫我吃饭？”小吴说：“我已说得很清楚，老板叫你吃饭。”

李见好痴在那里，半天动弹不得，中了风似的。看上去比岳母的症状还厉害，岳母是轻度中风，他属于重度中风。

恰巧这天池小燕也提前下班回家，听到小吴打给李见好的电话，也甚觉奇怪。

待李见好跟小吴说完再见，就迫不及待道：“孙再坚真的叫你吃饭？”李见好说：“小吴是这么说的。”池小燕说：“小吴是孙再坚司机，肯定不会胡说八道，一定是孙再坚的意思。”

“小吴的口气不像开玩笑，也许真是姓孙的请饭。”李见好抑制不住心头兴奋，口气却故意显得无所谓，“我不明白的是，孙再坚为什么会这么做。”池小燕说：“也许这阵子你到孙再坚那里多跑动得两次，他已把你看成自己的人。”李见好摇头说：“又没跑出什么效果，前次送礼，他还了礼，后来送钱，他退了钱，他凭什么把你当成他的人？”

池小燕喜欢往好的方面想，说：“也许孙再坚已被你的真诚所打动，开始对你另眼相看。”李见好说：“你以为当领导的那么容易打动？领导没几个不是铁石心肠，不是铁石心肠，也不可能做上领导。”

外面响起喇叭声，夫妻俩跑到阳台上一瞧，小吴的车已停在楼下。李见好拔腿要往外走，池小燕拦住他，说：“这么去见孙再坚，像什么样子？”李见好说：“又不是第一次见孙再坚，他还不知道我啥样子？”池小燕说：“不行不行，太随意，显得对领导不尊重。你得稍微讲究点，给他个好印象。”

“又不是去相亲，要好印象有啥用？”李见好嘀咕着。池小燕不再多话，进屋翻套西装出来，套到李见好身上，还帮着系上领带，扯扯领口，抻抻衣袖，拉拉衣脚。还不够，又拿出摩丝，往李见好头上喷几下，再用梳子梳顺溜。

楼下喇叭又响起来，李见好拿开池小燕的手，往门口走去。要出门了，池小燕发现李见好皮鞋上沾着灰，又大声叫住他，到鞋柜里拿出一管鞋油，俯身给他鞋子打好油，用刷子刷起来。刷得差不多，再拿块干布，沾上专用抛光油，双手并用，拉锯样猛拉猛锯，将皮鞋弄得锃亮锃亮的。这才放手李见好，让他下了楼。

来到车上，小吴嗔怪道：“到底是在家里给嫩崽喂奶，还是画眉毛，抹口红，这么老半天也没现身？”李见好说：“肚子拉稀，蹲在厕所里出不来。”小吴说：“拉稀快得很，打机枪样，三五几下就把子弹打完，要不了多久。不是便秘吧，占着茅坑不拉屎，有货出不来。”

说得两人都笑。李见好说：“别污言秽语，尽说这些不干不净的东西，待会儿饭都吃不下去。”小吴说：“我无所谓，边拉屎边吃饭都没事。”李见好说：“还以为你边吃屎边吃饭都没事呢。”小吴说：“你才吃屎呢。还是大学教授出身，说话没一点文化。”

李见好笑道："你说我说话没文化含量，我还真给你说个吃屎保命的故事。朱元璋喜欢杀人，砍脑袋就像摘人帽子样随意。有次朱皇帝又起杀心，拟了个杀人名单，要御史袁凯交给皇太子朱标，想听听他的意见。皇太子心软，不主张杀人，觉得还是从轻发落为好。朱元璋便问袁凯，他和太子谁的意见正确？袁凯犯起难来。领导越大越正确，一个当朝皇帝，一个皇帝接班人，你能说谁不正确？自然两个都绝对正确。抱定这个坚定信念，袁凯眉头一皱，计上心来，说陛下杀人是以法治国，太子不杀人是以德治国，两人方法有别，目的却一致，都是为国家的长治久安着想。这回答应该还算聪明吧？可朱元璋不满意，认为袁凯耍滑头，两边讨好，准备让他陪名单上的人一起去见阎王。袁凯知道自己在劫难逃，干脆装起疯来，蓬头垢面，铁链锁脖，整天疯言疯语的。朱元璋何许人也？装装疯就想骗过他，没这么容易。朱元璋命令大臣，把疯子袁凯拉到朝堂上，再叫人拿了锥子，往他身上猛刺。朱元璋心想，你不是疯子吗？疯子没感觉，不怕痛，倒看你受得几锥子。袁凯心知朱元璋用意，生怕露出破绽，咬紧牙关，强忍疼痛，还故意哈哈大笑，好像不是锥子扎在肉里，是如意爪在身上挠痒痒。朱元璋一时分不清袁凯真疯假疯，只得放他回家，过一阵子又派使臣召他回朝做官。使者走进袁家，只见袁凯人不人鬼不鬼的，衣服上全是屎尿。这还不够，还趴到地上，抓了坨屎，塞进嘴里，吃得津津有味的样子。使者回朝，把袁凯吃屎的事报告给朱元璋，朱元璋这才相信袁凯确实疯了，不再揪住他不放。"

小吴手把方向盘，嘴上质疑道："还有这样的事？不是你临时编的吧？"李见好说："这是历史，史书上有明确记载，哪是我编得出来的？"小吴说："待会儿到了餐桌上，看你敢不敢把吃屎故事讲给老板听。"

"这有什么不敢，只要老板愿意听。"李见好笑笑，"今天到底是你请客，还是老板请客？"小吴说："我请得起你？当然是老板。"李见好说："老板为啥请客？"小吴说："这我就不清楚了，反正是老板要我接你去吃饭的。"李见好说："我真有面子，老板亲自请饭不说，还派专车上门迎接。"小吴说："你面子大，不接你肯露面吗？"李见好说："要说面子大，也是老板和你给的。老板还请了哪些人？"小吴说："主要请你，另还安排了美女作陪。"

请你吃饭已不可思议，还安排美女作陪，这不是更奇吗？你又不是发改委交通厅的实权领导，孙再坚不是脑袋进水，哪会对你这么用心？李见好横竖想不通，问小吴道："待会儿没有美女，我要你变一个。"小吴说："你尽管放心，保证有美女。"

李见好不再多说，望着前方来来往往的车流，心想孙再坚到底要干什么呢？该不是搞鸿门宴吧？想想你又不是刘邦，哪有享受鸿门宴的殊荣？

赶到酒店大坪里，下车看到不远处孙再坚的奔驰，李见好相信小吴没说假，确是孙再坚请客无疑。进得酒店，在礼仪小姐引领下，乘电梯上到三楼，七弯八拐，来到一处包厢门口。小姐先在门上敲敲，再轻轻推开门，让进两位。孙再坚已到，正在点菜，见着李见好，客气道："见好先坐，菜很快点好。"

李见好受宠若惊，站在地上，不敢坐，好像椅子上有刺似的。孙再坚又招呼道："坐坐坐，先坐下吃点水果。"将水果盘往李见好身边推推。

李见好这才坐下，拿起水果盘上的铁叉，叉块切好的哈密瓜，放进口里。同时四周看看，没见美女影子。心下不免思忖，小吴这小子，拿美女逗你开心。忽又发现墙边沙发上有只漂亮的坤包，难道还真有美女不成？美女又是谁呢？认识还是不认识？

正在疑惑，卫生间门开了，还真走出一个美女来。李见好顿时眼睛瞪得像探照灯，刚咽到喉咙里的哈密瓜也戛然停住，忘了继续下咽。

美女不是别人，竟是曾亦嘉。

怎么会是曾亦嘉呢？孙再坚是出名的采花大盗，莫非与曾亦嘉也有一腿？可李见好不明白，他俩有一腿，跑到这里来幽会，为啥叫上你李见好？叫你来尝酸吃醋？确有这种男人，找了情人，生怕别人不知道，喜欢带出来到处炫耀，显得有能耐，有魅力。孙再坚是不是觉得找曾亦嘉做情人很有面子，带来让你羡慕羡慕？想想似乎又不像。

对李见好的到来，曾亦嘉却一点不惊讶，大大方方笑道："李老师好！"

李见好点点头，努力咽下停在喉咙里的哈密瓜，说："哦，是亦嘉。"曾亦嘉仍笑笑道："孙总说今天有个特殊客人，原来是你。"

孙再坚已点好菜，接过曾亦嘉的话说："我是最近才知道见好是也臻老师，今天正好有空，来这里点几道菜，让你们师生见个面，叙叙旧。"

也臻？怎么又冒出个也臻来了？李见好只隐约听说，孙再坚有个情妇叫贾也臻，难道是曾亦嘉不成？莫非"贾也臻"是曾亦嘉的别名？李见好不便多问，反正亦嘉与也臻听起来差不多，随便怎么叫都一样。只是觉得这一假（贾）一真（曾）的，还蛮有意思。

菜很快上桌，孙再坚问李见好："喝什么酒？"李见好说："你们喝酒，我喝茶就行。”曾亦嘉说：“要开车，都别喝酒，喝饮料最好。”孙再坚说：“也行，喝什么饮料？”曾亦嘉说：“就喝酸奶吧。酸奶容易吸收，里面的酪氨酸对缓解由心理压力过大、高度紧张和焦虑引发的疲惫状况，也有很大帮助。”

孙再坚掉头喊小姐上酸奶。

不大一会儿，小姐拿来酸奶，每人面前倒上半杯。孙再坚带头举杯，说：“今天咱们以奶代酒，先碰个杯。”

几位就碰杯，喝口酸奶，夹些菜，往嘴里塞。小吴是司机，喝些酸奶，扒碗饭，先退了场。三人继续说话喝酸奶。喝上几轮，李见好肚子开始发胀，曾亦嘉敬酸奶时，只喝一半就放了杯子。曾亦嘉不干了，嘟着嘴撒娇道：“喝嘛喝嘛，好不容易坐到一起，不喝就是看不起学生。”李见好说：“我是凉性胃，喝多酸奶胃疼。”

孙再坚笑笑道：“男人就是专门疼女人的，尤其是女人撒娇的时候，说是女友撒娇，男人心疼；小姐撒娇，男人钱疼；情人撒娇，男人腰疼；老婆撒娇，男人头疼；女生撒娇，男人胃疼。”曾亦嘉说：“我看你们这些男人，没人撒娇，浑身都疼。”

喝酸奶吃菜，说说段子，聊聊闲话，倒也开心。只是李见好还是不明白，孙再坚请客的意图在哪里。请曾亦嘉吃饭好理解，情人约会，免不了吃饭。可情人约会吃饭是件很私密的事，硬夹个无关的人在中间，像什么话呢？

李见好正犯嘀咕，孙再坚桌前手机响起，他拿到耳边，喂喂着出了包厢。余下两人，互相看一眼，又垂下眼皮，不知说些啥好。也不是没话说，到底是曾经的师生，可以谈谈旧人，聊聊旧事。不说旧，说新也行，比如工作家庭什么的，分手这么多年，总该有些变化吧。

可两人都没说话，好像嘴巴上了封条。孙再坚也没回来，不知他电话打完没打完。老半天门上才有了动静，服务小姐进来说：“孙老板有急事，先走一步，让我代他向两位表示歉意。账他已结过，你俩也不急，多坐会儿，吃好喝好。”

小姐说完，退出包厢。这个孙再坚耍什么名堂？请你们吃饭，他中途开溜，有些说不过去吧？莫非他知道你俩多年前曾是情人，主动让贤，成人之美？

此念一生，李见好心头不禁怦怦跳起来。

那天在孙再坚办公室门口意外遇见曾亦嘉，李见好就清晰意识到，自己心里一直装着这个女人，一直装着那段短暂却深刻的感情。如今两人走到一起，若能重续旧缘，自己这毫无气象的人生也许会再现生机，焕发出别样的色彩来。可转而一想，又是不现实的事。曾亦嘉真是孙再坚情人，孙再坚绝对不会自动退出，将自己情人推向别人怀抱。身为男人，李见好知道感情方面，男人不可能这么大方慷慨。就是退一步想，孙再坚大方慷慨，愿意让出曾亦嘉，曾亦嘉本人有没有这层意思，也很难说。当年就是自己对不起她，给她带来莫大伤害，她才离开了自己你，现在为什么还要回头，跟自己重修旧好？这于情于理，都说不过去呀。

李见好这里动着心思，曾亦嘉也一直低眉垂目，看着杯里酸奶，默然无声。包厢里越发显得沉闷，李见好感觉有些不自在，开口说："孙总已走，咱们是不是也撤？"

曾亦嘉也已有些坐不住了，起身说："行啊，走吧。"

出得包厢，下楼来到酒店门口，天上下起细毛雨来。曾亦嘉抬头看看天，伸手去包里掏伞，一边问道："你车在哪里？"李见好尴尬道："我没车呢，刚才是小吴接的我。"曾亦嘉点头说："我想起来啦，孙再坚电话通知小吴去接你时，我正在旁边。我送送你吧。"李见好忙谢绝："不用不用，我打的回去。"

曾亦嘉已打开雨伞，说："打什么的，我送你。"走进雨中。

曾亦嘉不仅长相漂亮，身段也格外丰盈性感，凹凸有致，走起路来，像青莲在水上浮动。李见好真想奔过去，紧紧拥住这个身子，永不松手。

不到两分钟，曾亦嘉就开车过来，停到李见好面前，请他上车。是辆白色宝马，豪华阔气。李见好拉开门，钻进车里，说："这么高级的车，起步价多少？"曾亦嘉笑道："爱给多少给多少。"说完优雅地把着方向盘，轻点油门，朝大门口驶去。

车上提示音响起来，李见好四下望望，说："什么响？"曾亦嘉说："系上安全带吧。"

李见好系上安全带，车子安静下来。出得酒店，曾亦嘉问："往哪个方向走？"李见好说："德南大学。"曾亦嘉说："还是原来的房子？"李见好说："是的。"

曾亦嘉偏过头，看眼李见好，说："我去过你家。"李见好说："还有这事？"曾亦嘉说："一天有个事要问你，你没在办公室，我就上了你家。你妈开的门，说你没在，我只往屋里瞟了一眼，就下楼了。"李见好说："不是我妈，是我岳母。"曾亦嘉说："当时我不知道是你岳母，也不知道你已结婚。"

说得李见好心生愧疚，说："都怪我，没敢在你面前说实话。"

曾亦嘉大度地笑笑，既往不咎的样子。李见好还想说什么，曾亦嘉先问道："房子好像不大吧，也有些旧，这么多年过去，没想起挪个窝？"李见好说："谁不想住好房大房？可收入增速总跟不上房价增速，犹豫来犹豫去，最近才在爱丽舍按揭买了个中户型，装修的钱还不知在哪儿呢。”曾亦嘉说：“中户型足够了，太大也没必要。炎炎上小学了吧？”

李见好诧异地望一眼曾亦嘉，说：“你还知道我儿子叫炎炎？”曾亦嘉说：“这又不是国家机密，知道起来还不容易？”

看来曾亦嘉背后还摸过自己的底子。也只有真正在乎自己的女人，才会用心打探自己的家庭背景、社会关系、前世今生。李见好不想老说自己，说：“别只关心我，你自己呢？这几年都在干些什么？过得还好吗？”

曾亦嘉脸上掠过一丝阴影，反问道：“你觉得呢？我过得好，还是过得不好？”李见好说：“肯定过得好。”曾亦嘉说：“何以见得？”李见好说：“不说别的，只说你能做孙再坚座上宾，开宝马这样的高档车，就一定活得滋润。”

曾亦嘉说：“这都是表面东西。一个人活得好不好，不能仅看表面的物质，还有看不见的精神。”李见好说：“你的精神状态也不错呀，还那么年轻漂亮，靓丽迷人。”曾亦嘉说：“你几时变得这么会说话的？”李见好说：“不是会说话，是事实如此嘛。”

半个小时的样子，到了德南大学。德南大学属百年老校，校园里到处是茂密的林子，林间的梨子湖水色清幽，波光潋滟。车从湖边经过，曾亦嘉不由得按下车窗，望着湖里隐约的树影，说：“好些年没到德南大学来了，梨子湖还这么漂亮。”

一句话勾起李见好无限遐想。当年两人经常来湖边走动，共诵《春江花月夜》，或聊些不着边际的话题，好开心，好享受。如今景依旧，人依旧，心情却已完全不同。李见好想叫曾亦嘉停车，一起下去走走，一起寻觅当年的旧迹，念诵念诵《春江花月夜》，话到嘴边，还是悄悄咽了回去。境未迁，时已过，此时的她不再是彼时的她，此时的你也不再是彼时的你，还能回到从前，旧梦重圆吗？梨子湖，梨子湖，莫非注定有离无聚吗？

绕过梨子湖，驶过一段林荫道，前面就是李见好的家。曾亦嘉丢掉油门，让宝马由快至慢，缓缓停下。李见好手把门扣，望眼曾亦嘉，说：“感谢你送我！”

曾亦嘉故作轻松道：“谢什么谢咯？我也早想回学校看看，今天不正好……”话没说完，喉咙有些发哽，再也说不下去。

李见好鼻子也一酸，不知如何是好。默默坐上片刻，才想起没交换手机号，一边掏手机，一边说：“可否把号子给我，我存到手机里，以后有事也好联系。”曾亦嘉说：“你不知道我号码？”李见好说：“知道还问你？”

曾亦嘉说："还是当年的号码。"

李见好心里暗暗一动，心想曾亦嘉为啥没换号呢？忍不住随口说出一串数字。

正是曾亦嘉的号子。她惊讶道："这么多年没联系，你还记得？"李见好说："有些东西是一辈子没法忘记的。"

没法忘记的当然不仅仅是手机号。曾亦嘉明白李见好的意思，问道："你换号没？"李见好说："我也没换。"

曾亦嘉也说出一串数字，是李见好的号子。

如今的人换人如换号，换号如换人，两人都没换号，莫不是有意无意为对方留着的？彼此留着号，却这么多年没联系，又是缘何呢？李见好只觉心里直往下沉，不敢再待在车上，开门下去，返身嘱咐道："慢点开哦。我会联系你的。"

曾亦嘉好像没听到李见好嘱咐，毫无反应。也许已语不成声。好一阵子，宝马才移动起来，掉过车身，向来时路缓缓滑去。

宝马已消失得无影无踪，李见好仍站在原地，木头样一动不动。细毛雨还在下，李见好也不觉得，满心都是曾亦嘉的笑状愁态。

回到家里，池小燕见李见好头上衣服上全是水，吃惊道："怎么淋成这样？你走路回来的？莫非小吴只负责接，不负责送？"没等李见好回答，就把他推进卫生间，"我给你找换洗衣服，你先洗个头，冲个澡。"

从卫生间出来，池小燕已煮好姜汤，递到李见好面前，说："赶快喝掉，去去寒。"

李见好听话地喝口姜汤。池小燕又拿来吹风机，给他吹头发。头发吹干，才问道："饭吃得怎么样？"李见好说："没怎么样。"池小燕说："没怎么样？是孙再坚吃饭没胃口，拉你去助兴？"李见好说："他高兴呗。"池小燕说："高兴就请你？他要钱有钱，要势有势，要地位有地位，高兴的时候多着呢，怎么过去不请你，偏偏今天想起请你？"

没给个说得过去的理由，池小燕肯定不会罢休。又不能说孙再坚请曾亦嘉吃饭，你是曾亦嘉老师，孙再坚请你去作陪。否则池小燕问曾亦嘉是你什么学生，年不年轻，漂不漂亮，够你解释的。李见好只好说："孙再坚客人里有一个是我同学，偶尔问起我，孙再坚为让人家高兴，特意安排小吴把我接去凑热闹。"

池小燕来了劲，说："你同学叫什么名？干什么行当的？"李见好不耐烦道："我同学姓甚名谁，干什么行当，你也要管？"池小燕说："我就是要管。孙再坚请你同学吃饭，说明他们关系不同一般，你可得好好把你这个同学利用起来，说不定这个同学就是你的贵人，他在孙再坚面前轻轻给你说句话，你就咸鱼翻身，彻底改变命运。”

扛不过池小燕的追逼，李见好只得编造说：“我这个同学叫戴作为，是做工程施工的，与孙再坚有些业务交往。”池小燕说：“这就对了，工程监理离不开工程施工，彼此少不了往来。哪天请你的戴同学吃个饭，让他给你到孙再坚面前美言几句。”

这个戴作为本系子虚乌有，又到哪里请去？李见好继续编造说：“戴作为又没在德南，是从外省过来出差，跟孙再坚见过一面，吃完饭就走了。”

池小燕有些失望，又不怎么甘心，说：“今天的饭桌上说了些什么？你带了一张嘴巴，不是只顾喝酒吃菜，总还得发挥点别的功能吧？告诉我，你跟没跟孙再坚表示自己意愿，要求到一线去做工程监理，发挥发挥自己专长？”

到目前为止，李见好还没弄明白，孙再坚为啥喊他去吃饭，又怎么向他提要求呢？李见好说：“饭桌上人多嘴杂，哪里插得上话？”

“这么好的机会，该说的不说，你不白忙乎了半天？”池小燕不满道。李见好说：“吃顿饭就想把什么都搞定，期望也太高了点吧。”池小燕认可道：“倒也是的。不过能跟孙再坚走到一张饭桌上，已是个不错的开端。万事开头难，开了这个头，走近孙再坚就不用再愁，有话以后慢慢跟他说也不迟。”

第五章
升任监理五部经理

周末李见好跑到高铁线上，验收完属于自己监理范围内的扫尾工程，又从监理处财务室领走最后一笔监理费，算是对此次兼职监理做了个了结。

转眼就是周一。早早来到安平公司，见坪里停着奔驰，李见好跑到司机室，问小吴：“老板来公司没？”小吴说：“在外面开会，我刚送他回来。”

李见好“哦”一声，掉头要走，小吴说：“来两局如何？”

这个时候哪有心思下棋？李见好回了经营部。没见着廖至善，坐不是，站不是，干脆撸了衣袖，抹桌椅，拖地板，活动一下筋骨。

做完卫生，又烧壶开水，泡杯茶，边喝边翻传达室刚送来的报纸。最上面是省报，头版上有条报道吸住李见好目光：在省委省政府正确领导下，省发改委和交通厅等多部门共同发力，德都绕城高速公路已正式立项筹建，年内有望动工。

李见好清楚，只要立项手续一下来，筹建工作进入实质性阶段，全国各地监理部门就会闻风而动，参与监理竞标。安平监理公司若想拿到绕城高速监理业务，必须双管齐下，两手一起抓，一方面完善竞标方案，一方面做好攻关工作，力争拿下监理项目。竞标好说，廖至善已做出初步方案，交到孙再坚手上，目前正在完善之中。外围的攻关工作须工程监理部参与，公司现有四个监理部都在外做业务，必须再成立工程监理五部，明确具体负责人，加强攻关，打通各个环节，这单不小的监理业务才可能到手。也就是说，工程监理五部经理鹿死谁手，得看谁手腕强，谁能搞定孙再坚。

李见好无心看报，捧着茶杯，发起呆来。孙再坚会让谁做工程监理五部经理，参与绕城高速监理竞标攻关呢？至少目前来看，还轮不到你李见好。不用说，孙再坚请你吃饭，肯定是曾亦嘉的原因。可为什么饭没吃完，他就提前走掉？难道真是有意回避，怕你与曾亦嘉没单独说话机会？那天本来想问问曾亦嘉的，又无从开口，只能以后再说。

放下茶杯，李见好拿起桌上电话，去拨曾亦嘉号子。拨到一半，又停下了。曾亦嘉不认识你办公室号码，不一定会接，还是用手机好。

掏出手机，拨完号，揿下绿键，里面一个女声，说是暂时无法接通。

连拨几次，依然如故。只好发条短信：亦嘉好，在哪儿忙呢？感谢上帝让咱俩重逢，感谢你还留着这个号码，我又可以跟你联系了。

发完短信，李见好望着手机，出一会儿神，关门来到过道上，想下楼透透风。听到楼上动静，好像孙再坚回来了。转身上到三楼，果然孙再坚正朝总经理室走去，屁股后面跟着好几个人。李见好不想与人争抢风头，立住脚步，等过会儿再来找孙再坚，探探他的口风。

刚好手机响起短信提示音。李见好掏出手机，是曾亦嘉的短信：刚开机，你的信息就进来了。我不忙，哪天你有空，找地方聚聚如何？李见好回信：随时听从美女召唤。曾亦嘉回道：我不是美女，是残花败柳。

李见好不觉心头一疼，像被针蜇了一下似的。

曾亦嘉怎么会如此妄自菲薄呢？这几年她到底遭遇过哪些酸甜苦辣和坎坎坷坷？李见好恨不得立刻赶到曾亦嘉身边，问个明白。忙发了条短信：你在哪里？我现在就去看你。

没等曾亦嘉短信回过来，孙再坚打来电话，要李见好去一下。李见好上楼，走进总经理室。孙再坚指指桌边椅子，要他坐。接着说道："那天你们师生聊得还愉快吧？"李见好说："还行吧。孙总没在，不太提得起兴致。"孙再坚说："我不在，没人碍事，你俩不更放得开吗？就是为给你们提供单独说话机会，我才走开的。"

这话也许不假，却不明白孙再坚干吗要这么做。李见好说："我俩只是普通师生关系，又多年未见，已有些生疏。"孙再坚说："多年未见，正好叙旧，重续旧缘嘛。也臻可不容易哦，以后你要多关心她，爱护她。"

你跟人家有一腿，怎么还轮得到旁人关心爱护呢？李见好心里嘀咕着，孙再坚转换话题道："叫你来，是想跟你打个招呼。你也知道，德都绕城高速公路筹建工作已正式启动，安平公司准备参与监理项目竞标。为使竞标更有把握，我决定在现有四个工程监理部的基础上，再增加一个工程监理部，配合经营部，参加绕城高速监理项目竞标工作，力争竞标成功，拿下这单不小的业务。你和廖至善都是公司业务骨干，我初步设想，就从你们两人中挑选一个做工程监理五部经理。这周就召开公司班子会，尽快形成正式决议。”

说是从廖至善和李见好两人中挑选一个做监理五部经理，听孙再坚口气，分明看中的是自己，不然也不会单独喊自己透露这个消息。虽说做上工程监理五部经理，不见得就能最后拿到项目，可这是关键的第一步，有了这第一步，才有继续往下走的可能。李见好心里蠢蠢欲动，张嘴要表示句什么，孙再坚起身说：“今天还有点事，先说到这里吧。”

李见好努力按捺住心头激动，走出总经理室。下班回到家，说起孙再坚找他谈话的事，池小燕比李见好还高兴，说：“我没说错吧，孙再坚请你吃饭，说明你跟他关系已不同一般，让你做工程监理五部经理就是明证。”

李见好没这么看，总觉得事情跟曾亦嘉有关，也许是她在孙再坚面前替自己说的好话。心里念着曾亦嘉，她的短信发了过来：过几天我开车接你，咱们到郊外去走走。

池小燕伸着脑袋，要看李见好手机，一边问：“谁的短信？是不是孙再坚发的？”

李见好几下删去短信，随口说：“当领导的有事都直接打下属电话，哪会磨磨蹭蹭发短信？是装修公司骚扰短信，说最近有活动，装修优惠。”池小燕信以为真：“我也经常收到类似短信。”李见好说：“肯定是爱丽舍楼盘把咱们的信息卖给装修公司，不然人家从哪里弄到的号码？”池小燕愤然道：“肯定是他们干的，侵犯隐私权！”

发几句牢骚，李见好避开池小燕，给曾亦嘉回了短信，说是不见不散。

几天后的上午，李见好去办公室转一圈，就下楼出了公司。曾亦嘉的白色宝马已停在路旁，李见好快走几步，过去拉开门，钻进车里。只见曾亦嘉身着浅蓝色连衣裙，还描了淡妆，跟当年读大学时的装扮如出一辙。李见好说：“这款连衣裙蛮眼熟的，你以前穿过吧？”曾亦嘉笑笑道：“你好眼力，好记性。”

李见好由衷感叹道：“都说衣贵新，人贵旧，你多年前的裙子穿在身上，不仅一点不显得过时，且比流行款式更多一份难得的典雅。”

曾亦嘉意味深长道：“我是旧裙见旧人啊。”

李见好半是伤感半是喜。伤感时光如水，两人一别多年，同处一城，竟不相往来，错过许多美好时光；欣喜曾亦嘉还念着旧情，还肯回到自己身边，尽管旧衣依然是旧衣，旧人不见得完全是旧人。李见好不知说啥好，掉头去望窗外艳阳，说：“真是好天气，阴沉了多日的天空，一下子转晴了。”曾亦嘉说：“你吉人有天相嘛。”李见好说：“天相缘自天缘，吉人遇见丽人，人生若此，夫复何求？”

出得南郊，车辆渐稀。眼面一大片开阔草泽，油旺旺的绿色，暖风吹过，水光乍泄。水草之间，时有鸣禽出入，飞鸟浅翔。曾亦嘉放慢速度，按下车窗，抬臂拂拂被风撩起的飘逸秀发，问李见好道：“知道是什么地方吗？”

李见好贪婪地吸一口扑面而来的清新空气，说：“我还是第一次来这里，不得而知。”曾亦嘉说：“这叫青树湖，系天然湿地，泥肥草壮，最适合鸟类生存。”李见好说：“德都南郊还能保留这么一片不小的湿地，真是鸟们的福气。”曾亦嘉却不无担忧道：“城市不断扩张，迟早有一天会蚕食到这里来的，到时不知这些鸟们该流落何方。”

绕过草泽，来到山前，曾亦嘉方向一打，宝马驶入一条盘山石子小路。越往里，路越狭窄，山越陡峭，山上树木也越密集。李见好说：“山前湿地水旺草青，叫青树湖，山上木青林密，该叫青树岭吧？”曾亦嘉笑道：“你好聪明，这里还真叫青树岭。湖与岭相连，合在一起还有一个名字。”李见好说：“如果我来取名，就叫‘青树山水世外桃源’。”曾亦嘉说：“世外桃源太文雅，叫‘青树山水生态公园’。”

上到山腰，石子小路变得平坦起来。绕过几道弯，来到一处山庄门口，曾亦嘉泊好车，两人下去，踏着石板小路，往庄里走去。路旁一条玲珑小溪，水白如银，欢蹦乱跳，朝山外奔去。溪边满是野草杂树，绿意盎然。草树间长些不知名的红花白朵，蜂来蝶往，不亦乐乎。

在小溪引领下，来到一排木楼前。曾亦嘉说：“从前青树岭是个国营林场，后林场改制，林农自谋生路，就在林间建些木楼，接待城里来休闲的人。”李见好说：“你是这里常客吧？”曾亦嘉说：“上大学时就跟同学来过。我喜欢这里的好山好水和飞禽走兽，大学毕业后又来过几回，今天请你也来感受感受。”

见有客人到，服务生迎出来，说些精心编排过的客套话，将两位请进一座小楼里。入户是小客厅，摆着桌椅沙发，放了麻将棋牌。左边有间小厨房，右边还带卫生间。推开里屋，是一个三十多平方米的卧室，书柜衣柜梳妆台一应俱全，尤其是那张宽大的双人床，铺着雪白的大被子，横着柔软的长枕头，让李见好心潮暗涌，忍不住联想，曾亦嘉会不会有那方面的意思呢？偷眼去瞧曾亦嘉，她却不动声色，对大床视而不见的样子。李见好明白，女人比男人内敛冷静，心里有什么想法，轻易不会形诸于色。也许曾亦嘉早就预谋好了，不然不会煞费苦心，把他带到这么个充满诱惑的地方来。

里里外外转上一圈，回到客厅。服务生要泡茶，曾亦嘉说："不喝茶，白开水就行。"服务生倒上白开水，问需要些什么项目。曾亦嘉说："别的待会儿再说，先拿两个菜篮子来吧。"

服务生说声请稍等，退出门外。叫服务生拿篮子干吗？李见好不解，却也不多问，只是喝口白开水，说："这白开水蛮好喝咧，有股淡淡的草木芳香。"曾亦嘉说："这是楼前溪水烧的，是真正的纯净水。"

服务生很快复身回来，手上拿着两个篾篮，是那种旧时农家常用的菜篮子。曾亦嘉接到手上，递一个给李见好，说："走，到外面摘菜去。"

走出木楼，踱过木桥，绕至水边，眼前是一大块菜地，萝卜白菜，辣椒茄子，什么都有。曾亦嘉迈进菜地，弯腰摘起菜来，说："全是山庄自己种的，没打农药，不施化肥，挺环保。想吃啥摘啥，再拿回套房洗干净，自烹自食。"

摘下几样菜，两人离开菜地，往回走。快过桥时，李见好望着桥下溪水，说："这溪水好清澈，干脆到溪里把菜洗干净再带回去。"

"这个主意不错。"曾亦嘉应道。两人迈下石坎，来到溪边。曾亦嘉踏上一块大青石，提提裙摆，小心蹲下身子，动手洗菜。李见好站在一旁，自曾亦嘉侧面瞧过去，只见她领口半敞，里面一对丰满的白乳半隐半现，呼之欲出。

看得李见好浑身发起热来，不由得想起德南大学教室靠窗位置上的曾亦嘉，每次边讲课边从她身旁经过时，就能偷偷瞥见这道别样的风景。还有那个难忘的夜晚，李见好已将这对丰乳捧在手上，却因天花板上掉下的石膏和不合时宜的手机铃声捣乱，功亏一篑，从此两人各走各的路，再没有过接触。

见李见好站着不动，曾亦嘉抬了抬头，说："你说要到溪边来洗菜的，怎么没动静？"李见好掩饰道："我在听山边的鸟鸣，猜测是不是从青树湖飞上来的。"曾亦嘉笑道："有可能。你听鸟吧，我洗完，再给你洗。"李见好说："不用不用，我自己会洗。"

说着，李见好蹲到溪边。还没蹲稳，曾亦嘉手往水里一撩，浇了他一头的水。水有些凉，李见好打一个冷战，本能地缩缩身。随即也伸手到水里，去泼曾亦嘉。曾亦嘉咯咯笑着，准备起身逃开，不想裙摆挂在石头上，一仰一俯间，身子失去平衡，往溪里栽去。李见好一惊，不管不顾地扑进水中，双手接住那个丰盈的身子。

两人就这样紧紧贴在了一起。曾亦嘉死死搂住李见好，生怕他逃走似的。李见好明显感受得出那对山峰的挺拔和坚韧，真想弯下腰，把这个饱满的身子抱起来，直奔木楼，放倒在大床上，将储存了多年的激情全部释放出来。

没等李见好有所作为，曾亦嘉轻轻把他推开，回到原处，低首继续洗菜。

菜洗好，两人提着篮子，回到套房。曾亦嘉又找服务生要了几条不大的活鱼，另加数块新鲜豆腐，进厨房忙碌起来。李见好跟过去，说："庄里应该有厨房吧，何不交给服务生，让他们做好再端过来？"曾亦嘉说："过去没给你做过饭菜，让你尝尝我的手艺。"

李见好心存感激，好想从后面搂住曾亦嘉，永不松手。又怕影响她做饭，还是强抑住冲动，故作老实状。待会儿有的是时间，何必这么心急火燎呢。

饭菜很快上了桌。也不要酒，就喝白开水。李见好夹把蔬菜，搿进嘴里一嚼，清甜清甜的，特别爽口。又夹条豆腐煮的鱼，又鲜又美，味道极佳。李见好说："多像小时候吃过的家乡菜，正对胃口。好多年没尝过这么纯正的味道了。没见你用啥烹料，做法也简单，怎么就这么入味呢？"曾亦嘉说："烹料太多，烹饪过度，会对食材造成无谓损害，得不偿失。优良食材烹饪起来，越简单越好，尽量保存其应有品质，才吃得到本真原味。"李见好说："就像你，本身品质好，简单衣着更显天生丽质。"

曾亦嘉斜李见好一眼，嗔道："瞎比附。"

也是高兴，李见好忍不住道："告诉你一件事，你肯定会为我高兴。"曾亦嘉说："什么好事？"李见好说："孙再坚已找我谈过话，公司准备另成立一个工程监理部，让我来做经理。"曾亦嘉说："这是好事啊，你专业那么好，就应该从事监理业务。"

李见好望着曾亦嘉，说："不用说，你一定在孙再坚面前给我说过话。"曾亦嘉说："你觉得孙再坚会听我的吗？"李见好说："我知道孙再坚一向独断专行，不是谁的话都听得进去的，也许只有你的话他会当回事。"曾亦嘉说："何以见得？"李见好说："你在他心目中的分量应该足够重吧，我感觉你们是不错的朋友。"

曾亦嘉脸色一冷，望着窗外山色，咬牙道："什么朋友？我差点没炸死他。"

李见好猛一惊，瞪大眼睛说："炸死他？有这么吓人吗？"曾亦嘉说："不是吓人，那天我去你们公司找孙再坚时，包里就带了包炸药，如果不是意外碰见你，让我临时改变主意，我跟孙再坚早已同归于尽。"

那天在孙再坚办公室门口遇见曾亦嘉，确实见她满脸的愠怒，莫不真是去找孙再坚寻死觅活？两人到底有何深仇大恨，致使曾亦嘉不顾一切，要与孙再坚鱼死网破？李见好说："我不相信，你一个弱女子，还敢拿炸药当武器？"

"你知道我也是学土木的，毕业后做过一阵子工程，不是没接触过炸药。"曾亦嘉叹口气，"不过应该感谢上天，及时叫你出现在我面前，让我觉得这世上还有值得留恋的人，才恢复理智，控制住自己，没做出傻事来。现在想想，去跟孙再坚拼命，还真犯不着。"

想不到那天自己的偶然出现，竟挽救了两条生命，倒也算是积大德。看来这两人积怨颇深，不然曾亦嘉也不会带着炸药去寻孙再坚。他们之间到底发生过什么？李见好不好多问，转换话头说："孙再坚怎么叫你也臻？"曾亦嘉笑道："我本来就有两个名字，一个随爸姓，叫曾亦嘉，一个随妈姓，叫贾也臻。初识孙再坚时，他问我姓名，我忽然想起贾家名字几乎没用过，对妈不太公平，顺口说了'贾也臻'三个字。"

李见好不觉笑起来，说："这两个名字取得好有趣。"曾亦嘉说："有趣在哪里？"李见好说："曾亦嘉，贾也臻，听上去不是真亦假，假也真吗？"

曾亦嘉想想，还确是这么回事。

吃完饭，收拾碗筷时，李见好瞟眼卧室里的大床，有些蠢蠢欲动，心想接下来该往主题上奔了吧？去瞧曾亦嘉，她好像不急不躁，说："饭后百步走，活到九十九，反正时间还早得很，咱们到后山上去走走如何？"

活到九十九干什么？能与眼前这个大美人上床，此生足矣，早死几十年又有啥关系呢？可李见好知道，心急吃不得热豆腐，有时想死不一定就死得成，只得满口应承道："走走行啊，坚决服从美人命令不动摇。"

第六章
醉翁之意不在酒

出得木楼，两人沿着溪旁小路，往后山攀去。

说攀有些夸张，小路为水泥所砌，一级连一级，缓缓上升，走起来挺舒服。树茂林深，成群鸟雀且飞且跃，呼朋引伴，赶集似的。李见好说："青树湖有大片湿地，青树岭有茂密林木，这山水之间的鸟们够逍遥的，真令人羡慕嫉妒恨。"曾亦嘉说："鸟类比人类智慧，不追名，不逐利，只要有林木可栖，有虫豸可食，就无忧无虑，快乐无比。"

李见好就说："你干脆不做人，变成鸟算了。"曾亦嘉说："你还别说，昨晚我还梦见自己变成一只鸟，在林间飞来飞去呢。"李见好笑道："也许你前世就是一只漂亮的小鸟。"曾亦嘉说："我前世是个蛊婆。"

蛊婆？什么蛊婆？没等李见好发问，曾亦嘉指着高处，说："看到没有？那是什么？"

李见好顺着曾亦嘉手指的方向望去，树枝上有两只毛色黄褐颈带白斑的小鸟，你叽我喳的，好不亲热。曾亦嘉又问道："知道它们是什么鸟吗？"李见好说："小时候见过，好像叫斑鸡吧。"曾亦嘉说："有些地方叫斑鸡，正式名字叫斑鸠，就是《诗经》开篇《关雎》里的雎鸠，是真正的爱情鸟。"李见好说："你对斑鸠还挺有研究嘛。"

"过去学《关雎》篇，老师说是歌颂后妃之德的政治诗，同学们都表示反对，一致认为是爱情诗。"曾亦嘉说，"比起人类来，鸟类对爱情更忠诚，更坚贞。"李见好说："人不是鸟，怎么知道鸟有爱情？"曾亦嘉说："人不是鸟，却拥有共同祖先，很早很早以前人与其他动物包括鸟在内，其实都是同一物种，后经进化和自然选择，才分化出多种类型。”

李见好表示认同，说：“生物学上好像有这种理论。”曾亦嘉说：“中学时我就对生物产生了浓厚兴趣，读过不少相关文章，生物考试次次拿第一。”李见好说：“我也喜欢生物，只是从没考过第一。你生物这么好，大学应该报考生物，怎么进了土木系？”

曾亦嘉嗐一声，说：“是班主任背着我填的志愿，说学生物没出路，还是土木实用，毕业后好找工作，养活自己。”李见好说：“实用主义害人，让生物学界失去了一个了不起的天才人物。”曾亦嘉说：“没办法，这就是命运，自己没法选择。”李见好说：“自己没法选择，只能听任自然选择。”曾亦嘉说：“自然选择是任何人都无法把握的,完全出于偶然性和随机性。应该感谢这种自然选择,让我认识了你,若当年报考生物，咱俩就不会走到一起了。”李见好说：“看来还是自然选择伟大。”

曾亦嘉望望还在高枝欢快跳跃着的斑鸠，说：“自然选择让人鸟分化，可人鸟之间一些共同的东西还没完全消失，比如爱情，人有鸟也有。爱情贵在专一，斑鸠实行严格的一夫一妻制，夫妻一方死后，另一方就会不吃不喝，直至饿死自己。我老是想，人类崇尚一夫一妻制，说不定就是向鸟类学的。”

李见好感叹道：“可惜斑鸠这种至死不渝的爱情人类已经少见，背信弃义者大有人在，君生日日说恩情，君死又随人去了。”曾亦嘉说：“这是人类的异化吧。人类聪明过头，给自己制造出太多诱惑，诱惑面前又无法自持，许多美好品质也随之渐渐丢失。还要用‘禽兽不如’来骂人，其实禽兽比人类高尚得多。”

“人是衣冠禽兽嘛。”李见好笑道。

曾亦嘉没笑，继续道：“早些年这里是个动物世界，除天上飞禽，地上走兽也不少，比如袋鼠、野兔、狸子、麂子、獐子、刺猬、穿山甲之类，经常可以遇到。随着城市不断扩张，这里不再宁静，野兽已非常稀罕。人类太自私，只想着自己如何发展，全然不顾大自然的承受能力，任意开发，大肆掠夺，把其他动物生存空间一点点挤掉。”

李见好也发感慨道：“动植物本来是个依存关系，狼吃羊，羊吃草，草吃泥，反过来泥土肥沃，长出丰盛的草，养活足够多的羊，狼才有活路。否则狼多于羊，羊缺草食，食物链必然掉断。位居食物链最顶端的人通吃，数量远远大过狼和羊，实在不是什么好事。”

曾亦嘉无言。忽闻说话声从树林深处传过来，不大一会儿，人就到了跟前。其中有个声音还颇耳熟，竟是多日未见的易居白。后面还有一高一矮两位同游人，高个皮肤白净，西装革履，矮个黑不溜秋，一身浅蓝运动服。

易居白也看到了李见好，惊异道："怎么是你？"李见好笑道："想不到吧，在这荒山野岭相遇，真是冤家路窄啊。"

易居白召过两位同游人，把李见好介绍给他们。又指着高个儿说："这是中国公路基建第八工程公司毛发家毛处长，简称基八毛处长。"再拍拍矮个儿肩膀说："这是固金大业建筑公司栾俊杰栾董事长，简称金业栾董。"

李见好跟两位握握手，说几句幸会之类的客套话。

易居白瞧眼不远处的曾亦嘉，把李见好拉到路旁林子里，说："你小子艳福不浅啊，小情人这么漂亮性感，还被你拐上了山，是不是弄来做压寨夫人？"

李见好甩开易居白的手，说："什么压寨夫人？我在德南大学教过的学生，给我帮了个大忙，陪她出来走走。"易居白说："学生更好下手呀。给你帮了什么大忙？"李见好说："她在孙再坚面前为我说了几句好话，孙再坚已明确表态，让我做工程监理部经理。"

"好好好，做上工程监理部经理就好。"易居白连连点头，又指指走到前边去的毛发家和栾俊杰，"他俩都是做工程的，你是工程监理，说不定以后会有交道。"李见好笑道："你一个大学教授，跟这些人毫不搭界，怎么混熟的？"

"这就是缘嘛。"易居白简单说了说跟两人的瓜葛。原来德绕高速公路正在招标，基八公司也是投标单位之一，中标把握非常大，连项目部都已成立，正在选配项目经理。这可是个大肥缺，竞争激烈程度可想而知。拿什么竞争？自然拿大额票子竞争。毛发家也早盯住这个位置，却苦于手头票子有限，只能干着急。有次跟易居白聊到这事，易居白就出主意，先找个有实力的老板，让他出笔大钱，帮忙弄到项目经理位置，以后再拿油水厚的项目回馈，让人家把钱赚回去。这主意没啥高明之处，业内早就是这么操作的，毛发家还能不懂？无奈他一直待在公司机关里，没有用得着的人脉关系，想得到做不到。正好栾俊杰早想到高速公路上来做点事，易居白与他有数面之识，将毛发家的事一说，他满口答应助毛发家一臂之力。就这样由易居白出面，把两人邀上山，商谈合作事宜，正巧碰上李见好两个。

哪里有利益，哪里就有争夺，这是千古不变之理，李见好并不觉得有什么奇怪的。易居白不便啰唆，长话短说，抛下李见好，朝两位追过去。李见好回到曾亦嘉身边，继续往山上走。曾亦嘉说："那人是谁？看你俩嘀嘀咕咕，没完没了，到底说些啥呀？”李见好说：“德南大学老师，我的好朋友。他说我好福气，压寨夫人又漂亮又年轻，像个中学生。”曾亦嘉笑骂道：“谁是你压寨夫人？”

翻过不高的山脊，前面是条下坡路。坡有点陡，李见好在前面探路，不时侧身搀一把曾亦嘉。忽然一阵山风吹过来，不怀好意地掀开曾亦嘉的裙子，正好被李见好贼眼窥见，赶紧做个深呼吸，抑制一下嘣嘣嘣快炸开的心跳。

曾亦嘉好像什么都没察觉，见李见好重吸粗呼，说：“你练气功？”李见好说：“练什么气功？空气这么鲜美，我吐故纳新呗。”

吐够故，纳够新，回到木楼，已是午后。李见好满脑都是曾亦嘉的裙子，好想拥曾亦嘉上床，赶紧把事情办了。谁知曾亦嘉叫进候在门外的服务生，递张卡给他，说：“麻烦你去总台跑一趟，结一下账。”

这个时候结账，是不是准备下山？该办的事还没办呢，难道就这么走掉？李见好心有不甘，叫住服务生：“别急别急，待会儿我负责结账。”

服务生立住脚跟，望望李见好，又望望曾亦嘉，不知到底该听谁的好。曾亦嘉朝服务生挥挥手，要把他支走。李见好可怜巴巴地对曾亦嘉说：“时间不是还早吗，急着走干吗呢？”曾亦嘉说：“我不喜欢开夜车，还是早点下山好。”

不喜欢开夜车，就留下来，天明再走也不迟啊。李见好心里这么想，试探道：“山上空气真好，我确实有些舍不得这就走掉。”曾亦嘉说：“舍不得没关系，下次再来嘛。”

李见好不可能耍赖，只好说：“要走也行，但得给我点面子，账由我来结。”曾亦嘉说：“那怎么行？今天是我请你上的山，当然得归我结账。”李见好说：“不行不行，银行卡结账不安全，卡被人复制，窃取密码，你就成了人家的提款机。”

“没那么严重。”曾亦嘉笑笑，又催服务生，“你可以走了。”

李见好还要说什么，曾亦嘉不容置疑道：“别跟我争了，好不好？我一人吃饱，全家不饿，这点闲钱还不缺。你不同，要养家糊口，要还房子贷款，挺不容易的。”

服务生已结完账回来，两人钻进宝马，往山下奔去。李见好明白过来，今天曾亦嘉只想掏钱请他到山上走走，压根儿就没打算跟你发生点别的什么。不仅掏了钱，此前还在孙再坚面前说好话，为你搞定工程监理五部经理位置，你还想着她的身体，要她一下子给出三份奉献，你哪能这么贪婪无耻？

一边自责，一边又想，也许曾亦嘉邀你出游，是对过去的一个交代，也是重续旧缘的一个新起点。反正来日方长，又同处一城，以后会有更多机会。李见好情绪激昂起来。身为男人，不能老是沉湎于儿女情长，工程监理五部经理即将到手，接下来就是争取绕城高速公路监理项目，你得以饱满的精神进入状态，起好步，开好局，做点实事出来看看。

傍晚时分，宝马入城，来到德南大学。下车前，李见好感激地说："今天玩得好开心，下次我请你，可得给我买单机会哟。"曾亦嘉笑道："行行行，下次让你买单。你们这些臭男人，女人买单，好像多没面子似的。"

这不是面子问题，是身子问题，不买单，哪好意思要你的身子？李见好忍不住盯眼曾亦嘉高耸的胸脯，才不无遗憾地开门下了车。

看着宝马走远，李见好才低头上楼，来到家门口。刚掏出钥匙要开门，手机响起。是侯忠民电话，说明天上午召开职工大会，要李见好早点到公司去。

李见好心里一乐，看来孙再坚要宣布自己的任命了。

果然不出所料，隔日职工大会上，孙再坚正式宣布，李见好为工程监理五部经理。同时强调，绕城高速公路监理项目竞标在即，工程监理五部要积极配合经营部，做好有关竞标工作，力争拿下绕城高速工程监理项目。

这有关竞标工作，说白了就是竞标攻关工作。你攻关，人家也攻关，比如与安平公司实力和业绩旗鼓相当的永顺监理公司，据说早就四面出击，开始到处攻关，你不赶快行动起来，加大攻关力度，怎么竞得赢人家？

会后回到经营部，刚进门的廖至善伸手来握李见好，皮笑肉不笑道："祝贺老弟荣升工程监理五部经理！"李见好说："谢谢廖经理！今后还得您多多支持哟！"

廖至善还想说什么，办公室主任侯忠民来找李见好，说："刚请示孙总同意，工程监理五部搬到二楼东头办公室上班，李经理意下如何？"李见好笑道："听孙总的话，跟侯主任走。"侯忠民也笑道："说走就走，先过去看看，好安排办公用品购置事宜。"

两人出门，来到东头办公室。办公室不小，不下一百平方米，是从前的工会活动室，如今一切向钱看，没人对工会活动感兴趣，已闲置多年，正好可以利用起来。旁边还有个二十多平方米的房子，是储存室，可腾空做经理室。李见好还算满意，说："让侯主任操心啦。"侯忠民说："李经理客气，这是我应该做的嘛。"

侯忠民马上安排人收拾屋子，购置好办公桌椅和相应设施，挂上工程监理五部的牌子，然后通知李见好，可以迁入了。已非经营部的人，再在里面待着，好没意思，李见好赶紧搬进经理室。副经理杨天明和其他员工也陆续到位，工程监理五部正式摆开摊子，拉开架势，以崭新的精神面貌，开始新的工作。

孙再坚非常关心工程监理五部，亲自前来察看办公室。在外面大办公室转上半圈，抬步迈进经理室。李见好贴身跟入，把孙再坚请到沙发上，递上一杯热茶，然后毕恭毕敬，叨陪一侧。孙再坚喝口茶，咳一声，细语道："见好啊，安排你做这个工程监理五部经理，我可费了大劲，还得罪了不少人。你也清楚，盯着这个位置的人多得很，有的还神通广大，搬动建设厅、交通厅、发改委甚至省政府领导跟我打招呼，可想我的压力有多大。当然压力再大，也得从工作大局出发，选用德才兼备能干事的人。你专业过硬，到一线具体做过工程监理，在经营部也干得不错，我相信你，不会辜负我的良苦用心。"

李见好频频点头，感谢孙再坚大力栽培。孙再坚虽没明说，搬动各路菩萨说情的人是谁，李见好也心知肚明，就是廖至善。早有信息反馈到李见好耳朵里，这几个月以来廖至善活动频繁，几乎天天往相关部门和省政府跑，非把监理五部经理弄到手不可。谁知廖至善白忙一场，曾亦嘉一插手，竟让李见好得了这个位子。李见好始终没搞懂，曾亦嘉到底耍了什么手段，迫使孙再坚置各路大员的招呼于不顾，将监理五部经理位置挪到了自己屁股下面。现今事情已成定局，下次与曾亦嘉见面，一定好好问问她。

孙再坚找李见好，自然不是来跟他说家长道里短，主要还是工作上的事："见好心里应该有数，我让你做监理五部经理，完全是冲着绕城高速公路监理项目去的。如今竞争激烈，你要加把油，协助经营部竞标成功，再把这单业务做好，做出成效来。"

监理业务属李见好老本行，难不倒他，只要竞标成功，手里有项目。竞标工作由经营部牵头，廖至善没做上监理五部经理，心有不满，会不会消极应付呢？想必孙再坚早考虑到这层因素，李见好不必多言，只是嗯嗯着，一边在笔记本上飞快记下领导指示。

孙再坚说得差不多，又要李见好谈具体想法。李见好早知孙再坚会找自己，已做好相关准备，加之又有竞标和监理工程的经验，谈起来不仅不外行，还有不少独特见解。孙再坚还算满意，又嘱咐几句，起身离去。

送孙再坚出门，李见好刚回经理室，侯忠民跑进来，说："监理五部乔迁之喜，我已在滨江酒楼订了一桌，请李经理和各位哥们儿姐们儿一起去坐坐，庆贺庆贺。"

李见好也想趁这个好日子，请部里人聚个餐，侯忠民已有安排，又何乐而不为呢？也就不折不扣道："行啊，不过要请监理五部来请，这阵子侯主任为监理五部操心费力，咱们得多敬你几杯。"侯忠民笑道："也行，监理五部请客，办公室买单。"

第七章
私人会所也有大隐情

下班后李见好带着监理五部的人，兴致勃勃赶往滨江酒楼侯忠民订好的包厢。

环境还不错，落地玻璃墙外就是宽阔的德江，烟波浩渺，涛声如号，商船游艇更是往来如梭，络绎不绝。都说水向东流，德江却逶迤北去，激荡百十里，投入长江怀抱。由于德江近连长江，江边的德都自古就是通商黄金岸，贸易繁华地，且至今不衰。名人雅士只要到了长江，都喜欢溯德江而上，游历德都，据说王勃等文化名人都到过德都，留下不少佳话。

身为召集人，侯忠民已先到一步，正在点菜。旁边还有一个漂亮女孩，侯忠民见李见好进屋，把她拉过来，说："这是我表妹郁碧柳，商学院大四学生。学校饭菜太差，叫来改善一下伙食，也认识认识李大经理。"

"李经理好！"郁碧柳笑眯眯看着李见好，主动伸出手来。李见好见郁碧柳长相不俗，人也大方，握握她的手，跟侯忠民开玩笑道："侯主任有福气，表妹这么美丽可爱。"

服务小姐开始上菜，侯忠民请李见好上坐，李见好说："侯主任是公司大内总管，下面部室都得在你正确领导下开展工作，当然该你坐上座。"侯忠民说："正确领导部室开展工作的是孙总他们，忠民只不过跑跑腿，为兄弟们做些服务工作，岂敢造次坐上座？李经理是公司业务顶梁柱，咱们都得靠你们做项目交管理费养活，上座自然非您莫属。"

拗不过侯忠民，李见好只好坐了上座。侯忠民又去拉杨天明，请他坐李见好左边。杨天明究竟是副经理，不敢坐这位置，去了李见好右边。侯忠民便拉过郁碧柳，按到李见好左边位置上，算作主陪，自己坐郁碧柳下手。其他各位也找准位置坐下，倒也主次分明，毫无差爽。这就是中国社会，不论官场商场，还是别的什么场，都会自觉遵守等级规则，谁高谁低，谁主谁次，谁前谁后，都约定俗成，决不会乱套。

各就各位，侯忠民请李见好主持工作。这也没错，国人吃饭就是工作，工作就是吃饭。到了主座上，不主持工作就是严重失职，李见好端过杯子，先朝各位晃晃，发话道："感谢侯主任精心安排，大家先齐了这一杯。"

众人响应着喝干酒杯，将筷子伸向桌上碟子，吃口菜，接下来互敬。主要敬李见好。近水楼台先得月，敬李见好酒的优先权自然是郁碧柳。郁碧柳看上去还算秀气，喝酒的架势却不小，跟李见好一碰，说："李经理随意，碧柳一口干。"没等对方表态，咕噜一声，全进了喉咙。众人都说厉害，重重地鼓起掌来。

如今的女大学生不得了，稍有点姿色的，已没心思进教室和图书馆，都往社交场所跑，做起了交际花。交际花不只养眼，还要能说会喝，调动气氛。李见好对侯忠民说："你这表妹哪是来改善伙食，明明是来当杀手的。"侯忠民乐道："说碧柳是杀手也没错，不过是温柔杀手，不会要您老命，只废您武功。"

众人都笑，说李经理武功高强，可不是说废就废得了的。李见好说："我早已是废人，还有什么可废的。"郁碧柳说："李经理太谦虚，你年富力强，正是武功高强的时候。"

不怎么吱声的杨天明这下嘴巴再也关不住，望着郁碧柳道："你怎么知道李经理武功高强？是不是早已领教过？"

郁碧柳显然没少经历这种场合，嘻嘻笑道："现在领教。"又举杯来碰李见好。

一轮高潮过去，喝酒速度放缓，各位随便聊些闲话。说起玻璃墙外的滔滔德江，侯忠民说："前两天我还到沿江风光带走了走，见文化墙上关于德都的记载，说王勃、张若虚、孟浩然、杜甫都经由长江，溯德江而上，到过德都，不知是真是假。"

郁碧柳嘴快，说："杜甫肯定到过，他有名句：正是江南好风景，落花时节又逢君，里面的江南就是指长江以南的德都。至于孟浩然，有人考证，他写《春晓》时正在德都游历，诗里的鸟就是德都鸟，诗里的花就是德都花。"

逗得李见好笑起来，说："说杜甫诗里的江南是德都，依据比较充分。孟浩然到过德都也有可能，可说他诗里的鸟是德都鸟，诗里的花是德都花，恐怕多少有些牵强。"

杨天明的胃口也被吊起来，说："张若虚呢？他好像是扬州人，离德都可不近，加上他没几首诗存世，只《春江花月夜》最为人知，怎么能证明他到过德都呢？"

李见好一下子想起曾亦嘉给他背诵《春江花月夜》的情形，心里隐隐一疼。是曾亦嘉让他喜欢上《春江花月夜》的，失去曾亦嘉后，他无法消解自己的哀伤，只得一个人跑到梨子湖边，一遍遍默诵《春江花月夜》，怀念曾亦嘉留在湖边的点点滴滴。

此刻不是追忆旧情的时候，李见好定住神，说："《春江花月夜》里有这么两句诗：白云一片去悠悠，青枫浦上不胜愁。这青枫浦又名双枫浦，位于德江支流的浏水中，凭此就可推测张若虚到过德都不假。"

众人觉得有意思，又说："王勃呢？有到过德都的依据没？"李见好说："这还得从王勃的《滕王阁》序诗说起。南昌都督阎伯屿喜欢玩文化搭台，经济唱戏，经常广邀天下名士，上滕王阁赋诗作文，以吸引眼球，提升地方文化形象。王勃为唐初诗坛四杰之一，诗名卓著，自然也在受邀之列。可这小子恃才傲物，人家都按主办方要求，准时到会离会，他倒好，到得最晚，走得最早。气得阎都督直瞪眼睛，心想晚到早走是首长特权，这小子还真把自己当首长不成？好在王勃走前交了命题作业，留下《滕王阁序》，其中两句'落霞与孤鹜齐飞，秋水共长天一色'令人拍案叫绝，成为千古名句。同时还写了序诗：滕王高阁临江渚，佩玉鸣鸾罢歌舞；画栋朝飞南浦云，珠帘暮卷西山雨；闲云潭影日悠悠，物换星移几度秋；阁中帝子今何在，槛外长江□自流。诗自然是好诗，只是末句少了一字，阎都督很纳闷，不知王勃搞什么鬼名堂。叫诸位猜测，这个说应该是个'独'字，那个说应该是个'水'字，还有说是'船'字或'舟'字。阎都督摇头否定，认为'独'字太浅，'水'字太露，'船'与'舟'又太俗，诗意不足。看来还得找王勃本人讨教说法。阎都督问侍卫，估计小王已走多远？侍卫说王勃坐的逆水船，最多不出十里。阎都督一喜，急令侍卫，快马追赶小王，千金求其一字。侍卫应声而动，快马加鞭，以最快速度追上王勃，说明来意，献上千金。有钱好说话，王勃拿过侍卫的手，在他手心划拉几下，说你一定握紧拳头，见着都督才伸掌，不然字会飞走的。侍卫握拳回府，来到阎都督面前，伸开手掌，里面竟空无一字。阎都督疑惑不解，自语道，怎么空空如也？这小王也太牛逼，俺千金难买他一字。话没说完，猛然一惊，莫非就是一个'空'字不成？将'空'字入诗，再低吟：'阁中帝子今何在，槛外长江空自流。'顿觉妙不可言，原来诗味全藏在这'空'字里面。"

说到此处，李见好端过桌上茶杯，自顾低头品起来，好像还沉浸在王诗里，忘了周边人的存在。几位望着他，问道："故事讲完啦？"李见好说："是呀，讲完啦。”几位说：“王勃呢，他去了哪里？”李见好说：“你们觉得呢，他去了哪里？”

还是郁碧柳反应快，说：“还用说吗，王勃肯定离开长江，进入德江，逆流而上，到了德都。”杨天明附和道：“是的，说不定王勃的情人正在德江，才等不及散会就拍拍屁股走人，匆匆上了船。”侯忠民也说：“有道理。会情人总得花钱吧？王勃也就故意在序诗中卖个关子，等着阎都督拿重金求字，不然情人还不拒他于千里之外？”

众人说有道理，文人又叫骚人，骚人一个个骚劲十足，自然得找情人。骚人不缺才智，为见情人，提前走人，顺便敲诈领导一笔，也不足为奇。

说说笑笑间，饭局接近尾声。喝过团圆杯，扒几口饭，大家走出包厢。侯忠民把郁碧柳拉到李见好身边，说：“李经理觉得我这表妹还是个人才吧？”李见好说：“堂堂大学生，漂亮出众，酒量了得，还能说会道，当然是个人才。”侯忠民笑道：“都说人才的浪费是最大的浪费，表妹既然是人才，李经理可得好好用起来。”

这个狗日的侯忠民，请这顿饭，原来是要给商学院提高就业率。不过话说回来，这也是你价值的体现，说明你有能力解决人家问题。若像过去一样，什么都不是，什么都不能办，谁理睬你？人就是这样，只有你能成事，人家才会把你当回事。

心里受用着，李见好说：“侯主任说说，怎么个用法？”侯忠民说：“公司不正准备参加德都绕城高速监理项目竞标吗？一旦竞标成功，监理五部就得在工地上设监理处，自然需要人手，您顺便把碧柳招进去就是。”李见好说：“要是竞标不上呢？”侯忠民说：“不可能的事，凭李经理的能量，绝对竞标得上。”李见好说：“不见得，竞标工作以经营部为主，监理五部不过协助他们而已。”侯忠民笑道：“说是这么说，谁不知道经营部不过做些面上工作，背后还得靠承接监理业务的部门下暗功夫？”

这确是圈内行规，侯忠民是公司办公室主任，不可能不知道，李见好没必要掩饰，说：“小郁学的什么专业？”侯忠民说：“人力资源。”

“人力资源”四个字时髦是时髦，专业性却只那么强。李见好说：“这与工程监理可没太大关系哟。”侯忠民说：“与工程监理关系确实不大，可你的监理处不只做工程监理，还得有人负责后勤保障什么的，碧柳给你打打杂，搞搞上传下达和接待应酬什么的，还能信任。”

看侯忠民面子，李见好不好断然拒绝，说：“到时再说吧，关键还得看竞标结果如何。”

这话的潜台词好理解，只要竞标成功，郁碧柳就有希望。侯忠民掉头对郁碧柳说："听清没有？赶快回校把毕业论文之类弄完，到时到李经理那里好好干。"

"我听李经理和表哥的。"郁碧柳感激地点点头，挽过李见好臂膀，往怀里直揣。现在的女孩也太大方了点，见面没几个小时，就敢来挽你。李见好有些不习惯，想甩脱郁碧柳，又怕被笑话小气老土，只好听之任之，昂首挺胸，来到楼下。

正朝坪里侯忠民的车走过去，有人在李见好肩上拍了一掌，叫道："见好在干吗？"

李见好回头，是中学同学钱如水。说起这个钱如水，也算有点来历。钱家伯伯是抗战老兵，一九四九年去了台湾，钱家人没少受牵连，一个个抬不起头来。直到大陆与台湾关系解冻，班上同学还叫钱如水特务崽子，视为另类，唯独李见好愿意接近他，两人颇谈得来。中学没毕业，钱如水突然休学，再没来上课。据说他伯伯早从台湾辗转去了美国，在那边办了家公司，生意红火得很，可惜膝下无子，把钱如水叫过去，准备当接班人培养。一去好几年，钱如水父亲怕儿子有去无回，天天在家装死，钱如水只得放弃伯伯的继承权，回国照顾父母。究竟见过大世面，钱如水不可能老待在乡下，来德都开了家叫作水善利的公司。也许天生是块经商的料，又有伯伯做后盾，钱如水生意越做越大，还开了好几家子公司。得知李见好也在德都，主动联系上他，两人有事没事见见面，聊聊旧事，倒也投缘。

李见好擂钱如水一拳，说："你从哪儿冒出来的？"钱如水说："请客户吃饭呗，刚把人送走。"李见好笑道："你们这些生意人真势利，就知道请客户吃饭，我不是客户，好久没见你请一回。"钱如水说："说冤枉话，打过你不少电话，要你出来聚聚，你都不给面子，还怪我势利。"又望眼郁碧柳，说："这位美女是谁？不引见引见？"

李见好指指旁边的侯忠民，说："咱们公司侯主任表妹，要引见让他引见。"将钱如水介绍给侯忠民和郁碧柳。三位相互点点头，钱如水说："饭已吃过，我请三位休个闲如何？"李见好说："下次吧，家里还有事。"

钱如水不好勉强李见好，说："我送你回家。"侯忠民说："不麻烦钱老板，李经理坐我的车。"钱如水说："不是麻烦，今天好不容易见着老同学，还是把讨好他的机会给我吧。"

郁碧柳拉住李见好不松手，说："钱老板倒是有味咧！你虽然是李经理同学，可今天是咱们先走到一起的，凡事总有个先来后到吧，凭什么把李经理从我们手里夺走？你讲不讲天理，讲不讲职业道德？亏你还是生意人。”

说得三个男人都笑起来。钱如水说：“好厉害的嘴巴！我不跟你们争，争也争不赢你们。还是让见好自己来定，他爱坐谁的车坐谁的车。这总可以了吧？”

郁碧柳还要说什么，李见好说：“好久没跟老同学见面，还是让他送我吧，说几句话。”松开郁碧柳的手，钻进钱如水的丰田越野车。

路上钱如水感叹不已：“现在的女孩不得了，好大胆、好泼辣的。”李见好说：“你好像蛮有体会嘛。”钱如水说：“你没体会？看郁碧柳那般缠劲，估计你也吃不消。”李见好说：“什么吃得消吃不消，我才认识她两个小时。”钱如水说：“老同学面前，别遮遮掩掩的，男人有几个妹妹也正常，不然拼死拼命做事赚钱干啥？”李见好说：“你到底有好多妹妹？”

“总有几个。”钱如水轻描淡写道，“听说见好做了工程监理五部经理，一定找时间给你好好庆贺庆贺。”李见好奇怪道：“你怎么知道的？”钱如水说：“这有什么奇怪？你是我老同学，我背后关心关心你，难道不应该吗？”李见好说：“应该应该。你说说，有什么想法。”

钱如水笑笑，说：“想法不多，你做上工程监理项目，也给我拉些业务。”李见好说：“工程监理又不管工程建设，只负责工程质量，怎么给你拉业务？”钱如水说：“我知道工程监理只负责工程质量，可工程得有人掏钱，还得有人来做，一边是投资方，一边是施工方，两边都离不开你们监理部门，到时给我介绍点工程做做总不难吧？”

与建设工程扯上关系，不给亲戚朋友弄些事做，好像还真说不过去。李见好说：“现在说拉业务还太早，看以后竞标情况再说咯。”

凡事得有个过程，钱如水没逼李见好这就做出硬性承诺，别开话题，聊起同学之间的近况来，某某已升，某某已发，某某已进去，某某已作古。还是钱如水生意人信息灵通，李见好却不甚了了，只是一旁感叹。

不觉来到德南大学，李见好道声谢，跳下车子。埋头要进屋，钱如水叫声等等，也下了车，往车后绕去。李见好只得站住，说：“有何贵干？”

钱如水打开小车尾箱，拿出两瓶茅台，过来直往李见好手上塞。李见好一边躲避，一边说道：“你这干吗呢？我又不怎么喝酒。”钱如水说：“自己不喝，平时请个客什么的，客人总会喝吧？”李见好说：“请客也不喝茅台，茅台假酒多。”钱如水说：“你放心，我这茅台是朋友从美国弄回来的，一点不假。”

李见好认识茅台酒厂一位销售总监，论起到处都是茅台酒，究竟真假如何，那位总监说他也搞不清，不过根据茅台酒年销售额，可以毫不夸张地说，把茅台镇上所有水龙头都拧开，每天二十四小时不停地装桶，也达不到这个销量。让总监自豪的是，出口茅台绝对假不了，有严格的过境检测把关。国人嘛，就这么高尚，再假不能假洋人，洋人不习惯假酒，喝坏人家肚子，影响祖国形象，破坏国际关系，多不好。

一时弄不清钱如水的茅台真假如何，来自何处，李见好只有接住，说："我也享受回洋人待遇。怪不得这么多人往美国跑，至少在那里喝得到真茅台。"钱如水说："正是的，如今在国内，除假货是真的，其他都是假的。"

拿了真茅台，不客气两句也过意不去，李见好说："既然下了车，干脆去寒舍坐坐，喝口水如何？"钱如水满口应承道："行啊，从没进过李府，去看看嫂子和侄儿也好。"

其实李见好最不情愿外人进自己家门。住得这么窝囊，换了谁都是件很难为情的事。可话已出口，总不能出尔反尔，上前拦住钱如水，不准他上楼吧。李见好只得往旁让让，说："我这是典型的蜗居，你别笑话哟。"

虽说李见好有言在先，进门后钱如水还是有些意外，想不到自己这个老同学，重点大学毕业，留省城混迹十多年，连起码的居住问题还没解决。好在钱如水是生意人，挺会说话："是德南大学职工宿舍吧？窄是窄了点，不过挺有书卷气，恐怕不是谁想住就有住的。"

"还书卷气，是没办法，才窝在这里。"李见好尴尬道，放下茅台酒，搬张小凳塞到钱如水屁股下。岳母正在厨房忙碌，听有客人到，忙倒杯茶出来，李见好上前接住，递到钱如水手里。岳母早已出院回家，恢复得不错，可以适当帮着忙些家务。不敢再爬上铺，跟炎炎做了调换。炎炎倒乐意睡上铺，爬上爬下很开心。

见门后歪着高跟鞋，李见好知道池小燕在家，估计正陪炎炎做作业呢。推门走进里屋，对炎炎旁边的池小燕说："如水来了，出去打声招呼吧。"

池小燕见过钱如水几面，只是没想到李见好会往家里请，有些不高兴，瞪他一眼，轻声道："这么个破屋子，也好意思带人进门。"却还是起身出去，笑对钱如水道："钱大老板肯迈进咱这贫民窟，真是稀客。正想找你呢，想不到你就现了身。"钱如水说："找我什么好事？"池小燕说："找你借钱呀。"钱如水说："借钱？借钱干啥？做生意？"池小燕说："你看我是做生意的料吗？刚在爱丽舍买了套房，没银子装修，想找你大老板贷点款。”

李见好明白，池小燕这哪是找钱如水借钱？是要告诉他，咱们也是有房户，住得这么寒碜，不过是暂时的。钱如水笑道：“爱丽舍可是德都数得着的好楼盘，你们好眼光，出手不凡啊。生意人不借钱，如水负责安排人给你们装修，如何？”

恰好炎炎提着裤头，走出里屋，从大人面前钻过去，直奔厕所。很快从厕所出来，正要回里屋，李见好一把逮住，拉到钱如水面前，说：“快喊钱叔叔。”

炎炎很不情愿地喊声钱叔叔，眼睛瞧着里屋，心思好像还在作业上。钱如水应承一声，从身上拿出一个红包，往炎炎怀里塞去。李见好去扯钱如水，说：“不行不行，坚决不行。”钱如水说：“有什么不行的？做叔叔的给侄儿个红包，还犯错误不成？”

拉扯一阵，还是依了钱如水。

又坐会儿，钱如水说还有事要处理，掉头走人。谁都是俗人，钱如水又送茅台，又掏红包，夫妇俩心生感激，一起送他下楼。李见好无话找话说：“我接触过做酒生意的，车里没少放酒，随时可以推销。也见过政府官员，要下乡进厂，提前让秘书备好红包，随时送春风送温暖。你为何也带着茅台和红包？”

钱如水话说得直接：“俺做生意的，什么时候离得开这两样宝贝？”

送钱如水登上丰田越野，鸣声喇叭开走，夫妻俩掉头钻进楼道，抬腿往楼上爬去。回屋见红包被炎炎搁在床头，池小燕拿到手上一数，足足五千元，不禁叫道：“老板就是老板，出手真阔绰！”李见好不乐道：“五千元就把你给镇住了？”池小燕说：“你以为五千元是个小数？这个月的按揭就有着落啦。你得加把油，把标竞下来。做上绕城高速监理项目，有了钱，咱们就好装修房子，早点住进去。我一天都不想在这贫民窟里待了。”

都是房子给闹的，把人弄成钱奴，满脑子除了钱还是钱，一见钱眼睛就发绿光。李见好没好气道：“你以为钱如水的红包好拿是吧？人家是冲着我来的。我没做工程监理部经理前，怎么没见他来送红包？”池小燕说：“谁不知道是冲着你来的？你现在神气了是吧？不是我督促你套牢孙再坚，从他手里谋到监理五部经理位置，谁把你当老几？”

你督促有何用咯？不是曾亦嘉在孙再坚面前说话，你老公肯定还守着个经营部，要死不活，饱也饱不了，饿也饿不死。李见好瞥眼池小燕，不出声道。想起好一阵子没与曾亦嘉联系了，哪天好好感谢感谢她，也探探她与孙再坚到底处得如何。

可这一向还真没法去见曾亦嘉，得把精力放在竞标的事上，适当找些人，将该疏通的关系给疏通。记得过去在工地上做监理处副处长时，曾跟交通厅建设管理处处长陈茂君打过交道，招标工作由他处里负责，得赶紧会会他才是。

李见好拿过桌上手机，要拨陈茂君号子，又觉得正是休息的时候，打扰人家不好。干脆明天直接上交通厅去，显得更有诚意。

第二天跑到交通厅，走进建设管理处，没见着陈茂君，处里人说在休假。问休什么假，一个个缄嘴不语，像有些犯忌似的。还是出门后见着政策法规处一位熟人，提起陈茂君，说在休病假。李见好颇感疑惑，陈茂君身体一向不错，生活方面也很讲究，不胡吃，不海喝，该睡睡，该醒醒，该运动运动，怎么会生病呢？不过他若真休病假，不正好趁机去看看他，顺便说说竞标的事？李见好跑到走廊尽头，掏出手机，翻到陈茂君名字，揿下绿键。

铃声响了好一阵，陈茂君才接电话，有气无力道："见好吧，你找我？"

还没自报家门，对方就说出你名字，说明他手机里有你。手机里有你，心里才可能有你，李见好忙说："是是是，我是见好。陈处在哪儿？我到了建设管理处，没见着您老人家。"陈茂君说："我在家休假。"李见好说："刚才碰到政策法规处一位朋友，说你休病假，哪里不舒服？"陈茂君说："哪里都舒服，就是不想上班，在家里清静几天。"

建设管理处可是交通厅热门处室，监管交通项目招投标和建设施工等业务，油水厚不说，还挺受人追捧，滋润得很，陈茂君竟然不想上班，躲在家里清静，这多少有些反常。李见好说："您家在交通厅新建宿舍区吧？我这就去看您。"陈茂君说："不用不用，下周我会上班的。"李见好说："见好想念兄弟，恨不得马上飞到您身边，怎么还等得及下周呢？"

听李见好说得诚恳，陈茂君沉吟道："想来就来吧，不过这两天恐怕不行，家里有点事。后天怎么样？"李见好说："后天可以呀，上午还是下午？"陈茂君想想说："下午吧，下午时间充裕，我备了好茶等你。"

还备了好茶等你，建设管理处的人几时这么客气过？交通厅和发改委之类实权部门的实权处室处长副处长大权在握，求的人多，一个个牛气冲天，只人家备了好茶好烟好酒恭候他们，哪有倒过来对你客气的理？人就是这么贱，平时领教多了掌权人的傲慢，这下人家突然变得谦虚谨慎，平易近人，反倒有些不怎么习惯。

不习惯归不习惯，第三天下午李见好还是提着钱如水送的茅台，敲开了陈家的门。看上去陈茂君不像有病，只是精神状态没平时昂扬。见李见好手没放空，陈茂君略觉不安似的，说："见好来就来，还提东西。"双手接过酒，亲自提进杂屋房。

望着主人背影，李见好心里不免嘀咕：陈茂君对自己的礼物还蛮看得重嘛，过去上他这样的牛人家里送礼，主人总是一副满不在乎的样子，根本没把你的人和你手上的东西放在眼里，更不会矮下身段，亲自接过礼物，郑重地拿去收好。

陈茂君很快从杂屋房出来，将李见好迎进书房，亲自坐到茶几旁，给他泡起工夫茶来。一边热情道："听说见好已进步做上监理五部经理，值得庆贺。"李见好笑道："我那叫什么进步咯？又不是你们党政部门。"陈茂君说："不是党政部门也一样，也得有个合适平台供你发挥。何况你那经理是给自己做事，做出利润属自己，拿多拿少谁也没屁放。不像我这个处长，成绩是领导的，出点什么差错，吃不了兜着走。"

听话听音，陈茂君可能遇到了什么麻烦。李见好喝口茶，试探道："陈处还好吧？"

"好也好不到哪里去。"陈茂君晃着脑袋道，"明枪易躲，暗箭难防啊！有人眼红建设管理处，挖孔找蛇打，无中生有冤栽我，要把我赶走。领导已找我谈过话，准备将我调整到政策法规处去。我烦得很，干脆在家休假，他们爱怎么折腾怎么折腾。"

怪不得陈茂君一反常态，原来事出有因。相对建设管理处，政策法规处属务虚部门，与招标什么的不怎么搭界，陈茂君这里显然已靠不住。李见好心疼起两瓶茅台来，送了不该送的地方。不过也不能太势利，人家实权在握时巴结的人多，送钱送礼不过是锦上添花，不会稀罕，待实权旁落没人理睬，提两瓶酒可谓雪中送炭，更能感动人家。再说陈茂君在建设管理处经营多年，人虽已走，各方人脉关系还在，总还有用得着的地方。

果然看在两瓶茅台的分上，不用李见好说明来意，陈茂君就主动道："孙再坚让你做监理五部经理，自然是冲着绕城高速公路监理项目去的。你也知道高速公路管理局是高速公路建设项目主管部门，建设招投标工作不止交通厅一家的事，得与高管局招标办齐抓共管。给你透露个私人信息，高管局有位副局长吴南山，是从厅里放下去的，跟我关系还不错，高管局工程建设和招标工作正好由他负责。寻个时机，把你介绍给他，只要他肯帮忙，你这个监理项目就八九不离十了。"

照这么说，两瓶茅台并没白送。李见好激动起来，说："别寻时机咯，事不宜迟，干脆这就给他打个电话，约出来坐坐。”陈茂君说：“别急嘛，是你找人家，不是人家找你，得看他有没有空。半个月前他上厅里开会，到处里坐了坐，说正在装修房子，忙得一塌糊涂。”李见好说：“再忙饭总得吃吧，您负责联系他，我负责物色酒店如何？”陈茂君说：“请他吃饭的人太多，只怕不一定请得动。”李见好说：“他有别的爱好没？”

陈茂君想想，说：“他本来喜欢打网球，过去我陪他打过两次。放到高管局做副局长后，手握重权，巴结的人多，也不敢打球了。不过我还是约约他，看约不约得出来。”李见好说：“你们是老朋友，肯定约得出来。”陈茂君说：“我试试，约好后，电话通知你。”

有了陈茂君这话，李见好不再紧逼，喝掉杯里茶水，告辞回去，坐等通知。第二天上班刚进办公室，就接到陈茂君电话，说：“吴南山不肯出去打球。不过他家房子已装修好，暂时也不去住，让姨妹开了个私人会所。周末没事他会待在会所里，到时你过去消费，顺便把你介绍给他。”李见好说：“这个主意好，上他家会所消费，就成了他的客户，容易联络感情。”

刚跟陈茂君说过再见，侯忠民带着公司会计小袁过来说：“麻烦李经理签个字。”李见好说：“签什么字？”侯忠民呈上一张卡片，说：“这是根据公司规定，给每位业务部室主要负责人的消费卡，用于业务接待开支。卡里有五万元人民币，用完报经公司领导同意，再继续充值。还可适当透支，用起来蛮方便的。”

这就是提部门主要负责人的好处，做经营部副经理时就没这样的特权。李见好在小袁递过来的表格里签下名字，接住消费卡。正准备到吴南山私人会所去，这下不愁银子了。

周六上午，陈茂君通知李见好，晚上吴南山在会所里，可以先去吃晚饭，饭后再叫他一起喝茶聊天。吃饭喝茶人少没意思，李见好想起钱如水又送茅台，又拿红包，何不把他也叫上，一是还他份人情，二也可凑个热闹。当即打通他电话，说：“今晚请交通厅朋友吃饭喝茶，你有空的话，是不是也亲自出席出席？”

钱如水自然乐意，说：“老同学有令，没空也得亲自出席呀。到时我负责买单。”李见好说：“谁叫你买单？是我请领导的客，你买了单，领导怎么领我的情？别着急，以后你买单机会多的是。”钱如水说：“行行行，以后我再买单。到时我去德南大学接您。”

下午五点左右，钱如水开着丰田越野，来到李见好家楼下。听到喇叭声，李见好换衣出门，下楼钻进车里。身没坐正，闻得一阵浓香扑鼻而至，扭头一瞧，后面还有位女孩，修眉高鼻，皓齿粉腮，漂亮得有些惊人。

“这是我干女儿俞芹芹，德都艺校高才生，弹得一手好琴。”钱如水轻描淡写道，又对俞芹芹说：“这是我老同学李经理。”

俞芹芹朝李见好摆摆手，用甜甜的声音说：“刚才钱总还跟我说起过，李经理是他们同学里的成功男人，书读得最好，事业干得最出色。”李见好说：“钱总是逗你的，我算什么成功男人？成功男人的标志是什么，你知道吗？”俞芹芹说：“肯定就是您这样，有才又有财。”李见好笑道：“成功男人的标志不是有才又有财，是自己的干女儿比人家的干女儿年轻漂亮。”

钱如水哈哈大笑，说：“有道理，有道理，怪不得男人都喜欢成功。”

离开德南大学，花半个小时，来到一个高档小区，先左拐，后右转，再上个斜坡，前面便是十层高的复式楼，吴南山家便在这栋复式楼的二单元一楼。说是一楼，位置却不低，楼下是十米高的架空层，架空层下面还有地下车库。在地下车库泊好车，找到二单元，单元保安问清找谁，看过开车人身份证，填好单子，拿卡刷开门禁，带三位进去，送入电梯。

走出电梯，陈茂君已等在吴家门口，请三位步入屋内。绕出玄关，越过服务台，入眼是宽大的客厅，装修古朴典雅，华贵的红木家具散发着淡淡的好闻的木香。墙上挂着名人或非名人字画，装裱讲究，显得格外雅致，看得出主人品位不俗。世上可不是谁想不俗就不俗得起来的，需要票子打底，足见主人实力不一般。

客厅里侧有个通道，两边都是茶室，门关着，陈茂君说已有客人，将三位带到楼上。楼上不设客厅，共有五个茶室，几位走进顶头一间，里面也是清一色的红木家具，桌椅、茶几、书柜，样样不缺。墙上有幅字，行中带草，有些意趣：雪水烹茶天上客，桂花作酒月中香。

茶室两旁还带休息室、卫生间和小餐厅，仿佛一套小户型商品房。李见好肚里估摸，从这个格局看，上下两层合一起，至少超过五百平方米，以当前德都房价计，怎么也得四百万，就是两三年前的价位，也要两三百万。加上高档装修和红木家具，到底得花多少钱，更没法算清。想起自家购个一百三十平方米的房子，东拼西凑勉强交个首付，每月得饿着肚皮还按揭，装修费还不知在何方，李见好心里挺不是滋味，除了羡慕嫉妒恨，还是羡慕嫉妒恨。

正在李见好心生不平之际，陈茂君让服务员给每人递上一杯白开水，说：“喝空腹茶对胃不好，还是先喝水润润喉，饭后再喝茶聊天。”李见好说：“咱们听领导的。”陈茂君说：“别领导领导的，都是朋友。会所有专门渠道提供的农家有机食品，也不用点菜，厨房会合理搭配，保证各位吃得放心，吃得满意。已打过招呼，马上上菜。”

不一会儿服务员端菜上来，几位走进小餐厅，围桌坐下。李见好问：“喝些什么？”钱如水说：“吃饭就行，给肚子留点空间，待会儿好喝茶。”

陈茂君表示赞同，剩下俞芹芹，更没说的，几位端碗吃饭。饭挺香，菜也蛮爽口，吃着舒服。李见好边吃边说：“这才是真正的有机饭菜，口感就是不一般。”钱如水也说：“现在走到哪里，吃的都是地沟油、激素肉、农药化肥菜，能吃上这么环保的东西，已是奢侈。”陈茂君说：“几位喜欢，以后多来。”

要跟吴南山打交道，肯定会多来。李见好说：“这么好的饭菜，不来是傻瓜。”又问，“吴局长呢？在没在家？”陈茂君说：“正在别的茶室陪客人，待会儿会来看望咱们的。”李见好说：“别惊动吴局长，他那么忙，打扰他，于心不忍啊。”

显然是口是心非，不惊动吴南山，谁来这个神不知鬼不觉的地方吃饭喝茶？

不喝酒，光吃饭，自然要不了多长时间，几位很快放下碗筷，回到茶室，围坐于茶桌旁。早有身着印花青褂的清秀女孩端坐于桌前，调动纤纤十指，煮水洗杯，温壶泡茶，一招一式，从容优雅，一看就是受过专门训练的。李见好知道德南大学农学院新开了茶艺班，生源还挺不错，眼前女孩说不定就是德南大学学生。

茶刚泡好，正要开喝，茶室门开了，一个五十多岁的男人走进来，抱拳对各位说：“对不起，对不起，失陪啦，失陪啦。”

不用说，来人就是主人吴南山。各位自觉起立，笑望着主人，老熟人似的。陈茂君把客人介绍给吴南山，吴南山上前一一握手，口说热烈欢迎，多多指导，显得很热情。客气完，主客坐定，开始端杯品茶。茶色深沉，韵味绵长，喝起来入喉入胃，感觉还真不错。

一边喝茶，一边听吴南山介绍：“这是德南省内特产黑茶，有机环保，大家尽管放心喝就是。将相本无种，人不必看出身，可茶叶得讲出处，讲来源，出处和来源有问题的茶叶，名气再大，也要警惕。比如茶叶产地，海拔八百米以上和八百米以下是有区别的。八百米以上气候偏低，生长期长，茶质纯粹，同时不生虫，不用打农药，施化肥，是放心茶。咱们现在喝的就属于海拔八百米以上的高山茶，说有机和环保，一点不假。”

各位点头，说这么好的放心茶，以后一定多来喝。吴南山说："看得起就常来。"陈茂君说："吴局长姨妹夫就做的黑茶生意，每包茶叶都是自己跑到黑茶定点生产基地，亲自选购回来的，德都城里没有第二个茶馆有这里的黑茶正宗。"

吴南山接过话头，说："茂君说得没错，我姨妹夫是个认真的人，每包黑茶都会精挑细拣。这房子也是他的，生意人有钱，购置房产是最划得来的投资。不像咱们吃公家饭的人，只能住单位房，勉强相当于经济适用房，想买这样的复式房，这辈子别指望。"

陈茂君跟李见好说过，房子是吴南山自己的，到他嘴里竟换了主人，明显欲盖弥彰嘛。不过也能理解，官员财产是个敏感话题，没哪个官员会不打自招，反正你不可能查他的房产证。就是查也不一定查得出名堂，房子是死的，人是活的，可以变通用亲戚名字。

吴南山又说起会所来："姨妹夫还有几处房子，这里离市中心有些距离，住家不错，却不方便做生意，考虑到房子闲着也是闲着，征求我意见，是不是办个会所，不求赚什么钱，接待朋友和客户时，喝自己采购的茶，吃自己做的饭菜，也放心。我觉得主意不错，有个地方可去，免得在外喝农药茶，吃地沟油和化肥菜，又何乐而不为呢？"

几位赞同吴局长高见，再次表示今后一定常来喝茶吃饭。吴南山很感谢，说："待会儿让总台给每人办个 VIP 会员卡，以后来消费优惠。"

忽有琴声自楼下传上来，悠扬婉转。李见好问："旋律好优美，不是放的碟吧？"陈茂君说："刚才从客厅经过时，你们可能不太注意，墙边有架古琴，会所请了琴师，专门给客人弹奏助兴。"钱如水说："还真没注意到。"吴南山说："感觉还可以吧？"

"蛮好听的。"李见好掉头看着俞芹芹，"如水不是说你弹得一手好琴吗？去露一手怎么样？"吴南山说："可以呀，那架古琴不错，会所花了大价钱的。"俞芹芹摇头说："我只能弹自己的琴，别人的琴弹不来。"钱如水说："这么讲究干啥？又不是参赛，要拿名次。"

在众人怂恿下，俞芹芹只好勉强同意，几位一起走出茶室，下楼来到客厅里。正好琴声止住，琴师给客人行个礼，抽身离去。吴南山把服务生招到俞芹芹旁边，说："这位年轻老师弹得一手好琴，请她弹一曲。"

服务生点点头，领着俞芹芹来到琴台旁。俞芹芹双手合十，说声献丑，矮身坐下，先试试音准，调调琴弦，然后凝神静气，在琴上轻轻一拂，古雅清丽的旋律随即从指间缓缓流出，仿佛春夜的江水，荡漾着粼粼月色，向着岁月的深处倏然淌去。

李见好熟悉这个旋律，知道是《春江花月夜》，不禁微合了双眼，跟着舒缓的琴声，无声地默诵起来：春江潮水连海平，海上明月共潮生，滟滟随波千万里，何处春江无月明……

这么默诵着，李见好身子仿佛轻轻飘忽起来，飘出会所，飘向德南大学的梨子湖。曾亦嘉就站在湖边，正合着清幽的古琴声，随李见好一道轻轻念诵《春江花月夜》，一声声，一句句，如诉如泣，似真似幻。恍惚间，低回的古琴声和婉转的诗语声完全融合在一起，古琴声带着诗语声，诗语声和着古琴声，二者不分彼此，浑然一体。

泪水止不住洇出李见好眼眶，悄然滚落腮边。正好俞芹芹划完最后一个音符，古琴声戛然而止，仿佛溪水下滩后，跌入深潭，留下圈圈涟漪，泛着波光，却杳无声息。片刻沉寂过后，掌声骤然响起，俞芹芹向众人鞠个躬，走下台来。李见好没工夫鼓掌，从身上掏出纸巾，轻轻将泪水拭去。好在光线不太明亮，没人在意他的举动。

到了撤离的时候，钱如水要去服务台结账，李见好自然不让，过去扒开他，掏出消费卡。一打账，饭菜加茶水正好四个八：八千八百八十八。李见好心里毛了一下，感觉碰上了打劫的山大王。吃顿家常饭，喝几泡黑茶，喊数学家来算，恐怕都没这个价。转而又想，寻到这个地方来，就是砸钱的，还把自己当普通消费者，你脑袋进了水？

事实是李见好脑袋没进水，转瞬间已是满脸春风，接过收银员从刷卡机上撕下的回单，随便瞟一眼，高高兴兴在上面签上名字，还给收银员。

结完账，掉头去寻钱如水，已不知去向。只俞芹芹站在身后，领着李见好朝旁边的偏房走去。偏房不大，钱如水正由陈茂君陪同，俯在玻璃柜台前瞧着什么，兴致勃勃的样子。李见好上前一看，玻璃下面陈列着各种珠宝，玉石、钻戒、金链，应有尽有。

钱如水又不做珠宝生意，怎么会对这些玩意儿感兴趣呢？李见好正觉纳闷，陈茂君给他介绍说："吴局姨妹夫喜欢珠宝收藏，专门留下一间小房子做收藏室，要好的朋友来喝茶，可顺便进来参观，分享他的藏品。如今富人都这样，手头热钱多，没地方可放，就玩这种奢侈品收藏，可陶冶性情，也比投资股票或别的行当更划得来些。"

看来还是富人气派，不玩就不玩，要玩就玩昂贵的高档珠宝。令李见好不解的是，既为好玩，干吗还明码标价，每只藏品上都贴着价格条呢？

像是看透李见好肚子里的想法，陈茂君附他耳边上，轻声说：“你是不是觉得这些富人有些肤浅？”李见好说：“我可没这么觉得。玩家不仅要财力，还要精力和眼力，可不是谁想玩就玩得起的。”陈茂君说：“收藏收藏，讲的是个藏字，完全没必要这么显山露水嘛。看看吴局这个姨妹夫，弄个收藏室，公然向人炫耀还不够，还给每件珠宝都标上价位，好像生怕人家不知他的藏品多么值钱似的。”

李见好笑而不语，不好说人长短。钱如水接过话头，说：“既然标了价，看中的珠宝，可不可以买走呢？”陈茂君说：“这恐怕不行，人家是收藏品，爱不释手，怎么会出手转卖他人？”钱如水说：“问问吴局看嘛。”陈茂君说：“又不是吴局的东西，他怎么做得了主？不过可以问一下吴局姨妹夫。”钱如水说：“麻烦陈处帮个忙，找吴局姨妹夫说句好话，咱们买几件回去，哄哄老婆或红颜知己也好。”

“要得要得。”陈茂君答应着，出了收藏室。

不一会儿，陈茂君就踱了回来，后面跟着在服务台当班的收银员。收银员说：“老板今天正好不在家，不过我已应这位陈先生要求，打了老板电话，他说几位都是姐夫朋友，自然也是他的朋友，朋友有要求不答应，岂不太不够朋友？各位朋友如果看得起他的收藏品，他也只好忍痛割爱，可以适当限量出售。”钱如水说：“怎么个限量法？”收银员说：“一人限购一件，多了不行，收藏室藏品得保持一定数量。”钱如水说：“行啊，咱们这里四个人，一人购一件没问题吧？”收银员点头说：“没问题。”

本以为钱如水闹着玩儿，谁知他却是当真的，指着玻璃下面的珠宝开始挑货，挑中一件，让收银员拿一件，分别装入精巧漂亮的红木方盒。

李见好在钱如水肩上拍拍，说：“还真买呀？”钱如水说：“是啊，说买就买嘛，有什么可犹豫的？这是吴局姨妹夫的收藏品，不用担心买到假货，比外面店子靠得住。何况还有珠宝鉴定部门的检验证，更加放得心。”

钱如水一共选走五件珠宝，每件三万元左右，加在一起十五万多。到服务台刷完卡，从收银员手里拿过货，在场一人分一件，说是见者有份，还不容你不收。余下一件，递到陈茂君手上，拜托他转交吴南山。

回程路上，李见好打开手里的红木小盒，里面是款一克拉的铂金镶嵌钻戒，名字很诗意：月光之恋。今晚听的曲子叫《春江花月夜》，现在手里拿的钻戒又叫月光之恋，也不知是巧合，还是钱如水有意为之。

见李见好在看钻戒，钱如水说："怎么样，不错吧？"李见好说："珠宝是富人的玩意儿，我一窍不通，瞧不出名堂，只觉得太昂贵，受之有愧啊！"钱如水说："愧什么愧？今晚你买单请客，我不有所表示，就不够意思了。"李见好说："我买八千元单，你送十多万元礼，你这不是寒碜我，让我脸上无光吗？"钱如水笑道："说得严重了，我可没这想法。"

李见好收好钻戒，说："如水这么慷慨，就不怕买的假货？"钱如水说："不会有假。"李见好说："不见得吧？"钱如水说："私人会所里的东西，是销给圈内人的，也售假货，下次还怎么见面？"李见好说："说得也是啊。"钱如水说："就是假货，咱也得买呀，总比直接送钱方便，也让人感觉舒服得多。"

回到德南大学，经过梨子湖时，见湖里晃着幽白的月影，俞芹芹弹奏的古琴曲《春江花月夜》又在耳边响起来。李见好叫钱如水停一下，说："就在这里下车吧，在会所里坐了一晚上，头昏脑涨的，想下去走走，再回家。"

钱如水带住刹车，说："要不要陪陪你？"李见好说："免了免了，你还是陪好芹芹吧。"

钱如水的车开走后，李见好沿湖转悠起来。只见夜色沉沉，灯影恍惚。时近子夜，游人渐渐散去，夜虫在林间浅吟，似不忍惊扰情人的拥抱和低语。天上月白如银，透过浓密的树叶，静静印在湖心。夜风吹过，湖水荡漾着月影，像刚着过色的水墨画。李见好怀揣红木盒子，行行止止，仿佛曾亦嘉就在身旁，正声情并茂，为他背诵《春江花月夜》。

那是段多么浪漫的岁月，虽然短暂，却早已被《春江花月夜》诗化，刻骨铭心，储存在李见好记忆深处，怎么也抹不去。

转上大半圈，李见好从怀里掏出红木盒子，轻轻打开，低头瞧上几眼。借着月色，盒子里的钻戒散发着清辉，几分奇幻。真想把曾亦嘉叫到湖边来，将钻戒戴到她手上。月还是当时月，湖还是当时湖，这一切可做证，你的心空永远为这个女人留着。

可曾亦嘉会接受这枚钻戒吗？

李见好心里没底。已过去这么多年，才想起给她钻戒，是不是有点太晚？李见好不想就此放弃，准备一试。不试怎么知道她会不会接受呢？

回到家里，池小燕已经睡下。不过床头灯还暗暗地亮着。这是池小燕多年的习惯，只要李见好没进屋，就会给他留着灯，只把亮度调小。这是一种召唤，你是女人的人，女人永远等着你，用她的心灯。

李见好有几分感动，来到床边，低头瞧瞧池小燕。池小燕睡相很好看，嘴唇嘟着，像在跟你撒娇。浑圆的手臂搭到被子外面，手指随意抚在腹部位置上。李见好突然生出一种冲动，想拿出钻戒，戴到池小燕被岁月打磨得有些粗糙的手指上。

这冲动只一闪，就消失得无影无踪。结婚时李见好特意买过一只钻戒，亲自戴到池小燕手上。可婚后不久，为贴补家用，她就悄悄取下钻戒，拿去卖了钱。池小燕是个实在人，对奢侈品没什么兴趣，一心只想着过好平常日子。真把这枚月光之恋钻戒戴到她手上，说不定两天后就变现成为现金，交了银行按揭。

藏好钻戒，李见好去趟卫生间，上床躺下。

第八章
投标书为何出错

天亮醒来，李见好送炎炎到学校，再坐公交往公司赶。路上侯忠民打电话说，公司有台帕萨特，旧是旧了点，还能上路，李见好看得上眼，可暂时用用，等招标成功，做上绕城高速监理项目，买了好车，再还给公司。

来到公司，帕萨特已停在坪里。李见好先上监理五部打一转，给杨天明交代完工作上的事，去了公司办公室。侯忠民打开抽屉，拿出车钥匙，说："车子才做的保养，性能还算不错，先将就几天吧。"

"感谢侯主任，这阵子跑招标，没台车还真不行。"李见好接过钥匙，下楼上车，打响马达，试了试，还算上手。无意间触着兜里的月光之恋，心想干脆上趟街，到珠宝质监中心跑一趟。一路畅通，很快来到质监中心。

交上检测费，经质检员认真检测，果然钻戒货真价实，没一点假。看来钱如水说得对，圈子里的生意靠得住。钻戒不假，李见好就有了底气，给曾亦嘉打电话说："忙不忙？有没有时间见见？"曾亦嘉说："这阵子公司事多，还真腾不出时间。"李见好说："公司在哪儿，我去看你。"曾亦嘉说："你来公司，我也没空陪你。还是过几天吧，我约你。"

李见好还舍不得放电话，说："开的什么公司？"曾亦嘉说："建材公司。"李见好说："怎么没听你说开了公司？"曾亦嘉说："你也没问过呀。"李见好说："也是的。怪我关心不够。"曾亦嘉说："要怪只能怪咱们见面少，你还来不及关心。"

又废话几句，李见好不便老占用曾亦嘉时间，收了线。正好陈茂君打来电话，说："吴局想问你点情况，不知你号子，让我通知你，到他那里去一下。"

吴南山有请，李见好不肯片刻拖延，跳上车，加大油门，往前直冲。冲上一段，一看车前时间，已快十二点，只得就近找个地方，随便吃点东西。饭后回到车上，一阵倦意袭来，连打几个哈欠，于是放平座位，身子一躺，合上眼睛小睡一会儿。

一觉醒来，顿觉神清气爽，看看手机上的时间，下午上班时间快到了。李见好伸个懒腰，发动车子，赶往高速公路管理局。上楼找到吴南山办公室，门紧闭着，外面却堵着一堆人，像在抢购紧缺物质。这话一点不夸张，权力本来就是紧缺物质，物以稀为贵，世人为种种目的，纷纷围追堵截权力，也就毫不足怪。

一时近不了吴南山，李见好只得耐心等待。等上个把小时，找吴南山的人走一拨又来一拨，门外自始至终挤得满满的，不见片刻消停。李见好别无他法，只得试着给吴南山发个短信，说在门外恭候已久，再留下大名。

这一招还管用，不大一会儿，那扇紧闭的门启开一条缝，吴南山出现在门口，扒开正要往里挤的人，朝外喊了句："先让李见好同志进来一下。"

李见好闻声，箭一样射过去，扁了身子，插进门里，将嫉妒的目光挡在身后。

吴南山已坐回到老板桌后，朝桌前沙发一指，要李见好坐。李见好恭恭敬敬走过去，恭恭敬敬坐下，恭恭敬敬说声："吴局好！陈处要我来拜访您，想不到您这么忙。"

吴南山晃晃脑袋，说："没办法啊，这些年在省委省政府正确领导下，在发改委和交通厅高度重视下，德南高速公路建设事业日新月异，实现跨越式发展，光今年开工的高速公路就有十多条，事情都堆在一起，一天二十四小时不睡觉不吃喝也忙不过来。几乎天天都这样，只要一进办公室，就会有人追过来，把门堵个严严实实。"

李见好说："吴局长辛苦了！高速公路建设事业突飞猛进，带动了德南经济全面提速，全省人民是不会忘记你们这些大功臣的。"吴南山叹道："功不功臣无所谓，都像你这样真正理解高速公路建设，就是对我们的最大安慰了。修建高速公路得花钱花大钱，花钱的地方难免有漏洞，谁也不能保证不出点事。社会风气如此，哪里都一样啊。可有人喜欢借题发挥，把高速公路建设说得一无是处，甚至全盘否定，明显只见树木，不见森林嘛。"

寒暄几句，吴南山转入正题，说："德都绕城高速公路是省委泉书记亲自挂帅的重点建设项目，资金投入大，质量标准高，对监理单位资质要求也更严，项目筹备处敞开大门，诚邀全国各地监理单位前来竞标。目前已收到五十多家监理单位的投标书，好些还是享有盛誉的著名老牌监理单位，比如永顺监理公司，实力强，业绩好，都是挺有竞争力的。绕城高速又只设四个监理处，竞争之激烈可见一斑。"

说到这里，吴南山稍稍顿了顿，从抽屉里拿出一个文件袋，推到李见好面前，说："这是你们单位的监理投标书吧，比起其他监理单位来，其水平可不敢恭维哟。"

接过文件袋，见封面上落款为"安平公司"，李见好说："公司经营部报送投标书前，孙总曾召集有关部室负责人开会，进行认真审查讨论，会后又根据审查讨论意见逐条做过修改，好像还算完善，应该没太大问题吧？"吴南山说："你还是翻翻投标书，看看第二页公司监理业绩吧，怎么偏偏举的德高高速监理例子？这不是自己搬起石头砸自己的脚吗？"

德高高速就是德都至高林的高速公路，高林属德南下面的地级市。这条路是三年前建成的，安平公司也为监理单位之一。德高高速公路曾挂名项副省长定点路，高速公路部门高度重视，资金和人力各方面都给予大力倾斜，以不负项副省长厚望。不想通车不到一年就出现了严重的质量问题，有关部门掌握情况后，准备通报批评，后碍着项副省长面子，才捂住没张扬出去，只悄悄抓捕和处理了一批责任人，同时对问题路段适当进行了整修。可业内人士心知肚明，无不以德高高速为耻，平时绝口不提，像没这回事似的。不想安平公司竟犯大忌，当监理业绩写进投标书，想以此加大竞标绕城高速监理项目砝码，真是开国际玩笑。

李见好就是高林人，德高高速公路的事也略知一二，虽说没参加过这条路的监理。记得公司开会审查绕城高速公路监理项目投标书时，里面好像没提到德高高速公路，这到底是怎么回事呢？再说还有孙再坚最后过目把关，签字画押，否则投标书也不可能往外呈送。莫非孙再坚是闭着眼睛签的字？作为公司法人，他应该不会犯这样的低级错误。

李见好疑惑着，几下打开文件袋，掏出投标书。翻到第二页，果然上面白纸黑字，写着"德高高速"字样。可想而知，真把这份投标书递到招投标会上，安平公司还想拿到绕城高速公路监理项目，不是痴心妄想吗？拿不到绕城高速监理项目，安平公司受损失不说，李见好这阵子也白忙乎了。白忙乎就白忙乎，没监理项目可做，到哪里弄钱装修爱丽舍的房子？难道一辈子住在德南大学的蜗居里？

李见好惊出一身冷汗。

望眼吴南山，他也一脸不解。李见好恳求道："可不可以让我把投标书拿回去，重新做一份，再送回来？"吴南山叹道："叫你来，就是这个意思。不过动作要快，招投标工作已经启动，正处于紧张的材料审查阶段，时间不等人。最好明天给我，尽量别误事。"

李见好千恩万谢，告辞吴南山出来。回到车上，重又摊开投标书，仔细看了看。渐渐才记起，廖至善送交公司部室负责人会议会审的投标书里，只写到德篙高速，并没提及德高高速。德篙高速与德高高速虽只一字之差，却完全是两条路，一条由德都往西至篙塘，一条由德都往南至高林，彼此毫不相干。投标书一出安平公司，德篙高速便成了德高高速，不用多说，肯定有人做了手脚。这人又是谁呢？自然只可能是廖至善。投标书是廖至善起草修改并亲自送到绕城高速公路招投标中心的，别人想做手脚都没机会，更没动机。公司的人都清楚，廖至善跑过不少关系，想当监理五部经理，去绕城高速公路做监理项目，谁知没能如愿，才居心叵测，从中捣鬼，要坏李见好的事。幸好陈茂君牵线搭上吴南山，吴南山对安平公司投标书多了个心眼，否则坏了事还不知坏在哪里。

回到公司，李见好直奔三楼，往总经理室冲。孙再坚手里提个公文包，正准备出门，见李见好上气不接下气的样子，问道："看你火急火燎的，出了什么事？"

李见好喘着粗气，拿出投标书，翻到第二页，递到孙再坚面前，说："孙总您先看看。"

孙再坚放下公文包，拿过投标书，翻回到封面上，说："这投标书不是早已送走了吗？怎么到了你手上？"李见好说："是高管局吴南山吴局给我的，要我拿回来，请您再过过目，把把关。"孙再坚不解道："呈送前我就仔细审查过，还过什么目，把什么关？"

李见好拿回投标书，重又翻到第二页，指着上面"德高高速"几个字，说："孙总您只看看这个地方，就明白是怎么回事了。"

孙再坚望眼李见好，坐到椅子上，戴上老花镜，照李见好所示，认真看起来。很快就看出了名堂，说："我清楚地记得，经营部送审的投标书上，并没提到德高高速公路呀。"李见好说："奥妙就在这里。"

"说到德高高速公路，当年安平公司也是监理部门之一。"旧事慢慢回到孙再坚脑海，"记得德高高速公路还是项副省长的定点路，后来出现严重质量问题，有关部门抓捕和处理了相关人员，咱们公司的监理处处长也被取消监理资格，今年才又重新考证上岗。"

李见好说："这事知道的人应该不少。"

孙再坚拍拍脑袋，略有所思道："也就是说，咱们的投标书写上德高高速监理项目，再拿去竞标，肯定会泡汤。"李见好说："不会泡汤，我也没必要多此一举，跑到吴南山那里，把投标书又要回来。”孙再坚想想说：“不对呀，廖至善送的投标书上，明明写的是德篙高速监理项目，不然我也不会签字画押呀。”

李见好提醒道：“签完字画完押后，再偷梁换柱，把‘德篙’改成‘德高’，也不难啊。”

孙再坚完全明白过来，他举起投标书，往桌上狠狠一甩，吼道：“这个狗日的廖至善，跟我玩起花招来啦！马上把他叫来，他到底什么意思？”

李见好不想理睬廖至善，说：“姓廖的什么意思，已经非常明显，问不问都一样。”孙再坚说：“不行，不能就这么放过这小子。”李见好说：“放不放过廖至善不重要，反正他也不可能跑到月球上去，重要的是不能放过绕城高速监理项目。好在吴局高抬贵手，让我拿到廖至善做过手脚的投标书，马上改好送回去还来得及。”

孙再坚强压住心头火气，朝门外喊道：“侯忠民你进来一下。”

侯忠民应声出现在门口。孙再坚说：“马上把廖至善和童昌盛给我叫到这里来。”童昌盛是李见好离开经营部后新提的副经理。

不到三分钟，童昌盛就贴着廖至善屁股，匆匆赶了过来。见孙再坚满脸怒气，李见好也站在一旁，廖至善心里咯噔一下，却还要故作镇静，说：“老板您找我俩？”

孙再坚拿过桌上投标书，往廖至善身上一扔，说：“你拿去看看，是怎么回事？”

廖至善本能地矮矮身子，伸手去接投标书。却没能接住，投标书在脸上一拍，哗啦啦掀开来，掉落地上。廖至善赶紧弯腰捡起投标书，掩饰道：“是咱们公司的投标书吧？早就送到绕城高速公路招投标中心的，缘何到了这里？”

孙再坚咬着牙齿，声音从牙缝间挤出来：“缘何到了这里？你问我，我问谁去！你给我说说，投标书里的德高高速到底怎么回事？”

廖至善还要装傻，说：“德高高速？德高高速怎么啦？”

气得孙再坚额上青筋一鼓一鼓的，手指在空中抖着，一时没法说出话来。李见好只好代言道：“廖经理别演戏了，投标书第二页‘德篙高速’是怎么变成‘德高高速’的，给个说法吧。”

廖至善翻到投标书第二页，装模作样瞧几瞧，而后鼓大双眼，惊讶道：“怎么成了‘德高高速’呢？原稿上明明写的‘德篙高速’呀。莫不出鬼了！是不是校稿时，打字员一不小心，把‘篙’字弄成‘高’字啦？还真不能排除这种可能。现在这些玩电脑玩大的年轻人，基本上打的拼音，‘篙’‘高’音节又一样，张冠李戴也难说啊。”

没人接话。廖至善望望孙再坚，又望望李见好，再转向童昌盛："昌盛你说是不是？"

童昌盛到经营部时间不长，没参与绕城高速监理项目投标工作，不了解底细，不知该附和还是该反对，吱声不得，只能装聋作哑。

事已到此，廖至善承不承认做过手脚，只那么重要，耽误不起的还是投标的事。孙再坚忽然没了脾气，轻言细语道："清者自清，浊者自浊，'德篙高速'到底是怎么变成'德高高速'的，自己心里有数就是。暂时也没这个工夫来澄清，公司两百号人要吃要喝，还得把精力放到正事上去。绕城高速投标的事廖经理就别操心了。投标书都已退回来，能不能把项目弄到手，只能听凭天意，强求不来。反正公司还有其他项目可做，至少饿不死人。"

孙再坚口气如此平静，还以"廖经理"相称，廖至善知道自己玩完了，僵在地上动弹不得。孙再坚又说道："廖经理可以走了，我还要跟李见好和童昌盛两位谈点事。"

廖至善挪动步子，悻然离去。

待廖至善身影消失在门外，孙再坚才对两位说："事情也许还没到山穷水尽的地步。昌盛配合见好，把投标书的错误改过来，再润一下色，尽快送到绕城高速公路招投标中心，看看还来不来得及。其他后续工作，该怎么做还怎么做，不能有丝毫懈怠。两人务必精诚合作，心往一处想，劲往一处使，下大力气，把监理项目给我拿下来。凡事多留心眼，莫让别有用心的人钻了空子。有什么困难，尽管找我，我全力支持你们。"

照孙再坚的意思，李见好与童昌盛连夜加班，将投标书里涉及"德高高速监理"的地方更正过来，又逐字逐句修改完善，换上美观大方的封面，再装订成册。

事成已是隔日上午。李见好顾不得疲惫，让童昌盛作陪，开着帕萨特，跑到绕城高速公路招投标中心，递上重新弄过的投标书。又赶往吴南山办公室，准备也送他一份。吴南山没在办公室，门口静悄悄的，蚊子飞过都听得到。

李见好只好打吴南山电话，说："吴局您好，投标书已修改完善，想呈一份请您斧正，您办公室没人，您在哪儿？我去找您。"吴南山说："就放局办公室吧。"旋即又说，"干脆到我这里来一下，我在德都绕城高速公路项目筹备处。"

绕城高速项目筹备处租设在高速公路管理局隔壁小区里。两人赶过去，找到项目筹备处，将重新修改装订过的投标书递给吴南山，吴南山随手翻翻，表扬李见好动作快，能干事。

“不是吴局厚爱，这次安平公司肯定没戏了。”李见好谢过吴南山，准备与童昌盛转身走开，吴南山叫住两位：“先别走，聂老板正在听项目筹备处主任冯以真汇报绕城高速公路筹备工作，待会儿我把你们介绍给他俩。”

吴南山口里的聂老板就是高速公路管理局聂守谷局长，同时也是交通厅副厅长和党组成员，可谓全省高速公路系统当家首长。至于绕城高速公路项目筹备处主任冯以真，筹备工作结束后，将自然过渡为绕城高速公路建设开发公司总经理。想想看，能结识这两位要员，以后到绕城高速公路乃至整个高速公路系统混，还有不通吃的理？李见好好不兴奋，搓着双手，不知怎么感谢吴南山才好，恨不得趴到地上，给他磕几个响头。

不大一会儿，冯以真好像已汇报得差不多，吴南山推开里间的门，把两人叫进去。这是一间小型会议室，墙上挂着全省高速公路建设规划图，站在墙边对着地图比画的不用说是冯以真，坐在沙发上双眼盯地图的自然是聂局长。待冯以真比画完，聂局长端杯喝水时，吴南山才把李见好和童昌盛召过去，介绍给两位领导。

也许看吴南山面子，冯以真跟李见好和童昌盛握握手，说两句高速公路建设离不开监理部门支持之类的客套话。聂局长一直坐着没动，只是点点头，算是打过招呼。要从两位当权派手里拿项目，讨饭吃，加上又是初次见面，李见好多少有些紧张，无话找话道：“以后还请两位领导多多关照！”说完扯扯童昌盛衣角，退出会议室。吴南山跟到门外，说：“两位慢走，回去注意招投标信息，有什么问题拨我电话就是。”

两人打着拱手，谢过吴南山，来到楼下。刚出单元门，迎面碰上钱如水，背后贴着一位二十多岁的年轻人，还有几分帅气。李见好说：“怎么是如水？你没住这里吧？”钱如水说：“没住这里，来找人。”李见好说：“找人？找谁？”

“你找谁，我也找谁。”钱如水笑笑，拉过身后年轻人，介绍给李见好，“这是我徒弟丁胜天，做土建工程的，入道时间不长，以后还得见好多多指教。”又对丁胜天说，“这是跟你说过多次的李经理，我的老同学，你就叫师叔吧。”

丁胜天忙弯下腰，双手抓住李见好猛摇起来，一边说：“师叔好，师叔好！很荣幸拜识您。”李见好说：“我也很荣幸。”免不了把童昌盛也介绍给两位。

钱如水跟童昌盛客气两句，将李见好拉到楼角桂花树下，说：“你的事怎么样？”李见好说：“投标书出了最不应该出的大错，幸亏吴局及时发现，让我重新做过，不然这次竞标就黄了。”钱如水说：“蛮惊险嘛。看来咱们没白上吴局会所消费。”李见好说：“全靠你慷慨解囊，否则我的事情吴局也不会这么上心。”钱如水说：“不过举手之劳，也挂到嘴上，见好这就见外啦。”李见好说：“好好好，不挂到嘴上，挂到鼻子上。”钱如水说：“你爱挂哪里挂哪里，我管不了那么多。”

两人笑笑，李见好说：“几时开始授徒的？是不是不想做工程，在家办起了MBA 班？”钱如水说：“MBA 是谁想办就办得了的？胜天也不是我徒弟。”李见好说：“是你什么？”钱如水说：“我侄儿。”李见好说：“你侄儿？”钱如水说：“我亲侄儿。”李见好说：“你亲侄儿应该姓钱，怎么姓丁呢？”钱如水说：“他随母姓。”

李见好指着钱如水，说：“是怕人家知道你们叔侄关系，特意让他随母姓的吧？”钱如水点头道：“咱们老同学，也用不着瞒你，还真是我叫他随母姓的。胜天初中毕业就不再肯上学，一个人到上海、浙江、广东瞎转一圈，又回到德南找到我，要我给他事做。他这点年纪，你想还能做什么？我就把自己名下一家建筑工程公司交给他，让他去折腾。他一没资金，二没人脉，三没经验，能折腾出啥名堂？当然还得先跟着我跑，认识些人，经历些事，慢慢成长。跟我跑总得有个名分吧，说他是我侄儿，岂不是不打自招，承认他的公司就是我的？这样关系就变得复杂，需要贷个款呀，竞个标呀什么的，有些不太好操作。我便让他改随母姓，对外以师徒相称，这样与人方便，与己也方便。”

这也许就是商人头脑，考虑问题角度总是与众不同。李见好心里佩服着，又问道：“你也来找吴局？”钱如水说：“我找聂局。”

这小子都找到聂局头上去了。聂局也是谁想找就找得上的吗？李见好盯住钱如水说：“聂局？哪个聂局？”钱如水说：“还哪个聂局？高管局聂守谷聂局呗。”李见好说：“聂局又没在这里上班。”钱如水说：“聂局是不在这里上班，可绕城高速公路项目筹备处在这里上班呀，是他让我来这里找他的，中午还会一起吃个饭。”

李见好不得不对钱如水刮目相看，说：“请聂局，不请我？”钱如水说：“今天还有其他重要客人，不好太杂。下次专门安排一个饭局，就请聂局一个，你来作陪。”李见好说：“下次也行。你跟聂局这么熟，怎么不告诉我老人家一声？”钱如水说：“你也没问过我呀。”李见好说：“还真没问过你。好好好，不怪你。你怎么认识聂局的？”钱如水说：“我不仅认识聂局，还认识他爸。”李见好说：“聂家是你亲戚？”钱如水说：“亲戚倒不是，不过多少有些渊源。”李见好说：“什么渊源？”

钱如水拍拍李见好肩膀，说：“这可不是一句两句说得完的，有空再跟你详谈吧。聂局召见，我得赶紧上去，不好让他久等。”李见好说：“你上去吧。你还有这层关系，以后得贡献出来，资源共享。”钱如水说：“行行行，资源共享，才能利益最大化。”

与钱如水分手，回到车上，李见好想着这小子与聂家有些渊源的话，也不知到底是什么渊源。人与人之间就怕没渊源，有渊源什么都好办。钱如水真不简单，以后得将他盯紧点，也好通过他走近聂局。只要走近聂局，以后高速公路上的饭就好吃了。

见李见好好一阵不吱声，童昌盛打破沉默道：“李经理太厉害了，吴局这么扶持您，还把您介绍给聂局和冯主任。”

李见好虚张声势道：“跟吴局已是多年的老朋友，他能不扶持俺吗？至于聂局，位高权重，经常在电视里出现，我认识他，他不认识我，不知好不好打交道。冯主任也是头次见面，过去我在高速公路做监理时认识的投资方经理副经理，这次好像没有谁参与绕城高速公路建设筹备工作。要想到高速公路上揽活干，得多寻找机会，跟这些实权派打交道。”

童昌盛翘着大拇指，说：“李经理高见。您可得多带带我，让我也到外面来认识些人，长些见识。”李见好说：“到外面长见识容易，首先孙总得给你平台。我在经营部待过，廖至善一手遮天，什么都不让别人插手，恐怕难得有你到外面长见识的机会。这次不是廖至善聪明反被聪明误，把孙总给惹恼了，让你跟我跑绕城高速监理项目投标的事，你恐怕也没机会见到吴局和冯主任，更别说与聂局这个级别的领导零距离接触。”

“是是是。”童昌盛忙点头，表示信服。李见好说：“廖至善吃里爬外，敢坏孙总的好事，我估计他这个经营部主任怕是待不太久了。你可得抓住这千载难逢的机遇，好好表现表现，别辜负孙总的良苦用心咯。”

童昌盛脑袋像安了发条，又是一阵猛捣。

第九章
原来是郎情妾意

没过多久，绕城高速项目筹备处撤销，以原班人马为基础，组建德都绕城高速公路建设开发有限公司，迁往城郊一座弃用不久的中学校址，用原筹备处主任现德绕高速建设开发公司总经理冯以真的话说，叫地也阔了，人也多了，枪也多了。

监理项目招投标通过筛选、预审、复核几道程序，初步结果也已出来，安平监理公司获得德都绕城高速建设项目监理资格，成立第二监理处，负责监理十一个施工合同段的工程建设，全程三十多公里，总监理费预计三千余万。

初步结果出来后，下一步就是正式签署合同。没有特殊情况，这个合同是跑不掉的。半年的努力没白费，李见好兴奋不已。三千余万的监理费可不是个小数，若管理得法，开支也合理，支出完业务硬性费用，比如办公场地、硬件设施、员工工资福利、业务接待以及上交安平公司的管理费，监理处处长可以拿到两三百万的收入。

身为会计的池小燕自然也会算这个账，说："有两三百万，别说咱们爱丽舍房子的按揭和装修，再买两三套房子也不用发愁了。"李见好说："你以为没进工地，两三百万就可入你的账？政府办事与百姓买房差不多，不会先筹足钱再动工，都是一边建设，一边融资，有时建设项目都做完了，钱还没到位，还欠着一屁股的债。要不怎么说政府是最大业主，也是最大债户？与其他工程款一样，高速公路监理费能根据工程进度分期付款到位，已经很对得起你了，决不可能一开工就一次性全打到你监理处户头上，让你天天关门在家数票子。也就是说监理处处长的待遇不是那么好拿的，要到了手才算数。"

"这个理我懂。迟给早给都是给，我等得起。高速公路建设不像别的项目，通车后收起费来容易，银行都争着借钱给高管部门，还怕人家赖你们的监理费不付？”池小燕一脸憧憬，“三百万啦，你不做上安平公司监理五部经理，争取到德绕高速监理项目，这辈子你到哪里弄三百万去？我只要闭着眼睛一想，就觉得在做美梦。”

李见好见不得池小燕这副馋样。两三百万确实很诱人，可一条高速公路要四年时间才修得完，需付出四年多的艰辛劳动，如期按质完成合同规定的各项监理业务，监理费才到得了手。四年多，一千六七百个日日夜夜，都得瞪大眼睛在工地上守着，每一寸路基，每一只桥墩，每一个涵洞，每一段绿化，必须负责到底。路修成通车后还没完，你的大名将与业主和施工单位负责人一起，刻在石碑上，写进档案里，万一出了什么质量问题，就是你已死掉化成灰，还会受到法律和历史的谴责。

这么想着，李见好心头的兴奋劲儿一下子减了不少。幸好他在工地做过监理处副处长，虽说不是主要负责人，到底熟悉监理管理办法和工作套路。李见好开始构思筹建监理处的实施方案，谋划如何招兵买马，组织监理队伍。还不时开着帕萨特往郊外跑，到待建的德绕高速线路上去实地考察，只等合同正式签下来，马上进入工作状态。

这天在郊外跑了大半天，李见好收获不小，回城路上，掏出手机翻找杨天明名字，想让他通知监理五部职工，第二天开会研究一下工作。不料“曾亦嘉”三个字先跳入眼帘。李见好心头不觉一动。这阵子上蹿下跳的，也没跟曾亦嘉联系，干脆揿下绿键。曾亦嘉的声音很快送过来：“好巧的，我正想联系你哩，你的电话先打了进来。”

“有这么巧吗？”李见好说，“我没打你电话，怎么没见你主动联系我呢？”曾亦嘉说：“前一阵我不是忙公司的事吗？你又不是不知道。”李见好说：“怎么样，公司的事忙得差不多了吧？”曾亦嘉说：“忙得差不多了，有没有空见个面？”李见好说：“有空啊，你在哪儿？我去看你。”曾亦嘉说：“我在公司啊。”

问清曾亦嘉公司地址，李见好加大油门，往前直奔。忽想起那款月光之恋钻戒锁在办公室里，还是拿来带到身上，也许有机会出手。

回到公司，先把杨天明叫到经理室，商量明天开会事宜。杨天明用本子记下李见好意见，又说了说自己的想法，出门而去。李见好返身打开铁皮柜，拿出那个不大的红木盒子，揭开盒盖，瞧眼里面闪闪发光的钻戒，再放进内衣口袋，下楼回到车上。

要去见曾亦嘉，一时半会儿回不了家，李见好打通池小燕电话，说：“今晚在外陪领导，不回家吃饭。”池小燕说：“陪哪里领导？”李见好说：“还能是哪里领导？德绕高速监理招投标中心领导呗。就要签合同了，得花点时间侍候好人家。喝完酒后，可能还会摸摸工作麻将，你别老打电话，扫领导的兴。”

说完这话，李见好自己都有些吃惊，仿佛早有预谋，今晚会跟曾亦嘉发生点什么，才先在池小燕这里埋点伏笔，免得她打扰。

曾亦嘉的公司就叫“嘉嘉公司”，离安平公司不太远，开车二十多分钟能到。高居二十六楼之上，临窗远眺，可见德江如烟。员工刚下班走掉，公司很安静。在曾亦嘉陪同下，李见好一边参观公司，一边笑道：“老板叫亦嘉，公司取名嘉嘉，信手拈来，倒也好听也好记。只是不怎么像建材公司名字，有点像酱油牌子。”

曾亦嘉瞪李见好一眼，说：“你想跟我做酱油生意？”李见好说：“不排除这个可能。怎么想起做建材生意的？”曾亦嘉说：“我可是老做建材的，开过几年建材店。建材店生意稳当，没有风险，却无法做大，才开了这家小公司。”李见好说：“开公司好啊，自己给自己打工，赚多赚少全归自己，不像俺做监理项目，还得交上大笔管理费。”

说起监理项目，曾亦嘉关切道：“你不是在参加德绕高速监理项目竞标吗？结果出来没？”李见好说：“已经明朗，就等着签署合同了。”

也是为李见好高兴，曾亦嘉说：“太好啦，应该好好庆贺庆贺。”李见好说：“待会儿找个地方，请你喝几杯。”曾亦嘉说：“你过来看我，自然我请你。”李见好说：“不行不行，今晚一定得给我面子，让我也讨好讨好你。”

说得曾亦嘉直乐，说：“好好好，就给你讨好机会吧。”

望着曾亦嘉优雅的笑容，李见好忍不住悄悄摸一下胸兜，不知要不要就把钻戒交给曾亦嘉。又觉得这时候出手，显得唐突，还得另择良机为妥。

离开公司，来到地下车库，李见好说：“坐我的车吗？”曾亦嘉说：“你买车啦？”李见好说：“公司的帕萨特，有点老旧，临时开几天，做上德绕高速监理项目再买新车。”心想坐好车的人，坐差车肯定不习惯，又说：“还是坐你的车吧，别降了你的格。”

“车子功能就是代步，与格不格无关。”曾亦嘉从包里摸出车钥匙，一按键，不远处的宝马啾一声开了锁。两人走过去，开门上车。曾亦嘉把着方向盘，说：“你有好地方吗？”李见好说：“听说有一个叫作红卫兵部落的饭店，菜还不错，离这里也不远，是不是去看看？”

曾亦嘉也听说过这个饭店，反映口味好，说：“可以呀，菜不错就行。”

红卫兵部落位于城乡结合部，老远就见一栋木楼，仅有两楼，青瓦木壁，楼顶竖着一张大牌子，上写“红卫兵部落”几个大字。牌子下是店门，两旁笔笔挺挺站着一男一女两位年轻人，黄帽黄衣黄裤黄鞋，帽佩红五星，领贴红领章，腰系红皮带，手握红宝书，俨然当年的红卫兵小将无异。来到门口，两位小将啪一个立正，先举手敬礼，再以稍改动过的毛主席经典语录起头道：“革命就是请客吃饭，欢迎首长前来就餐！”

来吃饭就是首长，倒也合算。两人笑笑，抬腿迈进门里。迎面一座毛主席挥手指航向的石膏像，又高又大，座基上刻着“毛泽东思想永放光芒”的字样。在石膏像前穿梭往来的服务员也是红卫兵小将打扮，跟门口两位年轻人没啥区别。见客人进来，立即有小将上前，又是一个敬礼，口说：“谁是我们的朋友，谁是我们的敌人，这个问题是吃饭的首要问题。”领着两位走进大厅，去找饭桌。大厅里熙熙攘攘，人满为患，生意还真不错。

说是大厅，其实就像从前乡下公社或大队礼堂，有木板搭的主席台，后面贴有马克思恩格斯列宁斯大林毛泽东巨幅画像。四周墙上刷了大幅红色标语：毛主席万岁！中国共产党万岁！中国人民解放军万岁！全世界人民大团结万岁！

两人在靠里的方桌上坐下，另有革命小将手拿菜单走过来，说：“抓革命，促生产，好菜好酒任你点。”李见好说：“要抓革命，促生产，哪还有时间点菜吃饭？”小将说：“抓革命和促生产是咱们革命小将的事，首长只顾点菜吃饭就是。”

李见好点了菜，还要了瓶红酒。小将复述一遍菜单，得到客人确认，说：“一万年太久，只争朝夕。菜马上就到，首长稍息。”

很快小将托着盘子，将菜和酒端上来。一边嘴里说道：“天生一个仙人洞，酒菜上齐慢慢用。”李见好也配合道：“发展餐饮事业，增强人民体质。”小将乐道：“首长真开心。酒菜上来之后，顾客就是决定的因素。你们吃好喝好，小将不打扰了。”

看着小将迈着正步走开后，李见好端杯与曾亦嘉碰碰，说：“吃苦在前，享受在后。喝酒在前，吃饭在后。干杯！”曾亦嘉喝口酒，说：“这也是毛主席语录？”李见好说：“前面是语录，后面是我发挥的。谁怪你出生晚，没经历过‘文革’。我算荣幸，懂事时‘文革’虽快结束，还是见识过余波，背过几首语录。”

李见好剥好几只基围虾，放到曾亦嘉前面碟子里，说：“要想知道基围虾的味道，必须亲口尝一尝。”

曾亦嘉捏着基围虾，蘸些芥末，放进嘴里，说："那个时候也有基围虾？"李见好说："基围虾是我改的，语录原话里是梨子。"又举杯去跟曾亦嘉碰。

曾亦嘉拿开杯子，说："你喝你喝，我喝不得，容易上脸。"李见好说："上脸也得喝。时代不同了，男女都一样。"曾亦嘉说："这也是毛主席语录？"李见好说："当然是。"曾亦嘉笑道："既然毛主席说的，俺只好遵照执行，喝了这杯。"将杯里红酒干掉。

渐渐曾亦嘉脸上洇上一层红晕，有点贵妃醉酒的味道。

李见好附在曾亦嘉耳边问道："你看看台上领袖像有什么特点？"曾亦嘉看不出名堂，摇头说："不知道。你说有何特点？"李见好说："待会儿再告诉你。"

吃完饭，两人起身，到收银台结账。价钱合算，才两百多。李见好递上三张大钞，小将找完零后，说："一面学习，一面生产，克服困难，敌人丧胆，当面数清，出门不管。"

出得门来，把门小将免不了又一个敬礼，说："前途是光明的，道路是曲折的。别了，司徒雷登！"重重地挥挥手。曾亦嘉也挥挥手，追上李见好，问道："司徒雷登是谁？"李见好说："民国期间美国驻中国大使，国民党被赶出大陆后，美国想跟新政府建交，共产党没理睬，司徒雷登只好夹着尾巴回了美国。毛主席很得意，写了篇文章，就叫《别了，司徒雷登》，把这位大使好好嘲讽了一通。"曾亦嘉说："毛主席还蛮牛嘛，敢对美国说不。"

来到车前，见曾亦嘉脸上红潮依然未褪，李见好说："看你这点出息，红酒也上脸。还是我开车吧，不然交警发现，罚款在其次，扣分就麻烦了。"曾亦嘉交出钥匙，说："还不是你拿毛主席的话压我，说时代不同了，男女都一样，我只能硬着头皮喝。"李见好说："你这么听话，真是毛主席的好学生。"

驶出红卫兵部落，李见好想着钻戒还在胸兜里，说："时间早得很，真不忍心就跟你分手，是不是到哪里去走走？"曾亦嘉说："你爱上哪儿就上哪儿。"李见好说："反正不是耗我的油，干脆绕着德都城转，转到天亮再回去。"曾亦嘉说："随你便，方向盘在你手里。"

不知李见好是有意还是无意，转上半圈，来到一个眼熟的地方，竟是梨子湖边。曾亦嘉笑道："是不是要把我带到你家里去，介绍给池姐姐？"李见好说："你敢面对池姐姐，我可没这个胆量。"曾亦嘉说："有什么不敢？咱们又没啥对不起她的。"

李见好脱口道："现在对得起她，并不代表以后也对得起她呀。"

话说出口，李见好才意识到有些露骨，咬住嘴唇不敢吱声了。曾亦嘉也觉得有些不好意思，低下头去。正好瞥见湖心一轮满月，动人心魄。

两人在湖边慢慢走着，好久没说话。时间尚早，情人们这里一对，那里一双，占据着湖边空地，两人只好绕开，钻进湖后的梨树林。一条石子小路呈现于前，铺着落叶，踩在上面，窸窣作响。曾亦嘉说："你还没告诉我，红卫兵部落领袖像特点在哪里。"

李见好说："你应该知道，领导人随时都有专职摄像师跟着。毛主席南人北相，应该蛮上相的，摄像师想着给老人家照个正面标准像。将相机架到他对面，正要按快门，他忽然一转身，将头侧到了另一边。毛主席可是指挥千军万马的，摄像师不好指挥他，只得扛着相机，跑到他前面去。才架好机子，谁知毛主席又转了方向。三番五次，硬是没能照成正面标准像。渐渐摄像师意识到，每次想给毛主席照正面相，他总是躲躲闪闪，要你照不成。事实也是他老人家很少有正面像，绝大部分都是侧面或半侧面像。"

说到这里，李见好停下步子，问曾亦嘉："为什么毛主席不喜欢照正面像呢？你回答下这个问题。"曾亦嘉反问道："为什么？"李见好说："我问你呢。"曾亦嘉说："毛主席侧面比正面好看吧？"李见好说："毛主席是典型的高富帅，无论从哪个角度看，都好看。"曾亦嘉说："说毛主席高和帅没问题，说他富好像不准确吧？据说他不喜欢花钱，还穿补丁衣服。"李见好说："毛主席是继承艰苦朴素的革命传统，不能说明他不富呀。别说他工资高，光说他稿费收入就有数百万。那时数百万的购买力可相当于现在好几个亿呢。"

"这么一说，毛主席还真是名副其实的高帅富。"曾亦嘉认可道，"你还没告诉我，毛主席为何不喜欢照正面像。"李见好说："这又回到开头的问题，红卫兵部落的领袖像有何特色。"

也是曾亦嘉悟性不错，立即反应过来，说："我想起来了，红卫兵部落里的领袖像都是侧面像。怪不得毛主席不肯照正面像，马恩列斯都是侧面像，他要跟四大领袖保持高度一致，自然不肯照正面像咯。"

边走边聊，不觉到得山腰，迎面一个小亭子。这是山上望月佳处，有月之夜，可以同时看到天上和湖里两个月亮，故名双月亭。两人走进亭里，凭栏而眺，只见山下梨子湖尽收眼底。湖月静如处子，一动不动浸在水里，与天上孤月遥相呼应，几分凄清。

李见好在德南大学住了十多年，几乎天天从湖边经过，却很少上双月亭，尤其是与曾亦嘉分手后。也就难得见到亭外的天月和湖月如此美丽，美得让人伤感，让人揪心。

偏偏何处响起幽幽琴声，正是那首《春江花月夜》，与那晚俞芹芹所弹的毫无二致。琴声像看不见的细丝，将记忆深处的旧情一点点抽出来，悠悠长长，缠缠绵绵，没完没了。李见好忍不住合着琴声轻诵道：江流宛转绕芳甸，月照花林皆似霰；空里流霜不觉飞，汀上白沙看不见。江天一色无纤尘，皎皎空中孤月轮；江畔何人初见月，江月何年初见人……

曾亦嘉深受感染，也跟着念起来。

念着念着，曾亦嘉泪水盈满眼眶，天上月和湖中月都变得模糊不清。她没想到，多年后还能与当年深爱过的男人一起重访梨子湖，且湖还是当年湖，月还是当年月，还有琴声如缕，声声诉说春江花月夜。

李见好不愿错过这良辰美景，掏出胸兜里的红木盒子，单膝跪在曾亦嘉面前，要她接受这份迟到的表白。没等曾亦嘉完全回过神来，李见好就打开盒子，取出月光之恋钻戒，拿过她的左手，将钻戒戴在她中指上。然后俯下头，在钻戒上深深一吻。

曾亦嘉愣了愣，慢慢抬起手腕，瞧瞧指上钻戒。亭外月光正好投过来，钻戒上的钻石闪闪发光，美不胜收。曾亦嘉感激不尽，身子一软，投入李见好怀抱。

两人就这么拥着，许久许久没有松开。

不知何时，亭外月隐入云层，两人才手牵着手，走出亭子。牵得很紧，温软的钻戒传递着彼此的心跳和千言万语。

下山来到车前，李见好打开车门，把曾亦嘉扶上副驾，再绕过车尾，钻进驾驶室，启动车子。曾亦嘉的手又伸过来，连同那枚钻戒，一起偎进李见好手心。好在宝马是自动挡，不耽误李见好开车。

回到嘉嘉公司楼下车库，该下车了，两人的手才松开。李见好说："家在哪儿？开车得多久？"曾亦嘉说："不用开车，就在相邻楼里。"李见好说："蛮好啊，上班方便。"曾亦嘉说："正是图方便，才把家安在公司旁边。"李见好说："你真能干，居家工作两兼顾。"

下车后，四目相对片刻，李见好恋恋不舍转身，朝不远处的帕萨特走去。心里正无奈地想，莫非今晚就这么结束了，曾亦嘉在后面说道："不上去坐坐？"

李见好心头一动，缓缓掉过头来，说："我很想，就怕你不欢迎。"曾亦嘉笑笑道："热烈欢迎。"李见好说："你欢迎，就去看看你的华居。"曾亦嘉说："不是华居，勉强还待得下去吧。"李见好说："公司都开得起，还勉强待得下去，哄谁啊？"

在曾亦嘉引领下，转两个弯，连地下车库都不用出去，就到了曾亦嘉家楼下。直接乘电梯来到楼上，进门便是近百平方米的大客厅，装修简洁大方，时尚又不失雅致。另有五房三卫，面积都不小。主卧更是宽大豪华，欧式家具尤其是那张大床，显得分外高贵典雅。

也不知曾亦嘉怎么发的财，年纪轻轻就住上这么大的房子。想起自家四口挤在三十平方米的蜗居里，李见好顿生挫败感，几分羡慕道："这岂只是华居，完全属豪宅档次。亦嘉不应该开公司，赶快找个男人嫁掉，生四五个孩子，把这些房间都占满。"

曾亦嘉眼里掠过一丝阴影，说："要嫁得掉，早嫁掉了。"李见好说："别要求太高，人品好，谈得来，就可以考虑。"曾亦嘉说："人品好，又谈得来，到哪儿去找这样的男人？就是有这样的男人，也早为人夫，哪还轮得到我曾亦嘉？"李见好说："别悲观嘛，你这么优秀，又有房有车有公司，还怕找不到好男人？"

曾亦嘉长长地吐口气，说："在女人面前，只有两种男人，一种盯你的人，一种盯你的财。盯你人的男人不缺财，也就不在乎你的财，你的财于他来说没有任何意义；盯你财的男人缺的是财，没能力没出息，你又看不上眼。"

这可能就是女人最为纠结的地方。李见好也纠结，说："我是哪种男人呢？"曾亦嘉说："你是我的初恋男人。"

也许在女人眼里，初恋男人位置最特殊，不能简单以财富和能力来衡量。曾亦嘉从冰箱里拿出几样刚上市的水果，要李见好尝鲜。又冲了咖啡，递到他手上，再挨着他坐下。李见好喝口咖啡，说："这么大的房子，一个人不觉得太空？"曾亦嘉说："就是太空，才请你上来陪我。"李见好说："感谢你的信任。"

"应该感谢你，送我这么漂亮的戒指。"曾亦嘉瞧着手里的钻戒，"为啥给我戴到中指上？"李见好说："说明你心里有爱。"曾亦嘉说："此话怎讲？"李见好说："戒指戴在中指上，意味着正在恋爱中。"曾亦嘉苦笑道："跟谁恋爱？跟你？"

话出口，曾亦嘉脸上就红了。

一个没少经世面的女人，说话还脸红，说明心里还留着些许纯真，没完全被浑浊的俗世同化。李见好心生怜意，拿过曾亦嘉的手，说："我一直爱着你。从第一眼见到你直至现在，这爱从没停止过。只是相识恨晚，我才没敢面对这份爱，做了逃兵。想不到多年后又与你相遇，得知你还没结婚成家，我心里更加不安，觉得欠你太多，太对不起你。又没别的法子赎罪，才送上这枚迟到的钻戒，请你能原谅我。”

这是真话。真话里蕴含的也是真爱。在不缺金钱，不缺事业，也不缺性的岁月里，最缺的就是真爱。曾亦嘉一侧身，情不自禁扑进李见好怀里，在他脸上猛吻起来，似要把积聚多年无以释放的爱，全部倾注到李见好身上。

李见好被曾亦嘉的热吻一点点融化，一只手将她拥紧，一只手不自觉伸进她胸前，扣到那双丰盈的美乳上。仿佛一盏熄灭已久的灯，一下子被点亮，曾亦嘉全身一颤，往上一腾，在李见好身上荡漾起来。

李见好受到激励，捞住曾亦嘉双腿，站起身，抬步迈进大卧室，两人一起倒到大床上。开始两个身子紧紧纠缠着，扭绞着，难分难解。接着相互搏击起来，如浪，如潮，如闪，如电，激荡澎湃，势不可挡。

在疯狂的搏击中，能量渐渐积聚，不断膨胀，最后火山样轰然爆发，顷刻间山崩地裂，万物消失，世界不复存在，一切全归于平静。

这是一个疯狂的夜晚。重新走到一起不容易，两人都想把储存得太久的激情都提取出来，进行集中支付。直折腾得精疲力竭，才消停下来，紧偎着睡过去。

睡得真沉，第二天上午手机响了两次，才把李见好惊醒过来。是杨天明打来的，说五部的人都已来齐，问他何时到。李见好才想起让杨天明通知上午开会的事，说：“你让大家再等等，我正陪领导吃早茶呢，吃完就回公司。”

曾亦嘉也已醒来，往他身上一趴，说：“你陪什么领导吃早茶？”

李见好在曾亦嘉柔软的屁股上拍拍，说：“陪我上面领导吃早茶。”曾亦嘉笑道：“我是上面领导，那你是我什么？”李见好说：“我是你下面干部。”

已闹腾了一个晚上，曾亦嘉怕李见好吃不消，不敢再疯，让他浅尝辄止，说：“你不是还要开会吗？”李见好说：“不急不急，不是在陪上面领导吃早茶吗？”

曾亦嘉看看手机上时间，说：“都已过十点，早过了吃早茶时间。我去给你煮碗面，敲两个鸡蛋，吃完早饭再走。”李见好说：“我不吃早饭。”曾亦嘉说：“透支那么大，不吃早饭怎么行？”于是曾亦嘉推开李见好，穿衣下地，去准备早餐。

早餐做好，李见好也洗漱完毕，来到餐桌前，狼吞虎咽起来。时间已过十点半，再下楼开车，到公司已经十一点多了，还怎么开会？两情正浓，李见好也不想这就离开曾亦嘉，干脆打通杨天明电话说：“上午回不去了，还有事向领导汇报，会议改下午吧。”

曾亦嘉撇撇嘴巴，说：“你们男人是不是天生喜欢说假话？”李见好说：“我说假话了吗？”曾亦嘉说：“还没说假话？明明在跟女人鬼混，却说陪领导吃早茶，有事请示领导。”李见好说：“咱俩都是大活人，怎么叫鬼混呢？”曾亦嘉说：“你不是鬼是什么？”

说得李见好直乐，说：“是是是，我是鬼，色鬼。”曾亦嘉说：“好色的男人都是鬼。”李见好说：“也是啊，不鬼点，色怎么好得上呢？”曾亦嘉说：“身为男人，好色没错，只要别为色不择手段，自欺欺人。”

听曾亦嘉话里有话，李见好说：“有这么严重吗？你不是说我吧？”曾亦嘉摇头说：“不是说你。”李见好说：“不说我，说谁？”曾亦嘉说：“不说谁，随便说说。”

李见好已经吃好，放下筷子，随口道：“你是说孙再坚吧？”曾亦嘉说：“不想提他。”李见好说：“他哪里对不起你？”曾亦嘉说：“他很对得起我，房子车子还有公司，都是他给我的。”李见好说：“那你怎么还要带着炸药包去炸他？”

反正与孙再坚已没任何瓜葛，没啥好瞒的，曾亦嘉说：“当年跟你分手后，我死的心都有，还是邂逅高中同学任海波，才让我重新鼓起活下去的勇气。就在我俩准备谈婚论嫁时，偶然认识了孙再坚。这家伙真不是人，将任海波暴打一顿，扔给他一笔钱，把他赶出了德都。这事是后来才听人说的，当时任海波到底怎么离开德都，去了哪里，我一无所知。就在我左等右等，怎么也等不来任海波音讯时，孙再坚开始对我发起攻势。我也是太无助了，孤身一人漂泊德都，没有亲人，没有爱人，没有房子，没有车子，没有稳定工作，刚开的建材店也举步维艰，最后经不起孙再坚花言巧语，跟他走到了一起。”

说到这里，曾亦嘉放下筷子，眼睛望着窗外蒙蒙天空，几分伤感。李见好试探道：“孙再坚的花言巧语一定挺生动吧？”曾亦嘉说：“他说的比唱的还好听。他说他尽管没什么大作为，却也算是世俗意义上的成功男人。可他毫无成就感，婚姻破裂，孩子被前妻带走，帮他花钱的人都没有，最需要的就是我这样的女人共享他的成功。”

李见好感叹道：“这样的花言巧语，任何一个女人听到，只怕都会心动。”

曾亦嘉收回目光，盯住手上钻戒，说：“花言巧语可以让女人心动，却不会让女人行动。可孙再坚不仅说得好，做得更好。他怕伤我自尊，从没直接给我钱，只是动员他的关系，做我建材店的生意。后又帮我成立公司，介绍建筑商跟我合作。他是监理公司老总，跟他交往的都是有来头的路桥和房屋建筑商，做这些人的生意，自然包赚不赔，没几年我就买下大房子，购进好车子，还放了钱在信得过的投资公司，过起要啥有啥的富足日子。与此同时，我也变得没法离开孙再坚，提出跟他结婚。可他总是支支吾吾，一直没有明确答复。”

李见好插话说：“孙再坚跟老婆关系很不错，一直生活在一起，自然没法与你结婚。”曾亦嘉说：“是啊，后来我才从侧面了解到，他根本没离婚。我很气愤，对他发脾气，扬言要把两人的事告诉他老婆，要他别想安宁。后来一想，孙再坚对我不薄，没有他就没有我的一切，闹得他妻离子散，他会恨死我，我也没一点好处。不巧的是我已怀上他的孩子，我想反正这辈子我也不可能跟别的男人结婚，就给他生个孩子吧。将这个想法跟他一说，他显得很高兴，说孩子一生下来，就给我五百万。我不稀罕他的钱，只想有个自己的孩子，可以相依为命。我的肚子一天天大起来，去医院做 B 超，胎儿一切正常。我喜不自胜，把消息告诉孙再坚，他天天过来陪我，给我端茶递水，还请了保姆悉心照顾我。谁知没过多久，我开始断断续续出血，上医院检查，医生说胎儿出现异常，已没法保住，我顿时气晕过去。手术后问医生怎么回事，说是吃错了药。我身体挺好，怀孕期间连营养品都未吃过，怎么会吃错药呢？是不是孙再坚怕我给他添乱，不想让我把孩子生下来，暗中捣的鬼？悄悄把用过的水杯碗盏之类拿去测验，果然含有打胎药残留物。我准备去找孙再坚讨说法，他为啥这么狠心。恰好有位高中同学电话告诉我任海波贩毒被抓，还说了当年任海波被孙再坚摧残的经过。同时又收到闺蜜发给我的 QQ 邮包，全是孙再坚开房与女孩鬼混的视频。我气得直吐血，弄了个炸药包，跑到孙再坚办公室，准备与他同归于尽。”

说到这里，曾亦嘉停下来，咽咽口水，掉头往茶几上望了一眼。李见好倒杯水，递到她手上，说：“就在孙再坚门口，你碰上了我。”

曾亦嘉喝口水，点头说：“看到你的第一眼，我心里就暖了一下。从你眼里我明显感觉出，你还爱着我，而且爱得很深。我意识到我没有理由跟孙再坚这样的人渣拼命，这太不值得。虽说我已一无所有，却还有你，我得为你继续活下去。你走开后，我也准备掉头离去，孙再坚扯住我，问有什么事。我不理他，执意要走。他急了，要我开个价，好做个了断，担心以后我会缠住他不放。我一听来了气，掏出包里炸药，扔到桌上，说就是这个价。他倒吸口凉气，问我为什么不引爆炸药。我说是李见好让我改变了主意。他于是跟我谈条件，只要我不再找他麻烦，他可以让你做工程监理五部经理，再设法拿到德绕高速监理项目。我说这跟我没关系，反正以后再不会见他。”

记得孙再坚让自己做五部经理时，总觉得与曾亦嘉有什么关系，果然不出所料。李见好百感交集，说：“怪我当初伤害你太深，让你受尽苦难。”曾亦嘉说：“不能怪你，要怪就怪我当时太年轻，爱上一个不该爱的人。直到如今我还在质疑自己，要不要重新跟你走到一起。上次你约我见面，我以公司事多拒绝了你，过后又很后悔，天天等你下一个电话。昨天你的电话一打进来，我张口就答应了你，生怕自己改变主意，过后又追悔莫及。”

李见好揽过曾亦嘉肩膀，在她额上吻吻，说：“你对我这么好，我怎么才能报答你呢？”曾亦嘉说：“不用你报答，能不时见见你，我已心满意足。”

事实是曾亦嘉什么都不缺，你也无从报答。你家庭稳定，妻贤子乖，总不可能从头再来，与曾亦嘉重新组合吧？爱很浪漫，彩虹样缤纷，可人却有重量，必须站在地上，面对现实。李见好不知说些啥好，紧紧拥住曾亦嘉，生怕她再次从眼前消失掉似的。

这么相拥了好一阵，谁也没吱声。时间过得真快，不觉已十二点多。曾亦嘉提醒道：“下午还要不要回去开会？”李见好说：“还是回去吧。招标合同一签，就得进驻工地，好多准备工作必须提前做好。”曾亦嘉说：“行，咱们吃饭去。”李见好说：“附近有饭店没？”曾亦嘉说：“要么到咱公司食堂吃吧，没有山珍海味，却是放心油和放心饭菜，吃得放心。平时一日三餐我都在公司解决，能不去外面吃尽量不去外面吃。”

上嘉嘉公司食堂吃过中饭，驾着帕萨特回到安平公司，正是下午上班时间。杨天明已将部里人召集拢来，等着李见好发号施令。李见好先充分肯定此次监理项目竞标过程中各位做出的大量工作，接着通报竞标基本情况，如果不出意外，下周便可正式签署合同。一旦签下合同，马上就会成立监理处，设置不同科室。李见好就怎么筹建监理处、如何招兵买马、组织监理队伍、确保监理工作与德绕高速建设步伐同步跟进提出了初步设想，要求各位做好思想准备，尽快进入临战状态，以饱满热情奔赴监理第一线。

李见好说完，各位纷纷发言，说了自己的看法和设想。李见好点着头，表示一定尊重大家意见，尽可能地结合进具体工作中去。谈得正起劲，德绕高速招投标中心打来电话，要李见好通知孙再坚，下周一去签署合同。李见好把消息说给大家，大家欢呼雀跃，缠着他，要他请客。李见好说："请客的事别急，我得先到孙总那里去一下，把消息告诉他，让他也高兴高兴。这个监理项目做下来，公司将有一大笔管理费进账。"

来到总经理室门口，想起孙再坚与曾亦嘉的瓜葛，李见好很不是滋味，心情复杂起来。

又想曾亦嘉与孙再坚的关系已然结束，你却还得拉着安平公司大旗开展监理业务，不可能不跟孙再坚交往。李见好稳住自己，抬步迈进总经理室。

孙再坚正跟人谈事，见着李见好，忙把人支走，招手道："见好快进来，我正要找你呢。竞标的事怎么样啦？"李见好说："我就是来汇报竞标的事的，刚才接到正式通知，下周一请您到招投标中心签署合同。"

孙再坚嘴里连嘣几个好字，又长舒一口气，说道："这个标来之不易啊！"李见好说："来之不易，还是来了。"孙再坚说："是啊，还是来了。狗日的廖至善，差点坏了我的事。"李见好说："廖至善确实可恶，不过邪不压正，胜利是属于我们的。"孙再坚说："对对对，邪不压正。见好干得好，看来我真没看错人。"李见好说："不是我干得好，是孙总正确领导的结果。"孙再坚说："领导再正确，也得你去跑呀。看来任用你做监理五部经理，是公司的英明决策。"李见好笑道："公司的英明决策说到底，还不是您老板的英明决策。"

互相恭维几句，李见好准备离去，孙再坚忽然说："最近见到贾也臻没有？"

好一阵李见好才反应过来，意识到孙再坚嘴里的贾也臻就是曾亦嘉，说："见过一两次。"孙再坚说："她还好吧？"李见好说："好像开了公司，忙得很哩。"

孙再坚点根烟，往空中吐个烟圈，说："贾也臻人不错，就是一根筋，太倔强。"李见好说："要说她还是个有情有义之人，没忘记您对她的扶持。"孙再坚深有感触道："男人最怕的就是有情有义的女人。别说她了，下周一咱们早点到竞标中心去吧。"

李见好点着头，走出总经理室。心想孙再坚的话也许没错，有情有义的女人重情重义，一旦认定了你，自然缠住你不放，叫你不得脱身。还不如无情无义的女人，反正都是逢场作戏，戏一完，各取所需，拍拍屁股就可走人，不会有任何后顾之忧。

如今有情有义的曾亦嘉又跟自己走到一起，不知会是什么结果。可李见好顾不得这些，分手那么多年，还是忘不了这个女人，说明她在你心目中的位置太重要，不是说放就放得下的。得一红颜知己不容易，不能顾虑太多，瞻前顾后，缩手缩脚，错过人生别样风景。

第十章
人脉关系库

转眼到了周一。

李见好早早陪孙再坚赶往德绕高速招投标中心，高高兴兴签下合同。这意味着李见好可以马上代表安平公司，正式筹建德都绕城高速公路建设项目第二监理处，负责包括土建、路面和绿化十一个施工合同段共三十多公里的工程监理业务。

工程监理工作得天天蹲在工地上，监理处必须设在工地附近，不可能放到城里。好在事前李见好就到德绕高速规划线上跑过几次，物色好白沙镇一处一正两横的砖木结构民房，连租金价位都有了初步意向。房主张大妈老伴已经去世，儿女在德都城里打工，房子空在那里无人住，有人愿意租用，自然乐意。

谁知李见好带着杨天明几个再次来到张大妈家，准备签署合同时，张大妈又改口，不肯出租了。李见好知道张大妈不是不想出租，是想加点价。这个地方偏僻，开不了门面，办不了厂子，空着也是空着，张大妈派不上别的用场，李见好也就不急，说："我另外还相中两个地方，张大妈不愿签合同，也不好勉强。"跟杨天明眨眨眼，掉头出了屋。

果然张大妈尾随出来，可怜巴巴说："李处长别走，有话好商量嘛。"李见好说："你房子不出租，还有什么好商量的？"张大妈说："您是不是还给加点价咯？"李见好说："想加价就说加价嘛，干吗以不出租来要挟我？"

张大妈到底是农村妇女，被李见好说得不好意思起来，说："是我不对，是我不对。"李见好说："想加多少？"张大妈要求也不高："每个月再加两千。"

李见好没吱声，掉过头，拔腿就走。张大妈上前拉住他，说："那就一千五。"李见好仍然要走，张大妈只得继续往下降，说："就一千，一千，总可以了吧？”李见好摇摇头道：“一千也不少啊，一年就是一万二，加上原价，不是小数字，可请好几个监理工程师。”张大妈说：“你一个大老板，做大事的，还在乎多这一万二？”

李见好没再往下压，按照张大妈要求，填好数字，签下合同，说定进场时间。

从张大妈家出来，杨天明说：“李处长还蛮会压价的。”李见好说：“现在的乡下人不比从前，一个个都贼精贼精的，不压点下来，咱们负担不起，压得太凶，搞得人家不愉快，以后关系不好处。到底一住就得四五年，不能老闹别扭是吧？”

工程监理是门技术活，也是管理学，工程进度，质量安全，合同信息，组织协调，都得认真对付，责任到人，各司其职，来不得半点马虎。李见好以监理五部员工为基本队伍，调动各方因素，运筹帷幄，排兵布阵，很快打开工作局面。

工作离不开人，有了人手，开展起来不难，难的还是资金问题。李见好早安排财务人员做好启动资金方案，亲自呈给德绕公司总经理冯以真，冯以真也亲口承诺，尽快拨款下来。一晃半月过去，资金还没到位，李见好只好又跑去找冯以真。

来到德绕公司，走进总经理室，没等李见好开口启动资金的事，冯以真过去关上门，把他召到桌前，说：“李处长我也正要找你，有人举报到要害部门，说安平公司监理德江四桥工程时，帮助施工单位作弊，不合理变更概算，非法套取国家资金，还附了有关监理资料复印件，证据确凿。要害部门已派人进驻德都路桥公司，正着手展开调查。如果调查属实，不仅相关人员有牢狱之灾，只怕你们德绕高速监理资格都会被取消掉。”

李见好闻言，惊讶不已，说：“还有这样的事？谁举报的？”冯以真说：“你先别管谁举报的，还是赶快回去与孙再坚商量对策，怎么把事情摆平。”

李见好哪还敢逗留？走出德绕公司，抓紧往安平公司赶。孙再坚也已得知被人举报的事，李见好进门时，他正在摔茶杯，踢椅子，大发雷霆。等孙再坚气息稍平，李见好才上前一步，小声说道：“也不知谁缺德，做出这种事来？”

孙再坚一屁股跌坐在高背椅上，仰首叹道：“除永顺监理公司那帮孙子，还能是谁？”

前面提到过，永顺与安平实力相当，业绩不相上下，也参加了德绕监理项目竞标。本来他们势在必得，工作也做得很到位，差不多已将监理项目揽到手里，结果还是功亏一篑，被安平公司竞了下去。却仍不死心，又弄到德江四桥监理资料复印件，举报给要害部门，企图搞倒安平公司，手段真够卑鄙的。要说德江四桥还是个优质工程，工程质量和监理项目还得过省政府大奖，口碑不错。至于变更概算，在建筑领域属常规动作，有什么好大做文章的呢？李见好没参加过德江四桥的监理，内幕如何，一无所知。

可能孙再坚也是这么想的，似有所思道：“拿变更概算做文章，真是吃了饭没事做。要说德江四桥工程质量没一点瑕疵，倒不完全是这么回事。只是按照不成文的行规，这样的瑕疵是可以忽略不计的，如果计较的话，全中国就没有合格建筑了。永顺公司自然懂得这个行情，才避开工程质量，搬出再常见不过的变更概算，其目的不言而喻。概算变更以基本事实为依据，却多少会做点数字游戏，不认真没事，认起真来总能找出岔子。让人生疑的是，监理资料都存了档，有严格的保管保密措施，他们怎么搞得到复印件？”李见好说：“不用说，一定是咱们公司出了内鬼。”孙再坚寻思说：“这内鬼又会是谁呢？”

内鬼是谁，不用说，也知就是廖至善。没做上五部经理，他一直很不服气，现在公司拿下德绕高速监理项目，他沾不上边，心里自然不平衡，吃里爬外，不是没有可能。可这仅仅是猜测，李见好不好明言，只说：“得尽快揪出内鬼，拿回复印件，消除影响。”

孙再坚摇摇头，说：“别说复印件已到要害部门手里，拿不回来，就是没有复印件，有人举报，要害部门要办你的案，你也得乖乖提供有关资料。再说现在也不是揪内鬼的时候，重要的是想方设法扭转被动局面，保住德绕高速监理项目。”

李见好自然点头认可。孙再坚问道：“我问你，要害部门有没有熟人？”

李见好挠着头皮，想想说：“我还真不认识要害部门的人。”孙再坚说：“不认识没事，多转几个弯弯，也许能与要害部门的人扯上瓜葛，攀上关系。我这里也找找人，咱们一起努力，死马当作活马医，看能否争取把这次危机化解掉。”

照孙再坚意思，李见好开始挖空心思，联系圈里朋友，看谁熟悉要害部门的人。费了半天劲，打了不知多少电话，竟一无所获。李见好垂头丧气，几乎失去信心。正好钱如水打来电话，说：“听说你已在白沙镇租下办公房？那地方不错，你真有眼光。”

监理项目做不成，地方再不错有何用？李见好无心扯这事，应付道：“还行吧。”钱如水说：“你知道房主是谁吗？”李见好说：“合同都已签下，还能不知道是谁？”

听李见好口气不对，钱如水换话说：“是不是没睡好觉，怎么说话有气无力的？”李见好说：“不是没睡好觉，是碰到了麻烦。”钱如水说：“什么麻烦？”李见好说："公司的麻烦呗。"钱如水说："可以说说吗？说不定我能给你出点主意。"

主意不难出，难的是找人，找到管用的人。李见好无意废话，应付两句，挂了电话。

将手机塞进兜里，才又想起，何不问问钱如水，他神通广大，说不定要害部门有关系。划开电话，拨回去，却占线。过后又拨，还是一样。如此三番五次，要么正忙，要么无法接通，一直联系不上钱如水。是不是刚才说话不够客气，这小子有想法，懒得理你？钱如水一向大气，应该不会这么小肚鸡肠。

偏偏孙再坚亲自跑下楼来，问李见好找着关系没有。李见好一脸愁容，说："只怪平时没烧香，想临时抱佛脚，还真没这么容易。"孙再坚说："事到如今，也只能抱佛脚试试，总不能眼巴巴看着快进口的肥肉被人夺走吧？再想想办法，也许天无绝人之路。"

孙再坚走后，李见好正无计可施，在办公室打转转，有人走进来，竟然是钱如水。李见好恶声恶气道："死哪儿去了？你那屌电话怎么也打不通。"钱如水说："还说我的电话打不通，你的手机不也老占着线吗？"

看来是彼此都在拨对方的号，发生冲突，都没法拨通。

既然人站到眼前，李见好也就不急着说自己的事，说："你老人家不请自来，有何贵干呢？"钱如水说："好一阵没见面了吧，找个地方坐坐如何？"李见好说："行啊，我请你。"钱如水说："你请也行，三千多万的监理费，不吃点到肚子里去，怕你愁着没地方花。"李见好说："这监理费拿不拿得到手，还很难说。"

钱如水不解，问道："合同都已签下，监理费还有拿不到手的？你不想接这活？"李见好说："到餐桌上再慢慢给你聊吧。"钱如水说："也行，走走走。"

来到坪里，李见好要去开帕萨特，钱如水说："坐我的车吧，好说话。"

"也要得。"李见好说着，上前拉开车门，钻进副驾驶。车后还坐着一个人，原来是俞芹芹，戴个耳机，在听音乐。李见好说："芹芹也在，怎么没上楼去坐坐？"俞芹芹说："钱总说你们很快就会下来，我没跟上去，留下看车。"李见好说："车子不是羊，不是马，到处乱跑，要你看什么？"俞芹芹笑道："钱总命令，我不敢违抗啊。"李见好说："你这么漂亮，钱总怕被人抢走，豪车藏娇。"

车出安平公司，钱如水说："电话里我不是问你，你们监理处租的办公房房主是谁吗？"李见好说："你这纯粹是废话，房主是谁都不知道，叫我怎么签署合同？"钱如水说："我再问你，房主是不是张大妈？"

李见好有些奇怪，说："你做过调查研究？"钱如水说："我才懒得调查研究呢。"李见好说："我明白了，丁胜天公司中的土建标，正属于二监理处监理范围，你想让丁胜天租张大妈的房子，专门去踩过点。"钱如水说："项目部离工地越近越好，白沙镇稍微远了点，估计他也不可能去租那里的房子。"

李见好望眼钱如水，说："你没调查研究，也没踩过点，又怎么知道张大妈的？"钱如水往后别别脑袋，说："你问芹芹。"

没等李见好发问，俞芹芹就说道："那是我妈。"

李见好哈哈大笑起来，说："想不到，张大妈竟是芹芹母亲。"钱如水说："世界说大也大，说小也小，随便转上一两个弯，就有可能碰到有牵扯的人。"

这话不无道理，一下触动李见好，心想一些看似八竿子打不着的人事，说不定存在着某种或明或暗或远或近的联系，只不过需要一个恰当的契合点，才能将彼此衔接到一起。也就是说自己不认识要害部门的人，搞不好通过钱如水，绕上一两个圈，就能扯上关系。李见好信心陡增，到餐桌上后，酒杯一端，就跟钱如水说了遭举报的事，要他帮忙找找要害部门的人。

钱如水倒也爽快，说："这好办，做生意就是做人际关系，天天都得跟人打交道，什么人只要想找，没有找不上的。"李见好说："你不是吹牛吧？你给我省长看看？"钱如水说："你以为我没找过省长？"李见好说："空口无凭，拿证据来。"

钱如水掏出手机，调出一组图片，将其中一张放大，递到李见好面前。李见好睁眼一瞧，是钱如水与项副省长的合影。钱如水得意道："项省长你总在电视里见过吧？"李见好说："见是见过，不过这照片有点像人工合成的。"钱如水说："跟项省长照个相又不是难事，何必多此一举，搞人工合成？"李见好说："就算不是人工合成的，项副省长到底不是正省长，不作数。"钱如水笑道："你记住我的话，不出几个月，项副省长就会成为项省长。"李见好说："你晓得掐指头？"钱如水说："不用掐指头，有人给我提供内部消息。"

这话李见好倒也信。商人要赚钱，官人要提高经济增长速度，彼此不可能不接触，你中有我，我中有你，正常得很。钱如水混迹商场，少不了跟官场往来，知道点内部消息，也不足为奇。李见好将话题扯回去，说："咱的事太小，估计用不着惊动项省长，找找要害部门就行了，你跟我说怎么走近要害部门？"钱如水说："别忙着找要害部门，先摸清底细再说。"李见好说："摸清什么底细？"钱如水说："你给我查一下，当年负责德江四桥的承建方和项目部经理是什么角色。"

“关承建方什么事呢？人家举报的是监理和施工方。”李见好说着，马上明白过来，“对呀，监理处监理施工方，施工方给承建方打工，三方捆在一起，人家举报监理和施工方，承建方也脱不了干系。”钱如水笑道：“你并不糊涂嘛。要知道能接下四桥这样大的工程的承建方，总得有些背景，咱可借力发力，把事摆平。”

李见好拍着脑袋，认真想想，说：“印象中德江四桥承建方应该是省路桥公司，项目部经理好像叫金大义，只是我跟这个人没打过交道，不知他来头怎样，背景多深。”钱如水说：“印象靠不住，查过档案再说吧。”

钱如水答应帮忙，李见好悄悄松了口气，转而跟俞芹芹碰碰杯，说：“跟你妈签合同时，她老人家要求每月加两千元租金，我只答应加一千。既然是你妈，我一定满足她心愿，加两千。”俞芹芹说：“没必要，没必要。李大哥租我家房子，不出租金都只那么大的事。”李见好说：“那怎么行？我是公，你妈是私，公家怎么能让私人吃亏呢？”

第二天李见好就跑到白沙镇，与张大妈重新签过加了价的合同，还预付了一年房租，乐得张大妈笑口大开。而后赶回公司，到档案室调出德江四桥监理档案，果然具体承建四桥的项目部经理就是路桥公司的金大义。当即报给钱如水，钱如水说：“你到我公司来，我给你查一下，就知道金大义底细了。”

金大义又不是钱如水公司的，钱如水怎么查呢？李见好有些疑惑。

钱如水公司位于德江大道一栋豪华写字楼里，全称叫水善利经济投资有限公司。老子有句名言“上善若水，水善利万物而不争”，钱如水显然是古为今用。自己名字里又有水，用水命名公司，也很贴切。李见好对钱如水说：“你叫钱如水，公司取名水善利，连起来岂不是钱如水善于谋利？”

钱如水笑笑，说：“可以这么理解。不过不能忽略水善利万物后面两个字：不争。你知道这是个物欲横流的时代，竞争太残酷，甚至到处充斥着恶性竞争。可谁又争得过不争呢？水不争，才善利万物，到头来什么都争不过它。钱也一样，是争得来的吗？我见得多了，一味靠争，是没法把钱争到手的。重要的是付出，通过利人，然后利己，让合作人有利可图，人家乐意跟你做生意，你才有赚头。否则你只顾自己得好处，人家白给你干，谁还愿意跟你玩儿？没人跟你玩儿，你到哪里赚钱去？”

这么理解水与钱的关系，倒也不无道理。不过李见好没心思跟钱如水讨论哲学，说：“你还是说查过金大义没有？他什么来头？”钱如水说：“别急嘛，我这就给你查。”打开电脑，调出一个取名人脉宝库的文件夹，里面收藏着以英文字母排序的二十六个文档，分别叫 A 库 B 库 C 库，直至 W 库 Y 库 Z 库。

“你要找的人叫金大义吧？金字在 J 库里。”钱如水说着，点开 J 库，里面全是拼音字母 J 开头的人名。再按四声顺序往下查找，金字栏里的金大义条目很快跳将出来。条目内容很丰富，就像组织人事部门的干部履历档案，金大义的生日、籍贯、民族、学历、特长、政治面貌、工作单位、家庭成员、社会关系，一切历历在目。另有干部档案里没有的内容，比如家庭财产、事业规模、生活习性、兴趣爱好，比如金大义本人或帮人拿过什么工程，做过什么项目，还有就是对金大义具有特殊意义的领导上司，来往密切的亲戚朋友同学战友初恋情人二奶小三，以及这些人的背景及主要社会关系，全都清清楚楚记录在案，无一遗漏。

看得李见好目瞪口呆，说：“钱如山你不是克格勃吧？从哪里弄的这些资料？”钱如水说：“如今是信息时代，信息来源渠道多，想摸清一个人的前世今生，还不容易吗？”李见好说：“初恋情人二奶小三可是人家隐私，总不容易弄到手吧？”钱如水说：“这有些不容易，不过世上无难事，只怕有心人，有心就有办法。”

李见好晃几晃脑袋，说：“钱如水你太可怕啦。你这哪是什么人脉宝库，完全是一座玻璃屋，屋里的人一个个一丝不挂，尽在眼底，你只要高兴，想把谁拎出来，人家还不乖乖听你的，你想干啥就干啥？”

钱如水手一摊，说：“把人家拎出来干吗？我为人处世的原则是多多栽花，决不栽刺。道理简单，栽花花满园，栽刺刺扎手。与你所说正好相反，我会很好保护人家隐私，只在当事人有需求时，及时出现在他们面前。比如 A 生日需问候，B 儿子结婚得送礼，C 老婆出游要接待，D 小三爱音乐该提供 VIP 票，都会主动安排落实，不会有所疏忽。”

能把人脉关系做到这个份上，一个人想不成事也难。李见好不得不佩服钱如水的能耐，说：“这就是你说的先利人再利己吧？”钱如水说：“正是，人家有需求时，你能出现在人家面前，你有需求时，人家也会出现在你面前。”李见好说：“这就是互动。只是你的人脉关系那么多，怎么光顾得过来呢？”钱如水笑道：“公司员工干吗？就是干这些事的。”李见好说：“你不是还要做业务吗？”钱如水说：“业务还有下面子公司呀。”

这不奇怪，公司干大了，都会办子公司。李见好说：“你的公司还可生崽崽？”钱如水笑道：“你以为只有女人才可生崽崽？”李见好说：“有多少子公司？”钱如水说：“二十来个吧。”李见好说：“这可比女人的生育能力强多了。子公司都做些什么？”钱如水说：“什么都做，矿产呀，建筑呀，房产呀，园林呀，电信呀，七七八八的商贸呀，能来钱就做。”李见好说：“你又没三头六臂，怎么管得过来？”钱如水说：“不用人管，用制度管。”

这个狗日的钱如水，真不是等闲之辈。李见好说：“你是不是想进世界五百强？”钱如水说：“进五百强干啥？树大招风，目标小更容易求生存。公司太大不好弄，哪个环节出点错，牵一发而动全身，整个公司都会垮掉。水善利一度达到千多人的规模，有次出事差点儿全军覆没，我才痛下决心，化整为零，分解成多个子公司，各自从事不同行业，以后就是哪个子公司出点问题，其他子公司可以来救火，将风险化解于无形。”

这已是大智慧了。李见好说：“你的子公司用不着救火，还是先救救我吧。”

“看我一扯就扯远了。”钱如水笑笑，重新移过鼠标，点开金大义社会关系，“见好你再看看，金大义这小子到底什么来头。”

李见好凑过脑袋，只见电脑里明明白白记载着，金大义老婆叫夏秋月，夏秋月有个姐姐夏春霖，夏春霖丈夫名曰聂守成，聂守成哥哥就是聂守谷。李见好瞪大双眼，说：“拐上几个弯，竟拐到了聂局长这里。”

钱如水手里鼠标继续前移，停在聂守谷父亲聂仁伯名字上面。李见好问：“聂仁伯是什么身份？”钱如水说：“原省要害部门书记。”

要害部门书记可是省委常委领导，这个来头还真不小。记得钱如水说过，他不仅认识聂守谷，还认识他爸，李见好问道：“你跟聂仁伯也熟悉？”钱如水说：“当然熟悉。”李见好说：“怎么熟悉的？”钱如水说：“二十多年前他在高林行署当专员，到我老家钱家湾蹲点，就住在我家，跟我父亲关系不错，至今还有联系。”

“这就是你说过的，你跟聂家有些渊源。怪不得大权在握的聂守谷会吃你的请。”李见好说，“我的事是去找聂守谷，还是找他老子聂仁伯？”钱如水说：“你的事要害部门已在插手，找老爷子吧。”李见好说：“他老人家已退休在家，还管用？”钱如水说：“要害部门现任曹副书记做过老爷子秘书，你这不是什么大事，老爷子跟他打声招呼，他肯定买账。”

听钱如水口气轻巧，李见好心里踏实了许多，说：“怎么找老爷子？”钱如水说：“这你不用管，过两天听我电话。”

李见好就回去听电话。

第十一章
姜还是老的辣

两天后钱如水通知李见好，要他到省委大院门口会合，一起去接聂老爷子钓鱼。李见好赶到省委门口，钱如水的越野丰田已停在那里，说：“你扔下帕萨特，到我车上来。”

李见好找个地方，泊好帕萨特，钻进丰田，说：“我也知道开着帕萨特去接老爷子，确实不太像样。”钱如水说：“我可没这个意思，是怕你难得出油钱，给你省一个是一个。”李见好说：“真是好哥们儿，咱的启动资金一到手，就买部好车，专门给你当司机。”

省委大院岗哨森严，进门得去门旁值班室详细登记，钱如山却只拿出一张压过膜的十六开照片，朝窗外晃一晃，岗台上的武警就敬个礼，按开电动门。李见好要过照片看看，是一幅彩色合影，里面全是斜眼歪嘴的白发老头头老奶奶，说：“这玩意儿还可哄武警，也给我去弄一张，以后联系省委领导，岂不方便得多。”钱如水笑道：“知道照片里的老头头老奶奶都是些什么角色吗？”李见好说：“估计有些来头吧？”

钱如水把着方向，轻车熟路地在林荫道上左穿右插着，一边说道：“这些老头头老奶奶都是省委大院里的离休老干，照片可能是某次离休干部会上拍的。省委大院不是乡下人家的菜园子，没出入证别想迈进半步，离休老干记忆不好，老丢出入证，机关事务局就将这张照片放大，贴到值班室，照片里的老干进出，不用出示出入证。同时搁一张到他们专车上，武警见照放行。机关事务局管后勤的领导是我朋友，给了我一张，让我享受离休老干待遇。”

来到大院深处，一座两层红楼呈现于前。钱如水将越野丰田靠到树荫下，对李见好说："待会儿你来开车吧，不要开得太快，尽量稳当点。"李见好说："坚决按照钱总指示办。"

"谁敢指示你？不过让你表现表现，给老爷子留个好印象。"钱如水说着，翻身下车，推开楼前木栅门，隔空喊声："聂书记上车咯！"

一个精壮老头顿时出现在门口，身后跟着一位五十多岁的中年人，手上提个装渔具的绿色布包。钱如水赶紧上前几步，去接中年人手里的渔具，嘴里甜甜道："辛苦曹书记，您都先到啦，真不好意思。"

不用说，这就是钱如水说的要害部门曹副书记。曹副书记将渔具递给钱如水，返身去扶老爷子。老爷子甩甩手，不让他扶，昂首挺胸朝丰田走过去。李见好已候在车前，打开后座门，将两人请进车里，然后爬上驾驶室，打响马达。钱如水将渔具放进后备箱，钻入副驾，扭头说："副驾是警卫坐的，只好让两位首长挤挤。"

车子启动后，钱如水简单介绍两句李见好。李见好不出声，对着后视镜笑笑，左手握方向，右手摸挡杆，娴熟地驾着车子，朝来路驶去。聂老哦一声，算是跟李见好打过招呼。曹副书记也点点头，脸上肌肉有些紧，仍然没啥表情。也许有权人都这样，求的人太多，笑肌不够用，久而久之，便不太笑得起来。

出得省委大院，越野丰田朝东郊方向驶去。李见好记着钱如水的话，专心致志开车，不敢有丝毫懈怠。加上路面也不错，一路不急不缓，稳稳当当。聂老感觉良好，表扬李见好开得可以。钱如水乐呵呵道："见好没别的特长，就是给部队首长开过几年车，车技还算过得去。咱们老乡搞活动什么的，都喜欢让他开车。"

李见好连部队都没进过，怎么给部队首长开车？不过钱如水的用意好懂，当领导的最看重自己几两小命，部队首长对司机要求严，说你给部队首长开过车，他们更有安全感。李见好也跟着编故事道："入伍前，我还在乡下开过几年拖拉机，到部队后分在汽车连，比任何人学车都学得快，开得好。后碰着部队首长需要小车司机，来汽车连选人，通过严格考察和试驾，对我最满意，就挑中我，我给首长一开就是八年。"

聂老信以为真，说："怪不得小李的车开得这么有水平。"曹副书记也认可说："真的不错，给部队首长开过车，就是不一般。"李见好说："主要是两位领导的鼓励，让我信心大增。领导愿意坐我车，是我莫大荣幸，我一定认真开车，做好服务。"

车子坐着舒服，也与车子性能有关，曹副书记说："这款越野丰田好像是原装进口兰德酷路泽吧，价格应该不菲咯。"钱如水说："还是曹书记有眼力，一看就知是兰德酷路泽。不贵也不便宜，也就百来万吧。”曹副书记说：“当老板的真抖，轻轻一张嘴，就是百来万。换了咱们做公务员的，百来万的车，工作到下辈子也买不起。”

钱如水笑笑道：“做领导的坐骑，何必自己买咯，国家配就是。做生意没办法，车子太差，人家以为你没实力，不跟你合作。再说赚钱就是用来花的，不花钱赚钱干什么呢？国家也鼓励消费呀，尤其是车子房子，消费高，对国家贡献也高嘛。”

不足半个小时，车出城东，来到浏水岸边。傍水逆行，盘山而上，翻过一处峻岭，只见一道高坝横立于两山之间，拦腰截住浏水，一座大水库豁然呈现在眼前。水库里的水湛蓝湛蓝的，倒映着天上悠悠白云和沿岸青青树木。有白鹭三五只，不知自何处飞跃而出，轻轻划过水面，转眼便没入水对面的密林间。

这不是人间仙境吗？李见好打开车窗，贪婪地吸口透着水腥味和草木气息的清新空气。一边降下车速，将车缓缓靠到水库边。

水里泊着只小型游艇，几位刚下车，就从游艇里走出两位女孩，过来打招呼。两位女孩长相相像，脸色黑里透红，普通话不怎么标准，一看便知是附近村姑。钱如水将聂老和自己的渔具搬出车子，递给两位村姑，转身对聂老和曹副书记说：“这里水太深，鱼不容易上钩，咱们先上游艇，到上游去钓鱼。”

几位来到游艇上。才坐定，游艇就悠然离岸，朝上游方向驶去。

“这只游艇是我与一位朋友一起购置的，不带营业性质，仅仅用来接待来水库游玩钓鱼的领导和兄弟。”钱如水介绍说，又指指两位正在给客人递救生衣的村姑，“两个是亲姐妹，就是水库边上人家女孩，专门为领导服务的。”

远远看见一排屋子列于山前，待来到跟前，发现是些吊脚楼，楼下粗大的木柱插入水中，看上去像是水里长出来的屋子。几位下得游艇，顺木柱后面的木梯上到楼上，凭栏回望来时水路，只见水远天长，又是一番景象。

四十多岁的老板娘早迎出来，笑脸吟吟，扶椅抹桌，热情得不得了。一看就是两女孩的母亲，且显得更加健壮。两女孩也没闲着，安顿好客人，又进屋端出热气腾腾的茶水，递到各位手上。还拿了自产或野生的时鲜水果，诸如奈李、野梨、猕猴桃之类，请各位品尝。

聂老是个老钓客，顾不上喝茶吃水果，拉开渔具包，掏出鱼竿，理线上饵。钱如水也从另一个渔具包里取出武器，交给曹副书记，让他亲自主杆。只有李见好闲着没事，想给聂老帮忙，聂老说：“小李一路开车辛苦，先歇歇，吃点东西吧。”

李见好笑道："老领导亲自动手干活，咱只顾吃东西，多不好意思。"聂老说："钓鱼重在过程，就要亲自动手。"

准备工作做得差不多了，聂老和曹副书记挥舞鱼竿，将长线抛向楼下水里，然后坐到栏杆边，鼓大眼睛，盯住鱼漂，等鱼上钩。钱如水笑道："不像普通水塘，水库里水深，鱼潜伏在水底，恐怕不容易上钩。"

"鱼不容易上钩，才更过瘾。"聂老笑笑，将鱼竿插进栏杆上特制的鱼扣，双手在身上摸起来。李见好以为他要抽烟，撕开桌上烟盒，拿根烟出来，要往他手上递。旁边曹副书记动作快，把鱼竿递给钱如水，从随身包里掏出手机，双手呈到聂老手上。

手机显然是聂老的。还是老秘书了解老领导。李见好这么想着，只见聂老熟练地启动手机照相功能，或前或后，或立或蹲，对着远山近水拍摄起来。

聂老还有这个雅好，怪不得钱如水要选如此漂亮的地方来请钓。李见好一副饶有兴致的样子，追着聂老，看他照相，一边说："想不到聂老还是个好色之徒。"钱如水说："聂老可不是一般好色，是超级好色。"

德南人"色""摄"不分，好色云云，实乃好摄之谐音。聂老自然听得出，说："我一辈子没啥爱好，也就好点色呗。"又说，"这个地方山青水秀，随便怎么拍，都可拍出上佳作品。"

聂老拍得正起劲，水里有了动静，鱼漂开始悄悄往下沉。曹副书记看得真切，却不去抢聂老风头，没放弃自己手上钓竿，只是嘴里喊道："吃钓啦，吃钓啦！"聂老闻声，赶紧将手机丢给旁边的李见好，箭步上前，抓过钓竿，慢慢收线。是条不大的鲤鱼，劲却有些大，活蹦乱跳的。水库里的鱼活动范围广，比塘里鱼有力气。

容不得钩上的鱼撒野，李见好抓过墙边的网兜，上前一把捞住，紧紧抓牢鱼鳃，小心取下钓钩。钱如水提来盛了清水的木桶，让李见好将鱼放入桶里，说待会儿烹了吃。

开了头，鱼好像结了伴似的，又接连有好几条上了聂老的钩。曹副书记没聂老手气好，老半天才钓上一条，还是条小鲫鱼，与聂老的鲤鱼没法比。

鱼给面子，其间聂老只起身去拍过两次照，其余时间都守在钓竿旁，专注于水面鱼漂。没过多久，又有鱼咬钩，劲还蛮大，拖着鱼线往深水里钻。估计是条大鱼。越有劲的大鱼，越不能急着收线，相反要适当放线，先让鱼在水里折腾个够，慢慢消耗体力，再伺机收线。否则你太用劲，鱼一挣扎，扯断钓线，就白忙活了。

聂老经验老到，跟钓线那一端的鱼周旋了好一阵，感觉鱼劲渐渐变小，才往回收线。线收得差不多了，鱼快出水面时，发现确实不小，起码有十多公斤。楼上人都欢呼起来，祝贺聂老钓到大鱼。聂老却不敢掉以轻心，动作比较节制。试着起了几次钓竿，钓竿都弯成了弓，也没法把鱼拖出水面。还是李见好闪到栏杆外，将网兜伸进水里，才配合着把鱼捞起来。

谁知网兜离开水面不远，兜里的鱼一阵狂蹦，李见好手上一沉，身子失去平衡，头下脚上，翻出栏杆。可李见好不愿松手，一用力，把网兜甩到楼上，人则扑通掉到水里，像扔下一个炸弹，炸得水花四溅。楼上众人见状，惊得目瞪口呆，聂老更是吓得不知如何是好，嘴里连连说："怎么办，怎么办？要不要打 110？"

天远地僻的，110 哪来得了？就是来得了，待他们赶到，李见好只怕也灌满一肚子水，早成了水底鬼。聂老主意太没水平，钱如水没听他的，笑笑道："不用 110，李见好自己会上来的。"聂老说："这么深的水，他怎么上得来？现在还没人影，只怕已沉到了水底。"钱如水说："放心吧，咱们读中学时，李见好当过全校游泳冠军。"

果然李见好很快浮出水面，捋一把头发上的水，朝楼上人笑着挥了挥手。众人这才松下一口气，喊李见好快上岸，冻病了可不是闹着玩儿的。

李见好展开双臂，几下划到楼柱下，出水上楼。众人围上前，问水凉不凉。李见好才说个"不"字，一连几个喷嚏，惊天动地。聂老忙说："山里水库，水又深，能不凉？"脱下自己外套，要往李见好身上披。李见好不干，说："聂老不能脱衣，冻着您不好。"

正在推让，老板娘找出一套棉毛衫，要李见好换下。

进屋换了棉毛衫出来，几位都望着李见好笑。棉毛衫小了点，有些紧身，尤其是裤裆太小，前面显得很突出。正好老板娘和两个女儿进屋烹鱼去了，钱如水开他玩笑说："都说冷水洗卵，越洗越短，你怎么还那么趾高气扬？"

李见好低头看看，忙松松裤头，往下扯扯，才显得没这么打眼。

老板娘很快做好饭菜，让两个女儿端出来，摆上桌子。主要是聂老和曹副书记钓的鱼，鲜美可口，比平时吃的鱼味道不知好到哪里去了。外加山菌、土鸡和农家猪肉之类家常菜，也是山外吃不到的美味。聂老连说好吃，又觉得李见好舍身捞鱼，精神可嘉，特意给他夹坨鱼肉，说："小李今天辛苦了，不是你，大鱼肯定到不了手。"

钱如水开玩笑道："幸亏聂老钓上大鱼，不然李见好早被大鱼吃进了肚子里。"李见好说："也太夸张了吧，我这百多斤，一条二十多斤的鱼吃得下去？"

也是高兴，聂老又关切地问李见好道："小李部队转业多久啦？"李见好信口说："有五六年了。"聂老又问："现在做什么工作？"李见好说："也是我车开得还可以，部队首长很满意，一高兴，送我去军校学了几年土木，回地方后做了工程监理师。"聂老说："工程监理师好哇，现在国家建设事业大发展，正是你发挥作用的好时候。"

钱如水趁机接话说："见好这次只怕要失去发挥作用的机会了。"聂老说："这是怎么回事？"钱如水说："见好现系安平监理公司监理师，前不久通过公开竞标，做上德都绕城高速二监理处处长，合同都已签下来，队伍也已组建好，不想有人端出前些年德江四桥建设中概算变更的旧事，以安平公司协同施工方作假套取国家建设资金为由，举报给要害部门，想把安平公司德绕高速监理资格给拿掉。"

聂老咽下口里的菜，说："套取国家建设资金属违法行为，人家举报得没错呀。"钱如水说："事实是安平公司没有套取国家建设资金。"聂老说："那人家怎么还举报呢？"钱如水说："建设领域概算变更其实是很普遍的。建设工程尤其是高速公路桥梁涵洞之类大型工程，概算做得再详细，也存在不少不可预知的因素，加上建设时间长，材料人工等开支不断上涨，按最初概算算账，施工方肯定承受不了，依据施工实际情况和物价上涨原因适当变更概算，属常规做法，合情合理也合法。"聂老点头说："这也说得过去。知道举报人是谁不？"

钱如水不想包打包唱，伸出桌下的脚，踢踢李见好。李见好忙说："咱们同行，叫永顺监理公司。也参加过德绕高速监理项目竞标，因资质和业绩与咱们没法比，才被竞了下去。"聂老说："原来是同行生嫉妒。"李见好说："还不仅仅是嫉妒，将咱们弄下去，永顺公司就可把监理项目接过去。"

聂老哦一声，别过头，问低头不语的曹副书记："这事你清楚吗？"

要害部门的人已进驻路桥公司，曹副书记能有不知？他点头说："派人下去前，要害部门常委开会议过安平公司的事。"聂老说："调查得怎么样？"曹副书记说："还没结论。"聂老说："这事一定要严格调查清楚，安平公司有问题就查问题，没问题还人家一个清白。"曹副书记点头说："是是是，我回去督促一下。咱们不能放过一个坏人，也不能冤枉一个好人。"

这话听上去等于没说，李见好心里不免有些忐忑。

饭后李见好换下快晾干的湿衣服，老板娘母女仨也已备好装满山珍野味的食品袋，送各位登上游艇。来到水库下游，离开游艇，钻进丰田，慢慢赶回城里，天色尚早。曹副书记临时有事，住地也最近，先送他回家，再送聂老。

时值周末，聂老不回省委大院，上城西大儿子聂守谷家去团聚。这是一个叫作水西走廊的高档小区，里面大都是别墅群，只小区后面有几栋高楼，在晚霞的辉映下，显得幽雅而宁静。小区里面又有小区，七弯八拐，终于到得一座独栋别墅前。别墅大门高大气派，两边蹲着两尊石狮，张牙舞爪的。

听得响动，聂老夫人迎出来，将几位请入大门。钱如水和李见好放下聂老的渔具和食品袋，喝口保姆递上的茶水，在花园里绕了半圈。花园挺宽阔，估计不下八百平方米。前有凉亭，后有草地，边上还栽了好些树木，诸如丹桂、紫薇、杨梅、红豆杉，不一而足。

告辞聂老，两人回到车上，李见好脑袋里还抹不去聂家别墅，忍不住问道："刚才我还看到几株红豆杉，一定很贵吧？"钱如水说："不便宜。"

钱如水说："从实用角度说，红豆杉属于健康树，不仅净化空气，皮肉叶都可入药，对肾亏、肝炎、肺炎、高血压、糖尿病、胃溃疡、骨质疏松，甚至癌症等多种病症，都有较强疗效。"李见好说："有这么神奇吗？那家家种上红豆杉，医院可关门了。"

他又想起钱如水也做园林，说："聂家花园是你下面的公司做的吧？"钱如水说："正是。下次你买了别墅，花园也交我做。"李见好说："我下辈子买别墅，再请你。"钱如水说："要等什么下辈子？把德绕高速监理项目弄下来，买栋别墅没问题吧？"李见好说："我可没这奢望。"钱如水说："不是说只有想不到的，没有做不到的吗？要有理想嘛。"李见好说："行行行，咱树立远大理想，赚栋别墅回来，请你做花园，就像聂家一样。"

说着已回到省委大院门口。李见好对此行效果还有些存疑，下车前提示钱如水道："饭桌上曹副书记的话好像听不出什么倾向。"钱如水说："要什么倾向？"李见好说："他没说帮咱呀？再说聂老的话也挺原则，有问题就查问题，没问题就还人清白。如今跟官方合作做事，谁能保证百分之百的清白？"

钱如水笑起来，说："你的跳水动作表演得这么棒，还怕聂老对你的事不上心？"李见好说："说话没良心，咱差点葬身鱼腹，你还说是表演。"钱如水说："动作那么到位，不是表演是什么？就是专业跳水运动员，恐怕也不会跳得这么优美。"李见好说："好好好，你说表演就表演，你说优美就优美。"

李见好迈出丰田，朝仍停在原地的帕萨特走去。

回到德南大学还早，想起已有一阵子没见易居白，去了他工作室。易居白正在茶几前泡工夫茶，对面坐着一个人，李见好觉得有些眼熟，细瞧是有过一面之识的中国公路基建第八工程公司毛发家。毛发家也认出李见好，起身跟他握手，将他让到旁边座位上。

喝口易居白泡的工夫茶，李见好对毛发家说："据德绕高速公路的人透露，基八公司好像已竞标成功，毛处会不会到项目部去？"

毛发家有些不愿开口似的，迟疑片刻才说："可能会去吧。"李见好说："应该祝贺啊。"毛发家哼一声："一个副经理，有啥好祝贺的？"

项目部属经理负责制，副经理没啥实权，不过跑腿打下手，纯粹是个打工仔，怪不得提到这事，毛发家老大不高兴。记得易居白说过，毛发家是冲着项目部经理去的，还拉栾俊杰出钱活动，怎么会事与愿违呢？是栾俊杰不肯出钱，还是钱出得少，被人家盖了下去？

这是人家公司里的事，李见好不好多问。直到毛发家走后，才从易居白嘴里得知，栾俊杰投了不少钱，公司领导也有意让毛发家做项目部经理，不想有个姓严的家伙插一竿子进来，生生把经理位置夺走，领导为给毛发家一个交代，让他做了副经理。毛发家不知该不该去，才跑来征求易居白意见。李见好问道："你建议他去还是不去？"

易居白用茶夹夹开毛发家用过的茶杯，说："我建议他还是去，说不定哪天姓严的出车祸或被工地上的石头砸死，他可以顶上来。"李见好笑道："有你这么出主意的吗？要是姓严的没出车祸，也没被石头砸死呢？"易居白说："再想别的办法。"李见好说："别的什么办法？"易居白说："我又不是刘伯温，前知五百年，后知五百年。"李见好说："修条高速公路，也就四五年的样子，项目部还不用搞这么久，哪要等五百年？"

第十二章
监理处的新气象

没过几天，要害部门撤走派驻路桥公司的调查人员，永顺公司掀起的小小风波就这样过去了。德绕高速监理二处搬入白沙镇芹芹妈家，正式启动各项监理准备工作。德绕高速建设公司下拨的启动资金也已入账，办公用品、交通工具、检测仪器等硬件设施陆续购进，监理处新址新物新气象，兵强马壮，上下一心，正好大干一场。

监理处分设合约部、技术部、检测室、行政监察室及负责财务后勤的办公室。员工由两部分人组成，一是安平公司监理五部原班人马，二是临聘监理工程师，共计四十多人。硬件和软件全都到位，李见好让副处长杨天明通知各位到会议室开会，布置工作。

会议室不大，四十多人正好坐得下。第一个会议意义特殊，杨天明吩咐办公室秘书郁碧柳，准备烟茶水果，慰劳大家。郁碧柳大学所学专业与监理毫不相干，李见好看侯忠民面子，招进来做文秘和后勤工作。好在郁碧柳文笔尚可，公文起草，上传下达，没任何问题，加上人也机灵，办事麻利，秘书岗位倒也适合。

众人陆续到齐，杨天明大声宣布开会，请李见好做重要指示。掌声过后，李见好说：“不叫指示，叫交心通气，工作布置。在座各位都是监理业界精英，从大处说，要对国家和政府负责，不辱国家建设项目质量使者和安全卫士使命；从小处说，要对业主也就是德都绕城高速公路建设开发有限公司负责，监理好施工单位的每一项生产和作业，包括每一批材料，每一道工序，保证不出任何质量和安全问题，否则就会成为千古罪人，成为不齿于人类的狗屎堆。所以大家要牢记十个字：质量高于天，安全重于山，并扎扎实实落实到每一项具体工程监理业务中去，确保国家工程质量不出任何差错，确保人民生命财产安全不受任何损失。”

李见好中气十足，声音却不高，娓娓道来，颇具感染力。说完监理工作的意义和责任，慢慢喝口茶，接着强调队伍建设："监理处属于临时机构，因德绕高速公路建设事业，大家走到一起来，住到一个屋檐下，就成了一家人，大家要珍惜这个缘分，像兄弟姐妹一样，坦坦诚诚，开开心心，共同处好每一天，过好每一刻，把监理业务做好做到位，争取在漫长的人生过程中，留下最为光彩荣耀的一笔。"

最后李见好才过渡到具体工作上。依据德绕高速公司总监办要求，监理处当前主要工作就是根据整个项目建设方案，精心编制监理计划和细则，审查监理范围内承包人的施工设计，审核工地试验室，检查质量、安全和环保等保证体系。工作千头万绪，繁杂琐碎，李见好按监理工作职责，进行具体分工，责任到部室，让每个人都有明确的工作目标。

布置完工作，又听取了各部室负责人意见，李见好对做记录的郁碧柳说："你把刚才我的讲话和各负责人的意见梳理一遍，加进监理工作目标考核办法里，先交我过目，再以处里文件形式下发各部室，今后各部室就按目标考核办法开展工作，处里则按办法对大家的工作进行综合考评，该奖的奖，该罚的罚。"

郁碧柳动作快，第二天就拿出融入李见好讲话要点和部室负责人意见的目标考核办法，送进处长室。李见好稍作修改，再让郁碧柳打印成文，分发到各部室。正好德绕公司召集监理工作交底会，李见好带上目标考核办法，驾驶刚提回来的原装进口大众越野车，带领杨天明和几位监理主管，赶赴德绕公司。

交底会放在德绕公司大会议室召开，公司中层以上干部、各监理处正副处长和监理业务主管、各合同段项目部负责人都到了场。会议由公司党委书记史学军主持，总监马步高布置监理工作，最后总经理冯以真做重要指示。三位讲话内容无外乎质量管理、安全生产、进度要求、环保措施几大项，外加逢会必讲的廉政建设。油水厚的地方太滑，容易跌倒，高速公路建设工程又是用大钱办大事的地方，腐败在所难免，高管系统每年都要抓些人进去。具体到德绕高速，投资规模大，质量要求高，又在省委省政府眼皮底下，交通厅和高管局领导一再敲警钟，坚决不能出腐败问题，到时抓人事小，影响党和政府形象事大。

会后杨天明带着几位监理主管，去与相关施工单位衔接工作，李见好拿着目标考核办法，面呈冯以真和史学军，问几句好，然后走进总监马步高办公室。马步高显得很冷淡，正眼都不看李见好。李见好敬上软壳大中华，他也不接，却掏出硬壳大中华，叼到嘴上，点了火，深吸一口，喷两管烟出来，把自己裹进浓雾里。领导抽惯好烟，不抽你差烟，还讲得过去，大中华软壳比硬壳好，马步高不接软壳，却当你面抽他的硬壳，不是故意要你难堪吗？

主人不欢迎，李见好只得知趣点，说声："马总您忙，不打扰了。"放下目标考核办法，尴尬着退到门口，溜之大吉。又到各有关业务部室转了转，走出公司。杨天明几位已衔接完工作，正在坪里抽烟说话，等候李见好。

上车后，见李见好一声不吭，副驾上的杨天明小心道："从公司出来时，就见李处脸色有些难看，没谁惹你生气吧？"李见好愤然道："马步高这小子，不知哪里得罪了他，理都不肯理我。"杨天明说："可能与永顺监理公司有关吧。"

李见好有些疑惑，说："是老跟咱们较劲的永顺公司？"杨天明说："就是他们。"李见好说："怎么走到哪里，都躲不开永顺公司？"杨天明说："我与施工单位衔接工作时，有两个朋友提到永顺公司老总方早霞，说她有马步高这样的靠山，也没竞上德绕高速监理项目，确实有些出乎意料。"李见好说："马步高是方早霞什么人？"杨天明笑笑说："她上面人。"

心里正烦着，李见好一时没反应过来："上面人？什么上面人？"杨天明说："上面人就是上面的人。或者说马步高是方早霞上面人，方早霞是马步高下面人。"

李见好无意玩笑，说："他们搞在一起，跟咱又有啥关系呢？"

杨天明又暴粗口："方早霞甘愿做马步高下面人，肯定不是马步高卵比人家大，是看中他德绕高速总监身份，想通过他弄个监理项目干干。比较起来，能竞上德绕监理项目的公司都不是吃素的，只咱们公司相对弱势一些，马步高就想着拿掉咱们，把项目交给方早霞。结果没能如愿，眼睁睁看着咱们竞标成功，马步高心里肯定不舒服。不舒服还在其次，主要是方早霞那里不好交差，只得动用另一粒棋子，搬出德江四桥监理旧事，企图把咱们打压下去。"

"还有另一粒棋子？是什么棋子？"李见好偏过头，望眼杨天明。杨天明说："李处知道童昌盛来历吗？"李见好说："跟童昌盛有关吗？"杨天明说："有关，童昌盛是马步高表侄。"李见好说："怎么没听说过？"杨天明说："童昌盛是马步高直接找到孙再坚，孙再坚点头放进公司的，不然这小子也不可能这么快做上经营部副经理。孙再坚风格您也知道，公司大事小情都他一张嘴说了算，公司进个人，其他职工自然不可能知道底细。"

不用杨天明多说，事情已很明了：童昌盛是马步高表侄，方早霞是马步高下面人，马步高给方早霞弄德绕监理项目没得逞，又指使童昌盛复印德江四桥监理资料，举报到要害部门，想拿掉安平公司德绕高速监理资格，不意李见好通过钱如山，取得聂老支持，最终要害部门撤走进驻路桥公司的调查人员，马步高没能如愿，自然对李见好恨之入骨。

一路上两人再没吱声。回到白沙镇，下车前李见好才吩咐杨天明道：“明天召集各位监理师碰个头，贯彻一下交底会内容，再分赴各合同段项目部，熟悉熟悉工作环境。”杨天明应承道：“我这就通知大家，包括外出的监理师，今晚一定赶回来。”

翌日上午碰过头，分别由李见好与杨天明带队，监理师们挤上大众越野和帕萨特，奔往二监理处监理范围内各合同段项目部。都是些乡间土路，或正在开挖的施工毛路，走到哪里都坑坑洼洼，高低不平，一路上车子摇摇摆摆，前仰后合，像喝醉酒似的。喝的还是高度酒，酒劲发作得厉害，一蹦数尺高，就似醉汉发酒疯，没法自控。

监理师们常年在外监理工程，不是第一次跑这样的路，倒也不以为意。还开李见好玩笑：“有这个驾驶水平，李处完全可以参加国际越野赛，保证冲出亚洲，走向世界。”另有人打趣道：“冲出亚洲没关系，李处小心点，别冲出马路。”

几位下意识看看路外深沟，说：“李处车技好，又是进口大众，质量过硬，咱们只管放心，李处只冲出亚洲，不会冲出马路的。”有人接话说：“李处冲出亚洲，谁领导咱们监理德绕高速公路建设工程？”

“领导监理容易，实际做监理难，谁都可领导你们。”李见好紧握方向盘，死死盯住车头路面，生怕一不小心翻到路边沟里。谁知路面太窄，还是没法躲过横在路中间的大坑，大众越野猛地一颠，将车上人高高抛起，撞得车顶砰砰作响。

多数合同段项目部正在搭建工房，没时间废话，李见好把主管监理师介绍给项目部相关负责人，交换完意见，留下联系方式，又上车奔向下一个目标。只丁胜天的 12 合同段项目部动作最快，已搭建好工房，还留李见好几个吃了个工作餐。

这样跑了三天，该跑的地方都跑到，回到监理处，一个个筋疲力尽，全身散了架似的，站都快站不稳了。杨天明他们也刚进屋，本想两路人马坐到一起，互相通报一下情况，大家都累了，只好改到第二天。“反正明天太阳还会升起，不会躲着不见人。”李见好还开了句玩笑。

第二天没见太阳，是个阴雨天，正好安心坐到会议室，从从容容谈情况，议工作。不想阴雨缠绵，时小时大，连续数天不停不歇。工程建设看天行事，天气不好，开不了工，监理师们没必要下去，只能躲在监理处做些别的事情，打牌下棋，上网看电视，消磨时光。

直到周末午后，雨才渐渐收住。李见好接到德绕公司办公室胡主任电话，问李见好明天上午在不在处里，他陪三大巨头下来看看。

胡主任话里的三大巨头就是总经理冯以真、党委书记史学军和总监马步高。

所谓看看，是胡主任的谦辞，办公室主任陪三大巨头下来，自然是检查指导工作。李见好把郁碧柳叫进处长室，说："明天冯总他们要来，马上准备个汇报材料，内容就是监理处成立以来几项主要工作。也不用太长，两千字左右吧。"

郁碧柳答应着，转身要走，李见好又叫住她："领导来一趟不容易，准备些好烟好茶，买些时鲜水果回来。另外吩咐食堂，明天中午伙食给我搞好点。"

"坚决执行，严重照办！"郁碧柳笑嘻嘻道，扭腰摆臀，风扶柳般旋出门去。照办就照办，还严重照办，不是数学课上跟体育教师学的语文吧？可你不是语文老师，没纠正人家语病的义务。也许80后90后都这么说话，略带夸张和变形，更能加深听者印象，若中规中矩，完全符合中学语法规定，像无盐无油的干菜帮，就太没滋味了。

听着郁碧柳橐橐足音小下楼去，李见好起身上了卫生间。处长室位于二楼东头，旁边是卧室，卫生间就在卧室后面。乡下什么都好，就是洗澡和如厕两样不方便，李见好特意让杨天明请人改建了男女厕所和公共澡堂。李见好是处长，自然不能混同于普通职工，杨天明又在他卧室后面加个卫生间，洗澡上厕所不用往外面跑。

卫生间窗口正对屋后小山，李见好小解时，可望见山上的青竹和杂树。还有杂树丛中红色的茶花，紫色的羊角花，刚被雨水清洗过，显得格外艳丽妖娆。乡居的妙处就在这里，抬眼所见，到处是竹木和花草，不像城里处处水泥建筑，就是路旁植上绿化带，也成天蒙着厚厚的一层灰尘，花容失色，卉姿无光。

走出卫生间，手机响起，池小燕说："我已请装修公司设计师到爱丽舍跑了两趟，给我家房子做过测绘，图纸马上出来。你抽空回来一趟，确认一下图纸，签过字，就可动工了。"李见好说："你签字就行啦，我这里忙得屁眼冒烟，哪回得去？"池小燕说："你是家长嘛，你的字值钱，人家只认你的字。"

签了字就得付装修首付款，说字值钱也没错，不然池小燕也犯不着打电话要自己回去签字。李见好只得答应，这几天回去一下。反正也不远，开车不足一个小时就可到家。

打完电话，快到晚餐时间。吃过饭，太阳还挂在山顶上，像只刚点亮的红红的灯笼。杨天明他们去工会活动室下棋打牌，或猫在宿舍里聊天看电视，李见好回屋洗个热水澡，将换下的衣物扔进塑料桶，泡上肥皂粉，甩手下楼，独自出了院子。院前有两条路，一条水泥路，是近年全省“村村通”工程成果，通向外面世界；一条石板路，嵌在田野之间，曲曲弯弯，连接镇里镇外人家。田里禾苗青青，蛙鼓齐鸣，好不热闹。田野上空炊烟如缕，归燕呢喃着，上下翻飞，朝各自屋檐隐去。

李见好喜欢这种乡间野趣，喜欢轻松的乡居生活，也因此特别乐意躲在监理处，能不回家就不回家。也怪不得，李见好来自乡下，最诗意的记忆都留在乡间，寄居德都十多年，还是觉得乡下好。还曾自嘲，自己是城里的乡下人。这恐怕也是李见好争取出来做工程监理的重要动机，不仅仅为赚钱养家，还款装修房子。

走走停停，慢慢来到山前。虫声入耳，清风盈袖，空气中散发着阵阵草木芬芳，让人陶醉。红茶花开得灿烂，犹如大姑娘的笑，热烈，大胆，放肆。紫色的羊角花摇曳着，像用方言唱出来的情歌，羞涩而暧昧。招惹得李见好心里痒痒，离开石板路，向开着羊角花的树丛钻去。羊角花生命力强，摘几株回屋，插进水瓶里，可开上好多天。

到得羊角树下，娇艳无比的紫花近在眼前，李见好却犹豫起来，有些不忍下手了。美好的东西经不起摧残，羊角花再有生命力，离开羊角树，也容易枯萎。可人的占有欲实在太强，这么漂亮的羊角花伸手可触，不折几枝回去，实在难受。再说野外不是城里公园，羊角花到处都是，没必要这么小资情调，李见好还是摘下几株挂着花苞的羊角枝，钻出树丛。

回到监理处，夜幕已开始悄然降临，楼上楼下各处窗户都亮了灯。杨天明他们还在工会活动室里折腾。院里也有人影，三三两两，聚首闲聊。见李见好怀抱羊角枝进来，上前笑道：“李处好浪漫，一个人出去拈花惹草。”

说话人叫文武斌，是特聘的主管监理工程师，业务能力强，从前李见好在外做监理时就合作过，彼此蛮熟悉，说话随便。李见好摊摊怀里羊角花，说：“哪儿有草？最多也只能算拈花嘛。”文武斌笑道：“拈花和惹草是连在一起的，喜欢拈花的人自然也喜欢惹草。”

撇开文武斌几个，来到楼上，转过楼角，有人在屋檐下晾衣服，细瞧原来是郁碧柳。见李见好走近，郁碧柳打声招呼：“李处回来啦。”李见好点一下头，算是回答，心想这女孩也是的，到处都有晾衣服的地方，非跑处长室外面来晾。

进屋开灯，将羊角枝放到墙角茶几上，去卫生间方便，才发现塑料桶已不见。

原来郁碧柳晾的正是李见好的衣服。监理处办公室有处长室钥匙，与处长室相连的卧室有门没锁，郁碧柳进出方便，趁他出门不在，进来帮他洗好衣服，晾到了外面。

方便过后回到处长室，刚好郁碧柳晾完衣服，进来放塑料桶。一眼见着羊角花，不禁惊喜道："李处还摘了花回来，是送给我的吧？"

人家义务帮你洗衣服，感谢显得生硬，说句漂亮话也应该，李见好说："你自己就是一枝花，还用得着别人送花吗？"郁碧柳乐道："李处就是会夸人。"李见好说："不是夸人，是大实话，女人如花嘛。"

郁碧柳嘟着嘴巴，娇嗔道："领导这么说，我可有意见啦。"李见好说："说你如花也有意见？"郁碧柳说："你说女人如花，又不是说我如花。我还是女孩嘛，你说我是女人，今后我怎么做人？我提个不成熟的意见，你这是官僚主义，不了解下情。"

李见好笑笑道："又不是什么下情都可随便了解的。好好好，怪我官僚主义，我改正，不说女人如花，说女孩如花，总可以了吧？"郁碧柳也笑道："女孩如花也不妥，听去好像不怎么顺口。"又说，"女人靠养，花也靠养，我去弄个花瓶，给你把羊角花养起来。"

这个时候到哪去弄花瓶？郁碧柳转上一圈，在屋后找着个大竹筒，抱到处长室，将羊角枝插到竹筒里，倒上半筒水，端到靠窗的图纸台上，小心扶正。监理师审核完施工单位的工程图纸，得交李见好最后签字生效，工程图纸尺幅都不小，杨天明特意在处长室里摆了张又宽又大的图纸台，与监理师们的图纸台一模一样。

郁碧柳退后一步，对着羊角花端详一会儿，觉得还不够，又去卫生间接半勺水，浇在花苞上，一边笑笑道："李处真会采花，一看就是采花高手。"

这话更容易产生歧义，李见好说："别乱说，人家听去，还以为我是好色之徒。"郁碧柳说："好色之徒也没错呀，花以色媚人，或红或粉，或白或紫，好花不是好色，又是好什么？"李见好说："照你这么说，好花就是好色，采花就是采色咯。"

"采花采的当然是色，这是毋庸置疑的。"郁碧柳咯咯笑道，"不过我说你是采花高手，主要是你不仅爱花，也还懂花，知道花在将开未开之际，采回屋里，可养上较长一段时间，可见证由含苞欲放到吐蕊初绽，再到华丽盛开的全过程，不像正开的花，最生动最炫目的花期将过，没几天就会谢掉，太可惜。"

与郁碧柳胡侃，倒也有趣。如今女孩见多识广，能说会道，做个聊伴，确实合格。只是彼此属上下关系，话不能说得太出格，李见好岔开话题道："吩咐你的汇报准备工作做得如何啦？”郁碧柳说：“领导放心，该做的准备已做好。”

李见好认可道：“那就好，辛苦你了。”

听李见好口气，也该走了，郁碧柳略有不舍地说：“打扰了，领导注意休息咯，累坏身体，人民群众会心疼的。”李见好说：“谢谢，我会注意。”

看着郁碧柳带上门出去，李见好忽然想起什么，把杨天明叫来，说：“你马上进趟城，买两捆宣纸回来，再购几支好笔，选几瓶好墨。”

杨天明看看窗外夜色，说：“已这个时候，文具店早打烊关门，到哪儿购去？”李见好说：“普通文具店肯定早关了门。德江边有文玩一条街，你去过吧？那里好多卖宣纸和笔墨的店子，有些店主会在店里过夜，你一家家敲过去，总有敲得开的。”

宣纸笔墨又不是救心丸，这么晚了，非得进城购买不可吗？杨天明心里嘀咕，又不好多问，只得拉上文武斌，钻进帕萨特。

听得帕萨特驶出监理处，李见好打通胡主任电话：“明天上午什么时候能到？”胡主任说：“几个监理处都得跑，先上一监理处，再去你那里。”

进了一监理处，没吃中饭人家肯定不放手。说是吃饭，酒是少不了的。喝到三四点，再到白沙镇来，肚子饱着，再好的酒菜只怕也吃不出味道了。李见好就说：“二处近一处远，怎么舍近求远，先跑一处？应该先来二处。”胡主任说：“冯总的意思，我可做不了主。”李见好说：“你是大主任，冯总还不听你的？咱们这里一切都已准备好，烦请胡主任妥善安排，先来二处。”胡主任笑道：“李处这么客气，我请示请示冯总，看他怎么说。”

跑下面监理处，谁先谁后不是什么原则性问题，办主任说先跑二处，难道冯以真还会较劲？李见好心里这么想。

第十三章
三巨头视察监理处

果然隔日上午九点左右，冯以真几位就到了二监理处。三台车四个人，冯以真的车由胡主任驾驶，史学军和马步高都是亲自驾的车。其实三大巨头都有自己的专职司机，下来检查工作，不带司机，自然是有考虑的。

车才停稳，李见好和杨天明几位就奔过去，迎住三大巨头。冯以真和史学军满面春风，只马步高青着一张脸，目不斜视，跟李见好握手，手指在他手心挨一下就抽了回去。

走进会议室，恭候已久的监理处全体员工一齐起立，用热烈掌声欢迎三大巨头的到来。会议室不是蛮大，却布置得很整洁，烟茶不缺，果品芬芳。小小圆桌中间竖了两个竹筒，插着一红一紫两束鲜花，给会议室平添不少彩气。不用说，红的是茶花，紫的是羊角花，是郁碧柳昨晚在李见好那里受到启发，早上临时到山前弄来的。

还没落座，冯以真就注意到了桌前竹筒里的鲜花，说："想不到李处还蛮有情调嘛，将个会议室布置得这么姹紫嫣红。"

李见好瞧眼正在分发汇报材料的郁碧柳，说："咱这荒郊野岭的，没什么好奉献给各位领导，只得就地取材，备上两束山花相迎。连像样的花瓶都没有，只好拿竹筒对付，冯总你们不嫌弃，就是看得起咱们啦。"冯以真说："这挺好啊，有风格，有特色，不像平时大会小会见过的塑料花，花瓶再好再高级，也是假冒品，毫无生气。"

得到冯以真赞扬，李见好汇报起来也就激情满满。眼睛不怎么看材料，不时瞟瞟在座各位，或望望窗外绿色原野。材料属于道具，是用来做样子的，表示对汇报的重视，对领导的尊重。同时也省得领导记录，反正主要汇报内容都在材料里，只不过汇报人用自己的话重新表述过，听起来更生动，更近人情，不像照本宣科那么生硬古板。

听完李见好汇报，三大巨头分别做指示。冯以真给二监理处以充分肯定，还提了几点希望。史学军也很满意，从政治高度谈了监理工作的重要意义。马步高本是监理业务主管领导，该做的指示应该更多，却轻描淡写，只应付式说了几句。

发完话，三巨头一起走出会议室，由李见好和杨天明陪同，视察各部室和检测中心。最后来到处长室，参观李见好的生活和工作环境。见图纸台前也有一束羊角花，冯以真说："二监理处有意思，走到哪都山花烂漫。"

又看过墙上监理目标责任图，郁碧柳进来泡好茶水，李见好将几位让到茶几旁的沙发上，喝茶聊天。不好影响领导说话，郁碧柳给各位杯子续过水，放下水壶，朝门口走去。李见好追到门外，把她拉到一旁，说："礼品准备好没？"

郁碧柳点头嗯一声，转身要走，又轻声说："还没走财务手续呢？"李见好说："财务手续过后再补，反正我认账就是。"

望着郁碧柳朝走廊西头财务室走去，李见好才回到处长室。冯以真说："见好你色胆不小嘛，将这么年轻漂亮的女孩放到身边，不怕夫人打上门来，兴师问罪？"李见好说："能不怕吗？可没办法，美女属稀缺资源，没招个把美女到处里，上级领导会下来关心咱们吗？"

冯以真指着李见好鼻子，说："你这小子，自己色胆包天，还把借口往上级领导身上推。"

李见好嘻嘻笑着，从书柜里拿出宣纸，摊到图纸台上，请三巨头挥毫泼墨。旁边的杨天明这下才终于明白过来，为啥昨夜那么晚了，李见好还要支使他进城买宣纸笔墨，原来今天上午要让三巨头一展身手。

冯以真没有书法爱好，说："咱们都是粗人，只知铺路架桥，哪会挥什么毫，泼什么墨？"李见好说："不是说文化搭台，经济唱戏吗？经济离不开文化嘛。前次交底会上史书记还说要加强高速文化建设，挥毫泼墨也是文化建设手段之一，我才特意准备了文房四宝，恳请领导留下墨宝，鼓励鼓励监理师们，安心建设一线，做好监理工作。"

听李见好如此说，史学军来了兴致，说："我先献丑吧，各位不要见笑哦。"握笔于手，在宣纸上写下六个大字：路修好，人不倒。

看得出史学军练过字，多少有些书法功底。他又主管思想政治和廉政建设工作，见多了高速系统路没修好人先倒下的现象，题写这六个字，倒也符合身份，寓意深远。李见好带头鼓掌，说："史书记书法了得，作品意思也非常深刻，对咱们是个莫大鞭策。"

这一下冯以真的兴致也被激发起来，要过笔，说："我没什么理论，只知干活，就写两句实话吧。"动手写下两句话：逢山开路，遇水架桥。

字一般般，比不上史学军，有点像冯以真自己的钢笔字，作品内涵倒也符合德绕建设公司老总角色。李见好免不了又是一番恭维："冯总这八个字耐看中看，力透纸背，气势如虹，充分体现了冯总的大将风度。上下两句词性对应，平仄相契，节奏感非常强，像雄壮的进行曲，寓意着高速公路建设事业的高歌猛进！"

剩下马步高，写也不是，不写也不是。写吧，实在不想迎合李见好这小子。不写吧，老大冯以真和老二史学军都已写过，你老三不紧跟老大老二，他俩肯定会有什么想法。

其实李见好要三巨头写字，主要是冲着马步高来的。在德绕高速上做监理，打交道最频繁的就是总监马步高，跟他关系太紧张，好多事情都不好办。昨晚想起他要到处里来，李见好就琢磨着应该抓住这个机会，跟他套套近乎，改善一下关系。马步高喜欢书法，曾自诩交通书法第一人，李见好也在省书画院墙壁上见过他的字，境界一般，却多少有些书法基础，看得出下过一定力气。也许让马步高写写字，展示一下长处，是讨他欢心的最好办法。要写字，得有工具，李见好才让杨天明连夜进城购回宣纸笔墨。

见马步高举棋不定的样子，李见好一旁怂恿道："早知马总是书法大家，不留幅字在咱处里，全处干部职工肯定一千个不答应，一万个不赞成。"杨天明也说："处里办公经费紧张，恳请马总一定写幅字，咱们好拿去卖大钱，补充办公经费，监理好德绕高速公路建设。"

史学军在一旁笑起来，说："早有说法，步高是交通书法第一人。书法第一人写几个字，不是拿手好戏吗？别磨磨蹭蹭的，要写就快写。"

"我在好些地方见过马总书法，以我浅见，马总岂只交通书法第一人？绝对是当今书法第一人。"李见好说着，心里又在想，让马步高写几个字，就企图跟他修复关系，是不是也太幼稚了一点？抬头去瞧马步高，但见他身后不远处，冯以真正背着双手观看墙上的监理职责公示图。李见好心里一动，马步高是马，冯以真又何尝不是马？且是二马，比马步高多一马。也许冯氏祖上是赶马车的，每次车前都会套着两匹马呢。

这么思忖着，李见好脸上闪过一丝狡黠的笑意，对马步高说：“马总姓马，干脆写幅与马有关的字，比如马不停蹄呀，马首是瞻呀，老马识途呀，鞍前马后呀，横刀立马呀，扬鞭跃马呀，都挺好的。”史学军一旁笑道：“还有马失前蹄，马革裹尸，人仰马翻。”

几位都笑。马步高说：“史书记巴不得我马失前蹄，马革裹尸，人仰马翻。”史学军说：“我没这意思，不是给你提供与马有关的好词吗？”

这时胡主任也过来提醒马步高道：“还有两个好词，马总肯定已想到。”马步高说：“哪两个好词？”胡主任说：“马到成功，一马当先。”马步高首肯道：“这两个词还差不多。只是哪个更好呢？”胡主任说：“现在的人不都喜欢成功吗？马到成功更妙。”

李见好提出不同意见：“马到成功确实不错，可作为书法作品，这四个字比较而言动态感不是太强，缺少一定气势。”马步高说：“里面不是有个到字吗？到就是动态呀。”李见好说：“我是说比较而言嘛。再说马总已是成功人士，还说马到成功，是不是马已完成历史使命，到了刀枪入库马放南山的时候？”

这个说法倒也不无道理。马步高想自己正向上走，马放南山还远着呢。还是“一马当先”四个字绝。自己姓马，又是修路的，一马当先就是马在路上跑，跑在最前面，不乏舍我其谁的气概。也就不再犹豫，拈毫在手，龙飞凤舞，几下写就“一马当先”四个字。

书法家到底是书法家，四个字写得精精神神，气势如虹。众人热烈鼓掌，大声称善。却不便过多评价。抬高马步高，不是间接贬低另外两位领导吗？倒是史学军很大度，点头肯定马步高这四个字非同凡响，有机会拿到北京去展出，说不定能得大奖。

听史学军为马步高的字叫好，刚从厕所回来的冯以真也凑过身子，倒看写得如何。光瞧字体，确实还可以，像模像样，有些书法味道。可仔细琢磨字义，好像有些不对劲。马步高这小子也太不知天高地厚，不想想你一马当先，人家不都得落你后头？再怎么你也只能算德绕公司三把手吧，你这么狂妄，一个人冲到前面去，还要不要一把手和二把手！

冯以真有些不乐，眉头皱了皱，扭过头，甩手出了处长室。没谁注意冯以真脸上表情，只李见好看在眼里，忍不住暗自乐起来。

也是得意，马步高还很当回事地盖上自己的印鉴。这就是书法家派头，道具时刻在身，随用随取。李见好说：“有了马总印鉴，这幅书法就完整了。我一定找德都最好的装裱师裱起来，挂到墙上，时而习之。”

热闹过后，中餐时间到，各位去食堂包厢吃工作餐。冯以真到底是做大事的，不再把马步高的“一马当先”四个字放在肚里，谈笑风生，大口喝酒，大口吃肉，显得很豪爽。倒是史学军和马步高要开车，不敢多喝，小抿两杯，就拿茶代酒，应付李见好他们。

冯以真酒兴高，其他人喝不喝酒，都不敢离席，老老实实在桌旁陪着，快下午三点才收场。还要到一监理处去，出得食堂，几位就直奔院里的车子。李见好接过郁碧柳递上的礼品，以误餐费为由，分别塞到四位车上。

望着冯以真他们的车子绝尘而去，李见好低头回了处长室。三幅散发着墨香的书法还摊在图纸台上，尤其是马步高的一马当先，由于字写得好，又盖了印鉴，格外显眼。

此后几天，李见好将监理师们赶下工地后，又处理完处里几件麻烦事，回到德都，将三位领导的字送到易居白工作室，请他帮忙找人裱一下。易居白是篆刻书法圈里人，熟悉装裱行当，答应找最好的装裱师，裱出点水平来。

“你办事，我当然放得心。”李见好说，“把你的账号给我吧。”易居白不知何意：“什么账号？”李见好说：“银行账号呗。”易居白说：“银行账号？”李见好说：“那八万元也该还你了。提现金麻烦，还是过账方便。”易居白说：“你要交按揭，还要装修房子，正在用钱之际，这么急干啥？以后再说吧。”李见好说：“欠债的滋味不好受，尤其见着债主，心里就发虚。想让我在你面前抬得起头来，就告知账号。”

易居白只好拿出银行卡，递给李见好，说：“你自己记吧。”李见好说：“记什么记？”用手机拍下银行卡上的数字，出门找家银行，将八万元打入账号。

正值池小燕在装修公司谈房子装修的事，让李见好赶过去提提意见。李见好还能有啥意见？看几眼装修方案，交出刚给易居白打过款的工资卡，说：“装修首期款应该差不多，你计划着用。”池小燕说：“首期款好几万，卡里数字够不够？”李见好说：“当然够。”池小燕说：“中期款和尾款呢？”李见好说：“不还没到中期和尾期吗？”池小燕说：“不会太慢，合同上已经写明，半年内全部完工。”李见好说：“你只管放心，监理处处长拿的年薪，却按月发放，加上各种补贴，装修套百多平方米的房子应该没问题。”

看来这个监理处处长还真干得，如果李见好还待在公司经营部，哪来这张取之不尽的工资卡？池小燕眉毛直扬，恨不得捧过李见好的脸猛咬两口。大庭广众之下，没法咬李见好，只有打电话回家，对母亲说：“妈，做几个好菜，今晚见好回来吃饭。”

交过装修首期款，两人回到家里，岳母正在厨房煮李见好最爱吃的酸辣鱼。吃完晚饭，还没下桌，有人敲门，一看是池大燕和池苇燕，肩扛手提，大包小包，什么花生呀，黄豆呀，南瓜呀，冬瓜呀，应有尽有，堆满一地。平时姐妹俩上门都两手空空，吃过喝过不过瘾，临走还打扫战场，能拿则拿，不能拿也拿，像上辈子欠她们的。今晚一反常态，破天荒带了东西上门，确实有些稀奇。李见好不解，去瞧池小燕，池小燕说：“找你的。”

怪不得出手这么大方，原来有求于你。一定是池小燕告知你已回家，两个才专门赶过来，不然也不会这么巧。求你估计不为别事，无非要你安排家里草包的工作。

果然顾不得喘上口气，姐妹俩就挤坐到桌边，笑望着李见好，一个妹夫长，一个姐夫短，嘴上涂了蜜似的。见多了她们的横眉冷眼，李见好不太适应这两张脸上变形的笑容，说：“有话直说吧，待会儿我还有事要出去。”

姐妹俩这里你推推我，我推推你，忸怩着不肯开口，李见好手机忽然响起，侯忠民说：“李处在家吧？孙总请您出来喝个茶，可以不？”

这家伙怎么知道我在家？李见好说：“仅仅喝茶？”侯忠民说：“主要是喝茶，同时跟你扯扯童昌盛的事。”李见好佯装不解道：“童昌盛什么事？”侯忠民说：“永顺公司举报安平公司的材料，就是童昌盛搞出去的。咱们查过公司秘密电子眼，有天夜里十二点多童昌盛进过档案室，此后不久永顺就拿到德江四桥监理复印资料，举报到了要害部门。”

公司还装有秘密电子眼，倒是李见好没想到的。幸亏自己没在公司做什么坏事，不然还不全然暴露于孙再坚眼皮底下？这社会真恐怖，走到哪里，背后都有眼睛盯着你。

正不愿待在家里与池大燕和池苇燕费口水，李见好答应侯忠民道：“听侯主任调遣。”

见李见好要出门，池苇燕才鼓足勇气道：“姐夫您也知道，您外甥虎子退学在家，老这么荡着也不是办法，您看能不能到高速公路上给他找个事做做？”

池大燕生怕落下自己儿子，忙接话说：“是是是，高速公路上挣钱快，给你外甥兵兵也安排个领工资的地方吧。”

莫非高速公路上的事那么好做，钱那么好挣？真不知天高地厚。可这事不是说推就推得过的，真推的话，别说池大燕和池苇燕，就是池小燕也不会放过你。别看平时三姐妹不怎么谈得来，一旦到了你李见好面前，就会形成牢固的统一战线，同仇敌忾，共同来对付你。

“我试着找找人吧，成不成，现在还不敢打包票。”李见好没完全答应，免得她们以为事情容易，“修路又不是玩过家家，兵兵和虎子要技术没技术，要力气没力气，谁肯收他们？又不可能跟我去做监理，监理处不是游戏厅，要看工程图纸，要审施工方案，要搞材料检测，不是谁想干就干得了的，我手下的监理师可都是清华同济毕业出来的高才生。”

李见好说得这么直，要在平时，两姐妹自然不乐意，这天却不怒反笑，毫不为意的样子。沈大燕说：“监理师的活兵兵和虎子肯定干不了，就让他们干些扫地打开水的杂事吧。”沈苇燕说：“姐夫是监理处处长，求你的人多，你轻轻开句口，给两位外甥找个事还是做得到的。”

懒得跟她俩啰唆，李见好过去拉开门，抬步出屋。池小燕后面说：“早点回来，明天还要去选购装修材料。”李见好说：“孙总有请，总得听他的，他不让走，你敢走？”

上车赶到说好的茶馆，孙再坚还没到，小姐正在给侯忠民介绍茶点。李见好上前说：“你怎么知道我在家？”

侯忠民张开嘴还没出声，旁边卫生间门开了，郁碧柳从里面走出来，喊道：“李处您来啦！”李见好说：“碧柳也在啊。”郁碧柳说：“来跟表哥问个事。”李见好说：“一定是你出卖了我，把我的去向告诉你表哥的吧？”郁碧柳笑道：“李处冤枉我了，您是我领导，我得靠您发工资糊嘴巴，哪敢出卖您？”

说话间，孙再坚迈进茶室，见还有个女孩，说：“谁这么牛逼，还带了年轻妹妹。”郁碧柳主动上前说：“孙总好！我不是妹妹，是您下属。”孙再坚诧异道：“我几时有你这么个下属的？”郁碧柳说：“我是李处下属，李处是您下属，我当然也是您下属。”

孙再坚盯住李见好，说：“这么年轻漂亮的女孩放到身边，不怕影响工作？”李见好说：“我是受人之托，没办法啊。”

侯忠民赶紧交代说：“是我亲表妹，大学刚毕业，找不到合适工作，才请李处帮忙，安排到监理处做点杂事。”孙再坚笑道：“把表妹交给见好，你放得这个心？”侯忠民说：“交给李处，就是李处的人，不放心也得放心。”

孙再坚掉头问李见好：“已经是你的人啦？”李见好说：“侯主任意思，大概是说郁碧柳到了监理处，就成了我的员工，员工也是人嘛，对不对？”

小姐开始上茶。郁碧柳晓得三位要谈事，知趣地出了茶室，顺便将门带上。孙再坚喝口茶，脸色一沉，说：“永顺公司拿着德江四桥监理材料举报到要害部门，开始我还老怀疑是廖至善搞鬼，谁知竟是童昌盛这狗日的做的手脚，真大出我意料啊。”侯忠民说：“是啊，不是看过录像，谁也不会怀疑到童昌盛头上去。”李见好说：“据说童昌盛还是孙总接收的人，怎么会干出这种吃里爬外忘恩负义的事呢？”

孙再坚叹口气，说：“马步高要我接个人，我能不接吗？万万没想到，马步高与方早霞还有这层关系，会指使童昌盛来搞我。”李见好说：“这是个关系社会，尤其是跟高速公路有关的行当，你中有我，我中有你，谁也搞不清关系到底有多复杂。”

“我是悔不当初啊，早知童昌盛是祸根，怎么也不会让他进咱安平公司。”孙再坚痛心疾首道。李见好说：“孙总也没啥可后悔的，人心隔肚皮，没谁的眼睛有透视功能。事已至此，打算怎么处理童昌盛？”孙再坚说：“今天叫你来，就是想听听你的意见，是继续留着童昌盛这小子，还是一脚把他踹掉？”

刚才在路上，李见好就琢磨过这事，说：“踹掉童昌盛倒也简单，问题是马步高身居德绕高速总监要位，直管咱们监理处，处理童昌盛时不得不考虑这方面的因素。上周上德绕公司开监理交底会，我去总监室看马步高，他对我毫不客气，今天跟冯总和史书记来处里检查工作，也对我爱理不理的，公司真将童昌盛怎么样，他还不把我撕烂吃掉？”

孙再坚皱眉道：“是呀，就是考虑你在德绕高速路上的处境，我才下不了这个决心，对童昌盛动的手。”李见好说：“我觉得童昌盛还是放放再说，无非多养活个把人。就装作什么都不晓得，让童昌盛继续做他的经营部副主任。人无千日好，花无百日红，我不相信马步高会一辈子待在总监位置上，说不定也有走背运的时候。”

侯忠民觉得李见好有道理，说：“待马步高管不着咱们的时候，再找童昌盛算账也不迟。”孙再坚说：“这样也行，先不动童昌盛，以后再说。”

说完童昌盛，又聊聊监理处的事，三人走出包厢。侯忠民要去结账，李见好不让，说：“我来买单。”侯忠民说：“公司买单也一样。”李见好说：“到监理处去后，忙得不亦乐乎，一直没时间请孙总和侯主任，今天这单当然得我买。”

第十四章
资源互享，客户也一样

买过单，来到大门外，孙再坚已经上车走掉，只郁碧柳还在跟侯忠民说话。李见好过去说：“碧柳还没走？”郁碧柳说：“还有话没跟表哥说呢。”李见好说：“你跟表哥就那么多话？”郁碧柳说：“当然啰，跟表哥没话，还跟谁有话？”

“好吧，你们继续说吧，我走啦。”李见好朝进口大众走去。没走几步，郁碧柳自后面追过来，喊道：“李处请等等。”李见好立住脚跟，说：“不跟表哥说话啦？”郁碧柳说：“该说的说过了。”李见好说：“叫我有事吗？”郁碧柳说：“我回商学院去，跟你一个方向，可以搭一段你的方便车吗？”

这有什么不可以的？李见好按开车门，让郁碧柳爬上副驾，自己钻进驾驶室，打响马达。一边说：“这个时候还去商学院干啥？”郁碧柳说：“见闺蜜。”李见好说：“已经毕业，闺都成为别人的闺，莫非蜜还留在里面？”郁碧柳说：“闺蜜留校读研，这几天有些心烦，叫我回去陪她说说话。”李见好说：“你们女生是不是一心烦，就非得找人说出去不可？”郁碧柳说：“说了心里就舒服了，这是女生的人生小智慧。不像你们男人，再烦恼也自个儿憋在肚子里，多难受啊。”李见好笑道：“男人好面子，外强中干。”

车经德南大学，郁碧柳说：“李处靠边停停。”李见好说：“干吗？”郁碧柳说：“我下车。”李见好说：“这地方下什么车？”郁碧柳说：“您就要到家了，我下车打的去商学院。”李见好说：“这么晚把你一个人扔路边，被你表哥知道，不动我刀子？”

郁碧柳扑哧一声笑了，说：“表哥不会动你刀子，只怕你回家太晚，你家夫人会动你刀子。”李见好说：“夫人凭啥动我刀子？我又没干坏事。”郁碧柳说：“你没干坏事，可你车上有个女生呀。”李见好说：“准确说是我处里员工。”郁碧柳说：“我是处里员工，却让处长给我开车，多不好意思啊。”李见好说：“没啥不好意思的，你到了我车上，我就得对你负责，把你送到目的地，不然我还像个男人吗？”

郁碧柳伸出拇指，说：“你不是像个男人，确实是个男人，还是个好男人，不是男人里的极品，也是精品，不是精品，也是珍品。”李见好说：“到底是什么品呢？”郁碧柳说：“妙品。”李见好说：“谢谢鼓励。男人又不是酒，还分品级的？”郁碧柳说：“男人就是酒，看着像水，其实是火，可以把血液烧沸。”李见好说：“你被男人烧沸过没有？”郁碧柳说：“我是纯情女生，只有闺蜜，还没交过男友。”

前面就是商学院。进大门，拐两个小弯，到得女生宿舍楼下，李见好停住车，说：“周一总得回处里上班吧？”郁碧柳说：“领导尽管放心，周日下午就会回去的。”李见好说：“如果没特殊情况，我也周日回处里，到时打我电话，坐我车吧。”

郁碧柳深情款款地望李见好一眼，伸出自己的手，说：“李处真好，这么怜香惜玉。”

“不怜不行啊，谁叫你是美女呢。”李见好有些犹豫，可还是伸出手，握握郁碧柳。郁碧柳的手软软的，像一团温润的雪。李见好真想拿到唇边，将这团雪化入嘴里。可他不敢造次。天天一起共事，关系暧昧，会影响工作，也会惹出意想不到的麻烦。理性逼迫李见好冷静下来，赶紧松开郁碧柳的手，说：“下去吧，闺蜜等不及了。”

郁碧柳下车关门，朝楼道口走去。走几步，又回头挥挥手，还调皮地做个飞吻。李见好揿揿喇叭，算是回应，同时掉转车头，朝校门方向驶去。偏头去瞧后视镜，郁碧柳还定定地站在楼道口，影子拖得老长老长。

回到德南大学，已过十一点。校园里人踪依稀，比白天安静多了。梨子湖躲在树荫里，波澜不兴，悄无声息。唯有弯月如钩，似要钓走湖心淡淡的云影。李见好不由得想起曾亦嘉，不知此时是否已经睡下。忍不住还是打通她电话：“没惊醒你的美梦吧？”

曾亦嘉情绪好像有些不佳，说：“哪来美梦？正烦着呢。”李见好说：“烦我打扰了你？”曾亦嘉说：“早有你电话，可能就没这么烦了。”李见好说：“可以说说为啥烦吗？”曾亦嘉说：“一两句话也说不清。简单说吧，一单快到手的生意黄了。”

李见好想问是单什么生意，话快出口又改成：“在家还是公司？我过去看看你。”

曾亦嘉说：“这几天睡得不好，眼圈发黑，像只大熊猫，实在没脸见人，还是改日吧。”李见好说：“要么就明天，后天一到工地，杂事缠身，想回趟城都难。”

曾亦嘉不忍再拒绝李见好，答应下来。

第二天吃过早餐，池小燕缠着李见好，要拉他去建材市场选购装修材料。李见好说：“身上堆着好多事等着去办，哪有空跟你去建材市场？”池小燕说：“今天不是周六吗？这可是法定休息日。”李见好说：“你以为在工地上搞监理，还有休息日？修路架桥得看天气行事，天气允许就得施工，有人施工监理就要在工地上守着，哪管你休息日还是劳动日？”

池小燕有些不满，说：“要守工地，又回来干啥？”李见好说：“回来是有几个人非见不可，昨晚是孙再坚，今天还有钱如水和丁胜天几位，都跟工作有关。”池小燕说：“听你意思，房子装修都推给我，你不插手啰？”李见好说：“有时间插手还不插手？男人有时间就不一定有钱，有钱就不一定有时间。换句话说，男人有时间赚钱，就难得有时间花钱。咱们还是分一下工，我负责赚钱，你负责花钱，你看这样行不？”

说这话时，李见好口气平缓，和风细雨似的，底气却显得很足。男人还真得有些实力，有实力说起话来都优雅许多。从前兜里空空，论到与钱有关的话题，李见好总难免心虚气短，自觉不自觉就会加大音量，用高分贝掩盖怯懦。如今腰间扎实起来，高分贝已然失去意义，说话相反显得很有涵养的样子，像风度翩翩的绅士。

没女人能忍受男人的虚张声势和急赤白脸，李见好几句大实话外加和颜悦色，让池小燕受用无比，她芳颜一展，说：“也是的，你不赚钱，咱们又拿什么装修房子？行行行，你负责赚钱，我负责花钱，你有本事赚得来钱，还怕我没本事把钱花出去？”

见池小燕还算开窍，李见好让她上车，先顺路送她去建材市场。池小燕想起池大燕和池苇燕送的农副产品，说：“乒乒和虎子的事，你也得给我上点心。”李见好说：“昨天说过，乒乒和虎子没技术没力气，想找个什么事，还不是说的那么容易。可有啥办法呢？不看僧面看佛面，看在咱妈分上，我也会尽力的。”

说得池小燕满脸是笑，嘱咐李见好少喝点，高高兴兴在建材市场进口处下了车。

看着池小燕昂着头走开，李见好一点油门，将车开到路中间。一边电话订好酒店，再约钱如水和丁胜天。还有易居白好久没见了，又打通他手机，请他赏脸。这才赶到嘉嘉公司楼下车库，给曾亦嘉发条短信，告知已到。女人要出门，有许多预设程序得完成，接电话误工，发条短信，快看慢看都没关系。其实这天曾亦嘉起得不迟，早已修饰好自己，看到短信，挎包出门，直达地下车库。

见曾亦嘉走出电梯，边翻包边朝宝马走去，李见好按按喇叭，将脑袋伸出窗外，招呼道：“坐我车吧，节约能源。”曾亦嘉望过来说：“要你开车，多不好意思。”

“过去不老是你为我开车吗？也给我机会，回报回报你嘛。”李见好跳下车，快步绕到副驾驶室旁边，拉开车门。曾亦嘉不再翻包，橐橐橐走过来。李见好弯弯腰，说声请，而后伸出手掌，挡住车门顶部，将曾亦嘉请到车上。关上门，再小跑着回到驾驶室，启动车子。

见李见好这套系列动作做得如此娴熟，曾亦嘉乐道：“看你训练有素的样子，是不是跟领导当过司机？”李见好说：“给部队首长当过司机？”曾亦嘉说：“你还当过兵？真的假的？”

李见好笑道：“永顺公司不是举报安平公司德江四桥监理项目违规吗？为搬动要害部门原书记聂老帮忙打招呼，钱如水专门请老人家钓过一次鱼，来回路上都是我开的车。人老惜命，钱如水怕老人家担心我车技不行，说我在部队给首长开过车，我也添油加醋说自己先做的汽车兵，后被首长看中，才做了首长专职司机。果然老人家信以为真，表扬我车开得好，说是给部队首长开过车，水平就是不一般。”

曾亦嘉乐道：“到底是你们的故事编得好，还是你的车开得好？”李见好说：“兼而有之吧，故事编得好，车开得也不蛮差，才可信，否则也哄不了老人家。再说从前待在公司，没事时喜欢跟司机小吴下棋，他时不时会透露点服务领导的心得，让我颇受启发，有机会服务领导时，还真像这么回事。”

曾亦嘉说：“老服务领导去了，还怎么做你的监理业务？”李见好说：“一般领导我才懒得理睬呢？除非你这样的领导。”曾亦嘉说：“我是什么领导？别拿我开涮好不好？”李见好说：“你当然是领导，不仅领导你的公司，还领导你的公。”曾亦嘉说：“我的公？什么公？”李见好说：“我就是你的公，你的老公。”

曾亦嘉咯咯咯笑起来，说：“说话算话，真要你做我老公，可别躲啊。”李见好说：“躲你还开车过来自投罗网？”曾亦嘉说：“你们男人一个个都口是心非，说的一套，做的一套。不过也怪不得，像你这样的男人，要对家庭和孩子负责，不可能随心所欲。反过来，一个男人没有责任，没有担当，女人也喜欢不上，看不上眼。”

时间还早，到得订好的五星级酒店，钱如水他们还没影儿。服务生泡完茶，拉门出去。李见好瞧瞧曾亦嘉，说：“气色还不错嘛，没见黑眼圈呀。”曾亦嘉说：“昨晚听到你的声音，心情大为好转，一觉睡到天亮，今天强多了。”李见好说：

“想不到我的声音还有这个功能，以后每晚都打你电话，给你催眠。”曾亦嘉说：“行啊，我付催眠费。”

提到昨晚电话，李见好问道：“你说一单快到手的生意黄了，是怎么回事？”

没谁愿意说烦心事，经不住李见好一再盘问，曾亦嘉才勉强透露了几句。原来有家房产商须购进一大批钢材，嘉嘉公司费尽周折，总算谈下这单生意。回头联系钢厂，关系熟可赊账的没货，有货的关系不怎么样，不能赊账，至少得先打一笔不小的预付款。嘉嘉公司周转资金不够，曾亦嘉只得天天外出追账。小客户的账基本追了回来，偏偏一大客户出事，欠款一时到不了位。转而想找银行贷款，关卡太多，手续复杂，时间也耗不起，只能作罢。就这样眼睁睁看着到手的生意打了水漂，曾亦嘉心情低落，吃不香，睡不好，几乎支撑不住了。幸亏李见好来了电话，仿佛一下子打通曾亦嘉身上某个死穴，她不再纠结于这笔没成的生意，顿觉轻松自在，头往枕上一搁，一觉睡到大天亮。

看来条条蛇咬人，做生意也挺不容易的。李见好心疼道：“这阵子天天在监理处忙，放屁的时间都抽不出，也没打你电话，想不到你竟遭此劫难。”曾亦嘉笑道：“算不得劫难，小小挫折而已。莫非你就真这么忙，忙得屁都没时间放，岂不憋得难受？太夸张了吧？”

正说得开心，钱如水和丁胜天走进包厢。李见好先介绍叔侄二位，再拉过曾亦嘉，说是自己德南大学的学生。钱如水说：“还是大学老师艳福不浅，女学生这么漂亮。”李见好说：“谁怪你当年逃学，耽误读大学和做大学老师的机会。”钱如水说：“是啊，这辈子最大的遗憾就是没做大学老师，多教几个曾总这样的美女学生。”

易居白也赶到，彼此寒暄过，围桌而坐，端杯举箸。齐过三杯，俞芹芹推门进来，说是来见客户。李见好说：“谁是你客户？”俞芹芹说：“您就是我客户。”钱如水笑道：“见好的监理处租住在芹芹家，说是客户也没错。”

“对对对，咱确是芹芹客户。”李见好安排芹芹坐曾亦嘉身边，才又举起杯子，发话说：“请各位小聚，目的有两个，一是好久没见，一起聊聊天，说说话，一是隆重推出亦嘉，我的美女学生。亦嘉独闯德都，挺不容易，兄弟们今后多多扶持她，促她事业更上一层楼。”

易居白嬉皮笑脸道：“原来见好请这顿酒，是为美女学生效劳。”钱如水说：“为美女学生效劳，是男老师的本色，易教授也把你的美女学生带出来，让咱们开开眼界。”李见好说：“易教授小气得很，只顾金屋藏娇，美女学生从不示人，生怕咱们横刀夺爱似的。”易居白说：“惭愧惭愧，有几个女学生，长相平平，实在带不出来，还请兄弟们原谅。”钱如水说：“你知错就改，以后招几个美女学生。”易居白说：“好好好，以后我改，坚决改。”

前头的话还没说完，李见好继续道：“要各位扶持亦嘉，不是开玩笑，兄弟们可要放在心上哟。”钱如水说：“帮什么忙，曾总开口就是。”易居白也说：“曾总要不要贷款？我有银行和银监会朋友，打个招呼，他们绝对买账。”

曾亦嘉感谢各位看得起，说：“咱没啥能耐，不过做点小本生意，无大作为，不敢劳驾各位。”钱如水说：“万丈高楼平地起，大生意都起步于小本生意，没谁一上场就是大生意。”李见好说：“如水说得对，凡事都是从无到有，从小到大，从低到高，一步步做起来的。亦嘉要树雄心，立壮志，渐渐把你的建材公司做大做强。”

丁胜天一直没怎么吱声，这下也开腔道：“如今大兴土木，建材生意还确实挺有做头。”李见好趁机说：“胜天手下几个亿的工程，需要大量钢材，以后就让亦嘉负责给你供货如何？”丁胜天说：“没问题呀，咱们是公开投标，曾总来竞标就是。”

李见好推推曾亦嘉，说：“跟丁总交换一下名片，好好盯住他，争取拿下他的单子。”

曾亦嘉打开身边的包，拿出名片盒，起身发名片。又在手机里输上各位号码，说：“到时打电话，各位兄弟可别不理我哦。”钱如水不满道：“谁是你兄弟？你是见好学生，见好是我中学同学，我怎么也是你师叔吧，叫成兄弟，岂不有乱伦之嫌？”

李见好批评钱如水道：“我看你这水平，也高不到哪里去，称句兄弟就叫乱伦，‘乱伦’二字也是随便可挂在嘴上的？你提高点文化水平好不好？”钱如水说：“是是是，我没文化，你批评得对，要乱伦也轮不到咱们，只你见好才有这个资格。”

说得曾亦嘉脸上唰的一下红了，装作催菜的样子，出了包厢。易居白不胜酒力，又正逢内急，起身没走两步，一个趔趄，脑袋往墙角撞过去。还是丁胜天手脚快，上前一把托住，将易居白扶进厕所。偏偏俞芹芹手机响起，一边嚷嚷，一边去了阳台上。包厢里顿时安静下来。钱如水拍拍李见好肩膀，说：“你说说，跟曾亦嘉是不是到了那个份上？”

李见好故意装傻，说：“那个份上是哪个份上？”钱如水说：“那个份上听不懂？你没那么弱智吧？”李见好道：“弱智就弱智，你老人家智商高，见男人和女人在一起，马上想到那个份上。”钱如水说：“没到那个份上，曾亦嘉仅仅是你学生，估计你也不会闲得发慌，煞有介事召集这个饭局。”李见好说：“你可以这么理解。”钱如水说：“已到那个份上，你又开了口，我肯定会有所表示。”李见好说：“怎么表示？”

钱如水指指李见好前面的杯子，说：“先敬酒。”李见好端杯说：“行，钱老板随意，我干杯。”脖子一仰，整杯酒就进了喉咙。钱如水鼓掌道：“当年吴三桂冲冠一怒为红颜，而今见好不惜一醉为红颜，钱如水不得不佩服，一定给你效这个力。”

男人经不起怂恿，李见好又干下一杯。正好曾亦嘉返回门边，见他喝得这么猛，忙走过来，说：“你酒量又不行，怎么能这么喝呢？”递上一杯凉茶，要他醒醒酒。

“还是你老兄有福。”钱如水一手搂住李见好肩膀，一手抓过自己杯子，仰脖干掉。

俞芹芹从阳台上回来后，丁胜天也扶易居白走出厕所。自各坐回原处，加菜添酒，重新开局。喝得差不多了，李见好叫过服务员：“给我到楼上订个大点的套间，要有麻将的。”

服务员答应着走出包厢。钱如水说：“见好居心不良，一个劲敬酒，原来早有预谋，想赢咱们的钱。”李见好说：“你大老板，身价过亿，不吐点出来，怎么花得了？”易居白说：“对对对，今天狠狠宰钱老板几刀。”钱如水说：“到底谁宰谁，待会儿才可见分晓。”

喝过团圆杯，几个一起上楼，走进订好的房子。是个大套间，除大卧室外，还有会客厅、卡拉 OK 厅、茶室和文娱活动室，应有尽有。麻将在文娱活动室里。四个男人先上，曾亦嘉和俞芹芹两个负责后勤保障，泡茶水，削水果，端瓜子。

几圈下来，各有输赢。正在兴头上，丁胜天手机骤然响起，说是工地上出了情况，只得放下麻将，赶紧离去。俞芹芹顶了几盘，易居白也有事走开。想让曾亦嘉上，又不见她人，李见好叫几声，也没响应。出去一找，曾亦嘉歪在大卧室床上，眼皮垂着，睡了过去。

也是不忍心叫醒曾亦嘉，李见好扯过被头，盖到她身上。曾亦嘉睡相优雅，红红的嘴唇微嘟，似要跟你说话，又像是无声暗示。李见好按捺不住，低下头，对着美艳红唇一吻，这才轻手轻脚走开，掩上卧室门。回到活动室，李见好说：“亦嘉可能多喝了几杯，加之这阵子公司事多，累得够呛，正在卧室里做白日梦。”

听李见好这么说，钱如水起身道：“今天活动到此结束吧，见好照顾好亦嘉，我和芹芹先走一步。”李见好抱拳说：“实在对不起，没让两位尽兴。”钱如水说：“我对麻将本来兴致不高，只是朋友相聚，偶尔应付两圈。”

来到客厅，钱如水朝门边走几步，又停住道："我跟胜天说说，要他尽量采购亦嘉公司钢材。"李见好说："感谢钱总，这么给见好面子。"钱如水说："你面子值几个钱？我是看美女面子。"李见好说："是啊，还是美女面子大。"钱如水说："男人拼死拼命干活赚钱，为的什么？还不是为了美女？哪天世上没了美女，男人肯定一个个无精打采，像阉掉了一般。"李见好说："没有了美女，男人阉不阉都一样，比太监强不到哪里去。"

说得钱如水哈哈大笑起来。俞芹芹撇撇嘴巴，不满道："你们这些男人，没一个不是好色之徒。"李见好说："你们女人也一样好色，好男色。"俞芹芹说："女人也好色，不过女人属于理性动物，好色也好得节制。"

"女人好男色，更好人民币的花色。"钱如水在俞芹芹脸上拍拍，"宝贝你说是不是？"俞芹芹说："你们男人就不好人民币的花色？"钱如水说："男人手里的人民币，最后不全进了女人兜里？"李见好说："就是。"

钱如水和俞芹芹出去后，李见好关上门，回到大卧室。曾亦嘉还在酣睡。还是刚才的睡姿，微嘟着诱惑的红唇。李见好身上涨起春潮，真想掀开曾亦嘉身上的被子和一切多余的东西，跟她合二为一，融到一处。又心疼她辛苦，不好影响她休息。只得跑进浴室，拧开水龙头，洗个温水澡，尽量让浑身的欲望冷却下来。

洗完澡，李见好没惊动曾亦嘉，去了客厅。联系过杨天明，扯几句处里工作，又打通池小燕电话，说晚上还有牌局，只怕又是一个通宵。池小燕追问道："跟什么人打牌？"李见好说："还能是什么人？自然是有能量的人物，与德绕高速有关。"池小燕说："知道你会这么说。"李见好说："知道我会这么说，还多此一问干啥？男人在外干事，总得有个交际圈什么的。不入圈子，舍不得时间发展人脉关系，天天在家陪老婆，陪得来事业和人民币？"

这道理再简单不过，再蠢的人都懂。池小燕没再寻根究底，只嘱咐李见好别太玩命，要学会爱惜身体，注意休息。

说得李见好愧疚起来。本来在外与女人厮混，还要用冠冕堂皇的大道理教育老婆，你还是人吗你？李见好半真半假道："谢谢老婆！这世上真正关心我的，也就是老婆大人，别人都属于利益关系，利来而聚，利去而散。"

女人要哄，池小燕很开心，说："晓得有人关心你就好。"

跟池小燕说过再见，又打两个电话，李见好走进卡拉OK室，关上门窗，放起歌碟来。不看影像，也不卡拉，只听音乐。怕惊动隔壁的曾亦嘉，声音尽量调得很低，像岁月深处漂来的涓涓细流，轻柔委婉，如烟如岚。

是月光女神莎拉·布莱曼的《斯卡博罗集市》：

你去斯卡博罗集市吗
那些芳香迷人的花儿啊
记得代我问候那里的朋友
她曾经是我最爱的人
告诉她为我做一件细布衬衫
那些芳香迷人的花儿啊
不用针穿也不用线缝
她将成为我的爱人
告诉她为我在海滩找一块地方
那些芳香迷人的花儿啊
在无边的海水和长长的海岸之间她将成为我的爱人
告诉她用皮鞋镰刀收割
那些芳香迷人的花儿啊
捆成一束石楠花
她将成为我的爱人
你去斯卡博罗集市吗
那些芳香迷人的花儿啊
记得代我问候那里的朋友
她曾经是我最爱的人。

听着听着，李见好不知不觉伤感起来，不期而至的泪水洇满眼窝。好久没这么伤感了，或者说好久都不会这么伤感了。伤感是藏在心底的柔情，轻易不会浮出来。人为俗务所缠，被物欲所累，成天奔忙在名利的路上，难免变得麻木和冷硬，伤感也会冰封沉睡。感谢莎拉·布莱曼，感谢这个宁静的午后，让李见好埋得太久太深的感伤被重新唤醒。

莫名地伤感着，李见好意识渐渐模糊，头一歪倒在沙发上。播放器处于循环状态，莎拉·布莱曼一遍遍唱着《斯卡博罗集市》，要把李见好渡向梦的远方。

不知何时，卡拉OK室的门开了，曾亦嘉出现在门口。她是循着《斯卡博罗集市》的妙音找过来的。在门框上倚立一会儿，曾亦嘉缓缓走进来，坐到沙发上。耳闻莎拉·布莱曼，眼睛却瞧着李见好。李见好浑然不觉，仍沉浸在睡梦里，眼角挂着泪滴，像雨后檐边欲滴未滴的雨珠。曾亦嘉心里一动，低低头，舔去李见好眼角的泪珠。

李见好的睫毛动几动，开始从梦的远方返航，随着《斯卡博罗集市》旋律的轻筏，回到梦的起点。轻轻启开眼皮，一张生动的笑脸占据了全部视野。李见好揉揉双眼，坐起来，张开双臂，将曾亦嘉搂进怀里，搂得很紧很紧。

莎拉·布莱曼还在吟唱。

许久李见好才松开曾亦嘉，走出卡拉OK室，将其他几道房门全部打开，再回来调高音量，让莎拉·布莱曼的声音飘出去，占满整个大套间。再拉起曾亦嘉，面对面贴紧，踩着节律，悠悠旋转起来。从卡拉OK室旋到客厅，再从客厅旋到大卧室。旋上几圈，两人的手已没法自控，开始去剥对方的衣服。最后剥得只剩两个裸身，又重合到一处，继续刚才的旋转。

旋着旋着，李见好越来越坚挺，几乎可将曾亦嘉整个身子都支撑起来。曾亦嘉颤抖着，抱牢李见好，往后一仰，两人双双倒到大床上。

李见好受到激励，合着《斯卡博罗集市》的节奏，像豪情满怀的高傲骑士，在曾亦嘉起伏的草原上勇猛地奔腾起来……

也许是刚睡了会儿，两人折腾个够，竟然毫无倦意，身挨身，手牵手，随便聊起来。快乐中的女人话多，曾亦嘉开始诉说自己的前世今生。她说她的前世是个蛊婆，专干害人勾当，以至今生还一身毒气，害得兄夭弟折，父母双亡，独自一人苟活于世。

曾亦嘉的话吓了李见好一跳，侧身望着她说："真的假的？"

"当然是真的。"曾亦嘉眼含忧郁，继续她的叙述。她说她没见过蛊婆，只听镇里人说蛊婆是放蛊的女人，将毒虫制成蛊药，看谁不顺眼，就偷偷下蛊，置人于死地。曾亦嘉上面有个哥哥，又健康又聪明。谁知她一出生，哥哥就开始生病，整日病恹恹的，跑过好多医院，也没查出病因，拖了两年多就不明不白死掉。父母伤心欲绝，好久才恢复过来，给她生下一个弟弟。跟她哥哥一样，弟弟也活泼可爱，不到一岁就会喊爸妈和姐姐，走路更是飞快，天天贴着她到处跑，跟屁虫一样。可好景不长，一岁半时弟弟就突然双腿发软，变得没法走路了，后来连话也不再会说，成了哑巴。父母到处举债，求医问药，毫无效果，直到眼巴巴看着弟弟死去。就在弟弟走后不久，爸妈也患上查不出原因的怪病，不到三年，相继去世。令人费解的是，同在一个屋檐下，曾亦嘉却健健康康的，一年四季喷嚏都不打一个。且越长越漂亮，用秀外慧中形容，再恰当不过。镇里人就说是曾家祖上造多了孽，上天特意安排蛊婆变的曾亦嘉来收拾他们。曾亦嘉既是蛊婆变的，自然没人敢近前，镇里人见着她，都躲得远远的。还是一个动物保护组织来镇里走访，见曾亦嘉长得花容月貌，甚是喜爱，也不管她是不是蛊婆所变，申请到一笔慈善款，把她送进镇小。偏偏曾亦嘉聪慧灵性，学习成绩一枝独秀，遥遥领先，每个学期都拿学校最高奖学金。小学毕业考初中，成绩排名全县第一，成为县一中尖子班学生，学费和生活费学校全包。中学毕业考大学，又是全县理科状元，被德南大学招入，高额奖学金和其他待遇一分不少。镇里人也就越发坚信，曾亦嘉定是蛊婆转世无疑。理由是曾亦嘉秉承上天意思，害死兄弟父母，自己也成了孤儿，上天得补偿她，赋予她漂亮和聪明，让她从小学一路顺利读到大学，成为大城市里的人。

说到这里，曾亦嘉凄苦地笑笑，问李见好道：“你说说，我真是蛊婆变的吗？”李见好说：“听你这么说，不信还不行。”曾亦嘉说：“我也一直认为自己是蛊婆变的，不然兄弟父母不会在短短几年里接连死去。生怕还会害其他人，从小到大我都是离群索居，一门心思放在书本上，学习成绩总是名列前茅，尤其是生物。学校里有种现象，成绩好的男生往往是帅哥，成绩好的女生往往是丑妹。我成绩骄人，长相又不俗，属于特例，容易让人受伤，也就常常被同学包括男女同学排斥。直至见到你，我才觉得没再孤立无助。你特别像我记忆中的哥哥，第一眼看到你，我就产生错觉，以为哥哥还没死，就站在我面前。真想冲到讲台上，紧紧抱住你，痛痛快快哭上一场。我发现你有个习惯，讲课时喜欢注视窗外，好像有啥好风景召唤着你。为引起你注意，每次只要有你的课，我就早早赶到教室，占据窗边位置。果然你的目光落在了我身上，还让我做上课代表，我有了单独与你接触的机会。”

这一幕早定格在李见好记忆里，令他永生难忘。他说：“怪不得，每次走进教室，都看见你一成不变地坐在窗边位置上，好像那是你买下来似的。”

曾亦嘉继续道：“有你的日子，我的生命变得充实快乐和富有意义。我一次次地设想，你既然酷似我哥，估计比他大不到哪里去。也就是说你应该还是单身一人，毕业后我就可以嫁给你。目的很简单，哥哥和家里人都是我害死的，只要嫁给你，我就可以为你生儿育女，洗衣做饭，拖地搞卫生，用这种方式替自己赎罪。后来知道你已经结婚，我非常绝望，仿佛天塌了下来。没了赎罪机会，活着还有什么意思？只想跳进德江，了此一生。直到邂逅高中同学任海波，我才重新燃起生的欲望。任海波聪明善良，又吃得起苦，对我很体贴，什么都依着我。我早想好，先跟他一起打拼几年，有了一定基础，再自己办公司，做生意，赚大钱，然后去做慈善，救助看不起病读不起书的底层百姓子弟。或者从事生态保护活动，让地球上多些人类的亲人。动物与人同宗，其实都是亲人。可我的如意算盘打早了，没过多久，任海波就不知去向，孙再坚进入我的生活。孙再坚有钱有地位，我完全可通过他实现自己的愿望。他乐意在我身上花钱，我要啥他给啥，可当我要他投资为我办公司时，他以为我贪得无厌，说女人的美貌就是本钱，没必要辛苦办公司赚钱。我说不办公司也行，他得把婚离掉，娶我进屋做合法夫妻。我的想法很幼稚，结婚后再离婚，分他一半家产，再去投资办公司，同样可实现做慈善和生态保护的愿望。被我逼得没法，孙再坚只得口头答应着，却无任何实质性行动。拖了年把时间，还没结果，我威胁他，要把我们的事公之于众。他知道我说得出也做得出，骗我说正跟老婆谈离婚条件，婚一离就跟我结婚。我半信半疑，暗中了解他与老婆的关系，得知他们恩爱得很，绝对不可能离婚。更可恶的是，孙再坚还雇了保姆，叫她暗中给我下毒，打掉我肚子里的孩子。就在万念俱灰的时候，又得知任海波是被孙再坚害惨和赶出德都的，我一怒之下，弄了炸药，跑到安平公司，准备与他同归于尽。是你出现在眼前，让我一阵恍惚，好像哥哥从天而降。我猛然清醒过来，心里说自己已经害死兄弟父母，再不能继续做蛊婆，去害其他人。再说做慈善或生态保护的愿望还没实现呢，决不能先毁掉自己。就这样，我改变主意，放了孙再坚一马。”

听完曾亦嘉的叙述，李见好唏嘘不已，说：“其实不是你哥哥从天而降，是你的善良战胜愤怒，理性战胜冲动，才没做下傻事。”曾亦嘉说：“有你在，我就不会做傻事。”停停又接着道，“孙再坚意识到跟我继续好下去，迟早会出大事，老想着怎么甩掉我。我不是说甩就甩得掉的，他才把我交给了你。算他良心没被狗吃掉，作为给我的补偿，帮我投资注册了嘉嘉公司，还拉来几单大生意，让公司一出手就赚了几笔。”

“都是我不好，让你经受了这么多磨难。”李见好说，“幸好缘分还在，咱们又走到了一起。”曾亦嘉唉一声，说：“咱们这是有缘没分。”

李见好搂紧曾亦嘉，说：“咱们彼此都把自己交给了对方，还说有缘没分。”曾亦嘉说：“我的份在哪儿呢？在老婆面前，你是丈夫；在儿子面前，你是爸爸；在我面前呢，你又是什么？”李见好说：“我是你的至爱，你的命根子呀。”曾亦嘉说：“丈夫和儿子堂堂正正写在户口簿上，至爱和命根子也可以写上去吗？”

问得李见好一愣一愣的，半天说不出话来。曾亦嘉灿然而笑，说："把你吓着了吧？你放心好了，有你陪伴，我已知足。咱们重新走到一起不容易，我将倍加珍惜，不会把你从身边赶走，也不会再做蛊婆，害你老婆，害你孩子。"

李见好吻吻曾亦嘉额头，说："你本来就不是蛊婆，是善良的天使。我非常赞同你做慈善的想法，社会弱势群体很大，太需要爱心人士救助。生态保护也是有意义的事，你本来就喜欢生物。"曾亦嘉说："做慈善得有实力，否则就是空话一句。好在我的公司效益不错，已联系上当年扶助我读书的慈善机构，给他们打过几笔款子，略表寸心。生态保护的事以后也会去做，暂时还没找到同道。"李见好说："这蛮好啊，我一定支持你，为嘉嘉公司尽点绵薄之力。这样吧，我再介绍两个二监理处监理范围内的项目部经理给你，你跟他们见见面，让他们关照关照嘉嘉公司生意。"

两个老板一个是10合同段项目部经理许长途，一个是14合同段项目部经理严风光，两人正在工地上忙碌，接到李见好电话，答应明天上午处理完手头工作就进城见面。10合同段项目部主管单位为德都路桥建设公司，14合同段项目部主管单位为中国公路基建第八工程公司，也就是毛发家所在公司，不知他下没下来做项目部副经理。

第二天中午许长途和严风光赶到约定酒店，李见好两个已点好菜，恭候有时。听李见好说曾亦嘉是自己学生，严风光笑道："真学生还是假学生？如今当领导的都喜欢认干女，李处认学生，倒也有创意。"李见好说："什么叫认学生？亦嘉本来就是我学生，不信去德南大学查学籍档案嘛。"严风光说："查档案麻烦，咱信曾美女是李处学生，还不行吗？"

许长途起哄道："我也信。像李处这么有品位的成功人士，又是从大学出来的，没几个漂亮女学生，还确实说不过去。"曾亦嘉说："听许经理口气，还是觉得我这个学生是李老师认的。"李见好说："都是漂亮惹的祸，假设我带的不是亦嘉，是相貌平平的女学生，估计你们就不会以为是认的了。"严风光说："普通女学生犯得着你认吗？"

都要开车，不敢喝酒，吃饭要不了太长时间，曾亦嘉又安排到旁边的足浴城洗了个脚。还要请喝茶，两位说工地上事情堆着，得马上赶回去。

"能理解，德绕高速工程质量标准高，进度要求紧，两位老总的时间耽误不起，以后再聚也行。"李见好说着，接过曾亦嘉递过来的红包，硬塞给严风光和许长途，"这是亦嘉的一点小心意，以后生意上承蒙二位多照顾。"

两位走后，李见好开车送曾亦嘉回嘉嘉公司。来到楼下车库，李见好说：“不陪你了，我也得赶回监理处。”曾亦嘉说：“又不远，明天早上回去不行吗？”李见好说：“明天一早监理师们就得下工地，有事只能晚上碰头。”又说，“丁胜天那里好办，他是钱如水侄儿，钱如水发了话，他肯定会找嘉嘉要货。严风光和许长途暂时还说不准，你得盯紧点。想到德绕高速公路上分杯羹的人多得很，又一个个都有来头，竞争蛮激烈的。”

曾亦嘉斜过身子，捧住李见好的脸，重重一吻，说：“我听你的。你也得答应我，要学会劳逸结合，自我保护，不能太拼命。工作是国家的，身体是自己的，没必要与身体过不去。”

李见好回吻一个，说：“一切行动听指挥。”曾亦嘉说：“谁能指挥你？我在城里，你在城外，自己身体要靠自己爱惜，我爱莫能助。城外有山有水，有树有草，早上或傍晚抽空出去走走，呼吸点新鲜空气，活动活动筋骨，对身体有好处。”李见好说：“还真如你说的，监理处周边山清水秀，有事没事我常出去转转，感觉挺不错。”

曾亦嘉在李见好腮上拍拍，说：“这才是乖孩子。”李见好说：“有你我就乖。”曾亦嘉说：“想我就打电话。”李见好说：“想你就打电话，我一天二十四小时都想你，二十四小时打你电话，你还要不要做生意？”曾亦嘉说：“你的电话永远比生意重要。”

看着曾亦嘉下车走进电梯，李见好才掉转车头，出了地下车库。打通郁碧柳电话，问她还在不在商学院，郁碧柳说：“到了省委招待所。离德南大学有点距离，难得绕道，李处别来接我，我自己坐公交回去就是。”李见好说：“绕就绕点吧，自驾车方便。公交只通城郊，去镇上还得转中巴，够折腾的。”

来到省委招待所，老远看见郁碧柳站在大门口，旁边还有侯忠民。李见好下车，跟侯忠民握握手，说：“侯大主任也在这里？开会还是拜访省委领导？”侯忠民说：“省委领导哪会理睬吾等小民？我来陪郁爷爷。”李见好问郁碧柳：“你爷爷来啦？”

郁碧柳望望侯忠民，说：“还不是表哥没事惹事。”李见好说：“惹了啥事？”郁碧柳把李见好拉到一旁，小声说：“省委要害部门里有位处长的父亲得了个怪病，久治不愈，痛苦不堪。刚好你们孙总与这位处长熟，有次论起他父亲的病，表哥在场，顺口说这样的病恐怕只有民间草药师能治。孙总老想着讨好处长，听表哥这么说，就要他找草药师试试。我爷爷就是草药师，在咱老家一带家喻户晓，无人不知。

表哥不敢拖延，赶紧下乡，请来爷爷，对症下药，治好病人。爷爷想看看孙女，表哥赶紧打了我电话。我心疼爷爷已八十五六，还被表哥拽到省城来看病，放下电话，中饭没吃就赶了过来。”

医术乃仁术，治病疗伤并非坏事。李见好问：“见过爷爷没？”郁碧柳说：“见过啦，爷爷刚从处长家出来，就住在楼上。”

“我去看看爷爷。”李见好走几步，又回到车旁，打开尾箱，用礼品袋装上两条烟，提到手上，随郁碧柳和侯忠民上了楼。郁碧柳说：“李处这么客气，怎么好意思呢？”李见好说：“老人家这么远过来，表示一下嘛。爷爷还好吧？”

郁碧柳点头说：“蛮好，能吃能睡，行走自如，在家时经常上山采药。爷爷一辈子就做一件事，看病抓药，谁家有病人，随喊随到，哪怕深更半夜也从不敢耽误。却不愿跟官府打交道，听表哥说省委里的处长父亲得了病，理都不理。还是表哥说病人是抗战老兵，爷爷才动了身。表哥知道爷爷当年就是抗战老兵。”

侯忠民接话说：“巧的是处长父亲还真打过日本鬼子，说是抗战老兵并没错，两人谈得来，爷爷略施医术，立马药到病除。处长高兴，对爷爷很客气，好烟好茶招待还不够，还塞大红包，只是爷爷不接。”郁碧柳说：“爷爷看病从不收钱，最多拿点小礼。”

上楼来到房里，只见郁爷爷面色黝黑，目光清纯，精神挺足的。一口牙齿整整齐齐，一个没落。听觉也蛮灵敏，交流起来一点不费劲。听侯忠民说李见好是郁碧柳的领导，郁爷爷竖起大拇指，说：“这么年轻就当领导啦？了不起，了不起！”李见好说：“别听侯主任瞎说，在下跟碧柳一样，是修路的。”递上礼品袋。

郁爷爷缩着手，说是无功不受禄。李见好说：“您老活到八十多奔九十，不仅自己健健康康，还能给人诊病，就是最大的功，最大的德。”

这话郁爷爷听着舒服，高高兴兴收下李见好的烟，关切地问他哪里不舒服。郁碧柳打断他：“李处长不是来诊病的，是来看望您老的。他身体好得很，不用您诊病。”郁爷爷哦一声，仔细望望李见好，说：“看得出你身体素质确实不错，只是面色有些灰暗，说明气血略亏。不过并无大碍，饮食起居方面注意点，调整两天就可恢复。”

李见好暗自吃惊，莫非这两天与曾亦嘉在一起，消耗太多，被郁爷爷瞧了出来？郁碧柳和侯忠民在场，李见好不好多说，赶紧岔开道：“处长父亲的病重不重？”

郁爷爷浅浅一笑，说：“说轻也轻，说重也重。”李见好说：“此话怎讲？”

郁爷爷说："病由心生，病人的病源在心。心魔一去，病不治而愈，这是说轻；心魔又是最难驱走的，心魔在，病就在，百药无用，这是说重。"

看来郁爷爷还真有些不寻常。

告别郁爷爷，出门来到楼下，李见好问来送行的侯忠民："处长父亲到底得的什么病？"侯忠民说："如今当官有风险，处长重权在握，难免以权谋私，遭人背后举报。不知怎么传到其父耳里，老人家心里担忧，积郁成疾。见着郁爷爷，说起当年抗战旧事，心情一高兴，顿时病好一半，郁爷爷再用些药，已基本没事。"

李见好觉得有意思。忽想起还留在监理处的帕萨特，对侯忠民说："帕萨特还是还给你吧，老占公司便宜，也不好意思。"侯忠民说："没什么不好意思的，你给公司交管理费，公司给部旧车也应该。再说孙总也没吱声，咱就装聋作哑呗。"李见好说："不好吧，当初说好处里买了车，就将帕萨特还给公司的。"

郁碧柳插话进来说："要还也缓两个月。我驾照拿半年了，没怎么摸方向盘，手生得很，乡下路上车少，有空请李处做我教练，帮我练几把。"侯忠民说："这要看李处愿不愿意收你这个徒弟。"李见好说："原来侯主任心里想的是自己表妹。好吧，我成人之美。"

撇下侯忠民，登上大众越野，见郁碧柳手里提着个小纸箱，李见好问道："这是啥玩意儿？"郁碧柳说："豆浆机。"

李见好也不多问，转而说起郁爷爷，不禁感叹道："病由心生，说得有意思。不是亲耳所闻，真不敢相信，一个乡村草药师能说出这样的哲言。"郁碧柳说："爷爷本来就不是一般草药师。"李见好说："不是一般草药师，莫非是二般草药师？"郁碧柳说："爷爷可是抗战时期正规军里的军医，在缺医无药的云南与缅甸边境丛林里，凭着自己一口草药，救活过无数中美抗日联军官兵。"

"有这么了不起的爷爷，你应该感到骄傲。"李见好对郁爷爷心生敬意，"为啥叫一口草药呢？"郁碧柳说："草药跟中药有所不同，中药须用火慢慢煎，草药尤其是外用草药，采回来后得用口嚼出药味，直接往伤口上敷，故有一口草药之称。"李见好说："怪不得老人家牙齿还那么整齐，肯定是嚼草药嚼的。"郁碧柳点头说："是的，现在爷爷还什么都能吃。"

让李见好不解的是，堂堂抗日英雄，为何又成了乡村草药师？问郁碧柳，郁碧柳往车窗外望望，放慢语气说："国民党撤离大陆时，爷爷原本要去台湾或美国的，实在舍不得父母和家人，才悄悄逃离部队，潜回家乡，做起默默无闻的乡村草药师。

这草药师一做就是五六十年，不知医好了十里八乡多少父老乡亲。乡亲们也就对爷爷格外敬重，明知他在国民党军队做过军医，背负着重大历史问题，碰上有人来抓反革命什么的，都会自觉通风报信，甚至冒着坐牢判刑的危险把他藏起来，谁也够不着。这些当然是听父母和乡亲们说的。”

“真看不出来，原来竟有这些渊源。”李见好本想说句笑话，话出口后，才发现一点儿不可笑，没法笑得起来。

第十五章
埋下祸根的“一马当先”

车入监理处，正赶上开餐，两人直接进了食堂。吃完晚饭，李见好回处长室洗个澡，准备把几位主管监理师叫来凑凑情况，忽觉困意袭来，一连打了几个哈欠。跟曾亦嘉折腾了两天，体力消耗太大，得好好恢复一下。熄灯上床，头才挨枕头，就沉沉睡去。

一觉醒来，窗外大白。睡得好，精神就足，李见好踢踢腿，扩扩胸，下楼走出院子，到山前转了转。晨风习习，薄雾如幔，露水凝结在草叶上，泛着晶莹曦光。早起的小鸟，在山前水畔或飞或跃，追逐嬉戏，很顽皮的样子。

转上一圈，回到处长室，郁碧柳正在做卫生，说两天没在家，屋里到处都是灰尘。天下女人好像都有洁癖，一灰一尘都见不得。李见好说：“不是屋里有灰尘，是你眼里进不得灰尘。”郁碧柳说：“也有道理，眼不见为净。问题是我已走进这个屋子，看到到处是灰尘，不给抹掉，心里就难受。”李见好笑道：“你想好受点，就加紧做吧。”

早饭后，李见好把杨天明和文武斌几位主管监理师叫到一起，听了半个小时的汇报，安排好一周工作，便分头行动，下到各合同段，实地检查施工情况。一个合同段一个项目部，项目部下面有多个施工单位或承包人，监理师得跟项目部工程技术人员密切配合，亲临施工现场，对施工材料做技术鉴测，对施工过程进行全面监督。

就监理二处监理范围来说，目前主要还是土建工程。土建是基础，基础不牢，地动山摇，质量问题无小事，尤其是桥梁和隧道，绝不允许存在任何质量问题，质量就是生命。德都西高东低，西山高耸，山前一条德江，贯穿南北。二监理处监理范围处于德都西北，有桥又有洞，最大的桥是横跨德江的桥，最深的洞是穿越西山的洞，此外还有十多处小桥小洞。桥洞质量要求高，工程量又大，作为监理处处长，李见好责任在肩，不敢掉以轻心，有时间就在工地上来回穿梭，督促监理师睁大眼睛，达不到开工要求的，不签字开工，开了工的，工程技术不规范和材料质量不达标的，坚决拉倒重来。

跑了几天，来到中国公路基建第八工程公司的 14 合同段项目部。李见好车没停稳，主管 14 合同段的监理师文武斌就迎上前，说：“严风光在办公室接待客人，咱们先随便走走吧。”李见好说：“走走好啊，看看项目部的工作环境。”

没走两步，项目部工程技术科王科长奔过来，领着两位参观各科室。项目部虽是临时租用的民房，里面设置却跟常见的政府部门差不多，业务管理，综合监督，财务后勤，该有的都有。还有实验室，里面摆放着各种仪器和施工现场采集的样品，这大概是政府部门少见的。

转上半圈，到工程技术科喝口茶，几个走进材料供应科。除项目部经理副经理，监理处交道最多的就是这两个科室。供应科龙科长正在看报表，见李见好进门，忙上前打招呼，一边叫科里干部倒茶。李见好说：“刚喝过，看看龙科就走。”

再往里是楼道，直达二楼。经理们办公起居就在楼上。估计客人该走了，几位撅臀而上。有人从楼上下来，李见好抬抬头，是永顺公司老总方早霞，浓妆艳抹，花枝招展，看上去像个妖精。永顺公司又没竞上监理项目，方早霞跑来干啥呢？李见好想起“冤家路窄”一词，没理对方，继续抬高步子往上走。方早霞自然也认识李见好，脸上本来洋溢着兴奋，一下子冷淡下来，仿佛刚出炉的红铁突然淬入冷水，嗞一声变成青灰。

走进经理室，严风光一脸意外，连哟数声，说：“李处大驾光临，怎么没提前说一声，我好下楼相迎。”李见好说：“您这么忙，本不好来叨扰的，是上工地去，路过宝地，拜拜码头。”严风光说：“我这什么码头？临时就业场所。”李见好说：“如今最难的就是就业，有这么好的就业场所，谁不心向往之？”严风光说：“请您来就业，您来吗？开玩笑，开玩笑，您大处长要来，我只能叨陪在侧，给您打打下手。”

龙科长几位是聪明人，给李见好倒好茶，又为严风光杯里续上水，关门出去。李见好看看严风光身后的工程进度图，说：“刚才碰着方早霞，兴高采烈的样子，是不是严经理给她灌了迷魂汤？”严风光说：“方早霞是什么女人，想必李处长也清楚，哪轮得到我灌迷魂汤？”李见好故意道：“她来监理你？”严风光说：“监理没她份，永顺公司好像开辟了新业务。”李见好说：“什么新业务？”严风光说：“应该是建材吧。”

不用多问，也知是马步高打下招呼，方早霞跑过来拉14合同段材料生意。怎么又跟这女人扛上了？14合同段的建设资金由德绕公司出，马步高是德绕公司总监，看来让曾亦嘉与马步高的女人较劲，来抢14合同段的银子，不可能有啥效果。

见李见好没声，严风光知道他想什么，说：“李处打过招呼，我不可能只跟方早霞做生意，也会适当考虑嘉嘉公司的。”

李见好知道严风光在敷衍，说：“考不考虑没关系，严经理别太为难。”

与严风光握别，下楼离开14合同段项目部，驶出数百米，迎面过来部黄色工程车。这是条偏僻乡道，路面本来就窄，两车之间还有一处塌方，李见好只得停下车，让工程车先过。工程车也不敢动，还有人从副驾上跳下来，路里路外瞧瞧，看车子过不过得去。瞧路人个头高，好像是毛发家，估计到项目部来做了副经理。李见好下车，招呼道：“毛经理好！”

毛发家掉过头，见是李见好，上前道：“原来是李处的车，到项目部来指导工作？”李见好说：“岂敢岂敢，来看看。几时来项目部的？”毛发家说：“有些时日了。”李见好说：“下来好，接触接触实际工作。”毛发家说：“公司决定，不下来不行啊。”李见好说：“感觉如何？”毛发家说：“还行吧，反正什么严风光说了算，咱跑跑腿，做点具体事。”

李见好把毛发家拉到路旁，轻声说：“严风光还好打交道不？”毛发家也小声说：“你知道的，项目部管着数亿工程，油水厚得很，人家肯轻易松手？啥都死死抓在手上不放，好事旁人别想沾光。”李见好说：“这个经理本来是你的，怎么被严风光夺了去？”毛副处长说：“他路子广得很，基八公司关系不用说，跟省交通厅要员也往来密切。听说就是交通厅通过马步高，给基八公司施加压力，领导才让严风光做了经理，不知这家伙到底砸了多少钱。”

李见好摇摇头，感叹道：“没办法，如今是个利益高于一切的时代。权大责大，副手相对权轻责小，基本待遇又少不了你的，还自在些。”毛发家说：“落到这一步，也只能这么安慰自己。”李见好说：“不是安慰，是任何事情都有两面性。”

两人说话之际，工程车已退后数米，靠到一旁。话说得差不多了，毛发家说：“李处先上车吧，以后多来看看。”李见好说：“你抽空也去监理处走走，咱们喝几杯。”钻进车里，打开车窗，朝毛发家挥挥手，与工程车驳身而过。

照易居白所说，为给毛发家谋经理位置，栾俊杰是付出过大代价的。谁知事与愿违，毛发家败给严风光，项目部的事做不了主，不知怎么给栾俊杰交代。

替毛发家担忧着，李见好驾车到了13合同段项目部，去见经理屠松青。两人没啥交情，谈完工作，李见好随便说了句：“我有个学生是做建材生意的，不知屠总可否照顾一下？”屠松青说：“什么学生？”李见好说：“我在德南大学做老师时教过的学生。”屠松青说：“男学生还是女学生？”李见好说：“你管人家是男还是女？”

屠松青半开玩笑道：“女学生就照顾，男学生不照顾。”李见好说：“你这不是性别歧视吗？”屠松青说：“我爱歧视就歧视，你有意见不成？”李见好说：“没意见，反正我的学生不在你的歧视范围之内。”屠松青说：“意思是女学生咯？”李见好说：“女学生。”

屠松青很干脆，说：“水泥和钢材都已跟人家签下合同，只有铝合金还没完全谈妥，可以考虑。”一边掏出手机，录入曾亦嘉名字和号码，“要曾老板打我电话，手机里有她名字，我会接听的，不然也理不了那么多。”

“我这就联系曾亦嘉，让她跟你说几句。”李见好打通曾亦嘉电话，简单介绍过屠松青，要她跟屠松青说几句。屠松青接过李见好手机，说：“曾老板是李处女学生，13合同段乐意跟你合作，你带上贵公司基本情况，过来一趟吧。”

走出13合同段项目部，又来到德都桥梁建设公司的10合同段项目部。马步高的手好像还没伸到这里，许长途当李见好面，召来材料供应科曲科长，要他把嘉嘉公司列入重点材料供应商名单。李见好也表示，一定叮嘱负责10合同段监理业务的主管监理师刘泽南，努力配合许长途工作，按质如量完成好各项建设任务。

努力配合的意思，许长途自然听得懂，也表示感谢。

还跑了些地方，顺便把兵兵和虎子打工的事给落实一下，李见好才回了监理处。隔日有点空闲，打池小燕电话，要她通知兵兵和虎子来上班。池小燕自然高兴，问道：“多少钱一月？”李见好说：“两千左右吧。”池小燕说：“是不是少了些？”李见好说：“嫌少的话，让他俩自己去找高工资工作吧，我李见好人微言轻，只这个能耐。”

这话有些重，池小燕忙改口道：“他俩没文化没技术，两千已很不错了，咱们事务所招聘正牌大学毕业生，也就这个待遇。”李见好说：“你知道行情，还故意说少，不气我吗？你以为高速公路项目有钱，就谁都可赚是吧？告诉你，我处里的资深监理师，兜里揣着七考八考获得的执业证书，天天在工地上泡着，晒得跟非洲黑人一样，月工资也才三四千。”

池小燕只得求饶，说：“怪我多嘴，怪我多嘴。我让虎子和乒乓感谢你还不行吗？”李见好说：“谁要他们感谢？别给我添乱惹祸就阿弥陀佛啦。”池小燕说：“不会的，他们也不小了，该懂些事了。另外还跟你说，房子装修方案已出来了，你回来看看不？”李见好说：“我哪回得去？你自己做主就是。”池小燕说：“行行行，你没空回来，我就签字生效，让装修公司派工人进场，争取三四个月完工，尽快入住。”

听够池小燕的唠叨，刚收线，曾亦嘉打来电话，说：“跟谁煲电话粥呢？半天打不进去。”李见好说：“还有谁，老婆呗，家长里短的，够得啰唆。”曾亦嘉说：“到底是家长里短，还是监督管理？”李见好说：“兼而有之吧。”曾亦嘉说：“你监理人家，老婆监理你，这就叫一物降一物。”李见好说：“我还是你的降物哩。”

废话几句，曾亦嘉才说：“丁胜天够意思，已跟我签下合同，水泥钢材铝合金三大件都有我的份，还打了预付款。”李见好说：“动作蛮快嘛。丁胜天有钱如水做后盾，不差钱，做他们生意靠得住。”曾亦嘉说：“还不是看你面子，光凭嘉嘉公司的能量，这么大批生意，想都不敢想。我初步算了算，这趟生意做下来，纯利润就有好几百万。”李见好说：“怎么谢我呢？”曾亦嘉说：“给你提成行不？”李见好说：“谁要你的提成？真是的。”曾亦嘉说：“那你回来呀，我亲自下厨，给你做好吃的。”

说得李见好蠢蠢欲动起来，说：“再好吃的也没你好吃。”曾亦嘉说：“老想着吃我，你还没吃够？就怕你消受不了。”李见好说：“我就是上天专门安排来消受你的。”曾亦嘉说：“就知道逞强。上次走时，你气色就有些暗淡，以后再不能这么玩命。”李见好说：“能跟你玩命，死而无憾。”曾亦嘉说：“不许你把‘死’挂在嘴上，你要好好活着，帮我多多赚钱，去做善事。”李见好说：“答应你，不活到最后一口气，决不罢休。”曾亦嘉笑道：“到了最后一口气，想不罢休，也只得罢休。”

曾亦嘉还告诉李见好，跟许长途下面的曲科长吃过一次饭，定下合作意向。屠松青也答应下周见面，洽谈供货方案。

与曾亦嘉说过再见，李见好想起交给易居白的几幅字，打电话问他裱得怎么样了。易居白说：“裱得差不多啦，你过来拿，还是我送过去？”李见好说：“我这里忙得要死，你有空干脆亲自送过来，我安排食堂炖土鸡和鱼头煮豆腐款待你。”

易居白课不多，平时刻刻章，弄点书法，再以篆刻和书法作品为敲门砖，去敲富贵之门，好玩又来钱，倒也滋润。听说有土鸡和鱼头豆腐享用，答应过几天到处里来一趟。

弹琴要手劲，说话费精神，几个电话下来，李见好感觉有些累，倒杯水润润喉，往桌后沙发上一仰，准备闭目养会儿神。偏偏郁碧柳推门进来，放下手里的麻袋，弯腰打开墙边文件柜，掏出一只小纸箱。正是那天看望郁爷爷时郁碧柳提到车上的豆浆机，也不知她何时塞进柜子里的。李见好顺口问道：“你这是要干什么？”

“给您磨豆浆。”郁碧柳说着，取出纸箱里的豆浆机，拿到卫生间清洗过，再接大半缸清水，回来插上电，又从麻袋里挖半碗豆子出来，淘干净，倒进豆浆机里。李见好说：“食堂伙食不错，还磨豆浆，好麻烦的。”郁碧柳说：“镇上条件有限，食堂里翻来覆去就那几样吃的，您又这么辛苦，营养跟不上怎么行？豆浆可是好东西，多吃有益无害。还是镇上农家自产自食的豆子，比城里转基因大豆放心。”

豆浆磨好，郁碧柳倒上一杯，搁些白糖到里面，再用勺子搅几下，端到李见好桌前。喝口热气腾腾的浓浓豆浆，李见好只觉满嘴生香，感激地望眼郁碧柳，心下暗想，身边还真得有个女人，不然生活会失去好多滋味。

郁碧柳也在看李见好，问：“好喝吗？”李见好点头说：“好喝好喝。”郁碧柳说：“好喝我天天给您磨。有空再到农户家里购些杂粮，给您打五谷豆浆。”李见好说：“不必不必，纯豆浆就挺好。”郁碧柳说：“五谷豆浆营养更加丰富。”

见豆浆机里还有半缸豆浆，李见好说：“你怎么不喝？”郁碧柳说：“我不用，您喜欢，多喝几杯。”李见好说：“我也喝不了那么多，一起喝吧。”起身要给郁碧柳倒豆浆。郁碧柳忙制止道：“您坐您坐，我自己来。”给自己倒上一杯，美美地喝上一口。

人家对你这么好，你总不能白领白受吧。李见好看看郁碧柳，想起那台帕萨特，说：“这几天把处里事情处理一下，抽空陪你练练车如何？”郁碧柳说：“谢谢李处！有您做教练，我一定会大有进步，不然油门刹车都快找不到了。”

李见好说到做到，几天后处里稍稍清闲了些，驾着帕萨特，带郁碧柳出了院子。三四公里外有家废弃十多年的旧式兵工厂，破烂的厂房中间横竖着一格格水泥路，虽说杂草丛生，路面却平整宽阔，练车正合适。

车入厂区，李见好丢掉油门，拉上手刹，跳下车，跟郁碧柳对换位置。郁碧柳一进驾驶室，方向盘一把，直接去踩油门。帕萨特突地往前一蹿，足足吓了郁碧柳一大跳，放在油门上的脚像被火烫着一样，赶快弹开。李见好拉死手刹，说："踩油门前该做些什么，学车时教练没给你交代？"郁碧柳摇着头说："好久没开车，印象不深啦。"李见好说："你给我好好听着，七个字：一踩二挂三打四鸣五看六松七给。"

郁碧柳看眼李见好，说："没错呀，刚才我踩的就是油门。"李见好说："你在哪儿学的车？"郁碧柳说："在咱县里，假期学了几把过桥过饼，还没怎么上路呢。"李见好说："驾照呢，怎么通过的？"郁碧柳说："花钱呗。"

驾照也可以花钱通过，不是明目张胆制造马路杀手吗？李见好耐着性子道："你好好听着，听仔细点。一踩不是踩油门，是踩离合器。接下来是挂挡，打转向灯，鸣笛，看左右后视镜，松手刹，最后给油，连起来叫作一踩二挂三打四鸣五看六松七给，懂不懂？"

郁碧柳大开眼界的样子，说："想起来啦，教练讲过这些要点，但没归纳成七个字。"李见好说："你那教练肯定是冒牌货。先把这七个字背几遍，背熟了再开车。"

七个字不是七言律诗，郁碧柳很快背下来，再在李见好指点下正式练车。

厂区没人没车，路面宽敞平整，又有李见好坐在旁边，郁碧柳尽可放胆学车。加上多少有些基础，连续练习几个下午，就掌握车子基本性能，像那么回事了。到得后来，为培养郁碧柳的独立性，李见好干脆跳下车，袖手旁观，让她自个儿慢慢练。学车没啥神秘的，全在多摸方向盘，多熟悉车况，熟终能生巧。

见郁碧柳在一点点进步，李见好也有成就感，给侯忠民打电话，通报郁碧柳学车进展。侯忠民表示感谢，说："碧柳把车学好，以后你不必亲自驾车，让她给你做驾驶员。"李见好说："从上到下，还没见哪个领导配女司机，我一个小小监理处处长，胆敢享受这特殊待遇吗？"侯忠民说："人家领导花财政的钱，有红头文件管着，你用自己钱买的车，聘的员工，爱让谁开车就让谁开，哪个敢放半个屁！"

李见好笑笑，说："就算没人放屁，我老人家旁边待个漂亮女司机，哪还有心事监理德绕高速公路建设事业？监理不力，弄出豆腐渣工程，你姓侯的负不负得起这个责？"侯忠民说："事在人为，就看你有没有定力，抗不抗拒得了诱惑。"李见好说："这世上什么都可抗拒，唯独诱惑无法抗拒。"

练得差不多了，李见好又让郁碧柳将车开出兵工厂，试着上上路。是些乡道，虽说路窄弯多，却车少人稀，适合学车。

乡道上练得差不多了，再到镇上去，往车多人稠的地方开。

循序渐进练上几天，郁碧柳越发熟练，也不再用李见好陪练，处里没事时一个人驾着帕萨特上路，提升独立驾驶能力。

年轻就是好，学什么都容易。望着帕萨特驶出监理处，李见好心里感慨。其实他也不老，也就三十大几不到四十。可与郁碧柳相比，到底到了另一个年龄层次。

帕萨特远去后，路上又出现一部小车。到了跟前，才看出是易居白的车子。李见好上前迎住易居白，从他手上接过裱好的字，一起来到处长室。看过字，喝口茶，李见好陪客人参观监理处。易居白说：“这是好地方，外面山环水绕，里面干净清爽，真是神仙过的日子。”李见好说：“你以为我在这里做神仙？是劳动改造，天天都得下工地。”

转上一圈，回到楼上，郁碧柳打来电话：“处里是不是来了客人？”李见好说：“你怎么知道？”郁碧柳说：“刚才出门没多远，碰到一部小车往处里开，估计是咱们的客人。”李见好说：“算你猜对啦。”郁碧柳说：“要不要去镇上搞些采购？”

“行啊，别忘了购两只土鸡还有豆腐和鱼头回来。”李见好交代一句，回头跟易居白商量，“是不是将毛发家叫过来，一起喝几杯？”易居白说：“他们项目部远不远？”李见好说：“不蛮远，开车半个多小时就可到。”易居白说：“不远的话，我打他电话吧。”

要接待客人，郁碧柳没再练车，早早购好东西，将帕萨特开回监理处，直接走进厨房，配合厨师做起菜来。菜快做好，毛发家也赶过来，几位一起进了食堂包厢。郁碧柳跑进跑出，端菜上酒，然后坐下来陪三位喝酒。

见郁碧柳不仅长得好看，人也热情开朗，易居白不免羡慕嫉妒恨：“将这么漂亮可爱的女孩放到身边，见好真有你的。刚才还说你是神仙过的日子，神仙清心寡欲，哪有你这么幸福滋润？你这简直是皇帝过的日子。”毛发家说：“李处就是监理处的皇帝，一人独大，说一不二，想干啥就干啥，谁也管不着。”

郁碧柳不以为然，说：“哪有跑到这穷乡僻壤来做皇帝的？皇帝三宫六院，佳丽成群，李处这个皇帝连上朝的地方都没一个，皇后妃子也不知在哪里。”易居白说：“你就是皇后啊。”郁碧柳说：“我没皇后相，也没皇后命，不过一个打杂跑腿的。”易居白说：“你加把劲呀，争取早日从跑腿走杂的转正为正式皇后。”

说笑一会儿，郁碧柳出包厢去厨房催菜，易居白望着毛发家道：“打算怎么办？”毛发家明知故问道：“什么怎么办？”易居白说：“莫非你就没一点上进心，准备将这个基八毛副经理进行到底？”毛发家说：“不进行到底又能怎么样？”易居白说：“难道栾俊杰的钱你就这么白白花掉，不给人家一个说法？”

毛发家沉吟片刻，说：“要说我自己做不做这个狗屁经理，实在无所谓，最对不起的还确实是栾董。”易居白说：“也是栾董好说话，换了别人，你只拿钱，没回报，怕早追上门讨款子来了。”毛发家说：“他追上门，也没法子呀。我又没胆量捅掉严风光，自己来做经理。”

易居白笑道：“捅掉严风光，你自己脑袋保不住，哪还有经理可做？还是想点别的招数，比如举报严风光，让有关部门查他案子。”毛发家说：“举报他什么？”易居白说：“就举报他行贿受贿，保证一查一个准。”毛发家说：“怎么知道一查一个准？”

易居白挠挠脑袋，说:“这不是秃子头上的虱子，明摆着的吗？严风光想当经理，要行贿送钱吧？当上经理，要把行的贿送的钱捞回来，就得受贿收钱吧？行贿也好，受贿也罢，总会留下痕迹，落下口实，只要有人认真去查，没几个经得起查的。”

这道理毛发家不可能不懂，说：“高速公路上一个标段动不动就是好几亿，不可能一分一厘都花到工程上，没有任何漏洞，要查总查得出名堂。问题是得拿住人家把柄，还得有人肯出面给你查，没人肯出面，有把柄也无用。”

两人你一言我一语，说道了半天，只李见好不怎么吱声，只顾低头大快朵颐，易居白捅捅他，说：“你装什么深沉？好歹也放个屁听听嘛。”李见好这才说道：“严风光能混到这个份上，背景肯定不浅，要举报他，跟他斗，还真得小心点。”

易居白不满了，说：“你意思咱毛兄弟只能这么忍气吞声，副经理到头，栾董的钱也白白扔进水里，泡泡不用冒一个？你什么态度嘛你。”李见好说：“态度又吃不得，关键是看准后再下手，一下手就一剑封喉，置对方于死地。”

听李见好这么说，易居白瞪大眼睛道：“你是不是早已胸有成竹，看准了严风光喉头？”李见好说：“我哪胸有成竹？不过有两点不成熟的建议，可供参考。一是严风光能做经理，据说与马步高不无关系，马步高跟冯老板面和心不和，可以借冯老板之力，给马步高制造些麻烦，马步高一麻烦，严风光就没好日子可过。二是马步高与方早霞有一腿，方早霞正通过马步高的关系做严风光生意，做生意就是做交易，只要从方早霞那里撕开缺口，拿下严风光甚至马步高，就不再只是设想。”

“非常正确，真能拿下严风光和马步高，毛经理就有了出头之日。高高高，实在是高！我说了半天，全是空话，不着边际，见好嘴一张，就说到了点子上。你这家伙不做监理，去搞政治，一定是个高手。”易居白朝李见好翘翘拇指，“我给你俩分一下工，见好负责冯老板和马步高这一边，毛经理负责严风光和方早霞那一边，两位双管齐下，一定会大有收获。”

本来是聚在一起，以土鸡和鱼头豆腐佐酒，痛痛快快喝几杯，不想东拉西扯，拿严风光和马步高做了下酒菜。李见好心里暗想，哪天还得抽个空，到德绕公司去跑一趟，让马步高瞧瞧裱好的《一马当先》，看能否怂恿他再写上几幅。

送走易居白和毛发家，李见好一头扎进繁杂的事务里，连续忙了几个星期，没得消停。越忙越有人添乱，李见文打来电话，要李见好安排一下外甥女萍萍。李见好明白，一定是池家这边的兵兵和虎子到了绕城高速上，李见文心里不平衡，要你给萍萍找事做。李见好说：“萍萍不在广东做白领吗？听说待遇还不错。”李见文说：“待遇勉强还行，可一个女孩子，远离家乡，举目无亲，叫我怎么放得下心？”

李见好不好硬性拒绝，说了句看看再说。李见革也打电话，求李见好把闯闯弄到高速公路上来。李见革两个孩子，老大是女儿，从小懂事，读书发狠，大学毕业应聘到高林市一中当教师，还算有些出息。老小是个儿子，娇生惯养，初中没毕业就被学校开除，四处晃荡。正好李见好大学同学在老家区里做领导，把他弄进一家企业化管理的事业单位，旱涝保收。还不满足，还想送到高速公路上来，不知李见革怎么想的。李见好没好气道：“闯闯端的铁饭碗，还要异想天开，真是不识好歹！”

李见革支吾半天，才道出真情，闯闯犯事，且一犯再犯，已被单位除名。气得李见好火冒三丈，吼道：“你先把你的宝贝儿子教育好，再来找我！”啪一声摔了手机。过两天李见革又打电话说：“见好啊，再怎么说闯闯也是你侄儿，只服你管，我和你嫂子拿他没法，不放到你身边，只怕会闯大乱子的。”

现在才知没法，早干什么去了？李见好烦得很，没等李见革说完，挂了机。

不想没几天，池小燕打电话说父亲来了，要李见好回去一趟。李见好知道父亲此行用意，却不得不扔下手头工作，回到家里，硬邦邦地问老人家道：“爸你来干啥？”父亲不乐道：“来干啥？我想念孙子，来看看不行吗？”

想念孙子也许不假，可主要目的肯定还是闯闯的事。李见好说：“你来得不是时候，我和小燕忙得团团转，陪你的时间都腾不出。”父亲说：“不用你们陪，我想到哪里去，自己有两条腿。告诉我炎炎学校在哪儿，我去接他。”

李见好把父亲请上车，赶往炎炎学校。路上父亲说：“萍萍反正不姓李，你看着办就是，闯闯你不操这个心还真不行，不然进了班房，败坏咱李家世代清誉，看你老爸脸面往哪儿挂？”李见好说：“朝管朝，代管代，把咱三姐弟养育大，您和妈的使命已光荣完成，闯闯是见革儿子，见革没教育好，只能怪他本人，不是您做爷爷的过错。”

父亲长叹一声，说：“确实不是我的过错，可闯闯到底是我孙子嘛。再说你们三姐弟就你混出点名堂，咱李家的事你不出面管管，谁来管？说出去也难听嘛。”李见好说：“还不管？闯闯是怎么进的单位？”

“是我不会说话，见好别见怪。”从没说过软话的父亲低声下气地笑笑，“是的，你已为闯闯找过一次工作，工作还不错，只恨他自己不懂珍惜。我已骂过他，骂得他狗血淋头，他已后悔了。反正你就闯闯一个侄儿，加上炎炎才两兄弟，莫非忍心看着他变成烂仔不成？”

父亲老面子当然得买，李见好不可能不应承下来。

赶到学校，正值放学时间。很快炎炎就出现在校门口，猛然见爷爷站在跟前，双腿蹦得老高，往他身上直扑。来到车上，炎炎接过爷爷的红薯片和牛皮糖，给爷爷喂一口，自己咬一口，自己咬一口，再给爷爷喂一口，爷孙俩黏黏糊糊的，好不开心。一年到头炎炎也难得见回爷爷，可一碰面，就亲热得不得了。看来亲生的就是亲生的，打断骨头连着筋。

回到家里，岳母已做好饭菜，李见好拖出床下的折叠桌，支到架子床前，一家人挤坐一起，开始吃饭。炎炎一个劲往爷爷碗里夹菜，爷爷又夹回他碗里，说：“炎炎正吃长饭，多吃点，才长得高，长得结实。”炎炎说：“爷爷年纪大啦，多吃点，炎炎好吃在后头。”

说得一家人都笑。父亲说：“炎炎真懂事，也知好吃在后头，这可是咱们乡里话。”李见好说：“过去炎炎有些贪心，上饭桌见着喜欢的东西，只顾往自己碗里摞，我就这么说他，要他学会看势，孝敬大人。记性还不错，说过一次就记住啦。”

见屋子狭窄，饭后父亲借口家里有事，要坐夜班车回去。李见好说：“等会儿去外面开间房，我陪你一起住。”父亲说：“我还是回去吧，没必要开房花冤枉钱。”李见好说：“开房要得几个钱咯。”炎炎插话进来：“爷爷别走，爸爸负责开房，我负责陪您睡觉。”池小燕说：“你明天要赶早上学，怎么去陪爷爷？”

炎炎还不甘心，说：“爷爷干脆跟我睡架子床。”李见好笑道：“你这张床三尺宽都没有，怎么睡得下两个人？”炎炎说：“窄点没关系，挤一挤嘛，爷爷睡里边，我睡外边，保护爷爷不掉床下。”池小燕说：“爷爷还怕你掉床下呢。”炎炎又出主意说：“要么妈妈睡我的床，陪姥姥说话，我们李家三个男人睡里屋大床。”

还确实是个不错的主意，虽说里屋大床也大不到哪里去。

夜里爷孙仨就真到了一张床上。炎炎跟爷爷靠里睡一头，李见好靠外睡另一头。担心床太窄挤着不舒服，李见好特意在床沿上搁张条凳，一只脚撂到凳上。结果发现纯属多余，炎炎与爷爷紧紧贴着，占不了太多地方。李见好想起平时与别的男人挨得稍近点，浑身起鸡皮疙瘩，挺不是滋味，这夜与儿子和父亲肌肤相亲，竟坦然得很，觉得又亲切又自在。这实在是没办法的事，你身上有父亲百分之五十的基因，炎炎身上有你百分之五十的基因，爷孙三代一脉相承，谁也改变不了这个事实。

这夜李见好睡得又沉又香又甜，好像多年没睡过这样的好觉了。

第二天父亲回了高林。李见好送他上车后，赶往监理处。找人落实好萍萍和闯闯工作的事，恰逢天上下起雨来，没法施工，不必下工地，李见好将易居白裱好的《一马当先》卷好，扔到大众越野上，去了德绕公司。

雨天马步高也在公司，正在参加班子会。散会回到总监室，李见好跟进去，说：“马总给您看样东西。”马步高爱理不理道：“什么东西？”

李见好展开手里字幅，摊到马步高桌上，说：“请马总过目。”

一看是自己写的《一马当先》，经过装裱，气象一新，马步高脸上肌肉几乎弹起来，说：“怪不得人要衣装马要鞍，别看这字一般般，装裱出来，味道就不一样。”李见好说：“还不是马总字好，字不好，再怎么装也装不出来的。”

孤芳自赏一会儿，马步高说：“李处长不是专程来送字的吧？你把字留下，我出装裱费。”李见好说：“谁要您的装裱费？字您已出手赠我，归属权就已是我的，您想要回去，可没那么容易，除非走法律程序。”马步高笑道：“这不黑了天？我老人家亲自写的字，想要回来，还要走法律程序，世上哪有这个理？”

李见好嘻嘻笑道：“没黑天，马总也不能要回去。不仅如此，还得请您再写几幅。”马步高说：“你这人有味呢，已有我的字，又得寸进尺，还要我写。写也可以，先走法律程序。”

“马总大人大量，饶了我吧，千万别走法律程序，法律程序太复杂，咱们要修路，耗不起啊。”李见好夸大其词道，“也是我太喜欢马总这幅《一马当先》，裱好后挂在办公室，累了瞧上几眼，顿觉精神焕发，闷了欣赏一阵，立即心情大好。人生在世，谁不想当先？这是对咱们的莫大鼓励啊。爱美之心，人皆有之，我喜欢，别人也喜欢呀，每次有人到我办公室，都会盯住墙上马总的字，半天不肯离去，尤其是喜欢书法也懂书法的，非要横刀夺爱。我当然不干，好不容易请马总写幅字，怎肯随便易手？有的干脆出价，拿钱收购。我不为所动，钱再多也免谈。这些人无奈，只好央求我，代请马总也给写上一幅。我很为难，马总日理万机，管着百多公里在建绕城高速公路的监理工作，哪有时间给人写字？他们才不管这一套，直接把钱砸到我桌上，声明拿不到马总您的字，这辈子没我这个朋友。实在没办法，我只好拿上马总这幅《一马当先》，请您自己再看看，这么好的字，想要人家不眼馋，谁做得到？”

说到这里，李见好自己都暗暗吃惊，这么肉麻的话也说得出口。看来人是有可塑性的，有些事没做时，以为自己无能为力，一旦事到临头，总有办法做到；有些话没说之前，总觉得难于启齿，其实到得特定场合，勇气一鼓，舌头一摇，想说的说得出，不想说的也说得出。自己竟然还有这个潜力，口才如此了得，倒是李见好未曾料到的。可惜过去只顾一门心思做业务，也不想起动用这三寸不烂之舌，到有权有势者面前讨好卖乖，真是莫大浪费，否则也不至于折腾来折腾去，还是小小监理处处长一个，只怕早飞黄腾达，人模狗样了。

李见好这里肉麻着，马步高也半信半疑，觉得他的话太夸张。字真这么好，让人爱不释手，愿花钱购买，俺干脆舒舒服服留在家里，挥挥毫，写写字，待价而沽，多自在，多惬意，还辛辛苦苦出来做这个鸟总监干什么？不过不管怎么说，自己习字多年，再差也差不到哪里去，碰上有人喜欢，也不是没有一点道理。

人就是这样怪，只要是好话，明知有假也爱听，甚至以为假得有理，假得真实。相反丑话难听的话，分明是真也听不进去，甚至觉得真里有伪，真里有诈。这就是为啥做上领导，有人歌英明，颂伟大，心里格外受用，一旦听到不入耳的诤言，不遂意的实话，就非常抵触。

道理想通了，行动起来也就不再有心理障碍，李见好从提袋里掏出一个包包，放到马步高桌上。马步高警觉起来，退后一步，说：“李见好，你要干什么？”

李见好说：“这里有一点润笔费，是五位铁哥们强留在我这里的，一定要马总的‘一马当先’。我没法拒绝，也不好将钱据为己有，只得麻着头皮来找马总。马总字字千金，绝对不止这个价，这我还是清楚的。不过受人之托，就得忠人之事，还请马总看在咱们同事的分上，再怎么也满足满足人家，不然我回去没法交差。”

还以为李见好只是红口白牙，说说漂亮话而已，不想竟然动起真格的，马步高更是没有想到。难道李见好所言属实，确有人肯花钱买俺这字？退一万步想，纵使李见好所说为假，可他掏出的人民币绝对是真呀。相信这小子也不会拿真人民币证实假话，或拿假人民币哄你开心。既然人民币是真不假，也就没理由怀疑李见好说假，人家喜欢你的字也必然千真万确。

有人真喜欢你的字，你还犹豫什么呢？马步高手心痒痒，端足架势，落笔于纸，写起字来。自然还是“一马当先”，李见好是这么要求的。四个字容易写，落款也不复杂，半个多小时的样子，五幅字都写了出来。还不过瘾，又加写一幅，超过了李见好的预期。李见好想这家伙是不是真以为自己的字值钱，多弄一幅，好多赚一点？

马步高当然没这么浅薄，他先给李见好五幅字，再敲敲余下的那一幅，说：“李处长和朋友们喜欢‘一马当先’，我也想给自己留一幅挂挂。可不可以用新写的这幅‘一马当先’，换李处长裱好的‘一马当先’，省得我进城去找装裱师？”

装裱要不了几个钱，李见好自然不会拒绝，跟马步高做了交换。

第十六章
“老虎不在家，猴子称霸王”

李见好离去后，马步高拿出装裱得精精致致的“一马当先”四个字，让人挂到办公室墙上，时不时抬头看上几眼，很享受的样子。越看越觉得有功底，有内涵，有气象，不好说是千古绝书，怎么也算得当世妙品。至少说一马当先书法第一人，不会谁有异议。也就是说古今中外不可能再有第二个人，能把这四个字写得这么绝，这么不同凡响。

不能说马步高这么想，毫无一点道理。自古书法跟文章一样，没有绝对标准，叫字无定规，文无定法。写字的也就与作文的一个德性，文章自己的好，书法自己的棒，世上最好的作品永远是自己的。自己作品最好，要真心佩服人家的东西，自然就难。

马步高得意着，冯以真进来交代工作，一见墙上的“一马当先”，脸色就拉了拉。这小子怎么老念着“一马当先”？得意容易忘形，情商也会跟着下降，马步高还以为冯以真也欣赏他这四个字，说：“冯总觉得这四个字还行吧？您看得上眼，也给您写一幅如何？”

冯以真冷冷道：“我是个粗人，只知逢山开路，遇水架桥，玩不来高雅。”

偏偏此后冯以真到各项目部和监理处检查工作，看到不少经理或处长办公室高挂着“一马当先”，每幅都那么虚张声势，不瞧落款也知是马步高所为。先后看到十五六幅，有些是李见好送的，有些是经理和处长们见过李见好送的“一马当先”，想讨好巴结马步高，花钱找他本人写的。冯以真越发不乐了，姓马的想当先真想疯啦，只怕迟早会对咱下手的。

跑完一圈，冯以真准备出国考察，来回大约二十多天。李见好觉得是个机会，打电话给易居白，可否做点文章。易居白说：“做什么文章？”李见好说：“做表扬文章。”易居白说：“表扬谁？”李见好说：“冯以真出了国，表扬他也看不到，就表扬马步高吧。”

易居白明白李见好意思，带着《德都晚报》资深记者郭义山，下来现场采访德绕高速公路建设事业。冯以真没在公司，史学军主抓党务和纪检，马步高是总监，什么都监，什么都理，主要采访对象自然成了马步高。马步高很亢奋，陪着郭义山，将整个德绕高速工地跑了个遍，一路侃侃而谈，大力弘扬热火朝天的德绕高速建设一线的感人事迹，尤其是自己主管的质量和安全管理方面，说起来更详尽，更生动，更到位。

这天马步高陪郭大记者来到9合同段项目部。9合同段属二监理处范围，李见好自然也得出面。项目部经理涂建雄得知马步高要陪《德都晚报》记者来采访，早让手下人备好水果烟茶，专心守在部里。一行人下车后，涂建雄先领着参观工作环境。项目部是一家停产多年的乡镇企业改建的，办公用房足够，生活设施齐全，且周边绿树成荫，安静幽雅。

转上一圈，上楼走进会议室。宾主坐定，郭义山仰头一望，墙上有幅字，四个字：一马当先。一旁的易居白给他介绍说：“这可是马总的大手笔。”郭义山说：“马总出手不凡啊，佩服佩服。”马步高说：“小小习作，还望郭总多多批评。”

李见好不失时机说：“马总是圈内外的书法大师，不仅有交通系统第一支笔美誉，在省内外书法界也属翘楚。”涂建雄惊讶道：“马总还这么有来头？怪不得您的字好难求，我再三恳请，好话说了一大箩，才给我写了一幅。还不肯多写，就这么四个字，好小气的。”

说得众人都笑起来。

品评过马步高的书法，涂建雄招呼客人品尝桌上烟茶水果，再汇报工作。由于事先有准备，涂建雄的汇报很充分，也很精彩。接着马步高从德绕高速全线高度，对9合同段进行了高度评价。李见好也以监理角度，发表了自己意见。

汇报结束，已过十二点，众人一起下食堂吃工作餐。工作餐颇丰富，大家吃得满意，喝得开心，两点多才结束。离开食堂，上车前李见好提议：“离项目部三公里处有座红岩山，山上有个红岩观，观里道长道行高深，各位是否上去会会道长？”涂建雄马上附和说：“是的是的，红岩观道长看相打卦特别厉害，各位去算一算，保证一算一个准。”

几位就上了红岩山。红岩观位于红岩山顶，站在观前，往下俯瞰，远山近水尽收眼底，山外的德都城依稀可见。9合同段红岩工地也隐现于山间，工人们正在紧张施工。

走进观里，一老一少两个女人正围着道长问卦，问的好像是女儿的婚姻。道长面色红润，长须飘飘，倒也有些气度。两个女人走后，易居白上前，先跟道长攀谈两句，问自己前程如何。道长说："你没有前程，只有钱程，金钱的钱。"易居白说："此话怎讲？"

道长抓过易居白双手，摸几摸，说："你有一双巧手，就凭这双手，一辈子衣食不愁，不比有前程的人差到哪里去。"

易居白不就靠两手写字篆刻赚轻松钱吗？郭义山觉得有意思，也上前一步，要道长给自己看看。道长瞟眼郭义山，说："你是文曲星下凡，笔头了得，可捧人上天，也可咒人下地。"郭义山说："那我该捧人呢，还是该咒人呢？"道长说："捧得小钱，咒获大利，你自己把握吧。"郭义山说："咒人得罪人，人家不弄死我，算我祖上积德，哪还有大利可获？"

"你心里清楚，不用我明言。"道长只此一句，再不肯多说。

马步高一旁听个真切，暗想道长说得一点不假。做记者的就写两样稿子，一手写表扬稿，拿表扬对象的小红包，一手写批评稿，批评对象害怕稿子发表，送大钱把稿子换走。道长既然这么说得准，何不也请他给自己瞧瞧？马步高上前说："道长给我也测测吧。"

道长望着马步高，紧抿嘴巴，半天没吱一声。弄得马步高紧张起来，说："道长是不是看咱面相不好，不方便开口？有啥说啥，我都能接受。"

道长又瞧他半天，说："你这个相得出加倍的钱，不然我不会给你看的。"

出加倍的钱，定然是个好相，马步高暗乐，要去身上掏钱，才发现没带钱包。像马步高到得这个份上，位置不高，却实权在握，走到哪里都有人追着买单，哪用得着自己掏钱？早没了带钱在身的习惯。好在李见好动作快，掏出五百元钱，递到道长手上。

道长收了钱，望望马步高身后众人，仍然不肯开口。还是李见好明白道长意思，示意几位走开，道长才对马步高说："你是官场中人，官场如战场，有些话旁人听去不好。"

马步高深以为然，频频点头说："道长高见，道长高见。"道长说："加倍收你钱，不是我贪财，是你命里带贵，不同其他几位。且不是小贵，是大贵。大贵得大价，不然会折损你的贵命。看你高准阔颐，这样的面相是绝对要出头的，不可能久居人下。你现在已经干得很不错，不过还没真正出头，还是个二把手三把手。老二老三不能做得太长，太长会习惯被人领导，挫伤意志。你必须设法摆脱目前处境，快快出头。从你的面相和气色看，出头的机会就在眼前，就看你如何把握。把握好这次机会，你将一马当先，从此前程不可限量。否则火候一过，时机失去，一辈子就难有作为了。”

说得马步高热血沸腾，身子都快飘将起来。道长说得太对，自己岂能久居冯以真之下？被这小子压制的滋味不好受，得加紧行动，设法翻上去才是。

像打了鸡血似的，马步高格外亢奋，接下来的数天里，走到哪儿，脚都打飘，仿佛自己已经出头，不再是德绕公司三把手，尤其是看到项目部经理和监理处处长办公室挂着自己的《一马当先》，感觉就格外来劲。咱是一马，本来就应当先嘛，怎能落在冯以真二马之后？

见到处都有马步高的一马当先，郭义山也觉得有意思，问马步高为啥偏偏对这四个字情有独钟。马步高中气十足道：“咱们是修路的，修路的目的是让车子跑得快，跑得远。马是旧时重要交通工具，相当于现在的奥迪奔驰，书写‘一马当先’，提倡一马当先精神，就是鼓励高速人，竭尽全力修好高质量的高速公路，让奥迪奔驰，让党和人民的崇高事业，在社会主义康庄大道上畅通无阻，勇往直前，从胜利走向胜利！”

将一马当先与高速公路甚至社会主义康庄大道扯在一起，显得也太牵强附会了点。不过郭义山认可，觉得可以以“一马当先”为主题，弄出点新意来。这些年德南高速公路建设事业超常规发展，交通高速部门又肯花钱，这方面文章发表了不少，出新不易。从马步高手里拿走大红包，回去写文章时，郭义山就饱含深情，紧紧围绕“一马当先”四个字，对德绕高速公路建设进行了生动描述，热情讴歌。

混迹报界多年，郭义山知道这类文章仅描述和讴歌是不够的，重要的是突出主要领导。德绕高速主要领导不用说是以冯以真为首的三大巨头。虽说冯以真出差在外，郭义山还是对他在德绕高速公路建设上的重要作用做了充分肯定。只不过再美妙的文笔，也离不开直观可感的材料，没与冯以真本人正面接触，涉及他的内容略显隔靴搔痒，也缺乏现场感和真实性。马步高则全然不同，郭义山与他一连数天吃住在一起，了解不断加深，可写的地方实在太多。加之马步高的红包又不薄，也有意无意左右着郭义山的感情倾向和思维路径，想在马步高身上少着些笔墨都显得非常困难。至于马步高“一马当先”书法作品和“一马当先”折射出来的深远意义，更是文章的最大亮点，使高速精神得到有效升华。

文章在《德都晚报》头版发表后，又上了该报电子版，在交通系统乃至整个德南省产生了广泛影响。为增加覆盖面和广告效益，《德都晚报》已成功打入南方航空公司，德都至北京等多家航线上都看得到该报。恰逢冯以真出国考察归来，登上北京至德都的飞机，拿过座位前的《德都晚报》，摊开就是整版关于德绕高速的长篇通讯。开始冯以真还感到好奇，自己刚回国，就看到德绕高速公路上了《德都晚报》头版，是不是有人想给自己惊喜？可越往下看，越觉得不对劲，怎么自己这个德绕高速总经理竟降为配角，马步高一个总监则升格成主角，风光占尽，仿佛德绕高速建设成绩都是他一个人干出来似的。尤其可笑的是他的狗屁书法“一马当先”，还成了文章主题，莫非当初他一个劲写这四个字，就是为今天见报时多些噱头？马步高到底什么意思？难道仅仅想出风头，满足一下可笑的虚荣心？

冯以真觉得没这么简单。

下飞机后，冯以真就给公司办公室打电话，通知明天召开职工大会。要挂电话时又补充说，将下面各项目部经理副经理和监理处处长副处长也叫到公司一起开会。

监理二处的通知是郁碧柳接的。放下电话，她就拿着电话记录本，跑到楼上处长室，要李见好签阅。李见好正在接池小燕电话，说爱丽舍的房子已装修得差不多，进伙日期也看好，是个黄道吉日，李见好再忙，届时也得回去住一晚。李见好没理由不答应。他理解池小燕心情，有了像模像样的新居，可以告别德南大学的蜗居，进伙时一家人得一起乐和乐和。

等李见好打完电话，郁碧柳才上前一步，递上电话记录本，说：“德绕公司办公室会议通知，处里处长副处长都要参加，任何人不得缺席。特殊情况非请假不可，须报经冯总本人同意，否则请假一律无效。”

什么事如此重要，请假得冯以真本人同意？印象中德绕公司好像还从没发过这样的通知。李见好眼睛在通知上瞟着，伸出手，去笔筒里取笔。不用说冯以真已考察回来，不然要请假也没法报经他本人同意。难道是传达国外考察内容？又觉得不对，出国考察说穿了就是公费旅游，旅游有什么好传达的呢？德绕公司是修高速公路的，又不搞旅游开发，传达旅游方面内容，岂不是吃曹操的饭，操刘备的心？

“知道啦。”李见好签过字，将记录本还给郁碧柳。郁碧柳没马上走开，扬着眉毛道：“明天要不要我送您去德绕公司？”

李见好抬头望望郁碧柳，说：“你送我去？我不知路怎么走？”郁碧柳说：“晓得您知道路怎么走，您隔三岔五往德绕公司跑，路上几个弯，几道沟，闭着眼睛都数得出。”李见好说：“晓得我知道路怎么走，还去送我，有必要吗？”

郁碧柳抿嘴笑笑，说：“最近有空我就上路练车，可说驾轻就熟，已经达到专职司机水平。想起您做领导的，脑袋里装的事多，又开车又想事太辛苦，有人给您开开车，您也轻松点嘛。再说我是您的徒弟，徒弟在师傅正确指导下，学有所成，正是报答师傅的大好时候，师傅就给徒弟一个机会吧。”

这丫头，看来是想露一手。李见好说：“你这么懂知恩图报？”郁碧柳说：“那当然，师傅之恩不报，还报什么？李师傅同意啦？”李见好说：“你见过哪个单位头儿司机是女的？”

郁碧柳不满，说：“女的怎么啦？女的就不可做司机？明显是性别歧视嘛，我去妇联告你。”李见好说：“跟性别歧视扯得上吗？我是男人，算是二监理处法人，你是女生，又这么年轻漂亮，让你给我开车，要人家怎么想？”郁碧柳说：“工作需要嘛，管人家怎么想？人家爱怎么想，让他们想去。”

李见好嗐一声，说：“你可以不管，我不管不行啊。听说过唾沫淹死人吗？我被唾沫淹死了，你来负责监理二处工作？”郁碧柳说：“我恐怕负责不了，也没这个想法。”李见好说：“就是嘛。”郁碧柳不服道：“你就是胆小，太把别人当回事。”

李见好说：“胆小有啥不好？胆小开得万年船。”

郁碧柳笑起来，说：“只听说小心开得万年船，到你这儿胆小也开得万年船了。”李见好说：“一回事，胆小的人一般小心，小心的人一般胆小。”郁碧柳说：“你是领导，你说是一回事就一回事。”

第十七章
暗下圈套

改天李见好早早赶到德绕公司，会议室里已陆续有人入场，一个个神色诡异，好像有什么新鲜事会发生似的。没过多久，座位就基本占完，会务人员又弄了些小椅子，摆到会议室后面和两旁空地。

待加摆的椅子也被坐满，公司办公室胡主任开始清点人数。清点完毕，该到会的都已到会。这时冯以真恰到好处地出现在门口。嗡嗡嗡的说话声戛然而止，会议室顿时安静下来，仿佛成群蜜蜂怕见冯以真，全部从窗口飞了出去。

冯以真走上主席台，扶扶靠背椅，矮下身子。也没叫其他公司班子成员上去作陪，一个人孤零零地占着个空旷的主席台，傲视群雄的样子。脸上始终保持着微笑，像刚死老婆，可名正言顺迎娶下一位似的。

坐正身子，冯以真往下望望，对着话筒，宣布开会："今天把大家召集拢来，不为别的，就一件事，好好学习，天天向上。主席说过，三天不学习，赶不上刘少奇。不学习怎么赶得上刘少奇，怎么能向上，是不是？今天学习什么呢？学习一篇好文章。奇文共欣赏嘛，好文章不学学，多么可惜？学习要有学习的姿态，我宣布几条纪律，不能接电话，玩手机，不能乱说乱动，随便离开会场，也不能打瞌睡，装文静，消极应付。"

这是个务实年代，谁还把学习当回事？何况修高速公路得真枪真刀干，工地上人多事杂，正忙得不可开交，一天二十四小时不吃不喝不睡都干不完的活，冯以真身为总经理，不以工作为重，把大家叫到一起学什么文章，尽玩虚的，意欲何为嘛！

众人疑惑着，冯以真又开口道："下面请办公室工作人员分发文章。"

听得冯以真吩咐，胡主任带领办公室的人，一人抱着一摞报纸，进入会场，开始分发给各位。报纸到手，一看是头天的《德都晚报》，头版上赫然登着关于德绕高速建设业绩的长篇通讯。少部分人已看过文章，知道是啥内容。大部分这才接触报纸，不过也略有耳闻，知道是怎么回事。让人不解的是，冯总干吗对这篇文章如此感兴趣。

办公室的人发完报纸，冯以真又说："大家已拿到报纸，看到头版的长文。为提高学习效率，现请胡主任上台读报，各位边听边看。我要求大家务必集中精力，认真体会，融会贯通，把文章的精神实质吃准吃透。"

胡主任来到主席台一侧的发言席，运运气息，对准话筒，开始大声念报。

这好像有点无厘头。在场五十岁以上的人对这一套不陌生，当年闹"文革"，各单位各团体动不动就将男女老少集中到一起，由领导或认字的人念文件，读报纸，念的读的一本正经，听的看的像煞有介事。待70后80后这拨人逐渐成年，已世易时移，很少有机会接受这种莫名其妙的洗脑方式，对今天冯以真这套做法既感新鲜，又觉滑稽，不可理喻。不可理喻也得老实坐着，耐心参加完这场集体坐禅活动。

最不可理喻的还不是学习形式，是冯以真的意图，为啥要让大家来学习报纸。网络时代信息渠道太多，几乎没人看报，冯以真这么折腾，不是搞精神虐待，让人受罪吗？现在的人神经脆弱，谁经得起折腾和虐待？不过没办法，冯以真是公司老大，老大要你站，你还敢坐，老大要你坐，你还敢躺？反正不能做别的，只得跟着胡主任的声音，瞟着报纸，打发时间。

一个多小时的样子，胡主任终于念完文章。

没谁是傻子，众人渐渐明白过来，冯以真这么做，完全是冲着马步高去的。冯以真是一把手，马步高是三把手，到了文章里的，马步高做了主角，冯以真成为配角，叫冯以真情何以堪？换了谁恐怕都咽不下这口恶气。坊间早有传闻，二马与一马向来不和，还在德绕高速筹建时就你来我往，明枪暗箭，斗起了法。马步高是交通厅厅长袁绍德的人，本来要安排德绕公司总经理的，最初的筹备组负责人就是他。谁知冯以真傍上主管交通的张副省长，后来居上，做上筹备组组长，继而顺理成章入主德绕公司。马步高只得退而求其次，接了公司总监位置。不久张副省长调任外省副书记，马步高来了神，想着怎么把冯以真弄下去，取而代之。一方面暗里使劲，找冯以真岔子，一方面标榜自己，显得比冯以真高明。又趁着冯以真出国之机，到《德都晚报》上好好表现了一番，厚颜无耻地弄出个"一马当先"精神。你马步高一马当了先，冯以真二马还不只能居后？冯以真肯定不干，一回德都就主持召开会议，以学习郭记者长文为名，杀了一个回马枪。你不是老想着一马当先吗？我先给你个下马威看看。你一马，我还两马呢，我不信两马还斗不过你一马。

马步高哪想到冯以真会来这一招？面带窘态，如坐针毡，不自在得很。几位公司班子成员坐在他旁边，有意无意瞧他一眼，见他耳根发红，热汗淋漓，就知他不太好受。台上的冯以真也盯着马步高，逼得他低下眉头，去瞧鞋尖。

眼睛可以躲过冯以真的目光，耳朵却没法将他的声音挡开，只听冯以真说道："一马当先听去挺豪迈，挺激情，可修路不是哪一个人的事，一个人绝对修不出现代高速公路。也就是说革命事业光一马当先，其他马原地不动，是不可能有作为的。道理不难懂，如今已不是个人英雄主义时代，没有众马齐头并进，一马能量再大，也折腾不出什么名堂。我看一马注定成不了气候，更成不了大事。一个班子，一个集体，一个队伍，最重要的还是团结嘛。一马当先不靠谱，也靠不住，要靠还是靠团队精神。团队团队，就是团结一心的队伍。今天会议的目的，就是要大家提高认识，不被所谓'一马当先'的歪理邪说所蒙骗，积极重建团队精神，上下团结一心，形成强大合力，毫不动摇地按质如期完成德绕高速公路建设事业。"

说完要说的话，冯以真才宣布，近期在德绕全线开展一次工程质量大检查活动。活动分五个阶段：一阶段自查自纠；二阶段交叉检查；三阶段点面结合检查；四阶段梳理问题，整改建制；五阶段总结经验，吸取教训。

工程质量工作由总监马步高分管，冯以真要搞质量大检查，显然是打他七寸。如果说冯以真否定一马当先，马步高还能容忍，这下拿质量开刀，直击你的要害，马步高已没法接受。工程质量本来就说不清，谁也不敢保证经得起认真检查。各合同段项目部从投资方也就是德绕公司手里中标后，再将工程分包给下面施工单位，施工单位做工程要赚钱，项目部管理工程也要赚钱，这是不言自明的，全中国没有一个施工单位和项目部只做事不赚钱。钱怎么赚？施工过程中玩花招赚钱是赚，工程完成后通过变更概算赚钱也是赚。玩花招就是巧妙合理地偷工减料，属于质量问题；变更概算只会变多不会变少，属于数量问题。质量上掐紧点，数量上增加点，减负加正，钱就在里面了。这是公开秘密，更是行规，无人不晓，工程建设上的千万富翁和亿万富翁就是这么来的。一句话，工程质量比女孩的处女膜还经不起检查，女孩处女膜完整无损说不定还有可能，想要工程质量完好无缺，简直是天方夜谭。

马步高越想越气，脸上一阵红，一阵白，真想冲到台上，给冯以真狠狠一拳。好不容易才按捺住冲动，一直忍到会议结束，冯以真回到总经理室，马步高才跟进去，质问道："全线质量大检查这么大的动作，怎么不先开班子会决定，你一个人说了就能算？"

冯以真冷眼看看马步高，说："谁说我一个人说了算？"马步高说："不是你一个人说了算，我这个总监事先怎么一无所知？别的事我插手不上，也不想插手，质量归我总监分管，总还有些发言权吧？"

冯以真哼一声，说："质量归你分管，还归我总负责呢。我是德绕高速公司法人，质量出问题，我要掉帽子甚至掉脑袋的。至于说到质量大检查的事，不就是年初班子会上你自己提出来的吗？怎么这会儿成了我一个人说了算呢？"

马步高这才想起，年初班子会上，班子成员述职时，马步高身为工程质量分管领导，确实提过质量检查的事，后又被写入公司全年工作规划。不过这只是形式，每年都提，没谁真正当回事过，最多上面来检查工作，写进汇报材料，做样子给人看。可今天冯以真这架势，好像不仅仅做给人看，绝对会动真格的。

马步高无话可说，低头走出总经理室。

回到总监室，马步高仰在椅子上，望了好一会儿天花板，也没想出该怎么对付冯以真。只好打交通厅厅长袁绍德秘书小彭电话，看袁绍德能否干预一下。

跟领导秘书说话得客气点，不好上场就讲事，马步高先说小彭好，再问在哪儿忙。小彭说："在北京出差呢。"马步高问："出什么美差咯？"

小彭知道马步高与袁绍德的关系，也不瞒他，说："陪厅长到建筑院找人。"

马步高明白袁绍德去建筑院干吗。袁绍德在工程建设战线干了大半辈子，虽说真实学历只是中专，却拿了工程建筑硕士学历，还发表过专业论文，出版过厚厚的专著，也就想着搞个建筑院院士干干。院士尤其是中国院士，可不是想干就干得上的，有些科学家已是美国两院院士，却因能力有限，成不了中国院士。能力当然是多方面的，除科研能力还有攻关能力。袁绍德攻关能力没得说，经常将北京专家请到德南来讲学做客，通过合作交通建筑科研项目的方式，给人家提供巨额科研经费。德南这几年交通建设尤其是高速公路建设工程多，一个工程动辄上百亿的投资，从中抽几千万出来给专家搞科研，简直小菜一碟。来不了德南的专家，袁绍德则亲自登门拜访。

袁绍德正在北京努力，又哪有心情理你的烂事？马步高很泄气，只好等袁绍德回德都后再说。质量大检查有个过程，也不是一天两天就查得出名堂的。就是查出名堂，马步高难逃其咎，他冯以真恐怕也没好果子吃。冯以真是德绕公司一把手，德绕高速上取得的成绩都是他正确领导的结果，出现的问题都是他错误领导的结果，好事坏事他都不可能置身局外。投鼠还忌器呢，冯以真只可能在有限范围内给马步高惹点麻烦，不会把事弄大，惹火烧身。

正胡思乱想，方早霞打来电话说："在哪儿忙呢？"马步高说："还能在哪儿忙？在公司忙呗。"方早霞娇嗔道："再忙也要忙里偷闲，适当放松放松嘛。"

方早霞不怎么漂亮，也没有傲人的身段，却有一样对付男人的独门绝技：说话声音黏人。每次听到方早霞的声音，马步高身上就不由得发酥，恨不得立即飙到她面前，跟她大干一场。身上酥着，口里忍不住戏道："忙里偷闲没意思，忙里偷情才好玩。"方早霞说："你想偷就偷嘛，我把自己藏在宾馆里，专等你来偷。"

挂掉电话，马步高就迫不及待奔出门，开车离开德绕公司，往城区方向驶去。到得说定宾馆，推开虚掩的门，方早霞就嗖地扑到他身上，在他脸上啃咬起来。啃着咬着，方早霞两手也不空，开始脱马步高衣服，把他脱个精光，再让他给自己脱。

马步高就喜欢方早霞这主动劲，可以极大满足他男人的虚荣心，不像别的女人，你献上半天殷勤，还故作矜持，要死不活的，直到把你的激情消磨光，才肯进入主题。男人都是快攻型，女人都是慢热型，快慢差异会让男人失去不少耐心，一旦碰上方早霞这样攻守转换掌握得恰到好处的女人，也就格外过瘾。

过完瘾，马步高心头的郁闷也释放了不少，变得畅快起来。他很感激方早霞，每次都让自己得到最大满足。这正是方早霞的独特之处，马步高也就多年来心甘情愿为她效力，要他做啥就做啥。

懂得男人这个心理，每次亲热完，方早霞就会以巧妙的方式向马步高提要求，要他为自己做事。她在马步高身上抚摸着，说："几天前请严风光吃了个饭。"马步高说："跟他合作得怎么样？"方早霞说："挺好的，钢筋水泥和铝合金几大件都交给我来做。"马步高说："算这小子聪明。不是我马步高，14合同段项目经理就姓了毛，不可能姓严。"方早霞说："也有不痛快的。"马步高说："谁不痛快？"方早霞说："屠松青呗。他只肯跟我做部分钢材和水泥生意，铝合金的边都不让我沾。"

马步高拿开身上方早霞的手，偏头看着她道："这小子吃了豹子胆，敢跟我耍花招。不是我让他认识袁厅长，他能有今天吗？他把铝合金生意给了哪些人？"方早霞说："都给了哪些人不太清楚，只知一个叫曾亦嘉的女人在做屠松青的铝合金生意。"马步高说："这女人什么来头？"方早霞说："她是李见好过去的学生，现在的情人。”

提到李见好，马步高想起一马当先的事。原以为这小子缠着你弄书法，仅仅要巴结你，现在看来不完全是这回事，似乎另有什么企图。若非“一马当先”四个字让自己头脑发热，也不至于在郭义山面前大发议论，让他写进文章见报，弄得冯以真恼羞成怒，要跟自己过不去。说不定郭义山下来采访，也与李见好有关都难说。

见马步高半天没吱声，方早霞试探道：“你想什么呢？”马步高说：“我想你怎么知道曾亦嘉是李见好情人。”方早霞说：“不是情人，李见好会帮她到屠松青那里拉生意吗？不仅屠松青那里，曾亦嘉在丁胜天公司做的生意，也是李见好牵的线。”

马步高有些不信，说：“丁胜天的建材也有曾亦嘉的份？”方早霞说：“这还有假？我早做过调查。”马步高说：“本来我也找过丁胜天，准备把他的生意拉些给你，他说他的公司是钱如水注的资，要我去找钱如水。想起钱如水平时对我不薄，他下面公司也做建材生意，才没去抢他饭碗，谁知丁胜天竟把好处给了李见好的情人，真是岂有此理。”

方早霞安慰马步高：“没关系的，生意多做是做，少做也是做，只要有饭吃，饿不死就可以了。”马步高说：“这不是饿不饿得死的事。我不会放过屠松青和丁胜天这两个狗东西。”

马步高不是说说而已，趁冯以真布置的质量大检查活动，将手伸到 12 合同段和 13 合同段的检查组里，严检彻查，很快检查出不少问题，有些问题还说得上严重。有问题就得改正问题，在建工程停工整改，已竣工程推倒重来。与此同时，质量不合要求的建材坚决不能再用，用过的也要处罚，不予验收。

这一招真够毒的。有没有问题，可对照相关制度和规定，解释权却在检查人员手里，他说啥就是啥。建材合不合格，更加说不清楚，就是取样检测，也可做手脚，甚至专门制作样品应付检测，也属行内不成文的规矩。也就是说工程有无问题，建材合格与否，不过检查人员一句话的事。马步高的人是带着明确目的下来的，没检查前已先给你定了性，检查仅仅是个过程，不检死你查死你才怪呢。

12 合同段和 13 合同段被整得惨兮兮的，丁胜天和屠松青急得像热窝上的蚂蚁，不知如何是好。两人都清楚是马步高故意使坏，若只跟方早霞做生意，不进曾亦嘉的建材，绝对不会闯下如此大祸。

曾亦嘉是李见好介绍的，只好去找李见好，看他有什么办法。

第十八章
从蜗居到复式洋房

时值质量大检查，李见好不可能守着监理处不动，在外面做交叉检查。正忙着呢，池小燕又左一个电话，右一个电话，催他回去搬家。新家很漂亮，又实用，挺合李见好的意。钱虽是自己出的，却全靠池小燕操心劳力，不然没这么快就可住进来。

池小燕更有成就感，几个月的奔波成效显著，明摆在这里。忙完一天，待儿子和母亲到各自房间睡下后，池小燕才走进二十多平方米的主卧，想着好好与李见好温存温存。主卧另带卫生间，池小燕先去泡个热水澡，再回房躺到大床上，睁大双眼看着大方时髦的吊顶，白净宽阔的墙壁，还有两面墙上典雅时尚的书柜和衣柜，心里美得直想狂喊两声什么。又怕李见好骂自己疯婆，只得强忍住，催他快洗澡上床。

好久没与池小燕过这么如意的性生活了，两人都很满足。池小燕还表扬李见好："我以为你这辈子蔫了吧唧的，再不可能有什么作为，想不到还是有两把刷子的。当初我没说错吧，人没活出点价值，创造不了好环境，就不可能有激情和心情做爱。如今你活出价值，有钱有房有车有事业，人也变得优秀，包括床上功夫都大有进步。"

池小燕的话很实际，可李见好听着，心里挺不舒服。照她这个理论，有钱有房有车有事业才优秀，才算活出价值，莫非没钱没房没车也没像样事业的男人就没价值，连活着和做爱的资格也该被取消不成？若是这样，这世界岂不太可怕了？世界不是少数人的，是千万大众共同的，只要生下地，人人都有活着和做爱的权利，谁也没资格剥夺这个权利。有人有钱，有人没钱，有人有地位，有人没地位，这都正常，没什么不可。但做人的权利是一样的，有钱有势要吃饭做爱，没钱没势也有资格吃饭做爱。

李见好肚子里怎么想，池小燕自然不知不晓，只沉浸在自己的幸福里，又满怀憧憬道："我准备将德南大学的房子简单装修一下，出售或租个好价。咱所里几位老会计师已退休，我有一次升职机会，薪水也会翻一番。有这两笔收入，就可提前还掉现在的贷款，另买大房时又可按首房办理按揭。"

李见好可没这样的雄心壮志，说："有房子住就可以啦，还买什么大房啰？"池小燕说："有钱不买房，你傻呀？现在什么都贬值，货币股票黄金珠宝都在贬，只有房价在升，买房最靠得住，可自住，也可投资。只要能办按揭，拿出你一年的年薪付首付，买套两百多平方米的复式结构绝对没问题。"

池小燕睁眼做着购房梦，不知何时李见好已睡着，只好也闭住嘴巴，熄灯合上眼睛。

第一次住进新房，又难得地收获一次很成功的性爱，这晚李见好睡得很沉，翌日早上快八点才醒过来。睡得充足，精神格外饱满，早餐胃口也挺不错，喝了一大碗豆浆，还吃进两枚鸡蛋和两个不小的馒头。

刚离开餐桌，准备下楼开车回监理处，钱如水打来电话，问他在乡下还是在城里。李见好问："在乡下和在城里有区别吗？"钱如水说："在乡下，我到你那里去；在城里，你到我这里来。"李见好说："我到你那里去吧。"

赶到水善利公司，俞芹芹已泡好工夫茶，见着李见好，跟他打声招呼，朝门外走去。李见好望望俞芹芹腰身，笑对钱如水说："芹芹好像胖了不少。"

招呼李见好坐到茶桌旁，钱如水自己也落到俞芹芹坐过的位置上，说："你一个大男人，人家女人的胖瘦，也是该你管的吗？"李见好说："你别顾左右而言他。自己有老婆，有孩子，又把人家黄花姑娘肚子搞大，看你怎么摆得平。"

钱如水一边给李见好倒茶，一边不以为然道："有两个臭钱，什么摆不平？不看钱的面子，人家愿意给你养儿吗？"李见好说："给你养个儿多少钱？"钱如水说："总得六七百万吧。"李见好说："土豪就是土豪，六七百万不过轻轻一句话的事。"钱如水说："钱是次要的，主要看值不值得。"李见好说："六七百万一个小孩，性价比可不低。"钱如水说："这倒也是。不过芹芹体质好，智商不低，性情也温和，这样的女人才生得出健康聪明的孩子。"

聊会儿芹芹，李见好喝口茶，说："见我何事？"钱如水说："有人在查丁胜天的12合同段，你清楚吗？"李见好说："冯以真布置的质量大检查，能不清楚？"钱如水说："知道是些什么人在查吗？"李见好说："我也在下面搞交叉检查，具体情况目前不太了解。"钱如水说："是马步高的人在查，准备将丁胜天往死里整。"

李见好颇感意外，说：“马步高为何要这么干？”钱如水笑道：“这不很简单吗，丁胜天在嘉嘉公司进了建材。”

李见好一听明白过来，说：“原来丁胜天进了嘉嘉公司建材，不做方早霞生意，马步高耿耿于怀，趁此次质量大检查之机，拿丁胜天开刀。这小子太猖狂，冯以真已盯住他，他不想想自己的处境，还敢搞别人路子。”

钱如水给李见好前面空杯加上茶水，说：“冯以真也恨马步高，可他不敢对马步高下手太狠。”李见好说：“何以见得？”钱如水说：“马步高肯定有问题，冯以真自己屁股就干净得很？两人虽说是对手，可高速系统关系太复杂，往往你中有我，我中有你，说不定马步高身边某根利益链正好连着冯以真，牵出马步高，冯以真也脱不了干系。”

旁观者清，也许正因钱如水是局外人，才对高速公路上的事看得这么透彻。李见好说：“马步高准备拿 12 合同段怎么办？”钱如水说：“停工整顿，推倒重来。”

马步高真这么做，不仅是对 12 合同段的打压，曾亦嘉的建材款也收不回，还全盘否定了二监理处过去的工作。李见好说：“马步高敢胡来，我对他不客气。”钱如水说：“他已在胡来。你有什么妙招？”李见好说：“马步高这种人，在高速系统待的时间长，没问题是不可能的，只要对他动手，撬开他嘴巴，不可能掏不出东西。”

钱如水忍不住笑起来，说：“如今大凡有些实权的地方，只要撬开掌权人嘴巴，哪个掏不出东西来？问题是谁去撬。总不可能你我两个去撬吧？党和人民好像还没赋予咱们这个权力。”李见好说：“可找找聂老呀，他发句话，让曹副书记去撬马步高嘴巴，还怕马步高嘴巴上了铁箍？”钱如水说：“马步高是袁绍德的人，袁绍德与省委主要领导过从甚密，就是聂老让曹副书记动马步高，恐怕也不一定动得了。”

李见好有些发急，说：“莫非眼睁睁看着马步高大耍淫威，竟拿他没任何办法？”钱如水说：“办法是人想出来的，先跟你通个气，你多留个心眼，看怎么才能踩住马步高尾巴，叫他也不好受，伸不出拳脚。”

马步高揪住 12 合同段不放，嘉嘉公司肯定也有些难堪，曾亦嘉却电话都不打一个，不知她到底什么意思。从水善利公司出来，李见好直接去了嘉嘉公司。路上接到史学军史书记电话，说要跟他见见。两人没啥私交，平时只是些工作上的接触，这个敏感时期突然说要见你，他到底什么用意？

虽说史学军不似冯以真是公司法人，也不似马步高主管监理业务，可好歹也是德绕公司二把手，人家要见你，你还能躲避？李见好就问史学军在哪里。史学军说：“在公司，有些工作上的事跟你交换一下意见。”李见好说：“我在城里办事，办完事就上德绕去。”

没多久来到嘉嘉公司，李见好将曾亦嘉堵在办公室，开门见山道：“12 合同段被马步高搅得天翻地覆，你的生意难道没受丝毫影响？”

真是岸上人急，船上人不急，曾亦嘉轻描淡写道：“有影响就有影响呗。”李见好说：“有影响怎么不打我电话？”曾亦嘉说：“12 合同段就在你眼皮底下，还要我打电话？”

话倒是在理。李见好说：“我也被临时安排做交叉检查去了，对二监理处下面各合同段情况不太清楚。你说说对嘉嘉影响有多大？”

“丁胜天还差嘉嘉千来万货款没付。”曾亦嘉透露道，“嘉嘉的货是从厂家赊的，都是老客户，本来人家不急着收款，听说嘉嘉供货的 12 合同段出了事，生怕货款收不回去，一天几个电话不够，又派人坐守公司要款，催命似的。你来之前，我才打发走两起要款人。”

李见好心生愧疚，说：“都是我不好，本想帮你一把，到德绕高速上赚些钱，谁知弄成这个样子。还有 13 合同段，他们的铝合金款付了没？”曾亦嘉说：“付了一部分，还有好几百万没到位。”李见好说：“早知如此，当初就不该把你介绍给丁胜天和屠松青他们，来蹚德绕高速这趟浑水。”曾亦嘉说：“不是你的错，做什么生意没有风险？大不了破产，卖掉房产和公司，出去端盘子。”

如果马步高硬要叫 12 合同段和 13 合同段停工整顿，推倒重来，弄得丁胜天和屠松青干不下去，嘉嘉无法收回巨额货款，还真只有破产的下场。换上别的女人，面对这种惨状，只怕早大动肝火，急赤白脸，指着你鼻子猛发狮吼了，曾亦嘉却还这么沉得住气，不怨天，不尤人，确实让人钦佩。

钦佩着曾亦嘉的大度，李见好说：“你去刷盘子，我也跟你一起刷。”曾亦嘉笑道：“刷盘子养得活你的家口？我刷我的盘子，你做你的监理处处长，我不会拉你下水。”李见好说：“本来就是我拉你下水的，你再拉我下水，咱们就扯平了。”

公司形势紧张，曾亦嘉要应付的人事多，李见好不便老占用她时间，只好知趣走人。出得地下车库，扭头窗外，望一眼楼上的嘉嘉公司，李见好心情直往下沉。嘉嘉公司逃不过这一劫，以后自己哪还好意思面对心爱的女人？

关上车窗，再往后视镜里一瞧，里面的男人已泪水盈盈。李见好抓张车窗前的抽纸，在眼角上抹了抹，把住方向盘，汇入车流。

来到城外，想起史学军的电话，绕道去了德绕公司。

公司显得很安静。几辆报废越野车撂在坪角，无人问津。树影无声，寂寥地投在地上。偶尔有人从树下晃过，进了办公楼对面的板房，估计是食堂工人。楼上窗户大多紧闭着。正值质量大检查，估计公司的人分头下了各合同段项目部。

楼里也悄无声息，走在楼道上，脚步声很空洞。上到三楼，各办公室关门落锁，只东头南面书记室开着门。史学军正在翻报纸，对渐行渐近的足音充耳不闻。直至李见好来到门边，喊声史书记，才抬起头来，说："见好到啦？坐坐坐。"

平时史学军都客气地喊李处长或小李，今天改叫见好，还真让李见好不太适应。国人叫人是有讲究的，史学军突然改口，亲切地叫你名字，意味着什么呢？

刚在办公桌对面沙发上坐下，史学军便推开报纸，要去倒茶。李见好立身拦住他，说："车上有水，刚刚喝过，不渴。"史学军说："真不渴？也行，咱们老同事老朋友，就少礼啦，待会儿早些去食堂吃工作餐。"拿过座机，通知纪检办叶主任，晚上弄个客餐。

"吃饭就免了吧。处里事情多，得早点赶回去。"李见好说，"书记这么忙，麻烦您也不好意思呀。"史学军说："就在公司食堂吃，有什么不好意思的？吃饭是第一件大事嘛，不吃饭，饿着肚皮闹革命，哪来的劲？"

李见好表示感谢，笑问道："第二件大事呢？"史学军笑笑说："第二件大事是公司准备在德绕高速全线开展廉政建设宣传月活动。宣传少不了典型，我打算树二监理处为先进典型之一，不知你这个大处长意下如何？"

马步高死死盯住二监理处，在找 12 合同段和 13 合同段岔子，史学军这里却要树二监理处的廉政典型，不是自相矛盾吗？再说架桥修路是实打实的力气活，谁有心情去务廉政建设的虚？不过务虚没啥意义，至少也无坏处，李见好说："史书记看得起，才树二监理处为廉政典型，咱高兴还来不及呢，马上回去落实就是。"史学军点头说："你有这个态度就好。落实起来也容易，公司纪检办会下文进行具体布置。"

说完廉政宣传月，又闲话几句，开餐时间到了，两人下了食堂。吃饭的人不多，餐厅里只稀稀落落几个职工，见史学军进来，主动跟他打招呼。史学军嗯嗯着，直奔餐厅旁边的小包厢。叶主任已到，正将多余的椅子挪往屋角。

史学军一屁股坐到中间座位，招呼李见好和叶主任分坐自己两旁。见对面还有一张椅子，问叶主任还有谁。叶主任说：“还有舒奇琪舒副主任，正在厨房看菜。”

开始上菜时，舒奇琪才进包间。是个二十出头的女孩，李见好见过几回。一般人家子弟，二十出头才走出大学校门，能找个差事做做，勉强糊口已经不错，舒奇琪却已是德绕公司中层干部，背景肯定不一般。德绕公司为企业化管理的事业单位性质，根据公司法，职工按职位拿薪酬，到得中层，自然比其他普通职工工资高很多。若是行政事业单位干部职工，干上二三十年也享受不到这个待遇。

在三个大男人面前，舒奇琪很放得开，有说有笑的。酒量不错，喝酒像喝水，上场就是一轮通关。如今这样的女孩不少，比男孩还勇猛，也比男孩更吃得开。气氛一上来，舒奇琪更加活跃，说：“在坐都是德绕精英，我出几个字，请三位解释字义，解错喝酒，解对我代。”

看得出，史学军对舒奇琪很欣赏，不然她也不会这么张扬，将话语权抓在自己手里。话语权象征领导权威，是神圣不可侵犯的。史学军乐意出让话语权给舒奇琪，李见好只好附和：“舒主任出字，咱们试试。”舒奇琪说：“第一个字：人。怎么解释？”

人字出口容易，写来简单，人人能念能认，可仔细琢磨，人却是最丰富也最复杂的，世上没有一样物种能比。一时无人回应，李见好只得打破沉默，说：“人字像人迈开两腿走路，套用乡里俗话，叫作两脚乒乓走，为得身和口。”

史学军和叶主任很赞同，说人要活命，免不了到处奔波，一辈子不得安宁，李见好这个解释切中肯綮。

舒奇琪又说：“‘从’字，请解。”

李见好不敢乱说，去望史学军两位。史学军没吱声，叶主任想想说：“两人挨着，可说是形影不离，相依为命。”舒奇琪说：“错，应该是有前有后，领导在前，下属紧随不舍。”

没办法，叶主任也只得喝酒。舒奇琪又说：“一个‘众’字，怎么解？”史学军说：“这好理解，四个人约好打麻将，只来了三个，三缺一嘛。”

服了史学军，舒奇琪又说：“‘合’字，啥意思？”

三个男人都闭住嘴巴，没敢瞎猜。史学军只好分配任务，先要叶主任解释。叶主任挠着头皮说：“一人一口，恪守本分，不多吃，不多占，坚持廉洁勤政不动摇。”

舒奇琪再出题：“‘囚’字，谁来解？”叶主任说：“这不是人住在房子里吗？如今房价居高不下，房子外面的人想住进房子里面去，住进里面的人要还贷款，养房子，成为房囚，一辈子翻不了身。”

没等舒奇琪开口，史学军忍不住道：“错，‘囚’字还不明白？谁想出头，就把他关起来。”

叶主任击掌称妙，舒奇琪也挺认可，主动倒酒，自罚一杯。李见好却听得心惊肉跳，心下暗思，史学军想把谁关起来？

饭后离开包间，史学军要送李见好上车。李见好拦住他，说：“书记太客气，带咱们喝酒，见好已深受鼓舞，再不能耽误您宝贵时间，请回吧。”

“也行，你路上慢点开车。”史学军说着，又突然想起什么似的，从兜里掏出一张复印纸，“我这里有一纸发票复印件，据说与德绕公司领导有关，已被人捅到要害部门那里。你先拿去看看，如果要害部门有关系，帮忙挽回一下影响。眼下正值绕城高速建设关键时期，公司出不得事啊，出事会影响整个大局，给国家造成巨大损失，施工单位和你们监理部门也会受牵连，大家都没好处。我心里着急，又无能为力，听说你跟要害部门的人比较熟，才把你叫来，如果你能了这个难，也是德绕之大幸。”

李见好接过复印纸，一看是张开餐发票复印件。让人惊奇的是上面的开餐金额，竟然多达十七万多。一餐吃这么多，到底吃的什么，吃进了谁的肚里？史学军只说与德绕公司领导有关，没明言是谁，李见好也不多问，将复印件放进包里，上了车。

第十九章
一波未平，一波又起

接下来的多天里，李见好面对手头的发票复印件，茫然无措，不知如何是好。看得出，原件是正规税务发票，右下角盖着开票单位公章，是一家叫作楚天舒的私人会所。楚天舒不对外营业，私密性很强，只有正规会员才进得去。李见好去过一次，还是随易居白去的。除少数易居白这类德都城里的文化名流，楚天舒会员多是位高权重的官员和身价过亿的富豪。会所位于德都老城一处偏巷，外边看上去平常，里面的装修和设施却豪华得惊人。消费档次自然不低，一伙人一次吃个三五万，不在话下。可一顿吃下十七八万，还真不简单，就是一口吃一张百元钞票，也要点肚量。

楚天舒这么私密和高级，普通人连门都进不去，开出的发票又怎么被人复印到的呢？开具发票显然是为报销，估计没人乐意自掏十七八万请次客。要报销，就会有经手人和审批人，还得财务人员入账打钱，这些人都有可能将发票复印或拍摄下来。世上没有无缘无故的爱，也没有无缘无故的恨，这么做肯定是冲着与这顿天价饭有关的人去的。若史学军所说不假，发票跟德绕公司领导有关，复印件真到了要害部门手里，要害部门总会有个态度，不闻不问的话，被捅到网络上去，会变得更复杂。也许发票牵涉的事情本来就复杂，要害部门不好下手或无从下手，才暂时按兵不动，等着闹出动静，再见机而作。

易居白应该多少知道些楚天舒的内幕，李见好准备约他见个面，打他电话说："最近有事忙，还是无事忙？"易居白说："别问忙不忙，有屁你就放。"李见好说："一起吃个饭如何？"易居白说："吃什么饭？"李见好说："吃饭就吃饭，还吃什么饭？你烦不烦人你？"易居白说："好好好，吃就吃吧。去哪里吃？"

德绕公司风声这么紧，凡事谨慎为妙，把易居白请到监理处来太打眼，回城与他碰头说不定也会被人撞见，看来得找个合适地方见面。想起二监理处至10合同段途中有家农家乐，平时下工地或去项目部，进去吃过两回饭，人不多，口味也不错，是个理想去处。

跟易居白说好农家乐的方位，李见好将餐票复印件再复印了两份，塞进包里，以下工地为由，出了监理处。

来到农家乐，里面没几位客人。要个屋角小包房，才点好菜，易居白就踩点赶到。脚跟没立稳，口里便嚷嚷道："吃你的无钱饭，误我的有钱工，手头正没闲，还老远跑这鬼地方来吃饭，亏不亏？"李见好说："赚那么多钱干啥？棺材垫太满，你尸身还怎么塞得进去？"易居白说："不是钱的事，是熟人的熟人朋友的朋友订购的篆刻，却之不恭啊。"李见好说："我不信你不接活，人家会拿枪逼你。"易居白说："枪逼可以不理，钱逼不接难受啊。"

"是嘛，还是钱作怪。"李见好说着，朝门外喊声快上菜。易居白说："谁跟钱过不去？不像你手握国家资源，可任意享用，签个字就有大把大把钱进账，咱只能靠手上刀笔吃饭。"李见好说："咱们这一行吃的辛苦饭，哪有资源可用？"易居白说："别欺我外行，谁不知道监理厉害？没你发话，人家施不了工，没你滴墨水，人家施完工也拿不到钱。这就是权。权是用来寻租的，寻租就有租金，这道理谁不懂啊。"

互嘲几句，菜开始上桌，两人随便喝些啤酒，倒也轻松。喝得正痛快，易居白手机忽然响起，是毛发家打来的，说严风光已被要害部门带走。易居白替毛发家高兴，说："是不是你干的好事？"毛发家说："一两句话说不清楚。告诉我，你在哪里？"

易居白说了吃饭的地方，挂掉电话。李见好听出是毛发家，说："毛发家干了什么好事？"易居白说："要害部门干部喝茶没人陪，把严风光叫了去。"李见好说："真的吗？我怎么没听说呢？"易居白说："应该是刚发生的事，还没传到你耳里。"李见好说："是不是冯以真安排的质量大检查产生了应有效果？"易居白说："可能吧，待会儿毛发家赶过来，就清楚了。"

聊几句毛发家，两人继续喝酒。李见好没忘请易居白的意图，拿出发票复印件，要他给看看。易居白望眼李见好，接到手上，边瞟边说道："一张餐票复印件，有什么好看的？"李见好说："你先瞧瞧上面金额。"

见是十七万多的数字，易居白惊讶说："一顿吃十七万多，也要点能耐呐。你几时也请我吃顿这样的大餐？"李见好说："大餐以后再说，你先看看下面的开票单位和公章。”

易居白往下一瞟，说：“不是楚天舒会所吗？那个地方消费是贵，可也没贵得这么离谱呀，是谁狮子大开口，一顿吃下去那么多？”李见好说：“你问我，我正想问你呢，不然叫你来吃什么饭？你以为我一个人吃饭没胃口？”

易居白不跟李见好饶舌，说：“我去过楚天舒，数万一顿的饭吃过几回，却从没口福享受过十七万多的超级豪宴。”李见好说：“长眼界了吧？”易居白反问道：“要我看这玩意儿，到底何意？”李见好说：“这张复印件是德绕公司书记史学军给的，说与公司领导有关，还告知有人举报到了要害部门，托我帮忙找一下要害部门的人，看能否把事摆平。”

易居白忍不住笑道：“这与你有什么关系，也敢接这活。你是狗咬耗子吧？”李见好说：“也不能这么说，监理处在德绕公司拿监理费，公司玩不下去，监理处也没饭吃。这叫一荣俱荣，一损俱损。”易居白说：“就算荣损与共，也轮不到你来操心呀。史学军是公司书记，分管廉政建设工作，公司廉政出问题，他分管领导得出面摆平，怎么把你往前线推呢？”

说得李见好不耐烦起来，说：“要你看张发票，屁话一大箩，有你这么婆婆妈妈的吗？”易居白说：“你明说，到底要我干啥。”李见好说：“你跟楚天舒熟悉，给我了解一下，发票是谁拿走的，也就是说谁在楚天舒吃的这顿超级豪宴。”

易居白收下复印件，说：“没办法，喝了你几口啤酒，只得听你摆布，为你跑腿。”李见好说：“这还差不多，像俺的哥们儿。”给易居白面前的空杯倒满啤酒。

开了瓶的啤酒没喝完，毛发家走了进来。李见好把毛发家拉到两人中间坐定，给他满上，同时问道：“是来报告好消息的吧？”

毛发家头一仰，干掉杯里啤酒。李见好重新给他倒满。毛发家又一口干掉。抹抹嘴巴，正要开说，自己先笑起来。易居白不满道：“有啥好笑的？说完再笑行不行？”毛发家边笑边说：“你们不知道，这事太好笑啦。”李见好说：“你说都没说，咱们怎么知道好笑？”

好不容易毛发家才忍住笑，开始说事。事关德绕高速质量大检查。带队进驻14合同段的质检组组长是一监理处潘处长。质检内容主要是工程质量，得有针对性地找合同段下面的包工头摸情况。负责召唤包工头的正是毛发家。有位姓鲍的包工头刚从外地出差回来，对正在开展的质量大检查还不甚了了，就被毛发家请进了质检组。没等鲍老板坐定，潘处长发话说：“我们是搞质检的，鲍老板你得好好配合，有什么就说什么。”

对来谈情况的老板，潘处长都是这么开场的。其他人早知是质量大检查，没觉得有啥稀奇，唯独鲍老板听着如响惊雷，两眼一黑，已分不清东南西北。原来潘处长是篙塘人，地方口音重，加上舌头有些大，卷舌音到他嘴里都成了平舌音。巧的是鲍老板小时有只耳朵受过伤，听力不太好，偏偏一时忙乱，忘带助听器，潘处长说是搞质检的，被他听成是搞纪检的，又要他好好配合，他顿时吓瘫在地，噼里啪啦，该说的不该说的，全都说了出来。

鲍老板能拿到14合同段的项目，没少送严风光的钱，这下竹筒倒豆子样都倒了出来，潘处长也不好让他把豆子重新捡回竹筒里去。严风光与马步高是啥关系，毛发家最清楚，早向冯以真汇报过，这次冯以真才借质量大检查之机，有意安排潘处长进驻14合同段，就是想挖点严风光背后的东西。这下潘处长歪打正着，让鲍老板供出严风光，冯以真也就如获至宝，第一时间捅到省纪委曹副书记那里，曹副书记当即吩咐手下人，把严风光找了去，同时还带走鲍老板和另外两个工程老板。

还以为冯以真投鼠忌器，看来他已忌不得这么多。严风光和鲍老板他们到了要害部门手里，最着急的自然就是马步高，不知他有没有手段，把这几个人捞出来。捞不出来，就啥都可能发生，马步高恐怕也别无选择，只能乖乖到里面去待着。

严风光这么一走，14合同段项目部经理自然非毛发家不可，要他不爽也难。人一爽，自然酒兴大，废话多，毛发家不停地举杯敬两位，一边说些14合同段的烂事。易居白急着回去赶工，没放开喝，跟毛发家意思意思，就放了杯子。

送两人出门，望着他们的车走远，李见好才折回身去买单。谁知单已被人买掉。问服务员谁学的雷锋，10合同段下面的包工头汪求明从隔壁包房走出来，说：“这里是咱定点开餐处，李处来吃饭，也不先说一声，求明也好给您安排一下。”

李见好就知是汪求明买的单。包工头的便宜不好占，李见好说：“把票给我，我数钱给你。”低头走进自己包房，去拿搁在桌上的包。汪求明跟进去，说：“一顿饭咱施工队还请得起，李处别太认真咯，好像不认识俺汪求明是谁似的。”

“你施工队请得起，俺监理处也吃得起。”李见好伸手去掏钱包。汪求明按住他的手，说：“李处还真掏钱啊？要掏待会儿掏，先向你汇报个事好不好？”

原来这小子有事跟你谈。说不定得知你要来这里吃饭，特意潜伏在隔壁，专门等着给你买单。这顿饭没吃几个钱，再较劲下去没意思，李见好只得作罢，说：“什么事你说吧。”

汪求明挪把椅子，坐到李见好对面，哭丧着脸道："您也知道的，咱们承包的隧道下面是条阴河，耗费了原概算数倍的工程量才捞到底子，把我的家业全赔进去还不够。早就打好概算变更申请报告，一直卡在刘监理手上，没个交代。刘监理不松口，没您老人家的字，项目部不拨款给工程队，工人领不到工资，会打烂咱脑袋的。"

汪求明嘴里的刘监理就是刘泽南，10 合同段的主管监理师。他汇报过汪求明申请概算变更的事，只是这阵马步高拿丁胜天和屠松青开刀，嘉嘉公司货款收不回，李见好心不在焉，没把这当回事，才搁了下来。概算变更不能施工单位一家说了算，还得由项目部派出工程师，监理处安排监理师，一起实地考察，勘测评估，形成专题报告，才能作数。李见好说："好吧，我回去问问刘泽南，摸清情况再给你答复，到时该走什么程序走什么程序。"

回到监理处，刚进办公室，郁碧柳来送各合同段施工质量检测报告书。李见好要她先放桌上，说："把刘泽南给我找来，问他个事。"

郁碧柳答应着蹦出门去。

门外脚步声响起，郁碧柳返身回来，说："中午刘泽南还在食堂吃饭，这会儿就没了影子，打他电话，说下了工地，有个施工技术问题要处理，今天估计不一定回得来。"李见好哦一声，说："他回来后，要他来见我。"

郁碧柳嗯一声，笑望着李见好，没有走开。李见好拿过质量检测报告书，翻看起来。见郁碧柳站在原地没动，说："还有什么事？"郁碧柳娇嗔道："没事就不许我多待一会儿？"

这就是漂亮女下属的优势，可以在领导面前撒点小娇，换了男人，谁敢这么放肆？李见好拿她没法，说："你不是要我审查质量报告书吗？你待在这里，我怎么审得成？"郁碧柳说："到底是你手头的质量报告书重要，还是我一个活生生的女孩重要？"

李见好有些不耐烦，说："有事你就说。"郁碧柳说："刚才说了没事。"李见好说："没事还不走人？"郁碧柳说："我不走，要你多看我几眼？"

真是莫名其妙。李见好说："你脸上到底有本书，还是有幅画，要多看几眼才看得出里面的深刻内涵？"郁碧柳说："不要你看我脸上，看我身上。"李见好说："看你身上？看你身上干吗？你是美女蛇，人面蛇身？看清楚了好躲远点？"

"我若是美女蛇，缠死你。"郁碧柳粲然一笑，"昨天进城办事，到服装城买了一条裙子，穿在身上感觉蛮好，在你面前晃来晃去，也没见你正眼瞧瞧。你到底是色盲，是近视，还是冷血动物，眼前有道移动的风景，竟然视而不见，无动于衷。”

李见好这才发现郁碧柳与以往不同，身着天蓝色长裙，将透着青春气息的丰腴身材衬托得凸凹有致，跌宕起伏。腰臀之间像泥捏出来的，这泥还处于半干半湿状态，潮潮的，软软的，仿佛伸手一触，就会被牢牢粘住。

一道美妙绝伦的好风景，自己竟然看不见，简直瞎了眼。李见好揉揉双眼，觉得也还正常，看来不是瞎眼原因，是脑袋里装的事太多，心无旁骛，美景就在眼前，也没察觉。

这道风景就这样定格在李见好眼前，郁碧柳已离去好久，还没回过神来。直到夜里上床躺下，郁碧柳泥捏的身段和波高浪低的乳沟还在眼前晃荡不止。李见好不是滥情男人，有能干的妻子，有失而复得的情人，已经非常满足，不想在别的女人身上花太多精力，影响自己的事业，不然早对天天在眼前荡来荡去的郁碧柳动起了心思。何况郁碧柳又大胆又主动，自己真有什么想法，还不容易上手？又在你手下做事，只要跟你有不同寻常的关系，可得到不少实惠。不过也不难理解，年轻人面临的压力大，光凭个人奋斗，想事业有成，在城里立足，谈何容易？利用各种条件包括自己身体，谋求出路，混出人样，也就不足为奇。

看来这社会一定出了毛病，以致弄得人人自危，缺乏安全感，总想着用非常手段达到目的，获取成功。

李见好心情沉重起来，好久都没睡着。干脆拧亮床头灯，看起书来。是《国富论》作者亚当·斯密的伦理学著作《道德情操论》。作者从人性角度，对人的行为方式做了深刻阐述，入情入理。书里提出人的行为没有绝对的对错，只有适当与不适当的区别。这与中庸之道有点相像，又略有不同。中庸强调不偏不倚，行为适当论并非完全如此，只要符合情理，偏一点倚一点，也是恰当的。比如身为监理师，跟工程老板打交道，天天板着面孔，不抽人家的烟，不喝人家的酒，还怎么合作？工程老板揽个工程，隐性开支比例大，又不可能一个工程做下来，自己垫钱进去。不垫钱就得想办法生钱。比如地形地貌环境不错的路基路面建设，路两旁的排水沟修筑，偷点工，减点料，钱就在那里了，又没有安全隐患，搞监理的只能睁一眼闭一只眼，不必太较劲。桥梁和隧道绝对偷不得工，减不得料，一旦出安全事故，谁也担当不起。可架桥挖隧道也要赚钱，变更概算便成为惯例。正是基于这个惯例，汪求明才要求变更概算。

这么想着，李见好的意识渐渐变得模糊，沉睡过去。睡着没几分钟，手机猛然响起。摸到手上一瞧，是杨天明的号子。这狗日的，还让不让人睡？迷迷糊糊按下绿键，正要蠢他两句，杨天明在那头带着哭腔道：“李处你快来，要出人命啦！”

吓得李见好睡意全无，说：“出啥人命？你在哪儿？”杨天明说：“9合同段红岩施工现场。你多带些人过来，不然文武斌和靳麻子要被他们砍成肉泥了。”李见好说：“到底出了什么事？”杨天明说：“一下子说不清楚，您快点来……”话没说完，信号就断掉了。

李见好翻身下床，边穿衣边出门，将全处的监理师和勤杂人员都叫醒，赶到几台越野车上。郁碧柳听到动静，也到了坪里，要去开帕萨特。李见好叫道：“你给我站住！一个女孩，黑灯瞎火的，凑啥热闹？”郁碧柳说：“贵在参与嘛。”

“打架是男人的事，要你参什么与？在家好好待着。”李见好一边吼，一边跃身上了大众，打响马达，将车驶出院子。又腾开手，掏出手机，打通9合同段项目部经理涂建雄，告诉他红岩工地出了大事。涂建雄有些吃惊，说：“什么大事？”李见好说：“具体情况还不太明朗，我已带领监理处全体兄弟行驶在路上，您一定得亲自去一下，人命关天，也好有个见证。”涂建雄答应道：“好好好，我马上带人赶过去。”

来到红岩工地，眼前一片灯火通明，机声隆隆。暗处走出杨天明，迎住李见好他们，朝前方指去，只见文武斌和靳麻子贴在工地旁的悬崖边，后面是数十米深的山谷，前面是狼样的施工队工人，跳的跳脚，骂的骂娘，整个现场乱糟糟的。李见好将车停在工地不远处的简易路旁，转身对车上人说：“我去看看情况，你们招呼后面车上的人，地上有的是钢条铁片铲锹，操上家伙，做好准备，听我喊声上，再给我冲。”

说完李见好跳下车，几步来到工地前，大声喊道：“我是二监理处处长李见好，你们有什么话跟我说，别为难我两个兄弟。”

施工队的人纷纷掉过头，围到李见好面前，这个喊道：“李见好来得正好，今天叫你有来无回，死个痛快！”那个叫道：“你们监理处不想让俺们活命，俺们也要你活得不自在！”还有的吼道：“你有什么遗言遗嘱，赶紧说吧，等会儿就没机会啦！”

这阵势有几分吓人，李见好本能地往后退退，说：“君子动口不动手，有话好好说嘛！”

“我们是粗人，不是君子，该动手时就动手！”有人嘲笑道，往李见好身前逼近两步。李见好觉得有压迫感，见身旁有个施工架，几下爬上去，居高临下道："粗人也要讲理，讲理才能解决问题，你们懂不懂！"

人群里有人叫道："不懂又怎么样？你扯住俺的卵打个结？"

粗话总能刺激神经，引出一阵哄笑。李见好不怕粗，说："以为只你才有卵？谁下面没有一条？要不要掏出来，比试比试，看谁的卵长，够不够打结？不够的话，就用点力气，给我搓细了再打，怎么样？敢不敢掏？"

还有粗话可掰开这么说的，施工队的人长了见识，傻笑起来，嚷嚷道："搓粗了更没法打结，你别耍俺们！"

又是一阵哈哈大笑。

李见好手扯裤头，要拉拉链的样子，"怎么没人动作？没这胆量，不好意思，还是担心自己太小太短？"

施工队的人愣了愣，想不到李见好比他们还粗野。

嬉笑声中，气氛好像稍稍松弛了些。

正是李见好需要的效果。他在施缓兵之计，好等涂建雄他们到来。工地上闹到这个地步，相信他做项目经理的不敢不到。可闹事的人不愿意看到这种局面，大声煽动道："别上李见好的当，把他拖下来，先凑他一顿再说！"

人群里起了骚动，有人往前冲过来，攀上施工架。李见好身子一荡，差点荡下架去。正是群情激愤时，真到了他们手上，肯定小命难保。李见好只得高声喊道："兄弟们，给我上！"

监理处数十号兄弟听得召唤，手持铁条钢片，紧随杨天明，呼啸着直冲过来。

李见好与这伙人纠缠时，悬崖边的文武斌和靳麻子已悄悄挪到平地上，趁乱抓起施工用的水管，拧开龙头，对着扑向施工架的人群喷射过去。水管水量大，压力也足够，冲击得施工队的人东倒西歪一个。两位已攀上施工架的汉子，眼看就要够到李见好了，也被强力水柱一喷，一时站立不稳，仰天摔了下去。

在水柱和监理处众兄弟两面夹击下，施工队的人已有些顶不住，往两边散去。涂建雄也带着项目部的人赶到，施工队明显处于劣势，才老实起来。

风波平息后，一问情况，原来事出有因。

红岩一带沟壑纵横，地质复杂，路基只能沿着山势走，建成紧贴山体的高架桥。这种高架桥不仅施工技术要求高，钢材水泥用料也有硬性规定，尤其是钢材质量和数量不允许作假，以免留下安全隐患。这也是监理重点部位，主管监理师和专业监理师都会到场进行严格监理。从施工方来说，完全按标准施工，成本太高，有人就打歪主意，想着如何做手脚。这天文武斌和靳麻子在工地上蹲了一整天，看着施工队头头范仁贵督促工人，将合格的钢条按规定密度扎到路基上，以便第二天浇注水泥。两人还算满意，范仁贵他们走后，又检查完现场，才放心离去。回监理处路上，论起施工队，文武斌还说管理有方，施工比较规范，是支放得心的好队伍。也是靳麻子无意间冒出一句，说现在钢材价格上涨，多扎一捆钢条就少赚一大把票子，万一夜里范仁贵叫人把扎好的钢条抽掉一半，浇上水泥，明天咱俩看得到的是水泥路面，难道还把水泥挖开，去数下面的钢条？靳麻子不是编故事，过去就碰到过这种事。文武斌一想，如今的人良心都被狗吃了，什么干不出来？范仁贵真来这一套，做出豆腐渣工程，谁负得起这个责？两人越想越不踏实，掉头往回走。路上碰着从另一个工地下来的杨天明，听两人说起心里的担忧，也顾不得疲劳，跟着一起折了回去。老远就见工地上灯火通明，人声机声相杂，好不热闹。挨近一瞧，果然发现在范仁贵指挥下，前面一伙人猛抽钢条，后面一伙人跟着浇注水泥，干得格外卖力。三人气得不行，冲上前去制止，根本没人理睬。只得用手机拍照，好保存证据。有人便来抢手机，双方发生冲突，撕扯起来。杨天明见情况不妙，趁乱躲开，打了李见好电话。

事情闹到这个地步，自然得有个处理方案。涂建雄意见，让施工队挖开抽走钢条的路基，按规矩重新做一遍，同时交笔罚款，写出深刻检讨，保证以后不再重犯。李见好觉得这么处理太轻，必须勒令施工队停工整顿，由监理处和项目部共同出具书面材料，报送德绕公司，由他们来处理。眼下正值全线质量大检查，一旦报到上面，范仁贵的施工队肯定在德绕高速再也待不下去，9 合同段项目部声誉也会受到影响，涂建雄自然不干。李见好说：“涂经理不干也行，二监理处单独出具材料报德绕公司就是。”

涂建雄还想息事宁人，说：“红岩路段工程难度太大，利润不高，范仁贵他们也不容易，李处还是通融一下，内部问题内部解决，大家都过得去。”李见好说：“涂经理说得轻巧，我们几个小命都差点遭在范仁贵他们手上，这种事情不严肃处理，以后做监理的还怎么在工地上跑？涂经理想怎么办是你的事，监理处自有监理处的做法，咱们互不干涉。”

双方都不肯让步，只能不欢而散。

回到监理处，天都快亮了。走进处长室，桌上一碗酸辣面，上面搁着青菜和煎得黄灿灿的鸡蛋。不用说是郁碧柳做好送来的。李见好不觉咽口口水，端起碗来，几下将面条消灭掉。然后走进卫生间，洗个澡，倒床便睡。

醒来已是中午。吃过中饭，将杨天明和文武斌叫到处长室，要他们赶快整理材料，早些报到德绕公司，不给范仁贵他们一点颜色看看，还以为二监理处好欺侮。

两人走后不久，刘泽南也从工地上回来，听郁碧柳说李见好有找，赶紧上楼来到处长室。李见好问："汪求明那里怎么回事？"刘泽南说："汪求明真性急，找到您门上来了。"李见好说："他说工程队发不出工资，会打烂脑袋。"刘泽南笑道："没这么严重。他是怕许长途出点什么事，以后项目部的钱不好拿，才这么着急吧？"

许长途干得好好的，会出什么事？李见好问刘泽南："你哪来的消息？"刘泽南说："哪来的消息没法追究，反正都这么说。不信李处这么官僚主义，连许长途的事都充耳不闻。"李见好说："咱有什么资格官僚主义？到底怎么回事？"

"也怪不得，您跟10合同段的人没太多直接交道。"刘泽南说，"众所周知，许长途是冯以真的人，否则也拿不到10合同段的项目。马步高为搞垮冯以真，收买许长途下面的材料供应科曲科长，通过姓曲的掌握了许长途不少内幕交易，正准备着往上面举报，将冯以真牵出来。高速公路本来复杂，没事可查出事来，许长途真有点什么，来人一查，自然只能束手就擒。汪求明是许长途远房亲戚，才从许长途手里弄到最赚钱的隧道工程。概算变更也事先得到许长途首肯，就等着在咱们这里走完程序，去项目部拿钱。这下马步高要搞许长途，万一许长途出事，汪求明找谁要钱去？也就趁许长途还在位置上，想快点把这事搞定。政府的钱看上去好赚，工程款打水漂的也有过，一定要等钱到了户才算数。"

看来红岩观道长的话管了用，马步高以为自己会出头，早就动手在搞冯以真名堂，也不想想冯以真不是吃素的，先把严风光和鲍老板给弄了进去。至于姓曲的，许长途连材料供应大权都肯交给他，他竟然背叛主子，估计马步高开价绝对不低。李见好有心帮汪求明一把，对刘泽南说："你把一下汪求明概算变更的关，没什么大问题的话，就赶紧走程序，送我手上来，我签好字交给汪求明，至于许长途给不给钱，是他自己的事。"

刘泽南点头走开。李见好想起易居白拿去的餐票复印件，打他电话，问怎么样了。易居白说："我又不是神仙，哪这么快？"李见好说："你不是神仙，也是牛人。你上点心，早些给我答复。"易居白说："好好好，我这就找找人。"

一找就找了三四天，第五天易居白才回电话说："发票是一个叫汪求明的人开走的，请的客人是冯以真和许长途。”

这个汪求明，你不是害冯以真和许长途吗？不说别的，仅凭这张十七万多的开餐发票，马步高就可大做文章，将这两人整个够呛。万一他俩出点什么事，你汪求明想拿走你的变更款，恐怕就没这么容易了。

好在冯以真已采取行动，让要害部门弄走严风光和鲍老板他们，估计马步高自身难保，一时还没法出拳。李见好打通冯以真电话，说有重要情况汇报。冯以真说正在跟领导谈事，有什么以后再说，没等李见好说完，就啪地挂了电话。李见好顾不得这么多，再次打过去，说：“以后再说，恐怕就来不及啦。”

听李见好口气有些重，冯以真才说了一家宾馆名字。曹副书记正在宾馆开会，趁会议间歇，把冯以真叫到房间里，就严风光的案子给他透了个底。原来袁绍德刚回德都，马步高就找上门去，说冯以真开展质量大检查，有着不可告人的目的，要袁绍德设法予以制止。袁绍德还没来得及做出反应，严风光就被要害部门带走了，这下马步高急得跳脚，袁绍德也感觉不妙，生怕严风光牵出马步高，自己也凶多吉少。赶忙找到省领导，说绕城高速公路工程质量应该常抓不懈，不能一阵风似地搞什么大检查，本末倒置，劳民伤财。尤其不应该随便抓人，扰乱军心，破坏良好的建设环境。省领导也不愿看到绕城高速出事，搞乱整个摊子，就给纪委施加压力。曹副书记知道硬顶没用，只好叫来冯以真，告诉他严风光的案子已办不下去，让他有个心理准备。

狗日的马步高，真有你的！冯以真肚里咒着马步高，走出曹副书记房间。李见好已在大堂旁的茶馆订了个小包间，冯以真下楼后，把他请进去坐了一会儿。见冯以真脸色不对，李见好试探道：“严风光的案子进展如何？”

“省领导已在干预，案子恐怕办不下去了。”冯以真摇着头，露了几句口风。李见好有些意外，说：“马步高不简单，连要害部门都撼不动他。”冯以真说：“是啊，我低估了他的能量。”又问道，“找我什么事，这么迫切？”

李见好从包里拿出餐票复印件，递到冯以真前面。

冯以真接住一瞧，皱皱眉，说：“这是哪儿来的？”李见好实话实说：“史学军给的。”冯以真说：“史学军手里怎么会有这个东西？”李见好说：“他没说来历，只说与德绕公司领导有关，要我找要害部门通融通融。”

吓得冯以真冷汗都冒了出来，说：“你找要害部门没有？”李见好说：“还没有。”

冯以真松口气，甩甩复印件，说："这个东西若到了要害部门手上，他们较起真来，还确实有些不好办。史学军这小子，用心良苦啊。"

从目前迹象看，史学军明显想帮你冯以真，不然直接将复印件送往要害部门，不干脆得多？李见好说："史学军应该没别的意思吧，他也是为公司好，才让我帮忙找要害部门的人。"冯以真说："让你找要害部门的人，怎么个找法？把复印件交给人家？"李见好说："只怕用不着我交复印件给人家，史学军说早有人捅到了要害部门那里。"

冯以真咽口唾沫，端起茶杯，却没喝，稍停又放下，说："应该还没到要害部门手上，要不他们恐怕开始行动了。"李见好说："这么说来，史学军干吗还要我去找要害部门呢？"冯以真说："这就是史学军的真正意图，借你手把复印件送给要害部门，看看有什么反响。"

一语点醒李见好，说："他不是陷我于不义吗？幸亏我没往要害部门送，不然害您冯总，我就是千古罪人。"冯以真说："没这么严重。你不送，也会有人去送的。"李见好说："可我想不明白，史学军跟您也算合得来，干吗还背后搞鬼？"冯以真说："这家伙野心大得很啊。我与马步高的矛盾他最清楚，就盼着鹬蚌相争，以便渔翁得利。"

事情竟然这么复杂，确是李见好没想到的，说："冯总打算怎么办？"冯以真说："目前还顾不上史学军，估计他不会有太大动作。他的真正目的是我和马步高两个都下去，否则他只能继续做书记，得不到什么好处。让我头疼的还是马步高，没能卡住他的七寸，他肯定会反咬一口，置我于死地，他好一马当先，来做一把手。"

回到发票复印件的话题，冯以真说："都是许长途和汪求明发神经，让我出面请吴局吴南山。请吴局肯定得找个好地方，摆桌像样点的菜。幸好吴局临时有事，没去成，不然把他牵进来，我的罪过就大了。也不知汪求明怎么弄成这个数，肯定开的假发票，拿去冲其他账，不然一顿饭哪花得这么多？还有发票怎么会弄出去的，里面有鬼啊。"

不仅有鬼，鬼肯定还蛮大。李见好不知说啥好，没吱声。冯以真问他道："见好掏句心里话，在史学军、马步高和我三人中间，你到底倾向于谁？"李见好毫不犹豫道："不用问，我一心向着冯总您。不是您扶持，德绕监理项目也轮不到我李见好头上，您的深情厚谊，我几辈子都报答不了啊。"

"有你这句话，我心里就有数了。"冯以真说着，喝掉手里残杯。李见好要给他添茶，他捂着杯子，起身道："不用啦，我还有事等着。见好你放心，我不是一天两天的冯以真，不会那么容易被打倒的。"

李见好也站起来，送冯以真出门。冯以真手摸门把，又回头说："听说嘉嘉公司老板曾亦嘉是你学生，这不假吧？"

连曾亦嘉冯以真也知道，看来世上还真无秘密可言。李见好承认道："是我在德南大学做老师时教过的学生。"冯以真说："听说 10 合同段和 12 合同段欠着嘉嘉公司建材款没付，有没有这回事？"李见好说："确实有这回事。"冯以真说："你让曾亦嘉只管放心，要不了几天，我就会让她足额拿到建材款的。目前德绕高速还是我冯以真当家，还是我冯以真说了算，其他人想插手，搞小动作，没那么容易。"

来见冯以真，还有这个意外收获，倒是李见好万万没想到的。曾亦嘉的建材款已被马步高狗日的搅黄，冯以真肯发句话，让她拿回来，可是个天大的人情。只是冯以真干吗会送这个人情呢？显然有用得着你李见好的地方。

不过不管怎么样，能让曾亦嘉拿回货款，自己也有脸面去见她了。送走冯以真，结过账来到车上，李见好就掏出手机，去调"曾亦嘉"名字，要把这个好消息告诉她。转而又想，冯以真仅仅撂下句话在你这里，万一没能兑现呢，岂不哄曾亦嘉空欢喜一场？凡事都有变数，何况马步高和史学军正在捣冯以真的乱，他能不能继续在德绕待下去都难说。还是事成之后再说吧，事没成就说出去，一旦落空，曾亦嘉那里更不好交代。

"曾亦嘉"三个字已出现在手机屏幕上。不说货款的事，听听她声音，说些别的也行。好一阵没见她了，还真有些想念，若她有空，今晚干脆不回监理处了。李见好果断地揿下绿键。

却没能拨通，里面说是空号。

怎么是空号？曾亦嘉手机从没出现过这种事。再揿，还是一样。李见好有些发急，去拨曾亦嘉办公室电话，竟然已经停机。

急忙开车赶往嘉嘉公司，公司玻璃门上挂着一把铁锁，隔着玻璃往里望去，只见桌朝天，凳扑地，一片狼藉。这是怎么啦？嘉嘉公司到底出了什么事？曾亦嘉人又在哪里？李见好不甘心，举起双手，疯了似的在门上捶起来，一边叫道："快开门，快给我开门！"好像曾亦嘉躲在里面某个角落里，不见人决不罢休。

捶门声惊动楼下的人，上来说："别捶啦，里面没人，早躲开了。"李见好说："干吗要躲开？到底在躲谁？"那人说："具体情况不太清楚，好像是追债人追得太凶，还动了手，女老板被打得鼻青脸肿，没办法才让员工休假，一起躲了起来。”李见好问：“躲到哪里去了呢？麻烦告诉我，可以吗？”

“我怎么知道？”那人摇摇头，见李见好还算正常，转背下了楼。李见好木木地望着门里的惨状，心里很不是滋味。曾亦嘉生意做得好好的，你硬要多事，让她插手德绕高速的建材，才把她害成这样。李见好恨死了自己，扬着脑袋，在玻璃门上撞起来，撞得嘣嘣直响。又担心惊动楼下的人，只好止住，矮身蹲到地上，双手握拳，在太阳穴上猛捶起来。

直到天色暗下来，李见好才离开嘉嘉公司，开车来到街上。一时不知去哪儿好。回家没兴致，每次见着池小燕，她总唠叨个没完，不是东边小区投资潜力大，就是西边楼盘性价比高，像个职业售楼小姐。也没征得李见好同意，就定下一处高档小区两百多平方米的大户型，押金都已交付，只等李见好再弄些钱，凑够首付，就可收房。这个社会已完全失去理智，地上的楼盘在疯涨，购楼欲望比楼盘涨得更快。够住不算，一套两套无法满足，多套十多套也不嫌多。被查贪官动不动就是数十套甚至上百套数百套房子，没查出的贪官说不定还有上千套房子。有权人爱房，有钱人爱房，要无权无钱的百姓不爱房也难，借钱购房，贷款购房，上中下几代勒紧腰带一起出钱购房，兄弟姐妹七姑八姨不吃不喝帮忙凑钱购房，比比皆是。李见好无法设想，地上要长出多少楼盘才能满足房痴房迷房癫房狂房鬼房怪的购房欲望。总不会每寸土地都起上楼房，整个世界楼挨楼，楼并楼，地上不用种粮种菜，也不用走人，大家都行走在楼顶上，张口喝西北风就是。楼高风大，西北风保证够吃，还不用交费纳税，又何乐而不为呢？

肚子里发着牢骚，李见好侧侧脑袋，发现到了德南大学。梨子湖依然静静的，波澜不兴。李见好下车，走在与曾亦嘉走过无数次的湖边路上，心想不知以后还有没有机会与她再来寻觅旧踪。还到湖边山上的双月亭坐了一会儿，忆及初次与曾亦嘉的激情拥吻，不禁百感交集。人生真爱本来不多，真爱失而复得更是不易，难道这失而复得的真爱会再次离你而去？

下得双月亭，李见好信步走向住过多年的蜗居。远远望去，里面亮着晃白灯光。全家搬到爱丽舍后，池小燕将房子装修一新，租给外地来德南大学学声乐的女生。女生家里很有钱，母亲跟来陪读，见房子位置好，读书购物两便，出价不低，笑得池小燕合不拢嘴。

在房前站立片刻，李见好回到湖边，上车绕校园半圈，来到易居白工作室门口。

易居白是这样的朋友，你没处可去时，只管来骚扰他就是。可惜没见亮灯，不知这家伙去了哪里。准备拨易居白电话，“钱如水”三个字先跳了出来，李见好干脆拨通他，说：“你在哪里？”

钱如水正在跟执法部门副厅长胡玉书喝茶。

李见好迟疑片刻，说声没事，挂掉电话。他哪知钱如水正与胡玉书喝茶？还以为这小子在家陪老婆孩子，这个时候打扰他，多不方便。

李见好开着车，继续漫无目的地往前行驶。手机铃响，钱如水拨了回来：“你什么意思，没经我同意就挂掉电话，像不像话？”李见好说：“挂掉电话还得你同意，你以为你是谁？”钱如水说：“好好好，我不是谁，我是钱如水。你说是想见我，还是要我给你办事？”

“不想见你，也不要你办事。”李见好说着，再次把电话挂掉。抬头一望，前边就是德江，干脆停车，下到沿江风光带，任凭江风吹拂，涨涨的脑袋才变得稍稍轻松了点。抬眼望去，江影憧憧，如梦如幻，颇有几分神秘。

正在赏江景，有个小女孩过来兜售晚报，说五毛钱一张。李见好没带零钱，搜出张十元票子，交给小女孩。小女孩递上晚报，准备找钱，李见好说不用，小女孩连说数声谢谢，欢喜走开。李见好打开晚报，对着路灯瞧瞧，上面报道中央派出多路巡视组进驻各省市，说是准备老虎苍蝇一起打。这是形象说法，老虎指大贪，苍蝇指小贪，上面要用巡视组反贪，大有打不尽贪官决不下战场之势。

没翻完晚报，有人在肩上一拍，李见好回头，竟然是钱如水。接到李见好电话时，茶局已近尾声，钱如水就跟胡玉书分手，追踪李见好来了。

李见好颇为惊讶，望着钱如水道：“你怎么在这里？”钱如水说：“不是我怎么在这里，是我怎么知道你在这里。”李见好说：“你怎么知道我在这里？”钱如水说：“如今科技手段这么发达，找个人就像坛子里摸乌龟，手到擒来。”李见好说：“什么手段？”钱如水说：“定位手段呀。”李见好说：“怎么定位？”

钱如水哈哈一笑，说：“这还不简单？在手机里装个软件，只要嵌入要找的人的号码，进入定位程序，无论他在天涯海角，都可定得到。”李见好说：“你就是这么定到我的？”钱如水说：“是啊，你电话里口气有点怪，我担心你出了什么事，将你一定位，发现你就在德江边上，离我所处位置不远，赶紧跑过来，果然将你逮个正着。”

李见好又感动，又惊异，说：“太可怕啦，如果你老婆弄个这样的装置，哪天你跟芹芹约会，将你一定位，岂不轻轻松松就捉奸在床？”钱如水说：“那当然，现在不少人都装了这玩意儿，就为了捉奸。”李见好说：“这不相当于有双眼睛在你后面盯着，走到哪里都逃不脱这双眼睛？这么一来，还有没有隐私和安全可言？”钱如水说：“想不让人盯着也有办法。”李见好说：“什么办法？把手机关掉？”钱如水说：“关掉手机还不行，得把电池卸掉，这样手机等于一坨死铁，别人就没法定位你了。”

李见好晃晃脑袋，说：“科技手段到得这一步，已不再是科技手段，已成为犯罪手段。”钱如水说：“你想不想犯罪？想犯罪，我给你装一个。”李见好说：“我还是做良民吧，犯罪需要超强的心理素质，我心理素质太差。”钱如水说：“不想犯罪，就不勉强你了。今晚怎么啦，电话里口气沉沉的，欲言又止，是不是碰上了什么麻烦？”

曾亦嘉也供过丁胜天的货，李见好没什么可隐瞒的，说了嘉嘉公司发生的事。钱如水想想说：“事情根子还在马步高那里，不拔掉这颗钉子，不仅嘉嘉公司，丁胜天也没好日子可过。先想办法踩住马步高尾巴，把他摁到地上，叫他蹦不起来。”李见好笑道：“你不是有定位手段吗？把马步高定住，肯定会有收获。”钱如水说：“拿这种手段去搞人家，本身就属违法，轻易不可用。”李见好说：“不用还弄个这样的装置干吗？”钱如水说：“那倒也是，上帝造人，人造物，就是造来用的。”

李见好透露说：“好多人都知道，马步高与方早霞有一腿。可以拿到两人的把柄，再从方早霞那里打开缺口，掏到马步高的证据。”

钱如水说：“这确是一个行动方向。”

第二十章
匿名举报信

前后不到一个月，严风光和鲍老板几位又重新出现在德绕高速工地上。冯以真击出去的拳头就这样被马步高挡了回来。

可让马步高没想到的是，另外有人背后盯住了他。这个人就是钱如水。也不知钱如水通过什么手段，搞到一把马步高与方早霞的床上镜头，喊李见好去欣赏。李见好兴奋道："就把这些镜头交给有关部门，还怕他们不出面查马步高？"钱如水说："有关部门要查的大案要案多了去了，哪顾得上男女关系小事？"

李见好想起晚报上见过的有关中央巡视组的报道，说："巡视组应该还没走吧？可以交给他们呀，他们不是老虎苍蝇一起打吗？马步高不算老虎，至少比苍蝇大得多。"钱如水说："说是这么说，可人家老虎都打不过来，还真打苍蝇？别急别急，先通过方早霞，挖点马步高的经济问题出来，才可能对马步高构成一定的杀伤力。"

果然钱如水让黑道上的兄弟拿着照片找到方早霞，方早霞没扛几分钟，就乖乖交代了几起马步高通过职务之便帮她搞钱的事。想不到方早霞这么经不起敲打，看来女人也不全是刘胡兰。钱如水拿到证据，转手交给李见好，说："我的任务已完成，下面就看你的了。"

李见好根据这些证据，连夜整理成举报材料，准备往巡视组和要害部门各送上一份。正好接到冯以真电话，说要跟他见一面。李见好猜测冯以真可能也有新收获，说："哪里见？"冯以真说："我在宾馆陪客人，你到这里来吧。"

赶到宾馆，冯以真已等在房间里，说客人已走，还没退房，正好谈事。李见好说："是不是有马步高的线索？"冯以真不说马步高，先问道："听说二监理处与红岩工地范仁贵的施工队干了一仗，有这回事吧？"

“这事也到了冯总耳里？”李见好说：“也是范仁贵他们做得出来，白天扎好的钢条，夜里又抽掉一半。还是我手下的监理师警惕性高，离开工地后又踱回去，才抓了个正着。谁知这些家伙不仅不以为耻，还嚣张得很，要弄死监理师，还是我带人赶到，把他们镇住。9合同段项目部经理涂建雄也到了场，只是没能达成一致处理意见，至今还无结果。”

冯以真长叹一声，说：“德绕高速出现这种烂事，我也有责任啊！怪就怪我太放手，将质量监督这块工作全权交给马步高，自己抓得不够到位。马步高没有原则和质量标准，涂建雄和范仁贵说规划和设计标准都是往高靠，红岩工地基础牢固，钢材扎得太密是种浪费，他也敢点头。又怕逃不过监理的眼睛，指使他们白天按图纸施工，夜里再偷偷抽走一半。”

李见好恍然大悟，说：“原来他们这么嚣张，是马步高背后授意的。马步高身为总监，怎么能做出这种违背职业道德的恶行！”冯以真说：“还不是为的一个‘钱’字？已有人给我提供范仁贵送钱给马步高和涂建雄的依据。现在咱们两个分一下工，你把那天夜里与范仁贵施工队干仗的具体经过整理出来，我让人将马步高收受范仁贵贿赂的事写成举报信，两样东西放一起交给要害部门和交通主管部门，不信他们会视而不见。”

整理材料还不容易？李见好回到监理处，叫来文武斌和靳麻子，要他俩将与范仁贵施工队发生冲突的前后经过形成文字，越详细越好。两人憋了一肚子气，正没地方发泄，连夜写成材料，还附上现场手机拍的图片，递到李见好手里。

李见好又找到冯以真，呈上材料和图片，还说：“其实我手头另有重要资料，也是关于马步高的。”冯以真说：“是吗？什么重要资料？”李见好说：“马步高与情妇方早霞的床上照，以及方早霞关于马步高帮她搞钱的供词。”

冯以真激动不已，说：“有这样的猛料，还不赶快拿出来？”

李见好掏出照片和供词，放到冯以真面前。冯以真两眼发亮，扒开供词，先瞧照片。见两个一丝不挂的男女在床上放肆苟合，冯以真笑道：“这个马步高真潇洒，看看与情妇打得多火热。这个方早霞长相好像一般般，马步高怎么会喜欢她？”

男人不可貌相，其实女人也不能以貌取人。李见好说：“女人穿衣看外表，脱衣看功夫。方早霞长相一般般，也许战斗力蛮强。”冯以真说：“看不出来嘛，见好还挺有体会的。”李见好说：“我有什么体会？不过胡说八道而已。”

扔开床上照，冯以真再看方早霞的供词。供词写得很详细，像要害部门的审讯记录。冯以真有些不敢相信，说："你又不是要害部门和执法部门干部，还有这个手段？"李见好笑道："我哪有这个手段？是马步高树敌太多，有人弄到他的猛料，顺便给了我一份。"

看过供词，冯以真想想说："举报信和汇报材料可以实名形式送出，照片和供词得另处才好，否则有些说不清。"李见好说："怎么个另处法？"冯以真说："至少两样东西寄出时间不能挨得太紧，须相隔几天。"李见好说："冯总是不是太小心了点？"冯以真说："不是小心，到底照片和供词来历不正当嘛。"

这么说也没错，李见好表示按冯以真意思办。冯以真想起许给李见好的诺言，说："我已给 12 合同段和 13 合同段安排了资金，他们会按我要求，给嘉嘉公司打款的。"

只要款打到嘉嘉公司，曾亦嘉就不必再东躲西藏，自己这阵子也算没白给冯以真忙乎。

告别冯以真，回到监理处，碰着张大妈大包小包往坪里的商务车上塞东西，郁碧柳也在旁边帮忙。李见好上前问张大妈，是不是要出远门。张大妈说："不是远门，就在德都。芹芹要忙工作，没时间回家，只好我去陪她。"

芹芹已怀上钱如水孩子，估计是需要照顾，才把母亲请过去。李见好说："年轻人在外打拼不容易，做妈的去陪陪，帮着忙些家务也好。"张大妈说："是啊是啊。反正我闲着也是闲着，帮年轻人一把也应该。家里就交给李处长和小郁，你们多光顾点。"

两人答应着，待张大妈上车走掉，李见好转身对郁碧柳说："咱们这地方可寄快递吗？"郁碧柳说："没一点问题。快递网点分布挺广的，服务也好，随叫随到，平时处里往外寄送重要资料，都喊的快递。"李见好说："你马上叫快递，我有几个急件。"郁碧柳说："把材料和地址给我吧，我负责填单子，交快递。"

这种东西还真不好让人代办。李见好说："我自己来，你只管通知快递就是。"

郁碧柳没有坚持，回到办公室，给快递公司打了电话。抽屉里有上次快递员来拿邮件时预留的单子，郁碧柳拿出几张，走进处长室，递给李见好，说："您先把地址填好，快递员一到，装好材料，粘上单子，就可走人。"

李见好接过单子填起来。到底是第一次举报别人，多少有些不自在，填单子的手微微发颤，字写得歪歪扭扭，颇失水准，仅仅能认。也许是李见好不习惯做这种小动作。他自觉还算光明磊落，一向对背后告阴状搞举报的人嗤之以鼻，想不到如今自己也沦落到这一步，干起这种勾当来。李见好都有些小瞧自己了。想扔掉快递单，又下不了决心，只得继续往下填。在这个失范的社会，不是谁想做坦荡君子就做得了的。

共填了五份单子，分别寄给纪检会、检察院、交通厅、高速公路管理局以及中央巡视组，网上有现成的巡视组驻德都地址。

快递员到后，李见好要过五个大信封，亲自将举报信和汇报材料装进去。又看着快递员把单子粘到信封上，麻利地塞进邮袋，再从郁碧柳手里接过快递费，骑着摩托离开监理处，李见好才舒一口气，仿佛卸下一副多么沉重的担子。

摩托声渐渐远去，李见好觉得还有什么事没做，想了半天，才想起冯以真说过的话，该给曾亦嘉打个电话，告知嘉嘉公司的货款很快会到。

揿下曾亦嘉名字，还是空号。

曾亦嘉到底去了哪里？是死还是活？李见好心里空落落的，很不得劲。这个女人真狠心，你无时无刻不牵挂着她，为她的事到处奔走，甚至不惜自损人格，躲到暗处举报人家，她却电话没一个，短信没一条，算她做得出来。

这么想着，李见好难免心生怨气，觉得曾亦嘉太不近人情。没错，嘉嘉公司遭此一劫，怪你李见好多管闲事，可你不在尽最大努力，要为嘉嘉公司挽回损失吗？就是生你的气，这么久了也该消消气，给一个音讯，免得你提心吊胆，担惊受怕。就是气难消，打电话咒你几句，骂你一顿，你也好受些，至少知道她人还活着，这个世界还有值得魂牵梦萦的人。

正在发呆，池小燕打电话来："什么时候回家？"李见好说："回家？我说过回家吗？我忙得放屁的时间都不够，哪有时间往家里跑？"池小燕说："你是真糊涂，还假糊涂？今天中秋节，法定假日，全国人民都放假，你待在监理处装什么积极？"

李见好根本没想起今天是中秋，更别说有心情往家里跑，很不耐烦道："我哪有工夫装积极？正是工地最忙的时候，不积极也得积极。"

只要李见好能赚钱让自己买房子，不回家过中秋，又算得什么？池小燕倒也想得开，没再逼李见好，换了语气说："你不能回家，我又没法过去照顾你，你得爱惜自己，该吃饭吃饭，该休息休息，别太拼命。工作是国家的，身体是自己的，这道理不用我教你吧？"

男人就这样，女人盛气凌人，心里抵触，也没好气。女人换种说话方式，轻声柔语，相反没了脾气。李见好不无愧疚道："是我不好，为工作所累，家里大事小情都压到你一个人身上，中秋也不能回去团聚。等我忙过这一阵，一定抽空好好陪陪你和炎炎。”

其实女人更容易满足，看不到男人，电话里听几句体贴话，便高兴得什么似的。池小燕说：“什么时候回来都行。男人以工作为重没错，工作上不去，怎么赚钱是不？复式房的首付只差几万了，还等着你往卡上打钱呢。”

说起买房，李见好又不乐了。又不好发火，含糊过去。挂掉电话，郁碧柳走进来，手里托个盘子，上面摆着好几个碗，有饺子和月饼，另外还有几样菜，荤素搭配。李见好说：“端到办公室来干啥，要吃到食堂去，不省事得多？”

郁碧柳将托盘放到桌上，说：“食堂和办公室有啥区别？反正只有咱们两个。”李见好说：“其他人呢？”郁碧柳说：“处长大人明知故问吧？今天可是中秋节，其他人都放假回家去了。不是请示过你，你亲自点的头吗？不然谁敢擅自离岗是不？”

还真有这回事。也是这阵跟冯以真走得近，忙着与马步高过招，其他的事没法上心，把放假的事忘到了脑后。李见好望定郁碧柳说：“你怎么留在处里没走？”郁碧柳说：“我也走掉，你说哪个给你做吃做喝？把你饿死，谁负得起这个责？”李见好笑道：“你就这么有责任心？”郁碧柳说：“也不是责任心不责任心，你饿死了，监理处群龙无首，没人领导咱们干工作，我没地方领工资，只能喝西北风，也只饿死一条路。”

“没这么严重吧？地球离了谁都照样转。你又这么年轻漂亮，做事能干麻利，哪里找不到工作？还怕饿死不成？”李见好嘴里说，心里想身边有个懂事女孩，真是福气。一边伸了筷子，夹个饺子，塞进嘴里。觉得口味不错，又说：“饺子包得这么好，你完全可开饺子店，当老板娘了。”郁碧柳佯装生气道：“领导别损害我的名誉，我人都没嫁，当什么老板娘？”李见好说：“当个老板娘，难道非嫁人不可？”郁碧柳说：“当娘要有人配合，俺一个女生，单枪匹马的，怎么当得了娘？”

李见好想笑，怕饺子喷出来，忙捂住嘴巴。好不容易忍笑咽下饺子，才乐道：“可搞无性繁殖嘛。”郁碧柳说：“无性也繁殖，你把我当细菌！好歹我也是大活人一个，就站在你面前，看得见，摸得着。”李见好说：“男女授受不亲，摸得着也不敢摸，多看几眼还差不多。”

说得郁碧柳不好意思起来，岔开道：“是不是喝两杯？”李见好说：“就两个人，怎么喝啰？”郁碧柳说：“两个人就不能喝，哪个部门下的文件？”李见好说：“你想喝，我陪你吧。”郁碧柳说：“食堂里有两瓶红酒，我拿上来，咱俩尽尽兴，一醉方休。”

李见好的情绪被调动起来：“行行行，咱们举杯邀明月，不醉不罢休！”

说罢抬头，只见明月高悬，透过窗户，将泠泠清晖洒将进来。明月照九州，也照着曾亦嘉的夜窗吧？她是否也悄坐窗前，对月思人？

郁碧柳很快提酒回到楼上，见李见好痴望着空中月亮，神情落寞的样子，说：“是不是月亮让你想起了什么？”李见好答非所问道：“城里灯火通明，哪有这么好的月亮？”

郁碧柳瞥眼夜空，说：“是啊，城外月亮好圆。你没后悔留在监理处，浪费这良辰美景吧？”李见好说：“不留监理处，到哪儿去？”郁碧柳说：“到你老婆身边去，两人一边赏月，一边秀恩爱啊。”李见好说：“老夫老妻，还有什么恩爱可秀？”郁碧柳说：“要么约上你的心上人，找一片月在波心柳在岸的佳处，对月舒怀，多么浪漫和开心！”

李见好收回目光，看郁碧柳开瓶倒酒，说：“真有心上人，也不用等你来提醒，早私奔到天涯海角去了，哪会死守监理处，当苦行僧？”

“也许是碧柳孤陋寡闻，如今你这样的苦行僧好像真是越来越少了。”郁碧柳倒好酒，一杯在手，一杯递给李见好，“咱们碰个杯吧。”

李见好跟郁碧柳一碰，仰头喝掉。郁碧柳说：“我说碰杯，没说干杯，你喉咙怎么这么陡？”李见好说：“酒倒得又不多，还是红酒，太斯文不过瘾。”郁碧柳说：“红酒出瓶后，还有个氧化过程，得慢慢品，急不得的。”

李见好只得放慢速度，浅饮轻啜。郁碧柳给他碗里添些菜，夹两个饺子，一边说：“苦行僧不简单，在这欲望空前高涨的年代，你不贪不占，不嫖不赌，叫人不佩服都不行。”李见好说：“你不是讽刺我吧？”郁碧柳说：“说你好话，也算讽刺？”李见好说：“一个男人，不贪不占，不嫖不赌，要么没本事，要么不正常。”

郁碧柳笑笑，说：“你想这么理解是你的事，不过我没这个意思。难道有本事就不可以做一个正常男人，非得豪贪强占，狂嫖滥赌？”

不知何时开始，贪占嫖赌已成有本事的代名词，谁也不会对此有何质疑，这会儿被郁碧柳一问，李见好猛然一惊，原来男人有本事，也可以不贪不占，不嫖不赌，或者说有本事的男人不去贪占嫖赌，也算正常男人，是能够容忍的。可李见好不想显得太正经，嬉笑道：“你不是讽刺我，就是讨好我。”

郁碧柳给李见好杯里续上酒，又跟他碰碰，说：“讨好你也没错呀，谁叫你是我的领导？”李见好说：“莫非领导就是用来讨好的？”郁碧柳说：“没人讨好，谁还肯当领导？再说领导有权，讨好领导可晋级加薪。”李见好说：“你想晋什么级，加多少薪？”郁碧柳说：“我想晋处长的级，加处长的薪。”李见好说：“想当处长好啊，我让贤。这狗屁处长，夹在德绕公司和各项目部中间，两头要应付，两头不讨好，我老人家早就干得不耐烦了。”

郁碧柳点着头，说：“我能理解。在你身边一两年，看着你上蹿下跳，左冲右突，没日没夜地周旋应酬，人都瘦了一圈，我好心疼的。”

话从郁碧柳嘴里出来，显得好像很随意，李见好听去却如雨落旱地，沁人心脾。最亲近的两个女人，池小燕把你当成刷卡机，老催你弄钱买房，曾亦嘉出事躲得不知去向，话都不撂一句，只剩下这个郁碧柳，你并不怎么当回事，她却寸步不离守着你，中秋放假，别人全回了家，她心甘情愿为你端饭递水，陪你喝酒说话，安慰你受创的疲惫的心。

李见好敛住脸上的不正经，拿过酒瓶，给郁碧柳添上酒，再举起自己的杯子，说：“为你的心疼，这杯酒一定要敬你。”

到底是领导，又大自己不少，郁碧柳双手捧杯道：“哪有上级给下级敬酒的？我敬你！”

“当然我敬你，你不是普通下级，你是美女下级，知己下级，贴心贴肺的下级嘛。”李见好说着，顾不得杯里酒氧不氧化，手一抬，脖子一仰，就下了肚子。

话语投机，这酒喝得越发来劲，两瓶红酒慢慢都见了底。要在平时，这种度数的红酒，又只这个量，根本不在话下。今晚朗月当头，红颜在侧，李见好不觉脸红耳热，已有几分醉意。睁着醉眼看郁碧柳，郁碧柳细嫩的脸蛋也洇上桃花，抹过胭脂似的，不知是酒红还是羞红。李见好感觉血液在慢慢加快，主动说：“还有酒不？再拿一瓶来。”

郁碧柳坐着不动，说：“酒至微醺最好，就喝到这里吧。”李见好说：“不行，你不是说过，要一醉方休吗？没醉怎么休？”郁碧柳说：“不醉先休也是种境界呀。”

“你不去拿酒是吧？我去。”李见好说着，站起来，朝门边走去。身子却老打歪，两只脚像踩在空中，怎么也着不了地似的。郁碧柳上前一把托住李见好，要往卧室方向搀，说：“还是别逞强了，先休息一会儿吧。”

李见好甩甩手，想挣脱郁碧柳，说：“我还没醉，不用你扶。刚才还说过，男女授受不亲，这么拉拉扯扯的，人家还以为咱俩不清不楚呢。”

郁碧柳一用力，将李见好缠得更紧了，嘴里笑道：“不清不楚就不清不楚，监理处就咱两人，还怕人家以为不成？”李见好说：“孤男寡女，更应小心。我可不是柳下惠，美色面前，没有坐怀不乱的定力。”郁碧柳说：“柳下惠的故事肯定是编造的，血肉之躯的男人哪个能坐怀不乱？要么是作秀给人看，要么有毛病。”

李见好离真醉还早着呢，听郁碧柳这么一说，忍俊不禁道：“我是作秀呢，还是有毛病？”郁碧柳说：“你呀，是贼大胆小，怕我粘上你，脱不了手。”李见好半开玩笑道：“你这么年轻，花一样鲜美，我巴不得你粘上我，哪还想着脱手？”

两人已进到卧室。卧室不宽，一半洒着月光，一半藏在阴影里，几分虚幻，几分暧昧。将李见好扶到床边坐下，郁碧柳才松开手，返身准备回去开灯。李见好忽地从床上弹起来，手一伸，一把捞过郁碧柳的手，说：“哪儿去？想扔下我不管？”

郁碧柳挣了挣，却没怎么用力，说：“去找开关。”李见好说：“找什么开关？”郁碧柳说：“电灯开关。”李见好说：“找电灯开关干吗？”郁碧柳说：“开灯。”李见好说：“为何要开灯？”郁碧柳说：“黑灯瞎火的，我有点怕。”李见好说：“怕谁？”郁碧柳说：“怕鬼。”李见好说：“怕什么鬼？”

“怕色鬼。”郁碧柳停顿片刻，咬着牙说道。身上不由得战栗起来，像刚刚启动的发动机。两人手相牵，郁碧柳的战栗传导到李见好身上，他再没法控制，将郁碧柳往怀里一拥，附她耳边道：“再说一遍，怕什么？”

郁碧柳放大声音道：“怕色鬼，怕你这个老色鬼！”

“你说我是老色鬼，我就是老色鬼！”李见好捧过郁碧柳的脸，在上面猛吻起来。郁碧柳头一扬，嘴巴高高撅起，像在寻找什么。李见好屏住呼吸，吻向那喷着热流的红唇。郁碧柳有些受不了，噢的一声，人都瘫软了。只有两只手忙乱着，去解李见好衣扣。却不得要领，不知从何下手。干脆一用劲，撕开李见好衣服，两只手掐进他还算壮实的肌肉里。觉得还不够，双腿往上一展，铁钳样死死夹住李见好。

这番攻击是致命的，李见好无法抵抗，捞住两条疯狂的腿，顺势往床上一送。郁碧柳就摊成一份强烈的诱惑。李见好跪到诱惑前面，几下将郁碧柳身上衣服剥开。衣服里面是个山高谷低的胴体，散发着迷人的幽香。

月色正浓。浓浓月色就似浓浓的牛奶，浓浓地倾泻在郁碧柳的胴体上，泛着雪白的光晕。李见好惊异无比，自己从没见过白得这么美妙的身子，不知是月色这么白，还是这个身子这么白。最耀眼的还是一对雪白的乳房，像两座拔地而起的玉峰，两相对峙，昂然挺立，撩拨着李见好火烧火燎的激情。

李见好做个深呼吸，迫使自己从容些，而而后纵身跃上玉峰，嵌入郁碧柳，嵌得很深很透很彻底。两人就这样融为一体，最后一起化掉，化成水，化成雾，化成烟，消失于无形……

等水和气慢慢恢复回来，已是第二天早晨。窗外的月亮早不知去向，取而代之的是一抹橘红的浮云，还有浮云后面的深空。

郁碧柳先醒来。她轻轻舔一舔李见好微抿着的双唇，把他搭在被子外面的手臂收进来，搭到自己腰上，再跟他贴紧。

慢慢李见好也醒过来，看看猫样偎在胸前的郁碧柳，咬咬她的耳根，轻声问道："你真好。"郁碧柳嘟囔道："哪里好？"李见好说："哪里都好，你的前面，你的后面，你的左面，你的右面，你的上面，你的下面，你的外面，你的里面。"

郁碧柳用指甲挠挠李见好腮帮，像刮刚开奖的彩票，说："在作诗吧？"李见好说："遇到好女人，男人就会成为诗人。"郁碧柳说："不对，遇到好女人，男人就会成为鬼。"李见好说："正是的，成为色鬼，老色鬼。"

"姜是老的辣，鬼是老的色。"郁碧柳咯咯笑道，"你不怪我勾引你吧？"李见好说："是老色鬼勾引小妖精。"郁碧柳说："你就不怕我上了你的床，以后敲你诈你？"李见好说："我人一个命一条，有什么可敲可诈的？"

郁碧柳松开李见好，躺平身子，望着天花板道："敲你金诈你银实非我意，可你这个人我确实蓄谋已久了。"李见好说："真的？何时的事？"郁碧柳说："那次表哥叫我去吃饭，第一次在餐桌旁见到你，我就有了这个想法，要把你敲诈到手。"李见好说："这个年代还有一见钟情？好像难以令人置信。"

郁碧柳似有所思的样子，说道："是不是一见钟情，我也说不准。反正那次见到你之后，我就真的动了心。证明是我实习的中外合资企业看中我的能力，答应我毕业到他们那里去，可我还是恳求表哥，找你说好话，到了你身边。"

也许这就是郁碧柳这代人，看上的东西，非弄到手不可。只听郁碧柳又说道："不过你放心，我不会跟你要名分，不会破坏你的家庭。你有个不错的老婆，我不想将自己的快乐建立在别人的痛苦之上。"李见好笑道："咱们已走到这一步，若被我老婆知道，她能不痛苦？"郁碧柳说："你傻呀？这也让你老婆知道？"

聊够了，郁碧柳才坐起身，去找不知扔到哪儿的衣服。李见好有些不舍，捧过郁碧柳双乳，用嘴在乳沟上拱着，说："还早呢，再待一会儿嘛。"

郁碧柳抱住李见好脑袋，温存一会儿，才在他背上拍拍，说："好啦，别缠绵啦，我做早饭去。来日方长，以后有你的。”李见好说：“来日方长，还不如现在。”

闹腾一会儿，见李见好要动真格的，郁碧柳身子一扭，附他耳边说：“晚上再折腾好吗？你得恢复恢复，我也不想你把好事一下子做完。”

李见好放开郁碧柳。

在床上懒一会儿，下床后郁碧柳已做好早餐。早餐很丰富，有现磨的豆浆，刚蒸的肉包子，煎得黄灿灿的鸡蛋，另有酸豆角和时鲜小菜，开胃爽口。郁碧柳一边招呼李见好吃东西，一边说道：“刚才我说过，我不要名分，不破坏你的家庭，但有一点，万一哪天你们离了婚，你老婆将你扫地出门，我会毫不客气，把你拿下。”

不管是真是假，这话着实让李见好感动，说：“真到了那一步，只怕天下女人都躲我远远的，谁还会收留我？再说一个残货半价的男人，也不好意思往你这未婚女青年身上赖呀。”郁碧柳说：“在我眼里，你什么时候都不残，都不掉价。”

这话难以置信，听着却舒服。人有两耳，都愿接好话，不愿听恶言。

小夫妻般说着疯话，做着疯事，远离争斗，抛却烦恼，仿佛世上只有柔软的爱和热烈的性，一切那么单纯美好。可美好总是短暂的，中秋眨眼过去，上班时间来临。两人又回到世俗世界里，回到各自角色里，像什么都没发生过。

李见好有心回报郁碧柳，召集几个副处长开会，先议了几项工作，最后提出：“办公室没有主任副主任，主要工作，大事小情，都是郁碧柳在打理，她还算称职，提她为副主任，不知几位看法如何？”

监理处非正规党政部门，李见好是处长，也是法人，他说提郁碧柳做副主任，其他人自然没啥意见。何况郁碧柳工作确实出色，让她顶个副主任头衔也名正言顺。

会后瞅空，李见好把郁碧柳叫到处长室，说：“有个好消息，想不想知道？”郁碧柳说：“好消息当然想知道。”李见好说：“你升官啦。”郁碧柳说：“真的，什么官？多大的官？”李见好说：“不大不小，二监理处办公室副主任，主持室里全面工作。”

虽说不算什么官，郁碧柳还是挺高兴，乐道：“办公室副主任该是什么级别呢？厅级还是局级？”李见好说：“厅局级得省委任命，我给你厅局级，只怕省委有意见。再说我才是处长，比厅局级小，你一下子厅局了，我怎么领导你向前进？”

郁碧柳哈哈一笑，说：“你好自私，不肯任命我厅局级，是怕我骑到你头上去。”李见好轻声说：“你骑到我头上去，我还怎么骑到你身上去？”

郁碧柳扬起手，在空中打一下，嗔道：“你坏！”

调笑几句，李见好正经道：“提了副主任，待遇相对得加上去。工资归办公室管，你草拟个文件，明确一下你的工资待遇吧。”郁碧柳说：“加多少呢？”李见好说：“你想加多少就加多少。”郁碧柳说：“我想加一万，你同意？”李见好说：“一万怕是到不了。不有相关文件吗？对着文件套，估计每月会加不下一千吧。”郁碧柳说：“才加一千？比厅局级差远啦。”

李见好笑指郁碧柳，说：“你还真把自己当厅局级？自不量力。你看看，我是处长，你是我下面的副主任，勉强算副科级吧，待遇不能超过处里的监理师，不然他们不服气。”

郁碧柳假装不满道:“为什么只能是你下面的副主任,不能是你上面的副主任？”李见好说：“副主任是妇科嘛，妇科到了上面，怎么开展工作？”郁碧柳说：“谁规定妇科不能在上面开展工作？有时妇科在上面也能把工作开展得蛮好的。”李见好说：“通常情况下，妇科还是在下面开展工作好些。”

上班时间，郁碧柳不好赖着不走，回到办公室，给自己起草了晋级加薪的文件。又经李见好签字同意，打印成正式文件，交给财务，自本月起生效。

郁碧柳刚走，刘泽南进来，手上拿着汪求明隧道工程概算变更手续，李见好审查一遍，觉得没什么问题，在上面签下自己大名。在李见好这里，也就一个名字，到汪求明手上，可增加两百多万的工程款，够这小子花上一阵子的。

给郁碧柳办了件事，又签了汪求明概算变更手续，李见好情绪大好。想着身边有个知恩知爱知冷知热的女孩，这日子过得还不算寂寞。上天真是眷顾自己，在曾亦嘉不知去向，自己又不愿回家时，将郁碧柳送进怀里。

李见好心满意足，似乎有没有曾亦嘉，已无所谓。

事实是郁碧柳没法真正替代曾亦嘉。曾亦嘉是被马步高害的，李见好对这狗日的正耿耿于怀呢。想着寄出的快件，掐指算算，应该到了该到的地方。也不知会不会起些作用。又叫来快递员，将方早霞的供词和床上照装入几个信封，匿名寄走。

仿佛送走令人憎恶的瘟神，李见好长长舒口气。只是做这种偷鸡摸狗的小动作，实在找不到快感，相反觉得很不自在，好像旁边有眼睛死死盯着似的。就是没眼睛盯着，可人在做，天在看，再隐秘的事也瞒不过上天啊。哪怕瞒得过上天，也瞒不过自己，自己做的事，自己有双眼睛片刻不离地盯着哩。

不过这小动作，怎么也算不上坏事，从某种角度说还是好事。马步高本来就不是好东西，所作所为决非什么好事，举报这家伙，为民除害，应该说是维护正义。

接下来是等候。等了一个多星期，没一点动静。就在李见好差不多快忘了这事时，冯以真打来电话："东西应该寄走了吧？"李见好说："早寄走了。"冯以真说："有没有反响？"李见好说："还没反响。公司跟上面接触得多，应该比监理处信息灵通呀。"冯以真说："也不见得，好多跟你有关的事情，全世界都知道了，当事人相反蒙在鼓里。"

想想也是。男人在外风流，闹得满城风雨，就是男人的老婆一无所知。许多真相，往往外国人都清楚，唯独国民毫不知情。只听冯以真又说道："你找找神通广大的朋友呀，看能否侧面了解一下。"

要说神通广大，钱如水算得一个。官场也很有意思，官场里有些什么，官场中人不见得明了，像钱如水这些官场外人倒什么都晓得。李见好回了趟德都，走进水善利公司。听李见好说明来意，钱如水说："行啊，让我的兄弟摸摸情况。"

走出水善利公司，李见好一时不知上哪儿去好。回家吧，还是没心情。回监理处吧，快到周末，大家不在，郁碧柳也要回老家看爷爷，说话的人都没一个。开着车在街头兜一阵风，免不了又想起曾亦嘉，掉转车头，去了嘉嘉公司。

还是铁将军把门，玻璃门里状况依然如故，没有一丝变化。

垂着头回到地下车库，要上车时，猛然想起曾亦嘉有套房子，就在隔壁楼上。自己包里装着房子钥匙，何不上去瞧瞧？

关上车子，经车库旁小门，到得另一座高楼的地下室，没走几步就是电梯口。乘电梯来到楼上，打开门，房依旧，物依旧，人却不在。李见好心里酸酸的，难受得不得了。一切都是自己造成的，真恨不得自甩几个耳光。李见好跌坐在床，发上一会儿呆，头一仰，往后倒去。一阵困意袭来，不觉沉沉睡去。

不知睡了多久，最后被一阵脆脆的铃声震醒。是床头座机在响。许多人家已不怎么装座机，曾亦嘉说这一带手机信号不畅，特意装了一台，有事免得耽误。谁打来的电话呢？是嘉嘉公司的生意合作关系，还是要债人找不着曾亦嘉，把电话打到了家里？

李见好不想接这种电话。掉头去瞧窗外，已是暮色深深。铃声还是响，响得越发倔强。李见好突发奇想，会不会是曾亦嘉本人呢？也许她觉得你会到家里来找她，专门打电话回来。这样的可能也不好排除。

想着也许会是曾亦嘉的电话，李见好不禁激动起来，身子一弹，扑到床头柜前，以最快速度抓过话筒，急切地喂了一声。

对方沉默片刻，才说道：“你真的在家。”

确是曾亦嘉。李见好像不相信自己耳朵，说：“你是亦嘉吗？你真是亦嘉吗？”曾亦嘉说：“是的。知道你会到家里去找我，才打电话回去，你果然在。”

“你在哪里？为什么不开手机？离开德都也不告诉我一声？”李见好迫不及待问道，始而喜，继而忧，再而悲，口气里都带了哭腔，像被遗弃的孩子重又得到久别的母亲的消息。曾亦嘉也深受感染，哽咽道：“是我不好，走得匆忙，没能跟你说一声。又不好联系你，怕你受不必要的牵连。也不敢随便用手机，担心人家定位跟踪。也是太想你了，这会儿试着到电话亭打家里座机，正好你在，看来咱们缘还没尽。”

李见好握紧话筒，点着头说：“好好好，能听到你的声音就好。在外吃苦了吧？”曾亦嘉说：“哪来苦吃，自己给自己放几个星期的假，到远离尘嚣的山野间走走，感觉挺好的。”

李见好这才略觉放心，说：“应该叫上我呀，一路也好有个照应。”曾亦嘉说：“你管着监理处一大摊子事，哪走得开？我也想一个人待待，清静清静。”李见好说：“何时回来？冯以真跟我说过，德绕公司已给 12 合同段和 13 合同段安排了款子，并跟他们打过招呼，先确保嘉嘉公司的货款。”

这应该是个大好消息，够曾亦嘉高兴一阵子的。不想她却很平静，说：“谢谢你！你一定在冯以真身上下过不少功夫吧？”

李见好有些受不了曾亦嘉的平静，却又无奈其何，说：“也没下什么工夫。马步高太坏，掐断你的后路，害得你东躲西藏的，我真想宰了他。正好冯以真也想搞掉他，让我配合，我自然不会拒绝。不知冯以真从哪儿知道你是我学生，特意安排资金给 12 合同段和 13 合同段，嘱咐他们先把嘉嘉公司货款给支付了。”

曾亦嘉还是波澜不惊道：“谢谢你操心！”李见好说：“说谢就见外了。”曾亦嘉说：“是啊，大恩不言谢。可相隔两地，我只能表示感谢。给你添这么多乱，愧疚得很。”李见好说：“添乱的是我，不然你也不会逃债在外，这么久没见你人。”

聊一会儿，李见好说：“你还没告诉我，什么时候回来呢？”曾亦嘉说：“看看吧，反正公司的人都放了假，早回迟回都没关系。”

李见好想着曾亦嘉目前的处境，说：“干脆这样，12 合同段和 13 合同段款子到账后你就回来，还掉欠款，尽快恢复公司生意。”曾亦嘉说：“我也是这个意思。”李见好问：“在外有办法查账吗？”曾亦嘉说：“只要账户有进出，系统就会短信提示，打开手机便看得到。”李见好说：“这就好，记得时不时开一开手机。”

曾亦嘉安然无恙，货款也有了眉目，李见好压在心头的石头落了地。

挂掉电话，李见好高兴得一蹦三尺高。还叉开两根指头，小孩样喊了声耶。忽觉肚子饿起来，又不想下楼，跑进厨房，简单煮碗面对付一下。吃过面回到客厅，打开电视，看看没什么好节目，干脆开了音响。碟仓里有碟，按下播放键，悠扬的古琴声响起，竟然是《春江花月夜》。莫非曾亦嘉知道你会到家里来，先备了《春江花月夜》的碟让你欣赏?

《春江花月夜》的旋律充满整个房间，李见好身上也涨起春潮，忆念着与曾亦嘉相识相知相爱相离相聚相守的点点滴滴，万千思绪一齐涌上心头，一时无法自已，不争气的泪水盈满眼眶。男儿有泪不轻弹，只是不到伤感时，伤感上来，又在人后，还是有这个权利的。

不知听了多少遍《春江花月夜》，直到困意沉沉，才关掉音响，上趟卫生间，回到床上。心无挂碍，这一夜睡得格外香，醒来已快七点。想回家看看，车都开到爱丽舍大门口，又掉头出了城。这个时间露面，一看就知在城里过的夜，池小燕追问起来，够解释的。

第二十一章
命案背后

冯以真没食言，督促12合同段和13合同段将嘉嘉公司的货款足额打到公司账户。曾亦嘉见到短信提示，立即电话告知李见好。李见好比曾亦嘉还高兴，说：“这下该回来了吧？你知不知道，我好想你。”曾亦嘉说：“我也一样想你。”

曾亦嘉回德都头天，李见好请来家政公司清洁工，将房子彻底打扫一次，弄得窗明几净，一尘不染。隔天一大早先上花店选购一捧鲜艳的红玫瑰，又去超市买回一大堆吃的喝的，再开车赶到高铁站，迎接曾亦嘉。

曾亦嘉坐的高铁还没到，李见好没事可做，到书刊亭买张报纸，随便翻起来。头版上有条醒目报道，袁绍德正式上任副省长，主管交通城建等工作。马步高不是袁绍德的人吗？袁绍德做上副省长，最得意的恐怕就是马步高。

李见好想起要钱如水了解举报马步高的事，说：“有没有要害部门那边的消息？”钱如水说：“找过关系，人家守口如瓶，不肯透露任何信息。”

打完电话，李见好有些失落。也不知冯以真知道袁绍德成了袁副省长，会作何感想。准备拨冯以真手机，正好广播里说曾亦嘉那趟高铁已到，李见好将手机塞进口袋，朝出站口走去。曾亦嘉很快就现了身。看去比以前瘦了些，也黑了许多，却毫无倦意，一点不像外出躲债，倒像在度假胜地疗养回来。

李见好上前拿过曾亦嘉的行李，一起来到楼下停车坪。上车后，李见好问：“去了哪里？”曾亦嘉说：“西南几省区。”李见好说：“跑的地方还不少咯。”曾亦嘉说：“开始待在桂林阳朔，后碰上一个民间生态保护组织，觉得志趣相投，就跟他们上了云贵川。”

李见好说：“这个组织都干些什么？”曾亦嘉说：“走村串户，访问调查，录视频，拍照片。”李见好说：“蛮有意思嘛。”曾亦嘉说：“确实有些意思。只是一路所见所闻，让人很揪心。”李见好说：“都看到些什么？”曾亦嘉说：“相比别的地方，西南环境应该还算不错，可如今也难得有块净土，变得百孔千疮，惨不忍睹，好多野生动物失去家园，生存受到威胁。”

回到家里，打开门，映入眼帘的是窗台上盛开的红玫瑰。曾亦嘉欢呼着奔过去，蹲到玫瑰前，又亲又闻，孩子般欣喜不已。一边说：“这么新鲜，买回来没多久吧？”李见好说：“去接你前才从花店购进的。”

曾亦嘉站起身，上前贴紧李见好，在他脸上亲一个，说：“你真好！”

曾亦嘉柔韧的身子像根导火索，一下子点燃李见好，他一把抱起她，原地一个三百六十度的圈，旋得她哇哇大叫。落地后曾亦嘉在李见好额上腮边猛吻起来，相互偎着往卧室挪去。

来到卧室，曾亦嘉动手去解李见好的衣扣，有些急不可耐的样子。李见好将曾亦嘉放倒在床上，欠了身要给她脱鞋脱袜，她死死吊住他脖子，身子鲤鱼样一挺，两人紧紧重叠到一处，在床上忘情地翻滚起来。

彼此将积蓄已久的激情交付给对方，又紧拥着温存一会儿，李见好说：“回家水都没喝一口，一定饿了吧？”

李见好下地端杯冷开水，扶起曾亦嘉，喂进她嘴里。而后放下她，要她先休息一会儿，转身进了厨房。饭做好，两人饱食一顿，出门去了嘉嘉公司。

打开门，站在乱七八糟的桌椅中间，曾亦嘉感慨道：“原以为政府部门的生意好做，谁知弄得这么狼狈不堪。”李见好说：“一切不都过去了吗？”曾亦嘉说：“是呀，都过去了，下周就把员工们召回来，重新开始。”

两人又到曾亦嘉自己办公室看看，两人下楼，去附近转了转，还上体育馆游泳池游了两个小时。回到屋里，恢复一下体力，两人又叠到一起，不要命地搏击起来。

连续两天两晚，两人就这样你揪住我，我揪住你，一直在屋子里折腾，折腾得全身都散了架，再没一丝力气，还不肯罢休。

第三天上午两人才分手，李见好下楼出城，曾亦嘉去了公司。公司员工已陆续归队，曾亦嘉把他们召集在一起，交心通气，构想下步工作。同时让财会人员清账，把该还的欠款都还掉，以便轻装上阵，向新的起点迈进。

李见好回到监理处，一头扎进处长室，着手处理没在处里时落下的事务。郁碧柳来送材料，望着他说：“这几天干什么去啦？看你眼圈发黑，两腮深陷，好像换了个人似的。”李见好说：“李见好不还是李见好，难道换成了张见好？”郁碧柳说：“一定熬夜熬的吧？”

李见好只好扯谎，说：“陪领导打了两天两夜工作麻将，累得真够呛。”郁碧柳说：“工作麻将重要，还是身体重要？以后不许这样折磨自己。”李见好说：“好好好，听郁主任的，以后改邪归正，重新做人，坚决不干有损于身体的事。”

“这还差不多。”郁碧柳放下材料，下楼开上帕萨特，去了镇上。很快抓回一只土鸡，跟红枣桂圆天麻一起，搁进砂锅，用文火慢蒸。蒸熟了，端给李见好，说他打工作麻将辛苦，好好补一下身子。李见好要郁碧柳也吃，郁碧柳直摇头，托腮看着他，逼他这就吃下去。

郁碧柳双目充满怜意，李见好不敢直视，低头狼吞虎咽起来。在曾亦嘉那里元气大泄，再到郁碧柳这里来补身子，你李见好还是人吗？郁碧柳知道你这么可耻，只怕手上菜刀就不拿去剁鸡，该剁你脑袋了。不过世上有几个男人不可耻呢？不可耻还算男人吗？怪只怪曾亦嘉抛下自己远走他乡，连音讯也没一个，自己久旱逢甘雨，才与郁碧柳打成一片。这下曾亦嘉重又现身，两头要对付，看你怎么对付得过来。

找着可耻的借口，鸡肉也就吃得心安理得，没多久便被李见好消灭得一干二净。郁碧柳很满意，一边收拾餐具，一边说：“还合口味吧？”

李见好嘴巴一抹，说：“当然，不见我一口气就罗通扫北，全都拿下？”郁碧柳说：“合口味，下次再给你蒸。”李见好说：“怎么好老麻烦你呢？我又不是小孩，娇生惯养不好吧。”郁碧柳说：“男人是永远长不大的小孩，该娇得娇，该惯得惯。”

白天给李见好补了身子，夜里郁碧柳理直气壮溜进处长室，钻入李见好被褥，在他身上搓揉起来。李见好暗暗叫苦，自己已被曾亦嘉抽得池干塘净，哪还满足得了郁碧柳？又不好硬性拒绝，不然也对不起白天吃进肚里的土鸡。只得装睡，还像模像样打起鼾来。

没人能弄醒装睡的人，郁碧柳缠绵一会儿，强按捺住自己，放了李见好。李见好过意不去，搂紧郁碧柳，嘴里咕哝道：“二、二、二饼，一、一、一索。”

“睡得像头死猪，还忘不了麻将。”郁碧柳笑骂道，抹一把李见好嘴边涎水，“你这个处长也不容易，工作这么繁重，还要陪领导打工作麻将。”

也是李见好体质不错，休整得两三天，完全恢复过来。夜里郁碧柳钻进被里后，又变得生龙活虎，威风凛凛。郁碧柳很受用，说：“你真乖。”

嬉笑着，李见好翻到郁碧柳上面，说还要乖一回。郁碧柳不让他放肆，说：“一次给乖完，以后不想再乖啦？还是悠着点，留得小命在，不怕没你乖。”

李见好压住心头烈焰，说：“反正乖你有理，不乖你也有理。”郁碧柳说：“本来女人就比男人理性嘛，没理怎么理性？”

郁碧柳在李见好背上抚摸着，说：“所以女人要给男人留有余地，不能竭泽而渔。前天见你那样子，我好心疼，好担心，还以为你从此萎靡不振，再也雄不起来了。”李见好说：“女人是不是就想让男人雄？”郁碧柳说：“男人不雄，还算男人吗？记得那天晚上，你简直就跟死蛇一样，怎么也拨不醒，我都有些心灰意冷了。”

李见好哈哈一乐，说：“死蛇谁拨得醒？我不是太累了吗？你睡在我床上都不知道。”郁碧柳说：“你只知道你的工作麻将，睡得口水直流，还在喊二饼一索。”李见好说：“我还喊过二饼一索？”郁碧柳说：“没喊过，我冤枉你的。”

郁碧柳拿开李见好的手，说：“你说是打工作麻将，原来摸二饼抓一索去了。老实交代，那几天是不是在跟女人鬼混？”

本是随便开玩笑，不巧被郁碧柳言中，李见好心虚起来，说：“家里老婆之外，就跟你鬼混过，还到哪儿去跟女人鬼混？”郁碧柳说：“不跟女人鬼混，怎么回到处里时一副熊样，两脚打歪，站都站不稳？一看就知夜里逞强，白天扶墙。”

李见好掩饰道：“你不知道，那几天我老人家真不容易，没日没夜打工作麻将不说，回到家里老婆又要死要活，缠着不放，你说我经得起几下折磨，不扶墙扶什么？”

这话郁碧柳相信，说：“你是久没亲近嫂子，她要你补课吧？”李见好说：“没办法，女人就是厉害，三十如狼，四十似虎，我都力不从心，对付不了啦。”郁碧柳笑道：“家里老婆都对付不了，还到外面打野食，看你们男人贪不贪咯？”

李见好直摇头，说：“不是贪，是遇上你这样的美女，欲罢不能啊。”郁碧柳说：“家里老婆要你补课，外面女人要敲你骨，吸你髓，看你受不受得了。”

正闹腾得起劲，李见好手机猛然响起，一瞧是文武斌号码。文武斌也是的，人家正在学乖，你打什么电话？李见好对着手机道：“是不是老婆跟人跑了！不可以明天再打电话？”文武斌喘着粗气说：“不好啦，李处不好啦，出大事啦！”

李见好一怔，说：“慢点说，慢点说，到底出了什么事？”文武斌舒口气道：“杨天明和靳麻子被人打翻在地，只怕活不过来了。”李见好说：“在哪儿？谁干的？”文武斌说：“就在白沙镇一家饭店旁，谁干的还不清楚。”李见好说：“联系 110 没有？”文武斌说：“已打过 110。”李见好说：“我这就动身赶过去。你还得打 120，叫救护车。”

说着李见好已穿好衣服，拿过提包，就要出门。郁碧柳追着说：“我也去。”李见好说：“你去了也没啥用，老实在家待着吧。”

郁碧柳没再坚持，送李见好到门边，看着他大步朝楼梯头走去。

下得楼来，李见好叫醒几位已睡下的年轻监理师，分头上车，出了监理处。赶到出事地点，只见杨天明和靳麻子躺在血泊中，外边拉了警戒线，文武斌头上扎着布条，正配合 110 勘测现场。120 也呼啸着由远而近，在 110 警察配合下，将两人搬上救护车。

120 渐渐远去，警戒线解除，文武斌将李见好拉到一旁，简单说了说事情经过。

傍晚时分，文武斌与靳麻子从工地回来，路上碰着杨天明，三人趁着高兴，绕到镇上，走进这家常来的小酒店，点了几道家常菜。反正离监理处不远，郊外没交警查酒驾，又要了几瓶啤酒，只管放开肚皮干。正干得痛快，门外大摇大摆走进几个年轻人，手里抡着铁棒和砖头。三人还以为来找店家寻衅闹事的，不想几个年轻人冲上前，二话不说，朝他们头上和身上就是一顿猛击猛敲。三人躲闪不及，忍着疼痛，拿过屁股下的凳子，与他们对打起来。终究寡不敌众，只得一边抵抗，一边往门口退去。才退到门外，身后又冒出几个人，把三人团团围住，逃都没法逃。没对峙两分钟，杨天明和靳麻子被打倒在地，文武斌想搀起两位，脑袋挨了几下，意识到再继续下去，报警的人都没有，趁着混乱闪出包围圈，往黑暗处狂奔。好不容易甩下后面的打手，才掏出手机，先打 110，再拨通李见好手机。

到底是些什么人，下手这么狠？不用说，肯定与二监理处监理范围内的工程有关。李见好指指文武斌脑袋，说：“严不严重？要不先去医院做一下处理？”文武斌说：“有点疼，问题应该不大吧，以后再上医院，待会儿还要跟 110 回公安局做笔录。”

110 结束勘察，叫上文武斌，呼啸而去。李见好他们也上车，赶往医院。杨天明和靳麻子已被送进重症室，正在吊水和观察。问医生有没有生命危险，说目前还说不准，反正很严重。这是两个好兄弟，但愿上天保佑。李见好不出声地祈祷着，吩咐手下人，分头去接两人家属。又把郁碧柳召来，要她到附近宾馆，订几套房子，两人家属到后有用。

靳麻子老婆小赵带着孩子先到。夫妻俩都是北方人，一起在德都读的大学，毕业后留下工作，没再回北方。德都无亲无故，能来的只有老婆和孩子。郁碧柳安排母子俩住下后，李见好上附近银行柜员机里取些钱，到宾馆去看望他们。靳麻子儿子三岁多，正在床上睡觉。小赵满眼泪痕，问李见好到底出了什么事。

“是遭一伙来历不明的流氓袭击，不知与监理项目有没有关系，公安正在加紧调查。”李见好解释着，塞一把钱到小赵手上，“是给侄儿买奶粉的。小靳住院，侄儿全靠你照顾，你要坚强些。处里会对小靳负责到底，你尽管放心。”

小赵表示感谢，提出去看靳麻子。几个人陪着上了医院。见靳麻子躺在重症室里，小赵有些发慌，站在门口，脚都挪不动了，还是郁碧柳搀着她，才努力走到病床前。

杨天明家住下面县城，路上不好走，直到午后，妻子吴秀丽和女儿杨灿烂及杨母才被接到宾馆。吴秀丽不秀丽，粗手大脚，工作也是粗活，在一家公汽公司洗车。监理处的人赶到县城时，她正握着水枪冲洗公交车，听说杨天明被打住院，丢下水枪，回家拉着女儿和杨母就上了车，工作服都没来得及换。

李见好照样塞把钱给吴秀丽，说是给杨灿烂买书的。不想吴秀丽甩手一挡，瞪着眼说：“我不是来拿钱的，是来看天明的，他在哪儿？”

这一挡挡在李见好臂上，李见好手一震，钱差点掉到地上。这女人劲真大，夫妻俩打起架来，只怕杨天明不一定是对手。

“天明就在附近医院，马上带你们过去。”李见好抓过杨灿烂的手，把钱放到她手上。杨灿烂怯怯地望一眼吴秀丽，不知该接不该接钱。吴秀丽没心情理会杨灿烂，嘴里嚷着走走走，迈开步子，往电梯口走去。

来到医院住院部，只见好几个医生和护士行迹匆匆，正往杨天明重症室方向赶去。李见好觉得气氛不对，快步追上一名护士，说：“病人没事吧？”

护士望他一眼，摇摇头，没吱声。李见好心里一沉，步子顿了顿。难道杨天明不行啦？他妻女母亲怎么办？吴秀丽随后赶上来，见李见好形色有异，像是明白了什么，拔腿往前直冲。哪里是冲，完全是奔，蓝色的工作服被风鼓起来，呼呼作响。

可吴秀丽还是迟了一步，杨天明刚刚咽气。捧着杨天明肿成鼓样的脑袋，她大吼道：“天明你……”没吼完，人已背过气，瘫在床前。

听到吴秀丽的吼声，还在门外的杨母也双腿一软，身子一歪，倒向墙边。只有杨灿烂定在地上，怔怔的，眼睛发直，仿佛不知发生了什么。好一阵才猛醒过来，跑进重症室，抱住杨天明尸体，号啕大哭起来。

待吴秀丽和杨母被抢救过来，天早断黑。两个女人两眼空洞，已经不知道流泪。问她们有啥要求，也不言不语，什么都不说。

李见好甚是过意不去，经请示孙再坚同意，主动承诺三条，一是按最高抚恤标准补助家属，二是安排吴秀丽到监理处工作，三是负责杨灿烂中学和大学学费。口说无凭，又让郁碧柳写成协议，双方签字为证。

也许是李见好心诚，婆媳俩没再提其他要求，三天后让人将杨天明送进了火葬场。直到杨天明尸体被塞进火化炉，两个女人才哭出声来，流干没流出的泪水。

事后李见好让郁碧柳办理吴秀丽入职手续，以安平公司职工身份，放二监理处跑勤杂，待遇比在县公汽公司洗车高得多。同时将杨灿烂送进德都一所不错的中学，费用监理处负责。杨天明父亲早逝，杨母一人在家孤独，吴秀丽接她来监理处住。身处儿子工作过的地方，杨母心情没法平静，伤心不已，没两天就回了乡下。

好在靳麻子属于外伤，生命无虑，一个月后就出了院，在家休息了一个星期，重回监理处。处里这才慢慢恢复正常秩序，回到工作正轨上来。

公安局正在侦查案子，却一直没有眉目，那伙歹徒再没现身。到底是命案，影响恶劣，省政府领导都批了字，公安压力大，不敢有所怠慢。好不容易才抓获两名歹徒，说是拿人钱财，替人办事。问是谁给的钱，又说不太清楚。

不过现代侦破手段多，公安还是通过两名歹徒挖出幕后指使人，正是 9 合同段红岩施工队包工头范仁贵。施工队偷抽钢条的事被二监理处整成材料，报到德绕公司后，碰上质量大检查，公司正好当作典型，放全线通报批评，责令返工，重做一遍工程，另罚五十万元。本来这是范仁贵自食其果，他却觉得是二监理处故意刁难，才丧心病狂实施报复，酿出惨案。

范仁贵到案后，办案人提审他："不就返个工，罚点款吗？也值得你大打出手？"范仁贵说："这一返一罚，整个工程弄下来，我不仅没赚头，还得倒贴，叫我怎么活命？我活不成，二监理处也别想自在。"办案人员说："高速公路项目利润应该不低，再怎么也不会倒贴呀。"范仁贵叹道："到高速上来拿项目，本来成本就不低，施工时不想点办法，哪有赚的？"办案人问："哪方面成本不低？"范仁贵说："这是游戏规则，你们也清楚。"办案人说："什么游戏规则？说具体点。"范仁贵说："说来话长，三天三夜都说不完，还是不说为妙。"

到得这个份上，已容不得范仁贵不开口，办案人有的是办法。最后范仁贵交代，为帮涂建雄中标和做上项目部经理，他掏了四百多万出去，其中冯以真就收了九十多万，不然涂建雄根本拿不到 9 合同段业务。涂建雄顺利中标，范仁贵如愿做到项目。无人从娘家带钱来搞项目，砸出去的钱只能从项目里赚回来，谁知碰着文武斌和靳麻子这样一根筋监理，盯得死死的，好不容易搞点动作，还挨罚挨整。实在没办法，只好对他们动手，出口恶气，无非不做这个项目，卷铺盖走人。

这条线索太重要，办案人马上报告上去，要求对冯以真采取必要措施。有意思的是网上突然出现一张十七万多元的大额开餐发票，在网民中传得沸沸扬扬。讨伐声随之四起，说食客胃口真大，一餐吃下十七万多，在哪儿吃的，吃请人是谁，何人买的单，政府不给纳税人个交代，只有发动广大人民群众和民间力量，实行人肉搜索。

人肉搜索真厉害，很快搜出请吃人叫汪求明，吃请人是冯以真和许长途，地点在楚天舒私人会所。其时范仁贵已交代送过冯以真九十多万，要害部门没再犹豫，派人赶到德绕公司，将冯以真带走。还有涂建雄和许长途，也同时被控制起来。许长途手下的曲科长早被马步高拉了过去，也提供了许长途给冯以真送钱的线索。

办案人从招投标入手，问冯以真："涂建雄为何会中标？"冯以真说："属正常招投标，谁中标都有可能。"办案人问："招投标前你跟谁接触过？"冯以真说："什么人都接触，除投标人和工程老板。"

办案人冷笑几声，说："'范仁贵'这个名字，你总听说过吧？"冯以真说："他是9合同段下面红岩工地施工队包工头，合同段项目部会把情况报送德绕公司备案，不可能没听说。"办案人说："涂建雄项目部中标前，范仁贵就找过你，有这回事吧？"冯以真说："没这回事。"办案人说："真没这回事？"冯以真说："你可以找范仁贵当面对质。"

办案人员就去提审范仁贵。

范仁贵关在一家内部招待所里。招待所单门独院，外面看去很普通，走近可见楼道和每个房间门窗都被铁条封死，一进里面，插翅难飞。令人难以置信的是，办案人走进招待所，让看守打开关押范仁贵的房间铁门时，里面空空如也，人已不知去向。盘问看守，却一脸茫然，怎么也搞不懂范仁贵是怎么跑掉的。

招待所承担看守重任以来，还从没逃走过嫌犯，范仁贵莫非是超人不成？电影电视里经常出现超人，现实世界还从没人见过。

范仁贵脱逃，送冯以真钱的事无从确定，曲科长关于许长途给冯以真行贿的供词也形成不了证据链，案子只能暂时搁在这里。当然不能放走冯以真，无人能排除他没有受贿。只好委屈他老人家，到关押过范仁贵的房子里老实待着。

冯以真失去自由，德绕公司不能没有一把手，交通厅和高管局反复权衡，决定让总监马步高代理总经理，主持公司全面工作。袁绍德提副省长后，暂时还没辞去交通厅厅长，交通厅和高管局做出这种决定一点不奇怪。也有提史学军名字的，可他是党务干部，没有马步高熟悉业务，马步高做一把手比他更合适。这是表面原因，里面原因还是史学军背景太浅。

坊间说法也有鼻子有眼，说是范仁贵买通打手围殴杨天明他们，就是马步高背后指使的。本来马步高一直按兵不动，袁绍德一提副省长，他就加快了步骤，目的是先将事情闹大，引起各方面注意，再指使范仁贵供认送过冯以真大钱，然后想办法让他逃走。条件是马步高主持德绕公司后，另给范仁贵项目。也不一定给范仁贵本人，他两个亲兄弟都是工程老板，范仁贵占有股份，给他兄弟项目与给他本人项目是一回事。

李见好不知范仁贵送没送过冯以真九十万，却认定这小子所作所为一定是马步高背后授意。逻辑关系很简单，事情结果哪个受益最大，始作俑者必定就是这个人。范仁贵惹出命案，咬出冯以真，马步高便宜占尽，不是他背后要的鬼，又会是谁呢？何况冯以真也正在搞马步高，马步高不把冯以真掀翻，冯以真就会把马步高踩死。两人势同水火，不是你死，就是我活，这个时候想要马步高高姿态，放过冯以真，也太不现实。

李见好找到钱如水，将想法一说，钱如水也觉得颇有道理，说：“马步高动作真快啊，咱们还文质彬彬，弄材料，写举报信，往有关部门投递，他趁着袁绍德高升副省长之际，干脆让范仁贵请出一帮流氓，直接对二监理处的人下手，引出公安和纪检，将冯以真逮了进去。”

李见好又说：“咱们寄出的材料和举报信这下估计已失去作用，纪检和有关部门肯定认为冯以真恶人先告状，无中生有，故意冤枉马步高，要么袁绍德也不会这么理直气壮，让马步高代理德绕高速公司总经理。”钱如水说：“是啊。”

两人分析着，李见好沉吟说：“马步高代理总经理后，会有什么动作呢？”钱如水说：“不用说，从此你们监理处再不会有什么好日子过。你想想，你们白纸黑字举报马步高，迟早会让他知道的，他不报复你们才怪呢。监理处靠从德绕公司拿钱养活自己，马步高把持德绕公司，想卡你们脖子，不轻而易举吗？”

说得李见好沮丧不已，叹道：“难道就没有别的办法，逃出马步高的魔掌？”钱如水说：“要想逃出马步高的魔掌，只有把魔掌砍掉。”李见好说：“怎么个砍法？”钱如水说：“好好琢磨琢磨吧，也许能琢磨出办法来。”

告别钱如水出来，李见好心里灰灰的，一时不知去哪儿好。开车在街上兜了半圈，不知不觉来到嘉嘉公司楼下。下车准备上楼，步子沉沉的，又迈不动了。心情这么糟，见着曾亦嘉，也好不到哪里去。曾亦嘉忙得很，李见好不愿她受自己坏心情的影响。

刚好池小燕打来电话，说有事要跟李见好商量。李见好说："有什么不能电话里说？"池小燕说："就知道电话里说，难道不可以回趟家？怕回家我吃了你，我牙齿还没这么好。怕我用农药毒死你，现在都是假冒伪劣产品，农药没毒性，你只管放心。"

李见好这才想起，已一个多月没进家门了。监理处离家又不远，开车个多小时能到，这么久不回趟家，实在说不过去。再说炎炎已上初中，学习任务比小学重得多，你做父亲的也得关心一下。老不见面，炎炎还认不认得你，只怕都难说。

进屋见着放学回来没几分钟的炎炎，果然小子不再像以前那么亲切，看都不肯多看李见好一眼，好像他是上门送快递的。千难万难喊一声爸，就躲进自己小房里，再没出来。李见好来到门边，想敲门进去说几句话，又怕影响炎炎做作业，只得放弃。

直到吃晚饭，炎炎才露面。眉眼低着，好像还沉浸在高难度的作业里，一时回不到现实世界。李见好过去挨他坐下，讨好说："一看炎炎又长高了。"

炎炎一边扒饭，一边鼻子嗯一声。李见好问道："学习紧张吧？"炎炎又用鼻子嗯。李见好再问："跟同学还处得来不？"炎炎再嗯。李见好继续问："你向来懂事，老师对你应该也不错吧？"炎炎继续嗯。

也许是问得太死板，提不起炎炎兴趣，李见好就想找个轻松点的话题，瞧眼池小燕，说："你班上女生漂不漂亮？有没有比得上你妈妈的？"

终于逼得炎炎开了口，不过不是什么好话，他脸一黑，不乐道："爸你烦不烦呀？人家在校两只耳朵被老师灌得满满的，回到家里你还要在旁边一个劲聒噪，叫我怎么受得了？你这么大个人了，老惦记学校女生干啥？你喜欢看漂亮女生，不如自己到学校去看个够？我学习都忙不过来，哪有时间管人家女生漂不漂亮？我狗咬耗子我？"

呛得李见好一愣一愣的，像鱼骨卡在喉咙里，吞不下去，也吐不出来。过去炎炎说话和风细语的，何时学会打机枪，根本就没你反击的余地。

旁边的池小燕一脸幸灾乐祸，也不说炎炎两句，只顾拨动筷子，哗啦哗啦扒饭。直到夜里进了大卧室，才说："看到了吧，你还老不归家，炎炎都不认你这个爸了。"

李见好说："是不是你在炎炎面前说我坏话，才弄得他视我为路人？"

池小燕说："你以为炎炎还只三两岁，什么都不懂？他已经读初中，开始学会用自己眼睛观察，用自己耳朵思考，什么都心知肚明，哪需我说三道四？你反躬自问一下，你到底尽到了几点做父亲的责任。"

池小燕句句是实，李见好没法反驳，只说："过去我在家尽做父亲责任，你嫌我没赚钱，要把我支出去。现在我天天在外奔波，无非想把工作做好，多弄几个钱回来，你又怨我没尽父亲责任。你问问世上有几个男人长着三头六臂，又赚钱又能兼顾家庭的？"

好不容易把李见好请回家，池小燕不想跟他打嘴仗，闹别扭，缓和语气说："你说的也不是没有道理，男人确是难人，做男人也不容易。我会找时机说一说炎炎，让他知道，没你在外忙碌，哪有钱供他吃喝拉撒交学费？"

女人嘴上是不肯输人的，池小燕能放低身段，主动示好，李见好不便红脸公鸡样，继续梗着脖子闹下去，也满脸堆笑道："还是老婆大人理解我。"池小燕说："老婆不理解你，难道还让别的女人理解？"李见好说："我又不是你的专供品，别的女人就不可理解？"池小燕说："你不是我的专供品，难道是大众情人，谁都可染指？"

李见好搂住池小燕，在她头发上吻吻，说："李见好才不惊人，貌不出众，哪成得了大众情人？你放心好了，我永远是你的专供品，任何女人都不会沾边。"池小燕说："嘴上说得好听，谁知你心里怎么想的？"李见好说："你还不知道，我心口如一，口里所说，心上所想。"池小燕说："你心里怎么想我管不着，可你不能把个家忘得一干二净呀。一个多月不见人影，也不想想老婆在家守活寡的滋味如何。"

"我补偿你还不行吗？"李见好趴到池小燕上面，卖力地耕耘起来。

释放完身上能量，李见好合着双眼，恹恹欲睡，池小燕的兴奋劲却还没过去，紧紧缠住他，在他耳边说道："有个好消息，你想不想听？"

也是不好扫池小燕兴，李见好强打精神道："老婆指示敢不想听？你说说。"池小燕说："咱们会计师事务所有个客户，老公是规划部门的头儿，据她透露说，省委省政府已正式敲定，准备将省政府搬往南郊，规划图纸都已出来，很快就会动工。"

这是什么好消息嘞？人家省政府搬南郊还是北郊，跟你普通百姓有啥关系？李见好说："你儿子是省长还是副省长？省政府搬迁，你这么激动。"池小燕说："非得儿子是省长副省长，才允许咱激动？这可不是普通八卦新闻，是一个难得的投资机遇，你懂不懂？"李见好说："你们会师所准备改行开投资公司不成？"

池小燕有些不满，说："这关会师所何事？会师所不开投资公司，咱就不可以考虑自己投资？如今政府倡导合理利用民间资本，咱老百姓也可做投资人呀。"李见好说："你的资在哪儿？准备怎么投？我那点年薪都交你付了按揭，可再没余钱给你投什么资。"

池小燕说："你傻呀，赚了钱再投资，算啥投资人？投资人是手头无资，也要想方设法筹资拢来，投出去赚钱。"李见好说："你怎么筹资？"池小燕说："我用不着向外筹资，只须盘活自有资产，投往看准的地方，到时自然财源滚滚来，门板都挡不住。"

"你到底有好大资产，够你盘的？"李见好不无讽刺道。池小燕扳着指头道："咱现住爱丽舍这套房子算资产之一没问题，已交首付的复式房算资产之二说得过去，还有德南大学三十平方米的旧房，面积小是小了点，可位置好，生活便利，租户尝到了好处，早已心动，几次提出四十万买下，这是不是也算份小小资产？"

听池小燕左一个资产，右一个资产，李见好觉得滑稽，不无刻薄道："你是不是想把房子全部卖掉投资，一家人去外面搭棚子吧？"

池小燕不计较李见好的刻薄，大度地笑笑，说："你听我慢慢道来。德南大学的房子出到五十万，租户也会买的，再添点钱，把复式房装修一下，全家搬过去，爱丽舍这套房子就可腾出来，卖个好价。一位煤老板的小三看中爱丽舍的环境和咱家装修风格，开口就是一百八十万，还不包括家具。另外有家投资公司是咱们所里合作伙伴，愿意给我提供低息抵押贷款，我跟他们谈过，拿复式房做抵押，可贷到两百多万。一百八十多万加两百多万，已超过四百万。四百万是个什么概念呢？我一位同学在省政府南郊新址旁边拿地建楼，现在均价四千上下，再给我点优惠，四百多万可买六套中户型。待省府建成，学校医院等配套设施一跟上，周边房价绝对成倍往上翻，六套房子卖千把万，绝对不是做梦。"

账这么算也许没有错，池小燕是会计师，天天与数字打交道，谁都不会怀疑她的计算能力。可李见好没这么浪漫，说："梦想很美好，现实很残酷，世事多变，是不以你池小燕的意志为转移的。"池小燕说："没有梦想，哪来现实？只有想不到的，没有做不到的，想都不敢想，哪来行动？没有行动，梦想如何成真？"

梦想是谈不清的，李见好只说吃得的：“贷款要还本付息，拿什么还，拿什么付？”池小燕说：“有六套房子在手，还愁贷款没法对付？房子一升值，随便处理一两套，解决贷款绰绰有余。”李见好又说：“万一房子升不了值，或升值不一定卖得出去，怎么办？”

池小燕苦口婆心道：“房子升不升值，更不值得担心。四千以内的房子不升值，有这种可能吗？看看爱丽舍周边楼盘，凡是位置稍好，品质也凑合，哪有没上一万的？德都是有名的宜居城市，生活方便，交通便利，不仅全省各地，甚至全国各地的人都往这里涌，刚需明摆在这里，房子只能越来越紧俏。未来省政府旁边的房子升不升值，傻瓜都看得出来。”

说得李见好无话可说，嘀咕道：“投资都有风险，咱们不过是德都普通市民，无背景，无产业，没抗风险能力，万一今后形势不是你想象的这么乐观，你我流落街头活该，炎炎跟着遭罪，看你到哪里去抓后悔药。”

池小燕望着黑暗中的天花板，好一阵才叹息道：“就是考虑炎炎的未来，我才痛下决心，准备狠狠搏一把，免得他也像咱们一样，大半辈子活得这么艰难。别以为我是贪财，是咱太穷，活得没品质，更没尊严。你知道吗，过去朋友同学同事一谈房子，我就躲得远远的，生怕人家问咱家住房情况。也有不识趣的，硬逼我交代咱家住在哪里，房子多大，装修风格是中式、欧式还是东南亚式，弄得我无地自容，脸都没地方搁。要说这也不仅是虚荣，是实实在在的生存问题。想想一家数口挤在三十平方米的蜗居里，那种日子是人过的吗？没地方转身在其次，连做爱都得缩手缩脚，生怕动作一大，惊动炎炎和老妈。哪像现在，你怎么高兴就怎么整，整断床脚都不担心影响旁人，隔天花几千块钱换一张就是。没办法，咱怎么也是一个有血有肉有欲望的女人吧，连享受床笫之欢都成为一种奢侈，活着还有什么意思？床笫之欢少不了床，床不能摆到大街上，得摆到像样的房子里。”

逗得李见好笑起来，说：“床摆到大街上，人来人往的，也不方便呀。”

池小燕没笑，继续道：“到炎炎他们这一代，当然不能像咱们一样，什么都随便对付对付。未来的社会竞争只会越来越激烈，咱们不仅要给炎炎提供一定的物质基础，还得让他接受到像样点的教育，以后才能立于不败之地。你大学老师出身，知道中国目前的教育状况，我一定要让炎炎到国外去接受先进教育。这得有大把大把的钱，没钱只能继续留在国内。可咱做不来生意，没地方赚钱，手里又没权，无人送钱上门，唯一的办法就是抓住机会，买几套房子升值。”

炎炎是两人共同的儿子，池小燕要为儿子赚钱，李见好还有什么屁可放？只好缄嘴不语，听任她继续诉说道："你说投资有风险，这话是没错。人生在世，做什么没有风险？男怕入错行，女怕嫁错郎，找工作嫁人都在冒风险哩。风险就是用来冒的，不冒风险，你就永远够不着风险后面的好风光。毛主席说无限风光在险峰，老话也说富贵险中求，都是这个意思。你放心，我在会师所做了这么多年，天天跟企业和银行打交道，对中国经济未来走向心里还有点数。经济像一架庞大机器，一旦启动，惯性使然，谁也没法让它停下来。改革开放三十多年，加上汹涌的城镇化大潮，农民纷纷进城，刚需不断增长，楼市至少还会火十几年，尤其是德都房价，本来就比周边省会城市低，上升空间又大，投资房产万无一失，绝对没错。动作还不能太慢，待省政府南郊新址竖起来，周边楼盘走俏，到时再去买房，就没这个好价位了。"

不得不承认，池小燕对于经济大势和楼市关系的分析，还确有几分见地，至少比媒体上说得实在。李见好做监理的，面对的都是具体得不能再具体的技术和人际关系，与业务无关的事想得少，只能任池小燕侃侃而谈，自己老实当好听众。

直到窗外曙色微露，池小燕好像也说累了，才最后表态说："也不用你操心，投资的事我负责，你只管像原来一样，把你赚的钱交我打理增值就是，这绝对比把钱存到银行里，让人家拿去发财强百倍。"

说着池小燕搂住李见好，满足地睡去。没睡两分钟，忽又睁开眼睛说："有件事忘跟你说了，几个星期前汪求明来家里打了个转。"李见好问："他来干啥？"池小燕说："没干啥，扔下个塑料袋就走了。"李见好说："塑料袋？"池小燕说："袋里装着十万元人民币。"

不用说，汪求明是领到隧道概算变更款，特意感谢李见好的。十万元不是小数，况且最近德绕高速不平静，弄不好会添乱的。

李见好推开池小燕，说："钱你收下啦？"

池小燕嗯一声，背过身，又睡过去。李见好想把她扳转来，告诉她，这钱收不得，手都伸出去了，又缩了回来。池小燕正做发财梦，急需用钱，钱到她手上，就如屎进了狗嘴里，想让她吐出来，又谈何容易？

第二十二章
秘密行动

池小燕厉害就厉害在说了一夜话，只稍稍眯一会儿眼睛，早上六点就能像往常一样准时下床，精神抖擞地忙碌起来。岳母也起得早，母女配合默契，一个做卫生，一个准备早餐。快七点将炎炎叫醒，祖孙仨填过肚子，一起出门，上学的上学，赶班的赶班，买菜的买菜，各奔东西。

留下李见好，直到九点多才下地。上完厕所，洗漱完，看看壁钟，早过十点。吃几口池小燕备在桌上的早餐，再接几个电话，出门上车，赶回监理处已是中午。

离早餐时间太近，肚里还饱，李见好没去食堂，待在办公室处理材料。有人敲门，也不知是谁，李见好说声请进。原来是吴秀丽，手上端个餐盒。吴秀丽到监理处后，先是跑些勤杂，前些天食堂师傅请假回家，找不到人代班，李见好让她进了厨房，饭菜做得还不错，处里职工都说不比原来厨师差。没见李见好去食堂吃饭，出门发现他车子停在坪里，吴秀丽又返回厨房，现炒几样菜，用饭盒装了，送到处长室来。

要是别人，李见好会埋头继续工作，最多问句有没有事。吴秀丽不同，丈夫死没多久，悲伤还没过去，李见好得客气点，放下材料，招呼说："哦，是秀丽。"

吴秀丽把餐盒放到李见好桌前，说："李处长您吃饭吧。"李见好说："我从家里吃过东西刚回来，还不饿。"吴秀丽说："不饿也要吃一点，人是铁，饭是钢，你工作这么辛苦，不吃饭哪扛得住？"李见好说："行行，待会儿我吃就是。"

"一定记得吃啊！"吴秀丽叮嘱一句，这才出了门。

吴秀丽是真心感念李见好。杨天明死于非命，自己无依无靠，亏得李见好帮忙，将女儿送进省城好学校，又给了自己一份正式工作，每月能领到比做洗车工多得多的工资。这自然是大恩，吴秀丽无以为谢，只得在工作中多卖点力。她五大三粗的，身上有的是力气，再累再脏的活都不在话下。办厨属力气活，也算技术活，恰好煮饭炒菜是吴秀丽的拿手好戏，进了厨房更好发挥专长，每天把饭菜做得喷喷香，博得职工一致好评。只是李见好到处跑，难得在单位吃几顿饭，吴秀丽略感失落，老想着给他做些好吃的。这天见他车在监理处，特意炒了几样好菜，送去让他尝尝，不知他还满意不。

想着李见好的好处，吴秀丽在厨房里择了一阵子菜，又跑回处长室，看他吃得怎么样，也好顺便将餐具收走。人家做领导的，吃饭时间都腾不出，已经麻烦他吃了饭，总不能还要他亲自洗碗筷吧？不然还要你做厨师的干啥？

岂料餐盒还放在原处，动都没动，李见好只顾低头看他的材料。吴秀丽有些紧张，结巴道："是不是饭菜不合口味？"李见好抬头说："真的不饿，吃不下去。"吴秀丽说："你多少吃点嘛，晚饭还得几个小时。"李见好说："几个小时一下子就过去啦，晚上再吃吧。"

吴秀丽不好逼迫李见好，只得悻然拿走餐盒。

所幸晚餐李见好正点进了厨房，吴秀丽喜不自胜，将他的菜碗砌得满满的。李见好说："哪吃得这么多？去掉一些吧。"吴秀丽说："您中饭都没吃，晚餐加点码嘛。"

李见好端着饭菜坐到不远处的饭桌上后，吴秀丽见他吃饭不打折扣，动作力度还算大，又走过来，问道："还吃得不？"李见好点头说："吃得吃得，饭香菜美，挺好吃的。"吴秀丽咧嘴笑道："李处长说吃得，我就放心啦。"李见好说："同事们都反映，你来厨房后，饭菜不仅更好吃，量也比过去多了些，大家都挺满意。"吴秀丽说："大家满意就好，不然我也不好向李处长您交差。"

得了李见好的好话，吴秀丽就像小学生受到老师表扬一样，高兴得什么似的。一个人收拾厨房时，还美美地哼起家乡小调来："五月插田秧连秧，一对秧鸡来歇凉，秧鸡抬头望秧水，情妹抬头望情郎。"

收拾完厨房，吴秀丽进澡堂洗过澡，搓洗干净换下的衣服，再晾到屋檐下的栏杆上。刚好李见好从外面散步回来，吴秀丽招呼道："李处长到哪里？"李见好说："到外面随便走走。"吴秀丽说："待会儿您洗过澡，换下的衣服交给我，我给您洗。"李见好说："不用不用，我房里有小洗衣机，扔到里面几下就甩干净啦。"吴秀丽说："洗衣机容易把衣服甩坏，还是给我吧，晚上没事，洗洗衣，容易打发时间。"李见好说："多谢多谢！你辛苦一天，也该早点休息，不好麻烦你为我操心。"

吴秀丽就当李见好是客气，过半个多小时，估计他已洗过澡，跑去敲开门，要他交出换下的衣服。李见好笑道：“还早呢，我得睡前才洗澡。”吴秀丽说：“那等你洗过澡叫我，我再来拿。”李见好说：“我睡得晚，到时你早睡下了。”吴秀丽说：“我等着就是。”李见好说：“你早上起得早，怎么能等呢？真的不麻烦你，我的生活自理能力还是蛮强的。”

吴秀丽只得掉头，准备走开。正巧郁碧柳来找李见好，顺口问道：“秀丽姐也在啊？”李见好帮她回答道：“秀丽来看我有没有换洗的衣服。我有洗衣机，洗衣容易。”

待吴秀丽出门下楼，郁碧柳开李见好玩笑道：“她是不是看上你了，准备对你发起进攻？”李见好说：“别瞎说，吴秀丽是个知恩图报的女人，我为她母女办了点小事，她总想着报答我。”郁碧柳说：“她想报答，就让她报答呗。”李见好说：“怎么让她报答？她要洗衣服，莫非洗澡时间没到，先把衣服脱给她再说？”

郁碧柳直乐，说：“脱了衣服，就有好戏看啦。”

开几句玩笑，郁碧柳才向李见好凑近点，说：“有件事不知你听说没有？”李见好说：“什么事？”郁碧柳说：“汪求明也被要害部门盯上了。”

仿佛是预料中的事，李见好并不感到惊讶。范仁贵莫名脱逃，冯以真案搁在那里，要害部门自然会把注意力转移到十七万多元的开餐票上，期望从汪求明嘴里掏些东西出来。李见好则撂不下汪求明送给自己的十万元，这家伙真到了要害部门手里，道出真相，你岂不死定啦！十万元确实不算大，与时下巨贪们动辄上千万甚至过亿的贿款比较起来，简直什么都不是。可十万也早越过法律红线，人家硬要揪住不放，也足以把你打下十八层地狱。

李见好问郁碧柳道：“听谁说的？”郁碧柳说：“下午去德绕公司办事，有人悄悄议论这事。”李见好说：“汪求明现在何处？”郁碧柳摇头说：“不太清楚。”

李见好掏出手机，要拨汪求明的电话，又觉得不行，说不定他的号子已受到监控，这个时候与他联系，不是授人以柄吗？看来只有往10合同段跑一趟，见见汪求明。李见好拿过桌上的包，往腋下一夹，朝门口走去。

郁碧柳随后关上门，跟过去，说：“这么晚了，要去哪里？”

像是没听到郁碧柳的话，李见好没回应，只顾噔噔噔下了楼。上车打响马达，又想此刻去找汪求明，10合同段的人认识自己的车，也太打眼了点。又熄了火，跳下车，对已追上来的郁碧柳说：“把帕萨特钥匙给我，我用一下。”

钻进帕萨特，李见好又对窗外的郁碧柳说："你也上车吧。"

郁碧柳上车坐好，李见好一点油门，将车开出监理处。郁碧柳问："去哪里？"李见好说："去见汪求明。但直接与他见面，会引起注意，得先拐个弯。"

是不是跟要害部门盯上汪求明有关？郁碧柳想追问一句，还是忍住了。虽说跟李见好已非一般关系，可他到底是头儿，想让你知道的事，自然会说，不想让你知道的事，问也问不出来。只好老老实实坐着不动，不时望望窗外朦胧夜色。

走上个把小时，前方有一处灯火，李见好刹住车，对郁碧柳说："你开车去叫汪求明，看他在不在，在的话叫他到这里来见我。不要打他电话，也尽量莫惊动其他人。"

说着下车，站在黑暗里，看着郁碧柳驾驶帕萨特，朝灯火闪烁处开过去。

十来分钟的样子，帕萨特就返回来，停到李见好前面。汪求明跳下车，小声道："李处找我？"李见好说："要害部门盯上你了？"汪求明说："有人这么说，可我不太相信。"李见好说："你的大名都到了网上，你还这么沉得住气？"汪求明说："都是胡说八道的，懒得理睬。"李见好说："就算网上胡说八道，可许长途已被控制起来，10合同段风声鹤唳，你是10合同段下面最大的包工头，还想什么事也没有？"

汪求明有没有事，自己最清楚，却还要逞强道："我又没违法乱纪，要害部门能把我怎么样？"李见好说："一旦落到要害部门手里，你还想轻松？不死都要脱层皮。"汪求明说："没这么严重吧？像咱们这种四无人员，无组织，无党籍，无单位，无公职，自己揽事自己做，自己赚钱自己花，有啥可顾虑的？"

李见好瞪着汪求明的黑影，恨恨道："你想跟要害部门的人过过招？"汪求明说："不是过招，是要害部门没啥可怕的。我认识好几个包工头，也被要害部门带走过，知道什么说什么，很快就放出来，该赚钱继续赚钱。"

怪不得汪求明没事人样，原来他是这个想法。有人说老板和情人最靠不住，看来这话一点没错。真如汪求明所说，到了里面，知道什么说什么，把十万元的事兜出来，你李见好不也得跟要害部门走一趟？要害部门可没汪求明说的这么客气，被他们拿住，你就成了砧板上的鱼，只能任其宰割。李见好真想一个鹰钩拳，捅脱这小子的下巴，要他到要害部门手里后无嘴说话。可又不是打架的时候，只得按捺住火气，说："没你说的这么简单，10合同段项目部出了内鬼，许长途也到了里面，你再添乱，把项目部搞垮，看你找谁要工程款去？"

说到工程款，汪求明立马紧张起来。看来在这家伙眼里，钱远比自由重要。汪求明说：“你别吓我，我的工程是10合同段项目部的，更是国家的，项目部垮掉，国家还会负责嘛。”李见好说：“国家会负责，可谁又具体负责呢？”汪求明说：“德绕公司不就代表国家管理德绕高速公路工程建设吗？我不信德绕公司跑得掉。”

李见好冷笑一声，说：“汪老板你这么精明，还没看出来，就是德绕公司领导窝里斗，马步高要搞冯以真，才将许长途牵进去的。情况已非常复杂，德绕公司人人自危，你这里又抖出点什么，要害部门顺藤摸瓜，将德绕公司一锅端掉，看你还到哪儿去找德绕公司。”

10合同段项目部的钱不是天上掉下来的，是德绕公司拨下来的，德绕公司不存在，自己的工程款就真的谁也找不上了。拿不到工程款，自己白干两年在其次，工人的工资付不出去，还不被他们大卸八块，撕烂啃掉？

汪求明想想都有些胆寒，小声问道：“那我该怎么办？”

见汪求明终于知道了厉害，李见好说：“好汉不吃眼前亏，你只能暂时避一避。避过这个风头，等德绕公司平静下来，你再回来，一切好办。”汪求明说：“我一走，我的施工队怎么办？”李见好说：“没你地球就不转了？你的副手呢？”

就目前形势看，别无他法，只能如此。汪求明无奈地点点头。李见好又叮嘱道：“从现在开始，咱们能不联系尽量不联系，有重要情况，你可以找郁碧柳，别打我电话。我准备另外办个手机号，到时想办法告诉你。你也去办一个号子。”

汪求明还不放心，说：“要是10合同段项目部躲不过一劫，难道咱永远不回工地了？”李见好说：“你放心，风声总会过去的，有人会想办法扭转局面。最好别去工房，马上从这里消失，说不定今晚就会有人来把你带走。”

汪求明两腿打起歪来，说：“总得回去拿些衣物什么的吧？”李见好说：“银行卡该在身上吧？”汪求明说：“在身上。”李见好说：“这就好办，有了钱还愁买不到衣物？”

三人上车，赶往白沙镇。汪求明掏出手机，给副手打个电话，说要出趟远差，须有一阵子才回得来。随即取下手机电池，断掉跟这个世界的联络。

刚好有部大客车从后面开过来，临近一瞧，是趟外省牌照的过境客车。李见好脚下一点，加大油门，冲到前面，而后一打方向，横到路中间，挡住大客车去路。汪求明开门下去，纵身跳上大客车。李见好这才将帕萨特挪到路旁，看着大客车超到前面，载着车上人还有汪求明，消失在迷蒙的夜色里。

当天深夜，要害部门来工房提人，可晚了一步，汪求明已不知去向。打他手机，毫无动静。搜查他办公室，没啥有价值的东西。汪求明送钱也记账，但不记本子上，记在U盘里。U盘太不起眼，携带和藏匿挺方便，没谁知道在哪里。

得知要害部门扑空，李见好吁出一口长气。幸亏早行动几个小时，将汪求明赶走，不然这小子扛不住，交出U盘，自己这时只怕也到了要害部门手里。

可事情还没完，必须马上采取行动，争取主动。正好史学军打来电话，说了三个人名字：刘大为、王东成、赵胜利。

史学军没说别的，报完三个名字，就挂了电话。

李见好知道这三个人，刘大为是5合同段项目部经理，王东成和赵胜利分别是16合同段和20合同段下面的工程老板。尽管史学军什么没说，李见好也明白他意思，这三人与马步高关系非同一般，肯定送过他大钱。

正是这个电话，使李见好下了最后决心。他让郁碧柳开着帕萨特，把自己送进城。先拿公用电话联系上钱如水，约好见面地点，再找家手机放号收费门店，买走两张不用登记身份证的手机卡，自己一张，另一张交郁碧柳："你把帕萨特开走，有事用新号联系。"

郁碧柳走后，李见好跳上的士，去跟钱如水会面。没上水善利公司，去了两年前与曾亦嘉去过的青树岭。岭上林深树密，人迹稀少，好说话。一见面钱如水就不满道："芹芹肚子越来越大，片刻离不开我，你把我叫到这荒山野岭里来，到底要干什么？"

李见好知道钱如水不傻，不可能不知你的意图，说："你不晓得要干什么，咱们掉头下山算了。"钱如水就笑，问道："有些什么想法？"李见好说："再不能让马步高这么嚣张下去。"钱如水说："你还能拿他怎么办？"李见好说："来找你，就是想听你的高见。"

"我有高见，早奉献出来了。"钱如水说，"咱们已将掌握的情况递给有关部门，无奈马步高靠山太硬，手段太高。"

前面一棵高高的银杏，黄叶苍苍。一阵风吹过，有片银杏叶离开枝头，飘飘荡荡，在空中旋半个圈，最后落到李见好脚边。李见好弯腰拾起银杏叶，认真瞧瞧，突然说："要害部门不动马步高，难道就没人动得了他？"

钱如水笑笑道："莫非你还敢动他不成？"

李见好将银杏叶举到嘴边，轻轻咬住叶柄，一边说："咱总不能坐以待毙吧？

眼看着马步高一天天做强做大，不仅咱们监理处不好混，丁胜天公司只怕也没好日子过。”钱如水说：“是啊，咱们冒险举报马步高，却没能把他扳倒，日后他岂肯放过咱们？不快想办法制服他，咱们只怕在劫难逃。你说说你有啥高招？”

李见好吐掉嘴里的银杏叶，说：“干脆叫几个人，直接把他带走。”

钱如水瞪大眼睛，盯住李见好，说：“你疯了吧？这可是违法的事，到时叫你吃不了兜着走。”李见好笑道：“把事情做得机密点，神不知鬼不觉的，谁晓得你违法不违法？”钱如水说：“你到底想干什么？”

李见好收住脸上的笑，放低声音说：“带走马步高，不是要将他怎么样，主要逼他把收的钱吐出来。”钱如水说：“德绕高速这么大的规模，马步高又从总监升到了总经理位置，不收人家的钱，是不可能的。钱进了人家兜里，仿佛草进了牛嘴里，要他呕出来，恐怕难上加难。”

李见好很有把握的样子，说：“你放心好了，政府官员没几个硬骨头，稍稍敲打，就会变得服服帖帖。”钱如水说：“要是马步高死不呕出来呢？难道还要了他的命不成？”李见好说：“用不着要马步高的命，他的人身安全是绝对要保证的。他硬是不呕出来，送他钱的人也会招供，比如刘大为、王东成、赵胜利，必须同时下手。”

“送他钱的人你都掌握啦？”钱如水也有了信心。

李见好几分得意道：“可以安排几个机灵点的兄弟，以要害部门名义叫马步高去谈话，再用要害部门办案方式，假戏真做，迫使他招出收受贿赂的事实。他死扛也行，咱撬开刘大为他们三个人的嘴巴，看他还扛不扛得住。这样双管齐下，拿到事实依据，再去网上申请个邮箱，发到要害部门举报箱里，声明他们不受理案子，就往网上晒，让网民来评评理。”

这个想法大是大胆了点，应该还算可行。钱如水表示找几个靠得住的兄弟，配合这次行动。只是不免还有些担心：“这可是非法拘禁，万一泄露出去，只怕咱们也轻松不了。”李见好说：“再怎么也比等着被马步高拍死要好。只要你的兄弟靠得住，办完案后打发笔钱，让他们躲得远远的，谁知道这是哪个干的？”

事不宜迟，两人经过反复琢磨，决定第二天晚上分头行动，李见好带人去办马步高，钱如水安排兄弟捉拿刘大为三个。

逮住马步高和刘大为几个容易，想从他们身上捞到有用东西，恐怕得多费些时日。夜里李见好跑去跟曾亦嘉见了一面，说要出趟远差。曾亦嘉说：“要不要我陪你去？”李见好说：“你公司这么忙，哪抽得开身？”

曾亦嘉说："我聘了个得力助手，以后公司事务放手让她去做，我腾出时间做些生态保护方面的事情。"李见好说："记得那次你出去躲债，说认识了一个民间生态保护组织，是不是跟他们一起做？"曾亦嘉说："正是的。我很认同他们的做法，想跟他们合作一把。"

李见好表示赞同，说："多些你们这样的生态保护组织，绝对不是坏事。无论企业还是个体，发展经济的冲动远远大于环保，亏欠大自然太多，确实到了重新平衡发展和生态关系的时候。"曾亦嘉说："这么说你支持我咯。"李见好说："行善积德的事，当然支持。"

"我还以为你会说我不务正业，一直没敢跟你透露。"曾亦嘉一高兴，捞过李见好脑袋，在他脸上猛啄起来。逗得李见好激情勃发，将曾亦嘉一抱，进了大卧室。

早上曾亦嘉还没醒，李见好就出门，租部黑车，去了郊县一个偏僻水库。

水库中间零零星星布置些不大的岛屿，有人在岛上建了房子，用来出租。李见好上了其中一处小岛。小岛位于水库深处，与世隔绝。岛上有座不大的屋子，总共三层，一楼是客厅和厨房，二楼和三楼各有三间房子，都装了防盗网。说防盗不怎么准确，其实是安全设施，窗外就是水，水深不见底。

交完押金，说定入住时间，李见好就回了城。到美容店打一转，出来完全换了个人，花白头发，宽边眼镜，粗拉拉的胡子，没谁认得出是李见好。连说话声音都变得嘶哑阴冷，还夹着浓重的鼻音，再熟悉的人也听不出来。

离美容店数丈远的街旁，停着一部丰田面包车。车窗贴着深色车膜，外面看不见里面，里面看不见外面。李见好信步走过去，一头钻进副驾驶室。后面坐着两个男人，一个三十多岁，一个四十上下，西装革履，文质彬彬，机关干部的派头。都是钱如水派来的，四十岁的男人姓韦，贩过山药，叫韦"山药"；三十多岁的男人姓冒，卖过鳝鱼，叫冒"鳝鱼"。

打过招呼，李见好给司机说个宾馆名，司机把着方向，将丰田驶入街心。

马步高就住在宾馆里。代理总经理后，这小子上蹿下跳，没时间待德绕公司，几乎天天住在这家宾馆。住宾馆的好处显而易见，会人方便，还不受老婆干扰，随时可约女人来快活。

晚上十二点的样子，马步高的车出现在宾馆门口。没有停留，直接下了地下车库。李见好让司机发动丰田，悄悄跟过去。马步高泊好车，丰田才缓缓靠上前，挨他车停下。韦"山药"和冒"鳝鱼"开门下去，装作察看轮胎的样子，等马步高从旁边经过，再竖起身，一前一后将他夹在中间，说："要害部门的，跟咱们走吧。"

"要害部门的？"马步高一时没反应过来，瞪眼看着两位，像是不知要害部门为何物似的。韦"山药"点头说："对，要害部门的。"冒"鳝鱼"则说："要不要看证件？"

马步高哪顾得上看证件？昂着脖子说："你们要干吗？"韦"山药"说："找你谈话。"马步高说："谈什么话？有什么好谈的？"冒"鳝鱼"说："谈什么，你心里清楚。"韦"山药"也催促道："别磨磨蹭蹭的，赶快上车吧。"

马步高不甘心，去掏手机，说："我给有关领导打个电话，看是谁要你们找我谈话的。"

韦"山药"一把夺过马步高手机，说："别说有关领导，就是省委书记，也没法把你从咱们这里捞走。案子在咱们手里，咱们就得对党和人民负责。"

"别跟他啰唆！"冒"鳝鱼"不耐烦起来，操过马步高臂膀，往车上直搡。韦"山药"在后面顺势一推，把马步高推上车子，再跟进去，砰的一声关上车门。就这样，两位一边一个，将马步高死死夹在中间。马步高还在挣扎："我要控告你们，随便限制公民人身自由。"

李见好朝司机做个手势，眼望车库出口处，不紧不慢道："你现在已不是普通公民，是贪污受贿嫌疑犯，不配享有公民自由权。"

马步高自然听不出李见好的声音，也不可能认出他来，叫道："你是什么人？"李见好说："要害部门的。刚才两位已经跟你通报过，还要我重复吗？"马步高声音往上直扬："要害部门就可随便抓人？拿证据来看看！"

"把他嘴巴塞紧点。"李见好不耐烦道。韦"山药"掏出一把手纸，捅进马步高嘴里。马步高扭扭身子，想伸手扯掉嘴里的纸，双手被两人锁住，动弹不得。鼓鼓腮帮，咕噜着要把纸吐出来，也无效果，只得作罢。

车上这才安静下来。

赶到水库，已是晨曦微露时分。韦"山药"和冒"鳝鱼"蒙上马步高眼睛，把他拉下车子。随即登上候在水边的小艇。十几分钟的样子，小艇靠近小岛。上岛来到出租屋，将马步高扔进三楼顶里的房子，韦冒两位扯上房门，转身而去。

马步高抬抬有些发麻的手臂，一把扯掉嘴里手纸，往地上狠狠吐口痰，骂了句什么。又揭去蒙在眼睛上的黑布，重重眨几下眼皮。眼前依然一片黑暗，像无底深渊，令人恐怖。莫非自己已成瞎子，再也看不见东西？揉揉双眼，前面有丝丝弱光，摸索着挪过去，原来是扇铁窗，还封了木板，没法打开。

直到适应黑暗后，才发现是间还算规范的客房，有桌有椅还有床。马步高头一仰，躺到床上。想起刚发生过的事，真像做梦一样。要害部门出手真快，一点预兆也没有，不然请人出个面，自己也不至于落到这一步，如今看来，不知自己挺不挺得过去。

想到此处，马步高眼泪都渗了出来。要说如今有点权的人，哪个完全没有问题？尤其是管项目，做工程，十个有九个屁股不干净，剩下那个不过暂时干净安全而已。照说自己还算谨慎，好像没有把柄落在人家手上，怎么会弄成这样？过去最要防范的是死对头冯以真，才想尽一切办法把他搞了进去，本以为从此高枕无忧，万事大吉，谁知还是出了差错。

差错到底出在哪里呢？马步高把有可能与自己结怨的人搜索一遍，最后想到李见好，会不会是这小子搞的鬼？他向要害部门举报过自己，幸亏自己斡旋，才没人往下追究，莫非又变了卦？想想应该不会。凭李见好那点能耐，想通过要害部门扳倒自己，简单是天方夜谭，除非他本人做上办案人员。

也许马步高想烂脑袋，怎么也想不到，这回李见好还真不知天高地厚，让自己做起冒牌要害部门人员，对马步高动了手。

李见好他们就在隔壁房间里。不急于修理马步高，几个人围着桌子，打起扑克来。是种叫“跑得快”的打法，牌出得快的收钱，出得慢的掏钱。不知为何，德都城里最流行这种打法。

打得正来劲，隔壁响起咚咚咚的捶门声，马步高大吵大闹，喊着叫着要出去。韦“山药”说：“要不要去看看？”李见好说：“别理他，闹上一会儿，没力气了，就会消停下来的。”冒“鳝鱼”说：“会不会出事呢？”李见好笑道：“不会不会。马步高这些人，好不容易混到今天这个份上，要啥有啥，把命看得比什么都重，不会轻易了结自己的。”

果然马步高吵一阵，没人理睬，渐渐安静下来。

整晚没睡，几个人也感觉疲倦，哈欠连天起来。李见好说：“咱们补个觉吧，夜里好开展工作。”扔掉手里的牌，去了二楼套间。

上床前，用新办的卡给钱如水打个电话，问他们那边情况如何。钱如水说：“一切在掌握中，刘王赵三个都已拿下，关在鬼都不知道的地方。”李见好说：“注意方式方法，别弄出人命，不好收场。”钱如水说：“放心吧，干这种事又不是头次。平时为讨债，偶尔也会把冤大头请出来玩玩，兄弟有经验。”

李见好这才放心躺下。

醒来已是夕阳西下。吃饱喝足，打开三楼顶里房间，只见马步高蜷缩在黑暗里，像已死去多时。韦冒两位走过去，将他架出门，推进隔壁房间，一把按到凳子上。牌桌已成审讯桌，李见好坐在桌后，指指马步高，低沉着声音道："你叫什么名字？"

马步高想看看声音来自何处，眼睛却没法睁开。在黑暗里待得太久，碰到强烈光线，一时没法适应。他使劲揉揉双眼，尝试了几次，才好不容易睁开眼皮。见问话人戴着眼镜，头发花白，估计也该人到中年了。到得这个年纪，至少也做到处长一级，看来要害部门对自己还蛮重视的。高速公路管理局为交通厅所属副厅单位，下面公司包括德绕公司在内，都是正处级架子，也就是说马步高是正儿八经的处级领导。处级接受处级审理，倒也匹配，马步高心里略感安慰。

马步高自我安慰着，李见好又大声发问道："发什么愣？回答问题，叫什么名字？"

马步高一个激灵，思维恢复正常模式，忍不住暗骂自己道，都已什么时候，你还在乎这处级？逃不过这一劫，你就鸟都不是，别说处不处级。又想起司法流行语，坦白从宽，牢底坐穿，抗拒从严，回家过年，咱决不能轻易开口，你们想要啥就说啥。脑袋于是扬起来，回应道："连叫什么都不知道，就把人控制起来，不是搞错了吧？"

李见好淡然一笑，说："你不就是马步高吗，怎么会搞错呢？"马步高说："知道我的名字，还多此一问干啥？"李见好说："我说你叫马步高，是指认，你自己说叫马步高，是招供，意思可不一样，懂不懂？"接着脸一黑，一拍桌子："快回答，叫什么？"

震得马步高身上肉一跳，不由自主道："我叫马步高。"

李见好哼一声，说："这就对了嘛。知道为何落到咱们手里的？"马步高说："不知道。"李见好说："你聪明绝顶，连这也不知道？"马步高说："是的，我不知道自己犯了哪条哪款。"李见好说："条款掌握在咱们要害部门手里，你知不知道没关系，你直接说得过谁的好处，拿过谁的票子就是。"马步高说："我没得好处，没拿票子。"李见好说："有这么干净吗？谁相信你？"马步高说："是这么干净，信不信由你。"

李见好哈哈一笑，说："你这么干净，咱们岂不白忙半天？最好知趣点，在我给你指出来之前，你自动招供，这对你只有好处，没有坏处。"马步高说："我没事招供什么？"

“没事是吗？没事回自己屋子里去吧。”李见好挥挥手，甩手出门而去。韦冒两个上前拉起马步高，将他弄回黑屋子，返身就要走人。马步高拉住韦“山药”衣袖，说：“求求你，给口水，给碗饭，我一天一夜没吃没喝啦。”

韦“山药”扯掉马步高的手，出门走进二楼套间，对李见好说：“马步高要吃要喝。”李见好说：“这家伙平时吃香喝辣搞惯啦，早不知饥渴为何物，就让他挨挨饥，忍忍渴吧。”韦“山药”说：“万一他挨不过，忍不住，出点什么事，岂不麻烦？”

也是的，不能做得太过。要了马步高小命，可不是闹着玩儿的。李见好说：“早餐咱们不是喝过粥么？端碗粥给马步高，既可消饥，又可解渴。”

让马步高喝了两天粥，再次提审他时，他已面黄肌瘦，人都窄了一圈，装多油水的凸肚似乎也平坦了些。李见好说：“现在可以招了吧？”

马步高中气已没原来足，有气无力道：“没啥可招。”李见好说：“真没啥可招？”

马步高扭扭屁股，说：“真没啥可招。”李见好说：“是不是平时坐惯真皮椅子，屁股下面的凳子坐着不舒服？”马步高说：“我没这个奢求，有坐就不错了。”李见好说：“不管你有没有奢求，还是换张好椅子，让你舒服舒服吧。”

冒“鳝鱼”赶紧出去，搬来一张皮椅。皮椅宽宽大大的，有点像马步高平时坐的老板椅。韦“山药”叫马步高抬抬屁股，先抽掉凳子，再让冒“鳝鱼”把皮椅塞过去。

马步高屁股一撅，往皮椅上坐下去。

马步高气急败坏地说：“你们诬赖好人，我要去告你们。”

望着马步高的狼狈样，李见好心里莫名地生出丝丝快感。办案就是办人，这么做是不是有些下作和恶劣？李见好不安起来。又想也没法，你不把对手按倒，你就会倒在对手面前。

不出声地为自己辩驳着，李见好心里平衡了些，冷眼望着马步高，说：“你怎么告？告天你头上没有天，只有天花板；告地你脚下没有地，只有钢筋水泥。我劝你还是放聪明点，好好配合我们，把知道的说出来，以便对得起你身上的细皮嫩肉。”

马步高站在那里，咬紧牙关，不出一声。

李见好不急，出了屋子，待改日再审。马步高铁了心要与你扛，你只能跟他慢慢磨，磨得他失去斗志，总会开口的。

回到二楼，李见好联系钱如水，问：“刘王赵三个开口没有？”钱如水说：“开始张嘴巴啦，正在继续深挖。”李见好说：“这就好，挖得越深越好。”钱如水说：“马步高招得如何？”李见好说：“还在死挺。”钱如水说：“得加紧哟，不然夜长梦多。”李见好说：“跟工程老板还是不同，工程老板说了要说的，出去后一样赚钱，马步高逃不过这一劫，出去后什么都不是，顾虑肯定多些。不过总有办法让他开口，哪怕他嘴巴是钢板铆的。”

隔日，李见好又让韦冒两位把马步高拉进审讯室，问道：“昨夜睡得怎么样？”马步高说：“床硬得躺都没法躺，还怎么睡？”

“你的习惯蛮好嘛。”李见好笑笑，指着马步高，“站着干啥？你又不是小学生，小学生回答问题习惯站着。后面有椅子呀，坐下说话吧。”

马步高说：“我没法坐，只能站着。”

李见好脸一黑，说：“你不坐，高高在上，看你还要仰着脖子，我还怎么审你？难道要我也跟你一样站着吗？我有关节炎，站不了几分钟。”

马步高吱声不得，手足无措的样子。李见好故意征求韦冒两位意见：“你俩觉得呢？让马总站着还是坐着？”两人说：“坐着好说话，还是坐着为妥。”李见好对马步高说：“听到没有，他们也认为你坐着好。”

马步高木桩样立着没动。李见好朝韦冒两位偏偏头，说：“还是让马总落座吧，老让人家站着，太不客气，平起平坐显得平等。”

两位上前，一左一右，按住马步高肩膀，狠狠往下摁去。马步高挺着腰板，企图扛住两人的压力。无奈两人力气太大，没扛上几秒钟，就被摁到皮椅上。

马步高就这样被彻底激怒。脚跟刚落地，就两眼冒血，狂吼着朝李见好直扑过来，一副要与他拼命的架势。还是李见好见势不妙，霍地腾起身来，往后一闪，同时一脚踢翻前面桌子，马步高双脚一绊，身子失去平衡，一个跟斗，栽倒在地。韦冒两个这下也反应过来，双双冲上前，螳螂捕蝉，压到马步高身上，将他两手和脑袋死死压住。

下次审讯时，马步高蔫了许多。上来就双膝一跪，十指撑地，高撅着屁股，老老实实趴到李见好面前。李见好俯视着脚下的马步高，说：“现在该说了吧？”

马步高终于开了口。

可他却避实就虚，尽拣小的和轻的敷衍，比如逢年过节收过什么礼品，生日住院接过多少小红包，吃请喝请时顺便拿过谁的误餐费。如今这些根本不算个啥，连灰色收入都谈不上，举国上下，还没有谁收点礼品，接些小红包，拿几个误餐费，被追究定罪。想追也追不过来，想定也定不下，求人办事，无论公事私事，都这样做，不这样已寸步难行。

李见好需要的不是这些，只好跟马步高耗下去。

马步高慢慢支撑不住，变得痴痴傻傻的，看人时目光都有些聚不拢了。

这天钱如水按刘大为、王东成和赵胜利三个老板的招供，查过他们通过银行转给马步高老婆公司的款子，赶紧编成短信发给李见好。李见好如获至宝，立即提审马步高，问他认不认识刘王赵三个。马步高趴在那里，两眼直直地盯着水泥地，半天没有声响，仿佛聋了般。

李见好又重复一次三人名字，马步高还是没动静。

"你不认识他们是吧？他们可认识你。不仅认识你，还认识你老婆公司的账号。"李见好说着，拿出手机，打开钱如水发来的短信，念了一串长长的数字，"你老婆是跟你同时住进咱们这栋楼里的，她早已把该说的都给说了出来，你以为你能瞒得住什么？"

马步高再也挺不住了，嘴巴一张，号啕大哭起来。哭得涕泪滂沱，哭得昏天黑地，哭得死去活来，颇有些惊天地泣鬼神的味道。

哭得差不多了，马步高才痛心疾首道："我有罪，我该死，我犯下了滔天罪行，对不起组织，对不起党，对不起国家，对不起人民，对不起领导，对不起同事，对不起父母，对不起妻儿，对不起朋友，对不起……"

再这么对不起下去，也不知该对到哪个时候，李见好不耐烦起来，拍着桌子道："够啦够啦，晓得对不起这，对不起那，就该老实交代问题，将功赎罪，尽量减少给党和国家带来的重大损失，也减轻自己内心的罪恶感。"

马步高脑袋在地上猛磕几下，嘴里说着是是是，开始交代刘王赵几个老板送钱经过。也许是惯性使然，其他李见好轻轻点到甚至根本没问的人和事，也噼里啪啦，主动供了出来。李见好暗自高兴，却依然声色俱厉，穷追不舍。不追马步高也招，老牛拉稀粪样将知道的都拉了出来。估计再也挖不出什么了，李见好这才作罢。

马步高招供时，冒"鳝鱼"在他身边放了录音笔，韦"山药"还一旁做了笔录。将马步高扔回黑屋子后，三人连夜整理录音和记录，形成详细文件，就像要害部门办案一样，一点也不马虎。同时把马步高招供的受贿详情列成明细表，合计竟然过了八位数。

八位数就是千万大数，李见好感叹道："马步高真是个人才，胃口这么大，胆子这么壮，搞钱手段这么高明，咱们稍稍一敲，就招出这么多。怪不得马步高非把冯以真搞下去不可，冯以真没下去，自己没到总经理位置上，仅仅是总监，弄起钱来，究竟没这么方便。”

冒“鳝鱼”说：“想想马步高在高速系统经营多年，经他打招呼，做工作，拿到建设项目，自己经营或转包出去，一夜间成为百万富翁和千万富翁的不在少数，马步高自己从中拿点好处，发财致富，说起来也算不了什么。”韦“山药”说：“眼睁睁看着人家在你手上大发其财，要自己无动于衷，确实太难做到。”

议论几句，李见好让韦冒两位留下看守马步高，自己拿着招供材料，离岛去见钱如水。两人将马步高和老板们招供的情况进行梳理整合，再安排人逐一落实证据，包括银行来往账单，送钱人口径之类。落实得差不多了，又录入电脑，做成光碟，快递寄给有关部门。有电子邮箱的，还发了电子版，声言三天内不做处理，就发布到网上。

看到电子邮件和光碟，有关方面吃惊不小，想不到民间业余办案水平，一点不比自己专业水平低。只得赶紧报告给领导。此前有关领导就收到过有关马步高的举报，想立案查办，无奈袁绍德罩着，不得不放弃。上面有人与上面没人，区别就在这里，某些时候有关领导也有苦难言。这下马步高落到人家手上，该招的都招了出来，不知袁绍德还有什么话说。有关领导找到袁绍德，呈上马步高受贿事实依据和明细表，袁绍德再没法保他，只能表态说，组织有组织原则，组织上按原则办事就是。

根据有关领导指示，网管人员回了封电子邮件，要举报人告知马步高现在何处。得到的答复是必须先将马步高立案，并通过媒体向社会正式公布，否则不会交人。纪委领导只好照办，换取马步高下落信息，而后安排人力，去岛上提人。

韦“山药”和冒“鳝鱼”已不在岛上。走前他们还陪马步高吃了顿很丰盛的午餐。看着桌上好酒好菜，马步高吓得全身发抖，根本没法举筷子，说：“你们是不是要送我上路？”韦“山药”笑道：“你还算配合，问题交代得也清楚，特意奖赏你一顿。”

马步高这才狼吞虎咽起来。自失去自由后，就没吃过一顿像样的饭菜，这顿饭简直比满汉全席还好吃。冒“鳝鱼”故意倒马步高胃口：“你的案情大，牵涉的人也多，还得另外安排人进行复审。待会儿我们就撤走，你等着复审人员来提审。”

还有复审？马步高哪里还吃得下去。他那拿筷子的手僵在那里，泪水哗然而下。韦“山药”就安慰他：“你若表现得好，把跟咱们说的一五一十说给他们，他们也不会太为难你的。无非想把案子早点办完，你肯配合，他们一高兴，说不定也像咱们一样，给你好喝好吃的。”

马步高才又勉强伸出筷子，夹块肉往嘴里塞去。

韦冒两位撤掉没多久，有关方面就按电子邮件上所说，寻到岛上。

马步高早分不清真假，以为这就是冒“鳝鱼”说的复审人员，生怕还会遭罪，没等怎么发问，就乖乖趴下身子，头在地上猛磕着，嘴里咕咕囔囔道：“我有罪，我该死，我犯下了滔天罪行，对不起组织，对不起党……”

办案人员止住马步高，要他坐着说话，他也不听，继续规规矩矩趴在那里。

办案人只得随马步高自己的便，他觉得趴着舒服，就让他趴着好了。

一舒服，马步高舌头也变得格外灵活，没怎么追逼，就连珠炮似的，一五一十招供了记得起来的受贿事实。弄得办案人都不好意思多问，人家这么主动，还怀疑他有啥没说，实在有些说不过去。拿出电子举报材料，跟马步高所供进行比对，基本一致，没有太大区别。

办案人很满意。要是贪官们都像马步高一样，觉悟这么高，态度这么好，口齿这么伶俐，有啥说啥，这工作就好做多了。把审讯情况汇报给有关领导，领导认为案子办得不错，办得很成功，办出了水平，办出了效率。

接着按程序移送司法机关，择期审判。事实清楚，证据充分，也没谁敢干预，审判结果很快出来，马步高被判处无期徒刑。

马步高担了责，马夫人也就可以宽大处理。再说夫妻两个都待在里面，已上初中的女儿没人管，于社会也不利，出于人性化考量，给予马夫人判刑两年缓期三年执行的从轻处理，她很快恢复自由，回到家里。

至于刘大为、王东成和赵胜利一批老板，招供了行贿事实，又交出巨额罚款，也就放人了事。

马步高案就这样圆满结束，成为侦破最得力审查最彻底事实最清楚结案最迅速的成功案例，在业内传诵一时。还有就是马步高犯案，腾出位置，得有人接任，又有人背后偷着乐。

这人就是史学军。冯以真受贿证据不足，又是马步高害的，马步高罪有应得，冯以真也就获得自由，大家以为他会恢复原职，可他的事迟迟没下结论，史学军乘虚而入，做上德绕公司总经理。高速系统的人就议论纷纷，说冯以真和马步高虽有冲突，关系还能维持下去，就是史学军从中作祟，挑起两人矛盾，先让马步高搞掉冯以真，再动用黑社会势力放倒马步高，可谓螳螂捕蝉，黄雀在后，史学军就是那只黄雀。

史学军才不在乎黄雀不黄雀，上任伊始，就马上进入工作状态，该干吗干吗。也容不得他瞻前顾后，左顾右盼，冯以真与马步高相继出事，德绕公司已成烂摊子，全线建设工作都快瘫痪，好多事情等着他想办法，拿主意，出决定，做处理。

别看史学军不是专业出身，可他在高速战线待的时间不短，对高速公路尤其是德绕高速公路建设人事和行情行规非常熟悉，进入角色自然快，几番调理，数度腾挪，德绕高速便恢复元气，各项工作渐渐步入正轨。

要说工作是人做的，只要有人，再棘手的工作也不在话下。怕就怕人不团结，把力量抵消在窝里斗里。也是屁股决定脑袋，做旁观者那会儿，史学军天天盼着冯以真与马步高斗，斗得两败俱伤，好给自己留下机会。现在自己成为总经理，重任在肩，当然不希望有人在眼皮底下斗，斗得天昏地暗，斗得你死我活，还有谁给你干活？因此史学军总是把团结挂在嘴上，反复强调团结就是生命，团结就是力量，团结就是战斗力，团结就是生产力，不团结就成不了事，赚不到钱，没有饭吃，别无出路。

这天史学军在公司职工大会上强调完团结的重要性，回到书记室，办公室胡主任进来请示，是搬到总经理室去，还是把总经理室牌子换到书记室来。

冯以真和马步高在总经理室待过，相继都出了事，谁还愿意搬过去？牌子也换不得，还是“书记室”三个字看着顺眼。史学军徐徐道：“我还是书记嘛，搬什么地方，换什么牌子？”

史学军说的是实话，他上任总经理后，暂时还没配书记，一人双职挑着。还有一层意思嘴里没说，待不待总经理室，自己也是总经理，上面正式下了文的，待在书记室就有所不同，意味着书记身份还在，谁也别觊觎这个位置。史学军不想多一个书记出来，跟自己对着干。

有此想法，当得知交通厅和高管局准备给德绕公司物色书记时，史学军心里就有些不甘不愿。想找领导挡回去，又出不了口，好像你这么贪心，一个屁股占两个位置。再说领导动了念头，也不是你想挡就挡得住的。

正在无以为计时，李见好来请示工作。谈完工作上的事，史学军想起省委泉书记秘书蒲玉林毕业于德南大学，问道：“如果我没记错的话，见好是德南大学出来的吧？”

这可是私人问题，李见好不知史学军何意，如实道："读过德南大学，还教过德南大学。领导真是体察民情，对见好的来龙去脉这么清楚。"史学军笑道："不是民情，是友情，你是咱好哥们嘛。再问你，泉书记秘书蒲玉林据说也是德南大学毕业的，你认不认识？"

官场上人问领导秘书，不是出于好奇，就是有求于人家。史学军意思很明显，肯定是想通过蒲玉林，巴结上泉书记。李见好说："蒲玉林毕业于德南大学不假，只是没打过交道。当然我可了解一下，也许熟人里有认识他的。"

领了任务，就得落实。当天李见好便联系易居白，打听蒲玉林。易居白笑道："蒲玉林就是咱传媒学院毕业的，我的嫡传弟子。"李见好说："不是人家做了泉书记秘书，才成为你的嫡传弟子的吧？"易居白说："不信？哪天叫他一起吃个饭，你亲口问问他。"

李见好还是有些将信将疑，说："等着请省委书记秘书吃饭的人多了去了，是你想一起吃饭就吃得了的？"易居白说："老师让学生作陪吃个饭算啥？你说什么时候有空吧。"李见好说："还是问蒲玉林什么时候有空，咱们就他的时间来。"易居白说："就他的时间也行。"

易居白不是吹牛皮，还真约上了蒲玉林。

李见好马上联系史学军，把这个特好消息告诉他。史学军喜出望外，在德都最好的酒楼要个包间，点好酒菜，恭候蒲玉林驾临。

第二十三章
“炒房经”

蒲玉林说话算话，准点到场。

易居白很有面子，先介绍给李见好。听说李见好是德南大学毕业又留校做过老师，蒲玉林伸出双手，握住他说：“李老师好，李老师好！”

到史学军面前，蒲玉林不再这么谦恭，只肯出一只手，另一只放进了裤兜，还腆着肚子。嘴上却依然客气：“认识史总，非常荣幸。”

见过面，该上桌了，史学军扶着套了红套的上座，请蒲玉林坐。蒲玉林不肯，说：“老师在上，学生怎敢造次？”史学军说：“今天不讲老师学生，蒲厅是省委第一秘，代表省委省政府领导咱们工作，理应坐上座。”

“别蒲厅蒲厅的，咱仅仅只是小小正处。”蒲玉林一边纠正史学军，一边走到易居白旁边，硬将他请到上座上。李见好也是母校老师，又把他拉到次座，蒲玉林这才走到易居白右边，坐了第三位置。余下史学军，只能位列李见好下首。李见好本是在自己手里讨饭吃的，竟然坐到了上面，史学军有些不爽，却也只能这样。

易居白也有意思，位置高高在上，身子却老往蒲玉林那边扭。满脸都是媚态，像蒲玉林带来的贴身仆从，没一点师道尊严。当今权力大于一切，蒲玉林尽管暂时还没掌上实权，却是权力身边红人，易居白早忘了师长身份，自卑三分，自矮三尺。史学军更不用说，蒲厅不离嘴，叫得格外香甜，尽管蒲玉林纠正过他，也不改口。还从旁边服务小姐手里要过酒壶，过去给蒲玉林倒酒，当起服务生来，一边说些美言谀词，逗人家开心。

倒是李见好该吃加紧吃，该喝加紧喝，目不斜视，气定神闲。他的身份不同，夹在官商之间，说官不是官，监理处处长不用组织部门发文；说商也不是商，不做买卖不投资，干的是技术活，拿的是力气钱。也就没必要讨好蒲玉林，巴望通过他拿帽子，要项目，自然多了几分自得，可以冷眼旁观桌上表演。一边想，饮食男女，人之大欲，吃饭本来是件多么美的事，谁知如今吃饭不叫吃饭，叫应酬，你要应，我要酬，虚情换假意，奉承对谄媚，难免身累心更累，吃回饭，人都会虚脱过去，可怜不可怜！

推杯换盏之际，易居白打开包，去里面掏东西。不掏红包，掏出两个檀木小盒子，对蒲玉林说："我刻了两方印鉴，玉林您给看看，指导指导。"

"岂敢岂敢。"蒲玉林谦虚着，打开一个檀木盒，拿出印鉴一瞄，只见上面刻着两个篆体字。篆体字本来不好认，蒲玉林到底大学毕业，平时又跟着泉书记练习书法，一眼看出是"听泉"两字。也没多想，只说刻得好。又打开另一只盒子，印鉴上也是两个字："观瀑"，同样说些好话，表示对老师篆刻艺术的高度推崇。

等蒲玉林欣赏完，李见好也拿过去瞧了瞧。跟易居白接触多，受他影响，李见好对篆刻多少有些了解，也认出是"听泉"和"观瀑"。心里已猜出易居白用意，笑道："刻得真有力道，居白是要送人吧？"

易居白晃着脑袋，说："我是自己刻着玩儿的，没想过要送人。"

刻的人说没想过送人，看的人倒说是要送人的，蒲玉林来了劲，问易居白："到底是送人，还是自己收藏？"易居白说："功夫不够，只能自己留着，孤芳自赏。"蒲玉林转头问李见好："李老师怎么知道易老师是送人的？"

李见好笑笑，说："我不仅知道居白要送人，还知道他会送给谁。"蒲玉林追问道："会送给谁？"李见好说："一个是你，一个是泉书记？"

蒲玉林已经明白过来，还是问道："何以见得？"李见好解释说："'听泉'显然是送给泉书记的，意思是咱们要听泉书记的话跟党走。'观瀑'是送给玉林你的，'瀑''蒲'音近，瀑者蒲也，意思是你好好干，以后就看你的啦。"

说得蒲玉林哈哈大笑，问易居白："易老师是不是这意思？"易居白说："见好这么说也有道理，不过我笨，还真没想到这上面去。"

"不信不信，易老师刻都刻了出来，还没想到这上面去，怎么可能咯？"蒲玉林重又拿过篆刻，饶有兴致地把玩起来，"这么好的东西，玉林肯定笑纳，感谢易老师大手笔。老板不治印，平时有空只练练书法，不过书印同源，他自然也会喜欢的。"

能讨蒲玉林欢心，易居白喜不自胜，说："但愿能入泉书记法眼。"

蒲玉林把玩一阵印鉴，忽又皱着眉头道："两枚印鉴是一样大吧？这可不好，大领导与小秘书，怎么能接受一个规格的印鉴呢？”

一样大又有啥关系呢？莫非泉书记如此小气，这也会计较？李见好觉得领导身边的人真敏感。倒是易居白经常给官员刻印，了解他们心态，早想到这一点，对蒲玉林说：“您把两枚印鉴比对一下，看看如何？”

蒲玉林照办，发现“听泉”比“观瀑”稍大了一点点，不解道：“怎么看上去一样大，好像没啥区别似的？”易居白说：“您再比比高矮吧。”

蒲玉林又比较高矮，“听泉”也略高于“观瀑”。易居白解释说，本来两枚印鉴大小就相隔不多，“观瀑”稍矮，显得粗实，看上去也就跟“听泉”一样大。

再次谢过易居白，蒲玉林这才放心将两枚印鉴收入包里。

见小小两方篆刻，里面竟然大有文章，史学军也来了劲，说：“我这里有个想法，泉书记和蒲厅对篆刻这么感兴趣，可否考虑给易院长搞次个人作品展览活动什么的？”

约见蒲玉林，献媚卖乖还不够，还献上提前准备好的篆刻作品，易居白不就想借这个学生之力，调动史学军，为自己的篆刻做点实事？再说官员要密切联系上级，总得有条合适路径，泉书记和蒲玉林喜欢篆刻，史学军牵头做篆刻展览，就是最好的路径。

易居白已摸透史学军心思，问道：“展览活动怎么个搞法呢？”史学军说：“搞展览少不了两样东西，一样经费，一样作品。德绕公司不缺经费，易院长不缺作品，两不缺加到一起，这展览不就成了？我建议就以‘听泉’和‘观瀑’为主打作品，到时再请泉书记亲自出面，指导指导，展览一定会产生轰动效应。”

这正中易居白下怀，问蒲玉林意下如何。不花钱，不费力，点个头能促成老师的作品展览，又何乐而不为？蒲玉林说：“这是好事嘛，老板早就提出文化立省，文化活动他也很支持的。只是要他出面不容易，到时再说吧。”

泉书记不出面，展览价值岂不大打折扣？易居白说：“玉林有办法让泉书记参加的。”史学军也说：“领导到哪儿去，都听大秘的，到时蒲厅精心安排就是。再说有‘听泉’和‘观瀑’两幅主打作品，泉书记和蒲厅来看看也好嘛。”

吃得差不多，到了该撤的时候。正好史学军出去接电话，蒲玉林随便说道：“史总挺有意思嘛，又请吃饭，又要为易老师办个展，他不会有什么要求吧？”易居白说：“据见好说，史学军原是德绕公司书记，公司总经理和总监相继出事，他接任了总经理。屁股永远比位置多，交通厅和高管局想另给公司配个书记，史学军觉得德绕工程已经过半，再配书记不仅没必要，一旦书记和总经理搞不来，天天窝里斗，对工作也不利。”

看易居白面子，蒲玉林有心帮史学军，等他从门外进来，拍他肩膀说：“史总要办易老师个展，动作尽量快点。易老师再刻几枚与德绕高速有关的作品，放个展上一起展出，这样就跟经济建设挂上了钩，上面请人时借口也充足些。”

两人巴不得，连声说好。事情就这样初步敲定下来。

隔日泉书记稍有空闲，蒲玉林拿出印鉴，呈到他面前。泉书记一看“听泉”两字，破颜而笑，说：“刻得不错嘛。”蒲玉林说：“作者是我大学老师易居白，治印多年，功夫一流。意思也好，听泉书记的话跟党走。”

泉书记哈哈一乐，说：“你老师很有意思。”蒲玉林说：“易老师还刻了不少关于高速公路建设方面的篆刻，德绕高速公司总经理史学军准备给他办次个人作品展览。”泉书记说：“好啊，文化与经济结合，文化有所附丽，经济也会提升品位，两全其美嘛。”

听泉书记这么说，蒲玉林试探道：“我督促他们把展览办得像样点，到时书记再亲自出席一下？”泉书记说：“没问题啊，只要人在德南，一定参加。”

蒲玉林要的就是泉书记这句话。马上打电话给易居白，透露泉书记意思。易居白的高兴劲自然不用说。弄篆刻的搞次个人展览已属不易，还能请动省委书记，岂不惊天地泣鬼神？赶紧打李见好电话，让他转告史学军。史学军比易居白还激动，连说数声谢谢，也不知他是谢李见好，还是谢泉书记。

打电话时，曾亦嘉就在李见好身旁。昨晚几个分手后，李见好无意往家里跑，也没回监理处，到了曾亦嘉这里。两人一见面，就急不可耐上了床，做得筋疲力尽，耗尽身上所有能量，头往枕上一歪，睡死过去。

曾亦嘉已厌倦商场的算计和争夺，准备金蝉脱壳，去参加民间生态保护组织。李见好意识到曾亦嘉会离开自己，两人见一次是一次，一拢来就二话不说，抓紧上床做爱，生怕时间白白浪费掉。曾亦嘉也有这个想法，表现得很主动，尽量满足李见好。可爱是简单的，又是复杂的，真成为纯肉体关系，就会黯然失色。到底爱离不开精神，不是完全靠做出来的，或者说做出来的爱不一定是真正的爱。

也许正因如此，每次上床，两人都很卖力，也做得很成功，很彻底，感觉却再没从前那么丰盈充沛，水乳交融，相反觉得荒谬虚无，不怎么真实似的。李见好甚至会发生错觉，好像不是跟自己心爱的人，而是跟一张画做爱，画上的人是曾亦嘉又不是曾亦嘉。

这么奇怪地想着，李见好翻身下床，离开画一样的曾亦嘉，离开这个熟悉得不能再熟悉的房子，去了地下车库。他准备回监理处，汪求明要去见他。马步高一到纪检手里，汪求明就结束逃亡，回来继续做他的工程。几个工程都做得差不多，经刘泽南几位现场监理师监理完毕，还得李见好滴几滴墨水认账。

回到监理处，汪求明已等在处长室门口。进屋签完字，汪求明没走，论起马步高，说：“据说这小子脑袋出了问题，人已经疯掉。”李见好说：“有这回事？”汪求明兴奋道：“只要有人去看他，不管是谁，他一上来就自动趴到地上，一边猛磕脑袋，一边说自己罪该万死，对不起组织，对不起党，对不起国家，对不起人民什么的。”

李见好没汪求明这么兴奋。马步高可恶是可恶，到得这个地步，也实在可怜。李见好稍感不安，觉得当初下手太狠了点。把马步高整得人不人，鬼不鬼的，自己到底又得到什么呢？

这时池小燕打来电话：“人在哪里？”李见好说：“还能在哪里？在监理处呗。”池小燕说：“跟你说个事，我同学在省府南郊新址旁的楼盘已正式动工预售，我选好了六套中户型，交过首付，马上得办相关手续，你回来一下吧。”

刚进监理处，又往城里跑，李见好实在不甘愿，说：“房子的事都是你在操办，叫我回去干啥？”池小燕说：“六套房子得有六个房主，你回来商量一下，上谁的名字好。”李见好说：“就上炎炎名字嘛，反正咱们拼死拼活，还不都在给他打工？”池小燕说：“咱们现住的复式楼房主就是炎炎，再上他的名字，贷款和税收方面会吃亏的。”

李见好只得打起精神，出门下楼，准备上车。正碰着吴秀丽从外面采购回来，见李见好要出门，上前说：“李处长上哪儿去？”李见好说：“进趟城。”

吴秀丽脸上有些失落，说：“您不是才回处里吗？我特意到镇上买了几只野生沙鳖，准备改善一下生活，您怎么又要走呢？”

食堂厨师走后再没回来，吴秀丽成了名正言顺的主厨，月工资又长了好几百。几百块在吴秀丽这里可是大钱，能解决不少问题，她自然心存感激，生活上对李见好多有关照，只要他在处里，总会想方设法做两道好菜，尽量让他吃好点。李见好知道吴秀丽心意，无奈妻命不可违，只得说：“没办法，有点急事必须走，下次再吃您的好口味。”

上车回城，走进家门，池小燕和岳母已做好中饭，就等着李见好上桌。兵兵和虎子也在，看样子到没多久。要自己回来谈房子的事，怎么把兵兵和虎子也叫了来？李见好一时没想明白，池小燕到底要搞什么名堂。

饭后池小燕将李见好拉进书房，说：“听说政府要出台政策，通过税收和贷款等手段，控制二套以上房子的购置。炎炎名下已有一套房子，新购的六套也用他名字，以后税收和交易都会蒙受巨大损失，不变通一下不行。”李见好问：“怎么个变通法？”池小燕说：“分散上户。”李见好说：“如何分散？”

池小燕脸上露出一丝狡黠，说：“咱家不是有四口人吗？妈已经这么大年纪，上户的事不能考虑她，省得她百年后转起户来麻烦。”

听池小燕口说咱家四口人，李见好心里就不舒服。你池家母亲属咱家人口，自己李家父母还活着，也不能排除在外，算起来就不是四口人，该是六口人。要么两边父母都不算，就咱小家三口人，也合常理。也许女人都一样，心里只有自己爹妈，没有夫家父母，算起家庭成员来，自家爹妈是自己的，不能落下，夫家父母与自己没关，完全可以忽略不计。

肚子里抱怨着，李见好嘴上没说什么。女人是不讲逻辑的，跟女人讲逻辑，逻辑也成烂箩烂箕。郑板桥有句家喻户晓的名言，叫难得糊涂。如今不是郑板桥时代，应改成男的糊涂。男的都糊涂，让女人精明去，定然乾坤朗朗，天下太平。

池小燕不知自己一句咱家四口人，惹出李见好这么多想法，接住前面话头说道：“我是这么考虑的，反正几套房子以后终归属于炎炎，尽管现住这套复式房用的是他名字，再放一套到他名下，也只两套，政策上吃亏就吃亏，也只能认账。咱俩名字也不能闲着，可以各上一套，这样就解决了三套的上户问题。”

没等池小燕往下说，李见好打断她：“德南大学那套小房子也是我的名字，这样我不也有了两套房？”池小燕说：“忘跟你说了，那套房子已经卖掉，就等着拿你的身份证办理转户手续。这次回来，你得把身份证留下，随时好用。”

李见好哦一声，听池小燕继续道：“另外还有三套房子，我想挂两套在兵兵和虎子名下，他俩没买房，属于首套。这事关系重大，自然得你同意。”

原来把兵兵和虎子叫来，是这个意图。李见好说：“兵兵和虎子现在没买房，并不代表一辈子不买房，以后买房时，名下已有记录，政策方面自然会受影响。”池小燕说：“他俩这个条件，几时买得起房？”李见好说：“也是的，别说文化不高的乡下年轻人，就是在城里上班的大学生研究生博士生，想买套房又谈何容易？”

池小燕胸有成竹道：“就是他俩以后要买房，咱们的房子也早增值，只要找买主交易出去，又可空出他俩的名字。”李见好说：“看来你都想到前面去了。”池小燕说：“干大事就得这样，走一步看三步，甚至五步七步。”

李见好泼冷水道：“你有远见卓识，我没意见。不过丑话我得说在前头，房子到了兵兵和虎子名下，万一他俩打歪主意，只怕你防不胜防。”池小燕说：“我的亲侄子都放不得心，谁才放得心？再说我一向对他俩不薄，他们会打我什么歪主意呢？”李见好说：“你肯保证，你的亲侄子就不打你歪主意？”

池小燕杏眼一睁，指着李见好鼻子说：“也是你的亲侄子！”李见好点头道：“要得要得，我的亲侄子，我的亲侄子。人心隔肚皮，亲侄子肚子里想些啥，也不见得看得透。”池小燕说：“看透干啥呢？只要房产证握在我手里，还怕他们偷偷把房子卖掉不成？”

李见好说：“房产证握在手里就万无一失？要说兵兵和虎子还单纯，不会动你房子的心思，池大燕和池苇燕两个什么角色，你还不清楚？要是她们不肯放过房子呢？”

说得池小燕火起，愤然道：“怎么到你眼里，咱池家就没一个好人，全是坏蛋？”李见好说：“好好好，你们池家人不是坏蛋，全是好蛋。”

池小燕扑哧一笑，打一下李见好，说：“你才是蛋，你全家都是蛋。”

玩笑两句，池小燕又像思想家样，皱紧眉头道：“就是放两套到兵兵和虎子名下，还有一套不知用谁的名字好。”

你池家有侄子，咱李家也有侄子和外甥呀，闯闯和萍萍你又不是不认识，完全可以找一个来充数嘛。看来池小燕压根儿没在心里认可过，李家侄子外甥也勉强可归到侄子外甥范围内。李见好不想逼池小燕认李家侄子外甥为侄子外甥，也不愿李家侄子外甥掺乎进来，以后闹什么矛盾，自己耳朵容量不够，装不下太多难听话。

“我有一个远房亲戚的女儿，在德都一家超市上班，她的名字也可考虑，你意思呢？”池小燕说道，看看李见好。原来在她心里，池家远房亲戚女儿也比你李家亲侄子亲外甥要亲得多，可靠得多。反正房子是池小燕挖空心思弄到手的，李见好不便太过于计较，无所谓道：“你说行就行吧。”

李见好这么干脆，池小燕很满意，说：“你已同意，就这么办啦。我这就打电话给她，要她送身份证过来。兵兵和虎子身份证已经交我，你走之前也记得把身份证留下。”

“现在就给你。”李见好跑到客厅，从包里找出身份证，交到池小燕手上。池小燕瞧瞧上面哭不是哭笑不是笑的照片，好像还不放心，又去数那串长长的身份证号。李见好觉得好笑，说：“尽管放心，不会是假证的。就是假证，身份证号也会弄全，数不数也一样。”

池小燕笑道：“咱当会计师的，见不得数字，一见就想数数，倒看有多大。”

经过精心准备，易居白的个人篆刻作品展览如期举行，题目就叫“篆刻与高速”。

易居白亲自给李见好送来请柬，开展头天又打他电话，要他一定抽时间参加。还说蒲秘书已确认，泉书记肯定出席。这可是有天大面子的事，易居白口气里不无得意。

这天李见好早早赶回城里，进了德南书画院。展出作品已布置妥当，占据了整个展厅的墙壁。最显眼的是主席台两边的“听泉”和“观瀑”，接下去是三十多幅与德绕高速有关的篆刻。史学军早已到场，正跟易居白商量什么，见到李见好，上前打过招呼，便分头忙去了。

嘉宾和客人陆续进门，有书法篆刻界人士，有德绕高速方面人员，还有一百多个二十岁左右的年轻人，估计是易居白把自己的学生搬了来凑人气。九点多的样子，门外一阵喧哗，泉书记出现在门口。蒲玉林就在泉书记身旁，一眼瞧见李见好，朝他抱抱拳，笑了笑。李见好也笑着挥挥手，算是打过招呼。

李见好手还没完全放下，不知谁拍一下巴掌，哗啦啦掌声跟着响起，热烈响亮。掌声中项省长等其他省委常委领导依平时排名次序先后进场，接下去是交通厅和高管局班子成员。追随在大小领导旁边的是媒体记者，人数比领导还多。

在高挑漂亮的礼仪小姐引领下，常委们来到铺着红地毯的主席台上，以泉书记为中心，分列两旁。省委常委宣传部长主持个展，说完开场白，让易居白简单说说创作体会，再请泉书记发表重要指示。泉书记话也简短，说几句文化立省和文化经济同发展共繁荣的套话，再祝贺个展圆满成功。

接下来由易居白引路，参观作品。先从“听泉”开始，易居白简单表白几句创作心得，泉书记说声好，领导们也跟着说作品刻得有力度，有深度，更有高度。

沿展厅绕上一圈，最后鉴赏过“观瀑”，易居白请领导们到旁边的贵宾室休息。李见好不好到贵宾室去，站在“观瀑”下面多瞧了两眼。有一男一女两位年轻人从旁边走过，只听男孩轻声笑道：“我去过高档场所的厕所，门口也写听泉和观瀑。”女孩说：“不会吧？”男孩说：“不骗你，男厕所写观瀑，女厕所写听泉。”

女孩像明白了什么，脸上一红，踢男孩一脚，咯咯笑道：“你好坏！”

两人声音不高，正好被近前的李见好听在耳里，估计其他人没听到。望着两人追打着走远，李见好无声笑笑。正要出门，只见领导们纷纷走出贵宾室，朝楼梯口走去。史学军一边打电话，一边走过来，见着李见好，附他耳边说：“泉书记他们要到德绕公司去指导工作，你也跟着一起去吧。”

李见好说声行，随史学军下楼。史学军继续打没打完的电话。是打给公司胡主任的，要他做好接待准备工作。末了又交代：“把宣纸和笔墨摆出来，领导可能会题词。”

“泉书记是书法大家，一定让他留幅字。”史学军打完电话，朝李见好笑笑，扔下他，鸭子样甩着双手，追到前面去了。

队伍没有直奔德绕公司，先看德绕高速建设工地。泉书记对德绕高速很关心，看得很认真，每到一处，都要与工人现场交流，问长问短，比如工作辛不辛苦，工资按时领到没有，家在哪儿，妻儿父母可好。尤其是视察重点工程德江大桥时，听过承包商秦建成汇报还不够，还就具体的质量和安全问题，向技术员请教，态度诚恳又谦虚。

怕泉书记问得太难，技术员回答不了，史学军把李见好推过去，以应急时之需。果然有几个问题技术员不知所云，全靠李见好给解的围。泉书记问得很内行，李见好不得不暗暗佩服。不知者无畏，知者相反有畏，泉书记正是懂行，才低调谦虚，不说大话空话废话。

看过几处工地，一行人才去了德绕高速公司。先坐下来谈情况，论工作。史学军做主题汇报，交通厅和高管局领导一旁补充。史学军显然做过充分准备，汇报得颇有水平，该说的大说特说，不该说的一个字不说。泉书记还比较满意，根据史学军的汇报和现场考察情况，高屋建瓴，做出几点重要指示。

会开得差不多，史学军邀请大家参观公司文化活动室。文化活动室跟会议室一样大，有图书，有字画，还有从工地上挖出来的文物。

“上任总经理前，我是这里的党委书记，文化室就是做书记时创建的。”史学军说着，把泉书记请到书法桌旁，要他赐幅墨宝。泉书记本来就是书法家，看到纸砚笔墨，眼睛就发亮，不怎么客气，便握笔于手，抬头对众人说：“写什么好呢？”众人说：“泉书记肯滴墨水，什么都是宝。”史学军说：“泉书记大手笔，字字都是《兰亭序》。”

“《兰亭序》是天下第一行书，谁敢如此不知天高地厚，拿《兰亭序》自诩？”

泉书记似有所思道，“德绕公司是修路的，写句与路有关的字吧。”

说着，落笔于纸，很快书成八个字：大路朝天，各走一边。

顿时掌声雷动，都说写得好，写出了气魄和大家风范。字好，内涵也好，言简意赅，阐明了大路与行路人的辩证关系，是对高速公路建设者们的莫大鞭策和鼓舞。

史学军更是景仰得不得了的样子，左瞄瞄，右观观，嘴里啧啧有声，仿佛从没见识过这么高妙的书法。真想净了手，焚了香，趴到地上，对这八个字拜上几拜。只是众人在场，不便太过露骨，唯嘴里连连道：“我马上请人裱起来，挂到会议室里，好好领教，认真体会，时刻勉励自己和公司员工，尽快修好绕城高速，以不辜负泉书记殷切期望。”

赞美声过去，项省长、龙副省长、仍兼着交通厅厅长的副省长袁绍德以及高管局局长聂守谷几位，也各自留下墨宝，不免又赢得阵阵热烈掌声。

文化活动结束，到了吃饭时间。席间史学军给泉书记敬酒，泉书记表扬他有文化意识，问他以前是干什么的。史学军说：“就是德绕公司的党委书记。”蒲玉林及时附和道：“德绕公司的文化建设就是史总做党委书记时搞起来的。”

“学军还是经济和文化双料人才，不错不错。”泉书记表示赞赏，又看看在座的袁绍德和聂守谷，“这种双料人才估计交通系统不是太多吧？你们可要好好重视，让这样难得的人才发挥出应有作用。”

泉书记说史学军是经济文化双料人才，要让他发挥应有作用，袁绍德和聂守谷自然没有话说，过后没再提给德绕公司配书记的事，生怕配了书记，史学军这个双料人才只能发挥一料，给交通事业造成重大损失。

已身兼总经理和党委书记两职，史学军再不好把总监也揽给自己，经一番运作，将一位姓彭的副总经理推了上来。姓彭的从部队转业没多久，根本不懂业务，平时也就管管工青妇之类的软性工作，让他戴上总监帽子，无异于聋子的耳朵，配配相而已。

史学军就是让姓彭的配相的。总监总监，技术、质量、安全、进度，样样都得监，姓彭的不懂业务，什么也监不了，凡总监名下的事，找他不管用，自然掉头往史学军身边跑，史学军等于又把总监职权也揽到了自己手上。

世上磁性最强的不是磁铁，是权力。磁铁仅能吸铁，权力却可将一切看得见看不见的东西牢牢吸住，挥着棍子都赶不走。史学军大权独揽，大家纷纷向他靠拢，无论他走到哪里，都有人紧密团结在他周围，目之所及，全是谄媚的笑脸、仰视的眼光；耳之所闻，都是夸张的阿谀、肉麻的赞美。

史学军很享受这种一呼百应不呼也百应的感觉，心里说，什么是气场？这就是气场。官场商场，人场物场，最后全在于气场。

冯以真在时，工程承包商有些啥，主要找发包给自己的合同段项目部，不会随便跑德绕公司，如今史学军独掌全盘，老板们有事没事，都喜欢往他身边蹭。这日史学军刚打发走下面项目部的人，11 合同段范围内的德江大桥承建商秦建成就溜进书记室，满脸是笑道：“史总好忙啊，在外候了老半天，才轮到我。”

史学军正盯着手机，翻找号码，头都没抬，只用鼻子嗯了一声，表示回应。秦建成没敢再吱声，等史学军打过电话，才凑上前，小声道：“向史总请示一个事。”

史学军放下手机，瞟他一眼，说：“什么事？说吧。”

秦建成笑成一脸菊花，说：“德江大桥是德绕高速重点项目，基础工程基本完成，引桥部分已开始架梁，年底前主桥可实现合龙。”史学军说：“这些我知道，上次陪泉书记一行视察德江大桥建设工地时，你已经汇报过。”

秦建成感激道：“老板把泉书记和项省长他们请到德江大桥工地，是看得起建成和德江大桥建设者们。老板是领导，也是路桥工程顶级专家，我还想请您下去现场办公，指导我们把德江大桥建设成精品优质工程。”

是拍马屁不用纳税，不拍白不拍，秦建成才拍得这么起劲吧？不过史学军很受用，冯以真和马步高把控德绕时，掏钱请秦建成这些家伙拍你马屁，他们还懒得拍呢。史学军想想说：“行吧，我把手头工作打理一下，过两三天到你那里去跑一趟。”

三天后，史学军到了德江大桥工地。

工地上扯着彩旗，挂着气球，一派喜气洋洋。还拉了好些大横幅，上写热烈欢迎和大干快上之类字样。还有乐队演奏运动员进行曲，上百着装整齐的小学生合着节拍，一边舞动鲜花，一边高喊口号，把史学军当成正在出访的国家元首。

这个秦建成，真会来事，一个平平常常的现场办公，被他弄得这么大张旗鼓。史学军向小学生们挥挥手，昂首挺胸，迈着方步，朝前走去。秦建成还有闻讯赶来的 11 合同段项目部吕经理几位，簇拥着史学军，把他请到施工现场。

史学军边看边问，一旁的秦建成有问必答，毫不含糊。

看完工地，上车来到德江边一个新建的星级宾馆吃工作餐。既是工作餐，不能扔掉工作，围绕德江大桥继续现场办公。工作餐吃得差不多了，现场办公告一段落，史学军做重要指示，从质量、安全、进度几个主要方面提出高标准、严要求，强调要正确处理好三者关系，按质如期完成好大桥工程建设光荣任务。

最后就秦建成汇报时提到的工程经费问题表态说："11合同段项目部的工程款，我会尽快安排，按计划给予拨付。德江大桥的工程款呢，老吕你们也必须按进度足额下拨到位。德江大桥不仅是11合同段重点项目，也是德绕乃至全省高速公路建设重点项目，经费方面一定要重点倾斜，重点保证。"

秦建成请史学军下来看工地，还叫来吕经理他们，主要目的就是经费问题。德江大桥有近亿的工程款没能如期拿到，多次找吕经理，他口头答应得好，就是没见真家伙。这下史学军当吕经理面，明令他按进度足额拨付工程款，他总不好再打马虎眼吧。

吕经理不好推脱，说："只要德绕公司经费能到位，我保证不拖欠德江大桥一分钱款子。"

史学军说到做到，回德绕公司后，就给财务部打招呼，把11合同段项目部工程款按进度足额拨付下去。吕经理不敢食言，很快拨足德江大桥欠款。

秦建成感激不尽，又往史学军那里跑，感谢他对德江大桥的大力扶持。一来二去的，两人关系越来越密切，竟至于不分彼此，你中有我，我中有你。连德江大桥工程业务上的事，本来归11合同段项目部直管和二监理处监理，德绕公司没必要管得太具体，秦建成也事无巨细，动不动就找史学军，把吕经理和李见好他们撂到一边。

史学军得罪不起，吕经理不敢放屁，李见好却觉得这样下去，迟早会出乱子，不能听之任之。秦建成意图明摆在这里，越过项目部和监理处，直接去找史学军，就是企图逃避必要的监管，好耍名堂。史学军不可能天天往德江大桥跑，就是天天跑，技术方面的事他也搞不懂，还不秦建成说啥是啥?

李见好忍无可忍，专程跑到德绕公司，找到史学军，直言道："史总是整条德绕高速公路的总负责人，方方面面都离不开你，德江大桥的事恐怕还是少插些手，让11合同段项目部和监理处担负起应尽的责任。"

全面执掌德绕公司以来，还没人敢当面在史学军前面说过半个"不"字，李见好说得这么直率，史学军心里不乐，脸色一跌，不冷不热道："我既然是你说的德绕高速总负责人，德江大桥也是德绕高速组成部分，且是重要组成部分，我为什么就不可以插手呢？"

这不是强词夺理吗？李见好想解释两句，史学军也没给他机会，又不耐烦道：

“我是德绕公司总经理和党委书记，德绕公司范围内的事情，什么该做，什么不该做，我心里还是有数的。你还是把心思放在监理工作上面，回去做好你的监理处处长吧。”

李见好碰了一鼻子灰，只得悻然离去。

真是白眼狼，位置坐稳没几天，就翻脸不认人，忘了是谁替自己把面前的绊脚石搬掉的。李见好肚子里骂道。他忽略了一个事实，史学军走得正红，难免心高气傲，哪里还听得进质疑声？何况项目总公司领导跟下面工程承包商走得太近，本来就有些忌讳，被你说破，人家心里肯定不舒服，给你脸色，一点都不奇怪。

李见好有些后悔，不该把马步高踩死，让史学军风光尽占。马步高确实不是什么好鸟，看来史学军这只鸟也好不到哪里去。可世上没后悔药吃，史学军已做上德绕公司总经理，你又不可能叫他让位，再请出马步高，让他官复原职。

其实天下乌鸦一般黑，史学军让不让位都一样，另外换人也好不到哪里去。德江大桥的质量问题，却是儿戏不得的，出点什么差错，谁也负不起责任。

郁闷了几天，李见好正琢磨着如何对付秦建成，钱如水打来电话，说有消息要告知。李见好说：“什么好消息？”钱如水说：“芹芹给我生了双胞胎。”

这家伙，不仅善于赚钱，还蛮会造人嘛。李见好说：“祝贺你一炮两响！是龙凤胎，还是双龙胎，或是双凤胎？”钱如水忍不住得意道：“两个臭小子。”李见好说：“钱家人丁兴旺啊，你赚下份这么大的产业，也算后继有人了。”

跟钱如水说过再见，文武斌和靳麻子走进处长室。先是文武斌上前道：“德江大桥项目那帮狗日的，太不把咱们做监理的放眼里了。”靳麻子也说：“打死俺也再不会往德江大桥跑，难得受他们的窝囊气。”

不用猜，就知秦建成他们背后有史学军撑着，狗仗人势，不服监管，给了文武斌他们难堪。李见好往椅子上一仰，说：“到底出了什么事？”

文武斌说：“德江大桥已打好桩基，到了该安装 T 梁的时候。T 梁是大桥质量的保证，咱们蹲守梁厂，对 T 梁的制作过程进行了全方位监控，T 梁成型后又一片片做过检测，发现十多片 T 梁达不到质量标准，责令厂方马上销毁。谁知施工方与厂方打联手，背着咱们把不合格 T 梁拉到工地上，正往桥上装，被咱们发现，拦都拦不住。”

只道德江大桥施工队不服监管，哪知他们连质量标准都不放在眼里，与梁厂的人共同作弊！质量标准是工程底线，儿戏不得，谁狗胆包天，敢触碰这个底线？李见好霍地从椅子上弹起来，吼道：“真有这回事！”

两人眼望李见好，重重地点着头。

“走走走，到大桥工地上去，看看那些次品T梁都装在哪里。”李见好拿过桌上车钥匙，大步出了门。文武斌和靳麻子尾随其后，下楼跟到车上。李见好发动车子，正要踩油门，想起应该叫上检测室主任王大进，回头说：“看王大进在不在检测室。”文武斌说：“王大进一早带人出去了，我问问他在哪儿。”

靳麻子早掏出手机，说：“我联系王大进吧。”

出监理处没多远，李见好接到史学军电话，口气还蛮亲切：“见好啊，前几天你到我办公室，正碰上烂事烦心，没好好接待你，情急中好像还说了些不怎么入耳的话，实在对不起，还请你看在咱们多年交情的分上，多多原谅。”

这个史学军有味道哩，当时说话如放屁，过后又打电话道歉，有此必要吗？李见好正揣摩这家伙用意何在，史学军又说道：“打你电话，是想跟你通个气，取得共识。德江大桥工程建设正处于关键时刻，厅局领导打招呼说，泉书记对大桥建设很关心，多次在不同场合发话，希望早合龙，早建成，为全省高速公路建设树立榜样。泉书记和厅局领导意思不好违背，咱们只能在确保质量的前提下，特事特办，加快进度，你可要大力支持咱们咯。”

史学军口说确保质量，真实意图是要你在质量问题上通融德绕大桥的违规做法。怕你不买账，还端出泉书记和厅局领导来压你，简直可恶至极。让李见好想不通的是，史学军作为德绕公司总经理，监理站在公司立场严守质量关，你应该从监理角度考虑问题，怎么竟跟施工方沆瀣一气，自己拆自己台呢？

不用猜测，也知道是“利益”二字，将史学军与秦建成捆到了一起。没法跟史学军理论，李见好只得敷衍几句，先到大桥实地看过再说。

第二十四章
不合格的T梁

来到德江大桥工地，工人们果然正开动吊机，往桥上吊装T梁。李见好走过去，大声喊道："你们上的T梁，都是合格产品吗？"

没人理他。

李见好又喊道："有不合格产品，大桥质量拿什么保证？"

还是没谁理睬，只顾继续作业。李见好说："好哇，不合格T梁也敢安装，算你们有种。行行行，我拿你们没办法，只能找秦建成，看我敢不敢罚他！"

这时一个包工头模样的中年人走过来，说："找秦老板也没用，他正忙着陪史总打高尔夫呢。"李见好说："你以为端出史学军，我就会让步吗？别说史学军，就是天王老子也得服从质量标准。"

包工头几分得意道："谁不服从质量标准？上到桥上的T梁都是符合质量标准的，不仅符合你们监理处的质量标准，也符合11合同段项目部和德绕公司质量标准，三方都出具了检测报告，这谁做得了假？"

"符不符合质量标准，咱们上去看过再说。"李见好说着，朝文武斌和靳麻子挥挥手，往铺了T梁的大桥工地上走。

包工头见状，手一招，一伙正在施工的民工奔过来，拦住三位，不让上桥。李见好说："你们这是干什么？"包工头说："咱们正在上梁，你们跑到上面去，不安全不说，还妨碍施工，影响工程进度，当然不能让你们胡来。"

李见好气不打一处出，指着包工头鼻子，厉声道："谁胡来，到底谁胡来！你们野蛮施工，往桥上安装不合格T梁，不是胡来，我们要上去例行质量检查，倒成胡来了。我是二监理处处长，大桥工程归我监理，质量检查是我的正当职权，我想何时检查就何时检查，难道还要你签字同意不成？”

“想打架是不是？你以为我们这帮兄弟没打过架！”包工头挺挺胸膛，这么一叫，他身后的民工呼的一声围过来，把三人围在中间，只等包工头发话，就好动手。

文武斌见自己人少，寡不敌众，一边护住李见好，一边对包工头他们道：“好好好，咱们不上桥，你们爱怎么就怎么，行不行？”

好汉不吃眼前亏，李见好不便逞强，只好往包围圈外面走。民工们竟然不让，一动不动堵在那里。包工头并不想打架，摆摆手，让民工们放过三位。

来到车旁，正要上车，王大进也风风火火，开车赶了过来。还有两位资深质检师，准备从车上往外搬检测仪器。文武斌要质检师先把仪器搁下，叫王大进掉头。王大进不解，靳麻子说：“回去再说，回去再说。”

回监理处的路上，李见好一肚子的气，说：“不是你们拦住，我要好好教训教训那个包工头。”文武斌说：“咱们才三个人，又没学过武功，搞得赢他们二三十个民工？”李见好说：“难道搞不赢，就这样忍气吞声，看着他们把不合格T梁装上去不成？”靳麻子说：“把咱们逼急了，只好将事情捅到高管局甚至交通厅去。”

李见好说：“捅到高管局和交通厅也不是不可以，如果铁了心，要跟秦建成和史学军撕破脸皮的话。还要确认不合格T梁装没装上去，把证据搞到手。”文武斌说：“证据肯定跑不了，我和靳麻子看着他们把不合格T梁吊上去的。”李见好说：“另外咱们的检测数据也要绝对可靠，若检测标准掌握不准，把合格产品检测成不合格产品，就闹笑话了。”

文武斌拍着胸脯，说道：“检测数据绝对没问题，王大进他们的水平难道还信不过？再说我和靳麻子守着王大进做的检测，千真万确。”李见好说：“数据没问题就行。我还没见过那些不合格T梁，必须看看装在哪个位置，心里才有底。”

文武斌犯起愁来，说：“他们死守在工地，不让上桥，又如何是好呢？”李见好说：“再想想办法嘛。”靳麻子说：“要么咱们多叫些人，把他们镇下去，保护李处爬上桥，找到那十多片不合格T梁。”

李见好晃着脑袋说：“还是不能来硬的，真跟他们打架，打死人怎么办？杨天明已经丢了命，我不想让悲剧重演。”文武斌和靳麻子闭住嘴巴，不知说啥好。李见好想想说：“他们不可能一天二十四小时都施工吧？晚上他们下工后，咱们再杀个回马枪。”

这恐怕是唯一可行的办法，两位都觉得应该一试。

回监理处吃过晚饭，趁着天黑，几个人上车，沿着施工道，直奔德江大桥方向。快近江边，远远望去，大桥工地灯火通明，机器声隐约可闻，不用说这些人还在施工。

担心暴露目标，李见好赶紧熄掉车灯，摸黑将车泊到路边。后面的王大进懂得李见好意思，也熄灯停车，然后来到李见好车上，说："这些家伙干劲大得很，夜里也不休工。"靳麻子说："据说秦建成在史学军面前拍过胸脯，赶紧铺完 T 梁，好弄个声势浩大的合龙仪式，请泉书记和项省长他们亲自来剪彩。"

王大进有些愤愤不平，说："莫非为赶进度，就可置质量于不顾？"文武斌说："看得出他们还有一个意图，突击装上 T 梁，浇上水泥，完成硬化，过后谁想起那些不合格 T 梁，要你找都没地方可找。"靳麻子说："是啊，一旦既成事实，以后不可能把大桥敲开，对里面的 T 梁进行检测。"

三个人你一言，我一语，议论一阵，见李见好一动不动靠在椅背上，双眼微合，不吱一声，问道："李处不是已睡着，跟梦中情人约会去了？"

"谁睡得着？还梦中情人，屁弹琴！"李见好往窗外啐一口，叹气道："这个狗日的史学军，做上德绕公司总经理还不满足，还想往更高处爬，才不顾质量标准，只想着把德江大桥当作政绩工程来搞，好赶快在泉书记他们面前露一手。"

王大进骂句娘，愤慨道："凡政绩工程都是面子工程，马屎皮上光，里面一包糠，质量上不可能有保障。"靳麻子说："不用说，肯定是为赶进度，明知 T 梁里面有不合格产品，重做费钱又耽误时间，只好以次充好，自欺欺人。"

守了三四个小时，远处工地没有停工迹象，几个人意识模糊起来，渐渐睡了过去。

李见好最先醒来，看看表，已是凌晨三点多。大桥工地依然灯火辉煌，机器轰鸣声在夤夜的沉寂里显得格外响亮。李见好发动车子，打着方向，开始掉头。还在沉睡的王大进身子一晃，兀地惊醒，睁大眼睛道："李处你要干吗？"

李见好说："回监理处。"

王大进这才开门下去，上了自己的车，旋即掉转车头，带着两个睡得猪一样的质检师，追上李见好的车子。

第二天晚上，大桥工地仍在施工。

连续好几晚都一样，李见好他们只能远远地猫在车上，没法靠近工地。再这样下去，待大桥硬化完成，就什么都来不及了。

文武斌先打起退堂鼓来，说："算了吧，德江大桥几百片 T 梁，十几片次品夹在中间，估计也出不了大事。"靳麻子也说："反正咱们出具过检测报告，责令他们销毁不合格产品，以后追查责任，也追不到咱们头上来。”

李见好晃着脑袋，说：“怎么没责任？知道T梁有问题，还看着他们装到桥上，不加制止，不是责任？”文武斌说：“咱们制止过，制止不了啊。”李见好说：“制止不了，可以向上报告嘛。”靳麻子说：“报告好说，咱们现在就进城，往高管局和交通厅走。”

“不是说过，还没摸清不合格T梁所处位置吗？”李见好笑笑，举重若轻道，“撇开责任不说，咱们良心上也过不去啊。做监理的，不就是主要监理质量吗？碰到质量问题，不能纠正，一辈子都不会安心的。”

接着李见好又补上一句：“人活世上，不就图个安心？”

两人琢磨着“安心”二字，闭住嘴巴，不再说什么。车上一片安静。周围黑如墨汁，唯夜虫声声凄厉，似要撕破深夜的黑色幕墙。

又一个漫漫长夜。

长夜过去是白天，白天过去又到另一个夜晚。望着远处热火朝天的大桥工地，文武斌很是泄气，说：“真有意思，监理本来是猫，是抓老鼠的，如今得远远躲着老鼠，生怕被老鼠发觉。”靳麻子说：“这有什么奇怪的？老鼠背景深，后台硬，猫还能把它怎么样？”

见李见好一声不响，很沉得住气的样子，靳麻子又说：“今晚只怕咱们又白在这里守候了。”李见好这才说：“再坚持坚持，会有好事的。”文武斌说：“什么好事？莫非秦建成见咱们熬夜辛苦，今晚提前收工不成？”

李见好冒出一句：“等着瞧吧。”

与以往不同，这晚天低云厚，让人压抑得有些喘不过气来。文武斌两位觉得车里太闷，扔下李见好，下车透气。只见王大进正对着路边撒尿，哗哗啦啦的，好久没完。靳麻子就笑他：“王主任裤裆里是不是装了根水管，半天停不下来？”

王大进惬意地打个尿颤，说：“都怪吴秀丽熬的沙鳖鸡汤太好喝，连喝了两碗，这下全成了尿。”靳麻子嬉皮笑脸道：“不是吴秀丽沙鳖鸡汤好喝，是她两个奶子晃得你两眼发花，离不开厨房，拼命喝汤吧？”王大进说：“你还真别说，吴秀丽两个奶子好凶猛，篮球似的。杨天明小子没福气，这么性感的奶子都守不住，不知会好了哪个电打雷劈的。”

靳麻子捅捅王大进，朝身后努努嘴。王大进没能领会，继续叫道：“哪天有机会，把吴秀丽放翻，倒看她两个奶子是不是跟篮球样充了气。”

靳麻子把王大进拉到一旁，指指身后车子，说："你说这话，有人会不高兴的。"

王大进这才反应过来，压低声音说："莫非李处对吴秀丽有意思？"靳麻子悄声说："李处对吴秀丽有没有意思，我搞不清，但吴秀丽对李处有意思，是一点不假的。"

王大进像是想起什么，说："你这么一说，我算明白了，为何只要李处在处里吃饭，吴秀丽就会喜滋滋地做沙鳖鸡汤，咱们也跟着大饱口福。"靳麻子说："沙鳖鸡汤算啥？没李处操心，吴秀丽能成为安平监理公司正式职工，她女儿进得了全省最好的中学吗？"王大进说："倒也是，李处确是个好人。"靳麻子说："李处人自然没得说。"

两人嘀咕得正起劲，文武斌走过来，说："说啥呢，神神叨叨的？"王大进说："没说啥。今晚好闷，这边稍稍有点风，好像要凉快些。"文武斌说："是啊，今晚确实有些闷，莫非会下雨不成？"靳麻子和王大进都说："可能有雨下。"

话没落音，沉闷的天空突然响起数声炸雷，旋即一阵风至，大颗大颗雨滴落下来，打在身上叭叭作响。王大进一边朝自己的车子走去，一边对两人嚷嚷道："跟李处说说，咱们赶紧回吧。雨一大，把施工道冲烂……"

眨眼间，雨猛烈起来，将王大进后面的话吞没掉。

待文武斌和靳麻子奔回车里，身上已湿得差不多了。李见好打响马达，却没启动，只是开了前灯，看着大雨倾盆而下，喜不自胜道："让大雨来得更猛烈些吧！"

文武斌不解，说："李处怎么不走？"靳麻子也说："动作慢了，大雨冲烂施工道，只怕咱们就回不去了。"

李见好拍打着方向盘，说："回去干啥？"

文武斌瞧瞧靳麻子，对李见好说："还想去工地？就是秦建成他们走掉，雨这么大，大桥工地也上不去。"靳麻子附和道："上得了大桥，也不一定找得到那十几片次品 T 梁。"

李见好不理两位，把着方向，加大油门，朝德江大桥工地驶去。

仿佛无底深渊，工地上一片漆黑。大雨早扑灭了明晃晃的灯光，浇熄了轰隆隆的机器，把施工人员赶得无影无踪。

李见好的越野车在工地旁停下来。王大进的车子也渐渐驶近，贴在后面刹住。雨还在下，还是那么猛烈，根本没停的意思。车上人没法下去，只能看着灯影里的雨水子弹样射向地面。地面全是施工留下的沙石，雨弹击在上面，溅起坚锐的水屑。

李见好打开车头录放机，悠扬的旋律响起，竟然是《春江花月夜》。好像许久没听这支曲子了，李见好心头悠了悠，不觉得合上双眼。幽幽古琴声中，曾亦嘉出现在月夜江畔。却只有一个背影，且越来越模糊，越来越虚幻，渐渐淡出李见好的视线。

车外雨天雨地，车里却响着绵绵之音，文武斌觉得太不协调，忍不住说道："还是李处好心情。这雨不知会下到什么时候。若天亮才停，施工队一回来，咱们又没法上大桥工地。"

李见好睁开眼睛，说："还有十分钟，肯定会停。"

十分钟不到，大雨骤歇。李见好关灯熄火，跳下车子。刚才还黑压压的云雾顿时散去，朗月当空，繁星如棋，不远处的浩瀚德江波光鳞鳞。文武斌来到李见好身边，说："李处你不是诸葛亮吧，可呼风唤雨，要风来就来，要雨去就去。"

李见好哈哈一笑，说："我有位朋友在防汛抗旱指挥部办公室工作，下午发短信，说今晚会搞场人工降雨，果然没骗我。"

王大进早下了车，正提着照明灯在周围转起来。转完一圈，回来对李见好说："秦建成他们动作好快，堆放 T 梁的场地空空如也，看来已全部装了上去。"李见好说："共有多少片 T 梁？"王大进说："一百五十片。"李见好说："没五六百片 T 梁，德江大桥拿不下来吧？"王大进说："肯定的。这一百五十片只是第一批 T 梁。"

没制止住这批 T 梁里的不合格产品，下批次 T 梁他们肯定还会搞小动作。李见好无声地点点头，大步流星朝前迈去。其他几个紧紧跟上，一起来到大桥工地上。借着王大进手上的照明灯，只见密密麻麻的钢架丛林里，已整整齐齐铺好数跨 T 梁。也就是说要在这数跨共一百五十片 T 梁里找出十几片次品 T 梁，又谈何容易？

好在当初对 T 梁例行检测时，王大进就在有质量问题的 T 梁上留了印记，这下由他引领，很快将次品 T 梁找了出来。一共十六片，分布在合格 T 梁中间，就是专业人员，仅凭肉眼也难看出这些次品 T 梁与合格品有啥区别。算王大进没白做十多年的路桥施工检测，炼就一双火眼金睛，这批 T 梁刚出梁厂，就发现里面夹着次品，拿着检测器在薄弱处一测，果然厚度和强度都没达到质量标准。

在李见好眼皮下，王大进与两位检验师操作检测器，开始给十六片次品 T 梁进行复检。文武斌和靳麻子也没闲着，用高倍相机一一拍了照片。

复检做完，果然十六片 T 梁都不符合质量要求。王大进望着李见好，说："李处亲眼目睹了检测过程，我王大进没说假吧？”

“明显不合格的 T 梁不给予销毁，也敢安装，这不是公然与俺做监理的叫板吗！”李见好愤然道，掉头要下大桥工地。走了几步，又止住，返身问王大进道：“铺上水泥和沥青后，你还能找到这十几片次品 T 梁吗？”王大进说：“一般找得到。”李见好说：“一般找得到，二般呢？”王大进说：“二般应该也没问题。”

“万一与秦建成对簿公堂，需要现场证据，可大桥已浇上水泥，路面还得铺沥青，会把梁片完全盖住，到时没法找到次品 T 梁，怎么取证？”李见好质疑道。文武斌说：“可以做上记号。”李见好说：“记号做到哪里？”

这还真是个问题。只王大进胸有成竹，说：“我有办法。”

几个人问什么好办法，王大进也不答话，抬步下了大桥。回来时，手上多了只工具箱，打开箱盖，里面什么都有，扳手、钳子、起子、铁锤，样样不缺。还有只微型电瓶和一把不大的电钻。王大进拿过电钻屁股上的插头，插进电瓶，一按电钻按键，电钻突突突响起来。

几位还是不懂王大进要干什么。

“下午见王主任给电瓶充电，谁知晚上就派上了用场。”一位质检师说着，待王大进蹲到刚检测过的一片次品 T 梁前面，赶紧配合着拿过电钻，递上前去。王大进反过手来，接住电钻，按下开关，钻起孔来。

不到半分钟，小孔钻成。接着又用相同方式，给其他十五片次品 T 梁也钻好小孔，而后王大进才起身，拿过工具箱，掏出一把金属粒，每个小孔里放上一粒。两位检验师配合着弄些工地上现成的水泥，上前糊住小孔。

没谁知道小孔里的金属粒是什么玩意儿，问王大进，他笑道：“是特制的电子感应粒，以后桥面水泥和沥青铺得再厚，用专门的电子仪一扫，就能扫到金属粒的位置。”

几位这才完全明白过来。

大功告成，几位走下大桥工地。上车打响马达，李见好忍不住点头道：“王大进这一招真高明，万一以后打起官司来，要复查这些次品 T 梁，找起来就容易得多了。”

文武斌和靳麻子没李见好乐观，不无担忧道：“李处真想跟史学军扛到底？德绕高速就像他家私人财产，他爱怎么就怎么，咱们扛得过他？”

“狗急还要跳墙呢，咱也是被逼出来的，不拿点他的把柄在手，就只能任其宰割。再说咱们是监理师，监理道德总不能完全丢掉，监理良心不能喂狗吧？监理项目又属于终身负责制，德江大桥是咱们做的监理，我不愿意将罪恶感带进棺材，做鬼都不安心。”

李见好说的自然是真话。

两人没说什么，心里却非常认可李见好的话。世上最无法置疑的也最有力量的，其实就是简单的真话。只是这个世界太虚假，假话盛行，真话反倒成为稀缺资源，难得李见好还敢说真话，不由人不肃然起敬。

李见好也不再吱声，只顾专心开车。偶尔瞧瞧窗外，天边月落曦露，沉沉夜色不知何时悄悄隐退，新的一天已然来临。

第二十五章
质量问题，势不让步

王大进很快就草拟出十六片次品 T 梁的专题质检报告，交李见好过目。李见好瞟几眼，还给王大进，叮嘱道："还得写个整改通知，与质检报告一起，送达 11 合同段项目部和秦建成，责成他们把十六片次品 T 梁下下来，重新安装合格 T 梁上去。"

王大进站着没动，说："秦建成会理睬吗？"李见好说："他理不理睬，是他的事。"

照着早有的现成格式，王大进写好整改通知，经李见好审签后，形成正规文件，再附上质检报告，分别送给 11 合同段项目部和秦建成本人。

秦建成火冒三丈，将整改通知和质检报告举过头顶，狠狠往地上一摔，指着王大进鼻子吼道："桥上每一片 T 梁都是合格品，不仅有德绕公司检测中心和 11 合同段项目部检测室检测依据，你们二监理处也搞过检测，现在又送来几页破纸，想把我唬住，没那么容易！"

十多年的监理历练，王大进没少经人事，秦建成几声吼叫，不可能把他吓住，他冷冷道："整改通知已交给你和 11 合同段项目部，我的程序走完，执不执行，你看着办吧。"

秦建成指着门外，气急败坏道："你滚，你给我滚！"

王大进走出秦建成办公室，上车回到监理处，向李见好复命。李见好笑道："是被秦建成轰出来的吧？"王大进也笑笑道："这是预料之中的。"李见好说："整改通知还有多的不？"王大进说："当然有，知道你需要。"李见好说："这就好，多给我几份，我有用处。"

拿着一叠整改通知和质检报告，李见好开着车，去了德绕公司。

走进书记室，史学军正在接电话，一见李见好，立即把电话掐掉，与他打招呼，又喊隔壁办公室的人来倒茶，态度与上次来见时判若两人。还不够，史学军又离开桌子，过来坐到李见好旁边，和颜悦色道："见好有空来走走？"

李见好肚里明白，秦建成肯定已将处里下达整改通知的事告知史学军。史学军只道已跟李见好打过招呼，他会尽量通融，不想这小子竟来这么一手，真是始料未及。可监理质量是监理处的职责，李见好得理不让人，硬要跟你较真，还不能把他怎么样。史学军只有放低身段，跟李见好来软的，企图化解矛盾。

李见好打开包，拿出整改通知和检测报告，递给史学军，说："德江大桥第一批T梁里有十六片明显不合格产品，秦建成没按监理要求销毁重做，还拉出梁厂，装到桥上，咱们只能出具整改通知，责成他们改正。质量是工程的天，安全是工程的地，质量和安全出事，无异于天塌地陷，还请史总支持监理处工作。"

史学军翻翻整改通知和检测报告，说："见好说得对，工程质量开不得半点玩笑。既然你们处里觉得大桥部分T梁有质量毛病，就坚决整改，不能留任何安全后患。"

这家伙还真会表演！李见好心里暗笑，说："史总有这个态度，监理工作就好做了。"

史学军起身走到办公桌旁，把整改通知和检测报告放进抽屉，一边说："我是德绕项目总负责人，我不支持你工作谁支持？通知和报告我留下，你给我点时间，我要亲自到德江大桥施工现场实地考察和详细调查，如果情况属实，我还要以德绕公司名义，下达整改通知，给予11合同段和德江大桥工程施工队重罚。"

这自然是史学军的缓兵之计。

"史总如此重视监理工作，见好感激不尽。"李见好站起来，拍拍手里的包，"这里还有几份整改通知和检测报告，准备呈送高管局和交通厅领导。"

史学军送李见好出门，拍着他肩膀道："先别急着往外捅，业主、监理、项目部和施工队都是一家人，家里的事能在家里处理好，还是不让外人插手为佳，你说是不是？"

李见好当然不急，倒看史学军往下会耍什么花招。史学军又亲切问道："带车和司机没有？没有的话我让司机送你回去。"李见好说："谢谢史总抬爱！我一个小小监理处处长，哪配得起司机？自己给自己当司机。"

史学军哦一声，说："想起了，见好车开得不错，少配个司机，还能节约一笔开支，也蛮好的。二监理处的业务经费拨付到位没？我给财务部打声招呼，要他们及时足额拨付给你们，不能拖拖拉拉。再苦不能苦监理嘛，是不是？”

笑看李见好上了车，史学军背过身，脸色即刻拉了下来。手早伸进口袋，掏出手机，照着没打完的电话回拨过去。刚才的电话就是秦建成打来的，说的正是二监理处下达整改通知的事，还没说完，李见好进门，史学军把电话掐掉了。

电话接通后，秦建成还要解释整改的事，史学军打断他，没好气道：“别啰唆啦，电话里说不清楚，马上到我这里来一趟。”

没多久秦建成赶到。史学军抖着手里的整改通知，怒道：“你一再拍着胸脯向我保证，德江大桥材料质量过得硬，没有任何问题，我才同意你们加快进度施工，还当你面打的李见好电话，要他支持你们。怎么事实不是这么回事？”

秦建成嗫嚅道：“我说的句句是实，要怪就怪我只顾按照您老人家指示，天天守着大桥工地赶进度，忘了给李见好烧香上供，他才故意找咱茬子。”

史学军将整改通知往桌上一甩，用力敲几下，说：“这十六片 T 梁又是怎么回事？”没等秦建成出声，史学军又接着道：“通知上面说得明白，第一批 T 梁还没出梁厂，二监理处就检测出十六片次品，责令销毁重做，你们竟悄悄拉走，装到桩基上。李见好不像你想象的好糊弄，亲自跑到桥上，守着王大进做过复检，证实初检数据无误。这你又如何解释？”

秦建成有些心虚，低下脑袋，小声嘟噜道：“二监理处鸡蛋里挑骨头，硬说那十六片 T 梁为次品，我们不服气，又请 11 合同段项目检测室和德绕公司检测中心重新复检过，两家检测单位都认定为合格产品，咱们才装到桥上去的。”

史学军心想，三家检测单位，两家认定那十六片 T 梁合格，一家认为不合格，到底谁是谁非呢？ 11 合同段项目部检测室不好说，至少德绕公司检测中心的检测能力放得心，无论仪器还是检测水平皆属一流，难道他们检测结果还没二监理处检测室权威？

见史学军沉默不语，秦建成抬头偷偷瞥他一眼，试探道：“可以把张子棋喊来，史总当面问问他，就知道我说的句句是真。”

张子棋原是德绕公司检测中心副主任，史学军任总经理后，挪开原来的主任，将他扶了正。秦建成就认定他俩肯定有瓜葛，背后一打听，果然张子棋是史学军老婆表弟，否则也进不了德绕公司，更不可能取代原来的检测中心主任。秦建成也就把张子棋当菩萨拜，经常给他送钱送物。张子棋自然受用，与秦建成打得火热，检测德江大桥工程和材料时，也就睁一只眼，闭一只眼，不太当回事。

检测中心就在楼下，秦建成见史学军不置可否，掉头出门，没几分钟就把张子棋叫了上来。当着史学军的面，张子棋胸脯拍得嘭嘭响，信誓旦旦道：“德江大桥第一批T梁我亲自带人做过检测，绝对保证没一点问题！”

史学军斜眼看看张子棋，说：“为啥二监理处检测出十六片次品T梁？”张子棋说：“二监理处检测室算什么咯？我也对那十六片T梁重新做过专题检测，数据显示完全合格。别以为那帮小子都是名牌大学毕业，其实没啥真才实学，实际操作能力还有待提高。”

说人家没真才实学，言下之意就是自己才真学实。史学军看不惯张子棋的张狂劲，说：“你说说，你的操作能力能强到哪里去？”

“至少德绕高速公路上，我张子棋的实际操作能力还算过得去吧，更不用说咱们检测中心设备一流，比下面监理处的破检测室要强多少有多少。”张子棋大言不惭道，顺口又滑出一句：“何况德江大桥工程量大，需铺设数百片T梁，偶尔几片稍有瑕疵，夹在中间，也不显眼，对大桥质量更不会有任何影响。”

就是张子棋后面几句话，让史学军察觉出什么，点着他额头道：“你身为检测中心主任，这话是你说的吗？稍有瑕疵到什么程度？是厚度不够，还是强度不行？你给我说清楚点。说不清楚，我拿掉你的检测中心主任。”

张子棋也意识到说漏了嘴，却还要强词夺理：“我说的是实情嘛，德绕高速百多亿的大工程，谁能保证没任何质量瑕疵？”

也只有张子棋倚仗表姐背后撑着，敢跟史学军这么说话。气得史学军看都不想多看张子棋一眼，颤着手往门外扇几扇，说：“你给我滚，马上就滚，滚得远远的，我德绕公司不需要你这样混账检测中心主任。”

张子棋朝秦建成舔舔舌头，弹着步子溜掉。

等火气稍微降点下去，史学军才黑着脸，盯住秦建成眼睛，说：“你跟我说句实话，张子棋是不是在给你打掩护？”秦建成只得承认道：“那十六片T梁确实有点点瑕疵，不过正如张子棋所说，放在德江大桥这么大的工程上，完全可以忽略不计。”

明知史学军不愿听到“张子棋”三个字，秦建成还要拿他说事，自然是用他做挡箭牌。想想也是，秦建成不把监理人员放在眼里，还不就是有张子棋这块挡箭牌握在手上？这块挡箭牌的非同凡响之处，就是后面站着史学军老婆，秦建成量死史学军，即使他想把这块挡箭牌砸掉，也投鼠忌器，不忍下手。

果然史学军无奈地摇摇头，问秦建成："你怎么能拿张子棋的鸡毛当令箭呢？你兜个底，到底给了这家伙多少好处？"

知道史学军不可能把张子棋怎么样，秦建成干脆实话实说："我没给张子棋好处，不过制梁厂厂长没亏待张子棋。"

气得史学军脸色发紫。他拿过桌上烟灰缸，放手上扬了扬，真想敲烂张子棋狗脑袋。可张子棋没在，只能无奈放下烟灰缸，狠狠敲着桌子，命令秦建成："你马上回工地，把那十六片次品 T 梁给我下下来。"

秦建成没反应，垂着双手，木桩样站在原地一动不动。

史学军瞪大眼睛，呵道："怎么还不走？等着我留你吃饭？今天食堂没准备客餐。"秦建成用蚊子才听得到的声音说："下掉十六片次品 T 梁，另外安装，得费不少时间，工程进度怎么办？"史学军说："到了这个地步，还管得了进度不进度？"

秦建成又说："采购价加安装费用，上到桩基上的 T 梁，一片成本至少二十万，十六片 T 梁就是三百多万，我亏不起啊。"

"你知道亏不起是吧？"史学军咬牙切齿道，"知道亏不起，干吗还跟张子棋狼狈为奸，背后做手脚，坏我大事！"

秦建成鼓足勇气，提了提声音："史总也说得太严重了点，如今工程都属超标设计，即便那十六片 T 梁有瑕疵，也是微不足道的瑕疵，对大桥承载能力构不成任何影响。都是李见好他们故意找的碴儿，您别太在意嘛。有空的话，您可以亲自到桥上走走，就是火眼金睛，也看不出哪片 T 梁存在瑕疵。"

史学军鼻子哼哼，说："亏你还是做桥梁工程的，看不出瑕疵，就没有瑕疵吗？"秦建成说："有没有瑕疵，也不能仅凭李见好他们一面之词吧？这些家伙唯恐天下不乱，铁了心与咱们过不去，也得听他们的，德江大桥还做得下去？史总您是路桥专家里的专家，您去现场看看，有没有瑕疵，您说了算，我听您的。"

本来史学军就对李见好有看法，秦建成这么一说，心里也不免想，还真不能李见好说啥就是啥，自己有脚有眼的，先到工地上看看再下结论，也不为迟。

翌日来到德江大桥建设工地，走在铺设得整整齐齐的 T 梁上面，史学军也仿佛觉得，脚下没什么次品 T 梁。一直绷着的脸色，也松弛下来。秦建成看在眼里，心下暗喜，轻声道："这些 T 梁都是用最新工艺制作出来的，安装方法也很先进，史总还算满意吧？”

史学军没说满意不满意，说：“你把德绕公司检测中心和 11 合同段项目部检测室的人都叫过来，我要现场看着他们抽检 T 梁。”秦建成苦着脸道：“他们早检测过的，还有这个必要吗？”史学军说：“别屎少屁多，我要你叫人，你就叫人。”

秦建成诺诺连声道：“行行行，我这就叫人。”

接到秦建成电话，听说史学军在大桥工地上等着，两家检测部门的人不敢怠慢，以最快速度赶过来，搬出仪器，开始检测脚下的 T 梁。

一连检测了二三十片，都是合格产品。

秦建成很是得意，附在史学军耳边说：“这下史总总该放心了吧？”

史学军懒得搭理秦建成，背着手，下了工地。秦建成屁颠屁颠跟过去，讨好道：“现在已经十一点多了，我在附近新开的农庄订了一桌，还请史总赏脸，我喊几个兄弟好好陪陪您。”

史学军停下步子，回头望眼秦建成，说：“谁知你的兄弟是些什么混混？要吃饭也得喊些有档次的人，别掉俺的价。”

只要史学军肯吃饭，喊谁都行。秦建成乐道：“史总您点将，您把有档次的朋友电话告诉我，我给他们打电话，再安排车子接送。”史学军说：“我有他们电话。”秦建成说：“是咱们共同朋友吗？那更好，您说是谁？”

史学军说：“李见好和王大进。”

秦建成觉得很败兴，脚都迈不动了，嘀咕道：“我专门请史总，让这些人掺进来，也太没意思了吧？要请他们，是否放以后再请？”

“你觉得没意思是吧？那就算啦。”史学军瞟眼秦建成，掉过头，迈开大步，朝停在工地旁的小车走去。秦建成不傻，还能不懂史学军请李见好的用意？赶紧甩动双臂，几步追上去，说：“史总说请就请，我这就打他们电话。”

拨通李见好电话，秦建成才喂一声，史学军就把手机要过去，说：“是见好吧？我是老史，史学军，听出来没有？听出来就好。昨天你到公司，饭都没请你吃一口，今天难得有空，邀你出来坐坐，放松放松，觉得怎么样？”

在德绕高速范围内，史学军是老大，其他人皆为部下。老大就是老大，部下就是部下，从来只有部下请老大的，今天老大倒过来请部下，李见好自然明白史学军啥意思。想不答应，又觉得事情发展到这一步，反正绕不开史学军，见个面，探探他的虚实也好。李见好也就笑笑道：“恭敬不如从命，有史总的免费午餐，不吃白不吃。”

史学军打两声哈哈，说：“见好是个干脆人，好好好，我很欣赏。”李见好说：“能得到史总欣赏，见好三生有幸。”史学军说：“见好别客气。人不多，你把大进和武斌他们也带上吧，多几个人，喝酒有兴致。”

李见好答应着，挂掉电话，叫上王大进和文武斌，上车往吃饭地点赶。王大进说：“史学军有味道哩，早不请客，晚不请客，咱们刚下达德江大桥整改通知，他就出面请客，我看他肯定不怀好意。”文武斌说：“这还用说吗？史学军设的正是鸿门宴。”

李见好说：“管他红门宴黑门宴，到了再说。”

赶到说好的农庄，史学军和秦建成已等在包厢里。

秦建成脸上有些不尴不尬，却也只好敷衍，把三人请到桌旁，再转身叫服务员上菜。史学军则无事人似的，握住李见好的手，把他拉到自己身边坐下，同时不忘热情招呼文武斌和王大进也坐。

菜上来，酒倒好，史学军举杯跟三位碰碰，对二监理处为德绕高速公路建设事业做出的不懈努力，表示衷心感谢！秦建成提着酒瓶，离席一个个来敬三位，殷勤得很。桌上气氛也就很欢洽，像多年未见的老朋友聚会，其乐融融的样子。

直到酒酣耳热，史学军才言归正传，说：“昨天见好与我碰过面后，我对你们的整改意见高度重视，就大桥材料和施工情况进行了多方了解，还审查过二监理处及德绕公司几家检测机构的检测报告，综合起来看，德江大桥第一批 T 梁还是合格的。”

说到这里，史学军故意停下来，看看李见好什么反应。李见好只顾低着眉头，眼盯杯中残酒，似笑非笑，啥也没说。

史学军继续道：“光审查检测报告当然不够，我又亲自上了德江大桥工地。工地上正在进行有序作业，铺好的数跨 T 梁整整齐齐，符合规范，令人满意。质量上肉眼肯定看不出来，我当即叫去德绕公司检测中心和 11 合同段项目部检测室的检测人员，亲眼看着他们做过抽检。抽检结果皆为合格产品，没发现一片次品 T 梁。”

王大进受不了史学军的武断，抬抬屁股，要站起来反驳史学军。李见好拉住他，对史学军说：“史总认为都是合格产品，没有次品 T 梁，二监理处没话说，就以您说的作数。”

史学军笑笑，从容道：“我不是检测人员，怎么能以我说的作数呢？我说抽检的都是合格产品，并没排除没抽检到的 T 梁里有不合格产品。到底抽检不是普检，抽检没发现次品，不等于说就没有次品，是不是？”

这小子也是的，既要维护秦建成，又怕承担责任，才老兜圈子，打太极。李见好说：“史总不肯作数，只好听二监理处的，麻烦秦老板按照整改通知意见，把那十六片次品 T 梁下下来，重新安装合格 T 梁上去。”

这是秦建成最不情愿的，他沉不住气了，张嘴想说什么。史学军伸过桌下的腿，踢他一脚，同时打着哈哈道：“德江大桥乃百年大工程，质量方面来不得半点含糊，有次品 T 梁坚决得换掉，这是原则和底线。可惜上午检测人员检测到的都是合格 T 梁，不知该用什么方法，才找得到那十六片次品 T 梁？”

史学军话里意思好懂，一百多片 T 梁都是相同模子倒出来的，放在一起看不出任何区别，想发现夹在里面的十六片次品 T 梁，恐怕没那么容易。

显然史学军是在试探李见好他们的深浅。

李见好望眼王大进，王大进会意，说：“十六片次品 T 梁是普检时我亲自检测出来的，印象太深，搁到哪里都逃不过我的眼睛。”文武斌也说：“质检师干的就是这一行，见得多了，成为习惯，这点辨别能力还是具备的，不然怎么吃质检饭？”

“有这么神吗？”秦建成半信半疑道，“T 梁刚铺上去，也许你们找得到所谓的次品 T 梁，以后桥面工程做完，难道你们还发现得了吗？”

王大进还想说什么，李见好怕暴露底牌，用肘子碰碰他，对史学军说：“史总信得过德绕公司检测中心和 11 合同段项目部检测室的检测能力，二监理处没意见，这几天就当作免费学习，多少增长些见识。只是咱们的监理费，史总还得按合同拨付咯。”

听出李见好话里有话，史学军笑笑，说：“监理费的事好办。见好也认为质量方面没问题，我就放心了，建成他们也好轻装上阵，尽快把下面的工程做完。”

李见好笑而不语，不置可否。

喝完酒，送走李见好他们，史学军也要上车，秦建成跟过去，小声问道：“下步怎么办好？”史学军没好气道：“酒也出面给你陪过了，还要我怎么办？”

像是饭噎在喉咙里，秦建成用力咽口唾沫，说：“我就不相信这些家伙真能找到那十六片 T 梁。”史学军说：“找得到有什么奇怪？世上无难事，只怕有心人。”秦建成说：“没别的办法，咱只好赶紧施工，早些把桥面工程做完，看他们还怎么找。”史学军说：“人家整改通知都下达了，你还想扛到底？单独见见李见好吧，看他肯不肯通融。”

怎么去见李见好呢？史学军没明说，秦建成琢磨着，恐怕还得拿钱开路。能拿下德江大桥这么大工程的老板，不可能不耍点花招，使点手段，工程自己乖乖跑到面前来。花招也好，手段也罢，说来说去，其实都离不开一个钱字。看如今大千世界，已经啥都容不下，全被一样东西塞得满满的，这就是钱。像秦建成这样的角色，天生就是为钱来到这个世上的，一辈子就围着钱打转，不在赚钱，就在去赚钱的路上。

钱是一切，一切是钱，在秦建成经验里，也就从没碰到过与钱过不去的主子。也是的，真与钱过不去，恐怕李见好也不会抛下城里舒舒服服的清闲生活，跑到德绕高速上来做啥鸟监理，起得比鸡早，睡得比猫少，跑得比狗快，干得比牛累，晴一身灰，雨一身泥，没日没夜地在工地上颠，把自己不当人整。

能用钱解决的问题都不是问题。秦建成胜券在握，心情大好。是啊，只要李见好不与钱过不去，一切就变得很简单。事不宜迟，改日秦建成将车开进二监理处，从车上提只蛇皮袋下来，直接敲开李见好的屋子。

望着秦建成将蛇皮袋搁到门后，李见好明知故问道：“秦老板这是干啥？”

别装蒜了，你揪住那十六片 T 梁不放，不就等着咱提点什么上门吗？咱满足你要求，看你还有啥好说的？秦建成这么想着，过来一屁股坐到沙发上，笑嘻嘻道：“来者就是客，李处总不能这么小气，连杯水都不舍得给吧？”

李见好拿只一次性纸杯，倒上水，递到秦建成手上，李见好指指门后，说：“走的时候还麻烦秦老板把袋子给提走。”

秦建成喝口水，将杯子放到茶几上，说：“又不是什么金贵东西，李处何必在意？几个民工探亲回来，没啥好送我的，提了些土特产，我又吃不了那么多，路过二监理处，顺便给李处也提一袋上来，算是我的一点小心意。”

送土特产就想把次品 T 梁的事摆平，估计秦建成没这么幼稚。李见好冷着脸道：“不管是土特产，还是洋特产，你怎么提进来，就怎么提出去。”

不信李见好嘴里所说，真是心里所想，可他一脸的冰霜，又让秦建成暗自犯怵。这小子一边起身，一边打着拱手道：“李处忙，建成打扰啦。”

“请你把袋子提走。”李见好嗓门不高，声音却不容置疑。秦建成大步朝门口走去，嘴里说道：“少陪少陪，李处再见！”李见好不拦不阻道：“你不提走袋子也行，我让人送给史学军。”秦建成说：“不用李处操心，史总那里也少不了。”

这倒是句大实话。李见好说：“不送史学军，就送高管局和交通厅监察部门。

另外省纪检就在省委大院里，找起来也方便。”

莫非李见好就这么做得出来？秦建成泥住步子，慢慢转过身来，笑对李见好道：“李处不怕麻烦，随您便吧，反正一袋土特产，人家也不可能当回事。”

难道蛇皮袋里真是土特产不成？听着秦建成的脚步声小下去，李见好走到门后，嗞的一声拉开袋口拉链。自然不可能是土特产。是一扎扎簇新的人民币。李见好眼前一花，有股奇妙的热流，过电样从身上闪过。看来世上最能打动人的，还是明晃晃的票子。

对着票子发一会儿痴，李见好重新把拉链拉上，回到办公桌前。

爱钱是人的本能，李见好一时没法忽视一大袋票子的存在。也许被钱打动没有错，被钱打倒则太不应该。要说钱也没法打倒人，能把人打倒的无非一个“贪”字。传说贪是天界丑恶怪诞的神兽，生性饕餮。贪兽没别的爱好，就善吞金咽银，能吃下任何财宝，身边堆满各种各样的珍奇异宝，连“八仙”的宝贝也归它所有。可这厮依然不能满足，还老想着吃掉世上所有东西，包括滚烫的大太阳。

人类这么贪婪，是否都是这只神兽的后代，才继承了它饕餮无厌的天性，连太阳都不愿放过，企图吞进肚里而后快？这贪兽实在太可怕了，或者说贪婪的人太可怕了。李见好定定神，拿过桌上电话，拨通文武斌，要他叫上王大进还有靳麻子，一起到楼上来一下。

三人很快赶到，李见好指指门角，说：“你们可能也已看到，秦建成刚刚来过，留下这只蛇皮袋，就掉头走了。”

三人你看看我，我看看你，不知说什么好。不用猜，他们也明白蛇皮袋里是啥玩意儿。秦建成与李见好无亲无故，绝不可能提着蛇皮袋上门走亲访友。

见三位无动于衷，李见好不满道：“愣着干什么？又不是要你们来演哑剧的。”

还是没谁有反应。李见好吼道：“打开瞧瞧呀，到底是啥好东西。”文武斌这才玩笑道：“人家是送给李处的，咱们不好胡乱动手吧。”靳麻子也说：“这么大的蛇皮袋，不该是些红薯呀南瓜呀之类吃的吧，看上去起码好几十斤，秦建成力气不小，扛着就上了楼。”最后还是王大进走到门后，提过蛇皮袋，一把扔到屋子中间，然后慢慢矮下身子，哗啦一下拉开拉链。

虽说一切都在预料之中，可一大袋亮花花的人民币猛然呈现在眼前时，三个人还是有些惊讶，张大嘴巴，怎么也合不拢。

半天文武斌才回过头，看着李见好说：“见者有份，李处把咱们叫来，是不是想一起把钱分掉？”靳麻子说：“这么多钱分下来，咱还做什么狗屁监理？马上回乡下购几亩土地，修栋像样别墅，做几年土豪，好不潇洒。”

王大进也忍不住说道：“做土豪有啥意思？人生苦短，还不如找个漂亮小三，周游列国，过过神仙日子，也不枉到这世上来走这么一遭。”

气得李见好大骂道：“真不中用，一袋子钱就把你们搞得神魂颠倒的。能不能给我争口气，显得稍微出息点！”文武斌说：“咱们当然没李处出息。咱们都是凡夫俗子，跟着你来德绕高速做事，不就是奔着钱来的吗？现在大钱在前，还能不心动神摇？”

“心动不如行动，现在你们就分钱吧。”李见好青着脸说。王大进笑笑说：“李处是咱们头儿，钱怎么分，你立个规矩，咱们听你的。”靳麻子说：“规矩好立，谁职务高，资历深，贡献大，谁多分，反之少分。”文武斌说：“这规矩好，政府官员享受待遇时就这规矩。”

说几句废话，几位才敛住笑脸，盯住李见好，问他怎么处理这袋子钱。没等李见好开口，文武斌说：“给秦建成还回去吧，他肯定躲得不知去向。交给史学军，也很难近他的身。唯一的办法就是进趟城，上交高管局或交通厅纪检监察部门。”

靳麻子认为，上交高管局和交通厅简单是简单，也不是好办法。这样一来，将秦建成和史学军彻底得罪，也等于砸掉自己饭碗。王大进说：“钱交上去，把秦建成和史学军扳倒，咱们饭碗不是更牢靠吗？”文武斌说：“钱是秦建成送的，至少看上去与史学军无关，扳倒史学军不可能。”靳麻子说：“工程老板送钱不是什么稀奇事，有关方面不可能把秦建成怎么样，最多叫去问问情况，没几天又会放出来，继续赚他的大钱。”

商量来商量去，最后还得李见好自己拿主意：“这样吧，咱们先不往交通厅和高管局送蛇皮袋，事情闹得太大也不好。先把整改通知和检测报告递上去，厅局领导找过史学军后，史学军肯定还会主动找我，到时再相机行事。”

事到如今，三人也觉得只好这么办。

第二天一大早，李见好就带着文武斌和王大进，驱车前往省交通厅和高管局，将大桥整改通知和那十六片 T 梁的专题质检报告分别呈送给厅局领导及有关处室。

质量面前，谁都不敢随便敷衍，更不愿担负责任，厅局领导立即召见史学军，拿出整改通知和专题报告，问是怎么回事。史学军这才意识到秦建成那一蛇皮袋票子没有见效，恨得牙痒痒，只得努力挤出笑脸，向领导保证，回去立即展开调查，再根据实际情况给予处理。

回德绕公司路上，史学军就打通李见好电话，约好书记室见。

这完全在预料之中，李见好将蛇皮袋扔到车上，钻进驾驶室，发动车子。文武斌和王大进走过来，问要不要陪着一起去。李见好说："又不是去打架，你们跟去干什么？"文武斌说："史学军不会搞流氓动作吧？"李见好说："搞什么流氓动作？把我的卵扯长打个结？"

两人笑笑，让到一旁，看着李见好的车子开出监理处，往德绕公司方向驶去。王大进担心说："李处此去不会有事吧？"文武斌说："难说啊，史学军也许不敢胡来，可秦建成做过十多年工程，红道白道黑道通吃，谁知他会干出什么来？"

李见好却顾不得这么多，史学军回德绕公司没多久，他就赶了过去，从车上提过蛇皮袋，大摇大摆走进书记室。

一见李见好，史学军恨不得扑上去，把他撕成碎片，一口口吞进肚里。脸上却不得不装出轻松的笑容，一语双关道："你动作好快啊。"

"史总召见，见好敢不快点？"李见好说着，也学秦建成样，把蛇皮袋搁到门后，然后过来坐到史学军对面的椅子上，笑吟吟道："秦老板送的土特产，我吃不了，只有借花献佛，转赠史总，还请您老人家笑纳哦。"

史学军不置可否，无头无尾冒出一句："李处不简单，力度很大嘛。"李见好故意装傻道："什么力度大？还请史总点拨。"史学军冷冷道："你做的好事，还用得着我点拨？"李见好说："咱搞监理的，做的都是恶事，哪有好事轮到咱做？不过恶事也是德绕公司安排的工作，如果咱们只做好事，不做恶事，德绕高速公路质量得不到保障，史总也不干，是不？"

史学军懒得跟李见好饶舌，开门见山道："算你狠，把整改通知直接捅到了厅局领导那里。你说吧，怎么个整改法？"

李见好也不含糊，直言道："还是那句话，把那十六片次品 T 梁下下来，换上合格 T 梁。"

史学军望定李见好，说："这是唯一的办法吗？"

李见好掷地有声道："是的，是唯一办法！"史学军说："却没有其他更好的办法？"李见好说："更好的办法在哪里，暂时我还没想出来。"史学军说："如果秦建成不肯合作呢？"李见好说："秦老板不合作是他的事，监理处只能坚持自己的意见。我们也是对德绕公司负责，对史总您负责，不想白拿监理费，发现质量问题，装聋作哑，不声不响。”

史学军实在见不得李见好这副不依不饶的样子，却又无奈其何，只得忍气吞声，不无讥讽道：“真理总在你这边。”

李见好缓缓语气，说：“见好是俗人一个，哪懂什么真理？只懂质量标准。”史学军说：“你的质量标准却百分之百准确？”李见好说：“如果史总信不过我的质量标准，可请第三方出面，对那十六片T梁重新检测，以第三方检测结果为准。”

这个方案史学军不是没考虑过，过去工地出现质量问题，业主与施工方没法达成一致意见，也请过专门的质量监测机构。史学军说：“你也不是不知道，请第三方出面，得有一笔不小的经费。”李见好说：“这是行规，没钱谁干活？还有一个行规，第三方检测结果，如果有质量问题，经费由施工方出，没质量问题咱监理处出。”

事情都闹到了厅局领导那里，不可能没有个交代，史学军只得说：“行吧，我把情况拿到公司班子会上通报一下，再请质监机构。”

第二十六章
迷雾里的第六感

质监机构好请，可人家进驻德绕高速公路，正准备动手检测时，忽又打起退堂鼓来，夹着尾巴，逃之夭夭。

不用问，也知道是秦建成搞的鬼。到底德江大桥不是一般工程，质量问题开不得玩笑，耍不得花招，只能动真格的。这又是秦建成不甘愿看到的，难免会打歪主意，暗中收买质监人员，企图以假乱真，蒙混过关。其他事情好作假，德江大桥明摆在那里，看得见，摸得着，检测数据是真是假，另外请人一复检，便一目了然，谁敢冒这个风险？质监人员不想淌这蹚浑水，惹不起，总躲得起，干脆扔下到手业务，乖乖走人。

一连请过四家质监机构，都半途退出，无果而终。

这正中秦建成下怀。他以为没人敢接这活，事情就会不了了之。不想李见好他们不是傻子，了解到事情经过后，直接汇报到厅局领导那里。厅局领导找史学军一过问，史学军很恼火，一个电话将秦建成叫去，狠狠教训了他一顿。

秦建成这才收敛了点，待第五家质监机构进驻德江大桥工地，不再干扰人家。质监人员于是在王大进指点下，顺利找到那十六片次品 T 梁，一一检测过，果然如二监理处出具的数据一样，没达到质量标准。

拿到质监机构的质检报告，秦建成气急败坏，却也无可奈何，只好将那十六片 T 梁卸下来，换上合格 T 梁。这一上一下，加上十六片 T 梁的价格，算下来共损失 300 多万。恨得秦建成牙齿咬得咯咯作响，跑到史学军面前，哭丧着道：“李见好害得我好惨啊！咱太不心甘了，史总您得给我出出这口恶气。”

史学军没好气道：“你活该！谁叫你跟张子棋这种混混狼狈为奸？”

张子棋是你史学军老婆表弟，不跟他狼狈为奸，还跟谁狼狈为奸！秦建成肚里抱怨道，不好明说张子棋什么，继续咒李见好："姓李的这么可恶，叫几个兄弟废了他！"

史学军瞪眼秦建成，斥责道："你可别乱来啊！李见好代表德绕公司监理德江大桥，发现质量问题，责成你们整改，是他们的工作职责，你有什么屁可放！你管好你的施工队，按质量和进度做好工程，再也别给我添乱。"

史学军不发话，秦建成自然不便把李见好怎么样，事情好像就这么过去了。

见秦建成还有史学军那里没啥动静，文武斌几个有些想不通，对李见好说："莫非邪不压正，他们甘愿认输？"李见好说："人家认不认输，是人家的事，咱们尽职尽责，没辱没'监理师'三个字，问心无愧，心安理得，才是最重要的。"

话虽这么说，李见好心里还是隐隐担忧，史学军恐怕不会善罢甘休，这么轻易放过自己。接下来的日子里，也就处处小心，事事谨慎，生怕一不留神，被人踩着尾巴。除非下工地，哪里都不去，死守监理处，认真管好手下监理师，工作上尽量少出差错，以免授人以柄。

李见好门出得少，可乐坏了吴秀丽，她变着法子改善伙食，好让李见好吃得满意些。其他人也跟着沾光，巴不得李见好天天待在处里，一见楼前停着他的车子，就知有口福享，开餐时间没到，纷纷往食堂跑，生怕去迟了，少了自己那一份。

才到食堂门口，一股浓浓香味就扑鼻而来。众人穿过食堂，来到厨房门口，只见吴秀丽正在忙碌，灶台上坐着一只铁锅，香味就是从锅盖里潽出来的。厨房里有罐装液化气，烧完去气站拖就是，可吴秀丽还是请人砌了烧柴的土灶，购得山珍野味，放进铁锅，坐到灶上蒸煮。她说液化气做普通饭菜没问题，重口味食材还是少不了柴火灶。

这天吴秀丽去镇上采购时，碰着有人卖山竹鼠，想起李见好在家，赶紧买几只回来，现杀现剥，佐以生姜大蒜，八角桂皮，搁到灶上，烧了栗柴火烹煮。配料齐全，火候足够，自然有色有香有味，吃得大家连连叫好。吴秀丽很有成就感，跑出厨房，要大家多提意见。靳麻子说："我提一个意见，哪天李处没在家时，吴师傅也得做好吃的。"

大家就笑，说靳麻子意见提得对。吴秀丽脸上一红，望眼李见好，见他充耳不闻的样子，只顾吃饭，走过去说："李处长觉得怎么样？"李见好说："蛮不错，你看这些好吃鬼，一个个吃得红光满面的，只差没将煮竹鼠的铁锅掰下来塞嘴里了。"

吴秀丽才不关心李见好说的好吃鬼呢，又压低声音说："我是问您觉得好不好吃。"李见好说："当然好吃，你垒得山样的满碗竹鼠肉，不是让我消灭得差不多了吗？"

吴秀丽开心地笑笑，从兜里掏出一张纸，摊到李见好面前，说："李处长您看看。"

还以为吴秀丽打了什么报告要自己签字，一瞧是杨灿烂的成绩单，每科都九十五分以上，数学还得了满分。李见好发自内心地高兴，点着头说："灿烂真争气，成绩这么好，咱做叔叔的也为她感到骄傲。"吴秀丽得意地说："灿烂告诉我，这个成绩已进入年级前十五，她打算再发点狠，期末争取进前十名。"

杨灿烂如此优秀，杨天明也能瞑目了，李见好颇感安慰，也算对得起这个好哥们好同事了，不禁站起来，扬扬手里的成绩单，大声道："告诉大家一个好消息，杨灿烂学习成绩又有进步，已进入年级前十五名，大家为她鼓掌吧！"

啪啪啪的掌声响过，大家聚到李见好身边，抢过杨灿烂成绩单，要看个仔细。一边看，一边啧啧称赞，说吴秀丽了不起，单身婆一个，女儿还教育得这么好。

听着众人的赞美声，吴秀丽非常高兴，也觉得很有面子，脸上肌肉笑得一颤一颤的。可笑着笑着，眼泪就下来了，背转身，悄悄进了厨房。丈夫死后，这个脆弱的家庭没跟着垮掉，自己和女儿还能有今天，不全是叨的李见好的光吗？吴秀丽觉得欠他的太多，他的大恩大德，只怕今生今世都报答不了了。

想着李见好的好处，一向挨着枕头就能睡死过去的吴秀丽，这天夜里翻来覆去，怎么也睡不踏实。睡不着也躺在床上，吴秀丽觉得实在难受，干脆坐起来，看能找点什么做做。她总觉得有什么该做的事没做似的。

在床前呆坐一会儿，见屋外有亮光晃动，吴秀丽起身来到窗前。原来楼上的处长室还亮着灯。吴秀丽这才想起，冰柜里还有小半碗竹鼠肉，是专门给李见好留着做夜宵的。李见好有熬夜习惯，吴秀丽常给他送宵夜，李见好嘴上说不需要，可每次都吃得精光。

吴秀丽跑进厨房，做碗竹鼠面，趁热送往处长室。李见好不乐道："说过几次，要你别给我搞特殊化，你不听，处里人会有想法的。"吴秀丽说："处里谁有您这么辛苦？给您做个宵夜，他们能有什么想法呢？"

李见好自然不便明说什么想法。吴秀丽又说："快吃吧，专门给您留的竹鼠肉。过去乡下人逮到什么山货，自己舍不得吃，会拿出来卖钱，现在人家来钱路子广，好吃的东西轻易不会出手，想买到竹鼠这样的好野味还真不容易。”

不便辜负吴秀丽一片美意，李见好只得放下工作，端过竹鼠面吃起来。其实他也有些饿了，吴秀丽进门前，有意无意支起耳朵，听听外面动静，盼望有人来送些吃的。

看李见好大口吃自己做的东西，是吴秀丽最享受的时候，好像享受美味的是自己，不是李见好。开始李见好只顾吃面，吃了大半，抬抬头，见吴秀丽还站在地上，说：“你回去休息吧，明天早上我自己把碗带到厨房去。”

吴秀丽没动，说：“我不是等碗。”李见好说：“你等什么？”吴秀丽说：“灿烂的成绩单。”

李见好才想起灿烂成绩单还在自己这里。吴秀丽又说：“灿烂知道我把考试成绩告诉您，会骂死我的。”李见好奇怪道：“灿烂考得这么好，是很荣耀的事，还不愿让人知道？”吴秀丽说：“她说过，要等进入年级前十名，才向您报喜。今天本来我也不想让你知道，看到您在食堂吃饭，一时高兴，忍不住就把成绩单掏了出来。”

“灿烂真是个好孩子。”李见好扒口面，放下筷子，在身上搜索起来。却没见成绩单，才想起穿着便装，是吃完饭回屋后换下的。

李见好起身去了卧室。

拿过衣架上的外套，翻出成绩单，正待转身，一双手从后面抄过来，一把将李见好箍住。箍得死死的，掰都掰不开。鼓胀的胸脯顶在李见好后背上，传递着澎湃的柔韧和温热。李见好说：“秀丽你放开，这样不好。”

吴秀丽没有松手的意思，还得寸进尺，把下巴搭到李见好肩上。

“杨天明是我的好兄弟，我不能对不起他。”李见好望望窗外山影，想说服吴秀丽，“杨天明为我为处里的工作命都丢了，我为他的老婆孩子做点事，完全是应该的。”

吴秀丽还是不吱声，只顾贴紧李见好。李见好又说：“你凭自己勤劳的双手拿工资，饭菜做得又卫生又好吃，处里人包括我本人都敬你三分，你根本没欠我，也没欠其他任何人。何况监理处几十号人要吃饭，你不做饭，也得请别人是不？你是咱们的正式职工，跟大家平起平坐，不比任何人低一等，矮一头。”

没得到吴秀丽的回应，李见好只好继续说道：“秀丽你还年轻，灿烂也乖巧听话，你下半辈子会很幸福的。也可考虑找个合适的男人，重新组建一个家。你这么善良能干，哪个男人娶了你，是他天大的福气，我都会眼红的。”

本来李见好想开句玩笑，缓解一下尴尬气氛，不想不小心触痛吴秀丽，她哇的一声哭起来。声音还不小，把李见好足足吓了一跳。

正好吴秀丽双手松了松，李见好用力一掰，趁机从她怀里挣脱出来。回过头去，只见眼前两团白色，一荡一荡的，像两只滚动的大雪球，晃得李见好有些睁不开眼睛。原来吴秀丽是敞着胸脯走进卧室，把李见好搂在怀里的。

李见好愣愣地立地那里，脑袋一片空白。随着吴秀丽胸前两只雪球的晃动，李见好禁不住热血沸腾，已经有些无法自持。吴秀丽收住哭声，低头看看自己的胸脯，下意识扯过衣襟，想把自己遮掩起来。还没完全掩住，李见好迈前一步，蹲下身去，双手托起两只雪球，伸过嘴唇，在上面忘我地吻起来。

吴秀丽忘情地狂叫一声，又长长地舒口气，瘫进李见好臂弯里。手上却没闲着，忙乱地解着李见好的衣服。解得差不多，又腾出一只手，开始搓揉李见好的身体。从后腰往上，经过背部，一路搓到肩膀上，最后捧住李见好两腮，同时伸过双唇，死死堵住他的嘴巴。堵得又凶又狠，李见好气都喘不过来，差点没憋死过去。

好不容易等到吴秀丽松开嘴唇，李见好才长长地出了一口气。一股难闻的腥味钻入李见好的鼻孔，让他感觉有些不舒服。不止不舒服，简直有些难受。

腥味来自吴秀丽捧着李见好的双手。明显是竹鼠肉的腥味。不用说做完竹鼠肉后，吴秀丽没把手洗干净，此刻腥味还残存未去。也是怪，做熟的竹鼠肉那么好吃，留在吴秀丽手上的腥味却让人不堪忍受。

难闻的腥味迫使李见好身上的热血冷却下来，他轻轻推开前面的雪球和壮实的肉身，捞起地上的衣服，背过身去，边穿边说道:“你还是走吧，我还有事情没做完。”

吴秀丽不知哪里出了错，本来李见好的激情已被自己点燃，怎么突然变得冷若冰霜？她不甘心，又张开双臂，抖动胸前的雪球，疯扑过来。李见好已有准备，没等她近身，就赶紧闪开，指着门外，说：“你还是走吧。”

吴秀丽满心委屈，掩面而去。

踉踉跄跄下得楼来，正好有部车子开进院里，亮着明晃晃的车灯。是郁碧柳的帕萨特。昨天她向李见好告假，下乡陪爷爷过生日，今天下午赶回德都，去侯忠民家看外孙，谁知外孙生病住了院。跑到医院，陪了外孙几个小时，好晚郁碧柳才离开德都，赶回监理处已是夜深人静。却见一个身影突然从车前恍过，郁碧柳吓一跳，睁大眼睛细瞧，才发现是吴秀丽，高一脚矮一脚进了厨房旁边的小屋子。

郁碧柳觉得吴秀丽有些不对劲，也不知出了什么事。处里大都是男人，女人不多，除财务室两个二十出头的小女孩，剩下就是郁碧柳和吴秀丽，吴秀丽真有个啥，你郁碧柳不理她，还有谁理她？泊好车后，郁碧柳赶紧朝吴秀丽屋子走过去。

屋门掩着，郁碧柳轻轻一推，就无声地开了。屋里没亮灯，借着屋外路灯光亮，隐约可见吴秀丽趴在床前，像在哭泣，肩膀一耸一耸的。郁碧柳几步上前，在吴秀丽肩上拍拍，说："秀丽姐你怎么啦？是不是有人欺侮你？"

吴秀丽点点头，又摇摇头。郁碧柳说："告诉我是谁，我替你好好教训他！"吴秀丽哭着道："除李见好，你说还有谁？"

李见好？莫非李见好会做这种事？郁碧柳不相信自己的耳朵，半信半疑道："你没骗我吧？"吴秀丽说："真是李见好。"

吴秀丽这样的可怜人都不放过，这李见好还有没有人性？他假惺惺帮助吴秀丽母女俩，背后竟然还有这个不可告人的目的。原来李见好表面上温文尔雅，文质彬彬，看来全是假象，是用来遮人耳目的。只怪自己瞎了眼，把这个衣冠禽兽当偶像崇拜，钟情他，疼爱他，时时刻刻念想着他，心甘情愿把自己最美好的东西主动献给他。

这个伪君子，这个真小人，这个人面兽心的畜牲！郁碧柳暗暗骂着，实在想不通，自己全心爱着的人是这个德性。一时气得脑袋发昏，霍地站起身，在屋里翻找起来。

吴秀丽不知郁碧柳找什么，停下哭泣，怯怯道："你要干啥？"郁碧柳说："你屋里有没有刀什么的？我这就上楼去，把李见好下面那坨东西割掉。"

吴秀丽擤擤鼻子，破涕为笑道："你干吗要去割他下面那坨东西？"郁碧柳恶狠狠道："都是那坨东西惹的祸。"吴秀丽说："你误会啦。"郁碧柳不解道："我误会什么啦？问谁欺侮你，你不说是李见好吗？"吴秀丽扭着身说："他又没把我怎么样。"

郁碧柳糊涂起来，坐到吴秀丽旁边，说："秀丽姐你说清楚点，到底怎么回事？"

吴秀丽欲言又止的样子。急得郁碧柳直跺脚，说："你说话呀你！"吴秀丽这才难为情道："李处长看不上我。"郁碧柳说："他看不上你？"吴秀丽说："他嫌我是粗人，心里从来没有我。"郁碧柳说："他心里没有你，干吗还欺侮你？"

"李处长没欺侮我。"吴秀丽失落道，"我还巴不得他欺侮呢，可他就是不肯欺侮我。他是我和灿烂的大恩人，不是关键时刻他拉我母女俩一把，我们早上街当了叫花子。可我一个女人家，没别的能耐，只能用女人的办法报答他。可他看不上我，就是不接受我。"

郁碧柳总算明白过来，该发生的事原来并没发生。也是吴秀丽语焉不详，把郁碧柳气得发疯，只差没拿刀上楼找李见好兴师问罪。若把他那坨肉割掉，以后他还怎么做男人？看来李见好不是伪君子，不是真小人，也不是衣冠禽兽。郁碧柳心情大好，说话声音也变得亮丽爽朗："秀丽姐，我跟你说，李见好是个有情有义之人，看在杨天明的分上，为你安排工作，给灿烂找读书学校，也是应该的，你千万别往心里去哦。"吴秀丽说："我是不想往心里去，可我过意不去，我不想欠他太多。"

郁碧柳一副当家做主的样子，说："我说你没欠他，你就没欠他，这话我说了算。"

从吴秀丽那里出来，郁碧柳弹着步子，去了李见好房里。李见好半躺在床上看书，见郁碧柳开门进来，说："你请了三天假，怎么这会儿就赶了回来？"

郁碧柳偎到李见好胸前，说："回来看戏。"

李见好眼睛盯着手里的书，随口道："看什么戏？"郁碧柳说："看《人鬼情未了》。"李见好说："《人鬼情未了》？"郁碧柳说："通俗点说，就是一个女人和一个色鬼的故事。"

李见好听出郁碧柳话里的意思，说："你去过吴秀丽屋里？"郁碧柳说："不仅去过吴秀丽屋里，还从她那里套出你俩的奸情。"李见好笑说："我与她有何奸情？你捉双捉到的？"郁碧柳说："不用捉双，从她身上提出残留物，做个DNA鉴定，便真相大白。"

逗得李见好忍俊不禁，说："看多了侦破片吧？"

郁碧柳不笑，点着李见好鼻子说："好你个李见好，我离开监理处没两天，你就变得不规不矩起来。老实交代，你到底把吴秀丽怎么啦？"

李见好拿开郁碧柳的手，说："你不是已套出我和吴秀丽的奸情，还问我干啥？"郁碧柳说："我套出和你自己主动交代，性质完全两样。我这是给你难得的机会，坦白从宽，牢底坐穿；抗拒从严，回家过年。"

李见好哈哈笑道："你是要我牢底坐穿呢，还是要我回家过年？"郁碧柳说："你还是牢底坐穿吧，我给你送饭。"李见好说："如今监狱实行人性化管理，条件好得很，据说只要有钱，小姐都可给你安排，哪还犯得着你送饭？"

"怪不得你喜欢牢底坐穿，原来是想享受里面的人性化服务。"郁碧柳乐道，"别转移我的注意力，你还没回答到底把吴秀丽怎么啦。"李见好说："我回答算得数？你可以检查嘛。"郁碧柳说："我又不是检测室的，没带仪器，怎么检查？"

“仪器不就在你身上吗？你马上检查，看掉没掉货。”李见好说着，把郁碧柳放倒在床上，几下扒光她衣服，跃到上面，“怎么样，货在不在？”

郁碧柳微合双眼，扭动身子，嘴里梦幻般唤道：“还在还在，你是我的，永远是我的！”

暴风骤雨过后，郁碧柳偎紧李见好，伸出拇指和中指，在他额头上一下一下弹着，说：“你真行啊你，吴秀丽走没几分钟，现在又雄风大振。”

李见好说：“振你个头！我还没这能耐。”郁碧柳说：“三十如狼，四十如虎，你正是虎狼年龄，这个能耐算什么？”李见好说：“我是虎狼，你就是母老虎，母老狼。”郁碧柳说：“你的母老虎母老狼姓池，不姓郁。”

调笑几句，郁碧柳疑惑道：“你为啥拒绝吴秀丽？”李见好说：“为啥不能拒绝吴秀丽？”郁碧柳说：“吴秀丽可是铆足劲要献身于你，你不觉得于心不忍，对不起她吗？”李见好说：“我也不想对不起她。可我若对得起她，就会对不起另一个人，不是这个人，我也许真跟吴秀丽上了床。”郁碧柳说：“这个人是谁？”

李见好咬着郁碧柳耳垂，用嗓子说道：“郁碧柳。”

这话郁碧柳爱听，却还是说：“哄我开心是吧？你们男人都一个德性，就嫌女人少，韩信将兵，多多益善。”李见好说：“我不是韩信，也不将兵，只将你一个。”

说着话，李见好打两个哈欠，昏昏欲睡起来。郁碧柳却还在兴头上，缠着他脖子，没话找话道：“下午去医院看外甥，与表哥论起德江大桥的事，他说恐怕也只有你李见好狗胆包天，敢太岁头上动土，不顾史学军面子，逼着他的马仔秦建成把十六片 T 梁换掉，让他们一下损失三百多万。”

李见好依然微合着眼皮，没吱声。郁碧柳又说：“那十六片 T 梁确实属于次品，应该换掉。可不换也不见得会出什么大事，若碰上其他人，肯定睁一只眼，闭一只眼，事情过去也就过去了，不会像你这么做得出来。”

李见好睁大半合的眼睛，说：“怎么叫‘做得出来’？我完全是按质量标准行事。亏侯忠民还是监理公司的人，说出这种屁话。”郁碧柳笑道：“我话还没完呢，表哥还说，他最佩服的就是人家做不到的事，你李见好能做到。他甚至说监理做到你这个份上，才真正是监理，算没辱没监理师的神圣职责。”

几句话引出李见好无限感慨，他说：“在德绕高速这两三年，我李见好有两件事，一件做得最应该，一件做得最不应该。”

郁碧柳仰起脖子，看着李见好道：“哪件事最应该？”李见好说：“迫使史学军和秦建成换下那十六片次品 T 梁。”郁碧柳说：“哪件最不应该？”李见好说：“把马步高弄下去，让史学军如愿坐上总经理位置。”

郁碧柳眨眨眼睛，说：“我明白啦，你把马步高弄下去，好了史学军，谁知史学军比马步高好不到哪里去，你后悔不已，觉得很不应该，才想着做件应该做的事，故意与史学军对着干，逼秦建成换下那十六片 T 梁。这样一来，不应该和应该彼此抵消，你心里也就平衡了些，好受了些，至少不再太愧对自己。”

一语说破李见好内心隐秘。他惊讶郁碧柳眼力竟然这么毒。要说当初搞马步高，李见好意识还算明显，属于狗急跳墙，后来与史学军拧着来，已属于无意识行为。人有时总是心不由己，不知为何要做某件事，只觉得非做不可，做过才舒坦，也许正是受到无意识的支配。

脑袋里晃着“无意识”三个字，李见好一下子释然了。

转而又想，与史学军过招，看上去虽说占了上风，可自己并没得到什么，史学军也没失去什么，倒是马步高人不人鬼不鬼的，不知在里面待得怎么样。李见好叹一声，说：“哪天有空，得去监狱里看看马步高。”

郁碧柳恹恹欲睡，声音模糊起来：“你与他无亲无故的，凭什么去看他？”李见好望着天花板道：“不凭什么，就想去看看马步高。”

李见好不只说说，这天趁着进城办事，真的抽空去看了马步高一眼。

有司法厅熟人打招呼，也就省去探监手续，直接进了监舍。监狱有监狱的规矩，马步高这个级别的犯人，不够享受单间待遇，可他精神失常，行为失控，为避免伤害他人，只好把他单独关起来，他爱咋的咋的。

正如早就听人说过的，李见好刚出现在门口，马步高连看都没看是谁，就咚的一声趴到地上，屁股翘得老高，一边狠狠磕着脑袋，一边大声说道：“我罪该万死！我对不起组织，对不起人民，对不起领导，对不起同事，对不起父母，对不起妻儿，对不起朋友，对不起德绕公司，对不起改革开放的大好形势……”

李见好觉得滑稽，上前一步，说：“起来吧，起来好说话。”

马步高趴着不动，压根儿没有起来的意思。李见好只好蹲到他面前，拍拍他后脑勺，说：“这样趴着不累吗？就是不累，地上也凉，容易得风湿。”

马步高还是没啥反应。李见好摇摇头，将手抄到他腋下，要把他拉起来。却不怎么拉得动，好像马步高已被焊死在地上。李见好于是站成马步，用尽全身力气，拔春笋样强行把他拔起来，而后按到小床上，提高声音说：“你还认得我吗？

我是谁？”

马步高乖乖低着头，没去瞧李见好，仿佛没他这个人似的。李见好把他下巴托起来，看着他浑浊的眼睛，说：“你睁开狗眼看看，站在你面前的是谁？”

“嘿嘿嘿，嘿嘿嘿，我知道你是谁。”马步高咧嘴笑笑，口水顺着外翻的嘴唇往下直流，一直流到李见好手上。李见好下意识缩缩手，暗暗吃惊，莫非这小子认出了你？赶紧问道：“你知道我是谁？你说说，我叫什么名字。”

马步高脑袋一垂，又耷拉下去。李见好从身上拿出一包餐纸，揩掉手上的口水，又塞两张到马步高手里，说：“你抹抹嘴巴，别这么恶心。”

马步高看看手里的餐纸，放鼻子下闻闻，揉成团，一把塞进嘴里，有滋有味地嚼起来，一边点头：“好吃好吃，好好吃。”李见好说：“好吃个屁，是给你揩鼻涕的，又不是给你吃的。是不是监狱没给你饭吃，拿餐纸当饭？”

没等李见好说完，马步高脖子一仰，喉头一滚，竟然把餐纸咽了下去。李见好担心他被噎着，又没法制止，只有摇摇头，骂道：“噎死你，也好减轻政府点负担！”

“好吃好吃好吃。”马步高似乎不满足，朝李见好摊开手掌，嚷嚷着：“还要还要。”李见好在他手上重重打一下，说：“要你个头！吃死你，我偿不起命。”马步高就伸手来捞，嘴里依然是那句：“好吃好吃好吃。”

李见好举了手，扬扬餐纸，说：“想吃也行，你先得告诉我，你认不认识我，我到底是谁？”马步高盯着餐纸，只是说：“好吃好吃好吃。”

李见好又把餐纸藏到身后，说：“好吃你就说呀，我到底是谁？”

马步高伸长脑袋，去瞧李见好后面。李见好侧转身，说：“你说呀，我是谁？你到底说不说？不说就不给你吃，还不如拿去喂狗。”

围着李见好转上几圈，看看没法够着餐纸，马步高又咚的一声趴到地上，大声叫嚷起来：“我对不起人民，对不起领导，对不起同事，对不起父母，对不起妻儿，对不起朋友，对不起德绕公司干部职工，对不起改革开放的大好形势……”

等马步高嚷个够，李见好才又用餐纸放他眼前晃晃，逗他道：“还想吃不？想吃就告诉我，我是谁，我全部给你，让你吃个饱。”

“嘿嘿嘿，你是蜘蛛精，你是黄风怪，你是牛魔大王！”马步高怪笑着，趁李见好不注意，以迅雷不及掩耳之势，往前一扑，一把夺过他手上的餐纸，连包装膜一起塞进嘴里，猛嚼几下，咕噜吞下肚去。

确信马步高没认出自己，李见好离开监狱，回到车上。

李见好心里灰灰的。可以肯定，马步高再没法成为正常人了。他完全是毁在你李见好手里的，如果你还稍有点良心的话，这辈子恐怕都不得安宁。可这个社会还需要良心吗？良心当得饭，还是当得菜？想想当初你若下手稍慢点，待在里面的只怕就不是马步高，该换成你李见好了。到底是谁造的孽？为何不是你栽倒，就是我倒霉，没有第三种选择？

也许孽根还不是人，是一个“利”字。老话说天下熙熙，皆为利来，天下攘攘，皆为利往，人活世上，谁满脑袋不是个“利”字？尤其是高速公路建设，动不动就是数十亿上百亿的项目，往项目上跑的人，哪个不是奔着个“利”字去的？不为了利，包括冯以真、马步高、史学军、秦建成，还有你李见好，谁会无缘无故集结德绕高速？

只是“利”字旁边一把刀，刀可伤人，也可自伤，只要出手，无论挥刀夺利，还是横刀护利，到头来都难得有好结果。马步高是你弄进监狱的，暂时你还可开着车随处跑，可你已经开罪史学军和秦建成，你能保证他们不会把你也送进去？

想到这里，李见好背心一阵发麻，觉得好不恐怖。

来到街上，一时不知该去哪儿好。想起易居白，拨他电话，开始老占线。好不容易打通，他忙得很的样子，没聊上两句，说旁边正有人候着买印，挂了电话。上次个展泉书记和项省长及龙副省长等常委领导出了面，后经媒体大肆渲染，易居白在德都城里声名鹊起，身价倍增，找他要印和字的人越来越多。也不是他的作品水平有多牛，档次有多高，上门的人其实大多不懂印，也不懂字，只懂德南就一个省委书记，省委书记说易居白不错，他们就得把易居白当回事。还有人买易居白作品，是跟他套近乎，让他牵线搭桥，先认识蒲玉林，再通过蒲玉林走向泉书记。不管这些人是冲着易居白的印和字，还是冲着他的人，反正易居白是得利人，得的还不是小利，是大利。

见不着易居白，李见好又拨钱如水的电话。却没任何信号。钱如水是生意人，信息就是机会，机会就是财源，从来没关过机，怎么也会联系不上？是不是知道你李见好要找他，故意掐了线？想想钱如水又没这个必要。又连打几遍，还是一样。

李见好只得拨通丁胜天，说：“你叔叔死哪儿去了，怎么电话信号都没有？”丁胜天说：“在美国呢，可能信号不畅吧。也该回国了。”李见好说：“去美国干啥？”

丁胜天说：“我伯爷爷在美国，叔叔过去看他。”李见好说：“想起来啦，你伯爷爷在美国开了一家风险投资公司，曾把如水叫过去，想让他接班，如水听说父亲生病，又夹着尾巴跑了回来。”丁胜天笑说：“当年叔叔确属迫不得已，其实并不想回国。伯爷爷的风险投资公司做了四五十年，规模很大，这次把叔叔叫去，是跟他商量可否来中国投资。”

侃了半天，丁胜天才想起问句李见好：“李处找我叔叔有何贵干？”李见好说：“没那么多贵干，好久没见你叔叔，想跟他说说话。”丁胜天说：“你们是惺惺相惜，叔叔有时在我面前论到你，也老说多几天没见，想跟你说说话。”

“哪天我出点什么事，恐怕只有你叔叔能拉我一把。”李见好脱口而出。话说完，自己都不觉吃一惊，怎么会口出此言？

丁胜天在电话那头笑笑，说：“李处行得直，坐得稳，堂堂正正做人，兢兢业业做事，半夜敲门心不惊，会出什么事？”李见好说：“这个世道，很难说啊。万一我出事，你可千万记得给你叔叔打个电话哟。”

挂掉电话，李见好忽觉内急，打转方向盘，将车开进附近宾馆，穿过大堂，进了厕所。解决完问题，却依然站在便池旁，愣怔半天，裤子都忘了往上提。他在想，自己为什么要说会出事，还嘱咐丁胜天给钱如水打电话？

走出宾馆，一抬头，发现街对面的大楼有些眼熟，想起嘉嘉公司就在楼里，李见好掏出手机，揿了曾亦嘉的号子。却无法接通。已大半年没见曾亦嘉，约过几次，她都在外地参加一个什么民间生态保护组织的活动。这下竟然连电话都打不通了，也不知她在不在德都。

李见好低头朝自己的车子走去。却心有不甘，快到车旁，又掉头走向街边，穿过地下通道，进了嘉嘉公司所在大楼。

上楼来到嘉嘉公司门口，员工们正在忙碌，没谁理睬李见好。走近曾亦嘉办公室，门紧闭着，叩了几下，没有反应。也许是听到动静，斜对面办公室出来一个女孩，问李见好找谁。李见好说：“找你们曾总。”女孩说：“曾总不在。”李见好说：“去了哪里？”女孩说：“我也不知去了哪里。反正她难得来公司，有事都是网上联系。”

下楼过街，驾车在街上漫无目的跑上一阵，天色渐晚。李见好还是不知上哪儿去好，只能丧家犬样到处乱窜。也许是下意识支配吧，不觉到了德南大学大门口。干脆进去看看，虽说这个地方与自己再无任何关系。往里开上一段，发现不远处竟是住过十多年的那个三十平方米的屋子，不大的窗户没亮灯，不知还住没住人。

李见好顿生物是人非之感，赶紧掉过车头，来到梨子湖边。

湖边树荫如盖，半隐着双双对对的少男少女，或勾肩搭背，或抱作一团。

沿湖兜一圈，李见好走进梨树林，上了湖边小山。步入双月亭，凭栏远眺，只见银月挂在楼角，灰灰地照着梨子湖，照着灯影初现的德南大学校园，显得迷离而又虚幻。

李见好本是个乡巴佬，是德南大学让他成为真正的城里人。也是在这个地方，他与池小燕相识相恋，结婚生子，做上还算体面的大学老师和监理师。又在此地与曾亦嘉产生恋情，几经聚散，多年后再次走到一起，疯狂地爱过一回。这是生命中两个最重要的女人，如今两人都生活在德都城里，似乎就在自己身边。可一个老想着发大财，李见好不想见；一个全身心投入生态保护组织，又见不着。这让李见好感觉空落，甚至虚无至极，仿佛世界就是灯影下硕大的肥皂泡，看上去光怪陆离，却随时有破灭的可能。

栏杆拍遍，想触摸两个女人留下的温度和柔情，却终是枉然，一切都不复存在。李见好无奈地叹口气，颓然走出亭子，下山绕过梨子湖，钻进泊在林荫道旁的车子。

还是不知何去何从。回家吧，实在没有这个动力。只有继续在街上兜风。

兜来兜去，发现又到了下午来过的嘉嘉公司楼下。李见好无意间碰着腰间钥匙串，想起曾亦嘉房门钥匙还在，将车开入楼下车库，进了旁边高楼电梯。

打开房门，感觉空气里充盈着曾亦嘉的气息。这是李见好最熟悉的气息。他一阵惊喜，大声叫着“亦嘉”两个字，兴致勃勃道：“你回来啦，我找得你好苦。”

却无任何回应。李见好走进大卧室，没见人。返身来到厨房，影子都没一个。将其他几间房子和卫生间找遍，依然一无所获。莫非是幻觉作怪？可李见好明明感觉出曾亦嘉的存在。看来是她近日到过家里，留下看不见却能真切感觉出来的特殊味道。

反正也没地方可去，李见好像以往样，住了下来。肚子开始咕噜作响，李见好走进厨房，看有没有吃的。打开冰箱，有肉有蛋，还有新鲜蔬菜。看来直觉没欺骗李见好，曾亦嘉最近一段确实在家里待过。

简单弄些饭菜，填饱肚子，李见好又打曾亦嘉电话，还是无法接通。困兽般在屋子中间徘徊一阵，进卫生间洗个澡，出来拧亮台灯，抓过床头一本闲书，随便翻起来。翻上两页，眼皮开始打架，李见好睡意朦胧，顺手捞过枕边另一只枕头，紧紧抱进怀里。枕头上隐隐散发着曾亦嘉的发香，让李见好备感温馨。

不知睡了多久，床头话机猛然响起。迷糊中，李见好伸手抓过话筒，捂到耳边，嘀咕道：“你是谁呀，深更半夜打什么电话？”对方说：“此时此刻，打这个电话，还能是谁？”

是李见好再熟悉不过的声音。

李见好睡意顿消，霍地坐起来，双手抓牢话筒，呼唤道："亦嘉，亦嘉，是你吗？"曾亦嘉笑道："不是我，还会是谁？"李见好说："打你手机，无法接通，上嘉嘉公司，没你影子，告诉我你到底在哪儿？"曾亦嘉说："在正好看得到家里的地方，见窗户透着灯光，知道是你，忍不住打了电话。"

"看得到家，干吗不回家？"李见好瞧眼亮着的台灯，这才想起睡前忘了关掉。曾亦嘉说："回去不得。"李见好说："这是为何？"曾亦嘉说："正在参加一个特殊行动。"李见好说："什么特殊行动？"曾亦嘉说："现在还不便公开。"李见好说："我去看你吧。"曾亦嘉说："你也不能来，我不想让你担心。"

又聊几句，曾亦嘉说有事等着忙，挂掉电话。李见好放下话筒，缩进被子里。却好久没能入睡，曾亦嘉的声音在耳边一遍遍回响，拂之不去。她到底在干些什么？莫非与那个什么民间生态保护组织有关？

说到生态保护与经济发展，要经济，难免牺牲生态；要生态，经济又不可能不受到制约。经济牵涉到方方面面的切身利益，以生态保护名义阻止经济建设，人家肯定不干。

何况曾亦嘉他们还是民间生态保护组织，真想有所作为，肯定困难重重，阻力多多，甚至会冒非常大的风险。李见好不免替曾亦嘉担忧起来。

胡思乱想着，直到天快亮，才又迷迷糊糊睡过去。

第二十七章 离奇失踪

醒来已近中午，下楼吃点东西，李见好上车准备往监理处赶。一眼瞧见一对夫妻模样的男女，一边一个牵着十来岁大小的孩子，正从窗外走过，李见好忽然想起炎炎来，准备还是回趟家。今天周日，炎炎应该在家里。

跑上一段，前面开始堵车。这十余年德都超常发展，人口大涨，车辆猛增，堵车已属家常便饭，尤其是车轮下的路，属于德都城里的主干道，虽有交通管制，堵车也没少见。不过主要是上班日早晚时段堵，其他时间还算好。到了周日，车子相对少些，一般都能走车，除非出现什么交通事故。

堵车是没法子的事，只能耐心等待。等待半天，车子还是动不了，倒是过来两个交警，指挥车辆沿道旁小巷绕行。前面车子这才慢慢游动起来，李见好也松开刹车，跟着前行。快到交警旁边，李见好探头出去问道："是不是出了车祸？"

交警没好气道："什么车祸？有人吃了饭没事干，在政府门口静坐，引得市民围观，占去车道，连省领导的车想进进不去，想出出不来，你说害不害人？"李见好说："什么人静坐？"交警说："好像是个什么民间生态保护组织吧，具体情况不太清楚。"

莫不是曾亦嘉他们？想起昨夜曾亦嘉电话里所说，估计八成与她有些关系。李见好又问道："他们静坐总得有个理由吧？"

没等李见好说完，后面的车鸣着喇叭，催促起来。交警也有些不耐烦，叫道："你还是走吧，没工夫跟你说闲话。"

李见好按下车窗，朝小巷驶去。出得巷口，找地方泊好车，重新回到小巷里，从蜗牛样慢慢爬行的车阵里穿过，来到原来路上。仍然塞着不少车子，像个超级停车坪，非常壮观。道两旁的行人心情大好，脸上写着笑意，仿佛在说，看你们平时争先恐后，放肆往前冲，这下怎么不冲了？还是咱们没车族轻松，路上再堵，总不可能堵住咱们两条腿。

走上十来分钟，快近省政府，只见前方黑压压的全都是人。李见好凑上前去，听旁人议论，说是省里正在南郊征地拆迁，准备新建省政府大院，包括百多栋公务员宿舍楼，拆迁规模大，连旁边的青树湖和青树岭都占去一部分。德都周边仅此一道号称城市绿肺的山水，一民间生态保护组织闻讯，开始四下活动，纠集当地拆迁户，跑到省府来静坐。这还不要紧，要紧的是围观民众得底细后，一传十，十传百，纷纷过来声援静坐，把一条宽宽阔阔的大道堵个水泄不通。

听这么说，李见好就知道曾亦嘉也在里面。怪不得她老是躲躲闪闪的，看来这个民间生态保护组织已跟政府较上了劲，双方搏弈也从幕后转向前台。为什么静坐呢？要真正解决问题，还得通过与有关部门对话和沟通，把事情落到实处。

担心着曾亦嘉，李见好想往前挤挤，却根本挤不进去。只得踮起脚尖，看能不能瞧见曾亦嘉。自然是徒劳，人山人海的，哪这么容易找到要找的人？

李见好正感无奈，人群里起了骚乱，掀起汹涌的人浪。有喊叫声从浪谷里传出来，喊叫声像是瘆人的魔咒，威胁着围观者的神经，大家开始往外溃散，形成更大的人浪。李见好身不由己，在人浪裹挟下，左一晃，右一荡，渐渐被抛出人潮，退到街边。

回到家里，炎炎正守着电视机，理都不理李见好。岳母听得动静，从厨房出来，见是李见好，打声招呼，掉头批评炎炎道："怎么不喊爸爸？"炎炎这才勉强喊声爸爸，眼睛依然盯着电视不放。

自己好久不回家一趟，父子生疏，也不稀奇。李见好不怪炎炎，在他头上摸摸，怕影响他看动画片，去了卫生间。如今孩子不容易，平时学习任务压头不说，周六周日还要做大量作业，上各种兴趣班，难得有闲做自己喜欢的事。

走出卫生间，池小燕正好从外面回来，脸上写着兴奋，像在地上捡了红包似的。没等李见好发问，池小燕主动说道："有一个特好消息。"李见好说："什么特好消息？看你欢天喜地的。"池小燕说："你先猜猜看？"李见好说："我又不是你肚里蛔虫，哪猜得着？"池小燕说："你猜都没猜，怎么猜得着？"李见好说："是不是做了所里领导？"

"也算吧，上周我的副所长任命已经宣布。"池小燕几分得意，"不过这还不是最好的消息。"李见好说："还有比这更好的消息？"池小燕说："那当然。"

还有什么比提拔更让人激动的呢？李见好没法猜，只得闭上嘴巴。池小燕附他耳边说：“别急，夜里再告诉你。”

夜里躺下后，李见好想起好久没回趟家，也该尽点夫妻义务，免得池小燕起疑心，于是伸手往她下面探去，却被池小燕拦住，说：“我大姨妈来啦。”

大姨妈来了就来了，李见好也不介意，缩了手，说：“说说你的好消息吧。”池小燕说：“大姨妈就是好消息。”李见好笑道：“你几时也幽默起来啦。”池小燕说：“我可不是幽默。”李见好说：“不幽默就不幽默。令人不解的是，大姨妈又不是天外来客，每个月都会不请自来，你也当好事，世上哪有这么多好事？”

池小燕侧过微微发胖的身子，搂住李见好，说：“过去大姨妈确是不请自来，来得还很准时，谁知这个月到点二十多天还没影子，弄得我好不紧张，以为出了意外。上医院检查，又没有这回事。我更惶恐，怀疑是不是已经断经。会师所有个比我没大几天的会计师，大姨妈半年没光顾了，看来已没希望。四十左右就被大姨妈抛弃，在如今都市女性中并不稀罕，我感到很悲哀，难道更年期提前不成？提前也不该提前这么多呀？叫我后半辈子怎么做女人？正在我紧张之际，今天大姨妈又突然来啦，你说是不是大好事？”

李见好说：“照你这么说，还真是大好事。你是太操心太劳累，大姨妈都有了想法，特意向你提出忠告。”池小燕说：“也许是吧。还有一件大好事。”李见好说：“是不是大姨妈后面还跟着大姨父？”池小燕说：“什么大姨父！告诉你，俺又在南郊省府新址周边楼盘购进两套中户型房子，今天刚办完全部手续。”

“你是不是买房买出了瘾，消停几天不买房就难受？”李见好不满道，“你还是省点心吧，怪不得大姨妈都躲着你。”池小燕说：“大姨妈不是又来了吗？”

李见好泼起冷水来，说：“你不见电视里专家老在说，房产泡沫总有一天会破裂的？”池小燕说：“这话专家年年讲月月讲天天讲，房价则年年涨月月涨天天涨。有些人被专家忽悠，该出手时不敢出手，才吃了大亏，都在骂专家放屁。”

池小燕说的也是事实，还真没法反驳。李见好说：“加上原来六套房子，不是有八套了？”池小燕说：“其实是七套。”李见好说：“还有一套呢？”池小燕说：“先拿出原来的房子卖掉一套，进账一百三十多万，再找私人投资公司借到三十万，才又买入两套。”李见好说：“私人投资公司的利息挺高吧？”池小燕说：“再高也高不过房价增长速度。”

李见好再没话说。

周一早上，李见好准备去送炎炎上学。出门快下楼时，又折回去，对池小燕说："给你个号码，你这就给我输进手机里。"

池小燕正在收拾碗筷，头也没回道："谁的号码，这么重要？"李见好说："丁胜天。"池小燕说："丁胜天是谁？"李见好说："钱如水侄儿。"池小燕说："钱如水姓钱，他侄儿怎么姓丁？"李见好说："你别管这么多，先把你的手机拿出来。"

池小燕往围裙上揩一揩湿漉漉的手，拿过正在墙角充电的手机。李见好报上丁胜天号子，待池小燕存入手机，才说："万一找不到我，就打丁胜天电话，他会有办法的。"

重新给手机插上充电器，往厨房走几步，池小燕才觉得李见好有些不对劲似的，追到门口说："你没事吧？"李见好说："能有啥事？德绕高速工程正处关键阶段，经常下工地，有些地段信号不畅，万一找不到我，你打丁胜天，他也在德绕高速做工程，知道去向。"

听李见好说得有理，池小燕没再多心，进了厨房。收拾完碗筷，又去卧室打扮一阵，出门下楼，开车赶到单位。刚进办公室，接到一个电话，是一家楼盘售楼部打来的。池小燕的最大爱好就是逛楼盘，若印象不错，还会留下相关信息，这类电话也就不少，每天不下十个。换上别人，肯定烦不胜烦，难免吼叫两句，愤然挂断电话。池小燕却兴致盎然，每次都会客客气气与对方聊几句，顺便了解一下行情，一边心里估摸自家七套房产又增了多少值。

聊够说过再见，池小燕手指在手机屏幕上不经意触碰一下，"丁胜天"三个字跳将出来。早上李见好出门时说的话又在耳边回响起来。池小燕心里略觉不安，拨通李见好电话，说："送炎炎到学校没？"李见好说："早到学校了，看着他进了校门，我才开车走的。"

其实池小燕担心的不是炎炎，说："你现在在哪儿？"李见好说："回德绕高速的路上。"池小燕说："你没事吧？"李见好说："没事没事。上你的班，别多心咯。"

刚说过没事，李见好眼皮就连跳几跳。跳的还是右眼。左眼跳财，右眼跳祸。这是小时家乡人的口头禅，好像还蛮灵验的。

这么想着，李见好腾出右手，用力揉揉眼睛。睁开眼，突然发现前方起了雾。雾厚如毯，乘着风势，扑面而来，一时间天地一片灰茫茫，能见度估计不足五米。李见好放慢车速，打亮雾灯，紧紧把着方向盘，不敢丝毫大意。

记忆中，离开老家来德都十多年，还是第一次见到这么大的雾。李见好感觉有些虚无，甚至玄幻。好像误入一个不可琢磨的迷魂阵，四周充满未知的陷阱，随时都有可能掉进去，万劫不复。李见好打一个寒战，脚下往刹车上一踩，干脆停住车子，准备雾散之后再上路。

车子还没完全停稳，前面过来一部小车，晃几晃车灯，也在李见好车前顿住。旋即下来一个慈眉善目的中年人，敲开李见好车窗，问道："哥们儿这是哪儿？"李见好说："德都城北。"中年人又问："德绕高速公路工地有个二监理处，离这儿还有多远？"

找二监理处干吗呢？李见好反问道："你认识二监理处的人？"中年人说："文武斌是俺弟。"李见好说："文武斌是你弟？我怎么从来没听说过？"中年人说："莫非您认识文武斌？"李见好说："他是我下面的监理师。"

中年人一脸惊喜，说："您是他领导咯？"李见好说："也算是吧。"中年人说："您尊姓大名？"李见好说："免尊去贵，李见好。"

"您就是李见好李处长。"中年人点点头，手向空中招招，雾里立即冒出两个高大威猛的汉子。就在李见好还没完全反应过来的时候，两个汉子一把拉开车门，把他扯下去，扭到旁边的车上。李见好下意识挣扎着，口里喊道："你们干什么？干什么？"

中年人随后跳上前面副驾驶，朝驾驶室里的年轻人说声开车，掏出一个本子，返过身，向夹在两个大汉中间的李见好晃晃，说："执法部门的，跟我们走一趟。"

该来的终于还是来了，李见好心想。

"真是执法部门的？执法部门领导是我朋友，我打电话问问。"李见好抽过被扭得生疼的手，从兜里摸出手机。可还没等他拨号，旁边的大汉就一把夺过去，卸下电池，手一扬，扔出窗外。李见好愤然道："干什么你这是？我的手机，凭什么扔掉电池？"

大汉不出声。中年人在前面说："这是规矩。"李见好说："什么鸟规矩。你们到底想干什么？"中年人说："到时你会知道的。"

车经岔道口，往西一拐，驶入一条窄窄的水泥路。大约一个小时后，来到一个偏僻陌生的小镇。镇后有个小院落，像招待所，又似敬老院，只是不见人影。车在院里停下，两个大汉将李见好推下车，带上楼，拐个角，走进里头的房子。房里有床有桌，还带卫生间。窗户装了铁条，窗外是逼仄的山坡，草木青青。

看着两个大汉扯上铁门走掉，李见好心里琢磨，他们到底是些什么人。是真执法部门，还是假执法部门？八成是假的吧？你可以假装要害部门修理马步高，人家不可以假冒执法部门把你逮走？

所不同的是，翌日两位汉子进屋时，身上换了警服，越发显得威猛。李见好被带进隔壁屋子后，已待在里面的中年人也同样警服在身。中年人坐在桌子后面，望眼李见好，指着桌子前面的椅子，说：“先坐下吧。”

李见好矮矮身子，屁股往下沉去。就在快挨着椅子时，忽然条件反射般往上一弹，立即竖了起来。中年人说：“干吗不坐？椅子上又没有钉子。”

说没钉子，肯定就有钉子。李见好脑袋风铃样摇一摇，说：“不用坐，不用坐，我有腰肌劳损，站着还舒服些。”中年人说：“不行，你笔直地站着，高高在上，我坐在椅子里，还得抬头仰视你，到底是你审我呢，还是我审你？”

“我蹲着行吗？”李见好蹲成马步，尽量与中年人保持平视角度。中年人说：“你练过武功？”李见好说：“我做监理的，又不是你们执法部门，练什么武功？”中年人说：“你蹲的马步，倒也像模像样。”李见好说：“没办法，谁叫我有腰病？”中年人说：“你能蹲多久？”李见好说：“蹲一会儿算一会儿。”

中年人不乐了，说：“什么叫蹲一会儿算一会儿？又不是跟你玩游戏。赶快坐下吧！”李见好求饶道：“你放过我吧，不让蹲，我可以坐到地上。”中年人说：“莫非坐地上腰肌劳损就好啦？”李见好说：“多少好些。”

说着李见好一屁股蹾到地上。

隔着桌子，连李见好的脸都看不到，只能瞧着他脑袋上稀稀落落的头发，中年人自然不干，说：“你跟我捉迷藏是吧？要捉迷藏，出去后再捉也不迟。”

李见好两手撑着地面，往后挪挪，说：“这下你总看得到我了吧？”

中年人不理他，朝李见好后面的大汉使个眼色。两位手往下一垂，老鹰抓鸡样，将李见好从地上拎起来，往椅子上扔去。

屁股才挨椅子，李见好就哎哟哟尖叫起来。

叫上两声，不疼不痛的，好像没啥感觉。李见好反手在椅子上摸摸，没发现钉子之类。挠挠屁股，依然完好无损。又缩回手，放眼皮下瞧瞧，不见血迹什么的。再搁鼻子下闻闻，也闻不出名堂。这才松下一口气，放心坐实。

看着李见好这一系列怪异动作，中年人觉得莫名其妙，说：“你是学表演的吧，到底演的哪一出？”李见好掩饰道：“你不知腰肌劳损最怕的，就是椅子和凳子。”

等李见好终于坐正身子，中年开始发话："现在开始审讯。你叫什么名字？"李见好说："见面时不是告诉你了吗？"中年人说："再说一次。"李见好说："李见好。"中年人说："工作单位？"李见好说："德绕高速公路建设有限公司二监理处。"中年人说："所任何职？"李见好说："监理处处长。"中年人说："知罪吗你？"

"不知。"李见好逼视着中年人双眼，"我有何罪？你们假冒执法部门，随便抓人，才叫罪大恶极。"中年人说："怎么是假冒？不给你看过证吗？是不是还想看一遍？"李见好说："不看，如今爹妈都可造假，假证造起来方便得很。"

中年人再次掏出工作证，手一扬，啪一声扔到李见好面前。又对两个大汉说："把你们的证件也拿出来，让他见识见识。"

两人听话地搜出证件，也扔到李见好面前。李见好翻了翻，初看像真，再看似假，复看不知到底是真还是假。只认出中年人姓任，还是副处长，两个大汉一个姓伍，一个姓陆。任副处长说："上面有编号，不是想造假就造得了的，网上都查得到。"李见好说："就算你们是真执法部门，无缘无故抓人，也是知法犯法。"

任副处长猛地一拍桌子，厉声喝道："狡辩！犯下罪行，本来就不可饶恕，还要抵赖，罪加一等，知不知道？"李见好说："你说我犯罪就犯罪，到底什么罪？证据在哪儿？仅凭口供定罪的时代已经过去，还想行刑逼供，拿着供词判案，恐怕不行了吧？"任副处长说："还怕我没你的证据？我是给你机会，你主动交代，与我说出来，结果可不一样。"

私审马步高时，李见好好像也说过这话。

这伙人到底是真执法部门，还是假执法部门呢？李见好一时拿不准，决定试探试探对方的虚实，说："我做了十多年监理，只知按质量标准办事，监理过的工程从没出现质量问题，这是有据可查的，你们完全可以派人核实。"

这可能不是任副处长最关心的，他说："其他呢？"李见好说："其他也过得硬，不行贿，不受贿，不索拿卡要，不徇私舞弊，不损人利己。"任副处长嘲讽道："这么清白干净，怎么没立道德牌坊？"李见好说："立道德牌不够格，至少还知道处事做人的原则。"任副处长说："什么原则？"李见好说："认真处事，对得起国家，真诚做人，对得起良心。"

"好一个认真处事，真诚做人。"任副处长一脸不屑道，"我见得多了，越喜欢标榜自己的人，越心狠手辣，干起恶事来越不择手段。"

恶事？什么恶事？李见好琢磨着任副队长话外意思，不知他是有所指，还是随口说说而已。任副处长又问道："怎么不出声？"李见好说："不知说啥好。"任副处长说："干过什么说什么。"李见好说："什么都干过，只没干过恶事。"任副处长说："真没干过？"李见好说："真没干过，我一辈子与人为善，不小心踩死只蚂蚁，都会心惊肉跳半天。"

任副处长哼一声，说："踩死蚂蚁心惊肉跳，把人往死里整，面不改色心不跳。"

看来这伙人真是冲着马步高的事来的。这事只有史学军知道底细，不用猜也是他举报出去，让执法部门来修理自己。自己没有尾巴让史学军踩着，他要摁住你，也仅此一手。这狗日的，真够卑鄙，他是事情的始作俑者和利益获得者，回过头来又拿这事来害你。

此时诅咒史学军毫无意义，李见好心里盘算着，到底是招还是不招，是马上招还是扛一阵子再招，不招这些人会怎么对付你，招的话又会是什么后果。

应该还没到山穷水尽的地步吧。李见好抬起头，往任副处长身后的窗户看出去，外面山坡上竟然有几树茶花，开得还挺红火的。

李见好心头一振，也许事情还会有转机。

钱如水回没回国没呢？丁胜天还有池小燕打不通自己电话，肯定会去找钱如水，只要他出面，说不定事情摆得平。

其实李见好被执法部门带走的当天夜里，钱如水就回到了德都。

不幸的是，丁胜天正忙工地上的事，池小燕只关心她的房产升值情况，将李见好留下的话扔到了脑后。偏偏钱如水美国之行，是去领受伯伯交给的任务，亦即德南有没有可以投资的项目，他一下飞机就到处跑，也没想起联系李见好。

还是吴秀丽好些天没见李见好影子，心里空落落的，问郁碧柳，李处长去了哪里，怎么没上食堂吃饭。郁碧柳这才隐隐不安起来，打了李见好好几个电话，没任何动静，问文武斌他们，也不知他去向。郁碧柳越发觉得不对劲，专程进城，找到侯忠民，问见没见着李见好。侯忠民还嘲笑她："你倒好，李见好天天跟你在一起，还来找我要人。"

郁碧柳嘟着嘴巴，说："他是你们公司的人，不找你要找谁要？"侯忠民说："是我们公司的人没错，可他还是德绕高速二监理处处长，一个月难得回来一次，你要我变个李见好出来给你？我可没这个本事。"郁碧柳说："你没这本事不怪你，李见好几天没音没讯的，也不知是死是活，你帮着找找，总应该吧？"

说到这里，郁碧柳泪水都下来了。侯忠民见状，哟的一声，说："应该应该。看把你急的，你与李见好到底什么关系？好像一日不见，如隔三秋。"

郁碧柳抬手打侯忠民一下，骂道："这话也是你说的，你还像个做表哥的吗？"

"好好好，谁怪我是你表哥，我给你打听，还不行吗？"侯忠民掏出手机，翻找通讯录，只要跟李见好有过一面之识的，就拨过去，问见没见着李见好。

一连打了不下三十个电话，依然毫无所获。侯忠民也觉得奇怪起来，对一直守在旁边的郁碧柳说："这个李见好也是的，玩什么失踪？"郁碧柳带着哭腔道："不会出什么事吧？"侯忠民说："哪这么容易出事？估计跟哪个美女私奔风景名胜区去了，过一阵子会回来的。"

郁碧柳杏眼一睁，脱口而出道："他敢！他跟美女私奔，我对他不客气。"侯忠民说："他是你什么人？跟美女私奔，还得你签字批准？"郁碧柳赶忙掩饰道："处里好多事等着他处理呢，他还有心情跟人私奔，像什么话嘛！"

几天不见李见好，郁碧柳就心急火燎的，李见好不是还有个老婆吗？找不到丈夫，不知会急成啥样。侯忠民想起池小燕，说："池小燕该晓得李见好下落吧？"郁碧柳说："是呀是呀，问问池小燕看。"

侯忠民要拨池小燕电话，才发现没她号码。问郁碧柳要，她说："我连池小燕是胖是瘦，是靓是丑，都一无所知，哪来她的号码？"侯忠民说："现在不兴走领导夫人路线吗？你连池小燕长什么样都不知道，怎么在李见好下面混？"

"在李见好下面混，关池小燕卵事？"郁碧柳说句粗话。

侯忠民没工夫琢磨郁碧柳无意间说出的话，又挠着脑袋使劲悟，看还有谁跟李见好熟。悟来悟去，猛然悟起钱如水，这两人关系最铁，怎么偏偏没想起他来呢？可拨钱如水电话，里面一个生硬的女声说，对方目前不方便接听。侯忠民无奈道："做老板就是牛逼，紧要关头，电话也设置成不方便接听。"

郁碧柳说："这里离水善利公司不远，干脆过去跑一趟。"

看来也只能这样。来不及调车，侯忠民跳上郁碧柳的帕萨特，直奔水善利。钱如水正在主持召开公司高层会议，侯忠民找到会议室，想破门而入，一位高个年轻人横在门上，礼貌地说："对不起先生，董事们正在研究重要工作，任何人不得入内。"侯忠民说："我问钱总一句话就出来。"年轻人说："也不行，钱总交代过的。放您进去，我就是失职，还请原谅。"

侯忠民无奈，只得瞧眼郁碧柳，随年轻人来到会客室坐等。

年轻人没说谎，这天董事会的议题还确有几分重要。钱如水伯伯交代过，如果德南有合适项目，他的风险投资公司负责投放资金，具体运营管理由水善利公司承办。回国这几天，钱如水跑了好些地方，觉得高速京珠复线德南段是不错的项目，可以考虑投标。投标听去简单，背后因素很多，钱如水召集董事会成员，商量运作方案。商量来商量去，无非两手，一手加紧做好竞标资料准备，一手调动人脉资源，打通上层关系。

直到下班时间已过，会议才结束。钱如水刚出会议室，高个年轻人就贴上前，说："钱总有人找，见不见？"钱如水说："什么人？"年轻人说："一男一女，说是李见好同事，有急事求见。"钱如水说："把他们叫来吧。"

两人很快被带进钱如水办公室。侯忠民接触过钱如水，也就省去寒暄，直奔主题道："李见好已失踪几天，怎么也找不到，不知钱总知不知道他下落。"

钱如水暗暗一惊。美国之行半个多月，回来后的几天时间里全心扑在项目上，加上出国前一个多星期不见李见好，前后已有个把月彼此没有接触。只是李见好一个大活人，好端端的，又怎么会失踪呢？钱如水说："你们觉得他会到哪里去？"

侯忠民回头看看郁碧柳，说："你最后见到李见好，是什么时候？"郁碧柳想都没想道："四天前早上十点四十四分，他说要进城一趟，离开监理处后，就再没回去。"

钱如水两眼一瞪，盯住郁碧柳道："四天前十点四十四，四、十、四、十、四，连起来一听，岂不成了死是死是死。"

听得郁碧柳冷汗都出来了，说："四与死有何联系呢？钱总您别吓人啊。"侯忠民安慰她道："是巧合吧，几个数字，能说明什么呢？"

"但愿是巧合。见好为人谦和善良，平时能栽花，决不栽刺，能成人之美，决不坏人之事，应该不会出事的。"钱如水低着头，在地上来回走两圈，嘴里嘀咕几句。又问两位："找过其他人没？有无有用线索？"侯忠民说："打过好几十个电话，都没李见好消息。"

正说着，丁胜天从门外走进来。

本来要跟钱如水汇报工作的，见三人都耷拉着脑袋，丁胜天把快到唇边的话咽了回去。钱如水瞥他一眼，说："有事吗？"没等丁胜天开口，又问道，"最近几天，接触过李见好没？"丁胜天说："接触过呀，在电话里。"钱如水说："什么时候？"丁胜天想想说："好像是四天前，他打电话找叔叔您，没找着，打电话问我，您在哪儿。”

“怎么又是死？”钱如水皱皱眉，“我不是四天前回的国吗？李见好打电话时，我可能正在飞机上，手机处于飞行模式。他没说找我干什么？”

丁胜天这才记起李见好的叮嘱，说：“没说干什么，只说万一他出事，要我千万记得给您打个电话。还说只有您才能拉他一把。”

没等丁胜天说完，郁碧柳大脑已是一片空白，往地上缩去。侯忠民就站在她身边，赶紧伸手把她托住，再慢慢扶到靠墙椅子上。钱如水也吓一跳，忙吩咐丁胜天打120。丁胜天拨通120，还没说话，郁碧柳已苏醒过来。侯忠民问她要不要紧，她说：“不要紧，别管我。”又扭头对丁胜天说：“你告诉我，见好还说过些什么？”

丁胜天合上手机，说：“就这些，再没别的。”

见郁碧柳没事，钱如水放下心来，对侯忠民说：“你们先回吧，李见好的事我来处理。咱们保持联系，有消息互相告知。”

两人走后，钱如水问丁胜天：“你找我，不是为的李见好吧。”丁胜天说：“不是，李见好的话我都差点忘了个干净。”钱如水说：“还有别的事？”丁胜天说：“昨天下午我去通程大酒店参加德绕高速资金调度会议，聂厅长到会做指示，特意让秘书找到我，打听您的近况，还说这两天请您吃个饭，要我先跟您通一下气。”

身居要职，聂守谷要理事，还要理人，哪有工夫理你钱如水？何况还是政府部门的交通厅掌门人，又做了省长助理，接触层面完全不同，自然不会像过去一样随便跟你搞到一起。这不是钱如水背后分析出的结论，聂守谷提拔后不久，钱如水有事找过他一次，他老人家说话口气和看人眼光，已明显不同以往。

钱如水望着丁胜天，说：“你不是耳朵进毛，听错了吧？这个时候聂守谷哪有空请我吃饭？”丁胜天说：“估计他是冲着钱爷爷去的。”

“钱爷爷？姓钱就可做爷爷？”钱如水说，“我姓钱没错，可我还没到做爷爷的年纪。”丁胜天笑道：“不是说您钱爷爷，是说美国的伯爷爷。”

钱如水明白过来，说：“你的意思是聂守谷想让我牵线搭桥，联系我钱家伯伯？”丁胜天说：“应该是的。”钱如水说：“聂守谷要去美国考察，想在那边找个接应的？”丁胜天说：“不会不会。最近央行压缩贷款规模，省里交通建设项目包括高速公路在建工程资金一下子紧张起来，有关领导和部门多次跑北京，收效甚微，正动员各方力量招商引资。伯爷爷的风险投资公司实力雄厚，聂守谷想打他主意，自然得由您牵线搭桥。”

钱如水几分得意，说："我也觉得奇怪，这两天联系投资高速京珠复线项目的事，发改委等部门的人客气得很，原来他们也有差钱的时候。这于咱们投资高速复线倒也不是坏事，不然他们钱来得容易，水都泼不进去。"

钱如水这里正来劲，丁胜天手机响起来。他不知该不该接，看看钱如水，钱如水收住话头，说："你接了电话再说。"

丁胜天拿出手机一看，先笑起来，说："正好是交通厅办公室副主任银怀运。"钱如水说："怀孕？怀什么孕？不是龙凤胎吧？"丁胜天说："就是聂守谷秘书，这个电话肯定是聂守谷要他打的。"钱如水说："你快接，看他说些什么。"

丁胜天将手机捂到耳边，明知故问道："银主任您好！找我有事吗？"银怀运说："昨天聂厅要我联系你，想跟钱总吃个饭，见个面，找过他没有？"丁胜天说："根据领导意思，正在找呢。"银怀运说："钱总怎么说？"

丁胜天正要说已经答应，见钱如水忙摇脑袋，改口道："最近他有些忙，一时恐怕抽不出时间。"银怀运说："再忙，饭总得吃嘛。回头我直接拨钱总电话，让领导亲自跟他说。"

不知钱如水为何摇头，丁胜天跟银怀运说过再见，抬了头说："聂守谷请客，正好说说投资京珠复线的事，为啥不答应他？"钱如水说："李见好下落不明，聂守谷的饭菜再好吃，我也难以下咽啊？"

丁胜天说："李处应该不会有事吧？"钱如水说："很难说。至于聂守谷那里，他有心请你，你今天不去，明天还会再请的，还怕他想不起你来？再说这些人占着好位置，享受惯了别人的巴结，你拒绝他一回，才知道你的分量。"

话没落音，银怀运把电话打到了钱如水手机上："钱总好！领导要跟您说句话。"

钱如水刚将手机从右耳换到左耳，聂守谷的声音就传了过来："如水吧，你真是贵人多忙啊。"钱如水说："谢谢聂厅关心！如水没您忙，更没您贵。"聂守谷笑道："忙是好事嘛，说明你生意兴隆，财源广进。不过再忙，朋友不能丢。咱们好些时候没见面了吧，是不是一起聚聚？"钱如水说："好啊，时刻听从党的召唤。"聂守谷说："真话假话？真话晚上就到交通厅旁边的通程大酒店来，我负责买单。"

"不敢不敢，有幸拜会聂厅，当然得如水买单，这个面子您还是会给的吧？不过……"钱如水说到这里，故意打住。聂守谷说："不过什么？你不是刚说过时刻听从党的召唤吗？"钱如水说："时刻听从党的召唤是肯定的，可如水与党之间有段路程，从听到党的召唤，到投进党的怀抱，总得有点时间差吧？”聂守谷说：“这个时间差有多大？”钱如水说：“报告聂厅，事情是这样的，再过几分钟我就出发去接机，香港过来一位重量级合作伙伴，非我出面不可，否则这单快到手的大生意就会泡汤。”

聂守谷有些不快。可他不会表露出来，打着哈哈道：“吓我一跳，还以为你要劫机。我也想你这么大的大老板，买几部飞机都不在话下，也犯不着去劫机是不？”钱如水也笑道：“聂厅真幽默。”聂守谷说：“就改明天吧，明天晚上怎么样？”

钱如水故作沉吟，说：“明天一整天都得陪港商考察项目。还是后天吧，后天中午送走客人，我订个像样酒店，开车去接您如何？”

想想聂守谷大权在握，几时被人拒绝过？且在短短几分钟内两次被拒绝。恨得他牙齿痒痒的，差点忍不住要教育钱如水两句。只是心里又想，现在是你求人，不是人求你，有冲破天的气也得往肚里咽。再说也是为省里交通事业，受点怠慢算得什么呢？聂守谷大度一笑，说：“行行行，等你电话。”

“谢谢聂厅，这么理解如水。说好后天，不见不散。”钱如水挂掉电话，脸上浮起自得的笑，一阵快意涌遍全身。心理学上说，拒绝别人得到的快乐，远比答应别人多得多。既然拒绝人家很快乐，被人拒绝自然也就很痛苦，手握大权的人有意无意间总喜欢拒绝人，最不乐意的就是被人拒绝。这也是为啥有权人有两句话经常挂在嘴边，一句是“不行”，另一句是“听我的”。“不行”是拒绝和否定人家，“听我的”是容不得人家拒绝和否定自己。局外人只知有权人说这两句话是耍权威，殊不知耍权威只是表象，潜意识里是想享受这两句话带来的快感。原来肯定是定，否定也是定，事实是否定比肯定则往往更爽更有力量，一旦有资格否定人家时，也就不会有谁愿意肯定人家。

这就是为啥钱如水拒绝聂守谷后，感觉这么爽快，虽说他拒绝得很委婉，嘴里也没说“不行”或“听我的”这两句话。

钱如水当然不只顾着乐，他没忘记不知去向的李见好。

李见好提前给丁胜天留过话，说明他知道自己会出事。也就是说这不是偶发事件，是有来由的。也不可能是黑道上的人，虽说建设领域黑白渗透，可监理处与黑道直接接触不多。又会是谁对李见好下的手呢？是要害部门，还是李见好的仇人？要说李见好的最大仇人，也就是马步高，可他待在监狱里，又已疯掉，还能把李见好怎么样？不是仇人，就是走得近的友人。世界太复杂，没有永远的朋友，也没有永远的敌人，只有永远的利益，利益作祟，敌友转换起来也快。钱如水印象中，与李见好走得近的，除你钱如水，就是易居白。易居白一个弄书法篆刻的，不可能有这个手段。

另一个人进入钱如水脑袋。这个人就是史学军。李见好与史学军的关系最讲不清。史学军正是利用李见好，把马步高搬掉，才做上德绕高速项目公司总经理。又通过李见好认识易居白，再走近蒲秘书和泉书记，抓牢党委书记帽子，一肩双挑，一人独大。说史李是曾经的友人，不算夸张。只是后来李见好良心不安，觉得不该把马步高弄得这么惨，让史学军风光尽占，开始后悔。恰好德江大桥 T 梁有质量问题，史学军想维护秦建成利益，企图阻止李见好行使正当的监理职权，李见好不愿受制于史学军，得理不让人，迫使秦建成下掉不合格 T 梁，让他损失三百多万，也弄得史学军威风扫地。

事情经过是钱如水去美国前丁胜天给他说的。钱如水也问过李见好，隐隐意识到他在劫难逃。只是当时钱如水太忙，又筹备着出国，渐渐将这事忘到了脑后。谁知从美国回来，李见好就失踪了。始作俑者十有八九就是史学军。史学军是聪明人，犯不着走黑道，免得以后落个勾结黑社会的罪名。李见好冒充要害部门非法拘役马步高，就是个现成的把柄，这事又只有史学军一个人知道，若他举报给执法部门，执法部门肯定会把李见好带走。

马步高一案，钱如水是李见好同谋，追究下来，他也罪责难逃。好在执法部门里面有钱如水的人，李见好若到了执法部门手里，也许事情好办得多。钱如水望望一直没走的丁胜天，说："近期见过林树林不？"

然后钱如水吩咐丁胜天："你到通程宾馆订个包厢，通知林树林，要他叫上胡玉书，明天中午咱们一起吃个饭。"

这就是钱如水的风格，该办的事一分钟都不会拖延。

林树林没问题，胡玉书可是执法部门副厅长，恐怕不是想请就请得动的吧？丁胜天心里嘀咕着，不无担心道："万一胡玉书来不了呢？"钱如水说："我请客，他能不来？"

胡玉书听林树林说钱如水请客，推掉早约好的应酬，第二天中午准时赶到通程。走进包厢，老远朝钱如水伸出双手，说："如水老弟呀，你还记得请我的客啊？"

钱如水也赶紧抬手握住胡玉书，再顺势给一个热情的拥抱。

主客坐定，丁胜天招呼服务生上菜。林树林拿过桌上大中华，几下撕开，抽出一支，双手递向钱如水，说："请钱总用烟。"钱如水说："胡厅是主宾，先敬胡厅。"胡玉书说："那怎么行？你是钱总，当然你先来。"

抽着烟，菜上得差不多了，几个齐喝三杯，而后停杯吃菜。丁胜天手机来了微信，放下筷子，看起来。边看边咧着嘴巴说："这些家伙真搞笑。"林树林好奇道："什么好东东？念来听听，让咱们也跟着乐一乐。"

"是微信群里的段子。"丁胜天对着手机念道，"群众须知：群主的脾气就是我的福气，群主的要求就是我的追求，群主的意向就是我的方向，群主的鼓励就是我的动力，群主的想法就我的做法，群主的表情就是我的心情，群主的酒量就是我的胆量，群主的嗜好就是我的爱好，群主的情人就是我的亲人，群主的小蜜就是我的秘密。"

三人就笑。钱如水拍拍胡玉书肩膀，说："一听这里的群主就是胡厅，群众就是执法部门。"胡玉书说："我副厅长一个，还做不了执法部门的群主。"

"还有哩。"丁胜天又念起来，"群办主任守则：群主没来我先来，看看谁坐主席台；群主没讲我先讲，看看话筒响不响；群主说话我鼓掌，带动下面一片响；群主吃饭我先尝，看看饭菜凉没凉；群主喝酒我来挡，刀山火海也敢闯；群主睡觉我站岗，跟谁睡觉我不讲。"

几位又笑。胡玉书说："我发现如今的段子有一个规律，绕来绕去，总会绕到脐下三寸，不是情人小蜜，就是睡觉之类。"钱如水说："也不奇怪，爱江山更爱美人，光有脐上，没有脐下，人活着有啥意思？"胡玉书说："如水说你自己吧？"钱如水说："人之常情，莫非您胡厅还能特殊到哪里去？"

胡玉书不得不点头，说："是啊，都是常人，七情六欲，人皆有之。前不久厅里有位领导生日，朋友不送红包不献花，发了条短信：祝生日快乐，日日快乐，不日也快乐！"钱如水说："这短信有水平呀，言简意赅，一语中的。看这男人在外打拼，不就叫混日子吗？人一辈子，有日有子，夫复何求？"

"好个有日有子。不过想想也是的，这是人生最低要求，同时也是最高目标啊。"胡玉书感叹道，望望钱如水，"怪不得钱总一炮两响，让芹芹给你生了个双胞胎。钱总不是炮校毕业的吧，放起炮来这么有效率。"

开着玩笑，钱如水给丁胜天做个手势，丁胜天会意，说："有件不大不小的事要麻烦您。"

胡玉书夹口菜，塞进嘴里，说："不是大事就是小事，怎么叫不大不小呢？"

钱如水说："在我钱如水，是大事，天大的事，在您胡厅，是小事，不过芝麻大点的小事。"

"有话就说，有屁就放，何必这么婆婆妈妈的？"胡玉书粗着嗓门嚷道，没等钱如水敬酒，自己端过杯子，仰脖喝下，"平时如水说话，好像不是这个姿态嘛。说半句出来，又咽半句回去，让人着急。我是大老粗，又天天跟粗人打交道，喜欢痛快。"

钱如水跟胡玉书碰碰杯，说："我有一个朋友叫李见好，是德绕高速公路二监理处处长，胜天的项目部就在他监理范围之内，对胜天多有关照。"

说到这里，钱如水略略停顿，意思是让胡玉书明白，这个浅显道理胡玉书还明白不过来？别看他说话粗声大气，其实粗中有细，并非他自己说的大老粗。事实是执法部门的，没一个低智商。

钱如水又说道："上周李见好人间蒸发，突然没了音讯。"

一个数百万人口的省城，哪天不会失踪个把两个人？胡玉书一点不觉得惊讶，漫不经心道："是主动蒸发，还是被动蒸发？"钱如水说："应该是被动蒸发。"胡玉书说："报警没有？"钱如水说："报告给你，算不算报警？"胡玉书说："也算吧。估计会是何人干的？"

钱如水望眼胡玉书，说："还能是谁干的？十有八九是你的人干的。"胡玉书说："我的人干的？你怎么知道是我的人干的？"钱如水说："只有你的人才干得出来。"胡玉书说："我为何没听说？"钱如水说："哪知你真没听说，还是装聋卖傻？"

逗得胡玉书直笑，说："我成天忙得屁眼冒烟，哪有工夫装聋卖傻？"钱如水说："也许你手里案子太多吧，不可能每个都上心。"胡玉书说："这还像句人话，好像你做过执法部门厅长似的。"钱如水说："没做过厅长，也做过老总，事情一多，不可能什么都有印象。"

"我先打个电话问问吧。"胡玉书掏出手机，拨通刑侦大队长，"有一个叫李见好的，是不是在你手上？"大队长说："在我手上啊，还是您老人家签给我，我才采取行动的。"胡玉书说："我签的没错，不签你小子敢乱来吗？跟你说啊，这案子牵涉面广，我不太放得下心，才问问你，已进展得如何。"

一旁的钱如水听得明白，胡玉书每天经手不知多少案子，早忘个干净，才旁敲侧击，套大队长的话。大队长说："进展不太顺利。是任副在具体承办，半个小时前还给我汇报过，说李见好简直是粪坑里的石头，又臭又硬，不怎么好对付。"胡玉书说：“还有你们对付不了的角色？”大队长说：“李见好可不是吃素的，不然也不会冒充要害部门，非法拘役马步高。马步高黑白通吃，连冯以真都扳得倒，竟栽在李见好手里，可想见姓李的的厉害。”

说到冒充要害部门非法拘役马步高，胡玉书多少还有点印象，只是一时没能跟“李见好”三个字联系上，于是说：“李见好不是街头混混，上面已有人过问。你马上通知任副，不要做得太过头，惹出什么麻烦。暂时给我放一放，最后如何处置，我会及时通知你们。”

挂掉电话，胡玉书说：“原来是跟马步高案有关的李见好，我记得案情，记不起当事人名字了。如水老弟直说，你有什么要求。”钱如水说：“把人放掉。”胡玉书说：“说得轻巧，立案的案子，是说放人就放人的？得有充分理由，走一定程序。再说还是省要害部门督办，如何办理，办到什么份上，我说了也不算。”

李见好冒充要害部门拘役马步高，无异于给要害部门头上抹黑，人家肯定不会放过他。钱如水说：“你说了不算，谁说了算？”胡玉书说：“至少要害部门书记说了才算。”钱如水说：“要害部门书记之外呢？”胡玉书说：“要害部门书记之外嘛，就看谁比要害部门书记大，管得了要害部门书记。”

德南省里，比要害部门书记大，也管得了要害部门书记的，也就是泉书记了。钱如水说：“你是说只有泉书记打招呼，要害部门书记开过口，李见好才可能出来？”胡玉书说：“是啊，已被要害部门盯住，李见好想恢复自由，恐怕非惊动泉书记不可。”

李见好一个小得不能再小的小角色，又怎么惊得动泉书记？钱如水只好退而求其次，说：“放人做不到，李见好人身安全总可以保证吧？”胡玉书说：“这个你放心，刚才没听我跟大队长说过，案子暂时放放？有我这句话，他们就不会乱来。”

钱如水说：“县官不如现管，你打的大队长电话，李见好在姓任的副处长手里，谁知他会做出什么事来？”

“还不放心是吧？不放心我亲自给任副打声招呼。”胡玉书又拨任副电话。

领导的电话打进来时，任副刚让伍陆两位搬了张椅子，准备审讯李见好。李见好到案后，什么都不说，任副渐渐失去了耐心，觉得再忍耐下去，这小子不知道厉害。

任副说：“李见好听清楚，这是你最后的机会，你可得识趣点。两个选项，是站着主动说，还是坐下被动说，你自己选吧。”

事到如今，李见好也不再盼望奇迹出现。张开嘴巴，刚吐出一个“我”字，屋里铃声响起。李见好下意识低头去瞧衣兜，才意识到自己身上已一无所有。是审讯桌上任副手机在响。任副犹豫着不知要不要接电话，可还是朝手机屏幕瞧了一眼。是顶头上司大队长的号子。任副不得不把手机捂到了耳边。

大队长叫任副暂停审讯李见好。按过电话，任副盯着手机屏幕，半天没出声。这个李见好，到底什么来头？连大队长都出尔反尔，说好要往死里整的，临时又改了口。

见任副犹豫不决的样子，伍陆两人暗自发急。他俩不信一个电话，会让任副改变既定方案。这不是任副的风格。任副的风格是起手的事，再怎么也得拿下。

其实任副更不愿中止已经开始的动作。没错，大队长是自己领导。可将在外，君命有所不受。任副已顾不得这么多，决定我行我素审到底。

决心一定，任副猛地抬起头，双目如剑，刺向李见好，厉声道：“李见好，我最后问你一句，你到底说不说，不说就给我……”

李见好明显感觉出，肩上两只手加大了力量。

可没等任副说完，桌上手机又响起来。任副倒吸一口气，仰了头，努力不去瞧手机。越努力，越糟糕，眼角余光还是不争气地往桌上瞟去。

这回是胡玉书的号子。

任副忍了忍，还是伸手摸过手机。随即又放下。铃声响得很坚决，很固执。没法子，任副只得接了电话。胡玉书在那头说，任副在这头嗯嗯着，一边点着脑袋。胡玉书不是大队长，他的脾气执法部门系统无人不知，胆敢违背他老人家的话，除非你不想在执法部门继续待下去。

放下手机，任副浩叹一声，示意伍陆两个放开李见好，把椅子搬走。

李见好心头一喜，知道是钱如水背后起了作用。

第二十八章
华侨投资事件

李见好有了着落，钱如水心里稍稍踏实了些。

可怎样才能把他弄出来呢？果如胡玉书所说，非得泉书记发话不可，就不简单了。丁胜天建议道："聂守谷不是有求于咱们吗？可否让他出出力？"钱如水说："胡玉书做不到的事，聂守谷管什么用？"丁胜天说："胡玉书只是副厅长，与省领导之间隔着一层，聂守谷是厅长，还是交通厅厅长，又有省长助理身份，跟省委省政府主要领导走得近，也许有办法。"

这不是什么高招。钱如水说："李见好这芝麻大点的事，惊动太多的人，完全没这个必要。"丁胜天说："也是的，咱求人一件事，人家会给咱生出十件事来。"钱如水说："走着瞧吧，胡玉书打过招呼，李见好不会有亏吃，在里面多待几天，少待几天，都无所谓。"

"与聂守谷约好的饭局呢？"丁胜天又提醒道。钱如水说："按原来说的办。你订好地方告诉我，我通报聂守谷。"

待丁胜天订好酒店，打聂守谷电话，却没任何信号。拨银怀运手机，要么占线，要么不占线也不接。钱如水觉得聂守谷有意思，本是他要找你，说好一起吃个饭，这下不知躲哪儿去了，连银怀运也联系不上。都知道官场中人喜欢摆谱，可也不是这么个摆法吧？

正在钱如水纳闷时，银怀运的电话回了过来，说："对不起钱总，厅里来了几百号上访民工，没法接你手机，我是躲到楼顶给你打这个电话的。"钱如水说："哪里的民工？"银怀运说："还不是德绕高速工地上的民工。"钱如水说："聂厅呢？"银怀运说："就是聂厅要我回你电话，他正跟民工们周旋，让我告诉你，今天无法脱身参加饭局，只能另约。”

等不及钱如水回答，银怀运说要下去解领导的围，匆匆挂了电话。

看来聂守谷记忆还算不错，没忘记饭局的事。钱如水只得通知丁胜天，要他取消订好的酒店，改日再说。

改日聂守谷打电话给钱如水，说：“不好意思，如水，昨天情况特殊，没能赴约。”钱如水明知故问道：“什么情况这么特殊，让您饭都吃不成？”聂守谷说：“还不是银行压缩资金规模，德绕高速的贷款到不了位，民工领不着工资，跑到厅里群访，我差点没被他们撕碎吃掉。还是龙副省长出面，才把民工们劝走。接着龙副省长又亲自主持召开现场办公会，直到深夜才散，害得我没吃上你的大餐，这会儿还耿耿于怀。”

钱如水深表同情，说：“我原以为咱们生意人弱势，为人处世不容易，想不到你们这样的强势群体也有自己的难处。”聂守谷说：“谁没难处？不发展，只会越来越落后，越来越被动。要发展，必然会产生矛盾，矛盾处理不好，就会引发冲突。交通部门处于经济建设前沿，还能有消停的时候？”钱如水说：“能理解，能理解。”聂守谷说：“能得到你的理解，我老聂感到很荣幸。你不仅要理解，还要拿出实际行动，给予大力支持。”钱如水说：“聂厅高看了，我一个小小生意人，哪有这个能耐？”

“你当然有这个能耐。”聂守谷说，“昨天的现场办公会上，我专门推介了水善利公司，龙副省长挺感兴趣，想亲自到贵公司看看。”

龙副省长要来公司，什么意图呢？钱如水说：“记得龙副省长管的交通水利吧？水善利又没做这方面的生意，他怎么会有兴趣呢？”聂守谷道：“德南交通事业也需要你出力啊。你话里意思，好像不怎么欢迎似的？”

钱如水哈哈大笑道：“如水能不欢迎吗？敢不欢迎吗？”聂守谷说：“这口气，还是不欢迎。”钱如水说：“龙副省长看得起，要视察咱公司，还不欢迎，我傻呀？人家盼星星盼月亮，盼跟省领导见一面都盼不到，聂厅促成龙副省长光临水善利，如水求之不得啊。”聂守谷说：“这话听上去还算顺耳。”

龙副省长不是普通副省长，还有省委常委和常务副省长身份，他要到水善利来，自然不可能一个人悄悄行动，后面一大帮随从，都是各部门要员，除交通厅和高管局外，还有政府办、发改委、国土、建设、财政、税务、工商、物价、外贸、公安、城管、银行诸部门头头，加上各大媒体记者，将水善利公司围个水泄不通。

视察完公司办公场所，与员工们做过零距离接触，一伙人走进会议室，一边抽烟喝茶吃水果，一边听取钱如水汇报。钱如水尽拣领导爱听的讲，每年生产成本多少，税收多少，毛利多少，就业员工多少，一清二楚。接着龙副省长做重要指示，充分肯定水善利的经营管理方法，以及对全省经济建设所做出的巨大贡献。最后强调私有企业在国家经济建设和社会稳定中的重大作用，点着各部门头头的名字，责成他们把水善利作为重点扶持对象，在政策、资金和各项服务上，给予大力倾斜。各部门头头纷纷表态，一定把龙副省长指示精神落到实处，促进水善利公司经营管理再创新佳绩，再上新台阶。

开完汇报会，一行人走出公司，簇拥着龙副省长，下楼上车，汇入浩荡车流。聂守谷最后一个离去。上车前，对站在坪里送客的钱如水说："龙副省长还有话要跟你说，晚上我陪你去见他。"钱如水说："放在哪里见？"聂守谷说："暂时定不了，你等我通知。"

下午六点左右，聂守谷联系钱如水，说定七点半在省政府门口会面。

到时钱如水赶过去，聂守谷的车已等在那里。一起进得省府大门，七弯八拐，来到主楼前，车子才缓缓停下。说是主楼，其实就是一栋三层红砖房子，大约是上世纪五十年代的建筑，估计是政府主要领导在这栋楼里上班，才享有主楼盛誉。旁边办公楼也都差不多，属同类型建筑物。

外表普通，走进里面，还是很整洁开阔的，尤其是省长和副省长的办公室，宽宽大大，还带会客室和卫生间。龙副省长刚送走一拨客人，见着聂守谷和钱如水，忙迎入会客室，亲自给二位倒茶。聂守谷忙过去接住水壶，倒一杯递到钱如水面前，再给龙副省长续上水，最后才自己端一杯在手上，回到钱如水旁边沙发上。

宾主坐定，龙副省长就感慨道："今天看过水善利公司，我深受启发。发展私有经济，合理利用民间经验、智慧以及雄厚资本，服务地方经济，空间还非常大啊。"

龙副省长看得起，白天视察水善利公司，晚上又约见会谈，钱如水自然该表示点感激之情，说："省里对私有经济一直很扶持，不然水善利也没有今天这样的成绩。"

"过去在私有经济建设方面，省里确实做过不少工作，以后还要继续加大扶持力度。"龙副省长点着头，"听说水善利公司准备投资京珠高速复线建设，有这回事吧？"钱如水笑道："正在做投标准备。龙省长体察民情，情况掌握得蛮全面呀。"龙副省长说："我管这一块嘛。这是好事，我已跟守谷还有发改委打过招呼，一定要对水善利高看一眼，力争投标成功。”

钱如水忙打拱手，表示感谢。

京珠高速复线属国家建设项目，又刚刚启动，目前还不太当紧，最当紧的是在建的省属重点工程德都绕城高速公路，资金链几乎断掉，工程瘫痪，民工上访，搞得政府非常被动，龙副省长还有其他政府职能部门头头多方筹资，欲解燃眉之急，可收获并不大。就在大家都差钱的时候，水利善准备投资京珠复线，龙副省长觉得奇怪，让人背后一摸底，原来不是钱如水如何有钱，是他伯伯在美国开了家跨国风险投资公司，资金雄厚得很。龙副省长来了劲，决定做做钱如水工作，看能否动员他伯伯再拿些钱出来，回来投资德绕高速。

龙副省长身子前倾，望着钱如水道：“听说你有亲戚在美国干得不错？”钱如水说：“谢谢龙省长关怀，如水确实有个伯伯在美国，还算混得下去。”龙副省长说：“怎么叫混得下去？他老人家一九四九年去的台湾，后转赴美国，开了家跨国风投公司，生意做得挺大的。”

钱如水忍不住玩笑道：“龙省长还分管安全工作吧？”龙副省长也笑道：“不用分管安全工作，省内有些什么人物在世界各地，也略知一二。跟你明说吧，叫你来，就是想通过你，向你伯伯转达省政府的诚意，请他老人家回乡省亲，考察投资项目，为家乡建设事业出力。”

伯伯的事钱如水做不了主，也不敢胡乱表态，只说：“伯伯公司投资项目多，遍布全球各个角落，长年满世界飞，他有没有时间和精力回国，我也说不准。不过我可以跟他联系，及时传达龙省长的美意。”

对钱如水的回答，龙副省长很满意，说：“这就好。我这里代表省政府，正式向你伯伯发出诚挚邀请，你马上传达给他，他有什么想法，及时告诉我。”

该交代的龙副省长已经交代，钱如水站起来，说：“今晚就打伯伯电话。”

龙副省长起身送客，与钱如水握握手，又拍拍他的肩膀，说：“能把你伯伯请回来，你就是全省人民的大功臣。”

功不功臣，钱如水无所谓得很。他琢磨着，要不要说说李见好的事。转而又想，龙副省长是省委常委，要害部门书记也是省委常委，让常委跟常委打招呼放人，恐怕不一定管用。再说受托之事还没办，就提要求，出难题，人家也不见得给力。到时再说吧，到时伯伯若能回国投资，不只龙副省长，其他省领导恐怕也会出面，再择机提出放李见好，可能效果更好。

也许人越老，乡情越浓，夜里钱如水将越洋电话打到美国，伯伯听说德南省政府领导邀请他回乡省亲视察，非常高兴，不打折扣就答应调剂时间，安排一趟回国行程。

第二天把消息反馈给龙副省长，他连声说好，表扬钱如水办事利索。还说：“咱们的政府官员有你这种执行能力，事情就好办得多了。”随即汇报给项省长，项省长也非常支持，承诺钱董回国后，他亲自奉陪，若泉书记在省里，也请他出面。

得过项省长的话，龙副省长立马召集有关部门，成立钱董回乡省亲视察接待工作班子，明确交通出钱，外事出力，公安负责安全保卫，确保钱董省亲考察期间内，住得舒服，吃得可口，行得安全，游得开心。

龙副省长是个细心人，还把钱如水叫去，询问钱董生活习惯，好有针对性地给予安排布置。还问：“钱董大半辈子旅居海外，家乡菜还吃得习惯吧？”钱如水说：“很习惯，家里厨师都是从家乡请过去的，吃的仍然是小时习惯了的味道。”龙副省长说：“在德南家乡特色口味里，他最喜欢什么？”钱如水说：“最喜欢剁椒鱼头。在美国也做，可那边的鱼和辣椒没德南地道，做出来的口味不怎么正宗。”龙副省长说：“这就好，我把德都最好的厨师请来，给钱董做剁椒鱼头，一定让他吃得满意。”

钱董归国日期到来，龙副省长带着相关人员，让钱如水和丁胜天陪着，亲自赶往机场迎接。鹤发童颜的钱董一下飞机，一男一女两位小学生啪的一个立正，又敬礼，又献花，口里喊着钱爷爷好，钱爷爷辛苦啦！旁边是龙副省长，上前握紧钱董双手，代表省政府表示热烈欢迎，又将前来迎接的各部门头头介绍给钱董。宾主见完面，龙副省长拉开飞机旁的奔驰，请钱董上车，自己叨陪在侧，由钱如水驾驶，缓缓出得机场，直奔市区。

住地安排在省政府后面的德园宾馆九号楼。说是楼，其实就是两层独栋别墅，隐藏在花花绿绿的草木丛中，恍如世外桃源。楼里没有无关人员，保卫和后勤住一楼，钱董住二楼主卧，左边是他的保健医生和随从，右边留给钱如水和丁胜天，方便招呼钱董，及与龙副省长他们的联络。

考虑钱董旅途劳顿，当天没安排活动。陪饭人少，吃得也清淡。饭后龙副省长送钱董上楼，说：“今天钱董最需要的是好好休息，倒倒时差，恢复一下体力。明天早上我过来一起吃早餐，上午考察绕城高速。”又嘱咐钱如水，“好好照顾伯伯，吃用什么，楼里都有，你叫就是，后勤保卫都归你支配。楼下环境幽静，还可陪伯伯散散步，叙叙家常。”

龙副省长他们走后，楼里一下子静下来。后勤和保卫一个个训练有素，动作轻手轻脚，说话和风细语。见着钱董，更是礼貌有加，老远说声钱爷爷好，弯腰贴到墙边，笑望着他走过去好远，才继续行动。

钱董感慨颇深，在楼前林子里活动筋骨时，对钱如水和丁胜天说：“我投资过不少国家的大型项目，国家元首都会出面，接待水平也莫过如此。无论硬件设施，还是软件服务，德南政府的接待已完全进入国际先进行列。”钱如水说：“德园可不是普通宾馆，一般不对外开放，接待对象主要是两种人，一是北京来的领导，一是来华外宾。”

钱董哦一声，说：“怪不得咯。看来这次龙副省长他们是用足了心的。”钱如水说：“那自然。人家盯紧了您的钱袋子，不用心怎么行？”

这是和尚头上的虱子，明摆在这里，钱董不可能不清楚，说：“德南投资环境如何？”钱如水说：“不能一概而论。政府出面引进的项目，投资环境肯定不错，否则就有些难讲。”

转上两圈，钱如水见时间不早了，说：“伯伯累了吧，要不早点回房休息？”

“上了年纪，回房也睡不着。”钱董兴犹未了，朝不远处的木椅走过去，“还不如在这里聊天，空气也好。”钱如水坐拢去说：“这确是个聊天的好地方。”

钱董有话要说。先是投资京珠复线的事。钱如水说：“赶巧碰上银行压缩贷款规模，伯伯来投资，恰是时候。咱们正在紧张筹备投标事宜，龙副省长也表态大力支持咱们，估计拿到项目问题不大。”

论及德绕高速项目，钱如水说：“也是由于银行方面原因，德绕高速工程一下子成为无源之水，急需资金补救。从某种意义上来说，龙副省长不是请伯伯来投资的，是请来救火的。”钱董说：“我是商人，不是消防队员，可没有救火义务。商人以赢利为天职，救了德绕高速的火，自己亏得血本无归，我可不干。”

“血本无归还不至于。”钱如水分析道，“德绕高速属于政府项目。由于政府督导得力，工程已如期过半，只要资金跟得上，不到两年时间就可建成通车。也就是说后续投入与产出过程不太长，若跟前期投资人的分成还算合理，资金管理也规范的话，风险不会太大。”钱董说：“分成问题好办，咱们急人之所难，有什么要求，人家会尽量满足你。至于资金管理，我会派财务总监过来，直接负责，没有我的人同意，一分钱都不能乱花。”

聊得开心，祖孙三人都忘了时间，直到夜雾笼罩，露水自树上悄然滴落，打湿钱如水头发，他才看看表，说："好快呀，快十二点了，伯伯咱们走吧。"

送钱董回房后，钱如水刚进自己房间，郁碧柳打来电话，问李见好情况如何。钱如水说："你放心，李见好没事。"郁碧柳说："没事就好。他在哪里，你见到他没？"钱如水说："具体在哪里，我也搞不清。"

郁碧柳有些不满，说："人在哪里都搞不清楚，还说没事！"钱如水说："我说没事就没事，你还不相信我？"郁碧柳说："李见好下落不明，要我怎么相信你？你告诉我他在哪里，我去找他，反正生要见人，死要见尸。"

"什么生呀死呀的，没这么严重。等见着李见好，我会把情况告诉你。"钱如水说完，挂掉电话。郁碧柳不甘心，又拨过来。钱如水懒得接听，扔下手机，去了卫生间。洗完澡出来，手机里已有好几个未接电话，都是郁碧柳号码。

这个郁碧柳也是的，这么关心李见好，是不是两人有一腿？钱如水钻进被里，反手要去关灯，手机又响起来。以为还是郁碧柳，不想理睬，又怕伯伯有事，还是拿过手机看了看。这回是侯忠民。不用说是郁碧柳没得到确信，要侯忠民打的。

钱如水告诉侯忠民，李见好在执法部门手里，生命无虞，他正想办法，尽快把人弄出来。

翌日起床，钱如水和丁胜天去看钱董，人已不在房里。下楼出门，只见钱董在林子里跑步，速度还不慢。钱如水追过去，说："伯伯好体力，跑得这么快。"钱董说："美国人充满活力，喜欢运动，我是去美国后才跟着养成跑步习惯的。几十年坚持下来，受益匪浅，不然哪有这个体质和精力，满世界投放投资项目？"

跑完步回到楼里，龙副省长也已赶到，几位一起走进餐厅。早饭后乘坐豪华中巴，出城直奔德都绕城高速公路工地。

说是工地，大部分只有地，没有工。银行断掉资金，大多数工程半途而废，见不到工人和劳动场景，大型机器横七竖八撂在工地上，默然无声。随处可见的简易板房几近坍塌，偶尔有咳嗽声传过来，是留下看守材料的白发老头，手拿半截香烟，有一口没一口地抽着，无神的眼睛盯住不远的前方，那里胡乱堆放着些杂乱的建筑材料。老头并不孤独，脚边有只黄狗，听到动静，懒洋洋地走出来，很负责任地吠上几声，又夹着尾巴退回去，卧到老头旁边，悠然打起瞌睡来。

一边参观考察，一边听龙副省长和史学军介绍基本情况。钱董一边听，一边提问，还不断掉头提醒钱如水，把重点内容记下，回去好向董事会汇报。钱董问得最多的还是资金运营情况，德绕高速项目公司和高管局相关负责人有针对性地一一做了答复。

不觉到了中午，龙副省长请钱董到附近农庄进餐。钱董不愿浪费时间，坚持在德绕项目公司食堂简单吃个工作餐，又上路去了各处工地。

直到下午四点多，一行人才从工地上撤下来，进城回到德园宾馆。

泉书记和项省长赶过来，与钱董见过面，一起走进金碧辉煌的大餐厅，围桌而坐。上的是国酒茅台，多年不沾白酒的钱董也敌不过泉书记和项省长盛情，端了杯子。菜离不开燕窝鱼翅，以及德南特有的山珍。钱董都不怎么感兴趣，不过点到为止，以不辜负主人期望。

最对口味的还是剁椒鱼头。这是龙副省长请来德都最负盛名的烹饪大师，专门精心为钱董做的。要说剁椒鱼头做法并不高深，关键剁辣椒品质要好。所谓剁辣椒，就是将又辛又辣的本地优质红辣椒剁成碎片，用酸坛子腌熟透了，再开坛取用。鱼是刚从德江里捞上来的鲜鲤或草鱼，现杀现享，叫鱼吃跳。用滚热茶油将鱼头煎得微黄，佐以老姜，布些豆豉，然后覆上厚厚的剁辣椒，盖了锅盖，大火闷煮。直到剁辣椒里的味道煮进鱼头肉里，再揭盖，搁些葱段和紫苏之类，就可出锅上桌。红彤彤的剁辣椒冒着腾腾热气，本来就够刺激胃口的，加之剁辣椒不仅有辣味，还有独特的香味和甜味，腌过后又多了酸味和咸味，与鱼头鲜味融合到一起，优化成妙不可言的特殊美味，简直美不胜收。

这正是钱董小时候吃过的剁椒鱼头味道，正宗地道，已几十年没有吃过。味觉是人生最深刻的记忆，钱董吃着这正宗可口的剁椒鱼头，百感交集，又激动，又兴奋，叉开筷子，猛夹猛吃，大快朵颐。还不过瘾，放下杯子后，又要碗清水面，倒上剁椒鱼头红黄的汤汁，用筷子搅搅，呼啦呼啦几下就下了肚。

一个八十多岁的老人，还有这么好的胃口，本身就令人羡慕和嫉妒。何况钱董是席上主宾，兜里揣着巨额投资款，众人还能不为他叫好？没等钱董放下吃净的面碗，泉书记就忍不住带头鼓起掌来。席上顿时掌声一片，都说钱董真棒，三十岁的年轻人都不见得有这个好胃口。泉书记说："到得钱董这个年纪，我还这么威武，做梦都会打哈哈。"项省长说："我就是万幸活得到这一天，只怕也只能做狗，在地下爬动，哪还这么能吃会吃？"

也是高兴，不用泉书记他们怎么动员，钱董主动承诺投资德绕高速公路，虽说还得回去交董事会举手通过，但他的想法一般会得到认可的。资金更没问题，风险投资公司就是做资金生意的。但资金管理不能随便，得由董事会全程掌控，每分钱都要用到该用的地方。泉书记和在座领导自然满口赞成，说投资人管理资金入情入理，更有利于项目建设。当即责令聂守谷，马上安排力量，起草投资意向协议，钱董回美国前，双方把字签下来。

“咱们有现成的项目投资协议模板，你们可以根据德绕高速项目具体经营情况，进行修改补充和完善。”钱董双颊泛红，说话声音也很高昂，“如水你负责提供协议模板和合作具体方案的制订，你觉得差不多了，我再过目。”

合作意向既定，几位领导松下一口气。泉书记说：“钱董老家还有亲人吧？难得回国一趟，是不是趁便去走走？我和老项抽不出时间，就让龙副省长代表我俩和省委省政府好好陪同您。”聂守谷赞同说：“钱董到老家和各处看看也好，等您老人家回到德都，咱们的合作方案应该也基本成形，再交您审定。”

钱董离开大陆几十年，中途回来过两次，都匆匆忙忙的，没时间也没心情回老家。这次地方领导这么客气，行程也充裕，回去走走，何乐而不为呢。钱董高高兴兴答应道：“行啊行啊，这也是我的夙愿。都老到不死都不好意思的年龄，再不回去，以后就没机会啦。”

龙副省长说：“钱董有这个心愿，我一定代表泉书记和项省长陪好您。还有如水，应该是钱董大陆最亲的亲人吧，你也得随行，一是带路，二是生活方面可多照顾伯伯。”聂守谷说：“如水恐怕得留下来，要配合咱们草拟合作方案。”钱如水说：“没关系，我带着电脑，可以通过网络，随时收发文件，联系沟通。”

钱董回乡下老家的事就这么确定下来。

泉书记和项省长有事先走一步，龙副省长留下，与钱董和钱如水商量行动方案。还给沿途地市和区县领导打过招呼，负责接风洗尘。钱董带着大钱回来投资，可谓衣锦还乡，总不能悄悄地来，悄悄地走，怕见人似的。

安排妥当，龙副省长才告别钱董，出了九号楼。还不放心，又嘱咐出门送别的钱如水，敦促钱董早点休息，养足精神，明天行程会有点辛苦。

第二天早上龙副省长赶到九号楼，习惯早起的钱董竟然还没下楼。又不好去催，先进餐厅静候。好一会儿仍不见钱董露面，连钱如水也没影儿。让服务员打钱如水房间的电话，没有反应。这是怎么啦？龙副省长拿出手机，找到钱如水名字，拨过去，也不接听。

正在龙副省长纳闷时，钱如水回电话说：“伯伯出麻烦了。”

龙副省长一惊，说：“什么麻烦？”钱如水说：“全身上下全是丘疹，火辣火烧，奇痒难耐，一夜坐卧不安，没合一分钟的眼。”龙副省长说：“你伯伯在哪儿。”钱如水说：“在套房里，我和他的保健医生都在。”

龙副省长拔腿就往外走，几步上楼，走进钱董套房。只见钱董歪在床上，满脸通红，像煮熟的虾子。走近细瞧，一脸的红疹，一块一块的，像粘贴在上面的虾皮。保健医生正掀开钱董睡服，拿着药水，小心在同样长满丘疹的后背上涂着。钱如水插不上手，站在一旁干着急，不知如何是好。

看保健医生正在忙碌，龙副省长不好打扰人家，回身把钱如水拉到外面客厅，说：“钱董怎么会弄成这样？”钱如水说：“我也搞不明白。昨晚您走后，我陪伯伯到林子里散步，他还开开心心的，啥事没有。散步回来，又陪他聊会儿天，想起今天有行程，要他早点休息，我就出门回了自己房里。睡到半夜，床头电话猛然响起，是伯伯保健医生打的。我赶紧跑过来，伯伯就成了现在这个样子。保健医生讲不出原因，说从没见伯伯得过这种病症，只得胡乱用些药，吃的涂的都来。可折腾了半夜，至现在丝毫不见好转。”

龙副省长背着手，来回踱上几步，一挥手，果断地说：“马上送医院。”钱如水说：“我也提议过送医院，可伯伯不同意。”龙副省长说：“为什么？”钱如水说：“他说这又不是大病大痛，没必要搞得太复杂。”龙副省长不解道：“有病上医院，复杂什么呢？”钱如水说：“我拿他没法，您做做他工作看。”

龙副省长几步走进卧室，扒开保健医生，俯身说：“钱董您看这样行不行？这就动身去医院，我给联系省城最好的皮肤科医生。”

钱董别过难受得有些扭曲的脸，坚持说：“没必要小题大做，过会儿就没事的。”龙副省长说：“如水说不是夜里发的病吗？现在还没好转，再拖下去也不是句话。”钱董说：“病来如山倒，病去如抽丝，总有个过程嘛。”

有病不就医，这个钱董也是怪啊。龙副省长没法，又把保健医生拉到一旁，问道：“你有把握治好钱董吗？”保健医生摇头说：“不太有把握。”龙副省长又问：“这些丘疹是怎么来的？”保健医生说：“我也搞不清，以前钱董从没发过这种丘疹。”

这保健医生真有意思，一问三不知。龙副省长不好批评他，说：“是不是吃错了东西？”保健医生说：“应该不会。包括餐桌上的饭菜，房间里的水果啥的，大家吃的喝的全一样，咱们都没事，唯独他发丘疹，也讲不过去。”龙副省长说：“会不会身上衣服有问题？”保健医生说：“钱董不太喜欢新衣服，尤其贴身衣物，都是穿了好久的，一直没出什么事。要么就是房间洁具或床上用品有问题？”

龙副省长肯定不会同意这个说法，说：“德园接待对象可不是一般人物，卫生水平绝对有保障，根本不用怀疑。”保健医生说：“我也觉得这里的卫生很不错的，咱们又住在一栋楼里，都好好的嘛。”

一时三刻没法追究钱董病因，龙副省长转而说：“有病就得就医，怎么不送钱董上医院？”保健医生说：“咱们劝过，他不肯。”龙副省长说：“为何不肯？”

保健医生犹豫一会儿，才实话说：“钱董不信任中国医院和医生。”龙副省长说：“在中国得病，只能让中国医院的医生治疗嘛，莫非还等到回美国才治？”医生说：“钱董说中国医院和医生把看病当生意做，小病大治，没病也治，不讲对症下药，只拣贵药开，动不动就是吊水呀，就是抗生素呀，副作用大于正作用。”

要说这种现象没有，无人相信。可一两句话也扯不清，龙副省长回到钱董身边，解释说：“不排除个别坏医生的存在，但大多数医生还是有良心的，值得信赖的。请钱董放心，我出面给您安排的医院，给您请的医生，决不会胡来。”钱董说：“我相信你这个常务省长的能量，可到了医院，病人就是弱势群体，还不任凭医生宰割？”

听说美国人越有钱越小气，这个钱董是不是怕出医药费，故意找借口，把医生说事？龙副省长说：“钱董您是咱们的贵宾，医药费归咱们出，不用您负责。”

不想钱董一句话，噎得龙副省长吱不得声：“你的好意我只能心领。医药费是你的，身体可是我的。人总有一死，何况我已活到这个份上，可要死也得死个明白吧。”

钱董对中国医院和医生成见这么深，龙副省长一时三刻也拿他没办法，只好说：“不愿上医院，就请医生到宾馆来看病如何？这种病有些特殊，西医不一定管用，干脆请中医，中医是咱们的国粹，钱董应该信得过。”

左劝右劝，好不容易说动钱董，他才勉强答应请中医。

龙副省长一个电话打给卫生厅厅长，厅长又下令给中医院院长，院长带着本医院两个顶尖级中医，随同卫生厅厅长，匆匆赶到德园宾馆九号楼。进楼见着早候在厅里的龙副省长，厅长拉过院长和两位中医，报出一连串头衔，什么全球中医药大师，国际中医名人，中华医药协会理事，中国中医药委员会委员，德南中医协会会长、副会长，德都传统中医药科研成果金奖获得者，诸如此类，个个都吓得死人。

没等报完，龙副省长就不耐烦起来，打断对方，说：“知道了，知道了，都是大师级人物。我告诉你们，钱董是省委省政府专门从美国请回来的大客商，准备投资京珠高速复线和德都绕城高速建设项目，你们要拿出最好的医术水平，尽快把他的病治好。”

厅长重重点着头，几个一起上楼，走进钱董套房。免不了又把三位头衔报上一次。不过这次厅长学乖了，只报全球性和国字号的重要头衔，次要点的忍痛省掉。钱董甚为不解，这些玩意儿与治病有啥关系。心里不免抵触，用狐疑的眼光看看几位，说：“劳各位动步，来给我诊病！我有一个基本要求，不吊水，不用抗生素，内服和外用药物必须符合国际检测标准，注明药物成分和所含毒副作用。一句话，我不愿过度治疗，也不想做药品试用员，你们的诊治和用药办法，必须在我的保健医生监督下进行。”

不看僧面看佛面，龙副省长费这么大劲，把厅长、院长和两位大师请到跟前，不给他们展示高超医术水平的机会，也实在不好意思，钱董只得点头道：“就按龙省长指示办吧，先拿个方案，看可行不可行。”

几位走出套房，到保健医生住处商量方案。几经磨合，方案成稿，又回到套房，给钱董过目。大师深浅如何，一时搞不清楚，自己的保健医生总得相信吧，钱董瞟几眼方案，说：“行行行，就按这个方案用药吧。”

大师就是大师，做出来的方案不可能一无是处，于钱董的丘疹多少应该有些作用。可保健医生也是华人，肚子里也有华人的花花肠子，心下暗自拨起了小九九。自己身为保健医生，钱董开的工资也不低，他老人家身上长了丘疹，算不得什么大病大痛，自己竟然束手无策，忙乎半天不见效果，这才惊动德都中医，如果用他们的方案治好钱董丘疹，岂不显得自己太无能，太不中用？以后自己还怎么在钱董身边待下去？

出于这个动机，大师们走后，保健医生给钱董用药时，也就留了一手，没有完全按方案行事。结果可想而知，钱董身上的丘疹没有根本性好转，依然又痒又烧，难受至极。保健医生还在一旁说中医烂话：“钱董没说错，中医就是不管用。”

钱董身上难受，却因中医应了他的先见之明，几分得意，晃着脑袋道：“中医就这样，缺乏科学依据，效果如何，早在意料之中。”

亲自请来的大师没能治好钱董的丘疹，龙副省长心里很不是滋味。正好泉书记打来电话，问候钱董，路上可否开心。龙副省长说：“还没出发呢。”简单说了原委。泉书记说：“我应付完手头工作，就去看望钱董。你要想尽千方百计，将钱董病治好。”

怎么才能治好钱董这病呢？龙副省长一脸愁容。旁边的聂守谷提醒说：“还是让如水再做做钱董工作，把他老人家送到医院去吧。”

这可能是唯一可行办法。可刚才还在套房里陪护伯伯的钱如水，这下竟然不知去向。让丁胜天去找，他正站在楼前，跟一个女孩说话。

女孩就是郁碧柳。郁碧柳是为李见好来的。听钱如水电话里说李见好没事，郁碧柳稍感安慰，却还是放心不下，不知李见好怎么样啦，要钱如水快点想办法。还不厌其烦地不停打电话，钱如水懒得理睬，郁碧柳就找到德园来，缠着他，问李见好到底还有没有口气。

钱如水拿她没法，说：“李见好好好的，毫发无损，你还要我怎么跟你解释？我美国过来的伯伯得了病，你总得让我找人治好伯伯，才有心情管李见好的烂事吧？”郁碧柳说：“你伯伯得了什么病？看把你急的。”钱如水说：“一身丘疹。”

郁碧柳捂嘴一笑，说：“丘疹算什么病咯？大惊小怪！”钱如水没好气道：“怎么不是病？龙副省长请的中医大师都治不好。”郁碧柳说：“这说明龙副省长请的不是中医大师，是中医大饭桶。”钱如水说：“你不是饭桶，去治一治伯伯的病试试？”

一语点醒郁碧柳，她计上心来，笑望着钱如水道：“我治不了你伯伯的病，可不排除有人治得了。”钱如水说：“什么人？”郁碧柳说：“一位草药师。”钱如水撇撇嘴说：“你拉倒吧，龙副省长请的中医大师都治不了，草药师有啥用？”

郁碧柳不计较钱如水的轻蔑，说：“我说的草药师，可不是人们印象中行走江湖的草药郎中，是一位年近九十的抗战老兵，当年在中缅边境荒无人迹的大山里与日本鬼子纠缠，蛮烟瘴雨，缺医少药，就是这位老兵就地取材，用草药治好得病战士，包括不少美国大兵，从而有效消耗掉日本有生力量，为抗战全面胜利赢得了宝贵战机。”

年近九十的抗战老兵，这与伯伯不是一样的出身吗？伯伯信不过中药医生，对这位抗战老兵说不定会产生好感，愿意配合治疗。钱如水心动起来，说：“你说得这么神奇，麻烦把草药师请来，治好伯伯的病，我重重谢你。”

郁碧柳摇摇头，说：“我可请不动草药师。”钱如水说：“你请不动，还跟我废话什么？”郁碧柳说：“我请不动，有人请得动。”钱如水说：“谁请得动？”

郁碧柳说：“李见好。”

钱如水有些生气，指着郁碧柳道：“你想早点把李见好弄出来，心情可以理解。李见好是我的老同学好朋友，我也有这个想法。不仅有想法，且一直在努力之中。

可你拿我伯伯的病开玩笑，这是不是有些不厚道？”

“你觉得我开玩笑，觉得我不厚道，就算了，怪我狗咬耗子，多管闲事。”郁碧柳头一甩，转身就要走开。

钱如水胃口已被吊起来，上前拦住郁碧柳，说：“你话还没说完，走什么走？”郁碧柳噼里啪啦道：“我没说完吗？什么话没说完？你不是不喜欢开玩笑，也不喜欢不厚道吗？我还继续赖着不走，岂不是自讨没趣！”

等郁碧柳放完连珠炮，钱如水才点头哈腰道：“好好好，算我说话放屁没水平，要不要得？你说明白点，为啥李见好才请得动草药医生？”

郁碧柳暗暗好笑，脸上却依然拉长着：“李见好是草药师的远房外孙。”钱如水说：“真的假的？”郁碧柳说：“假的。”钱如水说：“行行行，真的真的。”郁碧柳说：“反正你说是真的就是真的，你说是假的就是假的。”

草药师与李见好是不是亲戚，与伯伯的病一毛钱的关系都没有，钱如水不必计较，说：“你就这么肯定，李见好能把草药师请出来？”郁碧柳说：“前年德都有位抗战老兵得了顽固性瘙痒症，百治无效，就是李见好出面，把草药师请来治好的。”

钱如水将信将疑，心想就是如郁碧柳所说，李见好请得动草药师，可人还在执法部门手里，一时也没法把他弄出来。钱如水说：“咱们直接去请草药师不行吗？”郁碧柳说：“草药师快九十岁的老人，不求名，不求利，是谁想请就请得动的？再说人家是哪里人，屋子朝东还是朝西，咱一无所知，上哪儿请去？”

郁碧柳说的也不是没有一点道理。钱如水要郁碧柳等等，进门去见龙副省长。没等龙副省长要他说服伯伯上医院，钱如水抢先说有位草药师可治伯伯的病。龙副省长说：“你伯伯连中医都那么抵触，肯接受草药师诊治？”钱如水说：“草药师跟伯伯一样，也是抗战老兵出身，两人有共同语言，说得到一起，伯伯也许会另眼相看。”

这是没办法的办法，只好一试。龙副省长表态说：“你马上把草药师请来。”

谁知钱如水又为难起来，说：“草药师住在偏远乡下，不是谁都请得动的。”龙副省长说：“你不是白让我高兴了吗？”钱如水说：“草药师有个远房外孙，叫李见好，只有他请得动老人。”龙副省长说：“你叫上李见好，马上出发。”钱如水说：“李见好在执法部门手里。”龙副省长不满道：“怎么有这么多的曲曲弯弯，到底怎么回事？”

钱如水扼要说了说李见好被执法部门逮捕的经过。

还没说完，泉书记过来看望钱董。龙副省长汇报几句钱董的病况，说了李见好的名字，言明只有要害部门书记点头，执法部门才会放人。还让钱如水简单说了说李见好的案情。

泉书记望一眼钱如水，说："执法部门有没有证据，证明李见好非法拘役马步高的事实？"钱如水肯定说："没有任何证据。"泉书记说："李见好本人有无交代？"钱如水说："没影儿的事，李见好自然无从交代。"

泉书记倒也干脆，打通要害部门书记电话，要他通知执法部门，放掉李见好。泉书记说："没有证据和口供，超过二十四小时就得放人，你们还控制着李见好，是否也算违法行为？再说就是李见好触犯法律，属于有据有供的铁案，现在德南经济建设需要他出一马，执法部门也得服从大局，暂时把他放出来，待他为省委省政府办完事再抓进去。"

泉书记话说到这个份上，要害部门书记自然不便硬扛，只得答应放掉李见好。

第二十九章
贵客到访

执法部门放人时，把越野丰田也还给了李见好。

路上郁碧柳一遍遍问李见好："你在里面没怎么受罪吧？"李见好说："还算好。"

郁碧柳笑嘻嘻道："你能逃过一劫，完好无损回到我身边，就是最大胜利。"李见好说："可不是，能从执法部门手里全身而还，实在太不容易。"郁碧柳得意起来："还是我厉害吧？钱如水大老板挖空心思，办法想尽，也没把你弄出来，我小女子略施小计，执法部门只能乖乖放人。"

确实，没有郁碧柳，自己还不知何时才能恢复自由。到了里面，才觉得阳光可爱，自由可贵，就如那首诗说的：生命诚可贵，爱情价更高，若为自由故，二者皆可抛。李见好对郁碧柳心存感激，说："你是我的再生父母，这辈子都报答不了你的大恩大德。"

郁碧柳噘着嘴巴，说："你把我说老了吧？我比你小十多岁，怎么倒成了你的父母？"李见好说："不说是再生的吗？打个比方嘛。"郁碧柳说："再生也不行。没文化，比方都不会打。"李见好笑道："大恩不言谢，勉强言谢，难免词不达意。"

"你太狡猾。"郁碧柳突然冒出这么一句。李见好说："我怎么又狡猾起来啦？"郁碧柳说："你说大恩不言谢，意思就不谢了咯？"李见好笑道："不言谢，并不是不谢呀。你说怎么谢你？"郁碧柳说："娶我做老婆。"

李见好拍拍方向盘，说："我是被女人消费过的男人，残货半价，让我娶你，你不觉得太亏？"郁碧柳说："亏就亏呗，谁叫我喜欢你？"

这可不全是玩笑。李见好说："碧柳，我真的好感激你，这辈子娶你做老婆都不够，下辈子下下辈子，都应该娶你做老婆。我失踪半个多月，我家老婆不闻不问，倒是你急得火烧眉毛，绞尽脑汁把我解救出来。家花不如野花香，家老婆还真不如野老婆。”

郁碧柳在李见好肩上狠狠一拧，说：“谁是你野老婆？不要脸！”

李见好打自己一巴掌，说：“这张脸真厚，真无耻，要不要都一样！”郁碧柳捞过李见好的手说：“男人脸面重要，怎么能打呢？打在你脸上，疼在我心里。”

不管这句话真实成分有多少，李见好还是深受感动，说：“被自己喜欢的女人疼，是种福分。”郁碧柳说：“作为女人，我要替你老婆说几句。你待在工地上，一两个月没回家是常事，失踪半个多月，又没人告诉你老婆，她怎么知道呢？她若知道，肯定比我更急。”

“碧柳你真善良。”李见好眼盯前方，伸手捏捏郁碧柳手指，又在她肩上抚抚，“你说的也许不假。可你不知道，池小燕一门心思想着炒房发财，我在她心目中的位置，远没她的房产重要。”郁碧柳说：“不是你没房产重要，是这个社会已经疯狂，总觉得没抓住点什么，就没有安全感。也许别的不容易抓住，池小燕只得紧紧抓住房产，这样心里才踏实。”

这话还有几分深刻。李见好笑笑道：“你想抓住什么？”郁碧柳说：“我想抓住你。”李见好说：“你不是把我从执法部门手里抓出来了吗？”

望着前面越来越窄的路，郁碧柳说：“其实你能出来，也不是我一个人的功劳，钱如水不把钱董从美国请回来，钱董不得丘疹，咱也无计可施。”李见好说：“患难之处见真情，没有你和钱如水搭救，我肯定站着进去，躺着出来，不会这么四肢健全，还能开车去见你爷爷。”

说着话，路程仿佛缩短不少，不觉间来到郁碧柳老家郁家渡。郁爷爷依然硬朗，眼不花，耳不聋。记性也不错，还认识李见好，口齿也清楚：“什么风把李处长吹到咱穷乡僻壤来啦？”

李见好送上早备就的好酒，说：“晚辈想念爷爷，特意让碧柳带路，来看望您老人家。”郁爷爷说：“你当处长的，忙不完的工作，还到乡下来看我，怎么好意思？”李见好说：“应该的，应该的。另外还想请您出山，给人诊病。”郁爷爷说：“我这把年纪，土都埋到了脖子上，出山只怕出不动了。”李见好说：“一般人得病，咱也不好惊动您老人家，是个特殊人物，非您出一马不可。”郁爷爷问：“什么特殊人物？”

李见好拉过郁爷爷粗大而干枯的手，说：“一个与您一样的抗战老兵。”

听到抗战老兵几个字，郁爷爷老眼里闪过难得的亮光，喃喃道：“抗战老兵？还有活着的抗战老兵？不可能，不可能，前年我去德都城里诊过病的抗战老兵，听说今年春天也已经走了。不是你从土眼里给我挖出个抗战老兵来吧？”

说得李见好忍俊不禁，说：“爷爷真幽默。晚辈没骗您，确实是位抗战老兵，一九四九年离开大陆到的台湾，后又从台湾去了美国，生意做得挺大，这次受省政府邀请，回来投资，可能水土不服，不慎生病，省城医生无能为力，只好请您老动步，去给他治病。”

确认真是抗战老兵生病，郁爷爷没再犹豫，让郁碧柳提过药箱，一起上了李见好的车。

赶回德都，已经下半夜。钱董灼痒难耐，坐卧不安，一夜未能合眼。钱如水也不可能休息，在外间徘徊复徘徊，一边不停地看表。表上时间按部就班，总是一个速度，不会因你心急走得稍快点。只好一遍遍给李见好打电话，问到了哪里。好不容易盼到李见好进城，钱如水和丁胜天赶紧奔到楼下，眼巴巴望着进入九号楼的路口，生怕李见好认错路，把车开到了别处。

终于见到越野丰田朝九号楼开过来，钱如水急忙跑上前，拉开车门，迎出郁爷爷。

虽说郁爷爷年事已高，又坐了半宿车，却精神矍铄，一点不显困倦。钱如水要上前搀扶，他手臂一甩，昂着头，咚咚咚进了大厅。郁碧柳拉住钱如水，说：“你先去通报钱董，让他有个思想准备，我和李处随后陪爷爷上楼。”

回到钱董套间，钱如水没说请了草药师，只说来了个特殊客人，要求一见。钱董烦道：“什么客人？我这个样子，怎么见客？”钱如水说：“一个抗战老兵。”

“抗战老兵？”钱董一时忘了身上灼痒，“抗战老兵都已八九十岁一个，遭遇都不怎么好，早死得差不多了，还到哪里去寻他们的影子？”钱如水说：“伯伯说得没错，抗战老兵年纪都已不轻，这位老兵比您还大两三岁，快奔九了。”

见钱如水不像说谎，钱董挥挥手，说：“还不赶快请进来？”

郁爷爷已被李见好和郁碧柳拥着来到外间，钱如水出去把人请入里间，对钱董说：“伯伯您瞧，这就是我说的抗战老兵。”

车上郁爷爷就得过郁碧柳的话，病人不好接近，见面先叙战友情，时机成熟再讲治病的事。郁爷爷什么人没遇过？最善于察言观色，见机行事，上场就指着钱董笑道：“老战友啊，你没上九十，也总该八十好几了吧？怎么跟我一样，还好意思赖在世上占地方！”

一句话消除了两人之间的陌生感，钱董上前拉过郁爷爷的老手，一边摇，一边说道：“咱们乡里有句话，好人命不长，坏人占地方。咱们都是大坏蛋，活得不好意思了，还勉强活着。”郁爷爷笑道：“好死不如歹活着，活着无罪嘛。”

几个哈哈，两人就成了熟人。人没办法，活得越老，同龄人越少，越孤独，好不容易碰着活着的年龄相仿者，想不亲切都难。钱董忘乎所以，把郁爷爷让到沙发上，紧挨着坐下，说：“我侄儿说，您快奔九了，怎么看上去比我还年轻？”

“哪里哪里。”郁爷爷谦虚着，问钱董具体年寿。钱董报出庚日，郁爷爷掐掐指头，说虚岁八十五。又通报自己年庚，钱董帮着一算，郁爷爷已八十八。

话闸子一打开，自此再没法关住。从年龄聊到出身，从少年聊到从军，发现彼此有太多相似经历和共同之处。尤其是说起抗战，两人竟然同在中缅边境大山上打过日本，且是同一个部队，同一个时间段，战地相隔不到二十里，只是处于莽莽大山深处，各自为战，相遇机会太少，才失之交臂。

赶走日本人后，两人的人生轨迹才出现完全不同的走向，一个成为乡下农民，一个做了海外巨商。不想六十多年过去，又意外走到了一起。比起早已长眠地下甚至尸骨无存的昔日战友，两人能活着相见，还是幸运的，已感到非常满足。

感慨着人生之无常，钱董忘了身上丘疹，郁爷爷也忘了自己此行使命。直到钱董内急上卫生间，看到镜子里的老头一脸通红，才又重新觉出灼痒来。回到郁爷爷身边，钱董就说：“人老了，真不中用了，看看我这脸上的丘疹，好折腾人的。”

郁爷爷进门时就发现了钱董脸上的丘疹，只是一直没点破。这下钱董自己说出来，郁爷爷轻描淡写道：“这算什么？当年在中缅边境大山上，战友们经常得这种丘疹，随便在地里扯把草药，就可解决问题。”

钱董忙点头，说：“想起来了，当年在山上，我和战友们也得过丘疹，只是没这么严重和难受。要知道，这次我已一天两晚吃不下睡不着了。”郁爷爷说：“当时年轻嘛，抵抗能力强，如今年纪一大把，还想像当年一样，可不现实哟。”

“是是是，岁月不饶人哪。”钱董很认同。郁爷爷说：“这种丘疹起因无非两种，要么是湿热所致，要么是燥热造成。这里宾馆条件好，干爽舒适，这丘疹十有八九是老战友口太馋，吃了辛辣东西引起的。”

钱董这才想起前天晚上大吃剁椒鱼头的事，恍然大悟道：“肯定是剁椒鱼头惹的祸。”

听钱董如此说，钱如水也在一旁证实，确有其事。郁爷爷说："这就对啦。你几十年乔居海外，习惯了外面的饮食，突然放开肚皮猛吃火辣的剁椒鱼头，身体受不了，不出状况也难啊。不过这不算大事，治起来挺容易的。"

钱董不满道："你又不是医生，怎么知道治起来容易？"郁爷爷说："刚才忘记告诉你了，抗战时我就是随军医生，当年大山上缺粮断药，战友受伤生病，都是我就地取材，拿草药对付。得丘疹更是常事，也是我寻草药治好的。抗战结束后，我不愿去台湾，悄悄回到乡下，给乡亲们看了几十年病，用的也都是草药。"

说得钱董心动起来，说："真有这回事？"

郁爷爷淡然一笑，说："人说名利如浮云，我都这把年纪了，名利连浮云都算不上，说假话有这个必要？"钱董说："正是的，就像我做生意，目的是扶贫济困，'名利'二字早已抛到九霄云外。"郁爷爷说："几十年来我养成了一个习惯，走到哪里都会带着药箱，以应急时之需。今天来见老战友，也让孙女背了药箱来，要不给你用点草药试试？"

钱董爽快地答应了。

高兴得钱如水直蹦，几步奔到外间，提过郁碧柳身边的药箱，复跑进来，递给郁爷爷。郁爷爷从容打开药箱，取出早准备好的草药。

本来钱董的丘疹就不是什么疑难重症，郁爷爷问明病因，再对症下药，自然药到病退。折磨钱董三十多个小时的丘疹渐渐消除，一下子感觉清爽起来。

治完病，郁爷爷也该走了。钱董依依不舍，想挽留他多说几句话。郁爷爷说："我不习惯这些奢华场所，还是待乡下自在。"钱董说："我送您回去。"郁爷爷说："免了免了，乡里路不好走。"钱董说："又不用脚跑，有车子，好不好走有啥关系呢？"

钱如水问过郁碧柳家大体方向，向龙副省长建议，送郁爷爷到乡下后，直接绕道去高林市钱家，免得折回城里，浪费时间。龙副省长觉得行，经与钱董商量确定，让李见好开着越野丰田前面带路，其他人钻进豪华中巴，缓缓离开德园，出城往乡下奔去。

来到郁家渡，钱董望望高高的山，瞧瞧长长的水，对郁爷爷说："怪不得老战友不肯留在城里，这里山清水秀，真是颐养天年的好地方。"郁爷爷说："您喜欢，干脆留下别走了。"钱董说："我真不想走，可身不由己啊。"

又走进郁爷爷木屋，看过他简单却干净的家，钱董让钱如水从车上提出一箱美元，交给郁碧柳，说："这是你爷爷的出诊费，钱不多，十万美元，你负责保管，给爷爷养老。"

郁爷爷乐了，说："钱董真是财大气粗，十万美元还说不多。我还有几天老可养咯，这么多钱怎么花得完？我有儿女，有孙子孙女，曾孙都好几岁了，也用不着钱董花钱给我养老。再说我还有只药箱，往肩上一扛，走遍天涯海角，都饿不着。"

说得钱董心情复杂起来，说："老战友扛只药箱，到哪里都饿不着。我走到哪里，得先给人投钱，人家才给我饭吃，看来你比我更受人欢迎啊。"

郁爷爷摇摇头，说："惭愧惭愧，你做的是大事，我做的是小事，哪能相比？"钱董说："大事小事，最后都只一件事，就是烧成灰，装入盒子里。"郁爷爷笑道："这很好嘛，尘归尘，土归土，哪里来，还回哪里去。"

两人唠叨几句，郁爷爷让郁碧柳把钱箱还给钱如水。钱如水去望钱董，不知如何是好。钱董用恳求语气对郁爷爷说："怕这钱玷污了你的高洁，就交给村里，做点公益事业吧。"

如今村里人几乎都进了城，还有啥公益可做？郁爷爷想想说："我看这样吧，钱还是小钱先管着。德南不是当年抗日主战场吗？郁家渡后山上就打过大仗，我曾随部队从云南转战过来打援，在山上救助过伤员。那是场决定国家存亡的战役，激烈异常，共歼灭日军二十多万，中方也牺牲同等数量的官兵。山高林密，战线又长，战后打扫战场不彻底，起码还有上万具老兵尸体留在数十个山头上，风起时像鬼嗷叫，地方上人称为鬼哭山，平常很少有敢上去的。只我采摘草药，经常在各山头转悠，看到不少白骨，顺便捡起来，集中到一处，挖抗埋掉。前后埋过好几十个坑，都做了记号，现在还能找到。钱董如果有意，就用你这些钱，建座像样的墓，把这些孤魂野鬼合葬到一起，再修条简易路，通到山上，方便后人上去祭扫，也知道当年曾有无数无名英烈，为保家卫国，将年轻生命留在了这个地方。"

说得钱董潸然泪下，提出马上上山去看看。郁爷爷说："山太高，又没像样的路，上不去，我都有两三年没上去过了。以后把路修好，你再来，我陪你上山。"

"可怜我这些战友，几十年弃尸于野，没有归宿。"钱董不无哀伤，"也不知我还有没有下次，上山去看望战友。"郁爷爷说："有的是下次。一条简易山路，大半年就可修成。"钱董说："也行。"又掉头对钱如水说："如水马上组织施工，日后我再回来。"郁爷爷说："我也坚持活到路修好那天，你们再把我埋到战友们旁边。"钱董激动地说："把我也埋到山上，跟战友们做伴。"

离开郁家渡，一行人默默无语，好久仍沉浸在伤感里。直到赶至高林市边界，与前来迎接的市几大家领导见上面，才又展露笑容，像什么没发生过似的。

市里接待准备做得非常充分，安排了工作汇报会，几大家领导和相关部门头头全部到场，恳切希望钱董回乡投资。会后好吃好喝自不必说，除龙副省长和钱董安排大套间外，其他人都住的豪华单间。房里还放了时鲜水果和香烟，外加一大兜农副产品。

睡前躺在宽大的双人床上，李见好略觉惋惜，郁碧柳在家陪爷爷，没能跟着一起来高林。若她在，两人正好悄悄住到一起，开心一夜。

隔日早餐后，离开宾馆，往钱董老家进发。前面警车开道，李见好驾着越野丰田跟上，接着是龙副省长和钱董的豪华中巴，市里几大家领导则分乘各自小车，紧随其后。

钱家位于高林市高桥区钱家湾镇，车经区委区政府，区领导不能不陪，后面又多了好几台高级小车。来到钱家湾镇委镇政府，大家下车，在镇领导陪同下，数十人步行前往镇前钱家。这是旧时乡下规矩，不论在外多么威风，回到老家，文得下轿，武得下马。

早年钱家因有钱董这个海外关系，一直受着压制，不怎么发达。钱董这个辈分都是男丁，钱董是老大，下面三个弟弟，大弟早夭，二弟即丁胜天爷爷也故去多年，只小弟也就是钱如水父亲还活着。到钱如水这一辈长大，时代发生变化，又有钱董这个大老板关照，出了几个生意人，家庭渐渐兴旺起来。兴旺须有外在东西来体现，大家把钱交到钱如水父亲手上，由他牵头，在老家宅基地上修了连排洋楼，气派非凡。

一行人来到钱家，钱如水父亲早安排晚辈们做好接待准备，大家喝茶抽烟，吃自产花生瓜子和水果。乡邻都跑来看热闹，屋前挤得水泄不通。钱董塞给四弟一大袋人民币，一人两百，来者有份。消息传开，上门的人越来越多，只好改为一人一百。

钱董还亲自到镇里看望诸位高寿老人，其中两位百岁老人，五位九十岁老人，十位八十岁老人，免不了又一人一个大红包。还把他们请到家里，与客人们共进午餐。老人们足不出户，今天美国回来的大商人做东，有省市区镇各级大小领导同桌喝酒，自然大开眼界，一个个笑口大开，一望无牙。

镇上好吃好喝没问题，住宿条件却不怎么的，饭后稍事休息，众人离开钱家湾，回到高桥区。区委区政府自然又是汇报，又是好吃好住打理。

改日回省城，车队没走原路，绕道李见好老家。李见好的意思是离开队伍，一个人回家。钱如水也想去看看李家父母，跟钱董一说，钱董念李见好请郁爷爷治病有功，提出陪李见好一起走一趟，反正也绕不了太多路程。钱董提议，龙副省长不便拒绝，只好同意。

钱家离高桥区不远，才二十来分钟车程。车队在村前停下后，钱董要去看望李父，龙副省长不好躲在车上，也下了车。见龙副省长跟着钱董往村里走，前来送行的高林市和高桥区各位领导也纷纷跟上，来到李家。李父电话里听李见好说有客人要来，不曾想是美国老板和省市区三级大领导，又乐又慌，搓着双手，不知如何是好。

倒是李母临变不乱，让左邻右舍帮忙，挪椅摆凳，递烟上果，几下把客人安顿下来，又以最快速度打了顿油茶，请各位品尝。这种油茶是地方特色食品，饮食两结合。先用香油或茶油分别炸好花生、黄豆、玉米、爆米、芝麻、板栗、薯片、蕨粑条等土产，叫作油茶崽崽，而后拿出生姜、大蒜、辣椒、胡椒、山苍子，与陈年老茶叶一起，放擂钵里捣成泥状，架柴火上慢慢熬煮，熬出香喷喷的浓汤。一切准备就绪，主人取出茶盘，按人头摆好标有数字的茶杯，将油茶崽崽搁入杯里，拿刚出锅的浓浓茶汤冲泡，趁热端到客人手里。一人一杯，喝完记住茶杯边上的数字，原样放回茶盘。主人端走后，另搁油茶崽崽冲泡，复送回来，各自取食上次用过的茶杯。一人至少四杯，多喝不限，说是一杯强盗两杯贼，三杯四杯才是客。高桥一带土语，“贼”与“客”同韵。油茶名带“油”字，却因茶叶汤汁浓郁，与油茶崽崽相互中和，香而不油，五味俱备，爽脆入口，又营养，又绿色，加上没谁想做强盗和贼，都能按规矩喝完四杯。钱董和龙副省长还喝了六杯，叫六六大顺。

众人喝得高兴，李父看在眼里，喜在心头，悄悄把李见好拉到屋角，在他脑袋上一拍，说：“你小子不赖嘛，平时难得回来，今日回家一趟，美国大老板作陪不算，还劳动省里领导，带领市区头头脑脑，不辞辛苦，一路护送。”

龙副省长堂堂省委常委省府二号人物，带着市区领导进屋看望自己父母，李见好能不受宠若惊？嘴上却说：“护什么送？钱董要来省里投资，龙副省长陪他回乡省亲，我是钱如水同学，帮着带带路，跑跑杂，回程顺路在咱家里停一下，看把你激动得什么似的？”李父说：“能不激动？你这么出息，我跟着沾光啊。”李见好说：“沾啥光咯，家里还要倒陪一顿油茶，把老娘累得腰都竖不起来啦。”

“一顿油茶算什么？人家肯喝，是看得起咱们。”李父咧嘴直乐，“村前张家有个儿子在邻县做县长，张老头别提有多牛，逢人鼻孔朝天，谁都不放在眼里。可省长到过他家吗？没有，省长只来咱李家。小子你给咱挣了大面子，算老子没白养活你。”

儿子挣了脸面，一伙人走后，平时不喜欢凑热闹的李父，有事没事就爱往人多的地方跑，听人家竖了拇指夸赞：“李老头你儿子有两把刷子，省长都上了门。你家福星高照啊！”

李父就等着人家说这话，却故意面呈不屑，说道：“真是少见多怪！省长在省城上班，我儿子也在省城上班，天天低头不见抬头见，工作需要一起下乡视察，从咱家门前路过，进屋坐坐，喝几杯油茶，有什么值得稀奇的？”

第三十章
沉得住气才能生存

美国人办事讲效率，钱董回美伊始，就拿出投资德绕高速项目意向，交董事会讨论通过，再拟好正式合作协议，由钱如水出面跟德南省政府沟通，经双方认可签署后，前期资金就打了过来，正式投入运营。钱董做的风险投资，最懂风险规避，专门派出自己的财务总监，驻守德绕高速项目公司，对资金发放和使用情况进行全程监督管理。

总监是个美国白人，一个很常见的美国名字：约翰孙。在哈佛拿的财务实务和土木工程双学位，又到北京留过几年学，普通话说得比德都人还正宗。口头说的普通话，骨子里却仍是美国人，认真较劲，每一分钱的支出非得弄个清清楚楚，明明白白，否则决不通融签字。史学军他们大手大脚花惯了中国人的大钱，花美国人的钱限制太多，很不得劲，想拉约翰孙下水，约翰孙根本不吃这一套，还警告他们，想要小动作，就通报美国总部，抽回资金。史学军只好忍气吞声，尽量顺着约翰孙，处处小心为是。

资金到了位，几近瘫痪的德绕高速建设工地又变得热火朝天起来。半停工状态的监理部门也恢复运转，李见好回到监理二处，进入正常工作。也许是被执法部门抓过，又重新呼吸到自由空气，李见好心态已产生微妙变化，对一切看淡了许多。人为财死，鸟为食亡，有利益就有算计和争夺，就有尔虞我诈，甚至你死我活。利益小的地方算计和争夺相对会少些，不用时刻绷紧神经，跟人角逐和较量。做监理时刻与建设项目打交道，建设项目是用大钱的地方，利害关系大，冲突在所难免，李见好琢磨着德绕高速公路一通车，就改弦易辙，干点别的什么去，能糊口就行。

到底该干些什么呢？征求钱如水意见，钱如水说："隔行如隔山，你学的土木工程，就得端这饭碗，别的行可不是你想入就入得了的。如今整个中国就是一个超大型工地，到处大兴土木，工程监理吃香得很，人家想进都进不来，你已身处其中，怎能轻易言退？”

钱如水说得也是，李见好一时没了主意。一天回城里办完事，顺便去看易居白，又说起另谋生路的事，易居白随口道：“往有油水的地方钻难，从有油水的地方出来方便，就回德南大学干老本行，继续当你的老师呗。”

这倒是个好主意。虽说大学校园也已成为势利场，到底比起工程建设领域来，势要弱，利要轻，只要不满脑子想着捞好处，人与人之间相对好处一些。李见好说：“我已离开德南大学多年，这里的领导都换了好几茬，谁还会接受我？”易居白说：“也不见得，你毕业于德南大学，留校任教一段时间，又到一线做过这么多年工程监理，有理论，又有实践经验，大学最缺的正是你这样的双料货。”

易居白这么一怂恿，李见好信心大增，说：“照你这么说，我不回来当老师，都愧对母校了。”易居白说：“那当然。再说你跟龙副省长走得这么近，到时他发句话，还怕德南大学领导敢拒绝你？”李见好说：“我跟龙副省长哪算得上走得近？仅仅因钱董的事接触过几天。”易居白说：“不能简单叫接触过几天，你给龙副省长办了实事，没有你请草药师治好钱董的丘疹，钱董捂紧袋子不投钱，德绕高速哪开得了工？你这样的大功臣，龙副省长记性再差，也不容易忘记的。龙副省长这么条重要线索，你还不紧紧抓在手上啊。”

谁像你易居白这么有能耐，没线索硬理根线索出来，有线索更不用说，抓得死死的。李见好这么想着，话到嘴边，又改成：“回母校的事，时候还早，以后再说吧。”

告别易居白，准备去安平公司取个东西，路上接到侯忠民电话，要李见好抽空到公司去一趟，孙再坚有找。李见好说：“他老人家找我干啥？”侯忠民说：“没明说，只要我联系你，想与你见见。”李见好说：“我正在赶往公司的路上。”侯忠民说：“太好啦，我报告孙总。”

到公司泊好车，刚上楼取了东西，侯忠民就过来说：“得知你回来，孙总推掉一个重要会议，正在办公室等着，你快去吧。”

把李见好送进孙再坚办公室，侯忠民拉上门退了出去。孙再坚离开老板桌，过来坐到李见好身边，说：“见好好久没回公司了吧？”李见好说：“有一阵子了，监理处事多。”孙再坚说：“美方资金进入德绕高速后，管理得跟上，监理业务也须适应新形势，肯定够你忙的。”

李见好暗想，孙再坚关心的肯定不是监理处。果然闲话几句，孙再坚就开始往主题方向绕：“有次赴朋友饭局，正好龙副省长在场，桌上说到德绕高速项目起死回生的事，他对你可是赞不绝口，说你给省政府解决了大难题。”

孙再坚朋友到底何方神圣，龙副省长会参加他的饭局？李见好半信半疑，不知孙再坚口里的朋友和饭局是不是虚构的。只听孙再坚又说道：“龙副省长对你这么赏识，我找个像样的地方，麻烦你把他请出来坐坐如何？”

龙副省长是谁想请就请得出来的？不是开玩笑吗？可孙再坚口气又不像开玩笑，是真想请龙副省长。这让李见好想起最近省委组织部拿出多个厅局副职，向社会公开招聘，建设厅也有一个名额，孙再坚是建设厅放到安平公司做董事长的，正好符合应聘条件。符合应聘条件与能否应聘得上，完全是两码事，还得有贵人相助，否则希望渺茫。龙副省长是省委常委和政府老二，交通、建设、水利等都归他管，他想让谁做自己主管厅局副职，还不是一句话的事？孙再坚看准龙副省长，却苦于没法向他靠拢，才想起李见好，让他牵这根线。

自己几斤几两，李见好还是有这个自知之明的，说：“孙总别抬举我，我有能耐请动龙副省长，早不吃监理这碗辛苦饭了。”孙再坚说：“你直接请龙副省长，确实有难度，你可让其他人出面嘛，比如钱如水，龙副省长肯定会买他面子。”

连路径孙再坚都给你指了出来，再拒绝就有些讲不过去了。再说不是孙再坚开恩，自己也做不上这个监理处处长，还人家一个人情也应该。李见好就当孙再坚面，打了钱如水电话。钱如水说：“我请龙副省长也不一定请得到。倒是聂守谷跟他工作关系紧，我给聂守谷说说，哪天他俩在一起，又方便的话，你再叫孙总去见龙副省长。”

李见好把钱如水意思告诉孙再坚，孙再坚也很认同，觉得这样比较有操作性。

也是钱如水记性不错，没过几天，就通知李见好，要他叫孙再坚到通程大酒店去，交通厅有个内部会议在那里召开，龙副省长会去看望大家，正好碰他。

李见好陪孙再坚赶到通程，钱如水已先到，说聂厅就在隔壁包厢，待会儿会把龙副省长请过来见个面。果然开席没多久，包厢被推开，聂守谷陪龙副省长进来敬酒。几位马上站起来，笑脸相迎。龙副省长直奔钱如水，举杯跟他一碰，说：“守谷说如水在这里，我肯定得过来看看。如水有功于政府，这杯酒算我敬你。”钱如水忙说：“我敬省长，我敬省长。”

跟钱如水意思过，龙副省长又对李见好说：“见好也是功臣，也要敬你。”

李见好与龙副省长喝过，赶紧介绍身边的孙再坚：“这是安平监理公司孙再坚孙总，我的老板，他敬省长一杯。”

龙副省长瞟一眼孙再坚，哦一声，说：“见好的领导，这酒要喝。”

孙再坚忙哈下腰，双手敬过龙副省长，还递上早拿在手里的名片，请龙副省长多指教，多批评。龙副省长没看名片，顺手递给身后秘书，说声各位好喝，转身朝门口走去。聂守谷跟钱如水喝过，来不及碰李见好和孙再坚的杯，说声待会儿再喝，赶紧去追龙副省长。各位送到门边，说省长好走，目送龙副省长昂然而去。

喝过酒，递过名片，也算与龙副省长认识了。可孙再坚不满足，对钱如水说：“龙省长亲自过来敬酒，咱们是不是也该礼尚往来，一起去回敬一下？”钱如水说：“龙老板就在隔壁聂厅包厢，过一阵子等他们稍闲，咱们过去回敬。”

十多分钟后，钱如水带头，孙再坚和李见好跟着，出门进了隔壁包厢。却没看到龙副省长，聂守谷说在另外包厢跟人说话，过不多久会回来的。三位就先敬聂守谷，随后在空位上坐下，边说话，边等龙副省长回来。

过去二十来分钟，仍没见龙副省长回来。又不好催促，只能继续等待。

又等了快半个小时，龙副省长依然没现身，聂守谷觉得奇怪，到其他包厢去找，没人知道龙副省长在哪里。只好打他秘书手机，竟然不接电话。过一阵子再打，还是一样。第三次拨过去，龙副省长秘书才接道：“聂厅你们吃吧，领导没办法回包厢了。”聂守谷说：“省长是不是已离开通程？”秘书说：“刚才接到政府办公厅电话，城郊省府新址那边拆迁户闹事，有人喝农药死了，死者家属不见项省长不罢休，项省长出差在外，只能龙副省长出面。”

打完电话，聂守谷对钱如水三位说：“龙副省长没法回来了，席上又有位置，你们就在这里喝吧，多几个人还热闹一些。”

没法回敬龙副省长，孙再坚有几分失落。不过先跟聂守谷混熟也好，以后通过他找龙副省长也方便。孙再坚就频频敬聂守谷的酒，一边聂厅长长聂厅长短的，叫得格外亲切。

龙副省长没在，几位说话随便，桌上气氛轻松。论起南郊省府新址，钱如水说：“听说南郊拆迁户工作已经做得差不多了，怎么又闹出人命来了呢？”聂守谷说：“好像是个什么民间生态保护组织参与其中，以省府新址侵占青树山水生态公园为由，大做文章。几个月前已在省府门口组织了一次静坐，政府费好大劲才平息下去。不想他们不死心，与拆迁户勾得更紧，一起跟开发商斗智斗勇。已斗了好几个回合，这下竟闹出人命，看来麻烦大了。”

说会儿省府新址，又喝几杯，气氛淡下来。为调节桌上气氛，钱如水就说了个段子，名字叫“千不该万不该”，以女人口气半说半唱出来：千不该呀万不该，你不该跑到我家里来，跑到我家里来不要紧哪，你不该走进我的房里来。千不该呀万不该，你不该走进我房里来，走进我房里来不要紧哪，你不该把房门关起来。千不该呀万不该，你不该把房门关起来，关起房门来不要紧哪，你不该走到我床前来。

钱如水说完，几位都笑，男女之事那点事本来就稀松平常，而用这种简单的形式道出来，就值得回味了。

只李见好不笑，低着头吃菜。

饭后李见好送钱如水回家。钱如水喝得太多，怕交警查酒驾。桌上说的笑话大家都笑，就李见好无动于衷，钱如水耿耿于怀，说：“讲个笑话，个个都乐，就你一个人闷不吱声，装什么深沉？是不好笑，还是你笑点太高，不容易笑起来？”

“这有什么好笑的？”李见好看着前方，“你设想桌上不是人，是一群猴子，有只猴子吃饱撑的，兴高采烈讲公猴与母猴交配的事，猴子会笑吗？”钱如水说：“猴子怎么会讲笑话呢？”李见好说：“猴子不会讲笑话，可猴子跟人一样，就做两件事：吃东西和交配。讲得文雅点，一叫生存，二叫繁衍。人类难道不是这样吗？”

钱如水想想也是，点头说：“人跟猴子确实一样，一辈子也就食色两事。”李见好笑说：“成语叫一日三餐。”钱如水也笑道：“一日加三餐，都在里面了。”李见好敛了笑说：“人做的事，猴子也在做，猴子不会为自己做的事感到可笑，咱有啥好笑的呢？”

钱如水不敢完全苟同，说：“猴子做的事人也在做，可人到底是人，猴子到底是猴子，难道你是猴子不成？”李见好说：“我是猴子，你与聂守谷、孙再坚他们也是猴子，老想着多吃多喝，多与雌猴交配，多生小猴。”

听出李见好话里讽刺意味，钱如水说：“你不是见咱生个双胞胎，心里不平衡吧？不平衡你也跟你老婆多生几个呀。”李见好说：“我老婆天天想着自己的房产，哪有心思生小孩？”钱如水说：“你老婆不想生，只要你肯出大钱，愿意给你生小猴的多的是，随便物色就是。”李见好笑道：“我哪像你大老板，出得起大钱。”

回到人与猴子，钱如水又说：“虽说人有许多不是，怎么说也比猴子高级。”李见好说：“还能高级到哪里去呢？”钱如水说：“就拿性来说吧，猴子只能叫交配，是本能驱使，人类叫性生活，除本能还有精神因素。仅凭这一点，也不能把人混同于普通猴子。”

李见好笑道：“其实把人说成猴子，是对猴子的极大侮辱。至少猴子有节制，易知足，只在发情期交配，交配完就赶紧走开，去做别的事情，不会老想着性。人类没有发情期，加上生产力先进，生存不成问题，才时刻离不开性，沉湎于性，才有所谓的性生活之说，仿佛生活就是性，没有性就没有生活。连吃饭也不放过性，拿荤段子下饭下酒。怪不得古人说，饱暖思淫欲。看看现在的文明人，到了饭桌上，吃饱喝足还不过瘾，还要拿性寻开心，吃喝意淫两不误。”

钱如水服了李见好，说：“就你奇谈怪论多。”

来到一栋别墅前，李见好说：“狡兔三窟，你这是第几窟？”钱如水说：“不是我的窟，是芹芹的窟。”李见好说：“怪不得芹芹愿意给你生孩子，有豪华别墅，换了我也心甘情愿。”钱如水说：“芹芹虽说不是我法定上的老婆，却是我两个儿子的母亲，当然不能亏待她。”

“你老婆不愿跟你离？”李见好见过钱如水老婆，漂亮不说，待人接物挺不错，只是比芹芹大十多岁。钱如水：“离什么离？先到为主，老婆永远是老婆。”李见好说：“她知道芹芹和你的双胞胎不？”钱如水说：“纸包不住火，能不知道？”李见好说：“不跟你一吵二闹三上吊？”钱如水说：“有啥吵闹上吊的？又没少她那一份。要怪怪她给我生的女儿，我养儿继承家业，她没屁可放。”李见好说：“还是有钱好，什么都摆得平。”

钱如水打开门要下车，顺口邀李见好进屋坐坐。李见好暗忖，也该感谢他一下才是。可钱如水什么都不缺，一直不知拿什么感谢他好。又想起每次到自己家去，钱如水都会给炎炎红包，看来也只好以牙还牙，拿钱开路。钱是俗物，可人也是俗人，俗人又哪离得开俗物？

开门的是张大妈，见是李见好，扭头对里面喊道：“芹芹，李处长来啦。”芹芹忙迎出来，看坐递茶。李见好瞟眼芹芹，丰满了些，也白净了些，看去比原来更加漂亮。双胞胎也长得很壮实，正在地毯上耍玩具，有两位年轻保姆负责照看。

李见好从包里拿出两个大红包，一个小家伙一个。芹芹说：“李处长客气啥咯！”李见好说：“没准备，给俩侄儿点喜气。”

“见好见外了。”钱如水嘴里说，脸上漾着笑。他最不缺的是钱，最不在乎的也是钱。可他在乎自己的儿子，李见好给红包，是看得起两个宝贝。

从钱家出来，到得街上，李见好想起明天周六，没往监理处赶，回了家。与以往一样，仍不见池小燕。她要忙房产的事，又是事务所副所长，业务量大，难得在家里待。直到很晚池小燕才开门进屋，一家人早已睡下。李见好有择床的毛病，长年在外，偶尔回来一次，总睡得不踏实，池小燕在房里走动得几下，兀地惊醒过来。

池小燕洗漱完毕，来到床上，见李见好没睡着，开始跟他展望家里数套房产的美好前景。李见好搂过池小燕，在她身上抚摸着，想转移她的注意力，也没一点效果，她继续侃侃而谈，从房产谈到她在所里的业绩，直到把李见好谈得昏昏欲睡，渐入梦乡。

一觉醒来，池小燕已不在床上，岳母说一大早就开车走了。李见好陪炎炎吃过早饭，开车送他去上奥数。炎炎说："爸爸能不能不学奥数，让我去体育馆滑滑旱冰？"

奥数培养不出数学家，李见好一向不以为然，说："我没问题，可老师打电话给你妈，你不死定啦？"炎炎想想说："我先到班上听一阵子课，再找借口开溜，你看怎么样？"李见好说："只要能不让你妈知道，我支持你。"

看着炎炎走进教室后，李见好在周围转了转。一会儿回来，炎炎已经等在车旁。李见好说："你跟老师请的假，还是偷偷跑出来的？"炎炎说："我装肚子疼，说上附近医院看看，老师信以为真，让我出了教室。"

当假话成为抵抗压制的唯一手段时，说假话不仅没错，还是智慧。李见好小时候也这么骗过老师，觉得儿子这点像自己。

在体育馆滑了半天旱冰，出来找地方吃个西餐，上车回家。炎炎兴奋劲还没过去，问明天干啥，李见好说："你自己想法呢？"

这是大人之间说话的口气，炎炎觉得很有尊严，说："我的想法嘛，去探个险如何？"李见好说："探什么险？"炎炎说："听同学说城外有条河，是德江支流，搞漂流挺刺激。"李见好笑道："那也叫探险？行行行，带你去，前提你先得把作业做好。"

炎炎答应着，回家就趴到桌上，认真做起作业来。到夜里十点多，把两天的作业全都做完，李见好拿过去翻翻，质量还挺不错。

第二天池小燕照样早早出了门，父子俩随后上车，向城外进发。说是漂流，其实就是坐进不大的皮划艇，在平缓的水面上慢慢划动，一点谈不上惊险。即便这样，炎炎也感到又好奇，又刺激，玩得格外起劲。如今的孩子太可怜，长年累月被课业和各种补习压得喘不过气来，偶尔出来亲近一下自然，比上天堂还开心。

周一送炎炎去学校，炎炎神往地说："周六爸爸还回来陪我玩不？"李见好拍拍儿子脑袋，说："这么玩下去，迟早会被你妈知道，咱俩还有好下场？"

炎炎眼睛暗淡下去，叹口气道："苦读的日子何时才是个头啊！"

说得李见好心里怃然，却还是说："小孩以读书为天职，心思还是应该放在学习上。少壮不努力，老大徒悲伤。"炎炎说："你们就喜欢说这话。我已经很努力啦。"

确实也是，现在的孩子谁不努力？可这种高压下的努力，到底有什么效果呢？李见好非常怀疑。又不好流露给炎炎，只承诺道："过几个星期，爸再陪你出去玩，怎么样？"炎炎满怀希望道："爸爸说话算话哟。"伸出指头与李见好拉了钩。

炎炎下车走进学校大门后，李见好掉转车头，准备回监理处上班。却心存挂碍，好像有啥放不下似的。到底是啥放不下，一时又想不起来。直到经过通程大酒店，记起上周五在里面吃饭时听说省府新址闹事死人的事，才意识到自己放不下的是什么。随即掉转车头，朝另外方向开去。

嘉嘉公司大门紧闭。

一切仿佛在预料中，可真正面对时，李见好还是感到有些惊讶。问楼里后勤人员怎么回事，没人说得清楚，公司的人已被赶得不知去向。李见好不甘心，徘徊不去，还试着打曾亦嘉手机，已是空号。

许久才下楼，来到另一栋楼里。曾亦嘉家门口锁孔都被封住，不知是无意所为，还是有意为之。李见好掏出钥匙，放手上瞧瞧。犹豫片刻，还是刺过封条，插入锁孔。房里留下过自己最浪漫最美好的记忆，李见好想进去瞧上最后一眼。锁孔却怎么也拧不动，看来已被处理过，或换过锁芯。

回监理处路上，李见好心情糟糕到极点。不知何时，双眼已盈满泪水，前面的路模糊起来。还以为下雨，下意识开了雨刮。见没有作用，才明白是怎么回事，将车泊到路边，望着窗外的德江发起痴来。曾亦嘉现在何处？

过一阵重新上路，钱如水打来电话，问李见好说话方便不。李见好说："方便啊，有事你说吧。"钱如水说："史学军狗日的，敢在我的钱上面动歪主意，我对他毫不客气。"李见好说："他怎么动你的歪主意？"钱如水说："他不按合同约定，拨走四百万到11合同段项目部，被约翰孙发现，要他追回来，他竟威胁人家，说叫黑社会砍了他两条腿。约翰孙只好来找我，我准备向龙副省长汇报，治治史学军。史学军已觉察到我不好惹，可能会求你，找我说情。你先答应着，把他稳住，等我得过龙副省长的话再说。"

史学军脑袋一定进了水，这次只怕没好果子吃，李见好应承着。

回到监理处，打开电脑一查，果然网上一片骂声。网民不可能了解真相，只能人云亦云。事实是乡下人往县里涌，县里人往市里涌，市里人往省城涌，政府不搞开发，不修路，不建房，车怎么开，人住到哪里去？这是李见好的理解。他是做监理的，与网民角度有所不同。

正在网上翻着，易居白打来电话，问李见好明天在不在监理处，他下乡办点事，顺路来看看。李见好说："你要来，我洒扫庭除，好茶伺候！"

还以为易居白真是顺路来看看，这家伙出现在监理处时，身后还有个史学军。估计史学军一人不好面对李见好，特意请易居白来壮胆。

一见史学军这小人，李见好就恨不得过去一个上冲拳，把他下巴捅掉。可钱如水有话在先，李见好只能对他客气点，皮笑肉不笑地打招呼，倒茶水。史学军像忘了背后捅过李见好刀子，或以为李见好不知自己是怎么到执法部门手里的，亲切地叫着见好老弟，说："知道监理处事多，你没空到德绕公司去，只好我下来走走。还好吧？"

"还行，德绕公司给监理处饭吃，就得做好德绕公司的事。"李见好应付着。史学军笑道："见好是个实在人。不是你协助省政府成功引进钱董公司资金，德绕高速也不可能渡过难关，重新走上正轨，朝着健康方向顺利发展。"

说过几句台面话，史学军才把话题往约翰孙身上挪："到底是美国人，约翰孙太不熟悉中国国情，对咱们处理问题的思路和方法有些不适应，合作起来不可避免地会产生些许摩擦。"易居白也帮腔道："这是文化差异，导致行为方式的绝然不同。"史学军说："对对对，正是文化差异。还是易教授看得透，说到了点子上。不过咱与钱董公司利益是一致的，德绕高速早修好，公司早完成党和人民交给的光荣任务，美方投资也早产出，早获益。"

李见好装作什么都不知道，听任史学军由远及近，最后道出来意："当然总体来说，与约翰孙的合作还是非常愉快的，只是牵涉到具体的财务运作问题，双方想法不同，产生某些误会，约翰孙来了小孩脾气，说要汇报到美国总部，把资金抽走。咱也知道他是开玩笑的，资金投放到位后，不是一句话就抽得走的。来找见好，就是麻烦你约约钱如水，咱请他还有约翰孙一起吃个便饭，相互沟通沟通，消除误会。"

李见好应承着，说一定联系钱如水，看他何时有空。

史学军和易居白走后，李见好打钱如水电话，告知史学军已经来过。钱如水说：

“姓史的原以为约翰孙好欺负，这下急眼了吧。他再找你时，就说我在外出差，回来再说。”

史学军不可能不急。他不怕约翰孙，也不怕钱董，他怕的是龙副省长。钱董的资金是龙副省长牵头引进的，惹恼龙副省长，他一句话，你史学军不死也得脱层皮。当晚史学军就打李见好电话，问钱如水约得怎么样。李见好说：“钱如水出差在外，得过几天才回得来。”史学军讨好道：“你盯紧点，钱总一回来，就告诉我。”

过两天史学军再催，李见好还是这句话。

钱如水自然不可能出什么差，他正带着约翰孙，在龙副省长办公室汇报德绕公司违规动用资金的事。龙副省长很气愤，当即把聂守谷和吴南山召去，命令他立即安排人追查资金去向，看史学军到底搞的什么名堂。

聂守谷和吴南山安排的人赶到11合同段一查，那四百万已经转移，以工程款名义到了德江大桥工程部秦建成户头上，再查德江大桥财务，工程款早按计划拨足，一分都不少。更为严重的是，类似这种不清不楚的资金还有好几笔。聂守谷和吴南山反馈到龙副省长那里，龙副省长把执法部门头头叫去，要他们安排经侦大队接手案子，同时控制史学军和秦建成。

史学军和秦建成被带走后，经侦大队立马进驻德绕高速公司。不查不知道，一查吓一跳，美国公司这四百万资金不算之外，史学军不长的任期内，德绕公司问题资金高达数亿，史学军本人就通过各种手段吞掉两千多万。

德绕高速建设工程正当紧，公司不能没有头儿，冯以真又返回来，恢复总经理职务。马步高判刑后，不久范仁贵也归案，交代没送过冯以真钱，是马步高指使他搞的诬告。冯以真没有大问题，聂守谷和吴南山考虑他懂业务，又最熟悉德绕高速公路建设情况，才在龙副省长支持下，重新起用了他。

对史学军的落马，李见好一点不感到惊讶。凡不择手段谋权揽权弄权的人，都有不可告人的目的，出事不怪，不出事才怪。人是欲望之躯，任何行为都是欲望驱使的结果。可欲望没有过错，无欲就无行动，社会就会停止运转，不可能进步。只是欲望需要适当控制，就像车子需要动力，也需要制动，没有制动，就会失控出车祸，以至万劫不复。

感慨之余，李见好暗下决心，德绕高速完工后，一定离开安平监理公司，回德南大学重操旧业。进不了德南大学，到其他二本大学去也行。好在李见好拿了个研究生文凭，还得想法弄个博士。

正琢磨着怎么弄博士文凭，炎炎打电话问爸爸何时回去。这小子还惦记着陪他出去玩的承诺。李见好看看桌上台历，周末在即，赶紧处理完手头的事，出了监理处。

进城到学校接住炎炎，回到家里，池小燕照样没在。问岳母，说是在外出差，已好些天没归屋。李见好也没在意，夜里陪炎炎做过作业，说好明天去看海底世界。

不想第二天早上出门时，被人堵在了门口。是几个五大三粗的汉子。李见好大吃一惊，以为碰着打劫的。赶忙把炎炎推到屋里，迅速拉上门，对几个打着拱手道："各位兄弟有事好说，别吓着咱儿子行不行？"

几个没有动粗的意思，脸上表情也还温和。站在最前面的是留着八字胡的中年人，指着李见好说："你就是李见好吧？"李见好说："是的。"八字胡说："你老婆是不是叫池小燕？"李见好说："对，叫池小燕，她出了什么事？人在哪儿？"

八字胡笑笑，说："她没事，现在在咱们公司里。"李见好说："你们什么公司？"八字胡说："了难公司。"李见好说："了难公司？什么了难公司？"八字胡说："了难公司没听说过是吧？就是给人了难的。"李见好说："你们要给谁了难？"八字胡说："简单跟你说吧，你老婆欠一家投资公司的钱，投资公司准备把钱收回去，就让我们把你老婆请到公司，商量还款的事。你老婆拿不出钱，我们只好来找你，妻债夫还，也在情理之中吧？"

李见好头皮一麻，脑袋顿时一片空白。过一会儿才恢复思维，指着八字胡说："你们把我老婆怎么样了？我告诉你们，敢动我老婆一指头，我对你们不客气！"

八字胡拿开李见好的手，说："我们的唯一目的就是钱，不会把你老婆怎么样的，她现在有吃有住，还有保安负责她的安全。你是她男人，你得配合我们，拿钱出来。"李见好说："你要我拿钱就拿钱？钱是那么好拿的？"八字胡说："好不好拿，你看着办吧，我们不会逼你。不过你得为你老婆想想，她在咱们公司待久了，会不耐烦的。"李见好说："我可以见见老婆吗？我总得问问她，到底欠人多少钱呀。"

八字胡摇摇手，说："见面暂免。不过你可以打她手机，你的电话她会接的。"李见好说："其他人电话不能接？"八字胡说："与咱们业务无关的电话，当然不能让她接。"

拨通池小燕，李见好刚喂一声，池小燕就泣不成声，委屈地哭起来。李见好急切道："小燕，你在哪里？到底怎么回事？"

池小燕只管哭泣。

哭够了，才开始断断续续说话。说了好几分钟，前后联系起来，意思是省府新址项目已经撤销，整个南郊开发停顿下来，周边房市跟着萎缩，加上银行收紧贷款，开发商资金链断裂，跑的跑路，跳的跳楼，一派乱象。卖房给池小燕的同学也留下砌到一半的几栋烂尾楼，携款潜逃，不知去向。私人贷款公司见状，心急火燎，纷纷抢在银行之前，追着贷款买房的人还钱。贷款户太多，一时追不过来，便雇人帮忙，池小燕就这样被挟持到了了难公司。

都是发财梦惹的。池小燕不老念着发财，又怎么会落到这一步？可事已至此，埋怨没用，李见好问池小燕道："你没遭罪吧？"池小燕说："还好吧，好几个人在一起，都是欠债户，勉强有吃有住。"李见好说："你别急，我这就想办法。你借贷款公司多少钱？"池小燕说："这家公司二百万，现在连本带息已近三百万。"

惊得李见好张大嘴巴，半天收不回去，说："你胆子真大，这么高利息，也敢借，且一借就是二百万。"池小燕哭道："都是我不对，是我害了你，对不起你，见好。"

现在说对不起还有什么意义？李见好挂掉电话，对八字胡说："多少钱才放人？"八字胡说："你老婆不是说三百万吗，还来问我？"李见好说："我又没办印钞厂，你叫我一下子到哪弄这么多钱去？"八字胡说："这我可不管，我只管收钱。"李见好说："你把我身上的血全放掉，看卖得多少钱吧。"

放掉李见好身上的血，找谁追池小燕的债？再说八字胡不是初干这个行当，知道逼人太甚，往往事与愿违，只得往下降一降，说："先拿三分之二吧？"李见好说："三分之二也拿不出。"八字胡说："你说多少？"李见好说："先拿六十万，其他慢慢想办法。"

几经讨价还价，最后定了个整数，先交一百二十万，其余一个月之内还清。这也是投资公司给八字胡的底数。

临走八字胡在李见好肩上拍拍，说："兄弟还算干脆，我很欣赏。有句话我还得给你敞明，最好不要节外生枝，弄出别的麻烦来。相信你是明白人，咱们开得了了难公司，还能把生意做强做大，背后肯定有人撑腰。我的意思是，你若报案，不仅没用，反而会给你自己添乱。再说你老婆在咱们手上，你儿子又这么可爱，为你老婆和儿子着想，你也得好自为之。不多说了，你一心一意筹钱，一个星期后我们再上门。"

这是威胁，更是实话，李见好不可能不懂。

一百二十万不是小数，到哪里弄去呢？这几年夫妻俩钱赚得不少，都砸进了房产里，手头不可能有太多余钱。李见好进屋后，开始翻箱倒柜，找出自己和池小燕的银行卡，一把拿着下了楼。池小燕老想着发大财，对小钱不感兴趣，没有藏私房钱的习惯，名下银行卡用的是李见好生日中间数加手机尾号。

将两人的卡放小区门口柜员机上一一刷过，里面的钱加一起不到三十来万。也就是说还得弄九十多万，才能把池小燕从了难公司手里赎出来。

李见好开始四处找人借钱。

先找亲戚。大方的亲戚穷，有钱的亲戚又小气。池小燕几个亲姐妹见李见好要借钱，躲得远远的，还是岳母亲自打电话逼迫，如果不掏钱，就死给他们看，才一个出了一万。乒乒和虎子这两三年多少也赚了点钱，也不肯出，直到李见好发大火，最后一人出了一万五。倒是萍萍和闯闯等李家这边亲戚，没等李见好开口，主动要了他卡号，把家底都贡献了出来。

忙乎了三四天，亲戚加几位要好朋友的钱，共借到二十多万。原来卡上有近三十万，合一处五十来万。还差七十万，上哪儿去要呢？正发愁，易居白有事打电话，李见好想这家伙近两年与官场走得近，字画看涨，应该不差钱，不知肯不肯借。不想易居白没打折扣就给了四十万，感激得李见好要给他下跪。

还差三十万，李见好想烂脑袋，也没想出该找谁借好。愁眉苦脸回到监理处，郁碧柳见李见好气色不对，问他到底怎么啦。李见好摇摇头，说："没什么，有点不舒服。"

"不会是感冒了吧？这段时间气候多变，感冒的人不少。"郁碧柳伸手探探李见好额头，"没见发烧啊，不是别的什么毛病吧？"李见好说："心病。"郁碧柳玩笑道："是不是多情汉碰着无情女，被甩啦？"

李见好哪有心思开玩笑？只是摇头不语。

经不起郁碧柳软磨硬泡，李见好还是说了事情原委。郁碧柳理解李见好难处，说："钱如水跟你关系这么铁，找过他没？"李见好说："下一步肯定会找他。池小燕野心大，除这家投资公司二百万，还在别处和银行错了五百多万，我想先筹足一百二十万，把池小燕捞出来，再找钱如水商量，怎么还其他的钱。"

这个坑池小燕挖得太深，看李见好怎么才能从里面爬出来。不过当前最要紧的还是赎人，其他另当别论。郁碧柳二话不说，跑到镇上，把卡里全部存款十万元取出来，放到李见好面前，说："这是我参加工作后的积蓄，都在这里了，给你凑个数吧。"

事被吴秀丽知道，也拿出七万元，往李见好手上塞。李见好不肯接，说："你工资不高，工作时间也不长，家里开销又大，哪来这么多钱？"吴秀丽说："杨天明不是有笔补偿金吗，一直放户头上存着没用呢。"

李见好更不敢收了，说："你孤儿寡母的，没啥经济来源，杨天明这钱我拿得下手吗？"吴秀丽说："咱不还有工资吗？家里开支不大，我吃住在处里，女儿一心放在学习上，从不乱花钱。现在嫂子被人绑架，钱就是命，我还把钱放银行里，有啥意义呢？"

不好辜负吴秀丽一片好意，李见好收下她的七万元。

文武斌几位得知李见好大难缠身，也纷纷解囊，又积聚了好几万。

八字胡拿到钱，放掉池小燕，要她赶紧筹集另外一百八十万，到时再找她。

池小燕还没到家，另一家投资公司便追了过来。银行也闻风而动，一个接一个电话打到池小燕手机上，催她去营业厅商谈还款事宜。池小燕哪还敢回屋？只得东躲西藏，像被猫紧追不舍的老鼠。还不止一只猫，腿脚稍慢，就会落入猫爪。

可躲得了和尚，躲不了庙，李见好家住哪儿，人家早摸得清清楚楚，池小燕不见影儿，他们就天天往家里跑。李见好软话说尽，才好不容易把这些人给稳住，再抽身去水善利公司找钱如水，求他救苦救难。

不想钱如水很不干脆，不仅不肯掏钱，还念念有词，给李见好大谈生意经："见好啊，我是生意人，生意人是怎么做生意的，你知道吗？"李见好说："做生意说穿了，还不就是买进卖出。"钱如水说："你说到了点子上，做生意就是买进卖出。我再问你，通过什么买进卖出？"李见好说："自然是钱啰。"

钱如水狡黠地点点头，说："对对对，正是钱。见好挺有悟性嘛，不言自明。不过你朝我借钱，怕是找错了对象。"李见好说："你是我老同学，好朋友，如今我落了难，拿不出钱就迈不过这个坎子，不找你借，又找谁借去？难道上街随便拦个人，要人家借钱给我？"

钱如水哈哈大笑，说："有句老话你总听说过：文不借笔，武不借刀，官不借印，商不借钱。你可以去问问，看谁能在生意人手上借到钱。这么跟你说吧，生意人做生意离不开钱，因此世上最有钱的是生意人，最缺钱的也是生意人，生意人钱再多也只嫌少，不嫌多。想想这半辈子，还只我钱如水借人家的钱，从没人能把我手上的钱借走过。换句话说，钱是生意人的命根子，你找我借钱，不是要我的命吗？"

不借就不借，说这么多屁话干啥呢？气得李见好捏紧手上杯子，恨不得泼钱如水一脸茶水。怪只怪自己瞎了眼，把这守财奴当生死之交，一起混了大半辈子。其实还没到生死关头，找你借几个钱，就真要你的命一样。想一走了之，又考虑目前这个处境，走出水善利门坎，又到哪儿去求人呢？好汉就怕钱来磨，李见好不得不放下男人的臭尊严，涎着脸皮说："钱是你的命根子，也是我的命根子，还牵涉到我家好几条命，你难道见死不救吗？"

钱如水用玩世不恭的眼神望着李见好，说："谁说我见死不救？"李见好说："你一毛不拔，拿什么救？"钱如水说："拔一毛能救你一家子吗？"

"白交了你这只铁公鸡！"李见好再也坐不住，霍地一声站起来，黑着脸要往外走。钱如水上前，把他按回到椅子上，说："你听我把话说完再走行不行？"李见好说："有什么好说的，说来说去，你就是舍不得命根子。"

钱如水回到自己位置上，说："你张口就是五六百万，我有钱借你，也没法走账啊。水利善是我开的公司不错，却并不是我私人公司，是现代企业，有公司法和相关制度管着，我花一分一厘，都得遵照财务要求，一步步走程序。这你懂不懂？"

李见好瞪着钱如水，说："不懂，只懂你在找借口。说一千，道一万，还是一句话，不借。"钱如水说："你说得对，不借。"

"不借你早说不完了，绕这么大圈子干啥？白耽误我时间！"李见好咬牙吼道，愤然起身，噔噔噔，朝门口走去。这回钱如水没再拦他，只在后面悠悠道："生意人不借钱，只做生意，你可以考虑跟我做生意呀。"

这小子到底要搞什么名堂？听钱如水话里有话，李见好收住迈向门外的脚步，立住不动了。钱如水说起风凉话来："怎么不走啦，不怕我白耽误你时间？"李见好回头说："你是不是想耍我？"钱如水一本正经道："公司的事千头万绪，我哪有工夫耍你？"李见好说："那你什么意思？我要钱没钱，要货没货，怎么跟你做生意？"

钱如水轻言细语道："你可考虑把南郊烂尾楼里你家的房产转到我公司名下。"

李见好简直不敢相信自己耳朵，说："省府迁址计划泡汤，南郊一片荒凉，烂尾楼里的房子白送都没人肯要，你公司敢接？"钱如水说："能不接吗？不接的话，你不又要说我铁公鸡，说我见死不救。"李见好说："你接住我家房产，不亏大啦？"钱如水说："别管我亏不亏，你先和你老婆从坑里跳出来再说吧。"

钱如水真够哥们，以公司名义，拿出五百多万，收购了李见好家九套房产。说是九套，只有四套看得到房子，另外五套还在图纸上，连砖头都没见一块。按现在行情，这些所谓的房产加拢来，能换个一两百万，算是走大运。弄得李见好和池小燕挺不好意思，不知怎么感谢钱如水，只能在心里把他当作再生父母。

五百多万还清两家私人投资公司借款后，还余下几十万，偿了部分银行贷款。可银行不放手，非逼池小燕把另外二百多万也交清不可。银行提前收贷属违约行为，池小燕要跟他们打官司，拿出合同仔细一瞧，上面有条款说得明白，特殊情况下银行有权提前要回贷款。

没法子，李见好只好与池小燕商量，出卖现住的复式房。与其他房产不同，复式房是一家人落脚之处，池小燕自然千不愿，万不愿，说："卖掉复式房，咱们去街上睡隔离带？"李见好说："能把银行借款还清，渡过这个难关，睡隔离带就睡隔离带吧。"

池小燕趴在李见好肩上嘤嘤哭泣起来，一边自责道："都怪我太贪，盲目购置房产，才落到今天这个下场。我对不起你，对不起炎炎啊。"李见好安慰道："没事没事，房子卖掉，以后赚钱再买，只要一家子平平安安就好。"

好在复式房地段好，小区建设又已非常完善，出手不难，与买主几番讨价还价，卖了二百多万。房产证上写着炎炎名字，过户时必须炎炎到场。看着他在合同上签下稚气的名字时，池小燕心如刀绞，泪流满面。此后一连三天，吃不下，睡不着，像失了魂了似的。李见好也很难受，整天闷闷不乐。就是只小狗小猫，相处一久也会产生感情，何况是寄居肉身和灵魂的大房子，住了快三年，转眼间就成了别人的，谁都不容易接受。

卖了房，住哪儿去呢？总不能真去街上睡隔离带吧。据说下水道冬暖夏凉，或许可以容身，唯一不足就是路人喜欢往井盖里洒尿，臊味难闻。混到要让家人住下水道的份上，这人活着还有什么意思？李见好悲哀不已，连死的心都有。

正在李见好发愁，一家人不知该搬哪儿时，郁碧柳出主意道："我给你找找表哥，要他在安平公司临时给你们腾两间屋子吧。"

孙再坚傍上龙副省长后，很快做上建设厅副厅长，却依然兼着安平公司董事长，让已提副总的侯忠民主持公司工作。要出成绩，养活公司，得有业务可做，侯忠民盯上钱如水伯伯投资的京珠复线，准备通过李见好找钱如水活动活动。得知李见好无家可归，二话不说，立即腾出公司两间办公室，让他们一家住了进去。

办公室不宽也不窄，加一起三十来个平方米的样子，跟几年前德南大学里的蜗居差不多。

还不如原来的蜗居，原来的蜗居到底是自己的，现在却属寄人篱下。可再怎么也有个窝，比睡隔离带和下水道好百倍。李见好很知足，池小燕却心感不安，天天以泪洗面。李见好说："我不是说过吗，只要人安康，比什么都强。"池小燕说："仅安康，身无分文，居无定所，怎么容身于这个物质世界？不是出现意外，我家房产该千多万了，一夜间变成穷光蛋，炎炎以后怎么办？"李见好说："儿孙自有儿孙福，想那么远干啥？"

池小燕说："人无远虑，必有近忧。咱们总不能一辈子住在安平公司吧？"

结局
识时务者为俊杰

德绕高速公路终于通车。

受龙省长邀请，钱董回国参加通车仪式。近年德南城市化建设有口皆碑，泉书记荣升入京，项省长接任省委书记，龙副省长已成为一省之长。

通车仪式很隆重，项书记和龙省长等几大家主要领导出席，各有关部门头头参加，歌声如潮，劲舞如浪，盛极一时。各路记者纷纷出动，进行全方位报道，连续一周时间，媒体头版头题全是德绕高速公路方面的新闻。

仪式结束后，龙省长带着聂守谷、吴南山和冯以真几位，陪同钱董，视察德绕高速公路全程。钱如水、丁胜天还有李见好也跟着上了省政府的考斯特，大家一路有说有笑，一团和气。龙省长手里拿着新出版的德都市交通图，手指刚标上去的德绕高速公路，不无豪情地展望着以德绕高速为依托的城市建设新思路、新构想。地图上的德绕高速呈椭圆形，仿佛一圈城墙，圈里是城市，圈外是乡村。旧时城墙作用是防御和管制，如今的绕城高速公路功能正好相反，主要是加快流通，让想进城的人可以快速进来，想出城的人可以尽快出去。

途经南郊，考斯特绕过青树岭，迎面是已被填去大半的青树湖。远远近近竖着不少烂尾楼，楼间野草萋萋，深浅不一，透着荒凉。钱董几分不解，说："多么好的土地，又位于绕城高速圈内，怎么撂荒在这里呢？"

"这本是省政府新址，规划和前期准备都已基本就绪，正准备动工，突然出了乱子，加之银行信贷收紧，资金跟不上来，不得不叫停。害得周边建设跟着瘫痪，房子再也砌不上去，成了烂尾楼。"龙省长简单说说事情经过，"钱董资金雄厚，干脆把这个地方也接下来，开发房产什么的，保您大有赚头。"

钱董望望钱如水，说："如水，你的想法呢？"钱如水说："龙省长支持的话，咱们确实可以考虑接盘。"龙省长说："我肯定全力支持。"钱董说："胜天正在经营京珠复线项目，要接盘的话，只有如水来接。"钱如水说："只要伯伯做出决定，如水坚决执行。"

这事就这么敲定下来。

有龙省长背后支持，南郊建设很快立项，开始紧锣密鼓办理各项手续。交代完该交代的事情，钱董也可安心回美国了。走前特意去了趟郁家渡。抗战老兵陵墓已筑成，通往陵墓的水泥路也早拉通。陵墓位置不错，位于山前当阳坡上，看去还有几分壮观。陵墓建成当月，郁爷爷无疾而终，根据他老人家遗愿，就葬在老兵墓旁。

祭奠完抗战老兵，又给郁爷爷上过香，钱董转身对钱如水说："哪天把我的骨灰也埋到这里，与老郁一起守护老兵墓。"同行的郁碧柳说："爷爷去世前，天天念叨钱董，日后钱董肯来陪他老人家，他好高兴就是。"

钱如水知道伯伯不是说着玩儿的，出资买下郁爷爷旁边的地皮。

从郁家渡归来，送钱董登上飞机，钱如水一头扎进南郊开发项目里。单纯建几个楼盘，钱如水觉得没意思，特意腾出青树湖原来的地皮，恢复成湿地，再建上相关附属设施，为日后房产升值留下足够空间。

项目规模大，财务管理不能马虎，约翰孙在京珠复线做财务总监，再朝美国总部要人不现实，成本也太高，钱如水只能另请高明。通过慎重权衡，多方考察，将财务外包给了池小燕所在的会计师事务所。

池小燕已升任会计师事务所所长。南郊建设项目财务是个大单，池小燕不敢怠慢，亲自出任财务总监。亲眼见证了钱如水的大手笔，池小燕也就非常看好南郊项目，琢磨着怎么购置房产，以期东山再起。钱如水也有心帮帮李见好，以分期付款方式，超低价给了他们三套位置和楼层都很不错的房产。

等到青树湖湿地完全恢复，依山傍水的楼盘开始涨价，池小燕一转手，三套房产就净赚一百六十多万。再从所里挪些资金出来，一起投到钱如水的房产里，而后又以最快速度抛售出去。几轮下来，随着南郊房价不断上涨，池小燕越赚越多，还用炎炎名字，以优惠价买下钱如水刚开发出来的青树岭山脚的独栋别墅，一家人高高兴兴搬进去，过起富人日子。

这才是池小燕需要的生活，她春风得意，眉眼含笑，人也一下子年轻了好几岁。

就在池小燕大显身手的时候，李见好全身而退，悄悄回到德南大学，重操旧业，做起不痒不痛的老师来。池小燕怎么也想不通，监理行当这么吃香，李见好事业如日中天，看着满地银子不捡，还要绕开走，不是神经出了故障吗？可人各有志，李见好对地上的银子视而不见，池小燕也无奈其何，只得由着他去。

也许这几年经历的太多，李见好对许多事情已看透看淡，觉得教师这个职业挺适合自己的。教师能到手的钱确实不多，可有一定的自由，自己的时间，自己的事情，可以自己做主。自由并非想做什么就做什么，是不愿做什么，可以不做什么。人到一定时候，也许重要的不再是有所为，而是有所不为。再说德南大学环境幽雅，属于安身立命的好地方。一周两到三个上午的课，有课住学校职工单间宿舍，没课可静心待在南郊别墅里，备课读书。李见好正加紧修习博士课程，准备早拿学位，早晋教授。

就在李见好沉湎于安稳的教书生涯时，池小燕突然提出离婚。李见好一头雾水，说："你不是开玩笑吧，这样的玩笑最好少开。"池小燕说："谁跟你开玩笑？我已考虑成熟。"李见好说："是不是外面有人了？"池小燕苦笑道："人老珠黄，还有哪个看得上眼？"李见好说："是发了点财，不想让我占你便宜？"池小燕说："这点小财算什么？你怕是没见过现在的有钱人。"李见好说："又到底为了什么？要离也得让我离个明白吧？"

池小燕说："为了儿子。"

池小燕的意思很明确，办理假离婚，好把多处房产分割到三人名下，万一以后有个什么风吹草动，好由她一个人顶着，免得李见好和炎炎跟着遭殃。看来头次被债主吓怕了，池小燕担心又会生什么变故，只得出此下策。

原来池小燕是为自己和儿子好。李见好深受感动，搂过池小燕，说："有你这样的老婆，没有金钱，没有房产，又有啥关系呢？"

池小燕可没这么浪漫，扭扭身，挣脱李见好，说："你没有大钱，没有大房子，只要有点养身工做做，也许就可以过得很安然，很开心。可我不行，我离开大把票子，离开一天天看涨的大额房产，一个小时都活不下去。"

惹得李见好气不打一处来，怒道："是的，你离不开大钱，离不开大额房产，唯一离得开的就是我，与你的大钱和房产比起来，我狗屁都不如。"

这下轮到池小燕来哄李见好："我也离不开你，你在我心中的位置是无可替代的。别把我想得太冷酷无情，好不好？"李见好说："人生几十年，钱财乃身外之物，生不带来，死不带去，何必那么执着呢？"

池小燕也认同李见好的话，说："你说的也许没错，可你活在当下，不可能脱离社会，独立世外，世俗的东西不是你想摆就摆得脱的。这样跟你说吧，咱们离婚不离家，一家人照样住在一起。炎炎的抚养权归你，你是大学老师，负责他的教育。"李见好说："既然住在一起，离婚还有什么意义？不是打屁脱裤，多此一举吗？"

"谁规定非得穿着裤子打屁？也许脱掉裤子屁打得更响亮更爽快。"池小燕乐道，"你待在学校不清楚，我做会计的天天与国家政策打交道，知道迟早会征收房产税，到时一户多套房子，是个大负担，根本供养不起。好多拥有多套房产的家庭，都悄悄办了假离婚。"

经不起池小燕谆谆教导，李见好只得同意假离婚。

假离婚跟真离婚不一样，假离婚是无名有实，真离婚是名实皆亡。可假离婚也是离，离婚书的出现，表示法定的婚姻形式不再存续，尽管双方还住在一起，婚姻内容还在。李见好心里很不是滋味，觉得一个好好的家仿佛已经散掉。心态也有意无意发生着变化。过去没课宅在家里心安理得，如今在家待久了，有种寄人篱下的意味，有课没课就往学校跑，好像要逃避什么。以往上完课，夹着包就往家里赶，如今回家的欲望已小得多，或者说回家的脚步不再那么坚定，总觉得青树岭山下的别墅不再是自己的家，虽说户主写着炎炎的名字。

假离婚是两个人的事，可世上没有不透风的墙，还是被郁碧柳知道了。德绕高速公路通车后，侯忠民通过李见好，走通钱如水和丁胜天关系，在钱董投资的京珠复线拿到监理项目，新成立了监理处，文武斌任处长，郁碧柳做了副处长。也不知郁碧柳从哪里听说李见好已离婚，当即扔下手头工作，到了德南大学。

这天李见好没课。他不想回有实却已无名的家，一个人在梨子湖边上瞎转悠。梨子湖是他城市人生的起点，留下他无数足迹，他的梦想和事业，青春和爱情，都与这片湖水有关。再失败，再挫折，再痛苦，再悲哀，再颓废，再落魄，只要来到湖边，他就会变得心静如水，变得理智清醒，就会找回生活的信心，鼓起重新出发的勇气。

在湖边转上两圈，不觉得走进林子，缓缓上了山。正是上课时间，学子们都在教室里，山上很安静，只三两退休教授模样的老人在林间散步。李见好信步走进双月亭，坐下来，近闻树间鸟鸣，远观林梢云动，感觉从未有过的平静和自在。这是个大变动的时代，人们朝着喧闹和躁动的城市，朝着梦想和财富奔涌而来，一个个跃跃欲试，尽展身手，不见黄河心不死，不见棺材不掉泪。可最后总得有个安放灵魂的地方。李见好庆幸自己找到了这个地方，这个被他放弃又重新找回来的地方。

胡思乱想着，李见好一低首，发现山下有人影移动，仿佛无声行走的树叶。初瞧还以为是曾亦嘉。好久没见曾亦嘉了，她还记得这个梨子湖，还会回来走走吗？是不是知道自己重新回校教书，特意跑来看望自己？

人影离开湖边，沿着林间小道，朝山上走来。这下李见好看清楚了，那不是曾亦嘉，是郁碧柳。李见好略觉失落，又备感欣喜。

好一阵子没见郁碧柳，还真有些想念她。

郁碧柳走进亭子，往李见好身上直扑。李见好四周瞭瞭，要把她推开，说："被人看见不好。"郁碧柳说："我就是要人看见。"李见好说："就不怕人家指背？"郁碧柳说："指面都不怕，还怕指背？"李见好说："你还真大气。"

郁碧柳在李见好脸上吻吻，说："你还记得自己的承诺吗？"李见好说："什么承诺？"郁碧柳说："你说过，离婚后就娶我。"李见好说："我说过这样的话吗？"

"你没说过这样的话。"郁碧柳扯扯李见好嘴角，"说这话的是这两张烂嘴皮。"李见好说："我可没离婚。"郁碧柳说："你没离婚，只跟你老婆扯了离婚证。"李见好说："你怎么知道得这么清楚？"郁碧柳说："若要人不知，除非己莫为。"

李见好捧过郁碧柳荡漾着青春的脸，说："扯了离婚证就算离婚吗？"郁碧柳说："离婚证都已扯了还不算离婚，什么才算离婚？"李见好说："离婚证不能说明问题，咱们是假离婚。"郁碧柳说："假离婚也是离婚，你不娶我，我把肚子里的孩子生下来。"

李见好又惊又喜，说："真怀上了，还是假怀上了？"郁碧柳调皮地眨眨眼："当然是真怀上了，谁像你，离婚都来假的。"

李见好心情几分复杂，没来由地想起跟钱如水开玩笑时关于人与猴子的调侃。

（全书完）

享讀者

WONDERLAND